mtb

Zum Buch:

Viele Schicksalsschläge musste die gebürtige Russin Natascha in ihrem Leben bereits verkraften, und nur wenig davon hat die alte Dame gegenüber ihrer Enkelin Nina preisgegeben. Doch als Nina ihr nun ein allzu vertrautes Medaillon mit einem vergilbten Bild Nataschas zeigt, lassen sich die Erinnerungen nicht länger zurückhalten. Natascha beginnt zu erzählen: von der Russischen Revolution, von rauschhaften Jahren als junge Frau in Paris und von der großen Liebe ihres Lebens, Mischa. Der Krieg hat die beiden einst getrennt, doch das Medaillon – das Symbol ihrer Liebe – hat bis heute überdauert. Wie hat es den Weg zu Natascha zurückgefunden? Und welche Bedeutung hat das besondere Schmuckstück noch heute für sie – und vor allem für ihre Enkeltochter Nina?

Zur Autorin:

Tania Schlie lebt in der Nähe von Hamburg. Seit zwanzig Jahren ist sie freie Autorin und hat viele Romane und Sachbücher veröffentlicht. Für den Aufbau Verlag schreibt sie Bestseller unter dem Namen Caroline Bernard. Bei HarperCollins erscheinen ihre »Wohlfühlbücher« um starke Frauen, die ihren Weg gehen und nur in der Liebe mal schwach werden. »Die Spur des Medaillons« war ihr allererster Roman, ein Herzensprojekt, das wunderbar in diese Reihe passt.

Tania Schlie

Die Spur des Medaillons

Roman

MIRA® TASCHENBUCH

1. Auflage: Dezember 2019
Lizenzausgabe im MIRA Taschenbuch

Umschlaggestaltung: bürosüd, München
Umschlagabbildung: Malgorzata Maj / Arcangel,
Lapina, muratart, jakkapan / Shutterstock
Satz: GGP Media GmbH, Pößneck
Printed in Germany
Dieses Buch wurde auf FSC®-zertifiziertem Papier gedruckt.
ISBN 978-3-7457-0047-3

www.mira-taschenbuch.de

Kapitel 1

Ungeduldig strich Nina die störende dunkelblonde Locke aus dem Gesicht, die sofort wieder an ihren vorherigen Platz zurückfiel. Ihre Arbeit erforderte ihre ganze Konzentration, besonders wenn sie, wie jetzt, ein Stück fast fertiggestellt hatte und es darum ging, die allerletzten Handgriffe auszuführen, die Teile zusammenzufügen, die ihm seine Einzigartigkeit und Perfektion geben sollten und die sie bisher nur auf der Skizze und in ihrem Kopf vereint gesehen hatte. Wäre sie ein Kind gewesen, sie wäre vielleicht mit der Zunge von einem Mundwinkel zum anderen gefahren, so wie Kinder es tun. Ihre Art, sich zu konzentrieren, bestand aber darin, die störrische Haarsträhne mit der Hand zurückzustreichen. Sie hatte diese Bewegung in der vergangenen Stunde mindestens ein Dutzend Mal gemacht, ohne es zu bemerken.

Behutsam nahm sie jetzt den roten Stein aus seinem Etui aus dunkelgrünem, weichem Samt. Mit sicheren Bewegungen, die die lange Erfahrung verrieten, setzte sie den Rubin in die Fassung aus Weißgold.

Genauso hatte ich es mir vorgestellt, dachte sie zufrieden bei sich. Sie nahm den Ring hoch, um ihn im Licht der Lampe noch einmal zu begutachten, nickte anerkennend und legte ihn mit einer Geste, die man zärtlich nennen konnte, in sein grünes Samtbett zurück.

Als sie aufstand und sich reckte, bemerkte sie den Schmerz in Armen und Schultern. Ihr Blick fiel auf die Uhr, und sie sah, dass es schon wieder acht geworden war. Sie würde es nicht mehr rechtzeitig zu ihrer Verabredung mit Martin schaffen.

»Wie kannst du es nur an diesem muffigen Ort so lange aushalten?«, pflegte er sie leicht gekränkt zu fragen, wenn sie wie üblich atemlos und viel zu spät erschien. »Vor allem, wenn du weißt, dass ich auf dich warte?« Es sollte neckisch klingen, aber Nina hörte den leisen Vorwurf in seiner Stimme. Sie musste ihm recht geben. Wenn sie ehrlich war, dann hatte ihr kleiner Laden wirklich etwas Verstaubtes an sich. Der Verkaufsraum, zu dem die Kunden über zwei ausgetretene Stufen hinab-, nicht hinaufsteigen mussten, bestand aus einem alten, dunkelholzigen Tresen mit zwei grün bezogenen Hockern davor; eine runde Vitrine, die von außen durch ein kleines Fenster einsehbar war, gab einen Einblick in ihre Arbeiten. An den Verkaufsraum, nur durch einen offenen Durchgang getrennt, schloss sich ihre winzige Werkstatt an, in der es sofort stickig und heiß wurde, wenn sie mit dem Lötkolben arbeitete. »Kein Wunder, dass du nicht genug Kunden hast. Du bist so gut und versteckst dein Talent in einem Souterrain«, hörte sie ihren Freund sagen.

Aber Nina liebte ihr kleines Atelier. Als sie den leer stehenden Laden in einem der Hinterhöfe in Berlin-Mitte ein halbes Jahr zuvor entdeckt hatte, hatte sie sofort gewusst, dass sie ihn mieten würde. Sie liebte den täglichen Weg durch den vorderen Hof, dieses backsteindunkle Viereck, in dessen Ecke Fahrräder und Mülltonnen aufgereiht waren, wo in den letzten Monaten aber auch ein kleiner Blumengarten und ein Spielplatz entstanden waren. Um die Mittagszeit, wenn die Kinder aus der Schule kamen, hörte sie ihr Lachen und Kreischen und die zunehmend ungeduldigen Stimmen der Mütter, die sie zum Essen riefen. Ninas Atelier lag im zweiten Hof, den man durch eine große, halbrund gewölbte Durchfahrt erreichte. Besonders gegen Abend nahm er etwas Beschauliches an, denn dann gehörte er den Alten der umliegenden Häuser, die auf den Bänken unter der mächtigen Kastanie saßen und plauderten.

Anfangs war ihr Laden – in früheren Zeiten eine Schuhmacherei, wie die verwaschene Inschrift über der Tür noch anzeigte – der einzige gewesen, aber in der Zwischenzeit hatten immer mehr kleine Geschäfte die Vorteile der zentralen Lage bei gleichzeitiger Intimität der Höfe schätzen gelernt. Jetzt gab es in der Nachbarschaft Kunsthandwerker und Boutiquen, ein kleines Café, sogar einen Herrenfriseur, der sich nostalgisch gab und zu dem die meisten Kunden wegen einer Rasur kamen. Sie alle profitierten von dem wachsenden Interesse, das die ehemalige Mitte Berlins nach der Wende fand. Immer mehr kleine, unabhängige Galerien siedelten sich in den umliegenden Straßen des ehemaligen jüdischen Viertels an, und die ersten Immobiliengesellschaften interessierten sich für die Gegend. Nina hatte recht behalten, als sie sich gegen Martins ausdrücklichen Rat dazu entschlossen hatte, genau hier ein Geschäft zu eröffnen.

Sie lächelte, als sie an die schwäbische Reisegruppe dachte, die am Nachmittag ihren Laden geradezu überfallen hatte. Das Viertel wurde tatsächlich immer mehr vom Geheimtipp zur Touristenmeile. Touristen auf der Suche nach einem Souvenir bildeten einen Großteil ihrer Kunden. Für sie stellte sie preiswerte Ringe und Ohrschmuck her, die ein wenig aus der Reihe der Massenware fielen, aber dennoch den allgemeinen Geschmack bedienten. Ihre ganze Leidenschaft als Goldschmiedin gehörte jedoch ihren Entwürfen und Einzelanfertigungen.

Dieser Ring mit dem makellosen Stein und der ausgefallenen Fassung, die wie die Blätter eines Rosenkelches wirkte, gehörte dazu. Die Idee dazu hatte sie schon lange mit sich herumgetragen, und vor einigen Wochen war eine junge Frau erschienen, die eine kleine Erbschaft gemacht hatte und zur Erinnerung an ihre verstorbene Großmutter ein besonderes Schmuckstück kaufen wollte. Beim Anblick des feuerroten Haars der Kundin hatte Nina ihr die Zeichnung vorgelegt, und die Frau war begeistert gewesen.

So müsste es immer sein, dachte sie und nahm den Ring noch einmal aus seiner Schatulle, um ihn zu drehen und zu wenden, ein Schmuckstück, das für einen ganz bestimmten Menschen gemacht ist und nur zu ihm gehört. Sie konnte kein Verständnis für Kunden aufbringen, die Schmuck als Kapitalanlage, als Bestechungsgabe nach einem Seitensprung, als verlegenes Dankeschön für eine Liebesnacht kauften. Manchmal verirrte sich einer dieser Käufer in ihren Laden, und sie bedauerte jedes Mal die künftige Trägerin des Schmucks. Wie sollte sie eine Beziehung zu dem Geschenk entwickeln?

Sie hätte wohl noch länger ihren Gedanken nachgehangen, wenn in diesem Moment nicht das Telefon geklingelt hätte. Es war Martin.

»Wo bleibst du denn? Ich warte schon seit fast einer Stunde auf dich. Kannst du wieder nicht aus deinem Kellerloch herausfinden?« Er war ungehalten, und Nina hörte, dass er nicht mehr ganz nüchtern war. Bei dem Wort »Kellerloch« zuckte sie zusammen.

»Es tut mir leid, ich hatte noch zu tun und habe darüber die Zeit vergessen. Ich mach mich sofort auf den Weg und bin in zehn Minuten da.«

Nina legte den Hörer auf und griff nach ihrem Rucksack, der in der Werkstatt neben dem Arbeitstisch stand. Sie warf einen kurzen Blick in den Spiegel. An ihrem Haar ließ sich nichts ändern, es fiel, wie es wollte, manchmal gefiel ihr das, dann wieder ärgerte sie sich darüber. Aber sie legte ein wenig Puder auf und zog die Lippen nach. Eigentlich war sie zufrieden mit ihrem Aussehen, nur der ein wenig müde oder vielleicht sogar resignierte Ausdruck um die Augen störte sie. Dabei waren ihre Augen etwas ganz Besonderes. Eines war blau, bei dem anderen jedoch war die untere Hälfte der Iris grünbraun. Sie hatte sich angewöhnt, die Menschen, die sie kennenlernte, danach einzuteilen, ob sie diese kleine Anomalie bemerkten oder nicht. Es gab Fremde, die ihr gleich bei der ersten Begrüßung ein Kompliment für ihre wunderschönen Augen machten, und dann hatte sie langjährige Freunde, denen sie noch nie aufgefallen waren. Sie musste zugeben, dass sie selber auch zu dieser Sorte der Unaufmerksamen gehörte. Eine neue Brille, ein abrasierter Bart entgingen ihrer Aufmerksamkeit völlig. Mehr als einmal war ihr deshalb Interesselosigkeit vorgeworfen worden, und sie rechtfertigte sich mit dem Gedanken, dass sie ihr Augenmerk eher auf Charaktereigenschaften legte oder auf das, was ihr Gegenüber sagte.

»So ein Mist. Jetzt sitze ich hier schon wieder und hänge meinen Gedanken nach. Nun aber los!« Rasch legte sie den wertvollen Ring in den Tresor und löschte das Licht in der Werkstatt. Während sie ihren Sommermantel überwarf, suchte sie in den Taschen nach dem Schlüssel für die Ladentür.

»Verdammt, können Sie denn nicht aufpassen!« Wütend zischte sie den Mann an, der die Tür mit kräftigem Schwung aufgestoßen und ihr an die Stirn geknallt hatte.

»Lassen Sie mich mal sehen. Na, das wird eine schöne Beule geben, aber zum Glück ist die Haut nicht geplatzt. Wieso sehen Sie auch nach unten, während Sie geradeaus stürmen?«

Was fiel dem Kerl ein? Kein Wort der Entschuldigung, sondern auch noch Vorwürfe! Nina wusste nicht, welches Gefühl überwog: der Schmerz über der linken Augenbraue oder die Wut über die Ungehobeltheit des Fremden. In einer ungeduldigen Bewegung machte sie ihren Arm von ihm los und verlor dabei das Gleichgewicht.

Sie wäre gefallen, wenn er sie nicht gestützt hätte. »Jetzt beruhigen Sie sich doch erst einmal. Ich will Ihnen ja nur helfen. Sie setzen sich jetzt dort auf den Stuhl, bis es Ihnen besser geht«, befahl er, und sie musste gehorchen, denn sie war benommen von der Wucht des Stoßes. Sie saß auf einem der grünen Hocker, den Ellenbogen auf dem Tresen, und hielt sich die Stirn, in der das Blut pochte. Durch ihre Finger beobachtete sie misstrauisch den Fremden, der sich suchend umsah. Wie ein Trickdieb sah er gerade nicht aus, aber man konnte ja nie wissen.

»Haben Sie hier keinen Verbandskasten?«, erklang seine Stimme aus der Werkstatt.

»Wie bitte? Wozu brauchen Sie den? Ach so … das rote Schränkchen über dem Waschbecken«, gab sie zurück.

Der Mann verwirrte sie derart, dass sie nicht einmal mehr in der Lage war, in ganzen Sätzen zu reden. Es tat ihr leid, dass sie vorhin so aufgebraust war. Sie hatte ja wirklich nicht nach vorn gesehen. Und wenn sie auch in diesem Punkt ehrlich war, musste sie zugeben, dass sie sich ständig an irgendwelchen Ecken stieß. Sie riss, wenn sie sich aufregte, in ihren ungestümen Bewegungen Gegenstände von Tischen und Regalen. Ihre ganze Geschicklichkeit und Anmut schien sie für ihre Arbeit zu benötigen. Sie lauschte der tiefen, wohlklingenden Stimme des Fremden, der vor dem kleinen Medizinschrank stand und in sehr gewähltem, teils fast ein wenig antiquiertem Deutsch, allerdings mit einem amerikanischen Akzent, vor sich hin murmelte. Sie atmete tief ein und nahm dabei seinen Geruch wahr, der am Ärmel ihres Mantels haftete. Sah er eigentlich so gut aus, wie er roch? Sie konnte von ihrem Hocker aus nur seine große, gut gekleidete Gestalt und das dichte, fast schwarze Haar erkennen, sein Gesicht hatte sie noch gar nicht richtig wahrgenommen.

Was wollte dieser elegante Amerikaner eigentlich ausgerechnet in ihrem Laden?

»Halten Sie das mal.« Mit diesen Worten drückte er ihr sein Taschentuch, das er in kaltes Wasser getaucht hatte, sanft gegen die schmerzende Stirn. Ein Mann, der Stofftaschentücher benutzt, noch etwas, das ihn altmodisch erscheinen lässt, dachte Nina.

»Etwas Besseres habe ich in Ihrer Apotheke leider nicht finden können, aber Hauptsache, die Schwellung wird gekühlt. Wie ist Ihnen? Fühlen Sie sich noch schwindlig?«, fragte er, während er ihr forschend ins Gesicht sah.

Nina blickte in Augen von einem intensiven Grau, die durch

die kleine randlose Brille noch mehr leuchteten. Kleine Fältchen an den gebräunten Schläfen ließen auf Lebenslust und Humor schließen. Die gerade Nase wies auf einen fein geschnittenen Mund, der von glatt rasierten Wangen gerahmt war, auf denen sie die Spuren von zwei senkrechten Lachfalten bemerkte; sie traten in diesem Moment deutlich zutage, weil er sie amüsiert anlächelte.

»Wie Sie aussehen, weiß ich jetzt. Auch dass Sie stürmisch sind und ganz schön wütend werden können. Wenn ich jetzt noch Ihren Namen wüsste ... Meiner ist übrigens Benjamin Turner. Ich bin aus Boston, wie Sie vielleicht schon an meinem grausigen Deutsch gehört haben.«

»Ich heiße Nina Kolzin, und mir gehört dieses Geschäft. Ich frage mich, was Sie als Amerikaner ausgerechnet in einer Goldschmiede in einem Berliner Hinterhof wollen. Unschuldige Frauen anrempeln? Haben Sie in Amerika keine Juweliere? Außerdem ist Ihr Akzent kaum hörbar, Sie sprechen sehr gut Deutsch. Wie kommt denn das?«

Nina wollte weiterfragen, doch er unterbrach sie mit einem Lachen. »Moment, jetzt geben Sie mir doch eine Chance zu antworten.«

Auch Nina musste lachen, griff sich jedoch gleich darauf an die schmerzende Stirn. »Also gut, antworten Sie!«

Er setzte sich ihr gegenüber auf den zweiten Hocker, ihre Knie berührten sich fast. »Meine Eltern sind in Deutschland geboren, und bei uns zu Hause wurde deutsch gesprochen. An Ihrem Laden bin ich eher zufällig vorbeigekommen, als ich die Gegend hier durchstreift habe. Allerdings habe ich vor, in Berlin einen Goldschmied mit einer Arbeit zu beauftragen, und als ich Ihr kleines Geschäft gesehen habe, bin ich einfach reingekommen. Ich konnte ja nicht ahnen, dass ich gleich die Besitzerin umhauen würde.«

Er haut mich tatsächlich um, sogar im doppelten Sinne, dachte Nina. Sie holte tief Luft.

»Eigentlich habe ich ja schon geschlossen, aber was kann ich denn für Sie tun?«, fragte sie so geschäftsmäßig wie möglich.

»Sind Sie sicher, dass …«

»Aber ja«, lachte sie. »Ich gebe zu, dass es wehtut, aber ich werde es überleben.«

Benjamin griff in die Tasche seiner Jacke und förderte ein schlichtes Juwelieretui hervor, das er auf den Ladentisch zwischen Nina und sich stellte und behutsam öffnete. Darin lag ein ovales Medaillon. Auf der Vorderseite trug es einen tiefblauen, fast violetten Stein, einen Saphir von ganz außergewöhnlicher Farbe. Der daumennagelgroße Edelstein war gerahmt von einem geflochtenen Band aus hochkarätigem Gold, das an den oberen Enden in einer Art durchbrochener Schleife auslief, in die der Aufhänger gearbeitet war.

»Darf ich es mir ansehen?«, fragte Nina, die von einer Sekunde auf die andere ihre schmerzende Stirn vergessen hatte. Sie machte Licht, um das Schmuckstück genauer betrachten zu können. Es fühlte sich sehr schwer an, als sie es aus der Schatulle nahm, und von dem Stein ging ein schwaches Leuchten aus, das sich in dem perfekten Schliff immer wieder neu brach und sie seltsam berührte. Zum zweiten Mal, seit sie Benjamin Turner begegnet war, überfiel Nina ein Schwindelgefühl. Sie kannte diesen Anhänger, aber sie hatte nicht die Spur einer Erklärung dafür, wie das möglich war. Als sie den Stein rasch herumdrehte, war da, wie sie es erwartet hatte, auf der rechten Seite der winzige Knopf, mit dem sich die Kammer auf der Rückseite des Anhängers öffnen ließ. Wahrscheinlich verbarg sich auch hinter diesem Deckel ein verglaster Rahmen, der Platz für ein Foto oder ein Miniaturgemälde bot. Nur klemmte hier der Mechanismus, weil der Schmuck verunreinigt und mit kleinen Ablagerungen behaftet war. Es würde einige Zeit in Anspruch nehmen, ihn zu reinigen.

In Ninas Kopf jagten die Gedanken einander. Sie war so verblüfft von dem, was sie sah, dass ihr die Worte fehlten. Sie hatte immer geglaubt, dass der Anhänger, den sie vor langer Zeit von ihrem Vater erhalten hatte, ein exklusives Original war. Und nun kam ein Fremder in ihr Atelier und legte ihr das perfekte Gegenstück auf den Ladentisch. Sie konnte keine plausible Erklärung dafür finden und kam zu dem Schluss, dass sie sich irren musste. Die Schmuckstücke waren sich vielleicht ähnlich, derartige ein wenig sentimentale Anhänger waren früher schließlich ein beliebtes Liebespfand gewesen, aber sie waren bestimmt nicht identisch. Und außerdem hatte sie ihr Exemplar schon seit Jahren nicht mehr hervorgeholt, sie war sich plötzlich gar nicht mehr so sicher, wie es aussah. Nein, sie würde Benjamin nichts sagen, er musste das für eine plumpe Anmache halten, wenn sie ihm jetzt sagte, sie hätte zu Hause genauso einen Anhänger wie er. Es war einfach zu absurd!

Mit einem Räuspern machte Benjamin auf sich aufmerksam. »Ich bin auf der Suche nach einem Fachmann, der den Anhänger reinigt und überholt. Außerdem würde ich gern etwas über seine Herkunft und den Wert erfahren, wenn das überhaupt möglich ist. Ich habe Hinweise darauf, dass der Schmuck aus Europa stammt, möglicherweise aus Deutschland, und deshalb möchte ich einen hiesigen Goldschmied beauftragen und keinen amerikanischen. Ich bin aber leider nur einige Tage in Berlin. Meinen Sie, dass Sie das bis übermorgen Nachmittag erledigen können?«

»Natürlich, das lässt sich machen«, antwortete Nina. Sie konnte sich nicht beherrschen hinzuzufügen: »Wenn es auch eine Fachfrau sein darf?«

Er überging die Bemerkung, und sie ärgerte sich.

»Sehr gut. Jetzt würde ich Sie gern irgendwo absetzen. Ich habe den Eindruck, dass Sie immer noch benommen sind. Sehen Sie mir noch einmal gerade in die Augen.«

Nina hielt dem Blick aus seinen Augen, die jetzt von einem sanften Grau waren, nur wenige Augenblicke stand. Verwirrt wandte sie sich ab.

»Ich bin völlig wiederhergestellt«, versicherte sie ihm. »Machen Sie sich keine Sorgen um mich.«

»Würden Sie dann ein Glas mit mir trinken, auf den Schrecken sozusagen?«

»Ich fürchte, Sie haben sich lange genug um mich gekümmert. Bitte entschuldigen Sie, dass ich vorhin so grob war, ich habe es nicht so gemeint. Aber jetzt habe ich eine Verabredung.«

»Wie Sie wollen«, sagte er mit leisem Bedauern. »Dann werde ich den Abend allein verbringen. Ich komme dann übermorgen, um den Schmuck wieder abzuholen.« Mit diesen Worten wandte er sich zur Tür.

Als die Glocke ging, fiel es Nina ein. »Moment, Sie brauchen eine Quittung.«

»Lassen Sie nur. Ich vertraue Ihnen.« Er schien noch etwas sagen zu wollen, doch er besann sich eines anderen, verließ den Laden und stieg die zwei Stufen hinauf. Nina sah ihn einen Moment unschlüssig vor der Tür stehen, dann wandte er sich nach rechts, und sie schaute ihm nach, wie er durch die Hofeinfahrt verschwand. Sie war wütend auf sich selbst. Warum hatte sie seine Einladung ausgeschlagen? Sie hätte ihn gern näher kennengelernt, der Mann interessierte sie. Verflixt, warum überlegte sie nie, bevor sie den Mund auftat?

Noch lange stand sie in ihrem kleinen Laden. Sie wusste nicht, was sie mehr verwirrte, dieser Mann oder das Medaillon. In einer plötzlichen Eingebung schloss sie ab und machte sich auf den Weg nach Hause. Ihre Verabredung mit Martin hatte sie völlig vergessen. Es war ohnehin viel zu spät dafür geworden.

Eigentlich hatte sie es eilig. Sie nahm dennoch nicht die U-Bahn wie gewöhnlich, denn sie war so in Gedanken versunken, dass sie an der Haltestelle vorbeilief und ihren Fehler erst eine Straßenecke weiter bemerkte. Also konnte sie auch den Rest des Weges zu Fuß zurücklegen. Zu Hause angekommen, ging sie zuerst ins Badezimmer, um sich die Beule anzusehen, die immer noch ziemlich schmerzte. Sie wurde zwar durch ihr Haar ein wenig verdeckt, aber wer genau hinschaute, würde sie nicht übersehen können. Sie schnitt eine Grimasse, dann ging sie in die Küche, um sich ein Glas Weißwein einzuschenken. Mit dem Glas in der Hand ließ sie sich in ihren knallroten Lieblingssessel im Wohnzimmer fallen, um sich auszuruhen und ihre innere Balance wiederzufinden. Den ganzen Heimweg hatte sie über Benjamin Turner und sein Medaillon nachgedacht, ohne zu einem Ergebnis zu kommen. Es war einfach zu absurd, dass ein wildfremder Amerikaner in ihren Laden kam, sie einen charmanten Flirt mit ihm hatte und dass er dann auch noch einen Anhänger auf ihren Tresen legte, dessen genaues Gegenstück sich in ihrem Besitz befand. Würde ihr jemand eine derart an den Haaren herbeigezogene Geschichte auftischen, sie würde ihn für verrückt erklären. Sie stand auf und schaltete den Fernseher an, zappte durch die Programme, ohne dass etwas ihre Aufmerksamkeit fesseln konnte. Sie holte sich ein neues Glas Wein und blätterte in dem Stapel Magazine, der auf dem Tisch vor ihr lag. Aber sie bemühte sich vergeblich, die Angelegenheit aus ihrem Kopf zu verdrängen; schließlich konnte sie ihre Ungeduld nicht länger zügeln und stand so hastig auf, dass der Wein aus dem Glas schwappte.

In der hinteren Ecke eines der Fächer ihres alten Sekretärs fand sie, was sie suchte. Sie hatte ganz vergessen, wie zierlich das Kästchen war, eine russische Holzarbeit mit mehrfarbigen Intarsien auf dem Deckel, die eine Allee zeigten, welche auf eine Art Landhaus zuführte. Ihr Vater hatte ihr die Schatulle zum achtzehnten Geburtstag geschenkt, seitdem war sie ihr wohl nur ein- oder zweimal zufällig in die Hände geraten, als sie nach etwas ganz anderem gesucht hatte. Als sie den Deckel öffnete, lag vor ihr ein Medaillon mit einem blauen Stein. Es sah aus wie der Zwilling des Steins, den Benjamin Turner ihr vor einer Stunde anvertraut hatte.

Selbstverständlich konnten zwei natürliche Steine nie absolut identisch sein, es gab immer Unterschiede in der Farbgebung oder durch haarfeine Einschlüsse. Aber diese beiden Medaillons gehörten zusammen, der geflochtene Rahmen, der Aufhänger, alles war identisch. Wieder spürte Nina, wie das seltsame Leuchten des Steins sie gefangen nahm. Als sie den Saphir in die Hand nahm, fühlte sie seine beruhigende Kühle und Glätte.

Sie drehte das Medaillon herum. Auf der rechten Seite, dort, wo auf einem Zifferblatt die Drei gewesen wäre, sah sie das Ornament, eine winzige Faust, die um das Amulett herumzugreifen schien und deren Mittelfinger leicht vorgeschoben war. Sie drückte den kleinen Knopf an der rechten Seite, bei einer Uhr wäre er der Knopf zum Verstellen der Zeiger gewesen. Dieser Knopf aktivierte eine Feder, die den Mittelfinger der Hand aufschnappen ließ. Der Deckel sprang sofort leicht und mit einem kaum hörbaren surrenden Geräusch auf. Er gab das Brustporträt eines Mannes frei.

Der Mann trug einen Anzug, wie er vor dem Krieg modern gewesen war, wirkte aber etwas steif darin, so als ob er nicht daran gewöhnt war, ein solches Kleidungsstück zu tragen. Das hervorstechendste Merkmal in seinem Gesicht waren die Augen. In ihnen war etwas, das Nina wie magisch anzog. Sie waren leicht zusammengekniffen, er musste offensichtlich gegen die Sonne schauen. Der Mund war ernst, das ganze Gesicht wirkte angespannt, aber es lag auch eine gewisse Zärtlichkeit in seinem Blick, die dem Fotografen zu gelten schien. In seinem Rücken war ein Gewässer auszumachen, ein großer See oder das Meer. Das Foto war keine Spur vergilbt, obwohl es schon vor Jahrzehnten aufgenommen worden sein musste.

Auf der Innenseite des Deckels stand eine kyrillische Inschrift, die Nina nicht lesen konnte.

Noch lange nachdem sie ins Bett gegangen war, konnte Nina keinen Schlaf finden. Längst vergangene Bilder tauchten wieder auf.

Jonas Fischer, ihr Vater, war ein verträumter Mathematiker in einer großen Münchner Firma. Sie kannte ihn zu wenig, um zu wissen, was ihre Mutter damals zu ihm hingezogen hatte. Auf jeden Fall nicht genug, um ihn zu heiraten, als sie schwanger wurde. Und nicht genug, um mehr als einige Jahre bei ihm zu bleiben. Irgendwann war er aus Ninas Leben verschwunden, bis auf eine Postkarte zu Weihnachten und zum Geburtstag. Und an ihrem achtzehnten Geburtstag hatte er plötzlich vor ihrer Tür gestanden, linkisch und nicht wissend, was er sagen sollte. Sie hatte Gäste gehabt, und er passte nicht in diese Gesellschaft. Als er schließlich wieder gegangen war, hatte er ihr das Holzkästchen gegeben. »Ich habe es kürzlich in einem alten Koffer gefunden, der damals irgendwie mit nach München gekommen ist. Es hat deiner Mutter gehört, und ich dachte, du solltest es haben.« Er hatte vermutet, dass der Anhänger eines der wenigen Stücke war, die aus dem ehemals großen Besitz der Familie übrig geblieben waren. Mehr war aus ihm nicht herauszubringen, und Nina hatte sich damit zufriedengegeben. Es hatte sie nicht weiter interessiert.

Sie erinnerte sich an die Zeit, als sie achtzehn war. Damals, kurz nach dem Abitur, hatte sie von ihrer Familie nichts wissen, geschweige denn ihren alten Schmuck tragen wollen. Ihre Mutter war gestorben, als sie sieben war, ihr chaotischer Vater hatte kein Interesse an ihr, und die einzige Verwandte, die sich um sie kümmerte, ihre Großmutter, erschien ihr so unendlich alt und konservativ, dass sie sich manchmal für sie schämte.

Sie hatte das Kästchen in irgendeine Ecke getan und über die Jahre vergessen.

Doch nun waren die Geister der Vergangenheit mit Macht zurückgekehrt. Nina knipste das Licht wieder an, um noch einen Blick auf das Porträt zu werfen. Sie fragte sich, wer der gut aussehende Mann sein mochte und was er mit ihr zu tun hatte. Wie kam sein Abbild in ein Schmuckstück, das der Familie gehörte? Vom Alter her hätte er ihr Großvater sein können, den Nina nicht mehr kennengelernt hatte. Er war irgendwann während des Krieges gestorben, wahrscheinlich gefallen, so genau wusste Nina das nicht. Aber sie hatte Fotos von ihm gesehen, und er ähnelte dem Mann von dem Porträt überhaupt nicht.

Was weiß ich eigentlich über meine Herkunft und meine Vorfahren? dachte sie. Gar nichts oder nur sehr wenig. An meine Mutter kann ich mich nur noch schwach erinnern, ich weiß nicht einmal, ob die Dinge, die ich von ihr in Erinnerung habe, wahr sind oder ob sie mir später so erzählt wurden. Meinen Vater habe ich seit ihrem Tod höchstens einmal im Jahr gesehen, weil er sich nicht um mich kümmern konnte oder wollte. Geschwister, Tanten oder andere Verwandte habe ich nicht. Eigentlich besteht meine Familie nur aus Natascha, und auch von ihrer Vergangenheit weiß ich so gut wie nichts.

Am meisten bewegte sie aber die Frage, wie ein Fremder aus Amerika an das genaue Gegenstück dieses Medaillons gekommen war und was ihn ausgerechnet zu ihr trieb. Und wessen Porträt verbarg sich wohl in seinem Exemplar? Ihr letzter Gedanke vor dem Einschlafen galt Natascha, ihrer russischen Großmutter. Wenn überhaupt jemand Antworten auf Ninas Fragen hatte, dann sie.

Kapitel 2

Am nächsten Morgen erwachte Nina früher als gewöhnlich. Noch bevor sie die Augen aufschlug, standen die Fragen wieder vor ihr, mit denen sie am Abend schlafen gegangen war, und sie hatte das Gefühl, als hätten sie sich auch in ihre Träume gedrängt. Ein unangenehmes Bild aus der Nacht kehrte zurück: Sie stand an einer Wegscheide. Der eine der beiden Wege führte hoch an einer grün bewachsenen Steilklippe entlang, der andere verlor sich in sanften Windungen hinter einem Hügel. Benjamin kam auf einem Motorrad hinter ihr her und forderte sie auf, sich für einen der beiden Wege zu entscheiden. Sie spürte noch deutlich das Gefühl aus ihrem Traum: Es war ungeheuer wichtig für ihr weiteres Leben, dass sie den richtigen Weg wählte, und verzweifelt lief sie mal in die eine, dann wieder in die andere Richtung, weil sie nicht wusste, wohin sie sollte.

Kurz entschlossen sprang sie aus dem Bett; sie wusste, sie würde ohnehin nicht wieder einschlafen können. Wenn sie die Erinnerung an den unangenehmen Traum verscheuchen wollte, dann musste sie sofort den Tag beginnen. Sie sah auf ihre Armbanduhr und beschloss, jetzt gleich Natascha aufzusuchen. Sie hatte noch Zeit, bevor sie den Laden öffnen musste, und wenn sie ein wenig zu spät kam, machte das auch nichts. Touristen waren Langschläfer. Rasch zog sie eine Jeans und den neuen kamelhaarfarbenen Pullover an, den sie vor einigen Tagen gekauft hatte, schon in Erwartung des Herbstes, der vor der Tür stand. Wahrscheinlich würde ihr am Nachmittag zu warm darin werden, aber sie hatte das Bedürfnis, sich zurechtzumachen. Vor dem Spiegel im Bad band sie ihr Haar locker im Nacken zusammen und zupfte einige Haarsträhnen in die Stirn, auf der ein purpurner Fleck prangte. Den Versuch, ihn mit Puder abzudecken, gab sie gleich wieder auf, denn die leichteste Berührung bereitete ihr Schmerzen. Leise fluchend ging sie ins Wohnzimmer.

Sie rief ihre Großmutter an, um zu sagen, dass sie vorbeikäme, dann verließ sie das Haus.

Ihr gegenüber in der U-Bahn nahm ein Ehepaar mittleren Alters Platz. Wortlos saßen sie nebeneinander, bemüht, sich nicht zu berühren. Einmal rutschte der Mann auf dem Sitz hin und her und setzte sich versehentlich auf den Schoß des Jacketts seiner Frau. Unwirsch stieß sie ihn daraufhin in die Seite. Er erhob sich wortlos gerade so weit, dass sie das Kleidungsstück unter ihm hervorziehen konnte. Dann sahen beide mürrisch vor sich hin, bis er am Nollendorfplatz ausstieg. Wieder ohne ein Wort.

Nina machte die Szene traurig. Warum taten sie sich das an? Es sah nicht so aus, als hätten sie sich nur gerade leidenschaftlich gestritten und freuten sich bereits auf die Versöhnung, die am Abend stattfinden würde, vielleicht in ihrem Lieblingsrestaurant oder zu Hause bei Champagner und Rosen. Schweigen und gegenseitige Abneigung schienen zwischen ihnen an der Tagesordnung zu sein.

Nina musste an Martin denken. Meine Güte, sie hatte ihn am Vorabend versetzt und ihn bisher nicht einmal angerufen, um sich zu entschuldigen. Jetzt würde er mit Recht schmollen, und sie würde sich viel Mühe geben müssen, um ihn wieder zu besänftigen. Martin konnte sehr nachtragend sein. Eigentlich sahen sie sich gar nicht so häufig in der letzten Zeit, mit dem wachsenden Erfolg seiner Kanzlei hatte er jetzt oft auch abends Termine mit Klienten. Und doch nahm er sich das Recht heraus, eifersüchtig zu sein, wenn sie ohne ihn ausging. Er mochte Malou, ihre beste Freundin, nicht. Er hätte es zwar nie zugegeben, aber im Grunde war es ihm ein Dorn im Auge, dass sie ihre Goldschmiede eröffnet hatte. Mehr als alles andere störte ihn jedoch ihre hartnäckige Weigerung, eine gemeinsame Wohnung zu beziehen.

»Wir sind jetzt sieben Jahre zusammen, so langsam solltest du wissen, was du eigentlich willst. Außerdem wäre es doch auch finanziell wesentlich günstiger für uns beide.« »Finanziell«, das war so ziemlich alles, an das Martin denken konnte, seitdem er mit seiner Kanzlei richtig Geld verdiente.

»Ich liebe meine Wohnung nun mal, sie ist nah am Atelier, aber für zwei einfach zu klein«, versuchte sie sich herauszureden.

»Ach was! Ich habe manchmal das Gefühl, du liebst mich nicht mehr richtig, sonst müsstest doch auch du den Wunsch haben, dass wir morgens zusammen aufwachen.«

Morgens gemeinsam aufzuwachen konnte sie sich ja gerade noch vorstellen. Aber sie wusste, dass Martin eigentlich meinte, dass sie Abend für Abend auf ihn wartete, wenn er aus dem Büro kam, ein Abendessen vorbereitet hatte, an seinen Lippen hing, um sich anzuhören, womit er seinen anstrengenden Tag verbracht hatte. Der Höhepunkt dieser Abende in trauter Zweisamkeit wäre dann ein Liebesfilm im Fernsehen. Nina wollte ein solches Leben nicht, das wurde ihr beim Anblick der mürrischen Frau, die ihr gegenübersaß, auf einmal deutlich. Und was wäre eigentlich zwischen dem Liebesfilm und dem gemeinsamen Aufwachen? Verblüfft und ein wenig beschämt stellte sie fest, dass sie schon seit einigen Monaten nicht mehr miteinander geschlafen hatten, und noch mehr verbitterte sie, dass sie Sex während der ganzen Zeit nicht einmal vermisst hatte. Wenn Martin sie nach einem gemeinsamen Abend vor ihrer Haustür küsste und fragte, ob er mit raufkommen dürfe, erfand sie jedes Mal eine andere Ausrede, weil sie einfach keine Lust auf ihn hatte. Und er reagierte auch nicht gerade übermäßig frustriert auf ihre Ablehnung, das musste sie zugeben. Doch sah so eine Beziehung mit Zukunft aus?

War es möglich, dass der Traum der vergangenen Nacht sie zu diesen Gedanken getrieben hatte? Nina spürte in sich das sichere Gefühl, dass die Begegnung mit Benjamin ihr vertrautes Leben erschüttert hatte. Sie stand vor einer wichtigen Entscheidung. Genau wie in ihrem Traum.

»Ja, ich komme ja schon. Meine Güte, was ist denn los mit dir? Du hast schon am Telefon so aufgeregt geklungen. Hast du im Lotto gewonnen oder Robert Redford in der U-Bahn getroffen?«

Natascha Kolzin, Natascha Maximilianowna Kolzin mit ihrem russischen Vatersnamen, zog ihre Enkelin energisch in die Wohnung und bugsierte sie in einen der beiden wuchtigen grün-gold gepolsterten Ohrensessel, die den Mittelpunkt des Wohnzimmers bildeten.

»Ich mache jetzt erst mal einen guten Tee, während du dich wieder beruhigst. Und dann möchte ich einen ausführlichen Bericht. Hoffentlich lohnt sich die ganze Aufregung auch.«

Nina war wirklich ganz außer Atem. Sie war so rasch die zwei Treppen hinaufgestürmt, dass ihre Stirn wieder zu schmerzen begonnen hatte. Dankbar lehnte sie sich zurück und nahm die altmodische Atmosphäre des Zimmers in sich auf, das mit merkwürdigem Nippes und Dingen, die heute niemand mehr benutzte, vollgestellt war. Im Leben ihrer Großmutter hatten sich Erinnerungsstücke aus vieler Herren Länder angesammelt, die wie ein Spiegel des Jahrhunderts waren. Auf und hinter den Glastüren einer riesigen Mahagoni-Anrichte mit abgerundeten Seitenschränken, für die man heute ein Vermögen hergeben müsste und für die die meisten modernen Wohnungen ohnehin zu klein waren, standen einzelne Kristallgläser und -karaffen in allen Farben und Schliffen neben gerahmten Fotos und Postkarten, vergilbte Schleifen und

Tanzkarten lagen neben silbernen Gebäckhebern. Eine kleine russische Bibliothek, darunter wertvolle Ausgaben von Tolstois *Anna Karenina* und Puschkins *Eugen Onegin*, stand neben einem Stapel großformatiger Modezeitschriften aus dem Paris der Zwanziger- und Dreißigerjahre. Was sich in den kleinen und größeren, mit Seide bespannten Kästchen befand, die sorgfältig nach ihrer Größe sortiert aufeinandergestapelt waren, konnte Nina nicht sagen. Wahrscheinlich alte Briefe, Restaurantquittungen, Eintrittskarten und Streichholzbriefchen. Am Fenster stand eine alte Tischnähmaschine tschechischer Fabrikation mit einem unaussprechlichen, langen Namen. Als Kind hatte sie ihn oft vor sich hin gesungen, jetzt jedoch längst vergessen, wie sie überrascht und traurig feststellte. Den Samowar hatte sie früher immer poliert, bis er in der Sonne glänzte, wenn sie auf das kleine Tischchen fiel, das neben dem alten, knarzenden Ledersofa stand. Über allem schwebte ein leichter Duft von Bergamotte, der zu Natascha gehörte, solange Nina sie kannte.

Das Leben ihrer Großmutter musste wechselvoll gewesen sein, aber sie wusste nur sehr wenig darüber. Wie geheimnisvoll war dieses Zimmer mit seinen ihr verborgenen Erinnerungen, wie üppig und farbenreich im Gegensatz zu ihrer eigenen schlichten, mit wenigen Möbeln eingerichteten Wohnung.

»So, hier kommt der Tee, und nun erzählst du mir, was eigentlich los ist.« Mit diesen Worten betrat Natascha den Raum, vor sich ein Tablett mit einer Teekanne, Tassen und gebuttertem Toast.

Ihre Großmutter machte auf Nina immer den Eindruck einer großen Dame. Mit ihren über neunzig Jahren war sie hochgewachsen und schlank, ohne die Hagerkeit vieler älterer Frauen zu haben. Natascha kleidete sich mit Sorgfalt, auch wenn ihre Kostüme nicht der letzten Mode entsprachen. Dafür waren die Stoffe und die Verarbeitung von ausgesuchter

Qualität, denn sie hatte sie selbst entworfen und genäht. Ihren Beruf als Modeschneiderin hatte sie längst aufgegeben, aber Nina erinnerte sich wehmütig an die langen gemütlichen Nachmittage, als sie neben der Großmutter und der ratternden Nähmaschine saß und Puppenkleider nähte. Natascha hatte niemals zu ihr solche dummen Sprüche gesagt wie »Langes Fädchen, faules Mädchen«, die sie sich in der Schule von der Handarbeitslehrerin hatte anhören müssen, und hier durfte sie auch schrille Fantasiekleider für ihre Puppen nähen, die in der Schule verboten waren.

Mit einem leisen Klirren stellte Natascha das Tablett auf den Tisch und kontrollierte mit der rechten Hand den Sitz ihrer Frisur. Nina hatte das Haar der Großmutter immer besonders geliebt, das weich und in leichten Wellen ihren Kopf umrahmte und im Nacken zu einem großen sanften Knoten geschlungen war. Es hatte lange so ausgesehen, als würde ihr Haar bis zuletzt das dunkle Blond behalten, doch in den letzten Jahren hatten sich dann doch immer dichtere graue Strähnen hineingemogelt und so einen interessanten Kontrast geschaffen. Trotz ihres hohen Alters besaß Natascha einen wachen Verstand, und ihre dunkelgrauen Augen blickten aufmerksam und interessiert.

Mit einem unnachahmlichen Schwung, bei dem der Tee zwischen Ausgießer und Tasse einer kühnen, beinahe dramatischen Linie folgte, goss Natascha das heiße Getränk aus der alten Kanne in das fast durchsichtige Porzellan. Bei dem Versuch, dieses Kunststück nachzumachen, hatte Nina bereits zwei Tassen zerbrochen, und von da an hatte sie es sein lassen. Natascha setzte sich ihr gegenüber in den zweiten grünen Sessel und sah sie erwartungsvoll an.

»Ich weiß gar nicht, wo ich anfangen soll«, sagte Nina. »Mir ist gestern Abend etwas passiert, was mich ganz durcheinanderbringt. Ich habe darüber sogar meine Verabredung mit Martin vergessen, und er wird bestimmt wütend auf mich sein.

Und dann muss ich ständig an unsere Familie denken und dass ich im Grunde nichts über uns weiß, und an dieses Schmuckstück ...«

»Na, dann weiß ich ja jetzt Bescheid«, fiel ihr Natascha ins Wort.

Nina sah ihr amüsiertes Lächeln und hob hilflos die Arme.

»Entschuldige bitte, aber ich habe so viel gegrübelt, dass ich schon gar nicht mehr weiß, was ich daherrede. Also, da ist gestern dieser Mann in meinen Laden gekommen, ein Amerikaner ...«

Dann begann sie zu erzählen, wie sie Benjamin Turner kennengelernt hatte.

»Weißt du, es hat so viel Spaß gemacht, mit ihm zu reden. Ich habe in der kurzen Zeit mit ihm mehr gelacht und gefühlt als mit Martin während eines ganzen Abends. Mir ist aufgefallen, dass ich ohnehin fast nie mit anderen Männern rede, es sei denn, du zählst den Mann an der Fleischtheke im Supermarkt oder den Postboten dazu. Ich habe mich gestern Abend total ungeschickt angestellt, wie ein kleines Mädchen. Martin ist der einzige Mann, mit dem ich ausgehe, und wir kennen uns schon seit einer Ewigkeit.«

»Du weißt, ich halte Martin für einen netten jungen Mann, aber dass er mich langweilt, habe ich dir nie verschwiegen. Du bist jung, und du hast ein Recht auf Liebe ...«, sie beugte sich verschwörerisch vor, »ich meine wirkliche Liebe und keine lauwarme Zuneigung, gemischt mit einer gehörigen Portion Gewöhnung und der Angst vor Veränderung. So wie du deine Reaktion auf diesen Benjamin beschreibst, hört es sich für mich so an, als hättest du dich schwer verguckt«, schloss Natascha triumphierend.

»Verguckt? Wie kommst du denn darauf? Ich habe lediglich gesagt, dass ich Mühe hatte, mit einem Mann, den ich zufällig getroffen habe, eine einigermaßen geistreiche Unterhaltung zu führen«, brauste Nina auf.

»Genau«, antwortete Natascha verschmitzt, »genau das passiert, wenn man sich verliebt. Aber woher solltest du das auch wissen. Deine Erfahrungen beschränken sich ja auf deinen Don Juan von Martin.«

Auch Nina musste ungewollt lächeln. Als einen Don Juan konnte man Martin wirklich nicht bezeichnen. Seit sie sich vor sieben Jahren auf der Party einer gemeinsamen Freundin begegnet waren – er hatte gerade sein zweites Staatsexamen als Jurist mit Auszeichnung bestanden, sie war, nach einem abgebrochenen Studium der Kunstgeschichte, mitten in der Ausbildung zur Goldschmiedin –, hing er an ihr, war wie ein treuer Hund immer zur Stelle, wenn sie jemanden brauchte, um die Waschmaschine zu reparieren oder sich auszuheulen. Seine hartnäckige Anhänglichkeit hatte ihr imponiert. Martin war lieb und zuverlässig, aber ein Prickeln war zwischen ihnen nie aufgekommen. Er war stillschweigend davon ausgegangen, dass sie eines Tages heiraten und eine Familie gründen würden. Als Nina dann aber ihren Laden aufgemacht hatte und sich nicht zur Heirat, noch nicht einmal zur gemeinsamen Wohnung entschließen konnte, hatte sich ihr Verhältnis zunehmend abgekühlt. Fast jedes Mal, wenn sie sich sahen, brachte er das Gespräch auf ihre gemeinsame Zukunft, Nina wich aus, Martin verlangte eine Erklärung, die sie ihm nicht geben konnte, und wurde am Ende wütend. Nina wollte es vor sich selbst nicht zugeben, aber sie hatte Angst vor einer Ehe mit Martin, gleichzeitig fürchtete sie sich aber auch davor, sich von ihm zu trennen. Zerknirscht musste sie zugeben, dass es stimmte, was Natascha von der Bequemlichkeit und der Gewöhnung gesagt hatte. Zu diesem Gefühl der Zerknirschung kam ein schlechtes Gewissen gegenüber Martin. Dass sie ihn so hinhielt, hatte er nicht verdient.

Seit dem gestrigen Abend jedoch, seit ihrer Begegnung mit Benjamin Turner, glaubte sie zu ahnen, dass es Männer gab, die im Leben einer Frau alles verändern konnten. Aber sie war noch nicht bereit, dieser Ahnung zu vertrauen. Mein Gott, sie hatte diesen Amerikaner nur kurz gesehen, und er würde Berlin sowieso wieder verlassen! Der Gedanke versetzte ihr einen Stich in der Herzgegend.

Natascha riss sie aus ihren Gedanken.

»Weißt du, was vor langer Zeit, noch vor dem Zweiten Weltkrieg, einmal jemand zu mir gesagt hat? Ich wüsste gar nicht, dass es so etwas wie wahre Liebe gibt. Und dabei war ich damals schon lange verheiratet! Ich bin unglaublich wütend geworden und fühlte mich gedemütigt. Aber einige Jahre später wusste ich, dass Olga recht gehabt hatte.«

»Olga? Welche Olga? Du hast mir nie von ihr erzählt.«

»Oh, habe ich das tatsächlich nie getan? Nun, sie war die beste Freundin, die ich je im Leben hatte, eine wunderschöne, gescheite Frau, die nach Paris gekommen war, um dort reich und berühmt zu werden. Sie ist schon lange tot.«

Beide saßen für einen Moment stumm da und hingen ihren Gedanken nach. Dann nahm Natascha einen Schluck Tee und fragte: »Aber wolltest du mir nicht noch etwas anderes erzählen? Irgendwas mit einem Schmuckstück? Hat das auch mit diesem Amerikaner zu tun?«

»Ja, hat es, und jetzt wird es richtig merkwürdig. Benjamin hat mir nämlich ein Medaillon zum Überholen gegeben, und du wirst es nicht glauben, aber ich habe das gleiche Schmuckstück von meinem Vater zu meinem achtzehnten Geburtstag bekommen. Kannst du dir das vorstellen? Du kennst ja Jonas, er hat kaum einen Sinn für Schönheit, und ich habe ihn gefragt, wie er an so außergewöhnlichen Schmuck gekommen ist, und er hat mir geantwortet, dass er ihn in irgendeinem alten Koffer gefunden hat. Er meinte, dass er Mama gehört hat. Woher sie ihn hatte, wusste er aber nicht. Ich hatte diesen Anhänger völlig vergessen, aber als Benjamin gestern mit dem Gegenstück in meinen Laden kam, habe ich mich erinnert, und da kam mir die Idee, ob du vielleicht etwas darüber weißt.

Es ist ein ziemlich wertvolles Stück, ein blauer Stein, ein Saphir, in Gold gerahmt, und innen trägt es das Porträt eines Mannes …«

Natascha hatte anfangs interessiert zugehört, im Laufe von Ninas Erzählung hatte sie sich jedoch vorgebeugt und die Augen zusammengekniffen, wie sie es immer tat, wenn sie angestrengt nachdachte. Jetzt schnappte sie hörbar nach Luft, und Nina sah, dass alle Farbe aus ihrem Gesicht gewichen war. Rasch fragte sie: »Hast du es dabei?«

»Ja, ich wollte es dir doch zeigen.« Nina holte das kleine Holzkästchen hervor. »Hier, dies ist das Exemplar, das ich von Jonas habe. Den anderen Anhänger habe ich im Tresor im Laden.«

Natascha riss ihr das Kästchen förmlich aus der Hand. Ihre Hände zitterten vor Erregung, als sie es öffnete und den blauen Stein herausnahm. Lange hielt sie ihn in der Hand, dann, nach einem Zögern, so als müsste sie sich sammeln oder sich Mut zusprechen, drehte sie ihn um und drückte auf den kleinen Knopf, um das Porträt zu betrachten.

»Du kennst das Medaillon«, sagte Nina verblüfft.

Und dann sah sie, wie sich Tränen in Nataschas Augen sammelten und über die zarten Wangen liefen. Natascha wischte sie nicht ab, sie saß nur still da, und ihr Blick war in die Ferne gerichtet. »Wie ist das möglich nach so vielen Jahren … ich hatte dich für immer verloren geglaubt. Mischa …«

Nina traute ihren Augen nicht. Ihre Großmutter hatte nie große Gefühle gezeigt. Ihre beinahe aristokratische Gefasstheit hatte sie oft verletzt, als sie noch ein Kind gewesen war. Wenn sie damals völlig aufgelöst zu ihr gekommen war, um sich über eine Ungerechtigkeit zu beklagen, die ihr widerfahren war, dann hatte Natascha meistens unwirsch abgewinkt. »Jetzt stell dich nicht so an«, hatte sie zu ihr gesagt. Und Nina hatte lange gebraucht, um zu erkennen, dass sich dahinter keine Gefühllosigkeit verbarg, sondern eine Art Ergebenheit in die kleinen

Schicksalsschläge des Lebens. Natascha nahm sich nicht wichtig genug, um über die Widrigkeiten des Daseins zu klagen.

Und nun weinte sie! Nina ging zu ihr hinüber und legte zärtlich den Arm um sie. »Baschar, was ist denn los? Bitte sprich mit mir.« Bascha, so nannte sie Natascha, wenn sie es besonders zärtlich meinte. Es war beinahe der einzige russische Ausdruck, an den sie sich noch aus ihrer Kindheit erinnern konnte, eine Verschmelzung von *Babuschka*, Großmutter, und Natascha.

Natascha sah mit einem fast mädchenhaften Lächeln zu ihr hoch, holte dann umständlich ein spitzenbesetztes Taschentuch aus ihrer Jackentasche und putzte sich ausgiebig die Nase. Danach schien sie sich etwas gefasst zu haben.

»Der Mann auf dem Foto heißt Mikhail Ledwedew. Ich habe ihn Mischa genannt, und er war meine große Liebe. Vor vielen Jahren hat er mir zum Abschied dieses Medaillon geschenkt. Er selbst trug das gleiche, natürlich mit meinem Porträt darin. Ich nehme an, das ist das Exemplar, das du gerade jetzt in deinem Tresor liegen hast.« Sie schüttelte wieder fassungslos den Kopf, dann sprach sie weiter: »Du weißt, dass ich in meinem Leben viel herumgekommen bin und dass es bestimmt nicht langweilig war. Ich möchte auch keinen Teil davon missen. Aber Mischa hat in meinem Leben das Glück bedeutet. Wäre ich diesem Mann nicht begegnet, ich hätte das Gefühl, etwas ganz Wesentliches verpasst zu haben. Nämlich die Liebe.«

Nina kam bei diesen Worten aus dem Staunen nicht wieder heraus. Sie hätte gern hundert Fragen gestellt. Stattdessen murmelte sie: »Du irrst, ich weiß fast nichts von deiner Vergangenheit. Wir haben nie darüber gesprochen, seit Mama tot war. Als ob wir beide Angst gehabt hätten. Und irgendwann war es wohl zu spät.«

Ihre Großmutter sah sie nachdenklich an. Dann sagte sie: »Du erzählst mir jetzt noch einmal genau, wie dieser Benjamin dir den Anhänger gegeben hat und woher du diesen hier hast. Und dann muss ich dir wohl die Geschichte meines Lebens und meiner Liebe beichten. Ich hoffe, du hast Zeit mitgebracht.«

Kapitel 3

Natascha hatte immer gemeint, nicht recht heimisch in diesem Riesenreich zu sein. Sie konnte seine melancholischen, zu plötzlichen Fröhlichkeitsausbrüchen neigenden Menschen nicht verstehen, die auch die schlimmsten Schicksalsschläge ergeben hinnahmen und denen es dennoch gelingen sollte, die alte zaristische Macht zu vertreiben und etwas nie Dagewesenes an ihre Stelle zu setzen.

Ihre Eltern, Maximilian Wolodow und seine Frau Katharina, waren erst gegen Ende des vergangenen Jahrhunderts von Berlin eingewandert, zu einer Zeit, als das zaristische System bereits erste Verfallserscheinungen zeigte. Die Familie hatte nicht genügend Zeit gehabt, hier wirkliche Wurzeln zu schlagen. Max Wolodow war damals gekommen, um mit dem Bau von russischen Brücken reich zu werden, was ihm dank seiner guten Verbindungen zum Zarenhof und einer gehörigen Portion Skrupellosigkeit auch gelungen war. Den größten Teil des Jahres war er unterwegs zwischen Ural und Baikalsee, um seine kühnen Eisenbahnbrücken über die tobenden, reißenden, dann wieder zu Eis erstarrten Flüsse zu konstruieren.

Natascha war im ersten Jahr der Auswanderung in Sankt Petersburg geboren worden, im mütterlichen Schlafzimmer des vom Grundriss her quadratischen dreistöckigen Stadthauses, welches Maximilian bei seiner Ankunft in dem fremden Land gekauft hatte und in das man gerade rechtzeitig vor der Niederkunft eingezogen war. Das Schlafzimmer lag im ersten Stock des rot geklinkerten Baus mit dem sich über die beiden oberen Etagen hinziehenden, wuchtigen Erker, die Räume ihres Vaters lagen im Stockwerk darüber, auf der gegenüberliegenden Seite des Hauses. Nataschas Zimmer lag neben dem der Mutter, und wenn sie ihren Vater besuchte, musste sie erst einen langen, dämmrigen Flur durchqueren, dessen gemusterte Fliesen sich am Nachmittag, wenn die Schatten länger wurden, zu Tieren und Fabelwesen zusammensetzten, und dann rechter Hand die majestätische Treppe hinaufsteigen, die aus dem Erdgeschoss heraufführte. Diese Treppe war das Erste, was der Besucher sah, wenn er das Haus betrat, und mit ihren mit rotem Samt überzogenen Stufen war sie das Glanzstück des Hauses. Selbst die Absätze auf der Mitte des jeweiligen Stockwerks waren groß wie Zimmer, so groß, dass dort ein Sekretär stehen konnte, auf dem die tägliche Post lag – auf einem silbernen Tablett sammelten sich im ersten Stock die Einladungen und Visitenkarten für Katharina, eine Etage darüber, auf einem geschnitzten Teller, lagen die Briefe für Maximilian.

Oben führte ein Korridor quasi spiegelverkehrt zum Schlaf- und Arbeitszimmer ihres Vaters. An seiner Wand hingen zahlreiche Jagdtrophäen, und als Kind musste Natascha jedes Mal ihren ganzen Mut zusammennehmen, wenn sie an ihnen vorbeiwollte. Sie holte tief Luft und rannte so schnell sie konnte an den gehörnten Schädeln vorbei, immer in der Furcht, sie könnten sie mit ihren Geweihen aufspießen. Als Maximilian eines Tages, sie mochte fünf Jahre alt gewesen sein, mit der Trophäe eines Sibirischen Tigers von einer seiner Reisen zurückkehrte, versetzten die riesigen Eckzähne in dem mächtigen Schädel des Tieres sie in eine solche Panik, dass sie sich weigerte, ihren Vater zu besuchen, bis der nachgab und das Tier auf den Dachboden verbannte.

Bereits die größtmögliche räumliche Trennung der elterlichen Schlafzimmer konnte jedem aufmerksamen Beobachter zeigen, dass es mit der Ehe von Maximilian und Katharina nicht zum Besten stand. Dabei hatte sie sich vielversprechend angelassen. Katharina Lhermand entstammte einem alten hugenottischen Geschlecht. Mit zwanzig war sie eine blühende Schönheit, jung und ausgelassen und doch von weiblicher Anmut. Mit der größten Selbstverständlichkeit nahm sie an, dass das Leben sich ihr nur von seiner angenehmsten Seite zeigen würde. Auch noch, als ihre Eltern sie aus wirtschaftlichen Erwägungen mit Maximilian Wolodow verheirateten, ebenfalls Spross einer Einwandererfamilie, aus Russland diesmal. Als sie ihn das erste Mal sah, stand er am Fenster, eine gedrungene Gestalt, die Hände auf dem Rücken verschränkt, und starrte in den Garten hinaus. Diese Geste hätte dem Eingeweihten sein Sehnen verraten können, sein Streben in die Weite, je ferner, desto besser. Das junge Glück erwies sich als zerbrechlich. Max und Katharina passten einfach nicht zueinander, sie hatten keinerlei Gemeinsamkeiten, bei den Mahlzeiten und abends vor dem Kamin herrschte eisiges Schweigen zwischen ihnen. Er verließ immer häufiger das Haus für seine Studienreisen, und sie hörte auf, ihn zu vermissen. Über die Jahre machte die Enttäuschung aus ihr eine desillusionierte Frau. Hemmungslose Vergnügungssucht und der Kult um ihre Schönheit wurden zu ihrem einzigen Lebensinhalt. Sie wurde weinerlich und untätig, außer wenn ihre eigenen Interessen betroffen waren. Und in der sicheren Gewissheit, um das eigene Glück betrogen worden zu sein, gönnte sie anderen nicht das ihre.

Bei Nataschas Geburt war Katharina bereits fast vierzig Jahre alt gewesen und hatte die Möglichkeit einer Schwangerschaft weit von sich geschoben. Als diese späte Tochter sich ankündigte, war sie keinesfalls glücklich gewesen. Sie hatte Maximilian übel genommen, dass er sie aus ihrem geliebten Berlin fortgerissen und nach Russland gebracht hatte, nur um sie hier wochen- und monatelang allein zu lassen. Dass er ihr nun auch noch ein Kind gemacht hatte, konnte sie ihm nach all dem anderen nicht verzeihen. Gerade war es ihr gelungen, Zugang zu den besseren Kreisen der Stadt zu finden, und nun fesselte ihre Schwangerschaft sie erneut an das Haus. Und statt die neueste Mode aus Paris zu tragen, lief sie in unförmigen Zeltkleidern herum! Die Geburt empfand sie als zutiefst demütigend, und als sie endlich vorüber war, warf sie einen kurzen Blick auf das kleine Mädchen, das da ihrem Leib entkrochen war, und wandte sich ab. Sie würde nie echte Zärtlichkeit für ihre Tochter empfinden können.

So wuchs Natascha in der Obhut von Ammen, Kindermädchen und Gouvernanten auf. Weil Katharina allem misstraute, was russisch war, und sich weigerte, ihre Tochter auf eine staatliche Schule zu schicken, kamen später Hauslehrerinnen aus Deutschland hinzu. Natascha genoss die klassische Erziehung eines Mädchens aus gutem Hause. Sie lernte Französisch und – es musste wohl sein – Russisch, bekam Unterricht in Musik, Haushaltsführung und Benehmen. Sie verlebte die behütete Kindheit der Sprösslinge der reichen Oberschicht, zu der ihre Familie gehörte. Nachdem Maximilian aufgrund seiner Verdienste um die russische Eisenbahn in den Adelsstand erhoben worden war, hatte das Leben der Wolodows nur noch an Annehmlichkeit und gesellschaftlicher Bedeutung gewonnen.

Zu Beginn des Jahrhunderts, als Natascha ein kleines Mädchen war, war Sankt Petersburg betont europäisch und von großer Toleranz gegenüber allem, was aus dem Westen kam. Jeder dritte hohe Beamte der Stadt trug einen deutschen Namen, und selbst die Ladenschilder auf dem berühmten Newski-Prospekt oder in der Bolschaja Morskaja waren nicht nur auf Russisch, sondern auch auf Deutsch oder Französisch zu lesen. Große europäische Künstler wie die italienische Schauspielerin Eleonora Duse oder die Tänzerin Isadora Duncan kamen jedes Jahr, um sich von der Atmosphäre der Stadt, in der die Künste eine ungeahnte Blüte erlebten, inspirieren zu lassen. So fiel es Katharina nicht schwer, sich in den ersten Jahren an andere deutsche Einwanderer zu halten, doch mit der Zeit bewegte sie sich auch in den besseren russischen Kreisen.

Nataschas Kindheit hätte unbeschwert und glücklich sein können, doch leider gab es in ihrem Leben einen großen Mangel, und das war die fehlende Liebe. In dem düsteren Haus war nur selten ihr Lachen zu hören. Ihre Mutter ließ sie deutlich spüren, dass sie andere Dinge im Kopf hatte, als sich mit einem Kind abzugeben. Wenn sie nicht gerade dabei war, mit dem Majordomus die Gästeliste für eine ihrer Gesellschaften durchzusehen, oder sich in ihrem üppigen Boudoir ankleiden ließ, weil sie ausgehen wollte, dann lag sie auf der Chaiselongue und war mit einer ihrer Stickereien beschäftigt. Zärtlichkeiten gab es von ihr nie, dagegen sprach schon ihre Angst, das Kind könnte ihr Make-up zerstören. Die Kindermädchen hätten ein Mutterersatz sein können, doch blieben sie nicht lange genug. Nach einigen Monaten kehrten sie zurück nach Berlin oder in die französische Provinz, von wo sie gekommen waren. Die unsicheren politischen Verhältnisse und die Freudlosigkeit des Hauses vertrieben sie. Und Freundinnen in ihrem Alter hatte Natascha nicht, da ihr die Gelegenheit fehlte, sie kennenzulernen.

Der einzige Mensch, mit dem sie ein inniges Verhältnis verband, war ihr Vater. Auf ihn warf sie ihre ganze kindliche Liebe. Wenn Maximilian Wolodow zwischen zwei langen Reisen in Sankt Petersburg weilte, widmete er seine Vormittage den Geschäften, die Nachmittage gehörten jedoch Natascha. Vater und Tochter flanierten durch die Stadt, besonders den belebten Newski-Prospekt entlang, diesen fünfunddreißig Meter breiten Prachtboulevard, wo sie in den erst kürzlich eröffneten Kaufhäusern Einkäufe tätigten, um sich danach im berühmten *Jelissejew*, einem Lebensmittelgeschäft, das ausschließlich Waren der allerersten Qualität bot, in den Jugendstil-Wandbeleuchtungen in Form von Blumenranken und den riesigen Spiegeln zu verlieren und Kaviar zu essen. Eigentlich mochte

Natascha diese »schwarzen Krümel«, wie sie sie nannte, nicht und hätte lieber eines der verführerischen, in allen Farben verzierten Törtchen gegessen, die sorgfältig angeordnet auf silbernen Tabletts lagen, doch in ihrer grenzenlosen Bewunderung für den Vater hätte sie das niemals zugegeben. Max nahm seine Tochter mit in die Eremitage und erklärte ihr die berühmten Gemälde. Von ihm erbte sie die Begeisterung für Farben und Formen, die ihr als Erwachsene von Nutzen sein sollte. Sie badeten in der Newa, spielten Tennis, das sich gerade einer besonderen Beliebtheit erfreute, oder genossen die berühmten weißen Nächte mit ihrem Karneval.

An einem klaren Frühlingsmorgen fuhren Maximilian, Katharina und Natascha zum ersten Mal nach Wolodowskoje Polje. Das kleine Gut lag vor den südlichen Toren Petersburgs. Der Zar hatte es Maximilian anlässlich seiner Erhebung in den Adelsstand geschenkt. »Polje«, wie es in der Familie kurz genannt wurde, bestand aus einem hölzernen Herrenhaus, das durch eine umlaufende, auf Säulen ruhende Veranda vergrößert wurde. Hier wohnte der Verwalter mit seiner Familie, und hier wohnten natürlich die Wolodows, wenn sie in Polje waren.

Im rechten Winkel dazu standen auf jeder Seite kleinere Nebengebäude für das Vieh. Daran schloss sich eine kurze Lindenallee an. Die Bauern, die das Gut bewirtschafteten, lebten in einem kleinen Dorf, das in Sichtweite des Herrenhauses lag. Auf Wolodowskoje Polje wurden Rinder gezüchtet, der Wald, der zu dem Besitz gehörte, wurde zum Holzeinschlag und für die Jagd genutzt.

Seit sie zehn Jahre alt war, kam Natascha so oft es ging hierher, und die Aufenthalte gehörten zu ihren schönsten Kindheitserinnerungen. Das Vergnügen begann bereits mit der Hinfahrt. Meistens fuhren sie mit Pferd und Wagen, nach Fertigstellung der Bahnlinie nahmen sie hin und wieder den Zug. Sommers schützte sie ein kleiner Schirm vor der sengenden Sonne, winters saßen sie fest eingewickelt in Pelze, unter die heiße Ziegelsteine geschoben wurden, um die Füße zu wärmen. Begleitet von dem zarten Geläut der kleinen Glocken und dem Knirschen des Schnees glitten sie durch die tief verschneite Landschaft, die in der Dämmerung bläulich schimmerte, bliesen ihren Atem vor sich her und machten sich gegenseitig auf ein fliehendes Tier oder einen aufgehenden Stern aufmerksam. Wenn sie dann die Lindenallee durchfuhr und das Haus erblickte, durchströmte Natascha ein Glücksgefühl. Es dauerte nicht lange, und Wolja hatte die Ankömmlinge entdeckt. Aufgeregt bellend lief der große Schäferhund neben den Rädern des Wagens her, so nahe, dass sie immer Angst hatte, er würde sich überfahren lassen. Der Hund freute sich ebenso über ihre Ankunft wie sie. Solange sie dort war, wich er nicht von ihrer Seite.

Durch das laute Bellen des Hundes waren auch die Hausbewohner aufmerksam geworden. Meistens standen sie schon auf der niedrigen Veranda, um die Ankommenden zu begrüßen, wenn die Kutsche vor dem Haus hielt. Da waren Aleksander Sawinkow und seine Frau Ljuba, das Verwalterehepaar. Und natürlich ihr Sohn Viktor. Er kam atemlos aus irgendeiner Ecke des Hofes angerannt. Viktor Aleksandrowitsch war das Beste auf Wolodowskoje Polje. In ihm hatte Natascha endlich einen Kameraden gefunden.

Ihre unverbrüchliche Freundschaft begann gleich bei ihrem ersten Aufenthalt. Natascha war am Morgen nach ihrer Ankunft neugierig über den Hof geschlendert, als sie hinter sich ein wütendes Zischen vernahm. Sie drehte sich um und sah sich einer Schar Gänse gegenüber, die sie mit wilden Flügelschlägen vor sich hertrieben. Die Tiere bedrängten sie derart, dass sie schließlich mit dem Rücken an der Wand stand. Einer der Vögel stieß mit seinem Schnabel zu und kniff sie schmerzhaft in den Unterarm. Natascha war so in Panik, dass sie völlig regungslos blieb und hilflos auf den nächsten Schnabelhieb wartete. In diesem Moment kam der Sohn des Verwalters, einen großen Stock in der Hand, und vertrieb die Gänse mit fuchtelnden Armbewegungen und lautem Gebrüll. Natascha war ihm unendlich dankbar – dafür, dass er sie aus ihrer misslichen Lage befreite, aber auch, weil er sie nicht auslachte. Mit einem triumphierenden Glitzern in den Augen drehte sie sich zu den schnatternden Gänsen um und sagte: »Weihnachten sehen wir uns wieder, ihr blöden Viecher – auf dem Teller!« Viktor lachte schallend auf, dann nahm er einfach ihre Hand und zog sie hinter sich her. Er führte sie über das Gut und zeigte ihr alles, die Ställe, die Pferde, die armseligen Behausungen der Bauern. Für Natascha tat sich eine neue Welt auf. Sie atmete den Duft der Blumen im Garten und wollte von jeder den Namen wissen, bis Viktor sie entnervt weiterzog. Sie streichelte jedes Tier im Stall, legte ihre Stirn an die weichen Nüstern der Pferde, ließ Stroh und Getreidekörner durch ihre Hände rieseln. Es war, als könnte sie nicht genug bekommen von den neuen Eindrücken, sie war mit allen Sinnen wach.

An einem der folgenden Tage nahm Viktor sie mit zu einer Höhle, die er hoch oben in einer alten Eiche am Rand des Waldes gebaut hatte. Natascha sah ratlos erst den hohen Stamm hinauf und dann auf ihr langes Kleid hinunter. Wie sollte sie jemals da hinaufklettern? Doch Viktor zeigte ihr, wohin sie den Fuß setzen sollte, und als sie atemlos und zitternd oben angekommen war und die grandiose Aussicht durch das satte Grün der Baumkrone genoss, war sie stolz und glücklich. Sie hatte nicht gewusst, dass sie zu solchen akrobatischen Leistungen fähig war.

Von dem Tag an waren sie unzertrennlich.

In Polje lebte Natascha auf. Sie verwandelte sich von dem stillen, ernsten Mädchen, das unter der Zurückweisung der Mutter litt und sich stets wohlverhielt, um sie nicht zu verärgern, in eine fröhliche, wilde Natascha. Sie legte die feinen Kleider ab und ließ ihr Haar offen, sie rannte umher, statt vornehm zu trippeln, und in Viktors Baumhöhle kletterte sie bald so behend wie ein Eichhörnchen.

Mit Viktor tat sie endlich all die aufregenden Dinge, die nur Kinder tun können. Endlich konnte sie der langweiligen Gesellschaft von Hausmädchen und Lehrerinnen entfliehen, mit denen sie sonst ihre Tage verbringen musste. Natascha und Viktor verließen morgens, nach einem hastigen Frühstück, gemeinsam das Haus und kehrten oft erst am späten Nachmittag zurück, müde und hungrig, zerkratzt von Dornen und Ästen, beladen mit Beeren, Pilzen und anderen Dingen, die sie in den umliegenden Wäldern erbeutet hatten. Eigentlich war Maximilian dagegen, dass seine Tochter derart unmädchenhaften Vergnügungen nachging, aber er hatte ein schlechtes Gewissen, weil er wusste, dass sie in Petersburg nicht glücklich war, und so ließ er sie gewähren.

Wenn sie mit Viktor lärmend das Haus betrat, noch ganz erfüllt von den Erlebnissen des Tages, dann kam Ljuba ihnen entgegen, legte den Arm um ihren Sohn, der das ganz selbstverständlich hinnahm, und fragte ihn danach, wie sie den Tag verbracht hatten. Verwundert und sehnsüchtig beobachtete Natascha, wie zärtlich Viktors Mutter ihren Sohn liebte und wie viel Freude es ihr machte, ihn glücklich zu sehen.

»Es muss ein sehr schönes Gefühl sein, von seiner Mutter geliebt zu werden«, sagte sie eines Tages, es war ihr zweiter oder dritter Sommer in Polje, zu ihm, ohne ihn anzusehen, als sie nach einer langen Wanderung die Füße in einem Bach kühlten.

»Ja«, gab er nur zurück.

»Ich meine, ich würde dieses Gefühl auch gern haben.« Sie wusste nicht, wie sie es ihm erklären sollte.

Viktor sah ihr forschend ins Gesicht. »Wieso, liebt deine Mutter dich etwa nicht? Alle Mütter lieben doch ihre Kinder. Wozu bekommen sie sie denn sonst?«, fragte er unschuldig.

»Nein«, erwiderte Natascha und ihre Stimme bebte, »meine Mutter liebt mich nicht so, wie Ljuba dich liebt, obwohl ich mir alle Mühe gebe, liebenswert zu sein. Ich störe sie nur. Ich glaube, dass sie froh ist, wenn ich hier bin, fort von ihr. Vermissen tut sie mich jedenfalls nicht, sonst würde sie mich und Vater begleiten.«

Viktor kratzte sich nachdenklich am Kinn. »Ich freue mich, wenn du hier bist. Aber vielleicht hast du recht. Mir ist auch schon aufgefallen, dass deine Mutter euch nie begleitet. Ich glaube, ich habe sie erst einmal gesehen, das war kurz nachdem dein Vater das Gut übernommen hat. Danach seid ihr immer allein gekommen. Aber ich bin sicher, dass sie dich trotzdem gernhat. Vielleicht auf eine andere Art, die sie nicht so zeigen kann.« Seine Erklärungsversuche klangen irgendwie schal. »Vielleicht bist du zu nett zu ihr. Vielleicht hält sie es für selbstverständlich, dass Kinder ihre Mutter lieben.«

»Aber du bist doch auch nett zu deiner Mutter. Ich glaube, meine liebt niemanden außer sich selbst, auch meinen Vater nicht.«

Nicht einmal Viktor konnte Natascha erzählen, was sie erlebt hatte, kurz bevor sie in diesem Jahr nach Wolodowskoje Polje gekommen war, dazu schämte sie sich zu sehr. Ihre Mutter hatte nämlich in diesem Jahr einen besonders imposanten Maskenball gegeben.

»Du wirst heute Abend auf deinem Zimmer bleiben, hörst du? Du bist schließlich erst zwölf, zu jung, um auf einen Ball zu gehen«, hatte sie ihr knapp beschieden. Damit war für sie das Thema erledigt, und als Natascha protestierte, hatte ihre

Mutter sie kurzerhand aus dem Zimmer verbannt. Außer sich vor Wut hatte Natascha die Tür zugeknallt, weil sie wusste, dass ihre Mutter eine solche Entgleisung zutiefst verabscheute.

Zornbebend warf sie sich auf das Bett und schluchzte. Bis vor einem Jahr war es Nataschas Pflicht gewesen, auf den zahlreichen Soireen ihrer Mutter die Gäste mit einem artigen Knicks zu begrüßen, wobei Katharina scheinbar lässig die Komplimente der Anwesenden für das wohlgeratene Kind entgegennahm. Natascha wusste wohl, dass sie zunehmend eine Konkurrenz für die eitle Mutter wurde und dass dies der Grund dafür war, dass sie ihr Zimmer nicht verlassen durfte.

Als Yvonne, das neue französische Kindermädchen, kam, um sie zu trösten, warf sie ein Kissen nach ihr. Sie wusste, dass die arme Yvonne keine Schuld traf und dass sie ungerecht war, aber sie hatte keine Lust, gerecht zu sein. Schließlich war das Leben auch nicht gerecht ihr gegenüber.

Mittlerweile trafen die ersten Gäste ein, und sie hörte ausgelassenes Stimmengewirr aus dem Empfangssalon im Erdgeschoss.

»Das lasse ich mir nicht gefallen! Wenn Papa hier wäre, dürfte ich wenigstens bis zum Abendessen bleiben. Ich bin schließlich schon zwölf.«

Kurz entschlossen sprang sie auf und wischte sich die Tränen aus dem Gesicht. Leise verließ sie ihr Zimmer und schlich die Treppe hinab. Wenn sie sich weit über das Geländer beugte, konnte sie sehen, wie die wunderschön gekleideten Damen und ihre eleganten Herren durch die weit geöffneten Flügeltüren in den vom Licht zahlloser Kandelaber festlich erleuchteten Salon strömten. Sie hoffte jedes Mal, Mitglieder der Zarenfamilie oder vielleicht sogar Rasputin zu sehen, diesen geheimnisvollen Mann, von dem ganz Petersburg sprach. Obwohl der ihrer Mutter noch nie die Ehre gegeben hatte, wie Natascha mit leiser Schadenfreude feststellte. Tief sog sie den betörenden Duft der riesigen Blumenbouquets ein und lauschte der Musik des kleinen Orchesters. Sie hatte schon häufig verbotenerweise auf dieser Stufe gehockt und von hier aus zugesehen, was sich unten tat. An diesem Abend war die Stimmung im Haus noch ausgelassener als üblich, die Kostümierung schien den Gästen ein gewisses Inkognito zu verleihen, das sie ihre gewohnte vornehme Zurückhaltung vergessen ließ.

Natascha beschloss, die Gelegenheit zu nutzen und sich unter die Gäste zu mischen. In der Truhe im Ankleidezimmer ihrer Mutter, in der sie die abgelegten Masken aufbewahrte, fand sie einen Harlekinumhang mit einer Gesichtslarve, die nur Augen und Mund frei ließ. Sie stieg die Treppe hinab, als sei nichts gewesen. Sie gab acht, nicht in die Nähe ihrer Mutter zu kommen, und vertraute im Übrigen darauf, dass die Gäste zu sehr mit sich selbst beschäftigt waren, um sie zu bemerken. Sie war überrascht, wie einfach das war. Von einem der tiefen Sessel im großen Salon aus beobachtete sie das ausgelassene Treiben der tanzenden und scherzenden Ballgäste. Irgendwann bekam sie Durst. Sie wusste, dass der Champagner in einem angrenzenden Gästeboudoir gekühlt und eingeschenkt wurde. Mit einem raschen Blick vergewisserte sie sich, dass ihre Mutter nicht in der Nähe war, dann betrat sie den nur von einigen Kerzen erleuchteten Raum und nahm sich ein Glas des moussierenden Getränks. Es schmeckte so, wie sie es sich vorgestellt hatte, ein wenig zu herb nach ihrem Geschmack, aber herrlich prickelnd in Mund und Nase. Sie überlegte, ob sie ein zweites Glas trinken sollte, als die Tür geöffnet wurde und eine Frau in der Kostümierung eines Vogels erschien, der einen prachtvollen Kopfschmuck aus echten blauen und grünen Federn trug. Ihr folgte ein riesiger Zeus, der sie am Handgelenk packte und gierig an sich riss, kaum dass die Tür ins Schloss gefallen war. Der Mann flüsterte heisere Worte, die Natascha nicht kannte; die Art, wie er sie sagte, berührten sie jedoch seltsam peinlich. Natascha kannte das Vogelkostüm, sie hatte gesehen, wie der Schneider es am Vortag geliefert hatte. Für einen Augenblick glaubte sie, der Champagner habe ihr die Sinne vernebelt, aber dann verstand sie, dass es ihre Mutter war, die sich von diesem Fabelwesen küssen ließ. Sie verließ unbemerkt den Raum und flüchtete auf ihr Zimmer. In ihren Ohren klang immer noch die obszöne Stimme des Mannes. Am nächsten Morgen war Katharina wie immer, doch Natascha schämte sich zutiefst für das, was sie gesehen hatte.

Das eiskalte Wasser, das Viktor ihr ins Gesicht spritzte, riss sie aus ihren Gedanken. Kreischend sprang sie auf, gab ihm einen Schubs, der ihn beinahe ins Wasser fallen ließ, und rannte lachend davon. Sie wollte sich den wunderschönen Nachmittag nicht verderben lassen, außerdem war ihr soeben etwas klar geworden: Sie hatte Viktor gegenüber unbeabsichtigt die Wahrheit ausgesprochen. Ihre Mutter war nicht zur Liebe fähig. Aber dann war es doch nicht ihre, Nataschas, Schuld, dass sie auch sie nicht liebte. Sie war beinahe glücklich über diese Einsicht. Während sie in kraftvollen Sprüngen den Waldweg entlanglief, sang sie im Rhythmus ihrer Bewegung:

»Ich bin es wert, dass man mich liebt, und wenn Mutter dieses Gefühl für mich nicht aufbringen kann, so kann ich nichts daran ändern. Aber eines Tages werde ich den Menschen finden, der mich bedingungslos liebt, und auch ich werde meine Liebe verschwenderisch verschenken!«

»Jetzt warte doch auf mich!«, schrie Viktor in einiger Entfernung hinter ihr.

Sie hielt an und kam langsam wieder zu Atem. Sie spürte den Ärger in Viktors Stimme. Sie mochte ihn sehr, aber er würde nicht der Mann ihres Lebens sein, das wusste sie in diesem Augenblick.

Wieder neigte sich ein Sommer auf dem Land dem Ende zu. Die Tage waren noch sehr warm, aber abends wurde es bereits kühl. Morgen würden sie abreisen, die Koffer waren gepackt, und Natascha und ihr Vater nahmen ihr letztes Abendessen in Polje ein. Der Tisch war im Garten gedeckt, und auf dem leuchtend weißen Leinen spielten die Sonnenflecken, die durch die üppig grünen Linden über ihnen drangen. Natascha saß in einem der riesigen, mit geblümten Kissen gepolsterten Korbstühle, die ihr wie ein sicherer Hafen vorkamen, wenn sie ihren Teller auf den Schoß nahm. Auf dem Tisch standen würziges, mit viel Kümmel gebackenes Brot, deftige Wurst, Tomaten und Gurken aus dem Garten. Zum Nachtisch hatte Ljuba den letzten Blaubeerkuchen des Jahres gebacken, dessen intensive Farbe Natascha entzückte und der ihr besonders gut schmeckte, wenn Viktor und sie die Beeren gesammelt hatten. Jetzt gab es bereits die ersten Pilze im Wald, und das ganze Haus duftete nach ihnen, weil sie auf dem Dachboden als Wintervorrat getrocknet wurden.

Heute hatte sie jedoch keinen Appetit. Maximilian hatte wichtige Post aus Petersburg erhalten und saß in die Lektüre vertieft an seinem Ende des Tisches. Auch Viktor, der sich zu ihnen gesetzt hatte, konnte nichts gegen die Traurigkeit ausrichten, die sich in ihr ausbreitete. Ihr graute vor dem langen Winter in dem trostlosen Haus in Petersburg. Ihr Vater würde gleich weiterreisen, zu einem Brückenprojekt an der Wolga, und für Wochen unterwegs sein. Sie selber würde sich mit den Hauslehrerinnen und den Freundinnen ihrer Mutter langweilen.

Das Leben kann ganz schön anstrengend und öde sein, dachte sie während der Rückfahrt nach Sankt Petersburg.

Kapitel 4

»Da ist ja meine Prinzessin! Ich hätte dich beinahe nicht wiedererkannt, so bist du gewachsen. Aus dir ist eine richtige kleine Dame geworden. Ich werfe mich dir zu Füßen wie zweifellos viele andere Verehrer.«

Mit einem Schrei der Begeisterung stürmte Natascha die Treppe hinunter, um ihrem Onkel Rudolf um den Hals zu fallen, der unten augenzwinkernd auf die Knie gefallen war und mit ausgebreiteten Armen auf sie wartete. Seine angebliche Überraschung, wie groß und schön sie doch geworden sei, gehörte zu ihrem Begrüßungsritual, aber Natascha wusste, dass diesmal mehr als ein Körnchen Wahrheit dabei war. Mit ihren sechzehn Jahren war sie tatsächlich kein Kind mehr, und ihre künftige Schönheit kündigte sich bereits an. Seit sie vor einigen Wochen aus Polje zurückgekehrt war, hatte sie die einfachen, ländlichen Kleider wieder gegen Krinolinen und Puffärmel getauscht, und ihr Haar hing nicht mehr in Zöpfen über den Rücken, sondern war sorgfältig frisiert. Bloß an Bewunderern fehlte es ihr noch, wie sie mit Bedauern feststellte. Der einzige Junge, der sich für sie interessierte, war Viktor, und der war schließlich ein Freund und viel zu wichtig in ihrem Leben, um als Verehrer infrage zu kommen.

»Seit wann bist du in der Stadt? Wie lange kannst du bleiben? Gehst du mit mir ins Theater? Oh, bitte, Onkel Rudolf!«

Bewundernd sah sie zu Rudolf Wolodow auf und atmete den Duft nach der großen Welt ein, der ihn umgab. Der jüngere Bruder ihres Vaters, er war nur gut zehn Jahre älter als sie selbst, sah fantastisch aus in dem schwarzen Umhang und dem cremefarbenen Seidenschal, den er lässig über die Schulter geworfen hatte. Das musste der letzte Schrei in Berlin sein, wenn ihr Onkel es trug. Ebenso wie der schmale, exakt geschnittene Oberlippenbart, der seinen vollen Mund betonte und den sie noch nicht an ihm gesehen hatte.

»Kleines, lass mich doch erst mal zu Atem kommen. Die Reise von Berlin war anstrengend und chaotisch. Wo ist Max? Ich muss mit ihm reden.« Natascha hörte eine gewisse Besorgnis in der Stimme ihres Onkels, die neu an ihm war und auch gar nicht zu ihm passte. Rudolf war ein lebenslustiger Draufgänger und ein Frauenheld. So hatte ihn Katharina einmal bezeichnet, und Natascha hatte nur eine ungefähre Ahnung, was darunter zu verstehen war. Sein unnachahmlicher Charme machte ihn zum Liebling aller Damen, er konnte unglaublich witzig sein und eine ganze Gesellschaft stundenlang mit kurzweiligen Anekdoten unterhalten. Wenn er bei den Wolodows zu Gast war, dann lebte das ganze Haus auf. Die üblicherweise stillen Mahlzeiten wurden zu lebhaften Veranstaltungen, bei denen der Wein in Strömen floss und die Unterhaltung Funken sprühte. Die Dienstmädchen kicherten über seine Komplimente und vernachlässigten ihre Pflichten, und sogar Katharina musste lachen, wenn Rudolf bei Tisch den neuesten Klatsch aus Berlin wiedergab und Prominente imitierte.

Doch heute wirkte er zerstreut. Als Maximilian eine Stunde später nach Hause kam, zogen sich die beiden Männer gleich in das Arbeitszimmer zurück.

Natascha schlüpfte mit in den Raum. Als Kind hatte sie sich immer in die Nische unter dem Schreibtisch ihres Vaters gedrückt. Hier hatte sie ihren Lieblingsplatz, wenn Max arbeitete oder Besucher empfing. In dieser dunklen, geräumigen Höhle saß sie auf der Fußstütze, die die beiden Seitenschränke des Schreibtisches verband, und hörte zu, was die Männer über ihr zu berichten hatten. Aber dafür war sie natürlich zu groß geworden. Jetzt kauerte sie sich auf ein Sofa, das in der den Fenstern gegenüberliegenden Ecke des Raumes stand.

»Na, alter Junge, ich nehme an, die Finanzen drücken? Oder was treibt dich sonst den weiten Weg nach Petersburg?«, fragte Maximilian.

Nur zum Schein gekränkt sah Rudolf seinen Bruder an. Seine Eskapaden mit kostspieligen Frauen, besonders aber seine verhängnisvolle Neigung zu Morphium und seine absolute Unfähigkeit in geschäftlichen Dingen hatten sein Erbe aufgezehrt und verschlangen mehr Geld, als er als Zeitungsredakteur und Schriftsteller aufbringen konnte. Seine Verführungskünste bescherten ihm in unregelmäßigen Abständen die finanzielle Unterstützung vermögender reifer Damen, denen er eine rührende Geschichte von dem genialen Dichter auftischte, der keine Zeit zum Schreiben seines Jahrhundertromans fand, weil er seine Existenz mit dem Verfassen von zweitrangigen Theaterkritiken verdienen musste. Zu anderen Zeiten griff Maximilian ihm unter die Arme. Aber er machte sich Sorgen um ihn. Jedes Mal wenn das Gespräch auf Rudolf kam, zuckte Maximilian resigniert die Achseln. »Es wird kein gutes Ende mit ihm nehmen«, sagte er dann immer sorgenvoll. Aber er konnte ihm nicht helfen, er wusste, dass es absolut keinen Sinn hatte, Rudolf mit irgendwelchen Ratschlägen zu kommen. Der winkte dann lachend ab, so schlimm sei seine Lage doch gar nicht, oder zog sich, wenn man ihn gar zu sehr bedrängte, zurück und ließ monatelang nichts von sich hören. Also gab Max ihm Geld, Rudolf verabschiedete sich, gab es aus und stand nach einer gewissen Zeit wieder vor der Tür.

»Ich fürchte, diesmal ist es schlimmer«, sagte Rudolf jetzt. »Und es betrifft auch nicht nur mich allein. Ich bin überzeugt, wir werden bald Krieg haben, die Deutschen sind verrückt geworden und können es kaum erwarten, gegen den Rest der Welt zu Felde zu ziehen. Weißt du, was sie in den Straßen singen? ›Jeder Schuss ein Russ!‹ Ich jedenfalls werde alles tun, um mich diesem Wahnsinn zu entziehen. Und du solltest auch nicht untätig bleiben. Du musst etwas unternehmen.«

»Wie meinst du das? Was soll ich denn unternehmen?« Sein älterer Bruder sah ihn verständnislos an.

»Du bist Deutscher, und Deutschland und Russland werden bald im Krieg sein. Kannst du dir vorstellen, dass wir uns im Schützengraben gegenüberliegen und aufeinander schießen? Das ist doch ein Witz! Vielleicht wirst du hier als feindlicher Ausländer angesehen und eingesperrt.«

»Ich frage dich noch einmal: Was soll ich denn dagegen tun? Mein Leben ist hier in Petersburg, in Russland, ich kann nichts anderes als Brücken bauen, und ich liebe meine Arbeit. Ich will helfen, dieses unermesslich große Land zu erschließen. Das ist meine Lebensaufgabe. Und woher willst du denn wissen, dass es zum Äußersten kommt? Wer sollte den Krieg denn ernsthaft wollen? Der deutsche Kaiser und der Zar haben sich doch kürzlich in Finnland getroffen und sich ihrer Freundschaft versichert.«

Rudolf stand auf und begann, nervös auf und ab zu gehen. »Das war im letzten Jahr, und seitdem ist viel geschehen. Sei doch kein Narr, Maximilian! Denk wenigstens an Katharina und Natascha.«

»Das tue ich«, antwortete Max sehr ernsthaft. »Dieses Land braucht mich. Es wird mich und meine Familie schützen, davon bin ich überzeugt.«

So ging es zwischen ihrem Vater und ihrem Onkel während einer ganzen Woche. Immer wieder zogen sie sich in das Arbeitszimmer zurück, und Natascha konnte sie streiten hören. Sie verbrachten einen Abend zu viert im *Donon*, einem exquisiten Restaurant auf der Morskaja, doch statt sich an den portugiesischen Austern und dem Champagner zu erfreuen, stritten die ungleichen Brüder auch hier. Rudolf versuchte Max zu überreden, mit ihm nach Berlin zu kommen. Er wollte sich dann auf eine Reise nach Amerika begeben und abwarten, wie die Dinge sich entwickelten. Katharina hätte am liebsten sofort ihre Sachen gepackt, doch Maximilian blieb hart. Schließlich reiste Rudolf ab, und Natascha blieb enttäuscht und mit einem leisen Gefühl der Beunruhigung zurück. Irgendetwas musste vor sich gehen, wenn ihr fröhlicher Onkel derart sorgenvoll war.

»Nun, wie sehe ich aus?«

Natascha drehte sich vor dem Spiegel und sah eine hochgewachsene Schönheit, deren blonde Haarpracht einen ungewöhnlichen Kontrast zu dem blassen Teint und den grauen Augen bildete. »Du findest auch, dass meine Brust zu flach ist, stimmt's? Jetzt sag schon.«

»Ich schwöre, du bist die schönste Frau in meinem Leben! Und ich bin sicher, dass du dich heute Abend vor lauter Tänzern nicht retten kannst.« Maximilian trat auf seine Tochter zu und küsste sie liebevoll auf die Stirn. »Ich wünsche dir einen wunderschönen Abend, einen, den du nie vergisst.«

Natascha sah ein letztes Mal in den Spiegel und warf sich selbst eine Kusshand zu. Dann folgte sie ihrem Vater. An diesem Abend trug sie ein fast bodenlanges tiefrotes Kleid aus feinster Seide, das am Kragen mit Brüsseler Spitze besetzt war. Katharina, die an diesem Abend ebenfalls sehr stolz auf ihre Tochter war, hatte es bei einem der besten Schneider Petersburgs anfertigen lassen.

Als sie zwischen ihren Eltern den Saal betrat, bemerkte sie die neugierigen Blicke der Gäste. Die jungen Mädchen der Stadt wurden auf dem alljährlichen Frühjahrsball in die Gesellschaft eingeführt, und Natascha wusste, dass sie in diesem Moment von einer ganzen Anzahl Mütter begutachtet wurde, deren Söhne im heiratsfähigen Alter waren. »Ich bin doch kein Pferd«, murmelte sie grimmig, aber gleichzeitig genoss sie die Aufmerksamkeit. Zum Glück ist Frühling, und ich bin nicht so braun gebrannt wie im Herbst, wenn ich aus Polje zurückkomme, dachte sie. Zum ersten Mal musste sie ihrer Mutter recht geben, die sie ständig ermahnte, ihren Teint nicht der Sonne auszusetzen. Alle Mädchen im Raum waren von einer vornehmen Blässe. Maximilian führte sie zu ihrem Tisch, und der erste Tanz begann.

»Wenn mich niemand auffordert, gehen wir sofort«, flüsterte sie ihrem Vater zu. Diese Sorge war aber unbegründet. Ihre Tanzkarte füllte sich bereits nach dem ersten Walzer, und erstaunt bemerkte sie die bewundernden Blicke der Männer, aber auch, wie neidvoll und missgünstig einige der anwesenden reiferen Damen auf sie herabsahen.

»Du bist schön, und deshalb tanzen ihre Söhne mit dir, aber als Ehefrau wünschen sie sich eine Angehörige des Hochadels, eine Zarentochter wäre ihnen gerade recht. Ich bin aber nur ein Ingenieur, wir sind noch nicht lange von Adel, und Polje ist nur ein kleiner Besitz«, erklärte Maximilian ihr, und seine Stimme troff vor Spott.

»Und was ist mit Liebe?«, fragte Natascha empört.

»Ach, Natascha, die Liebe hat so gut wie nie etwas damit zu tun, wenn zwei Menschen heiraten.« Das sagte Katharina, und ihr Gesicht bekam für eine Sekunde einen bitteren Ausdruck. Natascha fing den schnellen Blick auf, den Max seiner Frau zuwarf, aber Katharina hatte sich schon wieder gefasst. Mit scheinbar ungeteilter Aufmerksamkeit zupfte sie einen imaginären Fussel von ihrem Nerzkragen.

»Na gut, dann werde ich eben eine Ausnahme sein«, sagte Natascha.

Zu ihrer Überraschung antwortete Katharina ihr: »Ich wünsche dir, dass es so kommt.« Dabei hob sie das Champagnerglas und prostete ihrer Tochter zu. Natascha wollte sie fragen, wie sie das gemeint hatte, doch das Orchester, das eine Pause gemacht hatte, spielte wieder, und ein junger Leutnant mit unreiner Haut zerrte sie zappelnd vor Aufregung auf die Tanzfläche.

In den folgenden Stunden trank sie Champagner, scherzte und flirtete. Als sie einmal ein wenig zu unbekümmert über einen Scherz ihres Begleiters lachte und die umstehenden Damen – lang geübte Meisterinnen der floskelhaften, nichtssagenden Konversation – sich indigniert nach ihr umsahen, fühlte sie, wie ihr die Schamesröte ins Gesicht stieg. Und darüber ärgerte sie sich so, dass ihr die Tränen in die Augen traten. Das fehlte noch, vor diesen Ziegen zu heulen, dachte sie in hilflosem Zorn. Ihr Vater hatte den Zwischenfall bemerkt und rettete sie, indem er sie auf die Seite zog, angeblich, um sie einem Bekannten vorzustellen.

Bis auf diesen kleinen Fauxpas erlebte Natascha den Ballabend wie im Traum. Während sie im Arm ihrer Tänzer durch den Saal schwebte, verdrehte sie den Kopf nach den anderen Gästen, besonders nach den schönen Frauen, die sie um ihr selbstbewusstes Auftreten glühend beneidete. Mit welcher Nonchalance sie die Komplimente und galanten Dienste ihrer Bewunderer hinnahmen. Mit welcher Eleganz sie beim Lachen den Kopf leicht schräg in den Nacken legten, um Zähne so weiß wie Perlen und ein Dekolleté wie Alabaster zu zeigen. Sie wünschte sich nichts mehr, als ebenso verführerisch und charmant zu sein.

Kapitel 5

Aus Viktor Sawinkows Brief sprach bittere Enttäuschung. Natascha hatte ihm geschrieben, dass sie diesen Sommer mit ihren Eltern auf der Krim verbringen würde, und er antwortete, wie leer Polje ohne sie sein würde und dass der Hund und er nun allein durch die Gegend streifen müssten.

In Natascha herrschten widerstreitende Gefühle. Einerseits wäre sie zu gern nach Polje gefahren, aber gleichzeitig spürte sie, dass sie für die Kinderspiele mit Viktor zu alt geworden war. Eine unbestimmte Ahnung hatte sie davon abgehalten, ihm von dem Frühjahrsball zu erzählen, obwohl sie so stolz darauf gewesen war und ihm sonst alles, was ihr wichtig erschien, in ihren langen Briefen mitteilte. Sie konnte es nicht erklären, aber sie wusste, dass Viktor ihre Begeisterung nicht verstehen würde. Er würde niemals im Frack auf einen Ballabend gehen, um dort unverbindlich mit den anwesenden Damen zu plaudern. Das erschiene ihm als pure Zeitverschwendung. Bei dem Gedanken daran musste sie wild kichern, ebenso wie bei der Vorstellung, einer ihrer Tänzer würde sie dabei sehen, wie sie einen Baum hinaufkletterte, um dort oben mit Hammer und Nagel zu hantieren. Nein, ihrer beider Leben entwickelten sich in verschiedene Richtungen. Tief in ihrem Inneren bedauerte sie, dass sie nicht beides haben konnte, doch sie wollte jetzt nicht darüber nachdenken, und im Moment versetzte sie die Aussicht auf eine weite Reise, die erste ihres Lebens, in begeisterte Aufregung. Nach Polje konnte sie schließlich immer noch fahren.

In Sewastopol stiegen sie in einem der vornehmen Hotels am Meer ab und verlebten herrliche Wochen. Natascha war entzückt von dem tiefen Blau des Wassers, sie beobachtete stundenlang die Schiffe und die über ihnen kreisenden Möwen. Wenn sie am Arm ihrer Eltern die prächtige Promenade entlangspazierte, kam sie sich wie eine richtige Dame vor.

Fast jeden Nachmittag begegneten sie einem dunkel gekleideten Herrn. Formvollendet zog er den Hut vor ihnen. Gemeinsame Freunde aus Petersburg machten sie schließlich miteinander bekannt.

»Konstantin Iwanowitsch Kolzin, zu Ihren Diensten.« Er war um die dreißig, ein humanistisch gebildeter, disziplinierter Agronom, der es bereits zum stellvertretenden Staatsrat gebracht hatte. Vor fünf Jahren, nur kurze Zeit nach der Eheschließung, hatte er seine Frau an ein Lungenleiden verloren. Das Unglück hatte aus ihm einen grüblerischen Mann gemacht, der nur schwer aus sich herauskam. Doch Nataschas Übermut schien ihn anzustecken, er staunte über die Art, wie sie das Leben nahm und sich über tausend Kleinigkeiten amüsieren konnte. Ein Glas Champagner, eine heiße Schokolade nach einem langen Spaziergang, ein Sonnenuntergang oder die Farben der Gemälde: In ihrer Begeisterung machte sie ihn ständig auf etwas Sehenswertes aufmerksam. Sie schaffte es sogar, ihn für einige Landpartien in die Umgebung zu gewinnen, und sie unternahmen anstrengende Wanderungen in die umliegenden Gebirge und besuchten die orthodoxen Kirchen der kleinen Dörfer.

Natascha war beeindruckt von seinem stillen, vornehmen Wesen. Weil sie nicht wusste, was für eine Wirkung sie auf Männer hatte, war sie anfangs ein wenig eingeschüchtert, dass jemand sich für sie interessierte, noch dazu ein so viel älterer Mann. Doch sie gewöhnte sich an seine Aufmerksamkeiten, und sie schmeichelten ihr. Sie mochte Konstantin gern, und sie nutzte seine Bekanntschaft und das Vertrauen, das ihre Eltern offensichtlich in ihn hatten, um so oft wie möglich aus dem Hotel herauszukommen.

Ende Juni wurde in Sarajewo der österreichische Thronfolger ermordet. Natascha hatte keine Ahnung, was ihn dazu trieb, aber Konstantin kehrte umgehend nach Petersburg zurück. In den verbleibenden zwei Wochen vermisste sie seine charmante Gesellschaft.

»Fräulein Natascha, da ist Besuch für Sie«, mit diesen Worten reichte das Dienstmädchen ihr eine Visitenkarte. Erfreut sah Natascha von ihrer Näharbeit auf, sie war für jede Abwechslung dankbar. Ihr Vater war gleich von der Krim aus auf eine weit entfernte Baustelle gefahren, und sie langweilte sich mit ihrer Mutter in Sankt Petersburg.

»Wer ist es denn? Oh, Konstantin Iwanowitsch, was für eine freudige Überraschung!«

Sie war glücklich, ihn zu sehen, und als er ihr sagte, wie sehr er sie seit Sewastopol vermisst hatte, stimmte sie ihm aufrichtig zu. Seine Augen bekamen daraufhin einen seltsamen Ausdruck, sie bemerkte in ihnen so etwas wie Genugtuung, aber sie wischte die leichte Beunruhigung, die von ihr Besitz ergriffen hatte, unbekümmert beiseite.

In diesem Winter, dem ersten Kriegswinter, kam Konstantin jeden Mittwoch zum Tee, und am Samstag führte er sie aus. Natascha fühlte sich wie eine erwachsene Frau, wenn er ihr kleine Geschenke schickte, ein Blumenbouquet oder Naschereien. Es bekam etwas Selbstverständliches für sie, Champagner zu trinken und die Nächte hindurch zu tanzen. An anderen Tagen jedoch siegte ihr jugendliches Ungestüm, und sie befahl ihm, mit ihr Tennis zu spielen oder auf der Newa Schlittschuh zu laufen. Er hatte in beiden Dingen keine Erfahrung, aber ihr zuliebe nahm er sogar Unterricht. Manchmal, wenn Kostja, wie sie ihn jetzt vertraulich nannte, sie mit diesem beunruhigenden Seitenblick bedachte, durchfuhr sie die Ahnung, dass diese Aufmerksamkeiten ihren Preis haben würden, aber sie fühlte sich wohl in seiner Gesellschaft, und so ließ sie es darauf ankommen.

Hätte sie nur jemanden gehabt, eine Freundin, eine verständnisvolle Mutter, eine ältere Verwandte, um sich mit ihr zu besprechen und sich über ihre Gefühle klar zu werden. Doch ihr fehlte das eine wie das andere. Es gab zwei Menschen, denen sie sich hätte anvertrauen können, ihren Vater und Viktor. Aber der eine war unerreichbar im russischen Winter, und dem anderen konnte sie nichts von ihren Gedanken sagen, weil sie ihn ebenfalls betrafen.

Und so fand sie sich im folgenden Frühjahr vor dem Traualtar wieder. Konstantin hatte bei Katharina um ihre Hand angehalten. Eigentlich hätte es sich gehört, dass er das Einverständnis Maximilians einholte, aber der wurde erst in einigen Wochen, wenn die Straßen wieder passierbar waren, zurückerwartet, und wegen des Krieges waren die gesellschaftlichen Gepflogenheiten ohnehin brüchig geworden. Katharina hatte zugestimmt, und danach war Kostja gleich freudestrahlend zu ihr gekommen und hatte die frohe Nachricht verkündet. Dass Natascha seinen Antrag annehmen würde, davon ging er einfach aus, denn sie hatte in ihm nie auch nur die Spur eines Zweifels geweckt. Und als sie ihm um den Hals fiel, empfand sie tatsächlich reines Glück. Sein ruhiges Wesen gab ihr Sicherheit, außerdem schmeichelte es ihr, wie er um sie warb. Eine Art Beschützerinstinkt sagte ihr, dass sie gut für ihn wäre und ihn aus seiner Melancholie reißen könnte. Sie fühlte sich nützlich neben ihm. Und außerdem würde sie endlich diesem trostlosen Haus entfliehen.

Als Maximilian Anfang Februar nach Hause kam, war bereits alles für die Trauung im März in die Wege geleitet. Die folgenden Wochen vergingen mit Hochzeitsvorbereitungen, ein Kleid musste geschneidert, Einladungen geschrieben, Blumen bestellt und das Menü vorbereitet werden. Das Fest wurde nicht allzu üppig ausgestattet, und dies hatte zwei Gründe: Maximilian empfand es als unpassend, in Kriegszeiten ausgelassen zu feiern. Katharina hingegen war einerseits zufrieden, die Tochter bald aus dem Haus zu wissen, die Hochzeitsfeierlichkeiten erfüllten sie jedoch mit Schrecken, weil eine verheiratete Tochter sie älter machen würde. Sie legte keinen Wert darauf, das Ereignis an die große Glocke zu hängen. Die Vorbereitungen für ihre eigene Garderobe hielten das ganze Haus in Atem, alle fürchteten ihre Ohnmachtsanfälle, die sie gekonnt als letztes Mittel einsetzte, um endlich die allgemeine Aufmerksamkeit auf sich zu lenken.

Natascha betrachtete das Chaos ungerührt, als ginge es um die Hochzeit einer anderen.

Am Tag der Eheschließung warf sie einen letzten verschwörerischen Blick auf den Tigerkopf vor Maximilians Arbeitszimmer, der schon seit Jahren wieder an seinem Platz an der Wand hing, weil sie keine Angst mehr vor ihm hatte. Dann schritt sie die rote Treppe hinunter. Unten erwartete Konstantin sie, geleitete sie zu der mit Blumen geschmückten Kutsche, die vor dem Haus wartete, und der Priester vollzog die Trauung.

Das anschließende Diner fand im Haus ihrer Eltern statt. Etwa dreißig Gäste waren im Empfangssalon versammelt, die meisten von ihnen deutscher Abstammung, Freunde ihrer Eltern aus Sankt Petersburg. Von Konstantins Seite waren nur seine Eltern gekommen, die in der Nähe von Nischni Nowgorod an der Wolga lebten. Natascha mochte seine Mutter

Jelisaweta, eine etwas korpulente, gemütliche Frau mit viel Herz und einem lauten Lachen, auf den ersten Blick. Neben ihr wirkte ihr Mann Iwan geradezu unscheinbar. Er drückte seiner Schwiegertochter zur Begrüßung zwei schmatzende Küsse auf jede Wange, rechts, links, dann noch einmal rechts und noch einmal links, und dann redeten sie an diesem Tag nicht mehr miteinander. Onkel Rudolf hatte natürlich eine Einladung bekommen, aber der Krieg machte eine Reise unmöglich. Natascha vermisste ihn sehr, er hätte bestimmt ein wenig Schwung in die Gesellschaft gebracht.

Sie nahm Geschenke entgegen, scherzte mit den Gästen, ließ sich Komplimente über ihr Kleid und ihre Schönheit machen. Getanzt wurde nicht, dagegen verwahrte sich Maximilian mit Hinweis auf den Krieg.

»Und nun bitte ich euch, mit mir das Glas auf meine junge, wunderschöne Braut zu erheben und uns alles Glück der Erde zu wünschen. Und möge dieser Krieg bald vorüber sein.« Konstantin hatte sich erhoben und prostete den Anwesenden zu.

»Natascha Maximilianowna, da ist jemand für Sie an der Tür. Ich habe ihn nach seiner Karte gefragt, aber er hat wohl keine. Er will nur mit Ihnen sprechen.« Natascha sah verwirrt zu dem Dienstmädchen hoch, das just in diesem Moment die Nachricht überbrachte.

»Nanu, erwartest du noch jemanden?«, fragte Konstantin, sein Glas immer noch erhoben.

»Nein«, antwortete sie. Sie spürte eine leichte Beunruhigung. »Aber ich sehe mal nach, wer draußen ist.« Während sie hinausging, hörte sie, wie hinter ihr die anderen auf ihr Wohl tranken.

Sie hätte ihn fast nicht erkannt, denn er steckte in der Uniform eines einfachen Soldaten. Auf dem Rücken trug er einen

Rucksack, über die eine Schulter war eine aufgerollte Decke gelegt. Es war Viktor, der in der Tür stand. Nicht nur die Uniform ließ ihn fremd erscheinen, noch etwas anderes an ihm hatte sich verändert: Vor ihr stand ein Mann, alles Kindliche, das er noch im vergangenen Jahr gehabt hatte, war von ihm gewichen.

Er starrte sie an, in ihrem eng anliegenden weißen Kleid, als wüsste auch er nicht mehr, wen er vor sich hätte. Dann schien er zu begreifen, er wurde sehr blass und wandte sich ohne ein Wort zum Gehen. Doch Natascha fasste ihn am Arm und hielt ihn zurück.

»Viktor, was um Himmels willen tust du hier? Und warum hast du diese Uniform an? Jetzt bleib doch und komm herein.«

Aber er blieb in der Tür stehen, inmitten des hochzeitlichen Blumenschmucks. »Tut mir leid, ich hatte keine Ahnung, was du heute für ein Fest feierst. Ich muss morgen früh an die Front und wollte mich von dir verabschieden, das ist alles«, presste er hervor. »Aber ich glaube, ich störe und gehe wohl besser.«

Natascha fühlte sich plötzlich unwohl. Sie hatte ihm von ihren Heiratsplänen nichts geschrieben, und seit der Krimreise hatten sie sich nicht gesehen. In der Zwischenzeit war so viel geschehen! Ein Blick in seine brennenden, sehnsuchtsvollen Augen zeigte ihr, wie sehr sie ihn durch ihre Hochzeit verletzte, und dass er so unvorbereitet davon erfuhr, machte die Sache noch schlimmer. Sie hatte nur an sich gedacht. Sie hatte Polje und die Freundschaft zu Viktor immer als einen Teil ihres Lebens gesehen und Petersburg mit seinem gesellschaftlichen Treiben als anderen, und beide Teile hatten nichts miteinander zu tun. Und dabei war ihr entgangen, dass Viktor nur Polje hatte. Nur Polje und sie! Ein heißer Schreck durchfuhr sie: Mein Gott, er liebte sie!

»Viktor«, begann sie zögernd, »bitte verzeih mir. Ich hätte dir schreiben sollen. Aber seit dem letzten Sommer ist so unendlich viel passiert. Ich kann ja selbst noch kaum glauben, dass ich seit heute Vormittag verheiratet bin.«

Plötzlich kam ihr eine Idee, die ihr wie eine Rettung erschien, doch während sie sie hervorsprudelte, wusste sie bereits, dass sie in Viktors Ohren wie Hohn klingen musste. »Aber dadurch muss sich doch zwischen uns nichts ändern. Ich werde nach wie vor nach Polje kommen, und wir können unsere Wanderungen wieder aufnehmen.«

»Ja, sicher, und dein Mann wartet dann auf uns, womöglich mit den Kindern.« Es klang brutal, wie er das sagte. Leise fuhr er fort: »Natascha, hast du überhaupt eine Ahnung, was eine Ehe bedeutet?« Er sah ihr forschend ins Gesicht. »Nein, ich glaube nicht«, beantwortete er sich die Frage selbst. »Leb wohl … und wünsche mir Glück.«

Mit diesen Worten wandte er sich zum zweiten Mal um und verließ das Haus. Er machte sich nicht die Mühe, die Tür hinter sich zu schließen, und Natascha sah ihn in seinem gewohnten festen Schritt davongehen. Sie wartete darauf, dass er sich umdrehte, aber er tat es nicht. Wie angewurzelt blieb sie in der offenen Tür stehen, die Arme in dem kostbaren Gewand schlaff neben dem Körper herabhängend.

Viktor hatte eine unbekannte Saite in ihr zum Klingen gebracht. In ihr keimte eine leise Angst, dass sie mit ihrer Heirat einen Fehler gemacht haben könnte. Sie hatte doch im Grunde wirklich keine Ahnung, was eine Ehe bedeutete. Wie konnte sie einfach davon ausgehen, an ihrem bisherigen Leben würde sich nichts ändern? Sie grübelte noch über diese Fragen nach, als Konstantin hinter ihr auftauchte.

»Liebes, wo bleibst du denn? Die Gäste werden bereits ungeduldig. Und warum stehst du in der offenen Tür? Du wirst dich erkälten.« Er kam auf sie zu und legte fürsorglich einen Arm um sie. Er schloss die Tür, und Natascha warf einen letzten Blick auf Viktor, der am Ende der Straße im Dunkel verschwand.

»Wer war denn draußen?«, fragte er.

»Ach, niemand. Ein Bote, der Blumen gebracht hat.« Sie hatte das Gefühl, Viktor noch einmal zu verraten, während sie das sagte.

»Die hätte doch das Dienstmädchen annehmen können«, antwortete er. »Wie dem auch sei, nun ist die Angelegenheit ja wohl erledigt, und wir können uns wieder unseren Gästen widmen.«

»Ja, natürlich«, antwortete sie. Sie straffte ihren Rücken und folgte ihrem Mann zurück in den Salon.

Sie zogen in den dritten Stock eines Eckhauses in einer schmalen, zu beiden Seiten mit Bäumen gesäumten Straße, die auf den Newski-Prospekt zuführte. Mit ihren sechs Zimmern war die Wohnung nicht annähernd so groß wie ihr Elternhaus, aber dafür entschieden freundlicher und heller.

Die Kolzins führten eine stille Ehe, es gab keine Streitigkeiten, aber auch keine starken Gefühle. Konstantin quittierte den Ungestüm seiner jungen Frau mit einem milden Lächeln, ließ sich bisweilen sogar davon anstecken. Sie lebten bequem, vom Krieg war in der Stadt bis auf einige Engpässe bei bestimmten Gütern noch fast nichts zu spüren. Weil sie keine Flitterwochen machten, ging Kostja fast jeden Abend mit seiner jungen Frau aus, sie besuchten das Theater oder gingen in die berühmten Petersburger Restaurants. Natascha fühlte sich an die schönen Zeiten erinnert, in denen ihr Vater mit ihr die Stadt erkundet hatte, und war ihrem Mann dankbar. Sie bemühte sich, ihm eine gute Frau zu sein.

Was wahre Liebe oder Leidenschaft war, davon hatte sie keine Ahnung.

Kapitel 6

Wollte dieses verdammte Jahr denn überhaupt nicht zu Ende gehen? In diesem Herbst 1917 war Natascha zweieinhalb Jahre mit Kostja verheiratet, und sie langweilte sich beinahe zu Tode. Der September und der Oktober waren die schlimmsten Monate in Petersburg. Aus dem trostlosen grauen Himmel strömte der Regen unaufhörlich und verwandelte die Straßen in undurchdringliche Schlammwüsten. Niemand räumte den Schmutz fort, weil die Stadtverwaltung schon lange nicht mehr funktionierte. Wenn es mal nicht regnete, dann fegte ein eiskalter, feuchter Wind durch die Straßen, oder es herrschte undurchdringlicher Nebel, aus dem die Straßengeräusche mit ungewohnter Schärfe zu ihr heraufdrangen. Nachmittags um drei senkte sich die Dunkelheit über die Stadt bis zum nächsten Morgen um zehn. Weil allgemeine Knappheit herrschte und alle sparten, waren die Straßen nicht beleuchtet, und auch in den Häusern wurden die Lampen nicht angezündet. Wenn sie einen Raum verließ, musste sie das einzige Licht löschen, das dort brannte, tat sie es nicht, dann warf Konstantin ihr Verschwendung vor. Die Zeiten waren einfach trostlos!

Missmutig schlich Natascha durch die Räume, zupfte an den Spitzendeckchen, nahm sich ihre Stickerei vor, um sie wenig später entnervt wieder auf die Seite zu legen. Die Mullbinden, die in einem großen unordentlichen Haufen darauf warteten, fein säuberlich aufgerollt zu werden, machten sie wütend. Sie hatte wohl schon Tausende dieser Binden gewaschen und aufgewickelt, und doch gab es nie genug für die vielen Verwundeten.

Die einzige kleine Abwechslung in ihrem Leben boten die gelegentlichen Nachmittagstees, zu denen die Frauen von

Konstantins Kollegen sie pflichtschuldig einluden. Pflichtschuldig, denn eigentlich passte Natascha nicht zu ihnen. Sie war erheblich jünger als die anderen, zudem hatte sie keine Ahnung von den Dingen, die dort besprochen wurden. Sie war erst zu kurze Zeit die Frau eines stellvertretenden Staatsrats, um sich in den Windungen der Bürokratie auszukennen. Die Damen redeten eifrig über mögliche Beförderungen ihrer Gatten, als ob in den Straßen keine Revolution tobte. Doch der Umstand, dass jede Besucherin ihren eigenen Zucker in goldenen oder silbernen Döschen sowie ihr eigenes Brot im Muff bei sich trug, sprach Bände.

Natascha goss sich eine neue Tasse Tee ein, was praktisch das einzige Vergnügen war, das sie sich noch ohne Gewissensbisse leisten konnte. Das Chaos hatte bereits im Februar des Jahres seinen Anfang genommen. Täglich gab es Demonstrationen und Krawalle, die Lebensmittel waren knapp, die Menschen standen schon vor dem Morgengrauen in langen Schlangen vor den Geschäften an, um ihre mageren Rationen an Milch, Brot, Zucker und Tabak zu erhalten. Die einfachen Leute hungerten und darbten. Und doch ging das Leben für diejenigen, die es sich leisten konnten, weiter wie bisher. Auf dem schwarzen Markt gab es weiterhin die Dinge des täglichen Lebens wie Brennstoffe und Kerzen, daneben aber auch die erlesensten Köstlichkeiten und Luxusgüter aus Paris zu kaufen. Im Schaufenster von Fabergé auf der Morskaja lagen nach wie vor die berühmten, in ihrer Herrlichkeit unübertroffenen Eier aus Gold und Edelsteinen, von denen der Zar seiner Kaiserin jedes Jahr eines zum Geburtstag schenkte.

In Petersburg herrschte ein reges kulturelles Leben. Die Theater hatten Hochbetrieb, Fjodor Iwanowitsch Schaljapin sang im Kaiserlichen Großen Theater, Meyerhold inszenierte Tolstois *Der Tod Iwans des Schrecklichen*, und die ganze Stadt sprach über den *Reigen*, das Stück eines österreichischen Schriftstellers namens Arthur Schnitzler, das im Kriwoje-Serkalo-Theater lief und derart freizügig sein sollte, dass es in Wien oder Berlin nicht aufgeführt werden durfte. Wie gesagt, die Theater waren jeden Abend ausverkauft, nur die Zarenloge blieb leer. Allerdings gab es immer noch Menschen, die sich in den Pausen vor den leeren Stühlen verneigten.

»Die Zarin ist völlig unfähig, das Land zu regieren. Seit der Zar den Oberbefehl über die Streitkräfte hat und an der Front ist, geht hier alles drunter und drüber. Da hatten wir es ja sogar mit dem verrückten Rasputin besser«, schimpfte Konstantin, den die Ungewissheit außerordentlich reizbar machte. In seinem Ministerium wurde schon lange nicht mehr richtig gearbeitet, ständig gab es Erlasse, die am nächsten Tag widerrufen wurden. Niemand wusste, was die nächsten Wochen bringen würden.

»Wie darf ich das verstehen, du willst nicht hinaus, um Brot zu kaufen?«, hatte Natascha eines Abends Ende Februar Irina gefragt, das einzige Dienstmädchen, das sie noch beschäftigten.

»Genau wie ich es sage. Ich gehe nicht bei dieser Kälte auf die Straße, um stundenlang anzustehen.«

»Und wer soll deiner Meinung nach die Einkäufe erledigen?«, fragte Natascha kühl, während die Wut in ihr hochstieg.

»Wie wär's, wenn Sie das zur Abwechslung mal selbst tun würden? Sie sollten sich ohnehin besser daran gewöhnen. Bald weht hier ein anderer Wind, dann lassen solche wie ich sich mal bedienen.« Mit diesen Worten nahm Irina ihre Tasche, die sie bereits gepackt hatte, und verließ geräuschvoll das Haus.

Zornbebend zog Natascha ihren dicksten Wintermantel an und machte sich selbst auf den Weg. Eigentlich war sie froh, Irina los zu sein. Sie war erst einige Wochen bei ihnen gewesen, hatte aber von Anfang an eine nervtötende Aufsässigkeit an den Tag gelegt. In normalen Zeiten hätte Natascha sie keine drei Tage behalten, aber jetzt waren Dienstboten so knapp, dass man alles nehmen musste, was man kriegen konnte. Die Propaganda der Bolschewiki, die den Bauern Land und den Arbeitern Frieden und allen die klassenlose Gesellschaft versprachen, fand immer mehr Zuspruch in der Bevölkerung. Viele sahen sich schon als künftige Herren, und zu denen gehörte zweifellos auch Irina.

Natascha ging in Richtung Newski-Prospekt. Auf den Trottoirs standen die Menschen in langen Schlangen vor den Geschäften und schoben und schubsten, um schneller hineinzukommen. Seufzend reihte sie sich ein. Kurz bevor sie an der Reihe war, schloss der Inhaber mit dem Wort »Ausverkauft« die Tür. Ein Schrei der Entrüstung ging durch die Menge.

»So eine Sauerei, das ist schon das dritte Geschäft, das mir die Tür vor der Nase zuschlägt.«

»Ich habe gehört, dass es in der ganzen Stadt kein Brot mehr gibt.«

»Der Zar lässt auf die Demonstranten schießen!«

»Meine Kinder warten zu Hause auf Brot. Womit soll ich sie satt machen?«, schrie eine Frau hinter ihr hysterisch.

Der Tumult wurde rasch größer, Natascha hörte das klirrende Geräusch von splitterndem Glas und sah, wie die Scheiben der Bäckerei zu Bruch gingen. Nur wenige Meter vor ihr stachen die rasiermesserscharfen Glasspitzen aus dem Rahmen. Neben ihr sank ein Mann zu Boden, dem sich eine umherfliegende Scherbe in den Hals gebohrt hatte. Fassungslos hörte sie, wie er röchelnd um Hilfe rief. Sie fühlte, wie sie von der nachrückenden Menge Zentimeter um Zentimeter auf das zersprungene Schaufenster zugetrieben wurde. Der grobschlächtige Mann, der hinter ihr stand, stieß ihr seine Ellenbogen in den Rücken, um nicht selbst gestoßen zu werden, und schob sie auf die vor ihr Stehenden. Sie drohte den Boden unter den Füßen zu verlieren und konnte kaum noch atmen. »Lieber Gott«, dachte sie, »ich darf nicht hinfallen. Bloß nicht hinfallen. Sie werden mich tottrampeln!« Sie nahm ihre ganze Kraft zusammen. Wie ein Fisch auf dem Trockenen wand sie sich, zappelte und schlug um sich, und es gelang ihr, sich aus der Umklammerung zu befreien. Keuchend boxte sie sich einen Weg durch die Menge. Als sie einigermaßen wieder zu Atem gekommen war, rannte sie so schnell sie konnte nach Hause. Auf ihrem Weg sah sie überall wütende Menschen, die in Gruppen zusammenstanden, die Fäuste reckten und erregt debattierten.

Noch immer an allen Gliedern bebend, schloss sie die Haustür hinter sich. Sie trat vor den Spiegel und sah an sich herunter. Bis auf eine kleine Schramme an der rechten Hand war sie unverletzt. Erst jetzt wurde ihr bewusst, in welch einer Gefahr sie geschwebt hatte. Mit zitternden Händen goss sie sich einen Wodka ein. Sie rief nach Konstantin, aber der war noch nicht aus dem Ministerium zurück. Von der Straße drangen Parolen zu ihr herauf: »Nieder mit dem Krieg, nieder mit der Polizei!« Die Marseillaise ertönte. Sie stellte sich ans Fenster und beobachtete einen langen Demonstrationszug, der sich auf den Newski-Prospekt zubewegte. Plötzlich näherte sich von dem Ende der Straße, das sie nicht einsehen konnte, ein ungeheurer Lärm. Das Klappern von Hufen auf dem Pflaster, Geschrei und einzelne Schüsse waren zu hören. »Mein Gott, sie schießen auf die Demonstranten«, rief sie aus. Unten liefen die Menschen in Panik auseinander. In Hauseingängen und Nebenstraßen, zum Teil auch in den Bäumen, die an der Straße standen, suchten sie Schutz. Wer nicht schnell genug wegkam, lief Gefahr, von den Pferden niedergetreten oder den Kugeln getroffen zu werden. Direkt unter ihrem Fenster sah Natascha eine Frau, die in wilder Angst ein etwa vierjähriges Mädchen hinter sich herzog, dessen Mütze verrutscht war und dunkle Locken freigab. Plötzlich bäumte die Frau sich auf und sackte in sich zusammen. Natascha konnte einen Schrei nicht unterdrücken, als sie sah, wie das Mädchen sich neben seine Mutter in den matschigen Schnee setzte, der sich langsam rot färbte, und den herangaloppierenden Pferden entgegensah. Jeden Moment konnte es unter die Hufe geraten. Da lief ein Mann von der gegenüberliegenden Straßenseite los, packte das Kind und rannte mit ihm weiter, bis beide in einer Nebenstraße verschwanden.

Als Konstantin zwei Stunden später nach Hause kam, warf sich Natascha schluchzend in seine Arme.

Am nächsten Tag erfuhren sie, was an diesem Tag, dem 27. Februar 1917, geschehen war: Es gab in der ganzen Stadt kein Brot mehr. Und der Zar hatte tatsächlich befohlen, auf die Demonstranten zu schießen, doch bis auf einige Polizeieinheiten verweigerten die Soldaten den Gehorsam. Petersburg sah viele schreckliche Szenen in dieser Nacht. Die Polizei schoss auf die Menschen, auch auf Kinder, die sich in die Bäume geflüchtet hatten. Wie reife Äpfel fielen sie herab. Und die Demonstranten rächten sich für die Grausamkeit der verhassten Unterdrücker. Wo ihnen ein Polizist oder ein Offizier in die Hände fiel, wurde er massakriert, erschlagen, erstochen, ertränkt, aus dem Fenster geworfen.

Das Unglaubliche geschah: Nikolaus II. dankte ab, und Russland bekam eine provisorische Regierung. Im April herrschte eine unglaubliche Spannung in der Stadt, schließlich bestätigte sich das Gerücht, dass Wladimir Uljanow, genannt Lenin, mit zweihundertfünfzig seiner Getreuen in einem plombierten Zug aus der Schweiz eingetroffen war. Plombiert, weil der Zug durch Deutschland gefahren war, immerhin Kriegsgegner.

»Das wird die Deutschen noch teuer zu stehen kommen. Das ist Kriegsführung mit ganz perfiden Mitteln. Die wollen die Unruhestifter in Zürich nicht haben und schicken sie zu uns, damit sie hier alles auf den Kopf stellen.« Konstantin hatte sich vor lauter Erregung bereits den zweiten Wodka an diesem Nachmittag eingeschenkt.

»Aber kann es denn überhaupt noch schlimmer kommen mit den Unruhen und dem Chaos?«, fragte Natascha. »Es ist ja schon jetzt lebensgefährlich, auf die Straße zu gehen.«

»Warte nur, bis die Roten an der Macht sind. Dann gnade uns Gott! Denen geht doch die bisherige Revolution nicht weit genug. Die wollen alles verstaatlichen, so vornehm bezeichnen sie das. Aber für uns bedeutet es, dass sie uns alles nehmen werden. Dann ist Schluss mit lustig, keine Bälle, keine Landpartien mehr. Wir können froh sein, wenn sie uns am Leben lassen.«

Natascha glaubte ihm nicht. Sie weigerte sich, daran zu denken. Als Lenin im Juli putschte, scheiterte und sich nach Finnland absetzte, hoffte sie, der Spuk sei vorüber.

Und dann kam die Nacht des 25. Oktober 1917. Endlich hatte sie Kostja überreden können, wieder einmal mit ihr auszugehen wie früher. Sie gehörten zwar nicht zu den ganz reichen Leuten der Stadt, aber das konnten sie sich noch leisten. Und außerdem war in den gehobenen Restaurants der Stadt ein gutes Abendessen viel leichter zu bekommen als in den Geschäften. Sie hatte die Nase voll von dem ewigen Anstehen, ohne zu wissen, was es geben würde. Und an das Kochen würde sie sich auch nie gewöhnen. Heute Abend würde sie sich endlich einmal wieder eine richtige Mahlzeit vorsetzen lassen. Wer wusste denn schon, wann sie das nächste Mal die Gelegenheit dazu bekäme?

Sie hatte viel Sorgfalt auf ihre Garderobe verwendet und trug ein bodenlanges grünes Kleid aus feinem Plissee. Dazu wählte sie elfenbeinfarbene Handschuhe, die ihr bis über die Ellenbogen reichten. Als einzigen Schmuck legte sie eine einreihige Perlenkette um. In diesen unruhigen Zeiten war es nicht angebracht, allzu viel Reichtum zu zeigen. Sie fuhren in eines der großen Hotels zu einem festlichen Diner mit Musik. Der überfüllte Saal war von unzähligen Lampen hell erleuchtet, das Orchester spielte einen schnellen Walzer, die Menschen tanzten, lachten und tranken. Was für ein herrlicher Anblick! Von einer Sekunde zur anderen hatte Natascha Dunkelheit und Kälte, Hunger und Elend hinter sich gelassen. Dies war die Welt, in die sie gehörte. Ihr Glück war vollkommen, als sie einen Tisch nahe der Tanzfläche ergatterten, der gerade frei wurde. Natascha war glänzender Laune, die sich durch ein Glas Champagner noch steigerte.

»Ich bitte dich, Konstantin, jetzt mach doch nicht so ein Gesicht. Ich möchte mich endlich wieder einmal amüsieren. Kennst du die wunderschöne Frau, die dort drüben sitzt? Sieh doch nur ihren Schmuck. Konstantin, hörst du überhaupt, dass ich mit dir rede?« Sie legte ihm die Hand auf den Arm.

»Entschuldige, Liebling, ich habe gerade nicht zugehört. Was hast du gesagt?«

»Ach, nichts«, antwortete sie. Es hatte keinen Sinn. Konstantin war einfach unfähig, einmal fünf gerade sein zu lassen. Sie ahnte schon, was er jetzt sagen würde.

»Natascha, ich habe mich überreden lassen, dich hierher auszuführen, aber das ändert nichts daran, dass ich es für falsch und unrecht halte. Unser Land geht dem Untergang entgegen, es herrscht Anarchie. Zwischen diesem üppig gedeckten Tisch und dem Pöbel auf der Straße liegen nur wenige Meter.«

Sie konnte es nicht mehr hören. Sie wusste, dass er recht hatte, aber konnte sie die Revolution aufhalten, half sie auch nur einem Hungernden, wenn sie jetzt aufstand und nach Hause ging? Der triste Alltag würde sie früh genug wieder in seinen Krallen haben. Sie hatte Konstantin nicht von dem kleinen Mädchen erzählt, das damals, im Februar, im Schnee neben seiner toten Mutter gehockt hatte und dessen Schicksal für sie geradezu das Sinnbild dieser Zeit zu sein schien, wo ein Menschenleben nichts galt. Fast jeden Tag fragte sie sich, was aus ihm geworden sein mochte. Und sie dachte an den Mann, der ausgerechnet in jenen mörderischen Tagen sein Leben aufs Spiel gesetzt hatte, um ein unbekanntes Kind zu retten. Für Natascha bedeutete dies Krieg und Revolution: das traurige Schicksal eines unschuldigen kleinen Mädchens. Sie spürte, dass sie Kräfte tanken musste, um damit fertigzuwerden. Das tägliche Überleben zehrte an ihren Reserven und forderte ihre ganze Energie. Und sie glaubte, das Recht auf ein paar Stunden des Atemholens zu haben. Während sie das dachte, hatte Kostja weitergesprochen.

»… ganz zu schweigen davon, dass unsere persönliche Zukunft absolut ungewiss ist.« Sie sah ihn fragend an, und er fügte hastig hinzu: »Aber darüber solltest du dir keine Sorgen machen, das ist ganz allein meine Angelegenheit.«

Jetzt wurde sie wütend. »Du glaubst also, das tägliche Durcheinander betrifft mich nicht? Wer, glaubst du, steht täglich stundenlang vor den Geschäften an? Wer bemüht sich, aus nichts etwas auf den Tisch zu bringen? Wer ärgert sich mit den Dienstboten herum, die jeden Tag aufsässiger werden? Hast du bemerkt, dass wir in diesem Jahr das elfte Hausmädchen haben? Hatten, muss ich wohl sagen, denn heute ist sie nicht zum Dienst erschienen. Wenn mein Vater mir nicht ab und zu etwas zustecken würde, gäbe es bei uns gar nichts mehr zu essen. Und du meinst, das alles würde mich nicht betreffen?«

»Entschuldige, so hatte ich das natürlich nicht gemeint. Ich weiß, dass dein Leben derzeit nicht das ist, das ich dir gern bieten würde. Aber versteh doch, ich denke an unsere Zukunft. Ich habe Kontakt zu Gleichgesinnten aufgenommen …«

»Was hast du vor?«

Aber er bedauerte bereits, überhaupt etwas gesagt zu haben, und verschloss sich. Sie wollte insistieren, denn die Art, wie er das sagte, beunruhigte sie, und schließlich wollte sie wissen, was er für ihre gemeinsame Zukunft plante. Da trat ein großer dunkelhaariger Mann an ihren Tisch.

»Nanu, wen haben wir denn da? Konstantin Iwanowitsch, was für eine Überraschung. Stellen Sie mich Ihrer bezaubernden Gattin vor? Meine Gnädigste, ich bin entzückt, endlich Ihre Bekanntschaft zu machen. Ihr Mann hat Sie uns schon viel zu lange vorenthalten.«

Konstantin sprang auf, um ihn vorzustellen. »Fürst Oleg Kaminski. Meine Frau, Natascha Maximilianowna.«

Natascha mochte ihn nicht besonders. Er behandelte Konstantin ein wenig altväterlich, obwohl er nicht viel älter war als er. Im Verlauf des Gesprächs kam sein Zynismus zum Vorschein, und Zyniker hatte sie noch nie ausstehen können. Fürst Kaminski versuchte ihr zu schmeicheln, als würde ihr Leben von seinen Komplimenten abhängen, und darüber ärgerte sie sich am allermeisten.

Als ein gut aussehender junger Offizier in goldverbrämter Uniform mit einem kunstvollen Säbel sie um den nächsten Tanz bat, willigte sie höchst dankbar ein, ohne Konstantins Einverständnis abzuwarten. Und weil ihr Mann und Fürst Kaminski sich nur knapp von ihren Stühlen erhoben, als sie wieder an den Tisch kam, sie ansonsten aber kaum eines Blickes würdigten, sondern über Investitionsmöglichkeiten im Ausland, Kriegsanleihen und drastische Strafen für die Aufständischen redeten, tanzte sie fast den ganzen Abend.

Es war nach Mitternacht, als sie quer durch den großen Saal zum Ausgang schritt, in dem Bewusstsein, dass die Menschen ihr bewundernd nachsahen. Sie summte die Melodie, die das Orchester zuletzt gespielt hatte, während sie auf die Straße hinaustraten, um eine Kutsche herbeizuwinken. Ungewöhnlich viele Menschen waren zu dieser nächtlichen Stunde unterwegs, und aus der Ferne nahmen sie das beunruhigende Trappeln von Pferdehufen und Geschrei wahr.

Sie waren gerade zu Hause angekommen, als es laut an der Tür klopfte. Minuten später stand Maximilian Wolodow vor dem Kamin im Salon, ein großes Glas Wodka in der Hand.

»Es ist so weit! Die Bolschewiken schlagen los! Telefon und Telegrafen, die Banken und Bahnhöfe sind schon in ihrer

Hand. In diesem Moment bereiten sie sich auf die Erstürmung des Winterpalais vor, um Kerenski und seine provisorische Regierung davonzujagen. Heute Nacht beginnt eine ganz neue Epoche, und wir sind dabei.« Während er sprach, war Max in großen Schritten auf und ab gegangen und hatte wild mit den Armen gerudert. An seinen ungestümen Bewegungen sah Natascha, dass er bereits den ganzen Abend getrunken hatte.

»Du redest, als würdest du dich darüber freuen«, unterbrach sie ihn entgeistert.

»Natürlich freue ich mich. Verstehst du denn nicht, dass heute Nacht eine neue Zeitrechnung beginnt? Endlich ist Schluss mit dem Reichtum weniger und dem Elend der Massen! Endlich Schluss mit zaristischer Willkür. Weißt du, wie viele Menschen jedes Jahr nach Sibirien in die Verbannung geschickt werden? Wie viele Kinder hungern müssen und noch nie eine Schule von innen gesehen haben? Wie viele Bauern in Verhältnissen leben müssen, die an die Leibeigenschaft erinnern? Schaust du dich nicht um, wenn du durch die Straßen von Petersburg gehst? Hast du keinen Blick für die Alten, die nicht mehr die Kraft haben, um das bisschen Brot anzustehen? Für die Kinder, die auf den Bahnhöfen betteln? Und dann denk an den Krieg. Die Bauern lassen sich abschlachten für ein Land, das ihnen nicht gehört. Damit wollen die Bolschewiken aufräumen, und das ist richtig so! Bravo!«

Mit großem Schwung leerte er sein Glas und begann zu grölen: »Völker hört die Signale ...« Konstantin unterbrach ihn mit einer eiskalten Stimme, die sogar den betrunkenen Maximilian verstummen ließ.

»Ich verbitte mir dieses Lied in meinem Haus! Und ich frage mich, woher du die Dreistigkeit nimmst, es zu singen. Du hast doch bisher auch nicht schlecht von diesem System gelebt, oder irre ich mich? Du bist dafür, den Großgrundbesitz zu enteignen! Und was ist mit deinem eigenen Gut?«

Bei dem Gedanken an Wolodowskoje Polje erstarrte Natascha. Würde man ihnen das Haus, den Hort glücklicher Kindheitserinnerungen wegnehmen?

Maximilian ließ sich nicht aus der Ruhe bringen. »Polje ist zu klein, das ist kein Großgrundbesitz. Und außerdem habe ich die Bauern immer gut behandelt.« Er kniff die Augen zusammen und brachte sein Gesicht dicht vor das von Konstantin, der angewidert seiner Schnapsfahne auswich. »Und noch etwas: Ich bin wichtig für die Bolschewiken. Sie brauchen meine Eisenbahnbrücken, um Transportwege bis in jeden Winkel des Landes zu haben. Oder glaubst du, die Revolution bleibt in Petersburg stehen?« Mit unsicheren Schritten ging er zur Tür, wo er sich noch einmal umdrehte. »Ich bin nur gekommen, um euch Bescheid zu sagen. Ihr geht in den nächsten Tagen besser nicht auf die Straße. Man könnte euch als Volksfeinde erkennen. Und jetzt entschuldigt mich. Die Revolution wartet nicht.«

Konstantin und Natascha blieben fassungslos zurück.

»Was ist nur in ihn gefahren! Er verrät seinen Stand. Er ist ein verdammter Heuchler und Opportunist!«

»Ich verbiete dir, so von meinem Vater zu sprechen.« Natascha war wütend aufgesprungen. »Ich verstehe ihn ja auch nicht. Ich habe ihn noch nie so erlebt. Aber er ist kein Heuchler, das weiß ich genau. Er war immer ein Idealist und Menschenfreund. Wenn er so handelt, kann das nur bedeuten, dass er von ganzem Herzen an die Revolution glaubt. Und er hat doch auch recht mit dem, was er über das Leid der Russen gesagt hat.«

Konstantin reagierte ungewöhnlich scharf: »Darüber, ob mein Volk leidet oder nicht, kannst du dir kein Urteil erlauben. Du bist keine echte Russin. Und heute Abend hast du dich doch ganz gut amüsiert, oder?«

Der Hieb hatte getroffen. Aber Natascha ließ die Beleidigung nicht auf sich sitzen: »Dein Volk? Gehörst du denn zu ihm? Auch nicht mehr als ich! Wir haben doch beide keine Ahnung, wie es den einfachen Leuten geht, und wir haben uns auch nie die Mühe gemacht, es zu erfahren.«

In dieser Nacht lagen sie schlaflos nebeneinander. Jeder hing seinen Gedanken nach, während von draußen Jubelgeschrei und einzelne Schüsse durch die Fenster drangen. Zu der Ungewissheit, was die Zukunft bringen würde, kam das Gefühl, dass etwas zwischen ihnen zerbrochen war.

Am folgenden Morgen wirkte die Stadt äußerlich wie immer. Ihre Bewohner standen zeitig auf und gingen ihrer Arbeit nach. Die Straßenbahnen fuhren, Warenhäuser und Restaurants waren geöffnet. Und doch war nichts wie früher, denn die provisorische Regierung hatte abgedankt. Auf Flugblättern und Plakaten wurde der Sieg der Revolution verkündet. Die Bolschewiki versprachen den Russen baldigen Frieden, die Aufhebung des Eigentums an Grund und Boden, die Kontrolle der Arbeiter über die Industrieproduktion und die Bildung einer Sowjetregierung. Der Umsturz hatte in der ganzen Stadt nur sechs Tote gefordert.

Die folgenden Wochen ließen sich am ehesten unter dem Begriff Ungewissheit zusammenfassen. Niemand wusste genau, was die neue Regierung bringen würde. Sie nahm Waffenstillstandsverhandlungen mit den Deutschen auf, viele Soldaten, die meisten von ihnen Bauern, desertierten, um bei der angekündigten Landverteilung dabei zu sein. Doch statt Frieden erlebten die Russen den beginnenden Bürgerkrieg zwischen den Roten Garden und der weißen zaristischen Armee. Der Frontverlauf änderte sich von Tag zu Tag, es gab Städte und

Regionen, die schon mehrfach die Besatzer gewechselt hatten und dementsprechend ausgeplündert waren.

Alle Beamten, also auch Konstantin, wurden entlassen, die Ministerien aufgelöst. Eines Tages erschien ein Roter Kommissar und requirierte die Hälfte der Wohnung, um dort verdiente Revolutionäre einzuquartieren. Verbittert musste Natascha zusehen, wie sie sich in ihren Fauteuils lümmelten und aus ihren zarten Teetassen tranken.

Einmal kam sie zufällig an dem großen Hotel vorbei, in dem sie am Abend der Revolution mit Konstantin gewesen war. Über die Schwelle und die drei breiten Stufen davor rannen dunkelrote Ströme auf das Trottoir, die einen beißenden Geruch verströmten. Voller Entsetzen nahm sie an, es sei Blut. Doch es waren die Rotweinvorräte aus dem Weinkeller des Hotels, die ein bolschewistischer Offizier geleert hatte, um zu verhindern, dass seine Leute sich betranken. Noch auf dem Nachhauseweg konnte Natascha den Wein und die Champagnerströme riechen.

Maximilian verfügte über ausgezeichnete Verbindungen zu den Bolschewiki, er nahm sogar an einer Konferenz teil, bei der auch Lenin sprach. Eines Tages im Dezember schickte er einen Boten mit einer etwas verklausulierten Nachricht: Alle ehemaligen zaristischen Beamten sollten überprüft werden. Er deutete Verhaftungen und Kriegsverpflichtungen an und schlug eine längere Reise vor. Dem Schreiben waren zwei Reisegenehmigungen und Passierscheine beigelegt.

Zwei Tage später verließen Natascha und Konstantin die Stadt. Ihr Ziel war das Gut von Konstantins Eltern, das ungefähr zweihundert Kilometer östlich der Wolga lag, in einer Gegend, in der die Weißen die Oberhand hatten. Sie packten so viel zusammen, wie sie in einer großen Telega unterbringen konnten. Natascha verpackte sorgfältig jede einzelne Tasse ihres geliebten Teeservices. Sie wollte es unter keinen Umständen bei den Soldaten in der Wohnung lassen, lieber verzichtete sie auf einige Kleider.

Der Besitz von Konstantins Eltern hatte den etwas fantasielosen Namen Ponedjelnik, Montag, weil Kostjas inzwischen verstorbene Großeltern an einem Montag vor mittlerweile fünfzig Jahren eingezogen waren. Aber es war ein großes einladendes Haus, das sich malerisch an der Biegung eines Flusses erhob.

Im Gegensatz zu der ständigen Angst und dem Chaos in Petersburg verlief das Leben hier fast wie früher. Natascha fand sich schnell wieder in einem Leben zurecht, das sie gewohnt war. In Ponedjelnik lebten sie einigermaßen sicher und bequem, umgeben von zahlreichen Dienstboten. Die Tage vergingen mit Besuchen auf den Nachbargütern, Tennismatches und Picknicks. Mit Beginn des Frühjahrs ließ Natascha den Kremser anspannen und unternahm lange Ausflüge. Es war fast ein wenig wie in Polje.

Aber natürlich war auch alles anders. Auf ihren Ausfahrten bemerkte Natascha die feindseligen Blicke der Bauern, die ihre elegante Garderobe musterten. Sie weigerten sich, was bis vor einigen Monaten noch undenkbar gewesen wäre, ihre Mützen vor ihr zu ziehen, und eines Tages wurde sie sogar von einigen jungen Burschen angepöbelt. Konstantin verbot ihr daraufhin, allein auszufahren.

Wenn im Haus etwas zu Ende ging, wie zum Beispiel Parfum oder bestimmte Lebensmittel, dann wurden sie nicht ersetzt, denn Luxusgüter, aber auch immer mehr Dinge des täglichen Gebrauchs waren nirgendwo mehr zu bekommen. Natascha beglückwünschte sich, weil sie so klug gewesen war, einen Vorrat an Toilettenartikeln mitzubringen; auf Ponedjelnik gab es nur noch grobe Kernseife ohne jeglichen Duft.

Die Monate vergingen, und sie mussten ihr Leben immer mehr einschränken. Außer einem gelegentlichen Nachmittagstee, zu dem stets die ganze Familie mit vertrauenswürdigen Dienstboten aufbrach, oder einer Jagdpartie, die in erster Linie der Nahrungsbeschaffung galt, gab es keine Abwechslung mehr.

Ein Glück, dass ich wenigstens Jelisaweta habe, dachte Natascha mindestens einmal am Tag. Gleich bei ihrer Ankunft hatte Konstantins Mutter ihre Schwiegertochter schwungvoll ans Herz gedrückt und beschlossen, ihr den Aufenthalt so angenehm wie möglich zu machen. Natascha hatte sie nach ihrer Hochzeitsfeier nicht wiedergesehen, aber sie hatte sie in guter Erinnerung. Jetzt war sie geradezu begeistert von der patenten Frau, die in ihrer lebenslustigen und tüchtigen Art das Regiment über Haus und Hof führte. Natascha hatte noch nie jemanden getroffen, der derart schnell reden konnte, wie ein Wasserfall und scheinbar ohne Luft zu holen. Sie überschüttete ihr Gegenüber mit Fragen, ohne ihm die Gelegenheit zur Entgegnung zu geben, weil sie die Antwort im nächsten Satz gleich selbst lieferte. Meistens sprachen aus ihren Wortkaskaden echtes Interesse und Warmherzigkeit, aber wehe dem, der ihren Zorn erregte. Wenn sie zum Beispiel eines der Dienstmädchen bei einer Nachlässigkeit ertappte, dann prasselten auf die Arme wahre Schimpfkanonaden nieder, die das Mädchen genauso erschöpften wie sie selbst. Nach solchen Ausbrüchen stand ihr Mund ausnahmsweise still, während ihr massiger Brustkorb sich hob und senkte, um wieder zu Atem zu kommen.

Jelisaweta hatte eine weitere Eigenart, über die man sich im Haus amüsierte und die Natascha nicht glauben wollte, als man ihr davon erzählte. Sie legte sich nämlich abends ins Bett, löschte das Licht, und am nächsten Morgen lag ein säuberlich gestrickter Strumpf auf dem Nachtschrank. Jelisaweta hatte tatsächlich die Kunstfertigkeit entwickelt, im Dunkeln rechts und links zu stricken, verlorene Maschen wiederzufinden und zu wissen, wann der Socken lang genug war. Jetzt, im Krieg, kam ihr diese Fingerfertigkeit besonders recht, denn selbstverständlich strickte auch sie für die Soldaten an der Front.

Natascha fing an, sie zu lieben, und Jelisaweta hatte sie in ihr Herz geschlossen, als sei sie die Tochter, die sie nie hatte. Die beiden verbrachten die langen Winternachmittage schwatzend vor dem Kamin und rippelten alte Pullover auf, damit Jelisaweta Material für ihre nächtlichen Strickereien hatte, denn auch Wolle gehörte zu den Dingen, die nicht immer zu bekommen waren.

Ihren Mann und ihren Schwiegervater Iwan, der ebenso schweigsam war wie seine Frau beredt, sah Natascha nur zum gemeinsamen Abendessen. Die Männer hielten sich den ganzen Tag im Arbeitszimmer auf, um immer wieder die politische Lage und den jeweiligen Frontverlauf zu besprechen.

Im Juli 1918 erreichte sie die Nachricht vom Tod der Zarenfamilie. Nikolaus II., seine Frau Alexandra, ihre vier Töchter sowie der Thronfolger waren in Jekaterinburg, nur eine halbe Tagesreise von Ponedjelnik entfernt, auf Befehl des örtlichen Sowjets erschossen worden, kurz bevor die Stadt wieder von den Bolschewiken an die tschechische Legion fiel.

Natascha war wie versteinert. Sie wusste, dass dieser Mord alles verändern würde.

Das alte Russland gab es nicht mehr, eine Epoche war unwiderruflich zu Ende gegangen.

Kapitel 7

Der Zug, bestehend aus einer fauchenden, funkenspeienden Lokomotive, an die man den Tender und ein knappes Dutzend Personenwaggons der dritten Klasse angehängt hatte, blieb mit einem ohrenbetäubenden Quietschen und einem letzten Zittern, nicht unähnlich dem eines sterbenden Tieres, stehen.

Mehr aus Gewohnheit als aus Neugier sah Natascha Kolzina aus dem Fenster auf das flache, von Wiesen und Feldern bedeckte Land, das sie seit einigen Tagen, seit sie die bewaldeten Hänge des westlichen Urals hinter sich gelassen hatten, durchfuhren. Irgendjemand machte sich wichtig, weil er angeblich aus sicherer Quelle wusste, warum sie hier hielten. »Ein Zug der Weißen überholt uns mit Verstärkung für die Front.« Natascha hörte nicht auf ihn, ebenso wenig wie die übrigen Reisenden. Der Verkünder der Nachricht hatte indessen nicht den Mut, die drangvolle, stickige Enge des Zuges zu verlassen, um sich die Beine zu vertreten, denn auch er konnte nicht wissen, ob dieser Halt einige Minuten oder einige Stunden dauern würde.

Mit einem grimmigen Lächeln streckte Natascha ihren Rücken und suchte sich eine bequemere Position auf der harten Bank. Sie blickte auf ihr hellgraues, an Kragen und Ärmeln mit Pelz besetztes Reiseensemble herab. Seit sie vor fast zwei Wochen, die ihr wie eine Ewigkeit aus immergleichen Tagen und Nächten vorkamen, aufgebrochen waren, hatte es sehr gelitten. Sie hatte ihre Kleidung seitdem nicht wechseln können, und das morgendliche Bad, das sie bis vor Kurzem noch als Selbstverständlichkeit angesehen hatte, erschien ihr jetzt wie ein nie wiederkehrender Luxus aus längst vergangenen Zeiten. Sie ärgerte sich noch immer über die verpasste Gelegenheit, als der Zug drei Tage zuvor in einer größeren Stadt zum Stehen gekommen war und der Schaffner angekündigt hatte, man werde bis zum Abend dortbleiben. Natascha hatte seinen Worten nicht getraut – als wenn in diesem allgemeinen Chaos noch irgendetwas Bestand hätte – und sich nicht wie die anderen an dem öffentlichen Badehaus angestellt, um sich zu waschen und die Kleider zu wechseln. Sie nahm sich vor, beim nächsten Mal mutiger zu sein und das kostbare Stück Seife – ein Abschiedsgeschenk Jelisawetas – zu benutzen, das in Seidenpapier gewickelt zuunterst in ihrer Reisetasche lag und dessen Duft ihr jedes Mal schwach, aber umso verführerischer in die Nase stieg, wenn sie sie öffnete, um etwas anderes herauszunehmen. Aber wer wusste schon, ob es eine weitere Gelegenheit dazu geben würde?

Es war Februar 1919. Vor eineinhalb Jahren war die Revolution wie ein gewaltiger Eissturm über das Land gekommen und hatte ihr Leben über den Haufen geweht. Auf dem Gut von Konstantins Eltern hatte sie immerhin Reste ihres früheren Lebens bewahren können. Die letzten Wochen hatten jedoch noch einmal auf dramatische Weise alles verändert.

Zehn Tage zuvor – es war ein selbst für die Jahreszeit ungewöhnlich kalter Tag im Februar – war Konstantin eines Nachts sehr spät nach Hause gekommen und hatte sie unsanft aus dem Schlaf gerüttelt.

»Natascha, wach doch auf.«

Er verströmte eine Kälte, die sie schaudern ließ, und sie drehte den Kopf weg, um seinem nach Alkohol riechenden Atem zu entkommen. Barsch, fast brutal teilte er ihr mit, sie müssten Russland verlassen, und zwar unverzüglich.

»Wir sind hier nicht länger sicher. Die Bolschewiken stehen bereits am westlichen Wolgaufer. Ich habe es gerade erfahren.«

Unter großer Geheimhaltung hatte er bereits seit geraumer Zeit alles für eine Emigration in die Wege geleitet, die nötigen Papiere besorgt und Devisen ins Ausland geschafft. Seine

Vorkehrungen waren im Haus nicht unbemerkt geblieben, und so war Natascha nicht einmal besonders überrascht, als er in dieser Nacht vor ihrem Bett stand. Wenn eine ganze Ära zu Ende ging, wie sollte sie da annehmen, dass ihr kleines Leben blieb, wie es war? Es hatte sie sogar ein klein wenig gewundert, dass Konstantin so lange gewartet hatte. Nun blieben ihr gerade noch einige Stunden bis zum Morgengrauen, um von ihrem bisherigen Leben Abschied zu nehmen und einige persönliche Gegenstände in einer kleinen Reisetasche zu verstauen. Versonnen strich sie über das burgunderrote Kleid, das sie auf ihrem ersten Ball getragen hatte. Noch einmal ließ sie die vergangene Herrlichkeit im Geiste an sich vorüberziehen, dann, mit einem plötzlichen Ruck, riss sie einen Streifen der feinen Spitze ab und legte sie in die Tasche. Das Kleid ließ sie achtlos zu Boden gleiten. Sie würde es in der nächsten Zeit nicht brauchen. Zum Schluss nahm sie den Ring vom Finger, den ihre Mutter ihr beim Abschied gegeben hatte, und versteckte ihn in einer Puderdose. Die Züge waren unsicher, man hörte von Überfällen und Plünderungen, und wer wusste schon, wofür diese Vorsichtsmaßnahme gut sein sollte?

Die Morgendämmerung war noch nicht angebrochen, als sie sich von Iwan und Jelisaweta verabschiedeten. Konstantin hatte, wenn auch ein wenig halbherzig, versucht, sie zum Mitkommen zu überreden, aber Jelisaweta hatte kategorisch abgelehnt. Sie war Russin ohne Wenn und Aber. »Könnt ihr euch vorstellen, wie ich in Paris in einem feinen Salon herumsitze?«, hatte sie in ihrer lauten Art gedröhnt. »Außerdem soll es in dieser Stadt nie richtig dunkel sein, wegen der vielen Laternen, wie soll ich da die Ruhe für meine Strümpfe finden?«

Ein letztes Mal umarmten sich die beiden Frauen unter Tränen, hastig, weil sie sich nicht von ihren Gefühlen überwältigen lassen wollten. Alle taten so, als würden sie in die Sommerfrische fahren und sich in wenigen Wochen in alter Fröhlichkeit wiedersehen. Doch die übernächtigten Gesichter, auf denen verstohlene Tränen glänzten, das nervöse Nesteln an Taschentüchern und Jackenknöpfen, die hundertste Ermahnung der Mutter an den Sohn sprachen eine andere Sprache. In dem Wissen um die Endgültigkeit dieses Abschieds blieb das Wichtige ungesagt. Natascha fragte sich später oft, was sie ihrer Schwiegermutter zum Abschied gesagt hatte und welche letzten Worte Jelisaweta ihr mit auf den Weg gegeben hatte. Vergeblich, sie konnte sich nicht erinnern. Natascha und Kostja bestiegen eine Kalesche, und Avigdor, der alte Kutscher, brachte sie zum nahe gelegenen Bahnhof.

Konstantin hatte gehofft, dass hier nicht gar so viele Menschen wie an den großen Stationen auf den Zug warten würden, dennoch gab es einen wilden Aufruhr, als das dampfende Ungetüm endlich einfuhr. Die Wagen waren bereits bis auf wenige Plätze besetzt, und diejenigen, die einen Sitzplatz ergattert hatten, verspürten keine große Neigung, für die vielen Neuhinzukommenden noch enger zusammenzurücken. Der beißende Qualm der Lokomotive trieb Natascha Tränen in die Augen, vergebens bemühte sie sich, auf dem engen Bahnsteig, inmitten des hysterischen Geschreis der vielen Menschen, die Orientierung zu behalten. Sie sah auf ihr Gepäck hinunter und zählte noch einmal die Koffer durch. Sie war fest entschlossen, sie bis zum Letzten zu verteidigen, denn das war das Einzige, was sie jetzt tun konnte. Sie hatte keine Ahnung, wo Konstantin sich befand und welches ihr Abteil war. Sie versuchte ihn über die Köpfe der vielen Menschen hinweg zu entdecken, aber er blieb verschwunden. Ängstlich schaute sie um sich. Was sollte sie tun, wenn der Zug jetzt losfuhr? Aufspringen und das Gepäck Gepäck sein lassen? Wo war nur Konstantin?

Plötzlich wurde sie gewahr, wie Kostja mit einem Mann in Polizeiuniform auf sie zukam, sie grob am Arm fasste und vor sich her auf eine Abteiltür zuschob, um sie die steilen Stufen hinaufzuschubsen. Sie schlug sich hart das Knie an und schrie vor Schmerzen auf, aber er reagierte gar nicht.

»Im dritten Abteil von vorn sind Plätze für uns reserviert. Besser, du beeilst dich, oder willst du die nächsten Wochen stehen?« Mit diesen Worten drängelte er an ihr vorbei und stürmte mit einer Rücksichtslosigkeit, die sie zum ersten Mal an ihm bemerkte, den engen, von Reisenden und Gepäckstücken verstopften Gang hinunter. Bei dem bezeichneten Abteil angekommen, hörte Natascha, die die kurzzeitig hinter ihm entstehende Gasse genutzt hatte, um sich ebenfalls durchzuboxen, wie er zwei Männer anherrschte, auf der Stelle zu verschwinden. Einer der Männer, wesentlich jünger und kräftiger als Konstantin, baute sich drohend vor ihm auf. Als er jedoch den Polizisten bemerkte, der von außen die Szene beobachtete und Konstantin das Gepäck durch das geöffnete Fenster reichte, ließ er einen leisen Fluch hören. »Lange werdet ihr euch das nicht mehr erlauben können. Es lebe die Revolution!«, zischte er zornbebend, bevor er und sein Begleiter das Abteil verließen. Die Situation war eindeutig: Konstantin hatte den Polizisten mit einer ansehnlichen Summe bestochen, um die Plätze zu bekommen, und der allgegenwärtigen Staatsmacht wagte sich hier niemand entgegenzustellen – noch nicht.

Im Laufe der Reise sollte Natascha ihrem Mann zunehmend dankbar dafür sein, dass er seine Verbindungen so rücksichtslos eingesetzt hatte. Der Zug füllte sich an jedem Bahnhof weiter, und bald drängten sich die Menschen in den Gängen und sogar in den Gepäcknetzen. Der Geruch nach gebratenen Heringen und billigem Schnaps, nach Schweiß und ungewaschenen Körpern wurde im Laufe der tagelangen Reise immer unerträglicher, Zank und Streit waren unter den gereizten Menschen an der Tagesordnung.

Ihr eigentliches Ziel war Paris, doch zu Beginn ihrer Reise bewegte sich der Zug in östlicher Richtung nach Jekaterinburg im Ural. Die Flüchtlinge waren gezwungen, einen abenteuerlichen Zickzackkurs zu nehmen, um die von den Bolschewiki kontrollierten Gebiete zu meiden, die sich immer mehr ausweiteten.

Diesmal sah es so aus, als seien die zaristischen Kräfte endgültig besiegt. Im Sommer 1918 war das revolutionäre Regime noch in großer Gefahr gewesen und hatte lediglich über einen verschwindend geringen Teil des Reiches geherrscht, der von drei stabilen antibolschewistischen Frontlinien eingekesselt war, nämlich der Don-Region, die von den Kosaken und der Weißen Armee besetzt war, der Ukraine, die in den Händen der Deutschen und der ukrainischen Nationalregierung war, und dem Gebiet längs der Transsibirischen Eisenbahn, die von der tschechischen Legion und der früheren Regierungspartei der Sozialrevolutionäre kontrolliert wurde. Die antirevolutionären Kräfte hatten allen Grund gehabt, an das baldige Ende der Partei Lenins zu glauben.

Doch nun schien sich das Blatt endgültig zugunsten der Bolschewiken zu wenden, und die Vorboten der Revolution waren überall zu spüren. Die ersten Versorgungskommandos waren in der Gegend gesehen worden, die rücksichtslos alles für die hungernden Städte requirierten, was ihnen unter die Finger kam. Man hörte von lokalen Kommissaren und Tschekisten, den Mitgliedern der gefürchteten Geheimpolizei, die sich ohne Skrupel die eigenen Taschen füllten. In einigen Dörfern war das Getreide beschlagnahmt und bis zum nächsten Bahnhof transportiert worden, und die erbitterten Bauern mussten zusehen, wie es unter freiem Himmel verdarb, weil kein Zug kam, um es in die Städte zu transportieren. Zu den Requirierungen, die auch das Saatgut für das nächste Jahr einschlossen, kam der allgegenwärtige Terror der neuen Machthaber. Die Reichen eines Dorfes wurden nicht selten als Geiseln genommen und bei Nichterfüllung der willkürlich festgesetzten, viel zu hohen Ablieferungsquoten erschossen. In der Kreisstadt waren sogar die Patienten eines Krankenhauses hingerichtet worden. Die überall entstehenden Konzentrationslager füllten sich mit jenen, die als Volksschädlinge ausgemacht wurden. Willkür, Erpressung und blinde Gewalt versetzten alle in Schrecken. Im ganzen Land baumelten Gehenkte von Bäumen und Laternen, und an den Ufern der Flüsse wurden die Leichen derer angeschwemmt, denen man die Hände zusammengebunden und einen Stein um den Hals gehängt hatte, um sie zu ertränken. Wer diesen Unglücklichen ins Gesicht gesehen hatte, der konnte ihre schreckensweit aufgerissenen Augen nicht vergessen. Systematische Vergewaltigungen nahmen zu, immer mehr Kommandozentralen wurden in Bordelle verwandelt, in denen insbesondere bürgerliche Frauen misshandelt wurden. Solche und andere Schreckensmeldungen häuften sich, und Konstantin hatte schließlich keine andere Möglichkeit mehr gesehen als den Weg in die Emigration, den vor ihm schon so viele andere gegangen waren. Nun musste es rasch gehen, bevor der Vormarsch der Bolschewiki die Fluchtwege versperrte.

Nach einer halben Stunde fuhr der Zug mit einem Ruck wieder an, ohne dass ein Grund für den Halt erkennbar gewesen wäre. Natascha lehnte sich zurück und lauschte dem monotonen Geratter der Räder, während ihr Blick die vorbeiziehende Landschaft streifte, ohne sie zu sehen. Kurze Zeit später hielten sie erneut, diesmal an einem Bahnhof, der all den anderen glich, durch die sie bereits gefahren waren: Zerlumpte Gestalten lungerten auf den Bahnsteigen herum, unter ihnen viele bettelnde Kinder, die in den Kriegswirren ihre Eltern verloren hatten, und Bäuerinnen, die den Reisenden Essbares, ein gewebtes Tuch oder ein lebendes Huhn anboten.

Das ganze Land schien verrückt geworden zu sein, auf nichts konnte man sich mehr verlassen. Es herrschte ein unüberschaubares, durch die verrückten Zufälle des Krieges hervorgerufenes Nebeneinander von zerstörten Dörfern, in denen die verbrannten Bäume wie Mahnmale schwarz in den Himmel ragten und die Gerippe der Hausdächer noch rauchten. In den Ruinen irrten die Überlebenden apathisch umher, manche versuchten, auf den fahrenden Zug aufzuspringen, um dem Inferno zu entkommen. Nach einer Kurve, nur eine halbe Stunde entfernt, durchfuhr der Zug dann einen Weiler, in dem friedlich grasende Pferde den Betrachter zu verhöhnen schienen.

Natascha versuchte, sich in ihr Buch zu vertiefen. Sie wollte sich mit aller Macht vorstellen, sie sei an einem anderen Ort, weit weg von dem Elend und dem Dreck um sie herum. In den letzten Tagen, seit sie in diesem verdammten Zug festsaß, war sie seltsam abwesend, immer in ihre eigenen Gedanken versponnen.

Es wäre ihr nie in den Sinn gekommen, sich gegen den Entschluss ihres Mannes zu stellen, ins Exil zu gehen. Dagegen sprach ihre ganze Erziehung, und sie hätte auch gar nicht gewusst, was ihnen sonst für Möglichkeiten geblieben wären. Sie war Kostja sogar ein wenig dankbar, dass er nicht die nördliche Fluchtroute nach Finnland oder Schweden gewählt hatte, die so viele andere nahmen, sondern Paris, die Stadt ihrer Träume. Aber sie hatte keine Vorstellung davon gehabt, wie eng und dreckig der Weg in die Emigration war, und sie gab Konstantin die Schuld daran, dass sie in diesen Zug eingesperrt war. Sie hatte ihn geheiratet, weil sie sich in ihren Jungmädchenträumen als seine glückliche Gattin gesehen hatte, eine erwachsene Frau, die tun und lassen konnte, was sie wollte. Doch statt die Annehmlichkeiten des Lebens als gut situierte, geliebte Ehefrau eines aufstrebenden Ministerialbeamten zu genießen, hatte sie die Einschränkungen hinnehmen müssen, die Krieg und Revolution mit sich brachten. Anstatt auszugehen, hatte sie für Brot angestanden und war dabei fast umgekommen. Sie hatte sich noch nie für Politik interessiert, und plötzlich war die politische Entwicklung über sie hereingebrochen.

Ihr Mann war Politiker, und auch ihr Vater gehörte zu denen, die mitgeholfen hatten, ihr vertrautes Leben zum Einsturz zu bringen. Das nahm sie beiden übel.

Seit Maximilian sich den Bolschewiki angeschlossen hatte, waren sie sich fremd geworden. Sie bemühte sich zu verstehen, warum er sich so verändert hatte, aber sie konnte es nicht. Das letzte Mal, als sie länger miteinander gesprochen hatten – kurz bevor sie nach Ponedjelnik gekommen waren –, hatte er die ganze Zeit nur über die Errungenschaften geredet, die die Partei Lenins für Russland erreicht hatte. Er sprach begeistert von dem neuen Menschen, der aus der Revolution hervorgehen würde, dass alle gleich sein würden und dass jeder nach seinen Bedürfnissen würde leben können. Er redete und redete, und Natascha fühlte nur die Kränkung, weil er sich gegen sie stellte. Sie warf ihm vor, dass er sie verraten habe.

»Die Leute, diese Bolschewisten, für die du arbeitest, wollen meinen Untergang.«

Maximilian verzog das Gesicht zu einer spöttischen Miene und lächelte sie von oben herab an.

Sie wurde wütend. »Sieh mich bitte nicht so an. Ich bin kein Kind mehr!«

Seine Stimme wurde scharf. »Dann benimm dich auch nicht wie ein verwöhntes Kind. Ich dachte, du hättest begriffen, dass man manchmal seine eigenen kleinen Interessen zugunsten einer höheren Sache zurückstellen muss. Was ich tue, tue ich gerade für dich, für deine Zukunft. Ja, ich kämpfe für Gerechtigkeit und Anstand. Im Übrigen dachte ich, dich so erzogen zu haben, dass auch du diese Werte höher schätzt als Müßiggang und schöne Kleider. Aber offensichtlich bist du deiner Mutter doch ähnlicher, als ich angenommen hatte.« Jetzt war auch er wütend geworden.

Natascha überhörte die letzte Bemerkung, die er nicht so gemeint hatte, das wusste sie. »Du liebst Russland wirklich, nicht wahr? Mehr als deine Stellung und deinen Besitz. Und mehr als mich«, fügte sie traurig hinzu, während ihr Vater sich mit einem hilflosen Schulterzucken abwandte.

Als sie in den folgenden Tagen über die Auseinandersetzung nachdachte, stellte sie verwundert fest, dass sich ihre Eifersucht in einen gewissen Stolz auf ihren Vater verwandelt hatte, der derart uneigennützig für eine Idee streiten konnte, die er für richtig hielt, auch wenn sie seinen eigenen Interessen zuwiderlief.

Und sie tröstete sich mit dem Gedanken, dass es schließlich Maximilian gewesen war, mit dessen Hilfe sie rechtzeitig aus Petersburg entkommen waren und nun in diesem Zug saßen. Hatte er nicht mit seinen Beziehungen dafür gesorgt, dass sie Teile ihres Vermögens ins Ausland retten konnten, obwohl Konstantin gern so tat, als habe er alles in die Wege geleitet?

In den Jahren, die seit ihrer Hochzeit vergangen waren, hatte Natascha die verworrene, die dunkle Seite des Lebens kennengelernt, von der in ihren Liebesromanen nie die Rede war. Das Leben war leider nicht so einfach zu durchschauen wie in ihren Büchern. Menschen, die sie liebte, hatten sie enttäuscht, und andere, die sie verachtet hatte, beschämten sie plötzlich mit der Aufrichtigkeit, mit der sie zu ihren Überzeugungen standen. Sie selbst hatte in ihrer Sorglosigkeit Viktor verraten. Wenn es zum Erwachsenwerden gehörte, dass das Leben komplizierter wurde und dass man erkannte, nicht alles zugleich haben zu können, dann war Natascha zumindest ein bisschen erwachsen geworden. Und das erfüllte sie mit Stolz. So kam es, dass die übrigen Reisenden in dem Abteil verwundert sahen, wie ein kleines Lächeln ihr müdes Gesicht verzauberte.

Noch etwas anderes wurde Natascha in diesen langen Stunden des Nachdenkens bewusst: Ihre mangelnde Lebenserfahrung bot auch eine großartige Chance für die Zukunft. Gerade weil sie noch so wenig vom Leben wusste, konnte sie sich nicht vorstellen, wohin diese Reise wirklich ging und was sie für ihr weiteres Leben bedeutete. Sie wusste nur, dass sie in Russland nichts zurückließ, an dem ihr Herz hing – abgesehen von einem Leben in Saus und Braus, das mit den Jahren schal zu werden drohte. Sie war fest entschlossen, sich ihr Stück vom Glück zu erobern, wenn nicht in Russland, dann eben anderswo.

Auf dem Gang direkt vor ihrem Abteil kam es in diesem Augenblick zu einem heftigen Streit, weil einer der Reisenden, ein dicker, dreckstrotzender Bauer, eine Frau mittleren Alters beschimpfte, die über seine Beine gestolpert war und ihn aus dem Schlaf gerissen hatte. Die Frau, deren Gesicht grau vor Müdigkeit war, verfluchte ihn wortreich als Säufer und brutalen Kerl und setzte ihren Weg ansonsten ungerührt fort. Als sie ihren Rock raffte, um über den am Boden lagernden Mann zu steigen, konnte Natascha, in den Saum eingenäht, die gestickte Spitze eines Tuches und das Blinken eines Edelsteins erkennen. Ohne Zweifel hatte sie die Pretiosen einem Aristokraten, der am Verhungern war, gegen einige Lebensmittel abgeluchst.

Gegen Abend dieses Tages sah Natascha eine Herde durchgegangener Pferde neben dem Zug vor der dunklen Kulisse eines Nadelwaldes galoppieren. Einige waren noch gesattelt und gezäumt, ihre Reiter würden irgendwo mit gespaltenem Schädel und heraushängenden Gedärmen gestorben sein. Den Pferden sah man nicht an, ob sie zur Roten Armee oder zu den Weißgardisten gehörten, ihnen war es egal, sie genossen einfach die unverhoffte Freiheit.

Eine andere, frühere Zugreise kam ihr in den Sinn, die sie mit ihrem Vater unternommen hatte. Damals war sie noch ein Kind gewesen, und sie waren weit nach Osten vorgedrungen, hinter den Ural, wo die Taiga begann. Es war Winter gewesen, sie hatten in dem holzgetäfelten Abteil gesessen und sich gewundert, warum die Sonne sich von einer Sekunde zur anderen verdunkelte, plötzlich gleißend schien, um dann wieder im Schneegestöber zu verschwinden. Also hatte sie den Kopf aus dem Fenster gesteckt und plötzlich ein Prickeln wie von tausend Nadeln im Gesicht gespürt, das von den umherwirbelnden Schneeflocken rührte, die in dichten Wehen auf den Gleisen lagen und von der über sie hinwegrasenden Lokomotive aufgewühlt wurden. Die Kälte und die Nadelstiche nahmen ihr den Atem, sie zog den Kopf wieder ein und betrachtete prustend und unbekümmert ihre völlig durchnässten, zerzausten Haare im Spiegel. Einmal, in einer mondhellen Nacht, hatten sie sogar ein Rudel Wölfe gesehen, die in dem eigenartigen blauen Licht auf einer Lichtung im Kreise saßen und heulten. Aber die wilden Tiere hatten keine Gefahr dargestellt, ihr Vater und sie hatten sicher und warm in den weichen Betten des Schlafwagenabteils erster Klasse gelegen, und der Zugschaffner hatte ihnen, wann immer sie es wünschten, heißen Tee und Gebäck serviert. Wo waren diese märchenhaften Zeiten nur geblieben?

Mittlerweile war die Nacht hereingebrochen, die zehnte Nacht, die sie auf der harten Bank verbringen würde. Resignation und eine tiefe Müdigkeit überkamen Natascha. In der seltsamen Stimmung zwischen Wachen und Schlafen, in welcher der Mensch so empfänglich ist für besonders deutliche Erinnerungen, atmete sie plötzlich den vertrauten, leicht süßlichen Geruch der Linden ein, wenn sie im Frühjahr in der Blüte standen. Wolodowskoje Polje! Könnte sie doch jetzt dorthin zurückkehren, wo ihre schönsten Erinnerungen waren. Das Gut vor den Toren Petersburgs erschien ihr plötzlich wie die einzige Heimat, die sie je gehabt hatte. Es hatte ihr nichts ausgemacht, Sankt Petersburg zurückzulassen, und noch weniger bedauerte sie den Abschied von Ponedjelnik, sah man einmal von Jelisaweta ab, aber Polje trauerte sie nach. Oder dem, was davon übrig geblieben war. Sie fühlte sich nicht stark genug, um an jenen schrecklichen Tag zurückzudenken, doch die Erinnerung hatte sich bereits in ihrem Kopf festgesetzt.

Sobald sie sich nach der Oktoberrevolution wieder auf die Straße wagen durfte, hatte sie eine Kutsche gemietet und Petersburg in südlicher Richtung verlassen. Der Anblick des riesigen Kutschers, der vor ihr auf dem Bock Platz genommen hatte, nachdem er sie in dicke Schafpelze gehüllt und sich selbst einen Überwurf aus Leder über die Beine gelegt hatte, beruhigte sie. Der Mann war ebenso dick wie groß und wirkte in seiner wattierten Jacke, die in der unförmigen Taille von einem wuchtigen Gürtel gehalten wurde, wie ein sicherer Hafen in der tosenden See. Natascha hatte die gespenstische Stille, die in den letzten Tagen über der Stadt lag und die nur unterbrochen war von vereinzelten Jubelrufen und Parolen der Arbeiter, nicht mehr ausgehalten. Sie wollte nach Polje, um nachzusehen, wie es dort stand. Sie hoffte, auf dem Gut ein bisschen Frieden zu finden.

Bereits diesseits des Waldes, der zwischen der Stadt und dem Gut lag, sah sie die Rauchsäule aufsteigen. Sie konnte aber noch nicht sicher ausmachen, dass es ihr Haus war, was dort brannte. Der Geruch nach verkohltem Holz wurde durchdringender, je mehr sie sich näherte, und ein feiner Ascheregen ging auf sie nieder. Voller düsterer Ahnungen bog sie in die Lindenallee ein. Sie wartete vergeblich auf das freudige Gebell von Wolja. Noch bevor die Bäume den Blick auf das ganze Haus freigaben, sah sie verkohlte Türen und Fensterläden, in der Hitze geborstene Fensterscheiben, deren Splitter auf der Veranda lagen. Als sie endlich vor dem Haus anhielt und nach oben blickte, sah sie, dass der Dachstuhl vollständig verbrannt war, einzelne Balken waren heruntergekracht und versperrten ihr den Zugang zum Haus. Offensichtlich hatte sich niemand die Mühe gemacht, irgend etwas, Möbel oder Papiere, vor dem Feuer zu retten, nichts war übrig geblieben. Das Haus war bis auf die Grundmauern niedergebrannt. Es konnte noch nicht lange her sein, dass es passiert war, die Brandstelle rauchte noch und strahlte eine Wärme ab, vor der sie sich ekelte.

Von einer schrecklichen Ahnung getrieben, rannte sie in jeden Winkel des Hofes, um nach den Sawinkows zu suchen. Die Stallgebäude waren unversehrt, und sie hoffte dort jemanden zu finden. Als sie in Richtung des kleineren Viehstalls hastete, kam ihr ein Dorfjunge entgegen, der eine Kuh am Band hinter sich herführte. Verlegenheit und Trotz hielten sich in seinem Blick die Waage, als er vor Natascha stehen blieb. In diesem Augenblick war es ihr egal, dass er ihr Vieh stahl, sie wollte von dem Jungen nur wissen, was geschehen war. Er berichtete, dass vor zwei Nächten ein Trupp der Roten gekommen war. Aleksander Sawinkow war vor das Haus getreten und hatte den Anführer erschossen. Als seine Frau Ljuba mit einer Lampe dazukam, erkannte sie in dem Toten Viktor, ihren einzigen Sohn. Wortlos hatte Ljuba sich umgedreht, war in den Pferdestall gegangen und hatte sich dort erhängt. Die Bauern hatten sie am nächsten Morgen abgeschnitten und begraben. Von Aleksander Sawinkow fehlte seit jener schrecklichen Nacht jede Spur, also hatten die Bauern sich davongemacht und mitgenommen, was sie tragen konnten. Kurz darauf war das Haus in Flammen aufgegangen.

Es war das letzte Mal gewesen, dass sie aufs Land gefahren war. Wolodowskoje Polje gab es nur noch in ihrer Erinnerung.

Und dann kam der Abschied von ihren Eltern. Nachdem ihre Flucht nach Ponedjelnik beschlossene Sache war und alle Koffer und Kisten gepackt bereitstanden, wollte sie ihnen

Adieu sagen. Kostja war dagegen gewesen, er wollte sie nicht einer unnötigen Gefahr aussetzen, aber er sah ein, dass er sie nicht daran hindern konnte. Schließlich hatte er nachgegeben und sie in ihr Elternhaus begleitet.

Maximilian war wie immer in den letzten Wochen auf dem Weg in eine Sitzung des Petrograder Arbeiter- und Soldatenrates. Auf der großen Treppe hatte er seine Tochter in den Arm genommen und sie einen Augenblick lang fest an sich gedrückt.

»Zwischen uns ist alles gesagt. Ich hoffe, du kannst mich irgendwann verstehen. Leb wohl.«

Mit diesen Worten eilte er davon und stieg in das Auto, das bereits vor dem Haus wartete.

Natascha sah ihm fassungslos nach, während ihr die Tränen in die Augen traten. Dann wandte sie sich um und stieg schweren Herzens die Treppe hinauf. Sie fand Katharina inmitten großer Schrankkoffer und Hutschachteln in ihrem Boudoir.

»Wie du siehst, packe ich«, sagte ihre Mutter statt einer Begrüßung. »Das schöne Leben ist vorüber. Jetzt ist nicht die Zeit, in Pariser Garderobe Champagner zu schlürfen.« Sie sagte das mit einer erzwungenen Ruhe, Natascha konnte sehen, dass ihre Unterlippe zitterte. »Das, was mein Leben ausgemacht hat, gibt es nicht mehr. Und dein Vater hilft kräftig mit, auch die Reste der Vergangenheit zu tilgen«, fügte sie mit Bitterkeit hinzu. »In diesem Land hat mich nie etwas gehalten, und seit einigen Wochen sitze ich den ganzen Tag allein in diesem großen Haus und warte darauf, dass die Roten Garden mich daraus vertreiben. Es würde mich nicht wundern, wenn Maximilian selbst sie schickt. Ich wusste immer, dass er ein politischer Wirrkopf ist, voller unausgegorener Ideale, das hat er bereits bewiesen, als er mich in dieses verfluchte Land geschleppt hat. Im Grunde ist er Onkel Rudolf ähnlicher, als er selbst je zugeben würde. Doch jetzt hat ihn das letzte bisschen Vernunft verlassen, und ich sehe keinen Grund mehr, länger bei ihm zu bleiben. Ich habe eine Entscheidung getroffen«, fuhr sie fort. »Wenn ich hier nicht zugrunde gehen will, dann muss ich zurück nach Berlin. Du musst wissen«, fügte sie wie in einem plötzlichen Entschluss hinzu, »ich habe deinen Vater nie wirklich geliebt, auch am Anfang nicht. Es hat mehr als einmal andere Männer in meinem Leben gegeben. Sieht so aus, als wäre mein Leben ganz schön verpfuscht. Aber ich bin noch nicht alt genug, um hier auf meinen Tod zu warten. Ich habe deinem Onkel geschrieben, er wird mir bei meinen ersten Schritten in Berlin behilflich sein. Wer hätte gedacht, dass ausgerechnet Rudolf jemandem unter die Arme greifen muss?« Ein Lächeln umspielte ihren Mund. »Diese Revolution hat auch etwas Gutes. Sie bringt in jedem von uns eine unbekannte Seite zum Vorschein. Maximilian hat sein Herz für die gerechte Sache entdeckt, Rudolf muss Verantwortung übernehmen, ich trenne mich endlich von meinem Mann. Und du? Was wird sich in deinem Leben verändern?«

Bei diesen Worten sah sie ihrer Tochter in die Augen, und Natascha hatte für einen kurzen Moment das Gefühl, als sehe ihre Mutter in ihr eine Verbündete. »Ich war für dich nie die Mutter, die du gern gehabt hättest, aber ich konnte nicht anders, auch wenn es mir leidtat. Ich hatte einfach zu viel mit mir selbst zu tun.«

»Aber …« Natascha glaubte nicht recht zu hören. Wollte ihre Mutter sich etwa mit ihr versöhnen? Sie machte einen Schritt auf sie zu.

Doch der Moment war vorüber, Katharina wehrte ab. »Und jetzt ist es zu spät, um sentimental zu werden«, sagte sie sehr betont und wandte sich ihrem Koffer zu.

So schnell gab Natascha nicht auf. »Sollten wir die ganzen Jahre nebeneinanderher gelebt und die große Chance verpasst haben, uns zu mögen?«

»Ich weiß es nicht«, antwortete ihre Mutter. Dann nahm sie den schweren goldenen Ring ab, der sie, solange Natascha sie kannte, nie verlassen hatte, und gab ihn ihr.

»Er stammt noch von meinem Vater. Ich glaube, er ist ziemlich viel wert. Nimm ihn und hab keine Skrupel, ihn zu versetzen, wenn es nötig ist. Ich fürchte, mehr kann ich dir nicht mitgeben.«

Natascha war zutiefst verwirrt, als sie neben Kostja durch die belebten Straßen nach Hause ging. Sie war so in Gedanken, dass sie beinahe von einem der vielen Lastwagen überfahren worden wäre, auf denen Fahnen schwenkende Soldaten saßen.

Ihre Mutter und sie hatten sich zum Abschied lange angesehen. Dann hatten sie einander Glück gewünscht und waren ohne ein weiteres Wort auseinandergegangen.

»Sie hat mir außer dem Ring noch etwas gegeben«, sagte Natascha mehr zu sich selbst als zu ihrem Mann. »Sie hat mir ihr Herz geöffnet und mir ihr Scheitern gestanden, und mein Herz hat sie dadurch leichter gemacht. Ich glaube, sie hat mir gesagt, dass sie mich trotz allem gernhat.«

Doch Kostja hatte ihre Bemerkung gehört und erwiderte: »Ich wünsche dir von Herzen, dass du recht hast, aber …« Bevor er weitersprechen konnte, legte Natascha ihm die Hand auf den Arm, und er verstummte.

An einem rhythmischen metallischen Schlagen erkannte sie, dass der Zug über eine Brücke fuhr. Für einen kurzen Moment war sie wieder in der tristen Gegenwart, auf der harten Bank in diesem dreckstarrenden Zug dritter Klasse, der sie durch die unendliche Weite Russlands in eine unbekannte Zukunft brachte. Doch daran wollte sie jetzt nicht denken. Sie sagte sich stattdessen, dass es gut möglich war, dass ihr Vater diese Brücke gebaut hatte. Schon merkwürdig, dachte sie, mein Vater baut

Brücken für eine Regierung, und ich benutze sie, um vor derselben Regierung zu fliehen.

Natascha hasste den Krieg aus ganzem Herzen, aber sie war sich auch bewusst, dass sie bei allen Entbehrungen noch Glück gehabt hatte. Fast schämte sie sich für das sorglose Leben, das sie bis vor Kurzem geführt hatte. Sie wusste von den menschlichen Tragödien, die der Krieg für andere heraufbeschworen hatte. Der sinnlose Tod ihres Freundes Viktor Sawinkow war nur ein winziges Glied in dieser langen Kette von Schicksalsschlägen.

Der Krieg hatte Not und solch unbeschreiblichen Hunger über das Land gebracht, dass es immer häufiger zu Fällen von Kannibalismus kam. Verzweifelt schloss sie die Augen, um das schreckliche Bild der Kinderleiche zu verdrängen, die sie bei der Fahrt durch einen kleinen Ort gesehen hatte. Das Kind hatte das Gesicht eines Greises gehabt, und von seinen Beinen war das Fleisch bis auf die Knochen herausgerissen. In den folgenden Jahren sollte die Regierung Anschläge mit dem Wortlaut verbreiten: »Es ist barbarisch, seine Kinder zu essen.«

Sie betrachtete Konstantin, der ihr gegenübersaß und endlich Schlaf gefunden hatte, nachdem er in den letzten Tagen nahezu unbeweglich und ohne ein Wort zu sagen auf seinem Platz gekauert hatte. Grau im Gesicht und zusammengesunken saß er dort, er litt viel mehr unter dieser Flucht als sie, denn sein ganzes Herz hing an Russland: Je länger diese aberwitzige Fahrt dauerte, umso depressiver wurde er. Natascha kamen plötzlich Zweifel, ob er es schaffen würde, sich in der Fremde eine neue Existenz aufzubauen. Würde er nicht zu sehr in der Vergangenheit leben, um nach vorne zu schauen? Wenn es ihm nicht gelang, gegen seine Schwermut anzukämpfen, dann würde er es sehr schwer haben – und sie mit ihm.

Noch einmal machte sie sich klar, dass sie nichts mehr in Russland hielt, keine Orte und keine Menschen. Sie konnte überall neu beginnen, warum also nicht in Paris? Im Geist sah sie sich bereits auf den Champs-Élysées flanieren. Mochte ihre Zukunft auch ungewiss sein, sie würde ihr mit offenem Herzen entgegentreten, das schwor sie sich.

Sie fuhren erst mit der Transsibirischen Eisenbahn weiter nach Osten bis kurz vor Jekaterinburg, dann zwischen Ural und Wolga, wenn auch in großer Entfernung von ihr, nach Süden, um sich dann wieder in westlicher Richtung auf die Krim zuzubewegen. Die Wochen im Zug hatten sie ausgezehrt. Müde und hungrig sahen sie aus wie die übrigen zerlumpten Gestalten, von denen sie sich anfangs noch unterschieden hatten. Nach vier Wochen erreichten sie Sewastopol, das letzte Schlupfloch, um das Land zu verlassen. Die Stadt war voll von Flüchtlingen, unter ihnen viele Bürgerliche, die in ihre traditionellen Ferienorte geflohen waren. Alle Hotels waren belegt, Konstantin und Natascha mussten wie viele andere zwei Nächte unter freiem Himmel verbringen. Am dritten Tag bestiegen sie ein Schiff, das sie nach Griechenland bringen sollte. Von den umliegenden Bergen wurde die Stadt bereits von der Roten Armee beschossen.

Die *Nadeshda*, ein kleiner, schäbiger Kahn, der in normalen Zeiten alles andere als Hoffnung versprochen hätte, hatte Dörrobst geladen, und der Kapitän erklärte sich bereit, sie an Bord zu nehmen, nachdem Natascha ihm kräftig um den Bart gegangen war. Während das Schiff das Wasser der Bucht teilte, warfen sie einen letzten Blick zurück auf das, was ihre Heimat gewesen war. Das Hotel an der Promenade, in dem sie sich kennengelernt hatten, war von einer Granate getroffen und brannte lichterloh.

Sie hatten Glück gehabt: Wenige Tage, nachdem sie Russland verlassen hatten, verriegelten die Bolschewiken diesen letzten Fluchtweg, und die Menschen waren dem Rachefeldzug der Rotgardisten ausgesetzt. Wieder wurden die Opfer aneinandergebunden ins Hafenbecken gestoßen oder an den öffentlichen Plätzen aufgehängt. Sewastopol wurde die »Stadt der Gehängten«.

Währenddessen saßen Konstantin und Natascha bereits im Zug von Marseille nach Paris, der Stadt der Lichter.

Kapitel 8

Schließlich war Natascha verstummt und hatte sich erschöpft, die Augen geschlossen, in ihrem Sessel zurückgelehnt.

Langsam, wie aus einem Traum, erwachte Nina aus der Erzählung ihrer Großmutter. Verwirrt sah sie um sich. Das Licht im Zimmer hatte sich verändert, es war diffus geworden, und das Samowartischchen lag bereits im Schatten. Natascha hatte so lebendig und mitfühlend erzählt, dass Nina meinte, sie wäre mit ihr durch die Straßen Petersburgs gegangen, hätte neben ihr in dem Zug gesessen. Sie sah auf die Uhr und schlug sich mit der Hand gegen die Stirn, die prompt wieder zu schmerzen begann. »Meine Güte, weißt du, wie spät es ist? Schon vier durch. Ich habe den Laden total vergessen.«

Natascha schreckte hoch. »Habe ich so lange gesprochen? Kein Wunder, dass ich müde bin. Und dabei kennst du jetzt erst den Beginn meiner Geschichte.« Sie machte eine kleine Pause. »Musst du jetzt gehen? Eigentlich ist es doch ohnehin schon zu spät. Würdest du uns einen Tee machen? Und eine Kleinigkeit zu essen? Ich bin tatsächlich völlig erschöpft.«

Nina sah vor sich auf den Tisch, auf den Natascha am Morgen Tee und Toast gestellt hatte. Die Kerze in dem silbernen Stövchen war längst niedergebrannt und erloschen, auf dem Teller lagen noch einige Brotkrümel. Auf einmal spürte auch sie, wie hungrig sie war.

»Ach, der Laden wird es verschmerzen, wenn ich ihn mal einen Tag nicht aufmache«, sagte sie. »Meine Familiengeschichte ist viel wichtiger als ein verkaufter Ring mehr oder weniger.«

Sie musste gähnen, streckte sich genüsslich, dann ging sie in die Küche, um frischen Tee und belegte Brote zu machen.

»Du warst damals erst Anfang zwanzig«, rief sie durch die offene Tür ins Wohnzimmer hinüber. »Als ich in dem Alter war, war in meinem Leben noch nichts Aufregendes passiert.«

Natascha erschien nun ebenfalls in der Küche und setzte sich an den Tisch. »Sag das nicht mit diesem bedauernden Unterton. Es war nicht nur schön und aufregend, auch die folgenden Jahre nicht«, erwiderte sie.

Sie schwiegen, bis sie sich am Tisch gegenübersaßen und einige Schlucke Tee genommen hatten. Dann hielt Nina es nicht länger aus.

»Wie ging es weiter?« Sie sah ihrer Großmutter gespannt ins Gesicht. »Bisher habe ich nur von Kostja gehört, diesen Mikhail hast du noch nicht mit einem Wort erwähnt. Obwohl er vom Namen her doch Russe ist, nicht wahr? Wo hast du ihn getroffen?«

Natascha lächelte sie an. »Du konntest deine Neugier noch nie zügeln«, sagte sie dann.

»Nun sag schon!«

»Es war in Paris, viele Jahre später … Und nun sollten wir erst einmal etwas essen.«

Das ist mal wieder typisch Natascha, dachte Nina resigniert. Da kann die Welt untergehen oder ich hier vor Spannung beinahe platzen, sie muss in aller Ruhe ihren Tee trinken und etwas essen.

Eine halbe Stunde später war Nina auf dem Heimweg. Sie beschloss, zu Fuß zu gehen. Beim Gehen konnte sie sich immer schon am besten konzentrieren, und sie musste jetzt unbedingt über das nachdenken, was sie gerade erfahren hatte.

Selbstverständlich hatte sie gewusst, was in der Familie erzählt wurde: Ihre Großeltern mütterlicherseits waren nach der Oktoberrevolution aus Russland geflohen und hatten sich in

Paris niedergelassen, nach dem Zweiten Weltkrieg war Natascha dann nach Berlin weitergezogen. Solche Geschichten gab es in fast allen Familien, sie gehörten zur kollektiven Erinnerung und wurden immer mal wieder erwähnt: »Seine ganze Familie ist nach dem Zweiten Weltkrieg aus Ostpreußen geflohen«, »Onkel Franz? Ist erst Mitte der Fünfziger aus der Gefangenschaft zurückgekehrt«, »Der Mann ist im Krieg geblieben« und so weiter. Aber Nina hatte sich bisher nie die Mühe gemacht, hinter diese Sätze zu schauen und sich zu fragen, was derartige Schicksale eigentlich für die Betroffenen bedeuteten. Sie konnte plötzlich nicht mehr verstehen, warum sie nicht früher nachgefragt hatte, zum Beispiel, unter welchen Umständen ihre Großeltern aus Russland geflohen waren und warum ihre Großmutter später nach Berlin gekommen war. Natascha hatte von dem Moment an für sie gesorgt, als ihre Mutter gestorben war, eine eigene Vergangenheit hatte sie ihr nie zugebilligt.

Und offensichtlich hatte auch Natascha selbst schon lange nicht mehr an diese turbulente Zeit ihres Lebens zurückgedacht. Wie hatte sie noch gesagt?

»Dies alles ist schon so lange her, fast ein Jahrhundert, es gehört zu einem anderen Teil meines Lebens, der unglaublich lange vergangen ist und keine Verbindung mehr zum Heute hat. Stell dir doch nur vor: eine Gesellschaft von Adligen, Grafen und Fürsten. Landpartien, Debütantinnenbälle, eine ganze Schar von Dienern! Ich bin selbst erstaunt, was mir beim Erzählen alles wieder eingefallen ist. Ich dachte, ich hätte das alles vergessen. Vor allen Dingen bin ich immer der Meinung gewesen, in Russland nichts von mir zurückgelassen zu haben. Ich dachte, mein eigentliches Leben hätte in Paris begonnen – und auch das ist schon wieder so lange her, dass man es kaum glauben kann.«

»Aber du warst schließlich mit einem Russen verheiratet. Mit ihm bist du nach Paris gekommen«, warf Nina ein.

»Ja, Konstantin und ich sind gemeinsam nach Paris gegangen, aber dort ist alles anders geworden, nicht nur zwischen uns, und Russland erschien mir so weit entfernt wie der Mond. Ich war damals eben noch sehr jung und bereit, mich auf alles Neue einzulassen und das Alte zu vergessen. Für Kostja war das nicht so einfach.« Sie unterbrach sich und seufzte tief. »Entschuldige, das viele Sprechen hat mich sehr angestrengt, ich glaube, ich muss mich jetzt hinlegen. Lass uns ein andermal weiterreden.«

Nina hatte inzwischen das Ende der Fasanenstraße erreicht. In dieser vornehmen Straße südlich des Kurfürstendamms lebte Natascha schon seit über vierzig Jahren, seitdem sie die Wohnung von ihrer Mutter Katharina übernommen hatte, die wie Tausende anderer Emigranten aus der jungen Sowjetunion dorthin gezogen war. Sie kamen in solchen Scharen, dass Anfang der Zwanzigerjahre ebenso viele Russen wie Deutsche in diesem Viertel lebten.

Am Tiergarten wandte Nina sich nach rechts. Als sie an das Brandenburger Tor kam, musste sie daran denken, dass Natascha ein Stück Geschichte miterlebt hatte, eigentlich die ganze Geschichte des Jahrhunderts mit ihren Kriegen und Revolutionen, aber auch mit ihren großen Erfindungen, die die Menschheit verändert hatten. Und sie selbst, Nina, war ausgerechnet an dem Tag, als die Mauer fiel, nicht in Berlin gewesen, sondern hatte eine langweilige Schmuckmesse in Hamburg besucht! Über diese verpasste Gelegenheit ärgerte sie sich noch immer.

Jenseits des Brandenburger Tors wurden die Straßen wieder belebter. Kneipen und Restaurants waren gut besucht, viele Gastwirte hatten den milden Spätsommerabend genutzt, um Tische und Stühle noch einmal auf die Gehwege und Terrassen zu stellen. Nina überlegte kurz, ob sie sich auf ein Glas Wein setzen sollte, doch dann entschied sie sich dafür, nach Hause zu gehen. Auch sie hatte die Erzählung ihrer Großmutter angestrengt, und sie freute sich auf einen ruhigen Abend mit einem guten Buch.

Als sie um die Ecke bog, sah sie unten auf der Straße vor ihrem Haus Martin stehen. Ach du meine Güte, dachte sie.

»Hallo, Nina. Bin ich froh, dich zu sehen. Ich habe den ganzen Tag versucht, dich im Laden anzurufen, aber du bist nicht rangegangen«, begrüßte er sie. Er klang kein bisschen wütend, eher besorgt, wie Nina dankbar feststellte.

»Tut mir leid, ich habe heute blaugemacht.«

»Du hast was? Das passt gar nicht zu dir. Ist etwas passiert?«

Nina lachte. »Nein, wirklich, du musst dir keine Sorgen machen. Komm doch mit rauf. Ich glaube, ich muss mich für gestern Abend entschuldigen. Nimmst du ein Glas Wein als Buße an?«

Wenig später standen sie in ihrer kleinen Küche, die Platz für eine Kochzeile und einen kleinen Tisch mit zwei Stühlen bot, und tranken einander zu, während die Spaghetti kochten.

»Also«, fragte Martin zwischen zwei Schlucken Rotwein. »Warum bist du gestern Abend nicht erschienen? Und warum hast du heute das Geschäft nicht aufgemacht?« Aber es klang wirklich kein bisschen wütend, eher neugierig besorgt.

Natürlich konnte Nina ihm nicht von Benjamin erzählen, aber dass ein später Kunde ihr ein außergewöhnliches Schmuckstück zur Reparatur gegeben hatte, das ihr merkwürdig vorgekommen sei, und dass sie deshalb die Verabredung versäumt hatte, das durfte sie ihm sagen.

»Und heute?«

»Ich war bei Natascha. Wir haben den ganzen Tag geredet. Sie hat mir einen Teil der Familiengeschichte erzählt, von dem ich keine Ahnung hatte. Sie war so aufgewühlt, dass ich sie nicht allein lassen konnte.«

Das interessierte Martin weniger.

»Aber warum hast du gestern Abend nicht angerufen? Warum bist du nicht gekommen, nachdem dieser komische Kunde gegangen war?«

»Stimmt, da hast du völlig recht«, gab sie zu. Sie konnte sich in diesem Moment selbst nicht erklären, warum sie nicht mehr zu dem Treffen gegangen war oder ihm wenigstens Bescheid gesagt hatte. Es war doch lächerlich, dass Benjamin Turner sie so aus der Fassung gebracht hatte. Sie sah Martin an, und die beiden Gläser Wein, die sie schon auf beinahe leeren Magen getrunken hatte, ließen sein Gesicht weich und sanft erscheinen. Er sieht gut aus, dachte sie, und sein neuer Pullover steht ihm. Sie machte einen Schritt auf ihn zu und küsste ihn, erst zärtlich, und, als er ihren Kuss erwiderte, mit plötzlicher Leidenschaft.

Am nächsten Morgen hatte sie leichte Kopfschmerzen, fühlte sich aber dennoch beschwingt wie schon lange nicht mehr. Leicht fuhr sie Martin, der neben ihr noch schlief, über den muskulösen Rücken. Er brummte irgendetwas und rückte ein Stück von ihr weg. Sie ließ ihn weiterschlafen und ging unter die Dusche. Während sie sich einseifte, fühlte sie noch einmal Martins Berührungen, die sie so genossen hatte. Gerade weil wir uns so gut kennen, kann ich ihm vertrauen und mich fallen lassen. Gewöhnung kann also auch etwas Gutes haben, liebe Natascha, dachte sie mit einem leisen Triumphgefühl.

Als sie in die Küche kam, war der Kopfschmerz verflogen. Nach einer kalten Dusche und einer Massage mit ihrer Lieblingsbodylotion fühlte sie sich einfach wunderbar, schön und begehrt. Und Martin war dabei, Kaffee einzuschenken, und hatte ihr sogar schon ein Brot mit Rosmarinhonig gemacht, den sie über alles liebte.

»Guten Morgen, mein Liebling. Ich hoffe, du hast so gut geschlafen wie ich.« Mit diesen Worten nahm er sie in die Arme, und seine unrasierte Wange kratzte sie leicht. »Hmm, duftest du verführerisch.«

»Guten Morgen. Und danke für das Frühstück. Ich dachte, du wolltest noch schlafen?«

»Nein, ich wollte dich überraschen. Leider habe ich weder Sekt noch Kaviar in deinem Kühlschrank gefunden. Eigentlich haben wir uns beides verdient, nach dem, was heute Nacht passiert ist. Ich hatte das schon gar nicht mehr für möglich gehalten. Weißt du was, wir holen das heute Abend nach. Ich hole dich um sieben vor dem Geschäft ab, einverstanden?«

»Gern«, sagte sie, und sie war glücklich.

In ihrem Laden angekommen, sah sie in den Briefkasten, der überquoll, weil sie ihn am Tag zuvor nicht geleert hatte. Die üblichen Werbezettel, wie üblich mindestens je zweimal, obwohl sie einen Aufkleber angebracht hatte: »Keine Werbung bitte«. Und dann musste sie diesen Haufen Papier auch noch genau durchsehen, weil die wichtige Post irgendwo dazwischenklemmte. Schimpfend hängte sie ihren Mantel an den Haken und goss sich ein großes Glas Saft ein, den sie auf dem Weg eingekauft hatte. Der Wein des gestrigen Abends verursachte ihr Durst, aber sie genoss dieses Gefühl, das sie schon lange nicht mehr gehabt hatte. Noch einmal lächelte sie in Erinnerung an Martins Umarmung. Dann ging sie zum Tresor und nahm den blauen Anhänger heraus. Sie setzte sich an den Arbeitstisch, und während sie mit den Augen nach ihrer Lupe suchte, putzte sie den Stein mit einem weichen Tuch ab.

Der Schmuck war nachlässig behandelt worden, das sah sie auf den ersten Blick. Das Gold war angelaufen, an den Kanten und in der Schleife, die den Aufhänger trug, hatte sich Schmutz abgelagert. Auf der Rückseite war die Goldplatte fast drei Millimeter tief eingedellt. Jemand musste mit aller Kraft einen spitzen Gegenstand hineingetrieben haben. Nach zwei Stunden, in denen sie gefeilt, poliert und die winzigen Schrauben nachgezogen hatte, die das Scharnier auf der Rückseite zusammenhielten, und schließlich den Goldrand an einigen Stellen neu verlötet hatte, öffnete sie das rückwärtige Fach und rief Natascha an.

»Du hattest recht, es ist ein Porträt von dir. Aber ich habe diese Aufnahme noch nie gesehen. Wie schön du warst«, sagte sie, als ihre Großmutter sich gemeldet hatte.

»Ich trage ein helles, vorn geknöpftes Kleid mit Rüschen und trage das Haar hochgesteckt, fast so wie heute, nur dass meine Frisur durch den Wind etwas durcheinandergeraten ist, stimmt's? Und hinter mir ist das Meer zu sehen.«

Das Meer also, kein See, dachte Nina.

»Ja, und vor allem strahlst du eine geradezu überirdische Schönheit und Glückseligkeit aus. Du siehst dem Betrachter, also dem Fotografen, geradewegs in die tiefsten Tiefen seiner Seele. Der Blick lässt mich gar nicht wieder los. Deine Augen sehen so wach und selbstbewusst in die Welt, es ist ein seltsamer, wissender Schimmer in ihnen. Ein Hollywoodblick, finde ich.«

Natascha lachte. »Das kann schon sein, nicht das mit Hollywood, aber der wissende Schimmer. Ich war damals nämlich schon schwanger, ohne selbst eine Ahnung zu haben.« Ihre Stimme wurde sehr ernst, bittend. »Darf ich den Anhänger sehen? Ich weiß, dass es kindisch ist, aber ich hätte ihn gern in der Hand, weil ich mir einbilde, dadurch vielleicht Mikhail nahe zu sein. Ich bedaure es fast, dass du den Schmutz entfernt hast. Vielleicht klebte noch Sand aus Saint-Jean-de-Luz daran …«

»Saint-Jean-de-Luz?«

»Ein kleiner Ort an der südfranzösischen Atlantikküste. Dort wurde das Foto aufgenommen …«

»Wann war das?«, fragte Nina.

»1936. Ende August, an einem Freitagnachmittag, den ich in meinem ganzen Leben nicht vergessen werde. Mikhail hatte den Apparat von einem Pariser Freund geliehen, er selbst besaß fast nichts und schon gar keinen teuren Fotoapparat. Es war unser erster gemeinsamer Tag, der erste Tag einer ganzen Woche, die wir miteinander verbringen wollten. Wir waren gerade angekommen und hatten nur unser Gepäck in der kleinen Pension abgestellt. Wir wollten so rasch wie möglich ans Meer. Da hat Mischa mich dann fotografiert.« Natascha machte eine Pause, und Nina hatte das Gefühl, als wollte sie ihr noch etwas sagen. Sie dachte kurz nach.

»1936, im Sommer? Mama ist im Mai 1937 auf die Welt gekommen. Dann bist du ja mit meiner Mutter schwanger gewesen!«

»Ja, mit wem denn sonst?«, antwortete Natascha nur.

Wieder entstand eine Pause, die Nina nicht zu deuten wusste. Dann stieg eine plötzliche Ahnung in ihr auf. Sie sagte eine Zeitlang gar nichts. Ihr Kopf war wie leer gefegt. Die Gedanken jagten hindurch, ohne dass sie auch nur einen einzigen hätte festhalten können.

Sie sah Bilder ihres Großvaters und ihrer Mutter vorüberziehen, nein, nicht ihres Großvaters, sondern Konstantins, des Mannes, den sie all die Jahre für ihren Großvater gehalten hatte, und dazwischen das Foto des Mannes aus dem Anhänger. Verblüfft sagte sie: »Willst du damit sagen, dass dieser Michael …«

»Mikhail, sein Name war Mikhail, die russische Form von Michael. Er war Russe.«

Als wenn das jetzt das Wichtigste wäre, dachte Nina aufgebracht. »Also gut, Mikhail. War er denn der Vater deines Kindes? Aber dann … wäre er mein Großvater … und nicht Konstantin!«

»Ich fürchte, so ist es.«

Nina ärgerte sich über die knappen Antworten und die

scheinbare Selbstverständlichkeit, mit der ihre Großmutter ihr mal eben mitteilte, dass sie gar nicht die war, für die sie sich ihr Leben lang gehalten hatte. Sie war empört über das, was Natascha ihr da zumutete.

»Ich gebe ja zu, dass ich auch Konstantin nicht gekannt habe, aber ich habe mir trotzdem ein Bild von ihm gemacht, schließlich habt ihr mir von ihm erzählt, und ich habe alte Bilder gesehen. Und nun sagst du mir, dass dieser Mann nichts mit mir zu tun hat, sondern dass ich von einem Wildfremden abstamme. Das hättest du mir doch sagen müssen! Wenn ich nicht zufällig Ben getroffen hätte, hätte ich es womöglich nie erfahren.«

Natascha antwortete ganz gelassen.

»Ich wollte es dir immer sagen, aber es hat sich nie die passende Gelegenheit dazu ergeben. Deiner Mutter habe ich es kurz vor deiner Geburt gebeichtet, und diesen Termin hatte ich mir auch bei dir gesetzt – falls es nicht vorher möglich wäre. Versteh mich doch, so etwas erwähnt man nicht mal eben so. Obwohl ich mich für nichts schäme, das sage ich dir mit aller Bestimmtheit. Mischa war die große Liebe meines Lebens, wir waren füreinander bestimmt. Und diese Schwangerschaft bedeutete für mich die Erfüllung all meiner Träume.« Nina konnte spüren, wie Natascha sich am anderen Ende der Leitung straffte. »Es tut mir leid, aber du bist nicht die Enkelin eines zaristischen Beamten, sondern eines Berufsrevolutionärs. Du hast übrigens seine Augen geerbt.«

»Du meinst, er hatte auch verschiedenfarbige Augen?« Auf dem winzigen Schwarzweißfoto war das nicht zu erkennen.

»Ja. Das hat mich von Anfang an fasziniert.«

Nina wollte jetzt keine Einzelheiten über diesen Fremden hören. Sie musste erst einmal mit der Neuigkeit an sich zurechtkommen. »Ich glaube, ich muss darüber in Ruhe nachdenken. Ich komme nachher bei dir vorbei und bringe dir den Anhänger.« Damit legte sie auf.

Sie nahm den Hörer gleich wieder auf, um Martin anzurufen. Sie verabredete sich direkt im Restaurant mit ihm, damit er sie nicht umsonst abholen kam. »Ich freue mich auf dich«, sagte sie.

Den restlichen Tag verbrachte sie größtenteils damit, vor sich hin zu träumen. Ihre Grübeleien wurden nur durch einige Kunden unterbrochen, die alle nichts kauften, vielleicht weil sie es mit einer derart abwesenden Ladenbesitzerin zu tun hatten.

Sie hatte ihren eigenen Anhänger neben den anderen gelegt – links lag Natascha, rechts daneben Mikhail, so wie Eheleute früher ihre Plätze in den Betten hatten, durchfuhr es sie –, und immer wieder betrachtete sie die beiden Porträts. Sie starrte lange auf das Foto ihres unbekannten Großvaters und suchte nach Ähnlichkeiten mit ihrer eigenen Physiognomie. Einmal meinte sie den kühnen Schwung der Augenbrauen wiederzuerkennen, dann schüttelte sie abwehrend den Kopf. Ein Revolutionär. Wollte sie ihrer besten und ältesten Freundin Malou glauben, dann hatte sie von seinem Charakter wohl nichts geerbt, denn Malou warf ihr oft ihre Angepasstheit vor.

Wieder sah sie auf das Foto mit dem Mann im Straßenanzug. Seit sie wusste, dass sie sein Blut in sich trug, hatte er etwas Geheimnisvolles bekommen. Sie mochte besonders sein markantes, beinahe herrisches Kinn. Er war ein ungewöhnlich attraktiver Mann. Sie war neugierig auf ihn. Natascha musste ihr unbedingt alles über ihn erzählen, das war sie ihr schuldig. Es gab ihr einen leichten Stich in der Herzgegend, als sie feststellte, dass Natascha ihre einzige Verbindung zu ihrer Vergangenheit war, und dass ihnen vielleicht nicht mehr viel Zeit blieb.

Um sechs schloss sie den Laden ab und ertappte sich dabei, wie sie sich suchend umsah. Den ganzen Tag über hatte sie Benjamin völlig vergessen, jetzt dachte sie, dass es schön wäre, ihn zu sehen. Aber natürlich war er nicht da, er würde erst morgen Nachmittag kommen, und schließlich war sie heute mit Martin verabredet.

»Und die Gravur? Das ist doch kyrillisch, oder? Sie war fast nicht mehr zu erkennen unter den Ablagerungen. Was bedeutet sie?«

Nina hatte Natascha inmitten von alten Fotos und Briefen gefunden, die sie den sorgsam gestapelten Seidenkästchen aus dem großen Buffet entnommen hatte. Ihre Großmutter hatte den Tag damit zugebracht, in Erinnerungen zu kramen. Ihr Gesicht war vor Aufregung leicht gerötet, was sie viel jünger erscheinen ließ.

Jetzt sagte sie, ohne von einem alten Zeitungsausschnitt aufzusehen, den sie gerade studierte: »›Für Njakuschka‹. So hat Mikhail mich immer genannt. Njakuschka oder auch Nanjatschka oder Nanotschka oder Nadjuscha. Er war ständig bemüht, neue Kosenamen für mich zu erfinden, einer zärtlicher als der andere, aber damals, kurz bevor wir uns trennen mussten, nannte er mich Njakuschka. Mein Gott, wie lange habe ich diesen Namen nicht mehr gehört!«

Sie bemerkte, dass ihre Enkelin auf die Uhr sah. »Du musst gehen. Wir können später reden, ich stöbere hier noch ein wenig in meinen alten Sachen, und dann erzähle ich dir alles. Du hast ein Recht darauf, es zu erfahren, und ich bin dadurch den alten Zeiten wieder nahe.« Sie sah Nina forschend ins Gesicht. »Du wirkst so ungeduldig. Sollte meine alte Liebesgeschichte dich irgendwie auf Gedanken gebracht haben?«, fragte sie verschmitzt. »Mit wem triffst du dich eigentlich, mit diesem Amerikaner?« Als Nina nicht antwortete, fuhr sie fort: »Doch nicht etwa mit Martin?« Nina sagte immer noch nichts. »Na ja, ich will mich da nicht einmischen, geht mich ja auch nichts an. Ich wünsche dir einen schönen Abend – mit wem auch immer.«

»Danke. Ich lasse dir den Anhänger da, wenn du willst. Mein Kunde holt ihn erst morgen Nachmittag ab.«

»Oh, geht das wirklich? Mir würde viel daran liegen. Weißt du was, ich bringe ihn dir morgen im Geschäft vorbei. Dann musst du nicht noch einmal den Weg machen, und ich kann mir mal wieder deinen Laden ansehen.«

Nina küsste ihre Großmutter zum Abschied auf die Wange, und Natascha hielt sie einen Moment lang fest im Arm.

»Bist du mir böse? Das könnte ich nicht ertragen. Wir beide müssen zusammenhalten, sonst haben wir doch keine Familie. Ich weiß, ich hätte dir viel früher von Mikhail erzählen müssen. Bitte glaub mir, dass ich es auf jeden Fall getan hätte, irgendwann. Aber die Worte wollten mir nicht über die Lippen, und ich bin sehr froh, dass mein Geheimnis jetzt per Zufall herausgekommen ist.«

Nina drückte die alte Frau liebevoll an sich, wobei ihr der vertraute Duft von Bergamotte in die Nase stieg.

Kapitel 9

Eine halbe Stunde später betrat Nina das kleine thailändische Restaurant, in dem sie mit Martin verabredet war. Sie und Martin kamen sehr gern hierher, nein, eigentlich war es nur Ninas Lieblingsort. Martin ging lieber zum Italiener oder in eine der vielen neuen Bars.

Nina stand in der Tür und sah sich suchend um, während sie gierig den Duft nach Zitronengras und Koriander einatmete. Ein Blick über die wenigen Tische, die durch die typischen Bambuswände abgetrennt waren, zeigte ihr, dass Martin noch nicht da war. Sie war ein bisschen enttäuscht, fühlte aber auch eine kleine Schadenfreude. Es konnte also auch Martin passieren, dass er sich verspätete. Der Wirt näherte sich ihr, begrüßte sie verhalten, aber dennoch herzlich und bat sie, ihm an einen der kleinen Tische zu folgen. Nina mochte diesen kleinen älteren Mann sehr. Irgendwann hatte er ihr erzählt, dass er Mitte der Dreißigerjahre nach Shanghai ausgewandert war, dort seine thailändische Frau kennengelernt hatte und nach dem Krieg mit ihr nach Berlin gekommen war, um hier ein Restaurant zu eröffnen.

»Ist sie heute Abend da?«, fragte Nina ihn.

»Nein, sie hat heute einen freien Abend«, erwiderte er mit einem Zwinkern, und Nina grinste zurück. Wenn seine Frau in der Küche stand, dann waren die Gerichte oft von einer Schärfe, die den Gästen die Tränen in die Augen trieb. Nina stellte sich dann immer vor, dass das Heimweh sie überkam und sie alle anderen auch zum Weinen bringen wollte.

Sie setzte sich und bestellte ein Singha-Bier.

Martin platzte beinahe vor Stolz, als er nach zwanzig Minuten ihren Tisch ansteuerte. Sie sah es gleich an seinem Gang und den ausladenden Bewegungen, die er machte. Er setzte sich ihr gegenüber, ohne ihr einen Kuss gegeben zu haben. Er entschuldigte sich auch nicht für seine Verspätung, sondern begann ohne Umschweife von einem wichtigen Mandanten zu erzählen, den er an diesem Tag gewonnen hatte. Ein Prominenter, und wenn er den gut vertrat, würde er andere, ebenso wichtige Klienten nach sich ziehen. Es ging irgendwie um Steuerrecht, etwas, von dem Nina keine Ahnung hatte. Es interessierte sie auch nicht sonderlich, dass einige Menschen offenbar so viel Geld hatten, dass sie sich einen teuren Anwalt nehmen mussten, um es vor dem Finanzamt zu retten. Wenn sie schon so reich waren, konnten sie dann nicht ihre Steuern zahlen und so zum Gemeinwohl beitragen? Als sie den Gedanken aussprach, wusste sie, dass sie einen Fehler gemacht hatte. Martin explodierte förmlich: Sie würde seine Geschäftsgrundlage zerstören, hätte kein Verständnis für seine Arbeit, wie sollte er sie jemals seinen Klienten vorstellen, wenn sie derartige Ansichten vertrat, er verlange von ihr, dass sie ihn unterstütze, und so weiter. Er warf ihr vor, immer noch an den Idealen ihrer Studentenzeit festzuhalten und nicht erwachsen werden zu wollen. »Und du hast diese Ideale, die auch mal deine waren, verraten. Ich erinnere mich noch an den Jurastudenten, der ausziehen wollte, um die Welt gerechter zu machen und nicht die Reichen reicher!« Das war gemein und ungerecht. Martin wurde kreidebleich, dann stürzte er sein Glas hinunter, warf einen großen Geldschein auf den Tisch und stürmte grußlos aus dem Lokal, während die übrigen Gäste neugierig zu ihrem Tisch herübersahen.

Na toll, dachte Nina. Das hast du ja wieder gut hinbekommen. Sie stand ebenfalls auf und verließ fluchtartig den Ort, während der alte Mann ihr fragend nachsah.

Auf dem Heimweg dachte sie darüber nach, wie es zu diesem hässlichen Streit kommen konnte. Sie hatte sich ehrlich auf den Abend gefreut, sie hatte sich sogar fest vorgenommen, wieder mit Martin ins Bett zu gehen, und dann hatten sie doch wieder über das alte Thema gestritten, über das sie sich ohnehin nie würden einigen können.

Nina träumte noch immer davon, dass Martin aus purem Gerechtigkeitsempfinden arme Mandanten verteidigen würde, die zu Unrecht mit dem Gesetz in Konflikt geraten waren. Stattdessen hatte er sich auf Wirtschaftsrecht spezialisiert, und die meisten seiner Kunden waren ihr höchst unsympathisch. Steuerbetrüger und Bankrotteure nannte sie sie immer, obwohl sie dabei gnadenlos übertrieb. Aber auch solche Leute hatten ein Anrecht auf juristischen Beistand. Und Martin glaubte tatsächlich an das Recht, er würde sich nie an kriminellen Machenschaften beteiligen, das wusste sie genau. Warum musste sie ihn dann ständig kritisieren? Warum konnte sie ihn nicht seinen Beruf machen lassen, wie er es für richtig hielt? Weil es ihr gegen den Strich ging, deshalb!

Am nächsten Morgen ging ihr die Auseinandersetzung mit Martin immer noch nach. Sie fuhr in den Laden und machte ihre Arbeit, während ihre Gedanken sich im Kreis drehten. Schließlich nahm sie den Telefonhörer ab und rief Malou an. Sie musste endlich auf andere Gedanken kommen, und ein Plausch mit ihrer besten Freundin kam da gerade recht. Sie versuchte es in dem Reisebüro, wo Malou arbeitete, aber eine Kollegin sagte ihr, sie sei noch nicht da. Also wählte sie die Nummer von Malous Wohnung. Eine verschlafene Stimme meldete sich.

»Hallo, ich bin's. Habe ich dich etwa geweckt?«

»Wie spät ist es denn? Meine Güte, schon zehn. Wieso hat der verdammte Wecker nicht geklingelt?«

Im Hintergrund hörte Nina das wohlige Brummen einer männlichen Stimme.

»Du bist nicht allein? Wer ist es, kenne ich ihn?« Aber natürlich kannte Nina ihn nicht, denn Malou behielt ihre Männer immer nur für eine Nacht, nie länger, aus Prinzip. Wieder einmal wunderte sie sich über die Selbstverständlichkeit, mit der ihre Freundin Männer kennenlernte und abschleppte. Malou flüsterte in den Hörer: »Er heißt Tobias, mehr weiß ich nicht. Wir haben uns gestern Abend getroffen.« Das Rascheln einer Bettdecke und ein leises Schmatzen ließen darauf schließen, dass Tobias Malou gerade einen Gutenmorgenkuss gab. »Hör zu, es passt grad nicht, ich rufe dich vom Büro aus an, ja?« Damit legte sie auf.

Nina hörte für einen Moment dem Tuten im Hörer zu, dann entschloss sie sich, den Laden aufzuräumen und die Auslagen neu zu dekorieren, während sie auf Kundschaft wartete. Eigentlich müsste sie sich dringend an ihre Buchhaltung setzen, doch dazu fehlte ihr heute die innere Ruhe.

Zwei Stunden später klingelte das Telefon, es war Malou. »Hör mal, der Tag ist sowieso vertan, lass uns eine lange Mittagspause genehmigen und uns beim Italiener treffen, was hältst du davon?«

»Gern. Ich kann mich heute auch nicht auf meine Arbeit konzentrieren. Wann sehen wir uns?«

»Am besten jetzt gleich.«

»Okay, dann gehe ich jetzt los.«

»Ich auch. Ciao.«

»Ihr« Italiener hieß Paolo und hatte sein kleines Restaurant, in dem ein guter und günstiger Mittagstisch angeboten wurde, genau auf der Mitte zwischen Ninas Laden und Malous Reisebüro. Dort trafen sie sich häufig.

Als Nina dort ankam, saß ihre Freundin bereits an ihrem Lieblingstisch am Fenster und flirtete mit Paolos neuem Kellner. Malou hieß mit vollem Namen Marie-Louise. Sie war klein und drahtig, hatte ein hübsches Gesicht, das von widerspenstigen dunklen Locken gerahmt war, und verfügte über ein Temperament, das ihr die Herzen zufliegen ließ. Sie ging lachend und mit offenen Sinnen durch die Welt, kannte weder Scheu noch Vorurteile und kam ständig mit fremden Menschen ins Gespräch. Und die Männer umschwirrten sie wie Motten das Licht.

»Hallo, Schöne«, begrüßte sie Nina.

»Hallo, schön ist gut. Hast du meine Beule nicht gesehen?«

Damit waren sie schon mitten in der Geschichte von Benjamin und dem blauen Medaillon. Malou war Feuer und Flamme für das, was Nina vor zwei Tagen erlebt hatte. Dass sie selbst ständig neue Männer kennenlernte, hinderte sie nämlich nicht daran, an den Abenteuern anderer lebhaftes Interesse zu zeigen. Ihr gegenüber konnte Nina auch zugeben, wie sehr Benjamin ihr gefiel und dass er ihre Gefühle total durcheinandergebracht hatte. »Aber was soll das Ganze, er ist Amerikaner, ich weiß gar nichts von ihm, und außerdem habe ich ein schlechtes Gewissen Martin gegenüber.« Und dann fing sie auch noch von Martin an, von der Liebesnacht und dem Fiasko, das der darauffolgende Abend gebracht hatte. Malou winkte genervt ab.

»Weißt du, du hast mir schon so oft von deinen Problemen mit Martin erzählt, ohne dass du auch nur einen Deut an eurer Beziehung geändert hättest. Ich weiß ja, dass Freundinnen unter anderem dafür da sind, dass man sein Herz ausschüttet, aber dann sollte sich in den Problemen zumindest eine kleine Entwicklung abzeichnen. Ich kenne deine Zweifel, was Martin angeht, jetzt schon fast so lange wie dich. Ich habe dir schon zigmal geraten, dich endlich von ihm zu trennen, zumindest für eine gewisse Zeit, bis du dir über deine Gefühle für ihn im Klaren bist. Aber du hörst ja nicht auf mich. Und jetzt hast du einen anderen Mann getroffen und traust dich nicht, dich auf ihn einzulassen – wegen Martin!«

Nina wollte protestieren. »Ich finde es nicht fair, nur so lange bei Martin zu bleiben, bis mir ein Besserer über den Weg läuft. Das hat er nun wirklich nicht verdient.«

»Stimmt. Hättest du ihn längst zum Mond geschossen, wo er hingehört, dann müsstest du jetzt kein schlechtes Gewissen haben.«

»Dein unverkrampftes Verhältnis zu Männern möchte ich haben«, sagte Nina. »Immer wenn es nötig ist, sich einen angeln und sich ansonsten an gute Freundinnen halten.«

»Ach, du weißt genau, dass auch das seine Schattenseiten hat. Manchmal wünsche ich mir so sehr eine feste Partnerschaft. Einen Mann, mit dem ich auch mal reden kann, gemeinsam einkaufen oder den Hausputz machen. Aber das kannst du ja mal bei einem One-Night-Stand versuchen. Ein Wort über irgendein Alltagsproblem, und sie sind über alle Berge. Aber noch mal zurück zu deinem Benjamin. Ich kann es noch gar nicht glauben. Er kam in deinen Laden mit einem Schmuckstück, das du auch besitzt? Das kann doch kein Zufall sein. Hast du irgendeine Erklärung dafür? Hast du mal Natascha gefragt?«

»Ja, hab ich, und wir haben beide keinen Schimmer. Du wirst jetzt sagen, es sei Schicksal!«

»Aber natürlich! Oder siehst du auch nur die Spur einer anderen Möglichkeit? Dieser Mann ist dein Schicksal, und wenn du ihn nachher, wenn er den Anhänger abholt, einfach so gehen lässt, verpasst du die Chance deines Lebens. Und ich rede nie wieder ein Wort mit dir«, fügte sie hinzu.

Nina hatte eigentlich schon vorher gewusst, dass Malou dies sagen würde. Ihre Freundin hatte einen Hang zur Esoterik und glaubte fest an Horoskope und Schicksalsfügungen. Nina fehlte dafür das Verständnis. Sie war wie die meisten Menschen: Wenn die Prophezeiung günstig war, fühlte sie sich geschmeichelt und wollte sie gern glauben, wenn nicht, dann tat sie sie als Humbug ab.

»Ich hab mir gedacht, dass du das sagen würdest, obwohl ich es für idiotisch halte. Stoff für einen schlechten Film.«

»Du musst ja nicht dran glauben. Aber Tatsache ist doch, dass dieser Mann dich interessiert. Ganz abgesehen davon, dass du gern wissen möchtest, woher er diesen komischen Anhänger hat. Was liegt also näher, als dich mit ihm zu verabreden und ihn danach zu fragen?«

»Er hat mich ja sogar schon eingeladen. Und ich habe abgelehnt.«

»Du hast was?« Malou rang in gespielter Empörung die Hände. »Also du bist wirklich selber schuld. Hast mal wieder Angst vor deiner eigenen Courage gehabt, nicht wahr? Was könnte denn schon passieren, wenn du dich mit ihm triffst?«

»Nun, ich könnte mich zum Beispiel absolut idiotisch benehmen, den ganzen Abend den Mund nicht aufkriegen, ihn nicht ein einziges Mal ansehen, ihm meinen Rotwein auf die Hose kippen, mir würde schon was einfallen. Ich bin nämlich nicht so wie du, die einfach auf jeden Menschen zugeht und im nächsten Moment im schönsten Gespräch mit ihm ist.«

»Hast du mal daran gedacht, dass es deinem Gegenüber genauso gehen könnte? Möchtest du ein Mann sein, der ständig in die Offensive gehen muss? Und Benjamin hat doch den ersten Schritt getan, schließlich hat er dich eingeladen.«

»Das war bestimmt nur sein schlechtes Gewissen. Er fühlte sich schuldig, weil er mir eine Beule gehauen hat. Vielleicht hatte er auch Mitleid.«

»Mir kommen gleich die Tränen: Da begegnet er dieser armen, kleinen, abgrundtief hässlichen Frau, und dann verunstaltet er sie noch mehr, indem er ihr die Tür vor die unansehnliche Visage knallt.«

Nina musste mitlachen, als Malou losprustete. Sie wusste selbst, dass sie übertrieben hatte.

Der hübsche Kellner brachte ihre Nudelgerichte, wobei er Malou einen langen, schmachtenden Blick zuwarf. Sie gab den Blick augenzwinkernd zurück und bestellte zwei Glas Rotwein. »Ausnahmsweise schon zum Mittag«, sagte sie. »Damit du dich beruhigst. Du benimmst dich wie ein pubertierender Teenager. Jetzt essen wir, und währenddessen erzähle ich dir, wie es mit Tobias war.«

Eine gute Stunde später war Nina auf dem Rückweg zu ihrem Atelier. Das Gespräch mit Malou hatte ihr etwas von ihrer Selbstsicherheit zurückgegeben. Sie sah dem Treffen mit Benjamin schon gelassener entgegen. Als sie durch den letzten Torbogen ging, sah sie, dass Natascha auf einer der Bänke im Hof saß. Rasch ging sie auf sie zu.

»Wartest du schon lange?«, fragte sie.

»Nein, nein, ich bin erst vor einigen Minuten gekommen.« Natascha sah sich um. »Hier hat sich aber einiges verändert. Es ist richtig belebt geworden mit den Gärten und den Bänken. Gefällt mir sehr. Das müsste dir doch auch mehr Kunden bescheren.«

»Ja, und ich hoffe, dass es in Zukunft noch mehr werden. Komm, wir gehen rein. Trinkst du ausnahmsweise einen Kaffee mit mir? Ich habe eben ein Glas Rotwein getrunken und bin etwas schläfrig davon. Oder willst du lieber Tee?«

»Kaffee ist vollkommen in Ordnung«, antwortete Natascha.

Kurze Zeit später saßen sie sich an dem dunklen Tresen gegenüber. Natascha war für ihr Alter immer sehr rege gewesen, aber heute war sie von einer geradezu jugendlichen Lebhaftigkeit. Sie nahm das Medaillon, das Nina ihr gegeben hatte und in dem

Mischas Bild war, und legte es neben das andere, in dem sich ihr eigenes Foto befand. Dann stand sie auf, um die Schmuckstücke mit ans Fenster zu nehmen und im Tageslicht noch eingehender zu prüfen. Sie setzte sich wieder. »Ich kann es einfach nicht fassen«, sagte sie. »Nie hätte ich geglaubt, dass ich diese Medaillons noch einmal wiedersehen würde.« Sie ließ sich sogar Ninas Vergrößerungsglas geben, um jede Einzelheit zu begutachten.

»Woher mag diese Einkerbung auf der Rückseite stammen?«, murmelte sie, mehr zu sich selbst.

»Du meinst die auf Mischas Exemplar?« Nina sagte Mischa, weil ihr Mikhail nur schwer von der Zunge ging. »Ich weiß es leider nicht.«

Natascha redete bereits von etwas anderem: »Stell dir vor: Ich habe die letzte Nacht damit zugebracht, meine Wohnung auf den Kopf zu stellen. Ich konnte einfach nicht aufhören, in den alten Dingen herumzuwühlen. Ich war erstaunt, was ich noch alles aufgehoben habe. Kaum hatte ich ein Stück aus den Pariser Tagen gefunden, fiel mir etwas anderes ein, und ich musste weitersuchen. Ich konnte einfach kein Ende finden. Ich müsste eigentlich müde sein, weil ich kaum geschlafen habe, aber das alles belebt mich, ich fühle mich wieder fast so jung wie damals in Paris.«

Kapitel 10

Ihr zweiter Pariser Sommer war außergewöhnlich heiß. Schon seit Wochen lag über der Stadt eine Hitzewelle, die das Thermometer auf über dreißig Grad steigen ließ und das Atmen schwer machte. Selbst im Schlaf fanden die Pariser keine Kühlung, denn Häuser und Straßen waren derart aufgeheizt, dass sie auch über Nacht die Hitze abstrahlten. Die Platanen entlang der großen Boulevards und in den Parks verloren vor der Zeit ihr Laub, weil sie verdursteten. Die Menschen litten und hofften darauf, dass die ersten Augusttage endlich Kühlung bringen würden.

Natascha lag erschöpft auf dem großen ledernen Sofa in ihrem Schlafzimmer, um bei geschlossenen Fensterläden die Mittagszeit zu verdösen. Es war zu heiß, um irgendetwas zu tun. Vergeblich versuchte sie sich auf ein Buch zu konzentrieren. Am Vormittag hatte sie eine Besorgung zu erledigen gehabt, und die unerträgliche Schwüle in den U-Bahn-Schächten hatte ihr die Energie für den ganzen Tag geraubt. Eigentlich liebte sie den eigenartig süßlichen, ein wenig staubigen Geruch, der in den langen Gängen der Metro herrschte, und sog ihn jedes Mal fast begierig ein. Doch heute hatte er etwas Feuchtmodriges gehabt, das ihr schwindlig werden ließ. In diesem Sommer wünschte sie sich, eine der unteren Wohnungen des aus großen, sandgestrahlten Quadern erbauten Hauses zu bewohnen. Der leichte, erfrischende Hauch, der sie im unteren Hausflur streifte, wenn sie von der Straße hereintrat, ließ sie ahnen, dass es dort etwas kühler war.

Konstantin und sie hatten das großzügige Appartement mit den beiden dazugehörigen Dienstbotenzimmern gleich nach ihrer Ankunft in Paris bezogen. Vorausgereiste russische Freunde waren ihnen behilflich gewesen, die Wohnung zu finden, und hatten auch gleich ein Mädchen engagiert, das als Köchin und Dienstmädchen fungierte. Das Haus lag in der Rue des Acacias im siebzehnten Arrondissement, in Gehnähe zur russisch-orthodoxen Kirche und zum Triumphbogen, und das Letztere hatte Natascha bei ihrer Ankunft als gutes Vorzeichen gedeutet. Die Straße gehörte zur feineren Hälfte des Viertels. Hier und im noblen Passy im Südosten hatte sich bereits eine Kolonie vermögender Russen versammelt. In westlicher Richtung, jenseits der Avenue de Clichy, lagen die engen Gassen des Vergnügungsviertels.

Im Haus lebten – bis auf die französische Concierge-Familie, die das Erdgeschoss bewohnte – ausschließlich Russen. Die Kolzins wohnten in der obersten Etage, was Natascha bei normalen Temperaturen entzückte, und zwar wegen des modernen Aufzugs, dessen Benutzung ihr jeden Tag aufs Neue Vergnügen bereitete. Sein geschmiedetes Gitter ließ sich leicht mit einer Hand öffnen und schließen, ebenso wie die mit cremefarbenem Stoff bespannte Falttür im Inneren der Kabine. Mit einem vornehmen Surren bewegte sich das Gefährt langsam nach oben und nach unten und gab dabei aus den drei übrigen, auf der oberen Hälfte verglasten Seiten den Blick auf das Treppenhaus und die anderen Eingangstüren frei.

Die Etage unter ihnen bewohnten die Tscherbaliefs, mit denen Konstantin noch aus Sankt Petersburg bekannt war. Die Familie mit zwei Töchtern im heiratsfähigen Alter gehörte zum verarmten Adel, was sie aber nicht vor der Verfolgung durch die Bolschewiki geschützt hatte. Der Mann hatte bereits in Russland seinen finanziellen Misserfolg im Alkohol zu ertränken versucht, das Exil ließ ihn vollends verbittern. Natascha war froh, wenn sie seinen hasserfüllten Blicken und seinen Flüchen entkommen konnte. Konstantin sah auf ihn herab, weil er ihn für einen Versager hielt. Er grüßte knapp, wenn er der Familie auf der Treppe begegnete, hielt aber ansonsten Abstand. Mit den Töchtern Viktoria und Elena hingegen plauderte Natascha häufig, wenn sie sie im nahe gelegenen Park Monceau traf. Beide waren hübsch und intelligent, und sie lachten gern.

Im Hochparterre lebte die betagte Gräfin Anna Nikolajewna, deren Mann in den ersten Tagen der Revolution standrechtlich erschossen worden war. Die Gräfin brachte ihre Tage damit zu, sich in teure Gewänder zu hüllen und ihr Alter unter greller Schminke zu verstecken und ansonsten den Märtyrerstatus ihres verblichenen Gatten zu zelebrieren, dessen ausgezeichnete Verbindungen zum Zarenhof sie nicht müde wurde zu betonen. Ihr Salon war ein Treffpunkt für neu angekommene Exilierte, mit denen sie wilde Rachepläne für die siegreiche Rückkehr in die Heimat schmiedete. Sie verstand es, die Männer aufzustacheln und ihnen neue Siegeszuversicht zu geben. Wenn ihre Gäste spätabends das Haus verließen, hörte Natascha erregte Stimmen und Kampfparolen.

In der russischen Kolonie in Paris wurde das Leben weitergeführt, als ob nichts geschehen sei. Mit ihren Herzen waren die Vertriebenen immer noch in Russland und träumten sich die verlassene Heimat so schön, wie sie niemals gewesen war. Sie blieben unter sich, vergaßen sogar die früher so wichtigen sozialen Unterschiede und rückten zusammen. Es wurde russisch gesprochen, russisch gekocht, es gab russische Feste, und in der Exilgemeinde entstand ein vielfältiges kulturelles Leben mit Theateraufführungen und Liederabenden. Sogar das Interieur ihrer Wohnungen wurde nach der Ankunft der kostbaren Möbelstücke und Bilder, die aus Russland nachgeschickt wurden, wie früher. Würde in den Straßen nicht französisch gesprochen, man hätte glauben können, sich in Sankt Petersburg zu befinden. Natürlich waren die Salons bei vielen nicht mehr ganz so üppig ausgestattet. Nur die wenigsten waren so klug und vorausschauend gewesen, dass sie ihren gesamten Besitz in die Emigration hinüberretten konnten, in den meisten

Fällen waren die Ressourcen durch eine überstürzte Flucht geschrumpft. Doch noch immer trafen sich die Damen zum Tee, spreizten geziert den kleinen Finger und schimpften über die Dienstboten, und die Männer saßen in dichten Qualmwolken, die aus ihren teuren Zigarren aufstiegen, und redeten sich die Köpfe darüber heiß, wie sie nach dem Ende des roten Spuks ihre Häuser, Datschen und Ländereien wieder in Besitz nehmen und die Bolschewiken aus dem Land jagen würden.

Besonders heftig wurden die Debatten, wenn wieder einmal ein geheimer Emissär aus Russland eintraf. Die alte Gräfin Nikolajewna entsandte sie in regelmäßigen Abständen in die alte Heimat. Nicht alle kamen zurück, aber die es schafften, brachten Nachrichten, die immer denselben Inhalt hatten: Die Rote Armee sei am Ende, der Sieg der weißgardistischen Kräfte sei nur noch eine Frage von Wochen, und die Russen seien der neuen Regierung mehr als überdrüssig und würden in Scharen zu den alten Mächten überlaufen.

Es war Montag, der Tag der Woche, an dem Fürstin Mirowa empfing. Natascha stand schwerfällig auf, um das Leinentuch, das sie über ihr Dekolleté gelegt hatte, erneut in kaltem Wasser zu befeuchten. Dies war ihre Art, sich ein bisschen Kühlung zu verschaffen. Eine kleine Verschnaufpause noch, dann würde sie sich zurechtmachen müssen.

Auf dem Nachttisch lag die Zeitung mit dem Foto der hungernden Kinder. Sie trugen zerrissene Lumpen, aus denen die runden Hungerbäuche hervortraten, die nackten Füße waren dreckverkrustet, und sie sahen den Betrachter mit einem Blick an, aus dem jede Kindlichkeit gewichen war. Vor zwei Tagen hatte Lenin einen Appell an die französischen Arbeiter gerichtet, seinem von einer verheerenden Hungersnot heimgesuchten Land zu helfen. Einundzwanzig Millionen Menschen waren betroffen, dem Hungertod nahe und auf der Flucht vor Typhus und Ruhr. Internationale Hilfskomitees wurden gegründet, denen berühmte Persönlichkeiten aus Kultur und Wissenschaft beitraten. Voller verzweifelter Wut dachte Natascha zurück an die Leiche des Kindes, dem man das Fleisch von den Knochen gerissen hatte, und an die Plakate gegen Kannibalismus. In den vergangenen beiden Jahren war also nichts besser geworden, im Gegenteil. In den westlichen Zeitungen wurde über ein baldiges Ende des Sowjetregimes spekuliert, und Kostja und die anderen Emigranten waren wie immer nur zu gern bereit, diesen Hoffnungen zu glauben. Natascha hatte sie im Verdacht, den Hungertod von Millionen Menschen billigend in Kauf zu nehmen, wenn er sie nur ihrem Ziel näher brachte.

Voller Widerwillen dachte sie an den bevorstehenden Nachmittag, den sie im Kreis der braven Ehefrauen verbringen sollte. Sie hatte das Gefühl, ihre Zeit auf den Tees und den beinahe wöchentlich stattfindenden Wohltätigkeitsbasaren zugunsten verarmter Landsleute zu verschwenden. Und sie konnte die Weinerlichkeit der alten Leute, denen bei den ersten Klängen der Musik die Tränen in die Augen stiegen und die von der guten alten Mutter Russland schwärmten, als sei sie das Paradies, nicht länger ertragen.

Aber Konstantin hatte sie nachdrücklich gebeten, sich wieder einmal auf dem Empfang im Haus von Anna Mirowa sehen zu lassen. In den letzten Wochen hatte sie die Einladung nur allzu oft ausgeschlagen, und dies war in der russischen Gesellschaft mit hochgezogenen Brauen kommentiert worden. Die Mirows gehörten zu den vermögendsten und einflussreichsten Familien der russischen Emigration. Sie waren von der Revolution in Frankreich überrascht worden und gar nicht erst nach Russland zurückgekehrt. Der Fürst hatte sofort die entstehende Opposition um sich geschart, während seine Gattin Präsidentin der wichtigsten Hilfsorganisationen wurde. Fürst

Nikolai Mirow war ein wichtiger Geschäftspartner Konstantins und unterhielt zudem ausgezeichnete Verbindungen zu französischen Regierungskreisen. Konstantin legte Wert darauf, dass auch die beiden Frauen ein gutes Verhältnis pflegten.

Es war zweifellos sehr hilfreich, zu ihren engen Bekannten zu zählen, Natascha wusste das, und doch wusste sie auch, dass sie sich an diesem Nachmittag furchtbar langweilen, wenn nicht ärgern würde. Sie hatte doch nicht Revolution und Krieg überstanden, die Gefahren und Strapazen der Flucht auf sich genommen, um hier Kuchen an Bedürftige zu verkaufen und sich mit unsympathischen Menschen abzugeben, nur weil sie Russen waren!

Sie gönnte sich noch einige ruhige Minuten, dann stand sie mit einem Seufzer der Resignation auf, um sich anzukleiden und sich auf die glühenden Straßen zu begeben.

In dem großen Salon der Mirows, die ein *Hôtel particulier* im noblen Vorort Neuilly bewohnten, hatte sich bereits ein gutes Dutzend Frauen versammelt. Man hatte rund um den prunkvollen Kamin Platz genommen, der angesichts der Hitze ausnahmsweise nicht brannte. Die Fürstin Mirowa hielt mit kühler Liebenswürdigkeit Hof, während die geladenen Damen auf unbequemen Stühlen um sie herum saßen, zwischen sich kleine, mit kostbarem Damast bedeckte Marmortischchen, auf denen Champagnergläser aus böhmischem Kristall neben feinem Porzellan aus Limoges standen, dessen Farben und Rosendekor sich in den üppigen Blumenarrangements wiederholte. Stil hatte die Fürstin, das musste man ihr lassen.

Natascha kannte die Anwesenden. Tamara Borisowa war eine verblühte Schönheit um die fünfzig, ihr Mann war einer der Russen in Paris, die es verstanden hatten, in der Emigration mit Börsengeschäften noch reicher zu werden. Neben ihr saß ihre einzige Tochter Alexandra, die kurz vor der Hochzeit stand. Die beiden waren noch die Nettesten aus der Runde. Sie hörten Jerofina Tuschkina zu, einer mütterlichen, höchst tugendhaften Frau, die sich unüberhörbar über ihre eigenen, äußerst anstrengenden Hochzeitsvorbereitungen erging, die allerdings schon Jahrzehnte zurücklagen.

Mit Schrecken sah Natascha auf der anderen Seite des Kamins die beiden Schwestern Mikulina, alte Jungfern, von denen die eine nie ohne die andere auftrat und die ihr Leben damit zubrachten, über ihre Mitmenschen zu tratschen. Ihr Urteil war scharf und gefürchtet, und niemand wagte es, sie sich zu Feinden zu machen. Besonders die doppelzüngige Iwana Mikulina brachte Natascha zur Raserei. Gerade beugte sie sich zu der neben ihr sitzenden großbusigen Frau eines ehemaligen Ministers hinüber, um ihr mit dramatischem Augenaufschlag zu versichern, wie sehr sie das Leid der hungernden Menschen in Russland träfe.

Natascha glaubte ihr kein Wort. Die Mikulina weiß doch gar nicht, was Hunger bedeutet, dachte sie erbittert. Und gleich wird sie noch tönen, dass unter dem Zaren alles viel besser gewesen ist.

»Manchmal bin ich Gott direkt dankbar, dass unser geliebter Kaiser nicht mehr mit ansehen muss, wie sein Volk leidet«, kam es da schon zwischen den schmalen Lippen hervor.

Natascha sah sich hilflos im Kreis der Frauen nach einer Verbündeten um, aber alle nickten eifrig zu den Worten Iwana Mikulinas, um gleich darauf, wie immer bei der Erwähnung des Zaren, für einige Minuten in traurige Betroffenheit zu versinken. Natascha drehte sich der Magen um. Sie entschuldigte sich und stand auf, um am offenen Fenster etwas frische Luft zu schnappen.

»Lassen Sie die alten Schachteln doch reden. Die käuen doch nur ihre abgedroschenen Phrasen wider und glauben selbst nicht mehr dran.«

Überrascht sah Natascha auf. Sascha Gonzowa hatte sich neben sie gestellt. Sie musste gerade eingetroffen sein, denn Natascha hatte sie noch nicht bemerkt. Sascha war die Frau eines ehemaligen Kammerdieners des Zaren. In Petersburg waren wilde Gerüchte über sie im Umlauf gewesen. Sie hatte offenbar ein Verhältnis mit einem jungen Leutnant gehabt, und ihr Mann hatte die beiden in einer äußerst kompromittierenden Umarmung überrascht und den Liebhaber zum Duell gefordert. Gonzow war völlig unerfahren im Umgang mit Waffen, und dieses Duell wäre sein sicherer Tod gewesen. Der Zar griff ein und verbot den Kampf. Der Leutnant wurde an die vorderste Frontlinie geschickt und kam unter ungeklärten Umständen zu Tode, der Ehebrecherin wurde gnädig verziehen.

Unter normalen Umständen hätte die Fürstin eine Frau mit ihrer Vergangenheit nie an ihren Tisch gebeten, wobei nicht die Tatsache des Ehebruchs den Ausschlag gab, sondern dass sie sich hatte erwischen lassen. Weil Gonzow und seine Frau aber so ergriffen aus dem Alltag des Kaisers zu plaudern wussten, machte man eine Ausnahme.

Natascha hatte die Gonzowa immer aus der Ferne beobachtet, irgendwie reizte sie der Hauch von Abenteuer und Verruchtheit, der sie umgab. Jetzt war sie unendlich dankbar für ihr Verständnis.

»Als wenn unter dem Zaren alles in Ordnung gewesen wäre. Wir haben doch in den letzten Jahren erfahren, unter welch erbärmlichen Bedingungen die Bauern leben mussten«, entfuhr es ihr.

»Diesen Weibern ist es noch nie schlecht gegangen, weder in Russland noch hier.«

»Mich erbittert ihre Erstarrung. Sie leben nur rückwärtsgewandt, verschwenden ihre ganze Energie auf die Vergangenheit. Ich will aber jetzt leben!« Natascha wusste selbst nicht, woher sie den Mut nahm, mit einer wildfremden Frau derartige Vertraulichkeiten zu tauschen. Aber diese Dinge lagen ihr schon so lange auf dem Herzen, sie musste sie endlich einmal aussprechen.

»Das liegt daran, dass Sie noch so jung sind, Ihr Leben hat doch noch gar nicht richtig begonnen. Tun Sie es! Leben Sie! Und lassen Sie die anderen reden. Man kommt darüber hinweg, das kann ich Ihnen aus eigener Erfahrung versichern.« Die Gonzowa lächelte sie verschwörerisch von der Seite an, und diese menschliche Regung in ihrem Gesicht tat Natascha unendlich wohl. Welche Erholung im Vergleich zu den erstarrten Mienen rund um den Kamin! »Haben Sie das vor Ergriffenheit zitternde Kinn der Fürstin bemerkt?«, fragte die Gonzowa jetzt.

Natascha sah über die Schulter zurück zur Fürstin, und tatsächlich, ihr voluminöses Kinn zitterte bis hinauf in die fleischigen, vor Hitze geröteten Wangen.

»Sie dürfen nicht ernst nehmen, was sie sagen, sonst müssten Sie an der Niedertracht dieser Frauen verzweifeln. Lachen Sie lieber über ihre Hässlichkeit. Sehen Sie doch nur die beiden Mikulinas an: die eine kuhäugig und ohne Verstand und die andere eine Schlange, ständig bereit zuzustoßen.«

Natascha brach in ein befreites Lachen aus, hielt sich aber gleich darauf erschrocken die Hand vor den Mund, als sie die neugierig indignierten Blicke der anderen auffing. Aber Sascha hatte wirklich recht. Iwana Mikulina und ihre Schwester sahen aus wie die Karikaturen im *Canard enchaîné*. Die erste stieß beim Reden mit dem Kopf auf ihr Gegenüber zu wie eine Schlange, während die zweite gläubig glotzte.

»Sie scheinen sich ja schon viel besser zu fühlen, meine Liebe«, erklang in diesem Moment die schneidende Stimme der Fürstin. »Dann haben Sie doch die Freundlichkeit, sich wieder zu uns zu setzen. Oder soll ich Ihnen mein Riechsalz holen lassen?«

Als wäre ich ihre Schülerin, dachte Natascha zornig. Doch sie stand auf und ging mit einem schnellen »Nein, nein, es geht schon wieder« und einem letzten verschwörerischen Blick auf Sascha Gonzowa zurück an den Kamin, wo die Damen sich wortreich über die unerträgliche Hitze ausließen.

In der ersten Zeit ihrer Emigration hatte Natascha die Nachrichten aus Russland begierig aufgenommen und wie alle anderen mit einer baldigen Rückkehr in die Heimat gerechnet. Aber aus den Wochen wurden Monate, und aus den Monaten wurde ein Jahr, ein weiteres Jahr verging, und das neue Moskauer Regime saß immer fester im Sattel. Irgendwann erkannte sie, dass die Erfolgsmeldungen nur Wunschdenken der Exilanten waren. Ihre Siegeszuversicht erinnerte sie mittlerweile an die verrückten Ideen der Gräfin Nikolajewna, die tatsächlich glaubte, in nächster Zukunft in einem Triumphzug nach Petersburg in ihr unversehrtes Haus zurückzukehren, in dem ihre ehemaligen Dienstboten sie reumütig willkommen heißen würden.

Natürlich interessierte Natascha sich nach wie vor dafür, was in Russland geschah, und sie verfolgte gierig, was die russischen Zeitungen in Paris schrieben. Mit der Zeit las sie jedoch auch französische Blätter, weil sie das Gefühl hatte, dass sie in diesem Punkt der Wahrheit näher waren.

Je länger sie in Paris lebte, umso mehr weigerte sie sich, ihr ganzes Leben auf eine Rückkehr auszurichten, die immer unwahrscheinlicher wurde.

Natascha verstand nicht, warum die Russen, die vor der Revolution fast jedes Jahr eine Reise nach Paris gemacht hatten, weil es zum guten Ton gehörte, sich nun, wo sie in dieser Stadt lebten, nicht länger für ihre Kultur und ihre Bauwerke interessierten. Sie selbst war fest entschlossen, Paris zu ihrer Stadt zu machen. Nach den Entbehrungen der Kriegs- und ersten Nachkriegsjahre stürzte sie sich kopfüber in jene wilden Zwanziger, die einen radikalen Neuanfang auf fast allen

Gebieten des gesellschaftlichen Lebens boten. Gemeinsam mit Konstantin besuchte sie die kulturellen Veranstaltungen der Russen, lieber noch ging sie aber in die Oper oder in die berühmten Cabarets. Nie würde sie den Abend in der *Revue nègre* vergessen, an dem die halb nackte Josephine Baker ihre verrückten Tänze zeigte. Als die Vorstellung vorüber war, hatte das Publikum einige Minuten lang sprachlos dagesessen, dann war stürmischer Applaus losgebrochen. So etwas hatte man in Paris noch nicht gesehen.

Ihre große Leidenschaft galt dem Kino. Sie liebte es, sich in den kühlen, dämmrigen Sälen, von denen einige ebenso üppig eingerichtet waren wie die großen Theater, in die Polster fallen zu lassen. Sie lachte über Charlie Chaplin und Buster Keaton, und als der erste Film mit der noch unbekannten Greta Garbo in den Pariser Kinos lief, war sie wie die meisten Franzosen hingerissen von der Schauspielerin, die in ihrer kühlen Schönheit das Elend der Inflationszeit in Wien darstellte.

Und dann die Mode! Atemlos sah sie, wie die mutigen Pariserinnen die Röcke kürzten und Bein zeigten, wie sie sich die Haare zum Bubikopf schnitten und die Krawatten und Hosen der Männer trugen. Sie gewöhnte sich an, Stunden vor ihrem Tee auf der Terrasse eines Cafés zu verbringen, um diese unglaublich schönen Frauen zu bewundern. Manchmal gesellte sich Sascha Gonzowa, die zu einer Art Freundin geworden war – der einzigen, die sie hatte –, dazu, und die beiden kommentierten Rocklänge und Garderobe der vorüberflanierenden Frauen.

An anderen Tagen streifte sie stundenlang durch die Straßen, wobei sie anfangs die Sehenswürdigkeiten besichtigte und sich später vom pulsierenden Leben der Stadt mitreißen ließ, und wanderte, wohin sie der Strom der Menschen zog. Auf den grandiosen Pont Alexandre III., der zu Ehren des Zaren und als Symbol der Freundschaft zwischen Russen und Franzosen errichtet worden war und als eine Art Pilgerstätte auf den sonntäglichen Spaziergängen der Exilrussen nicht fehlen durfte, ging sie nur selten. Ihre Lieblingsplätze waren das lärmende Handwerkerviertel rund um die Bastille und, wenn sie Ruhe suchte, der Friedhof Père Lachaise im Norden der Stadt. Hier konnte sie stundenlang an den Gräberreihen entlanggehen und sich die Lebensgeschichte der hier Begrabenen ausmalen. Wenn es regnete, flüchtete sie sich in die aus dem neunzehnten Jahrhundert stammenden Passagen, die »Regenschirme der Armen«, wie sie auch genannt wurden, rund um das Palais Royal oder den Boulevard Montmartre, um dort in den alten, teilweise skurrilen kleinen Geschäften nach antiquarischen Büchern oder verrücktem Nippes zu stöbern. Und natürlich wurde der Louvre zu einem ihrer Lieblingsziele, zum einen wegen der Bilder, zum anderen, weil er sie an die Nachmittage in der Eremitage mit ihrem Vater erinnerte.

Sie hätte viel darum gegeben, mit ihm gemeinsam die Sammlungen anzusehen.

Konstantin sah verwundert, dass seine junge Frau ihre Tage lieber mit einsamen Wanderungen als im Kreise ihrer Leidensgenossinnen verbrachte. Es befremdete ihn, und manchmal forderte er sie auf, sich in den Salons der anderen Damen sehen zu lassen. Ansonsten ließ er sie gewähren, wie er ihr Ungestüm in Petersburg hingenommen hatte.

Allerdings war ihm die jugendliche Unbekümmertheit ihrer ersten Ehejahre viel angenehmer gewesen, hatte er doch zu hoffen gewagt, dass sich dieser Übermut mit der Zeit verlieren würde. Dass sie jedoch so wenig Interesse am Leben ihrer russischen Kompatrioten zeigte und immer selbstbewusster ihre Tage gestaltete, erfüllte ihn mit zunehmender Besorgnis.

Kapitel 11

Nach einem langen Spaziergang durch das winterliche Paris kam Natascha an einem Tag Ende Januar 1924 nach Hause. Sie freute sich auf eine heiße Tasse Tee vor dem Kamin. Doch als sie die Tür aufschloss, hörte sie schon die erregten Stimmen von Konstantin und seinem besten Freund, Fürst Oleg Kaminski. Nach jenem Revolutionsabend im Oktober 1917 hatte sie den Fürsten erleichtert aus ihrem Gedächtnis gestrichen, doch seit sie in Paris waren, hatten Kostja und er sich wiedergetroffen, und sie steckten oft zusammen, machten gemeinsame Geschäfte und kommentierten die Ereignisse in Russland. Natascha mochte ihn immer noch nicht, und sie hatte die Befürchtung, dass er ihren Mann in seine riskanten Investitionen hineinzog.

Oh, nein, nicht schon wieder, dachte sie jetzt und stöhnte innerlich auf. Aus dem Tee vor dem Kamin würde nichts werden, denn die beiden Männer stürzten, kaum dass sie ihr Kommen bemerkt hatten, auf sie zu, um die neuesten Nachrichten aus Russland zu verkünden.

»Jetzt haben die verfluchten Roten es endgültig zu weit getrieben. Ihre Heimatstadt gibt es nicht mehr!«, verkündete Fürst Kaminski in seiner gewohnt zynischen Art, die Natascha so hasste.

»Was bedeutet das, Petersburg gibt es nicht mehr?«, fragte sie knapp. Sie ärgerte sich darüber, dass Fürst Kaminski im Grunde wohl eine gewisse Befriedigung über dieses neuerliche Verbrechen der Bolschewiki empfinden musste, denn es gab ihm immerhin die Gelegenheit, sie derart brutal anzufahren.

Konstantin antwortete, nur eine Spur weniger bissig als sein Freund: »Sie haben die Stadt in Leningrad umbenannt. Wir haben es gerade erfahren.«

Der Teufel ritt sie, als sie betont naiv und langsam erwiderte: »Und dabei seid ihr doch vor einer Woche, als Lenins Tod bekannt wurde, ganz sicher gewesen, dass das Regime das nicht überleben würde. ›Sie werden sich gegenseitig wegen der Nachfolge zerfleischen. Sie werden so in interne Machtkämpfe verstrickt sein, dass ihnen die Kontrolle über das Land entgleitet. Das ist unsere Chance, die wir nutzen müssen, um die Roten zum Teufel zu jagen.‹ So habt ihr doch geredet. Ihr wart doch geradezu euphorisch und habt in Gedanken schon die Koffer für die Rückreise gepackt.« Wie schon hundertmal zuvor, dachte sie, aber das sagte sie nicht laut. Sie war ohnehin schon viel zu weit gegangen. Die beiden Männer waren vor Wut blass geworden. Konstantin konnte sich nur mit Mühe beherrschen, zwischen zusammengebissenen Zähnen presste er hervor: »Du scheinst dich ein wenig überanstrengt zu haben. Ich denke, es ist besser, du ruhst dich aus. Ich werde Monique bitten, dir einen Tee zu bringen.« Mit diesen Worten öffnete er die Tür, packte Natascha am Oberarm und schob sie unsanft hinaus.

Eine Minute später stand sie in ihrem Zimmer und bebte vor Wut. Als Monique mit dem Tee kam und ihn auf ihre umständliche Art eingoss, wobei sie gefährlich mit dem zarten Geschirr klapperte, wurde ihr Zorn noch größer. »Lassen Sie nur, ich mache das selbst«, wies sie das Mädchen zurecht. Als sie wieder allein war, nahm sie ihre Teetasse und stellte sich ans Fenster, um auf das Schneetreiben hinauszusehen. Wie sie das hasste! Sie hatte ja nichts dagegen, dass die Männer ewig über Politik sprachen, aber dass sie jeglichen Realitätssinn verloren hatten, das machte sie rasend. Wann endlich würden sie einsehen, dass sie in nächster Zukunft nicht mit einer Heimkehr nach Russland rechnen konnten?

Sie musste in sich hineinlächeln, als sie daran dachte, wie einfach es gewesen war, Konstantin und Fürst Kaminski mit ihren eigenen Argumenten schachmatt zu setzen. Ja, sie hatte in diesen vergangenen Jahren gelernt, eine eigene Meinung zu haben. Und sie zu vertreten. Dieses Wissen erfüllte sie mit Stolz.

Aber dann gewann der Ärger über ihren Mann Oberhand. Sie hatte es gewagt, Konstantin auf seine Illusionen hinzuweisen, und er hatte reagiert wie wohl alle Männer, indem er ihr einfach die Urteilsfähigkeit absprach, als wäre sie ein kleines Mädchen. Es war doch lächerlich, dass ihr Mann jedes Mal, wenn sie nicht seiner Meinung war, glaubte, dies sei lediglich einer typisch weiblichen Unpässlichkeit zuzuschreiben. Wie früher, als die Damen noch Korsetts trugen, die verhinderten, dass Sauerstoff in ihre Gehirne gelangte! Wollte er denn partout nicht bemerken, dass sie nicht mehr das kleine unwissende Fräulein war, das er geheiratet hatte?

Sie nippte an ihrem Tee und musste wieder einmal die schleichende Entfremdung zwischen sich und ihrem Ehemann feststellen. Wann hatte das eigentlich begonnen? Waren sie einander überhaupt jemals richtig nahe gewesen? Vielleicht ganz am Anfang ihrer Ehe, oder davor, in Sewastopol, als sie beide unbekümmert ihre Ferien genossen hatten? Aber bereits in den ersten Monaten ihrer Ehe waren die Unterschiede zwischen ihnen zutage getreten: Konstantins unbedingter Glaube an den Zaren und die Verwaltung, seine Disziplin, die es ihm mitunter so schwer machte, Freude am Leben zu finden, seine Angepasstheit, sein Wunsch, immer Teil einer großen Gruppe Gleichgesinnter zu sein. Dann waren sie nach Ponedjelnik gekommen, und dort hatte sie ihn praktisch nur zu den Mahlzeiten gesehen. Er hatte ihre Zukunft geplant und vorbereitet, ohne sie auch nur mit einem Wort darüber zu informieren oder sich mit ihr zu beraten.

Und sie selbst? Sie war viel unabhängiger als er, sie lebte

nach ihren eigenen Prinzipien und Moralvorstellungen, dabei scherte sie sich nicht besonders darum, was andere dachten. Natürlich produzierte sie keine Eklats, sie bemühte sich, nicht allzu sehr aufzufallen, aber sie hatte sich in den letzten Jahren in Paris ihre kleinen Freiräume geschaffen. Und die würde sie verteidigen, mit der ganzen zähen Durchsetzungskraft, deren sie fähig war.

Der Frühling kam und ging vorüber, auch der Sommer, und dann fegten bereits die ersten Herbststürme über die Stadt und trieben Zeitungen und Laub vor sich her.

An einem trüben Novembertag traf eine schlechte Nachricht aus Russland ein: Maximilian war bereits Anfang des Jahres (also zur selben Zeit wie Lenin, dachte Natascha) gestorben. Seit sie in Paris war, hatte er ihr regelmäßig geschrieben. In Ponedjelnik war sie ohne Nachricht von ihm gewesen, und kaum hatte sie sich in Paris eingerichtet, traf ein Brief von ihm ein. Sie fragte sich immer noch, woher er wusste, wo sie war, und sie stellte sich gern vor, dass er jeden ihrer Schritte beobachtete und weiterhin über sie wachte wie eben ein Vater über seine Tochter.

Aus seinen Briefen sprachen bis zuletzt die Begeisterung für die Revolution und der Stolz, den er auf seine Arbeit empfand. Die neue Regierung setzte ihren ganzen Ehrgeiz darein, das Land zu elektrifizieren und das Eisenbahnnetz auszubauen, und Maximilian hatte so viel Arbeit wie nie zuvor. Seine Briefe kamen einmal im Monat aus allen Ecken der Sowjetunion, sogar von der mongolischen Grenze. Und dann waren sie plötzlich ausgeblieben. Natascha hatte sogar ihrer Mutter in Berlin geschrieben, zu der sie sonst kaum Kontakt hatte, um zu erfahren, ob sie etwas von Maximilian gehört habe, aber Katharina hatte lediglich in wenigen Zeilen geantwortet, sie habe auch keine Nachricht von Maximilian, mit dem sie im Übrigen immer noch verheiratet war.

Nach einem halben Jahr der Ungewissheit war dann dieses Schreiben von einem Kollegen ihres Vaters eingetroffen. Der Ingenieur hatte auf der letzten Baustelle in der Nähe von Nikolajewsk an der Mündung des Amur mit ihrem Vater zusammengearbeitet. Man merkte seinem Brief an, dass er sich mit Formulierungen schwertat. Er berichtete in dürren Worten, in deren Unbeholfenheit Natascha nicht die Spur von Trost finden konnte, wie Maximilian im Spätsommer des Vorjahres, während sie in den feuchten Sümpfen nahe des Pazifiks gearbeitet hatten, plötzlich hohes Fieber bekommen hatte, von dem er sich nicht erholen konnte. Den ganzen Herbst und Winter habe er sich schlecht gefühlt und sei immer wieder im Hospital gewesen. Er habe sich aber geweigert, nach Petersburg zurückzukehren, um sich auszukurieren. Im Januar habe er dann einen schweren Rückfall erlitten und sei innerhalb weniger Tage gestorben.

Der Ingenieur hatte es gut gemeint, als er von den Ehrungen sprach, die Maximilian für seine Dienste zuteilgeworden waren, und von der ewigen Dankbarkeit des sowjetischen Volkes. Natascha hätte lieber irgendein Andenken an ihren toten Vater in dem Brief gefunden. Sie fragte sich wohl hundertmal, ob er bis zuletzt an seiner großen Idee festgehalten hatte oder ob ihm angesichts der Hungersnöte und der Zwangskollektivierung mit ihrem Terror doch Zweifel gekommen waren. Sie hätte gern gewusst, was seine letzten Worte gewesen waren und ob sie ihr und ihrer Mutter gegolten hatten. Und konnte sie denn sicher sein, dass der Brief wirklich die Wahrheit sagte? Was, wenn ihr Vater in Ungnade gefallen war wie so viele und in irgendeinem Lager elendig umgekommen war?

Wochenlang grübelte sie über diese Dinge nach, es fiel ihr schwer, sich auf etwas anderes zu konzentrieren. Sie hatte nur eine Gewissheit: Ihr Vater war tot, und sie hatte sich nicht mit ihm aussprechen können. Sie waren im Streit auseinandergegangen, und jetzt konnte sie nicht einmal an sein Grab gehen, um ihn zu beweinen.

Vom Fenster des sonnigen kleinen Salons konnte man das erste Grün der Bäume sehen. In den vergangenen Tagen hatte es unaufhörlich geregnet, doch nun schien zum ersten Mal wieder die Sonne, und wenn ihre Strahlen auf die feuchten Blätter fielen, dann glitzerten diese wie kleine Sterne. Natascha hatte es eilig hinauszukommen. Sie freute sich auf einen ersten Frühlingsspaziergang im nahe gelegenen Park Monceau mit seinen griechischen Säulen und berankten Tempeln.

In den ersten Wochen ihres Pariser Lebens, als ihr noch der Mut fehlte, größere Streifzüge zu unternehmen, hatte sie sich häufig hier aufgehalten. Manchmal hatte sie die Weite Russlands geradezu schmerzlich vermisst, in solchen Momenten war sie hierhergekommen, weil sie grüne Bäume um sich haben musste, waren sie auch noch so klein und eingezäunt. Vielleicht ging es auch anderen Russen so, womöglich war dies der Grund dafür, dass der Park bei ihnen, die in den umliegenden Straßen lebten, so beliebt war. Aber natürlich kamen nicht nur Russen. Mehr als einmal war ihr ein blasser kleiner Mann mit sehnsüchtigen, melancholischen Augen und einem dunklen Schnurrbart aufgefallen, der verträumt auf einer der Bänke unter den wild rankenden Rosen saß. Als sie nach seinem Tod ein Foto in der Zeitung sah, hatte sie in ihm den Schriftsteller Marcel Proust erkannt. Wann war das gewesen? Richtig, im November 1922, vor über zwei Jahren.

Konstantin, mit dem zusammen sie am Frühstückstisch saß, riss sie aus ihren Träumereien: »Ich treffe heute Fürst Kaminski und die anderen zum Mittagessen.«

»Oh, habt ihr Neuigkeiten aus Russland? Oder ist es ein

geschäftliches Essen?«, fragte Natascha interessiert, und gleich darauf bedauerte sie es. Konstantins Gesicht verschloss sich.

»Du weißt, derartige Dinge sind nichts für dich. Ich möchte dich wirklich nicht mit meinen Angelegenheiten belasten. Amüsier du dich nur, Liebes, geh ins Kino, das macht dir doch so viel Freude.«

Natascha hatte plötzlich keinen Appetit mehr. Der schöne Frühlingstag war ihr verleidet. Das joviale Verhalten ihres Mannes verbitterte sie zusehends. Gewiss, er meinte es liebevoll, aber sie wünschte sich, er würde endlich einsehen, dass sie kein verzogenes Mädchen mehr war, das nur den eigenen Vergnügungen nachging und sich für nichts anderes in der Welt interessierte. Warum ließ er sie nicht teilhaben an seinen Geschäften und seiner Politik, an seinen Erfolgen und Fehlschlägen? Sie musste an ihren Vater denken, unter dessen Schreibtisch sie viele Stunden ihrer Kindheit verbracht hatte. Sie hatte keinen Laut von sich gegeben, und nichts von dem, was über ihr gesprochen wurde, war ihr entgangen. Nur durch das Zuhören hatte sie einen Einblick in die angeblich für Frauen so schwer verständliche Welt der Geschäfte erhalten, sie hatte gelernt, wie man vor dem Beginn einer Verhandlung vor sich selbst seinen Standpunkt einnahm und wie man dann sein Gegenüber mit geschickt vorgebrachten Argumenten überzeugte; in welchen Situationen es galt, höfliche Bestimmtheit zu zeigen, und wann man besser nachgab. Als sie älter wurde, hatte sie Maximilian sogar manchmal helfen können, wenn es um eine Formulierung ging, die sie behalten hatte und deren er sich nicht mehr ganz sicher war. Ihr Vater und sie hatten diese Vertrautheit sehr genossen, und er war stolz auf seine »Partnerin« gewesen, wie er sie Freunden gegenüber stets genannt hatte.

Konstantin dagegen lehnte es grundsätzlich ab, dass seine Frau sich in »Männerdinge« mischte. Frauen sollten sich »amüsieren«, aber was er so nannte, war für sie schlicht und einfach ihr Leben. Ja, sie lebte in dieser bezaubernden Stadt, unter ihren Menschen, sie führte den Haushalt, kümmerte sich um die Einkäufe, sie lebte hier mit Herz und Verstand, und ihr Mann tat nach all den Jahren immer noch so, als säßen sie auf irgendeinem Bahnhof fest und warteten untätig auf den Anschlusszug.

Mit einem energischen Ruck schob sie ihren Stuhl zurück und verließ das Zimmer.

Kapitel 12

»Sind die Männer heute eigentlich immer noch so rückständig?«, fragte Natascha.

Sie hatte ihren Kaffee längst ausgetrunken und spielte mit dem Löffel.

Weil Nina nicht antwortete, sah sie hoch und bemerkte, dass ihre Enkelin schon wieder an ihr vorbei auf die Tür sah. Sie stand auf und zog ihre Jacke an.

»Ich glaube, ich werde jetzt nach Hause gehen. Du scheinst mir nicht ganz bei der Sache zu sein«, sagte sie mit einem milden Lächeln.

Nina zuckte leicht zusammen. »Oh, tut mir leid, was hast du gerade gesagt?«

»Dass du nicht ganz bei der Sache bist. Und deshalb gehe ich jetzt.«

»Kannst du nicht noch ein bisschen bleiben?« Sie sah schon wieder zur Tür. »Ich verstehe das nicht, Benjamin müsste doch längst hier sein. Ich schließe ja gleich. Oder glaubt er, wir hätten hier Ladenöffnungszeiten wie in Amerika?«

Jetzt blickte sie auf die Uhr, dann wieder zur Tür, und plötzlich lachte sie laut heraus. »Meine Güte, ich sitze hier und kann die Augen nicht von der Tür wenden, bloß weil irgend so ein Kerl vielleicht durch sie hereinkommt. Dabei kenne ich ihn doch kaum. Und ich hätte weiß Gott tausend bessere Dinge zu tun, als hier rumzusitzen. Schließlich bin ich Geschäftsfrau und kann nicht den ganzen Tag einfach so kreuz und quer durch die Gegend laufen oder im Kino sitzen. Da würde mir auch die Decke auf den Kopf fallen. Oh, Mist, so habe ich das nicht gemeint«, fügte sie schnell hinzu.

Natascha sah ihr ins Gesicht. »Ist schon in Ordnung. Du darfst damals nicht mit heute vergleichen. In meinen Kreisen war es einfach nicht üblich, dass die Frauen gearbeitet haben, und dann womöglich noch so wie du, als selbständige Geschäftsinhaberin. Das haben sich nur ganz wenige getraut, zumindest in den Jahren gleich nach dem Krieg. In den Zwanzigerjahren sah das schon wieder anders aus, war aber immer noch die Ausnahme.

Und ein bisschen hast du ja auch wieder recht: Ich frage mich heute tatsächlich, wie ich die langen Jahre damals verbracht habe. Ich hatte ja nicht einmal Kinder, um die ich mich kümmern musste. Aber ich habe mich damals nicht gelangweilt, fühlte mich nicht irgendwie überflüssig – jedenfalls nicht bewusst und nicht in den ersten Jahren. Ich führte das Leben, das den Frauen meiner Klasse vorbestimmt war: Nachmittagstees und Einkäufe, Haushaltsführung und Wohltätigkeitsveranstaltungen. Ich kannte es nicht anders. Der Höhepunkt des Jahres war eine Reise ans Meer. Wir fuhren vorzugsweise an die Côte d'Azur. In jenen Jahren verbrachte man übrigens den Winter dort. Niemand, der auf sich hielt, wäre im Sommer gefahren. Die Saison begann im Oktober, und im Mai schlossen alle großen Hotels. Rund um Nizza hatte sich eine weitere Kolonie russischer Emigranten versammelt, und mit ihnen und anderen russischen Urlaubern aus Paris verlebten wir unsere Tage. Einen besonders großen Unterschied zu unserem Pariser Leben machte das also nicht.«

Für einen Moment hielt sie inne, und Nina konnte ihr ansehen, dass in dieser Minute eine Erkenntnis in ihr reifte.

»Ich glaube, in Nizza, es muss unser viertes oder fünftes Jahr dort gewesen sein, gegen Ende der Zwanzigerjahre, merkte ich, dass irgendetwas nicht mehr stimmte. Ich war damals um die dreißig, und mir fiel auf, dass die Leute von Frauen in meinem Alter dachten, ihr Leben wäre … ich will nicht sagen, vorüber, aber jedenfalls so weit fortgeschritten, dass nichts Unvorhergesehenes es mehr aus der Bahn werfen könnte. Alles würde so bleiben wie bisher. Niemand, auch ich nicht, konnte sich vorstellen, dass ich vielleicht doch noch Kinder bekommen würde, geschweige denn, dass ich eines Tages einen Beruf ergreifen könnte. Ehrenamtlich tätig sein und Strümpfe stricken für Bedürftige, das war alles, was man mir für meine restlichen Jahre zubilligte. Wenn ich auf mein Leben zurückblickte, dann war da nichts, was ich geschaffen hatte, es gab im Gegenteil viele Dinge, für die ich mich schämte. Und da wurde mir angst.

Ich sah, was andere Frauen – ob es die mutigsten unter uns waren oder die verzweifeltsten, ich weiß es nicht – in ihrem Leben auf die Beine stellten. Ich meine nicht nur Künstlerinnen wie die Pawlowa oder die Garbo, sondern ganz normale Frauen, die anfingen zu arbeiten und die plötzlich ein Beispiel für mich waren und mir einen Weg aufzeigten. Hinter den Ladentischen, bei der Telefonvermittlung, auf Schritt und Tritt begegnete ich selbstbewussten Frauen, die selbst für sich sorgten. Ich erinnere mich noch ganz genau an Suzanne Lenglen, du hast ihren Namen bestimmt noch nie gehört, aber damals sprach die ganze Welt von ihr. Sie war einer der ersten großen Weltstars im Sport, eine Tennisspielerin. Im Februar 1926 gewann sie in Cannes ein Sensationsmatch gegen eine Amerikanerin, deren Namen ich vergessen habe. Aber der plötzliche Ruhm der Lenglen, die mit Bubikopf, in einem kurzen Rock und mit nackten Armen auf den Platz kam, an den kann ich mich genau erinnern. Und dass er mich zum Nachdenken über mich brachte. Den ganzen folgenden Sommer malte ich mir aus, was ich tun würde, wenn ich so berühmt wäre – während ich auf langweiligen Damenkränzchen herumsaß! Mir wurde bewusst, dass ich mich von dem Leben, das mir vorherbestimmt war, innerlich immer weiter entfernte, immer mehr Teile von ihm ablehnte, aber ich hatte nichts, was ich an seine Stelle hätte setzen können. Ich wurde zunehmend unzufrieden und unglücklich. Vielleicht wäre es leichter für mich gewesen, wenn ich eine Freundin gehabt hätte, um ihr mein Herz auszuschütten. Die Begegnung mit Sascha Gonzowa einige Jahre zuvor hatte mich geradezu elektrisiert. Es hatte mir so gutgetan, einen Menschen zu finden, der wie ich dachte und mit dem ich gemeinsam träumen und über die anderen lachen konnte. Nach unserer ersten Begegnung haben wir uns einige Male getroffen und waren uns sehr sympathisch, aber dann emigrierten sie weiter nach Amerika, wo ihr Mann Verwandte hatte. Wir haben uns noch eine Zeitlang geschrieben, dann riss der Kontakt ab. Sie war nach Viktor der erste Mensch, den ich als Freund bezeichnen würde.«

»Ich hätte nie gedacht, dass du in deinem Leben mal so unglücklich warst. Das passt so wenig zu dem ausgeglichenen Wesen, das du heute hast und für das ich dich so bewundere.«

»Oh, mit den Jahren wird man ruhiger, ich glaube, man nennt es Altersweisheit. Aber ich habe dafür gekämpft, glaub mir.«

»Und damals? Wie bist du damit zurechtgekommen, so unausgefüllt zu sein? Von Großvater …«, Nina stockte, weil ihr einfiel, dass Nataschas Mann ja gar nicht ihr Großvater war, und korrigierte sich: »… von Konstantin konntest du ja wohl keine Unterstützung erwarten?«

»Nein, im Gegenteil. Er konnte nicht ein Fünkchen Verständnis dafür aufbringen, dass ich unglücklich war. Wir haben oft darüber geredet, ich habe etliche Male versucht, ihm zu schildern, wie ich mich fühlte, so ohne jede Kraft, weil mein Leben an mir vorüberrann. Er hat das als persönlichen Affront aufgefasst, er würde mir doch schließlich alle Annehmlichkeiten bieten und so weiter, mit ein bisschen Fantasie kannst du es dir sicher vorstellen.«

Ja, leider kann ich das, weil es mich fatal an Martin erinnert, dachte Nina.

Natascha ließ sich nicht unterbrechen: »Das hört sich jetzt so klischeehaft an: Der konservative Ehemann hat kein Gefühl für die Bedürfnisse seiner jüngeren Frau, und sie fühlt sich unverstanden und nutzlos. Aber es war damals zwischen uns wirklich so. Es kam ständig zum Streit, und einmal hat er mir sogar vorgeworfen, ganz allein schuld an meiner Misere zu sein, weil ich keine Kinder geboren hätte. Spätestens da haben wir gemerkt, dass wir auf dem besten Wege waren, uns gegenseitig zu zerfleischen, und das wollten wir vermeiden. Wir haben dann nur noch über belanglose Dinge miteinander gesprochen. Jeder ist seiner Wege gegangen, soweit das möglich war. Ich denke, in dem Punkt haben wir uns vom Klischee entfernt, denn wir haben uns wirklich bemüht, den anderen gelten zu lassen, auch wenn wir ihn nicht verstehen konnten.«

Die Ladenglocke ging, und beide Frauen fuhren auf. Es war aber nur ein zufälliger Kunde, der sich für einen Ring interessierte, den er in der Auslage gesehen hatte. Nina nahm den Ring aus dem Fenster, verpackte ihn und kassierte. Kaum hatte der Mann den Laden wieder verlassen, stand auch Natascha auf.

»Jetzt muss ich aber wirklich gehen. Ich möchte lieber nicht hier sein, wenn dein Benjamin kommt.«

Nina wusste sofort, worauf sie hinauswollte, denn sie hatte bereits lange darüber nachgedacht.

»Du glaubst, er könnte ein Enkel von Mikhail sein, stimmt's?«

»Sein Enkel oder auch sein Sohn. Ach, ich weiß zurzeit gar nicht, was ich denken soll. Aber möglich wäre es ja immerhin. Mischa und ich haben nicht viel Zeit miteinander verbringen dürfen ...«

»Du hast mir immer noch nicht erzählt, wo ihr euch eigentlich kennengelernt habt.« Nina konnte ihre Neugier nicht bremsen.

»Dafür ist jetzt keine Zeit. Ich erzähle dir alles noch ganz ausführlich. Ich wollte eben nur sagen, dass ich über große Teile in Mischas Leben nicht Bescheid weiß. Von daher ist alles möglich, auch dass er eine andere Frau und weitere Kinder hatte.«

»Aber die Frau muss er dann vor dir geliebt haben, denn Benjamin ist älter als ich.«

Natascha sah sie dankbar an. Dann sagte sie: »Aber er müsste sie dann nach mir wiedergetroffen haben, denn als Mischa mir das Medaillon gab, hatte er seines noch. Sei mir nicht böse, ich will gehen. Aber frag ihn doch, wie sein Vater und sein Großvater hießen, ja?«

Natascha hatte die Knöpfe ihrer Jacke, an denen sie während ihrer Erzählung gedankenlos herumgespielt hatte, bereits geschlossen. Sie hatte es jetzt sehr eilig und sah sich suchend nach ihrer Tasche um. Nina gab sie ihr. Als sie Natascha wie gewohnt ausführlich zum Abschied umarmen wollte, bemerkte sie die Nervosität ihrer Großmutter, die sich rasch losmachte.

»Das alles geht dir sehr nahe, nicht wahr?«, fragte Nina vorsichtig.

»Ja, dieser Benjamin macht mich mindestens so nervös wie dich.«

Mit einem etwas schiefen Lächeln sahen sie sich an. »Ruf mich an, wenn du etwas Neues weißt.«

»Natürlich, sofort.« Der letzte Satz ging bereits im Klingeln der Türglocke unter.

Nina blieb nachdenklich zurück und sah noch einmal auf die Uhr. Warum kam Benjamin nicht? Hatte sie sich im Tag geirrt? Sie warf einen Blick auf den Kalender, der hinter ihr an der Wand hing. Nein, er war am Mittwoch hier gewesen und wollte zwei Tage später wiederkommen, weil am Wochenende sein Flugzeug nach Amerika ging.

Noch einmal ging sie die Möglichkeiten durch, wie Benjamin an das Medaillon gekommen sein mochte. Es konnte Zufall gewesen sein, jemand hatte ein Schmuckstück verloren oder verkauft, und jemand anderes hatte es gefunden oder erworben. Aber wenn sie ehrlich war, wollte sie diese Möglichkeit am liebsten ganz weit von sich schieben. Sie war so schrecklich prosaisch und kein bisschen romantisch. Eine andere Möglichkeit war, dass Benjamin und Mikhail sich gekannt hatten, aber wo hätten sie sich treffen sollen? Von Mikhail wusste sie bisher fast nichts, nur dass ihre Großmutter ihn vor fünfzig Jahren in Südfrankreich geliebt hatte. Und dass er ihr Großvater war – immerhin. Benjamin war aber in Amerika geboren und aufgewachsen. Wenn man den Zufall ausschloss, und das wollte sie, weil er so banal war, dann mussten beide dennoch etwas miteinander zu tun haben. Vielleicht hatten sie gemeinsame Bekannte? Und wenn Mikhail doch ihr gemeinsamer Großvater wäre? Dann wären sie und Benjamin verwandt. Großcousins nannte man das, glaubte sie. Der Gedanke beunruhigte sie mehr, als sie zugeben wollte.

In Ninas Kopf drehten sich die Gedanken so rasch im Kreis, dass ihr schwindlig wurde. Sie musste jetzt unbedingt eine Zigarette haben. Irgendwo musste noch eine Schachtel für solche Notfälle herumliegen. Sie riss alle Schubläden auf, und tatsächlich: Da war sie ja. Aber wo hatte sie jetzt die verdammten Streichhölzer hingetan?

Sie hatte weder die Ladenglocke gehört noch Benjamin bemerkt, der auf einmal vor ihr stand und sie breit angrinste.

»Ach, da sind Sie ja endlich«, entfuhr es ihr. Du meine Güte, sollte er denn denken, dass sie die ganze Zeit auf ihn gewartet hatte? Voller Entsetzen bemerkte sie, wie ihr die Röte ins Gesicht stieg.

Als hätte er gemerkt, wie peinlich ihr das Gesagte war, entgegnete er: »Entschuldigen Sie, ich bin wirklich spät dran, wahrscheinlich wollen Sie den Laden schließen.«

»Genau«, sagte sie und taxierte ihn. Er sah nicht mehr aus wie ein Geschäftsmann auf Reisen, anstelle des Anzugs trug er diesmal einen schwarzen Pullover und eine Jeans. Er sah jugendlich aus, fand sie, obwohl er um die vierzig sein musste.

»Wollen Sie sich den Schmuck ansehen?« Nina nahm den einen der beiden Anhänger, den mit der Delle auf der Rückseite, und legte ihn auf ein samtenes Tuch zwischen sich und ihn.

Benjamin kam näher und stützte die Hände auf den Tresen, und sie bemerkte seine schönen schlanken Finger und den goldenen Ring an seiner rechten Hand. Natürlich ist er verheiratet, dachte sie, was hast du denn geglaubt, du dumme Kuh?

»Ein wirklich schöner Stein. Sehen Sie, wie gut er das Licht einfängt.« Nina nahm den Saphir auf und drehte ihn in Augenhöhe.

In diesem Moment fielen die letzten Sonnenstrahlen durch das Fenster und trafen auf den blauen Stein, der für einige Sekunden mit einer unglaublichen Kraft und Helligkeit aufschien und einen funkelnden blauen Lichtkegel an die hintere Wand warf. Das Schauspiel erinnerte Nina an Bilder vom Licht über der Antarktis, die sie im Fernsehen gesehen hatte, nur war hier noch mehr Farbe. Noch ein Augenblick, dann verschwand die Sonne hinter dem Haus gegenüber, und der Stein verlosch. Nina und Benjamin hatten die Erscheinung sprachlos, beinahe ehrfürchtig mit angesehen. Beiden war, als wäre dieses Naturschauspiel ein Zeichen. Aber ein Zeichen wofür?

Schließlich brach Nina das Schweigen: »Wie schön! So etwas habe ich noch nie erlebt. Der Saphir muss von außergewöhnlicher Perfektion sein, wenn er solche Lichteffekte hervorbringt. Das muss ich unbedingt mit anderen Steinen ausprobieren.«

»Dann ist der Schmuck also wertvoll?«

»Nun, er ist sicher kein Vermögen wert, und Rotgold – ich meine das Material für die Fassung, es ist reines Rotgold – steht heute nicht mehr so hoch im Kurs, die Leute wollen lieber Weißgold oder gleich Platin, aber das Gold ist hochwertig, das heißt, es hat keine Kupferbeimengungen, wie Sie auch am Gewicht merken können. Und dann ist da natürlich der Stein. Also ich würde das Stück auf einige Tausend Mark schätzen, wenn man nur den Materialwert nimmt. Der sagt aber nichts über den künstlerischen Wert oder den der Erinnerung. Leider bin ich keine Spezialistin für alten Schmuck …«

»Wieso alter Schmuck? Wissen Sie denn, wie alt er ist?«, fragte Benjamin dazwischen.

Er hat keine Ahnung, woher das Medaillon stammt, sonst hätte er diese Frage nicht gestellt, fuhr es Nina durch den Kopf. Laut sagte sie: »Ich nehme an, er ist in den Zwanzigerjahren gefertigt worden, vielleicht noch früher, gegen Ende des neunzehnten Jahrhunderts. Ich möchte Ihnen etwas zeigen. Hier, wenn man den Deckel öffnet … Haben Sie diese Gravur gesehen? Das ist russisch und heißt ›Für Njakuschka‹.«

»Sie sprechen russisch?« Benjamin sah sie verblüfft an.

Nina lachte. »Nein, aber meine Großmutter. Ich habe sie gefragt. Noch etwas. Haben Sie diese Einkerbung auf der Rückseite bemerkt? Waren Sie das etwa? Der Anhänger muss ziemlich unsanft behandelt worden sein. Ich frage mich, was da passiert ist. Ich habe zuerst vorgehabt, die Delle auszubeulen, aber dann habe ich es mir anders überlegt. Sie gehört zu diesem Schmuckstück, ist Teil seiner Geschichte. Ich wollte Sie auf jeden Fall vorher fragen.«

Benjamin nahm das Medaillon in die Hand. »Sieht fast so aus, als sei an dieser Stelle eine Kugel aufgeprallt«, sagte er nachdenklich.

»Eine Kugel? Meinen Sie wirklich? Wie sollte es dazu gekommen sein?«

»Na ja, wenn Sie sagen, der Schmuck stammt schon aus den Zwanzigern, dann hat er doch theoretisch einige Kriege erleben können.« Er drehte den Anhänger in den Händen, ließ den Deckel auf- und zuschnappen, betrachtete lange Nataschas Porträt und befühlte die Gravur und die Delle, während er wie zu sich selbst sprach. »Vielleicht hat dieser Anhänger jemandem das Leben gerettet. Er ist doch sicherlich an einer Kette getragen worden, dann hat er auf der Brust gehangen, über dem Herzen. Die Frau im Medaillon … ist doch möglich, dass sie die Frau des Trägers war, dann hätte sie ihren Mann vor dem Tod bewahrt …«

Meine Güte, wie romantisch, dachte Nina. Dieser Mann ist ein Romantiker, und er hat Fantasie, das gefällt mir.

»Ein begabter Schriftsteller könnte um diesen blauen Stein einen Roman weben, was meinen Sie? Haben Sie sich das Bild der Frau einmal genau angesehen? Ist sie nicht wunderschön? Und sie sieht so glücklich aus. Ist Ihnen aufgefallen, dass sie eine gewisse Ähnlichkeit mit Ihnen hat? Besonders um die Augen herum. Ich würde gern wissen, ob sie auch zwei verschiedenfarbige Iris hat, so wie Sie. Schade, das ist auf dem schwarzweißen Foto nicht zu erkennen.«

Nein, hat sie nicht, hätte Nina fast gesagt. Verwundert sah sie Benjamin an, der sich richtig in Begeisterung redete und abwechselnd das Porträt und sie ansah und dabei ratlos den Kopf schüttelte. Mit einer gewissen Befriedigung stellte sie fest, dass er ihr so tief in die Augen gesehen hatte, dass er die Farbe registriert und die Ähnlichkeit mit Natascha bemerkt hatte. Er ist ein Romantiker und ein genauer Beobachter, dachte sie.

Eine Stunde später saß sie schon zum zweiten Mal an diesem Tag bei Paolo, und dieses Mal saß Benjamin ihr gegenüber.

Als sie durch die Tür gekommen waren, hatte sie den zuerst erstaunten, dann anerkennenden Blick des neuen Kellners aufgefangen. Sie ging auf die Toilette und sah sich im Spiegel an, während sie sich die Hände wusch. Dabei bemerkte sie, dass der Kellner richtig gesehen hatte: Noch einige Stunden zuvor, während des Mittagessens mit Malou, hatte sie ebenfalls hier gestanden, beim Händewaschen kurz ihr trauriges Gesicht im Spiegel gesehen und war wieder an ihren Tisch geschlichen. In der Zwischenzeit war etwas mit ihr geschehen. Der resignierte

Ausdruck war aus ihren Augen verschwunden, jetzt las sie etwas ganz anderes in ihnen: Selbstsicherheit und eine Art Neugier. Nina zog sorgfältig ihre Lippen nach und fuhr sich mit der Hand durchs Haar. Zum Glück hatte sie heute Morgen wieder den neuen kamelhaarfarbenen Pullover angezogen. Sie sah an sich herunter und war zufrieden. Nach einer letzten prüfenden Drehung vor dem Spiegel kehrte sie zurück an ihren Tisch, hocherhobenen Hauptes ging sie durch den Raum. Es gelang ihr sogar, den Kellner mit einem herausfordernden Augenaufschlag zu fixieren, woraufhin er schwungvoll eine Serviette über den Arm legte und ihr den Stuhl an den Tisch rückte. *»La bella Signora, prego«*, sagte er mit samtweicher Stimme.

»Ich glaube, Sie haben eine Eroberung gemacht«, sagte Benjamin, als sie sich wieder gesetzt hatte.

»Tatsächlich?«, fragte sie glücklich.

Es war gar nicht nötig gewesen, dass sie ihn fragte, ob er ein Glas mit ihr trinken würde, obwohl das ihre feste Absicht gewesen war. Noch im Laden hatten sie angefangen zu reden, und auf einmal hatten sie sich an diesem Tisch wiedergefunden. Auch jetzt kamen sie kaum dazu, etwas zu essen. Sie redeten miteinander, als würden sie sich schon seit Jahren kennen. Nina erzählte gerade mit halb vollem Mund, wie sie den Laden gefunden hatte, dabei fuchtelte sie mit der Gabel, um ihm plastisch zu machen, wie heruntergekommen das Gebäude war und wie viel Arbeit es gekostet hatte, alles zu renovieren.

»Ich mag die Art, wie Sie essen«, sagte Benjamin unvermittelt zu ihr und sah sie dabei lange an. Er streckte seine Hand aus, um nach der ihren zu greifen, doch Nina entzog sie ihm und starrte ihn entgeistert an.

»Nein, nein, bitte, verstehen Sie mich nicht falsch«, sagte er schnell und wedelte mit den Händen. »Ich meine es absolut, wie ich es sage. Ich mag Ihre Lebenslust und Ihren Eifer. Stellen Sie sich vor, wir würden hier mit angelegten Ellenbogen vornehm dinieren und uns anschweigen. Bitte, erzählen Sie weiter! Wie haben Sie den Maler dazu bekommen, die grüne Farbe wieder zu überstreichen?«

Nina prustete los bei der Erinnerung an den Kunststudenten, den sie engagiert hatte, um ihr bei der Renovierung des Ladens zu helfen, und der irgendeine verrückte Theorie vertrat, die mit der Auswirkung von bestimmten Farben auf das Kaufverhalten von Menschen zu tun hatte. Als sie eines Morgens in den Laden gekommen war, hatte er doch tatsächlich alle Wände in einem grellen Froschgrün gestrichen und ihr erklärt, das würde ihren Umsatz verdoppeln. Sie hatten lange diskutiert, und schließlich hatte Nina sich breitschlagen lassen, zumindest der Wand hinter dem Tresen einen zarten Grünton zu geben.

»Und jetzt gefällt es mir jeden Tag mehr. Vielleicht sind Ihnen die grünen Froschkönige aufgefallen, die auf dem Tresen sitzen, ich finde, sie passen zu der Wand und auch in ein Schmuckgeschäft. Und jetzt sind Sie dran zu erzählen, und ich werde meine Pizza in aller Ruhe aufessen. Ich habe das Gefühl, Sie kennen mein ganzes langes Leben, und von Ihnen weiß ich gar nichts. Was machen Sie beruflich?«

Benjamin war zweiundvierzig und arbeitete für ein Bostoner Architekturbüro. Seine Firma wollte sich an einer öffentlichen Ausschreibung für eine der vielen Berliner Sanierungen bewerben, und deshalb war Benjamin hier.

»Eigentlich bin ich geschäftlich in Deutschland, zum ersten Mal übrigens. Aber da gibt es noch etwas. Ich habe Ihnen gesagt, dass meine Eltern Deutsche waren. Sie haben damals in Berlin gelebt, im Ostteil. Dann ist die Mauer gefallen, und im letzten Jahr ist meine Mutter gestorben. Mein Vater ist schon seit vielen Jahren tot. Ich wollte mir einfach die Stadt ansehen, in der sie groß geworden sind.«

»Und? Haben Sie etwas gefunden, das Sie an sie erinnert?«

»Nein. Dort, wo früher mal das Haus stand, in dem sie vor ihrer Emigration gewohnt haben, steht jetzt eine ziemlich unansehnliche Tankstelle. Ich habe dort nach dem Haus gefragt, aber niemand wusste etwas. Es ist wohl den Bomben zum Opfer gefallen, in der ganzen Straße stehen nur Nachkriegsbauten. Es war ziemlich ernüchternd. Ich weiß auch nicht, was ich mir erhofft hatte, bevor ich kam.«

»Das tut mir leid für Sie«, sagte Nina.

»Ach, so schlimm ist es nicht. Ich selber habe ja nie in diesem Haus gelebt. Und wenn es noch gestanden hätte, wäre ich sicherlich enttäuscht gewesen, weil natürlich nichts dort auf meine Eltern hingewiesen hätte. Eigentlich lebe ich viel lieber in der Gegenwart, auch wenn Sie denken müssen, dass ich nur in alten Geschichten herumwühle.« Er schwieg und holte das Medaillon hervor, um es lange zu betrachten. »Ich habe dennoch das Gefühl, hier in Berlin auf etwas sehr Wichtiges gestoßen zu sein. Das Bild dieser Frau lässt mich nicht los, es erinnert mich so an Sie.«

Plötzlich hörte Nina sich sagen: »Das ist gut möglich, denn diese Frau ist meine russische Großmutter.«

Die nächsten Stunden liefen sie gemeinsam durch die nächtlichen Straßen Berlins, und wieder hatten sie sich so viel zu erzählen, dass sie irgendwann weit nach Mitternacht in eine billige Kneipe in der Torstraße gingen, um sich an Bratkartoffeln und Bier zu stärken. Sie wollten sich einfach nicht trennen, jetzt, wo sie sich gefunden hatten. Und sie suchten fieberhaft nach einer Erklärung für die beiden Medaillons. Nina hatte ihm mittlerweile auch von dem anderen Stein und der Liebe ihrer Großmutter erzählt.

»Ich habe diesen Anhänger nach dem Tod meiner Mutter in ihrem Nachlass gefunden«, erklärte Ben. »Es war praktisch das einzige Schmuckstück, das sie hinterlassen hat, bis auf die Eheringe. Ich hatte es vorher nie gesehen, hatte aber das Gefühl, dass es mir etwas sagen wollte. Als meine Firma mich dann nach Berlin geschickt hat, dachte ich sofort daran, den Saphir mitzunehmen. Ich spürte, er gehört hierher. Und nun habe ich durch ihn dich kennengelernt. Wenn ich daran glauben würde, ich würde von Schicksal sprechen.«

Sie waren schon vor einigen Stunden dazu übergegangen, sich zu duzen. Das Sie passte einfach nicht mehr zu dem Grad der Vertrautheit, den sie mittlerweile erreicht hatten.

»Jeder, dem ich von diesem Medaillon erzähle, spricht von Schicksal. Langsam fange ich an, daran zu glauben. Hieß dein Vater vielleicht Mikhail? Oder dein Großvater?«

»Nein. Mein Vater hieß Franz, und sein Vater hieß Konrad, ich habe ihn nicht mehr gekannt, er ist damals in Deutschland geblieben. Und der Vater meiner Mutter stammte aus Süddeutschland, ich glaube aus Bayern, und hieß Ferdinand.«

»Schade, dass du deine Eltern nicht mehr fragen kannst. So kommen wir nicht weiter.«

»Nein, und deshalb reden wir jetzt mal von uns und lassen die alte Geschichte ruhen. In welche Bar können wir nun noch gehen?«, fragte er unternehmungslustig. »Ich habe überhaupt keine Lust, diesen Abend zu beenden.«

Irgendwann sah er auf die Uhr.

»Meine Güte, ich muss mich beeilen, wenn ich mein Flugzeug noch erreichen will, es geht schon um sieben, und ich habe noch nicht gepackt.«

Nina sah erschrocken auf ihre eigene Uhr. Es war beinahe fünf. Sie hatten den ganzen Abend und die ganze Nacht miteinander geredet und nicht gemerkt, wie die Zeit verrann. Sie nahmen ein Taxi zu seinem Hotel. Bevor Benjamin ausstieg, drehte er sich zu ihr um. Er gab ihr die Hand, dann zog er sie plötzlich an sich und küsste sie sanft auf den Mund. Nina spürte ein Kribbeln, das den Nacken heraufkroch und bis auf die Kopfhaut ging. Sie legte die Arme um seinen Hals und spürte für einen Moment seinen kräftigen Oberkörper. Dann war der magische Augenblick vorüber. Sie lösten sich voneinander, und Benjamin stieg aus dem Wagen. Aber er beugte sich noch einmal zu ihr herunter und sagte durch das offene Fenster: »Ich kann dir leider nicht versprechen, dass wir uns wiedersehen – obwohl ich heute Abend begonnen habe, an so etwas wie Schicksal zu glauben.«

Sie öffnete den Mund zu einer Erwiderung, aber der Taxifahrer, ein typischer Berliner mit Schnauze, fuhr unwirsch dazwischen: »Dauert das hier noch lange, meine Dame? Ich steh hier nämlich nicht zum Spaß rum, sondern will Feierabend machen.«

Ehe sie antworten konnte, war er losgefahren. Sie drehte sich hastig um und sah aus dem Fondfenster, wie Ben auf dem Bürgersteig vor dem Hotel stand, eine Hand in der Tasche seines Mantels, die andere zu einem letzten traurigen Gruß erhoben.

Kapitel 13

Am nächsten Morgen stand Nina bereits um neun Uhr wieder auf. Obwohl sie nur drei Stunden geschlafen hatte, sprang sie ausgeruht aus dem Bett. Sie hatte Lust auf diesen Tag. Leider blieb ihr nicht viel Zeit für das Frühstück. Sie trank nur einen starken Kaffee in ihrer kleinen Küche. Sie würde sich zur Feier des Tages Croissants mit Kräuterfrischkäse leisten, mindestens zwei, und dazu ein Lachsbrötchen. Beides gab es in ausgezeichneter Qualität in einem kleinen Delikatessengeschäft, das auf dem Weg lag, in das sie aber nur selten ging, weil die Preise einfach unverschämt waren.

An der Kasse des luxuriösen Geschäfts zahlte sie, ohne mit der Wimper zu zucken, die siebzehn Mark sechzig für ihre aufwendig verpackten Brötchen, und pünktlich um zehn machte sie ihren eigenen Laden auf.

Es war ein schöner Spätsommertag, vielleicht der letzte des Jahres, denn der Wetterbericht kündigte Regen an, und viele Menschen nutzten die Gelegenheit und flanierten durch die alte Mitte Berlins. Einige von ihnen verirrten sich auch in ihren Hinterhof und kamen in die Galerie. Es mochte an dem schönen Wetter oder an ihrer strahlenden Laune liegen, dass sie gute Geschäfte machte.

Der Vormittag flog nur so dahin, und sie kam kaum zum Nachdenken. Weil Sonnabend war, hatte der Laden nur bis ein Uhr offen. Als es so weit war, räumte sie schnell auf. Sie hatte so viel Kundschaft gehabt, dass sie nicht zum Arbeiten in der Werkstatt gekommen war, und so ging ihr auch das Ordnungmachen schnell von der Hand. Dann schloss sie ab.

Um Viertel nach eins saß sie bereits in der U-Bahn auf dem

Weg zu Natascha. Sie glaubte, dass ihre Großmutter ein Recht darauf hatte zu erfahren, was gestern Abend passiert war.

»Und? Ist er gestern noch gekommen?«, fragte die alte Dame ihre Enkelin zur Begrüßung.

»Darf ich erst mal reinkommen?«, fragte Nina zurück. »Aber da du es unbedingt als Erstes wissen willst: Ja, und wir haben die ganze Nacht zusammen verbracht«, entgegnete sie, wobei sie den Triumph in ihrer Stimme nicht verbergen konnte.

»Die ganze Nacht mit einem fremden Mann? Du?«

»Ja, aber nicht so, wie du denkst. Wir haben einfach nur geredet und Spaß gehabt.« Und uns einmal geküsst, auf magische Weise, dachte sie. Sie hob den Kopf und schnupperte in Richtung Küche. »Hmm, riecht das gut bei dir. Hast du gerade zu Mittag gegessen? Ich habe schon wieder Hunger, obwohl ich heute Morgen schon Unmengen in mich hineingestopft habe!«

»Nein, du kommst genau richtig. Ich wollte mich nämlich just an den Tisch setzen. Es gibt nichts Besonderes, Hackbraten mit Gemüse, aber es reicht für zwei.«

Sie gingen in die Küche und setzten sich an den kleinen Tisch vor dem Fenster. Natascha füllte die Teller, doch anstatt zu essen, stützte sie sich auf ihre Ellenbogen und beugte sich vor: »Erzähl mir von ihm. Wo ist er jetzt?«

Nina legte das Besteck zur Seite und sah ihr ins Gesicht. »Er müsste jetzt im Flugzeug sitzen. Es ging heute Morgen um sieben.«

»Mist!«, entfuhr es Natascha. »Aber das war ja zu erwarten. Und? Vermisst du ihn schon?«

»Ich weiß nicht. Eigentlich müsste ich jetzt wohl traurig sein. Da lerne ich endlich mal einen Mann kennen, der mich von Anfang an fasziniert, und dann lebt er auf der anderen Seite des Atlantiks. Und verheiratet ist er auch noch. Aber ich bin nicht traurig. Der Abend mit ihm hat mir unendlich gutgetan. Ich habe gefühlt, dass ich lebe und dass ich auf andere Menschen zugehen kann. Stell dir vor, ich habe sogar mit dem

Kellner geflirtet! Dabei spielt es für mich erst mal keine Rolle, dass ich Benjamin nicht gleich heute Abend wiedersehen kann. Für mich ist wichtig, dass ich dieses Gefühl der neuen Stärke, das er mir gegeben hat, auch ohne ihn bewahren kann.«

»Wirst du ihn denn später wiedersehen, irgendwann?«

Nina lächelte. »Wenn ich das wüsste! Er hat gemeint, dass unsere Begegnung schicksalhaft für ihn sei, aber er hat mir nichts versprochen.« Sie sah auf ihren Teller. »Lass uns essen, bevor es kalt wird.«

Während sie mit gutem Appetit aß, sprudelte es aus ihr heraus. Gut gelaunt und fröhlich berichtete sie in allen Einzelheiten von dem Abend mit Benjamin. Was sie gegessen hatten, wie charmant er gewesen war und wie viel sie zusammen gelacht hatten. Als sie nach der Gemüseschale griff, um sich nachzunehmen, bemerkte sie, dass Natascha still dasaß und ihr Essen kaum angerührt hatte.

»Oh, Bascha, bitte entschuldige, dass ich nicht eher daran gedacht habe«, sagte sie und griff nach Nataschas Hand. »Natürlich willst du wissen, woher Benjamin den Schmuck hat und ob er etwas mit Mikhail zu tun hatte.«

Sie erzählte das wenige, das sie und Benjamin sich darüber zusammengereimt hatten. »Ich glaube nicht, dass er etwas mit unserer Familie zu tun hat. Tut mir leid, dass ich dir nichts anderes sagen kann. Und jetzt iss, bitte«, sagte sie liebevoll.

Nachdem sie fertig waren, erledigten sie rasch den Abwasch, und Nina fragte ihre Großmutter, ob sie sich in einen der grünen Ohrensessel im Wohnzimmer zurückziehen dürfe. Nach dem Essen machte sich der fehlende Schlaf der letzten Nacht doch bemerkbar. Sie kuschelte sich in den alten Sessel, legte die Füße über die Lehne und legte sich ein dickes, weiches Kissen auf den Bauch. In dieser Position döste sie vor sich hin, so wie sie es als Kind gern getan hatte. Schläfrig nahm sie die Geräusche wahr, die Natascha machte, wenn sie irgendetwas in der Wohnung kramte oder mit der Zeitung raschelte. In ihrer Müdigkeit fühlte sie sich beinahe in ihre Kindheit zurückversetzt. Eine unglaubliche Wohligkeit machte sich in ihr breit. Mit geschlossenen Augen hörte sie, wie Natascha mit dem obligatorischen Teetablett hereinkam und sich ihr gegenübersetzte. Sie richtete sich ein wenig auf.

»Ist es nicht ein wunderbares Geschenk, dass wir zwei uns so gut verstehen und hier zusammensitzen können? Ich glaube nicht, dass das in allen Familien so ist«, sagte Nina leise. »Und am wunderbarsten finde ich, dass ich dir alles erzählen kann wie einer guten Freundin und das Gefühl habe, dass du mich verstehst, obwohl du doch meine Großmutter bist.«

»Das hast du nett gesagt«, antwortete Natascha, während sie den Tee eingoss. »Aber zum einen hat es auch in deinem Leben eine Zeit gegeben, in der du dir lieber die Zunge abgebissen hättest, als mir von deinen Nöten zu erzählen. Und zum anderen: Warum sollte ich nicht verstehen, wie du dich fühlst? Glaubst du denn, andere Menschen sind nicht verliebt? Liebe, Leidenschaft, Liebeskummer, diese Gefühle sind doch überall und zu allen Zeiten gleich. Was sollte sich daran ändern, nur weil ein paar Jahre ins Land gegangen sind?« Sie rührte nachdenklich in ihrer Tasse. »Du wirst es nicht glauben, aber ich kann deine jetzige Situation sogar sehr gut nachvollziehen. Ich konnte schließlich mit dem Mann, den ich mehr als mein Leben geliebt habe, auch nicht zusammenleben.«

»Du meinst Mischa?« Nina war plötzlich hellwach.

»Ja. Du weißt ja jetzt, dass er die Liebe meines Lebens war, aber wir haben alles in allem nicht viel Zeit miteinander verbracht. Ein paar gestohlene Stunden hier und da in Paris und dann diese Woche in Saint-Jean-de-Luz …«

»Öfter hast du ihn nicht gesehen? Das ist ja schrecklich. Wie hast du das nur ausgehalten? Ein ganzes Leben in ein paar Wochen? Das wäre mir zu wenig.«

»Es war nicht anders möglich. Er hatte sein Leben, und ich hatte schließlich meines.« Sie sah Nina eindringlich ins Gesicht und sagte schnell: »Komm bloß nie auf den Gedanken, dass dein Leben nur aus einem einzigen Mann besteht und ohne ihn nichts wert ist. So naiv wirst du doch nicht sein? Versprich mir das!«

Nina hätte fast gelacht, wenn ihre Großmutter es nicht so ernst gemeint hätte. »Nein, Natascha. Für wen hältst du mich. Ich bin eine moderne Frau.«

»Dann bin ich beruhigt.«

Natascha hatte sich erhoben und kramte in dem Seitenschrank der großen Anrichte herum. Sie musste nicht lange suchen und zog eine alte, bereits leicht verblichene Ausgabe der *Vogue* hervor. Sie blätterte kurz, bis sie gefunden hatte, was sie suchte. Dann hielt sie Nina die Seite hin.

»Siehst du dieses Kleid? Das zweite, ganz in Weiß. Ich hätte es einmal fast gekauft …«

Kapitel 14

Immer im Herbst übte sich die russische Gemeinde in tiefer Trauer und Melancholie, um in unzähligen Zusammenkünften und Gottesdiensten des Jahrestags der russischen Katastrophe zu gedenken. In diesem Jahr beging man die Feierlichkeiten bereits zum dreizehnten Mal, und dennoch gestattete sich niemand, in seinem Eifer und seiner Ergriffenheit nachzulassen.

Für Natascha bot diese Zeit des Jahres allerdings noch einen weiteren Höhepunkt: die Defilees in den großen Pariser Modehäusern.

Sie war mittlerweile Mitte dreißig, in der Blüte ihrer Jahre und ihrer Schönheit. Ihr Aussehen hatte sich seit den russischen Tagen verändert. Aus der üppigen Frisur, die sie in mehreren Lagen und Schichten um den Kopf drapiert hatte, war ein schulterlanger, schlichter Schnitt mit lediglich einigen gelockten Stirnfransen geworden. Auch ohne diese optische Verlängerung wirkte sie immer noch groß und schlank, ohne jedoch dem Idol der knabenhaften Schönheit zu entsprechen, das gerade Triumphe feierte. Sie war kühner geworden, was ihre Garderobe betraf, achtete aber sehr darauf, nicht ins Schrille abzugleiten.

Doch im Grunde wusste sie, dass sie mit ihrer leicht avantgardistischen Kleidung nur etwas vorzutäuschen suchte, was sie nicht hatte, aber so gerne hätte. Das, was in ihren Augen eine Frau erst interessant machte: etwas Unabhängiges, Selbstbewusstes im Blick und im Habitus, die Gewissheit, in sich selbst zu ruhen, das Richtige zu tun und auf das Gerede der anderen verzichten zu können.

Mode war, seitdem sie in Paris lebte, neben dem Kino zu ihrer wahren Leidenschaft geworden. Gut gekleidet zu sein gab ihr ein Selbstbewusstsein, das ihr auf anderen Gebieten so bitter fehlte. Gut gekleidet erhob sie sich über die Umstände, mochten sie auch noch so widrig sein. Jeder sollte sehen, dass sie es sich leisten konnte, auf sich zu achten und sich zu pflegen. Wobei es ihr nicht darum ging, die Garderobe als Mittel des Wettbewerbs mit anderen Frauen zu missbrauchen, wie ihre Mutter es getan hatte. Natascha hatte längst verstanden, dass die jeweilige Mode als Ausdruck der Gesellschaft zu lesen war. In den Zwanzigern zeigten die modernen Frauen auch in ihrem Äußeren, dass sie sich emanzipiert hatten. Sie trugen die Hosen und Hüte der Männer, tauschten Unterkleider und Korsetts gegen sportive Kleidung, die Unternehmungsgeist und Aufbruchstimmung widerspiegelten. Und auch das wollte Natascha mit ihrem veränderten Aussehen demonstrieren.

Als sie 1919 in die Stadt gekommen war, hatte es als Folge des Krieges in der Hauptsache praktische Kleider mit wenig Stoffverbrauch gegeben, gerade Kittelkleider und zweckmäßige Sportanzüge. Doch in der Mitte der verrückten Zwanzigerjahre, als die Schrecknisse des Krieges in Vergessenheit gerieten und die Wirtschaft einen ungeahnten Aufschwung nahm, wurden sie von luxuriösen Roben abgelöst, die in Pelz, Spitze und kostbaren Stoffen schwelgten. Und 1926 kam Coco Chanels Kleines Schwarzes auf den Markt. Schwarz, bis dahin die Farbe der Witwen, bekam auf einmal etwas Provokativ-Verführerisches. Bereits der Name »Etui«-Kleid sagte es: Es kam auf den Inhalt an, der durch das kleine Schwarze besonders effektvoll präsentiert wurde.

Für Natascha war es in jedem Jahr wieder ein erhebender Anblick, sich mit einem Glas Champagner in die tiefen Sessel fallen zu lassen und die Modelle in ihren atemberaubenden

Kreationen vorbeidefilieren zu sehen. Gewöhnlich orderte sie zwei oder drei Stücke pro Saison, wobei sie nur einen flüchtigen Blick auf die Preise warf. Konstantin hatte noch nie protestiert, wenn sie ihm die Rechnungen vorlegte, und das berauschende Gefühl von Selbstsicherheit und Extravaganz, das ihr diese Garderoben bescherten, ließen sie jede Vorsicht vergessen. Und schließlich legte ihr Mann doch Wert darauf, dass sie in den russischen Salons verkehrte, dann musste sie auch entsprechend angezogen sein.

In diesem Jahr, 1930, waren die romantischen Abendkleider von Madeleine Vionnet der allerletzte Schrei. Die Modeschöpferin war berühmt dafür, ihre Schnitte am lebenden Modell zu drapieren. Mit immer neuen Handgriffen schuf sie kühne, unnachahmliche Faltenwürfe. Zudem hatte sie den »Schrägschnitt« erfunden. Die Stoffe wurden jetzt in der Diagonalen geschnitten und nicht länger im Fadenlauf. Das machte die Verarbeitung zwar schwieriger, garantierte aber einen weich fließenden Fall der Stoffe, die sich schraubenförmig wie eine zweite Haut an den Körper der Trägerin schmiegten und bei jeder Bewegung ihre Silhouette hervortreten ließen.

An einem leuchtenden Herbsttag betrat Natascha den Salon Vionnet in der noblen Avenue Montaigne, wo die parkenden Bugattis und Rolls-Royces vom Reichtum der Bewohner zeugten. In der Hausnummer 50 stieg sie die monumentale Treppe hinauf, entlang der Reproduktionen antiker Fresken, mit denen die Wände geschmückt waren, und bewunderte die Lampenschirme aus echtem Lalique-Glas. Oben, im Großen Salon mit den Wänden aus gelbem Moiré, wo die Kleider präsentiert wurden, ließ sie sich nieder. Sie liebte die raffinierte Atmosphäre dieses Hauses über alles. Die kostbaren Teppiche schluckten jeden Schritt, und in der vornehmen Stille vernahm sie nur das geheimnisvolle Flüstern und Raunen der Mannequins, die in den angrenzenden, überheizten Räumen halb nackt darauf warteten, einer kapriziösen Kundin ein bestimmtes Modell vorzuführen. Die überall aufgestellten Vitrinen zeigten Wäsche, Pelze, Schmuck und andere kostspielige Accessoires, die in den an der Rückseite des Hauses liegenden Ateliers gefertigt wurden.

Natascha hatte sich ein bezauberndes Ensemble, bestehend aus einer blassblauen Corsage und einem schwarzen Rock aus Crêpe de Chine, vorführen lassen. Mit einem letzten Knistern des üppigen Stoffs verließ das Modell den Raum.

Das nächste Kleid war aus leichter weißer Seide gearbeitet, die wie ein Schleier über den Körper der Trägerin rann. Der Saum fiel in Zipfeln fast bis auf den Boden, und im Nacken war das Kleid gebunden, sodass der Rücken frei blieb. Natascha spürte förmlich den leichten Schauer, den die Berührung dieses Stoffes auf ihrer Haut hervorrufen würde. Das Kleid war an der Grenze der Anständigkeit, so perfekt gab es jeder noch so kleinen Bewegung nach. Wie eine Schlange wand es sich um den graziösen Körper des Modells. Oder lag es an der Frau, die es trug? Sie war ungewöhnlich groß, mit ihrer entschieden zu ausgeprägten Nase keine Schönheit im eigentlichen Sinne, und doch ging von der Nonchalance ihrer Bewegungen und dem langen, schier endlosen, feingeformten Hals eine Grazie aus, um die Natascha sie beneidete. Dicht vor ihr machte sie eine letzte Drehung, wiegte den schlanken Rücken und einen wohlgeformten, kräftigen Po. Natascha starrte ihr hinterher. Meine Güte, diese Frau war von einer geradezu unanständigen Anziehungskraft, und sie besaß genau das Quentchen Provokation, das Natascha so gern gehabt hätte. Sie stellte es bewundernd fest, nicht neidisch, während sie der fremden Frau mit den Augen folgte, bis die Direktrice sich ihr näherte und diskret fragte, ob sie das Modell noch einmal sehen wolle.

»Glauben Sie denn ernsthaft, dass ich so etwas anziehen könnte? Dieses Kleid ist ein Traum, aber ich hätte das Gefühl, als würde ich nackt herumlaufen, wenn ich es tragen würde. Nein, leider, das ist völlig ausgeschlossen.« Sie musste an den

Protest ihres Mannes denken, als sie zum ersten Mal mit Hosen vor ihm erschienen war. Er hatte zwar die Brieftasche gezückt, bestand aber darauf, dass sie diese »unerhörte Provokation« keinesfalls anzog, wenn seine Freunde zugegen waren. Nein, dieses Kleid konnte sie ihm nicht zumuten, und sie wäre auch gar nicht mutig genug gewesen, es zu tragen. Geknickt verließ sie die Avenue Montaigne, ohne etwas gekauft zu haben.

In einem Café in der Nähe bestellte sie eine Schokolade mit Sahne, um sich wieder ein wenig aufzuheitern. Das weiße Kleid hatte es ihr angetan, alle Modelle, die sie danach noch gesehen hatte, konnten es nicht mit ihm aufnehmen, aber sie hatte einfach nicht den Mut gehabt, es zu kaufen.

»Warum haben Sie das Kleid nicht wenigstens anprobiert? Es war wie für Sie gemacht.«

Überrascht sah Natascha hoch. Vor ihrem Tisch stand das Modell, das ihr eben noch das weiße Seidenkleid präsentiert hatte. Ohne Umschweife setzte die Frau sich zu ihr an den Tisch und stellte sich vor: »Ich heiße Olga. Dies ist unser Stammcafé, hierher kommen wir in den Pausen zwischen zwei Vorführungen, und Sie sitzen zufällig an unserem Tisch. Sie haben doch nichts dagegen, wenn ich Platz nehme?«

Natascha verneinte verblüfft und sah in das fröhliche, von einer dunklen Garçonne-Frisur umrahmte Gesicht. Sie bewunderte nicht nur die herbe Schönheit dieser Frau, sondern auch die Offenheit, mit der sie einfach drauflosschwatzte.

»Haben Sie etwa nur Schokolade bestellt? Es ist doch Mittagszeit. Sie müssen hier unbedingt die Blinis mit Kaviar probieren, einfach und günstig, aber köstlich.« Sie machte eine kleine Pause und sah ihr prüfend ins Gesicht. »Sie sind doch Russin, ich habe mich nicht getäuscht, oder? Ihr Akzent ist zwar kaum hörbar, aber ich habe gute Ohren«, fuhr sie mit Stolz in der Stimme fort.

Auf diese unkonventionelle Weise hatte Natascha Olga de Migaud kennengelernt, die von dem Tag an Farbe und Abenteuer in ihr Leben brachte, vor allem aber die Gewissheit einer unverbrüchlichen Freundschaft. Ihr erstes Zusammentreffen war nur kurz, denn Olga musste nach einer Stunde wieder zurück in den Salon von Madame Vionnet, aber bereits am übernächsten Tag sahen sie sich wieder und erzählten einander aus ihrem Leben.

Olga war Russin wie Natascha. Mit Abscheu erinnerte sie sich an das kleine Dorf an der Wolga mit den stinkenden Straßen, in denen bei Regen der Dreck so tief stand, dass ihr als kleines Mädchen die Kraft fehlte, die Stiefel herauszuziehen. Sie entstammte einer armen jüdischen Familie. Schon als Kind hatte sie neben Entbehrungen auch den Hass der Nachbarn kennengelernt, und wenn wieder einmal ein Pogrom über die Gegend kam, dann versteckte sich die Familie starr vor Angst im Haus und wartete, bis das Unglück vorüber war. Besonders schrecklich war die Erinnerung an den Winter, als sie neun oder zehn Jahre alt war: Sie musste die kalten Monate im Bett verbringen, weil kein Geld für Heizmaterial vorhanden war und es an warmer Kleidung fehlte. Mit den ersten Sonnenstrahlen war sie wieder ins Freie gekommen, und sie hatte ihre wiedergewonnene Freiheit derart ungestüm und ausgelassen gefeiert, dass sie ihre Mutter an das junge Vieh erinnerte, das nach dem langen Winter im Stall zum ersten Mal wieder auf die Weide durfte.

»Das Leben in Russland hatte mir nichts zu bieten. Ich war das einzige Kind meiner Eltern, nach mir wurde meine Mutter nicht mehr schwanger, und sie taten alles dafür, dass ich eine bessere Zukunft hatte. Als mein Vater einmal Glück gehabt und es zu etwas Geld gebracht hatte, wurde beschlossen, mich ins Ausland zu schicken. Ich ergriff diese Chance mit beiden Händen, denn ich wusste, dass es die einzige in meinem Leben sein würde.«

Mit nichts als der Adresse einer entfernten Verwandten der Eltern war sie nach Paris gekommen. Die erste Zeit war hart gewesen, aber Olga war wild entschlossen, sich durchzuboxen, und weil ihr Entbehrungen nicht fremd waren und sie sich für keine Arbeit zu schade war, hatte sie ihr Auskommen, indem sie für andere russische Emigranten arbeitete, als Kindermädchen, Putzfrau, Wäscherin oder was immer gerade gebraucht wurde. Sie lernte eifrig Französisch und bemühte sich, ihren jiddischen Akzent zu verlieren. Ihr Traum war es, einen richtigen Beruf zu erlernen. Eines Tages begegnete sie Henri de Migaud, dessen Adelsprädikat allerdings beinahe alles war, was von der früheren Herrlichkeit übrig geblieben war. Der Rentier verliebte sich auf der Stelle in ihre dunkle, melancholische Schönheit und ihren geradezu verbissenen Willen zum Glück. Sie heiratete ihn, weil sie Dankbarkeit mit Liebe verwechselte. Durch die Ehe mit de Migaud bekam sie endlich einen französischen Pass und war nicht länger die unerwünschte Jüdin ohne Aufenthaltserlaubnis, über der jederzeit das Damoklesschwert der Ausweisung schwebte. Sie begann eine Ausbildung als Näherin bei einem kleinen Hutmacher. Und dort entdeckte sie eines Tages Madeleine Vionnet, die zu den Kundinnen des Hutmachers gehörte. Olga begann als Modell für die Vionnet zu arbeiten. Der Reiz ihrer Schönheit lag besonders in der unnachahmlichen Grazie der Bewegungen, die sie in den folgenden Monaten noch perfektionierte, und den sanft geschwungenen Linien ihres Körpers. Bald wurde sie zu einem gefragten Modell, das auch in anderen Modehäusern Arbeit fand. Und sie hatte auch schon dem einen oder anderen Maler Modell gesessen, nicht den ganz berühmten, aber solchen mit Talent.

»Halten Sie bitte hier«, sagte Olga zu dem Taxifahrer, der sie in wilder Fahrt quer durch das abendliche Paris kutschiert hatte. Natascha drehte sich um und sah aus dem hinteren Wagenfenster ein unscheinbares Haus, über dessen Tür in leuchtenden

Lettern, die zwischen Rot und Violett wechselten, der Name *Pelican* blinkte. Der Wagen war über die erleuchtete Place de Clichy gefahren, wo sich das Licht der Straßenlaternen in dem vom Regen feuchten Blätterwerk der Platanen spiegelte, die den Platz umstanden. Sie hatten den Platz umrundet und waren dann nach rechts abgebogen, in eine schmale, dunkle Straße, und hatten nach wenigen hundert Metern vor dem *Pelican* gehalten. Olga bezahlte den Fahrer, sie stiegen aus und gingen die wenigen Stufen hinab, die in das Souterrain führten.

Natascha fand sich in einem kleinen Vorraum wieder, in dem sie ihre Mäntel abgaben. Während sie auf ihre Garderobenmarke wartete, spähte sie neugierig durch eine verglaste Schwingtür in den großen, nur durch rote Lampenschirme schwach erleuchteten Saal hinein. Sie war voller gespannter Erwartung auf diesen Abend. Hinter dieser Glastür lauerten die Verruchtheit und Unmoral, von der sie in den Zeitungen las und vor der sie wohlmeinende ältere Damen – und auch ihr Ehemann – gewarnt hätten. Aber sie war neugierig darauf, es endlich mit eigenen Augen zu sehen.

Vor lauter Schauen bekam sie nur am Rande mit, wie Olga von der Garderobenfrau ein kleines weißes Päckchen in Empfang nahm und ihr einen großen Geldschein gab. Sie verschwand für einige Minuten in einem angrenzenden Raum, und als sie wieder herauskam, war sie von einer geradezu überbordenden, nervösen Fröhlichkeit. Sie lachte schrill, und ihr Schritt hatte etwas Tänzelndes bekommen.

Als Olga ihr am Tag vorher gesagt hatte, sie würden an einen besonderen Ort gehen, sie solle ruhig ein gewagtes Kleid anziehen, hatte Natascha sich schon beinahe gedacht, dass sie in einen dieser Clubs von schlechtem Ruf gehen würden, die für ihre erotische Freizügigkeit berüchtigt waren. In den wenigen Wochen, seitdem sie Olga kannte, hatte sie bereits viele Dinge getan und gesehen, von denen sie vorher keine Ahnung gehabt hatte. Olga bewegte sich in Paris wie ein Fisch im Wasser. Sie kannte die Restaurants und Bars, die *en vogue* waren, und sie war mit vielen Menschen befreundet, mit einfachen Näherinnen und Dienstmädchen, aber auch mit betuchten Damen der Gesellschaft, die sie von ihrer Arbeit her kannte, mit Künstlern und Literaten, eingebildeten und echten.

An einem Ort wie diesem war Natascha jedoch in ihrem Leben noch nicht gewesen. Auf der rechten Seite des Raums standen kleine Tische in zwei Reihen. An jedem Tisch waren jeweils ein Canapé und drei Stühle gruppiert. Die unterschiedlichsten Menschen saßen dort: Prostituierte, die unanständig viel Haut zeigten, neben vornehm und teuer gekleideten Leuten, die erkennbar zur besseren Gesellschaft gehörten. Auf der linken Seite des Saals gab es eine Bar sowie eine kleine Tanzfläche, auf der im Moment jedoch niemand zu sehen war. An den Wänden hingen erotische, um nicht zu sagen pornographische Zeichnungen, die so detailgenau waren, dass Natascha verlegen wegsah. Die Luft war erfüllt vom süßlichen Rauch der vielen Zigaretten, es wurde laut geredet und gelacht, Gläser klirrten, und hier und da saß ein Paar eng umschlungen auf dem Canapé und küsste sich voller Leidenschaft. Peinlich berührt wandte Natascha den Blick von einer halb entblößten weißen Brust.

»Meine Güte«, flüsterte sie. »Du hast mich doch nicht etwa in ein Bordell geschleppt? Ich hätte nie gedacht, jemals in eines zu kommen. Hier hätte ich das weiße Kleid tragen können und wäre nicht einmal aufgefallen«, sagte sie zu Olga.

Die drehte sich zu ihr um. »Ein Bordell ist es gerade nicht, aber die Sitten sind locker. Und genau das gefällt mir hier. Du kannst einfach du sein und musst auf nichts Rücksicht nehmen.« Mit diesen Worten zog sie die Freundin hinter sich her und steuerte einen freien Platz im hinteren Teil des Raumes an. Ein untersetzter Mann kam ihnen entgegen und sah Natascha mit frecher Unverfrorenheit ins Gesicht. Als sie aneinander vorbeimussten, drängte er sich dichter an sie heran, als nötig gewesen wäre, und sie bemerkte mit Entsetzen, dass er ihr über den Hintern fuhr. Wütend schob sie sich an ihm vorbei.

»Der hat sich aufgeführt, als würde ich hier dem Gewerbe nachgehen«, zischte sie.

»Ach, lass doch dieses fette Rhinozeros glotzen«, erwiderte Olga mit einer wegwerfenden Handbewegung.

»Glotzen? Der hat nicht nur geglotzt. Jetzt sag bloß, du findest das normal. Stört es dich nicht, wenn sich jemand so flegelhaft einer Dame gegenüber benimmt?« Natascha war eigentlich empört, doch als Olga sie mit ihrem ironischen Lächeln ansah, bemerkte sie die Floskelhaftigkeit dessen, was sie eben gesagt hatte. Damen gegenüber hätte der Kerl sich seine Anzüglichkeit wohl nicht herausgenommen, aber konnte er ernsthaft damit rechnen, in diesem Lokal Damen anzutreffen?

»Jetzt lass mal deine verstaubten Moralvorstellungen beiseite. Die sind hier wirklich fehl am Platze und könnten eine kleine Auffrischung ganz gut vertragen, meinst du nicht? Amüsier dich lieber«, sagte Olga.

Natascha hätte gern geantwortet, dass sie ganz gern bereit war, ihre »verstaubten Moralvorstellungen« zu überdenken, aber dieser Fall lag doch wohl etwas anders. Der Mann hatte *sie* angefasst und sie dadurch in Verlegenheit gebracht, und sie hatte nichts dagegen tun können. Aber sie sagte nichts, sondern ließ sich auf das Canapé fallen. Der Kellner stand schon an ihrem Tisch, und Olga bestellte zwei Wodka auf Eis, ohne Natascha zu fragen.

Nach dem zweiten Glas ließ Nataschas Gefühl, am falschen Ort zu sein, nach. Sie hörte das Orchester einen Slowfox spielen, sah abwechselnd den Tänzern zu und beobachtete neugierig die Leute an den anderen Tischen. Die gefühlvolle Musik schien in manchen von ihnen die Leidenschaft hochlodern zu lassen, ihre Küsse und Berührungen wurden immer leidenschaftlicher.

»Meine Güte, die werden hier doch nicht …?«

Olga folgte ihrem Blick an den Nebentisch, wo das Paar bereits mehr auf dem Canapé lag als saß.

»Nein, das ist hier nicht erlaubt. Aber es gibt Chambres séparées für diese Zwecke. Dort der Gang neben der Theke. Falls du Interesse hast …«

Natascha stieß sie in halb gespielter Empörung in die Seite. »Aber wenn ich dann wieder rauskäme, dann wüsste ja jeder … Nein, das würde ich nie fertigbringen. Außerdem bin ich glücklich verheiratet.«

»Glücklich?«, fragte Olga nur zurück. Sie kannte Konstantin noch nicht, aber aus dem, was Natascha ihr über ihre Ehe erzählt hatte, schloss sie, dass er nicht der Richtige für sie war.

»Aber du bist glücklich verheiratet, nicht wahr? Deshalb treibst du dich auch jede Nacht in einer anderen Bar herum und hast an jedem Finger einen Liebhaber. Und musst ständig dieses Zeug nehmen.« Nataschas Ton hatte eine leichte Schärfe.

Bevor das Gespräch in einen Streit ausarten konnte, den sie schon oft geführt hatten und bei dem es ohnehin keine Einigung zwischen ihnen geben konnte, erklang ein wundervoll sentimentaler, trauriger Tango.

Ein Mann kam an ihren Tisch. Natascha hielt die Luft an, als sie den federnden Gang und den souveränen Blick bemerkte, mit dem er Olga fixierte. Er musste Südamerikaner sein, und dies war seine Musik. Er forderte Olga auf, die ihm aufs Parkett folgte.

Sie verharrten einen Augenblick lang unbeweglich und sahen sich tief in die Augen. Dann begannen sie sich zu den raschen, anschwellenden Klängen der Musik zu bewegen. Sie umkreisten sich, zogen sich zurück und kamen, wie unwiderstehlich voneinander angezogen, wieder zusammen, um erneut zurückzuweichen. Ihr Tanz hatte etwas Kämpferisches: Er schob ihren Fuß weg, und sie stieg darüber und wollte weitergehen, er hinderte sie daran, und sie kickte wie ein austretendes Pferdchen unter seinen Beinen hindurch. Dann schien sie nachzugeben und ließ sich von ihm rückwärts führen, um sich ihm dann mit einer unerwarteten Drehung wieder zu entziehen. Als sie sich schließlich abrupt einander in die Arme warfen und ihre Unterleiber aneinanderpressten, schrie eine elegante Zuschauerin in einem engen schwarzen Kleid mit großen, schwarz umrandeten Augen wie erlöst auf.

Erst jetzt bemerkte Natascha, dass auch alle anderen Umstehenden längst aufgehört hatten zu tanzen und den beiden bewundernd zusahen.

Der Südamerikaner bog Olga zurück, bis ihr Kopf fast den Boden berührte, während sie mit ihrem Fuß an seinem Bein hochfuhr. Ihr Kleid rutschte in die Höhe und gab den Blick auf ihr makellos geformtes, schlankes Bein bis auf den Oberschenkel frei. Er fuhr mit seinen Armen rechts und links an ihrem Körper auf und ab und schien dabei jede kleine Rundung zu erspüren. Während der ganzen Zeit sahen sie sich in die Augen wie Liebende. Wie zwei Schlangen wanden sich ihre Körper, um sich immer wieder zu berühren und aneinanderzuschmiegen. Als die Musik mit einem letzten Akkord verklang, blieben sie wieder einige Sekunden unbeweglich stehen. Er hatte die Arme erhoben, und sie hatte ihr Gesicht ganz dicht vor seinem. Dann lösten sie sich voneinander, und nach einer leichten Verbeugung geleitete er sie zurück an den Tisch, während alle anderen ihnen offenen Mundes hinterherstarrten.

»Ich danke Ihnen für dieses Erlebnis. Man findet nur selten solche begnadeten Tangotänzerinnen in Paris«, hörte Natascha ihn mit starkem spanischen Akzent sagen.

»Oh, bitte sehr. Ich habe es ebenfalls genossen«, antwortete Olga etwas atemlos und nahm einen tiefen Schluck aus ihrem Glas. Sie strich eine Strähne ihres dunklen Haars aus dem erhitzten Gesicht und lehnte sich erschöpft zurück. Die Anstrengung des Tanzes hatte ihr Gesicht gerötet, und in diesem

Moment fand Natascha sie schöner als je zuvor. Die leichte Spannung, die sie oft an ihr bemerkte, war verschwunden, ihre Züge waren weich und weiblich.

»Das war unglaublich … und wunderschön. Es sah aus, als ob du und er … als ob ihr euch auf der Tanzfläche lieben würdet. Alle haben euch zugesehen …«, sagte sie.

Olga tanzte an diesem Abend noch einige Male mit dem Südamerikaner, und auch Natascha tanzte, allerdings keinen Tango. Sie hatte zwar Tanzstunden genommen, weil Paris in jenen Jahren die Tango-Metropole war, aber in den Pariser Salons hatte sie natürlich nicht gelernt, sich derart sinnlich zu bewegen, hatte bisher nicht einmal gewusst, was für ein erotisches Potential im Tango steckte. Sie versuchte, sich die Mikulinas oder eine der anderen Damen vom Kränzchen dabei vorzustellen, und verschluckte sich vor Lachen an ihrem Getränk.

Das Lokal füllte sich zusehends. Bald setzten sich andere Leute zu ihnen an den Tisch, und sie lachten und amüsierten sich. Irgendwann nahm Olga ihre Freundin auf die Seite und sagte, sie wolle gehen. Dabei hielt sie José, den Südamerikaner, an der Hand, und bedachte Natascha mit einem vielsagenden Blick. Sie wollten Natascha nach Hause bringen, aber die lehnte entschieden ab.

»Ich bin schließlich erwachsen. Wenn du glaubst, mich in einen Laden wie diesen schleppen zu können, dann musst du mir auch zutrauen, allein nach Hause zu kommen«, sagte sie. Und sie fühlte sich der Situation tatsächlich gewachsen, was auch an den Wodkas liegen mochte, die sie konsumiert hatte. »Geht nur. Ich trinke noch aus, dann mache ich mich auch auf den Weg.«

Als sie wenig später das Lokal verließ und die Treppe hinaufstieg, die sie wieder in ihre Welt zurückbrachte, hatte sie noch keine Lust, nach Hause zu gehen. Sie war noch nie zu dieser späten Nachtzeit allein durch Paris gewandert. Es war so still, dass sie ihre eigenen Schritte über das Pflaster klappern hörte. Sie beobachtete ihren Schatten, der im Schein der Straßenlaternen auftauchte, kürzer wurde und verschwand und wieder erschien. Sie verspürte keine Müdigkeit, nur den Zauber dieser ungewöhnlichen, einsamen Stunde. Ihr schwirrte der Kopf, vom Wodka und von dem, was sie in den letzten Stunden erlebt hatte. Sie summte die Melodie des letzten Tanzes vor sich hin und fühlte sich so leicht, dass sie am liebsten über das Trottoir getanzt wäre. Als sie an einer Metrostation vorüberkam, sah sie, wie die Gitter hochgezogen wurden. Paris bereitete sich darauf vor, die Menschen zur Arbeit zu bringen. Und nun vernahm sie auch das Zwitschern der ersten Vögel des Morgens, die in den Bäumen erwachten. Die Menschen, die ihr auf dem Weg zur Arbeit entgegenkamen, unausgeschlafen und schlecht gelaunt, sahen ihr erstaunt und amüsiert nach. Ein älterer Mann machte ihr im Vorübergehen ein Kompliment, das sie lächelnd entgegennahm. Aber der Zauber der Stille war vorüber, und Natascha hielt ein Taxi an und stieg ein. Während der Fahrt wurde es immer heller, und sie spürte ein ungeahntes Glücksgefühl, als sie das silbrig-elfenbeinfarbene Licht sah, das es nur in Paris und nur ganz früh morgens gab. Dies ist meine Stadt, dachte sie glücklich.

Kapitel 15

Olga und Natascha wurden rasch unzertrennlich, es verging kaum ein Tag, an dem sie sich nicht sahen. Sie saßen zusammen in den großen Cafés und redeten, sie gingen tanzen, in die berühmten Nachtclubs oder in die kleinen Lokale der Nachbarschaft, in denen nach Akkordeonklängen getanzt wurde. Sie gingen ins Kino und amüsierten sich in den Revues am Montparnasse. Sie erzählten einander, was sie in der Vergangenheit erlebt hatten, und gaben sich Ratschläge, wie man in der Gegenwart am besten zurechtkam. Es war, als habe die eine auf die andere gewartet, um ihr Leben reicher zu machen. Meistens holte Natascha ihre Freundin abends von der Arbeit bei Vionnet ab, und sie zogen allein oder inmitten einer lärmenden Schar junger Kolleginnen durch Paris. Die beiden Frauen hätten verschiedener nicht sein können: Natascha war zart, behütet und von den Härten des Lebens weitgehend verschont, Olga dagegen dunkel und kämpferisch, gewohnt, auf eigenen Füßen zu stehen. Ihr hatte das Leben schon übel mitgespielt, und sie erwartete von niemandem, dass er ihr etwas schenkte. Trotz allem war sie von einem unerschütterlichen, ansteckenden Optimismus.

In ihrer Gegensätzlichkeit erregten die beiden Frauen Aufsehen, wo immer sie auftauchten, und bei den Besitzern der Etablissements waren sie gern gesehene Gäste, denn sie waren ein Anziehungspunkt für die übrigen Anwesenden. Aber Olga war diejenige, die die Männer verrückt machte. Sie war wie eine Sonne, um die immer eine Schar Bewunderer kreiste – männliche und weibliche. Olga nahm ihre Komplimente und Liebesbeweise, die manchmal einen Hang zum Theatralischen hatten, wie selbstverständlich hin. Sie ermutigte niemanden, wies aber auch niemanden zurück.

Durch die Freundschaft mit Olga tat sich für Natascha eine ganz neue Welt auf, in die sie sich unbekümmert und voller Lebensgier stürzte. Durch Olga bekam sie Einblicke in die tragikomischen Verstrickungen, in die Liebe und Leidenschaft zwei Menschen reißen konnten, die sie nicht für möglich gehalten hätte. Auf ihren Streifzügen durch das nächtliche Paris sah sie Frauen, die Frauen liebten, Frauen, die sich wie Männer kleideten, Männer, die lieber eine Frau sein wollten …

Einen Tag nach dem Abend im *Pelican* hatten sie sich nachmittags in dem Pausencafé der Vionnet-Modelle getroffen. Olga hatte Natascha ein wenig schuldbewusst gefragt, ob sie gut nach Hause gekommen wäre.

»Ja, kein Problem. Ich bin noch ein wenig durch die Straßen gelaufen und habe mir dann ein Taxi gerufen.«

»Ich meinte eher Konstantin. Was hat er dazu gesagt, dass du erst am frühen Morgen nach Hause gekommen bist?«

»Ach, er war gar nicht da. Er ist für einige Tage nach Bordeaux gefahren, geschäftlich«, erwiderte sie übermütig. »Ich dachte, du meinst, wie mir das Lokal gefallen hat. Ich gebe ja zu, dass ich anfangs schockiert war über die Sitten, die dort herrschen, aber ich habe darüber nachgedacht und finde, dass das Leben zu kurz ist, um nicht für alle Dinge offen zu sein – sie zumindest einmal aus der Nähe zu betrachten«, fügte sie schnell hinzu, als sie Olgas erstaunten Blick bemerkte.

Olga lachte, und auf Nataschas Frage sagte sie: »Ich finde die etwas altmodische Art zu reden, die du hast, einfach bezaubernd. Auch wenn du deine Moralvorstellungen änderst, deine Ausdrucksweise solltest du unbedingt behalten. Apropos Moral: Ist dein Mann immer noch unterwegs?«

»Ja, warum?«

An diesem Abend landeten sie im *Petit Prince*, einem berühmten Club auf dem linken Ufer der Seine. Ein Mann war an ihren Tisch gekommen und hatte Natascha zum Tanzen aufgefordert. Erst als er sie auf der Tanzfläche eng an sich zog und ihr eindeutige Vorschläge ins Ohr wisperte, hatte Natascha bemerkt, dass dieser »Mann« sehr weibliche Formen hatte. Mehr verwirrt als empört hatte sie sich losgemacht und war zu Olga geflüchtet, die über ihre großen Augen und ihr ungläubiges Staunen schallend gelacht hatte. »Sieh dich doch mal um, ich glaube, wir zwei sind die Einzigen hier, die das sind, als was sie erscheinen.«

Olga zeigte ihr auch am eigenen Beispiel, dass es unendlich viele Formen des Zusammenlebens und der Liebe zwischen Mann und Frau gab. Die Ehe war nur eine davon, und auch eine Ehe konnte unterschiedliche Formen annehmen. Olga war zwar verheiratet, aber ihre Ehe mit Henri glich mehr einer tiefen Freundschaft.

Henri de Migaud war der liebenswerteste Mensch, den Natascha kannte. Er hatte ein freundliches Gesicht und neigte ebenso zur Fülligkeit wie zur Trägheit, was seinem menschenfreundlichen Wesen entgegenkam. Er war der letzte Nachkomme einer alten Familie, die früher großen politischen Einfluss besessen hatte. Aus diesem Erbe stammten seine Gelassenheit und Toleranz. Das Kapital hatte sich über die Jahrhunderte verflüchtigt, aber es reichte zu einem bequemen Leben und einem recht stattlichen Landhaus am Fuß der Pyrenäen. Henris sprichwörtliche Toleranz, die jedoch auf keinen Fall mit Gleichgültigkeit zu verwechseln war, legte er auch Olga gegenüber an den Tag. Er hatte sich damit abgefunden, dass seine schöne Frau ihn nicht körperlich liebte, und weil er keine Eifersucht gegen ihre vielen Liebhaber hegte, lebten die beiden voller Harmonie unter einem Dach, wenn auch nicht im selben Bett.

Anderen, die sich in Olga verliebten, erging es da schlechter. Als Natascha Olga und Henri eines Tages an die Gare de Lyon zum Zug begleitete, der sie in die Ferien bringen sollte, blieb sie einen Moment mit Henri zurück, damit Olga sich rasch ihres neuesten Verehrers entledigen konnte. Der Verliebte hielt ihre Hand umklammert und stammelte immer wieder voller Verzweiflung, er würde es nicht ertragen, sie die nächsten Wochen nicht zu sehen. Er flehte sie an, sie heimlich begleiten zu dürfen, um ihr nahe sein zu können, und als Olga ihm das ausdrücklich verbot, drohte der Unglückliche mit Selbstmord. Es gelang ihr, ihn zu beschwichtigen, indem sie ihm erlaubte, ihr Liebesgedichte zu schreiben, und er entfernte sich mit hängenden Schultern, während Olga lachend zu ihrem Mann und Natascha zurückkehrte.

»Mein Gott, der arme Mann!« entfuhr es Natascha.

»Was für ein Kindskopf«, entgegnete sie unbekümmert.

»Und was für ein Segen, dass ich über dieses Stadium unserer Liebe hinaus bin«, fügte Henri mit einem Stoßseufzer hinzu.

Konstantin konnten die Veränderungen an seiner Frau nicht verborgen bleiben. Wenn sie am Abend zuvor mit Olga aus gewesen war, erschien Natascha morgens nur selten zum Frühstück. Sie schlief an diesen Tagen lange und wanderte dann singend durch die Wohnung. Sie wurde fröhlicher und lachte mehr, auch das registrierte Konstantin, aber es gefiel ihm nicht, wie sie sich in letzter Zeit kleidete, vor allem, dass sie sich schminkte. Sie sagte ihm immer nur ungefähr, wo sie den Abend verbringen wollte, »Ich gehe mit Olga ins Kino«, »Wir sehen uns eine Revue an«, aber er hatte sie im Verdacht, dass sie an diesen Orten Dinge sah, die eine Frau ihrer Klasse nicht sehen sollte. Und was hieß hier überhaupt Abende! Anfangs, als diese in seinen Augen unglückselige Freundschaft begonnen hatte, da war sie noch vor Mitternacht wieder zurück gewesen. Aber in den letzten Wochen blieb sie nachts immer länger aus und kam oft erst im Morgengrauen nach Hause. Auch wenn sie getrennte Schlafräume hatten, so bemerkte er es doch.

An diesem Morgen kam Natascha gähnend, noch im Morgenmantel, ins Esszimmer. Es war ihr anzumerken, dass sie nicht viel geschlafen hatte. Überrascht sah sie Konstantin an seinem Platz am Tisch sitzen, vor sich wie üblich einen zerlesenen Stapel Zeitungen, die meisten davon in russischer Sprache.

»Oh, guten Morgen, bist du heute nicht im Büro?«, fragte sie ihn gut gelaunt. »Heute ist doch Montag, ich denke, ihr habt Redaktionssitzung?«

Seit zwei Jahren war Konstantin Teilhaber der *Russischen Nachrichten*, einer antibolschewistischen Wochenzeitung, die auf Russisch in Paris erschien. Natascha war eine große Last von den Schultern genommen, als Fürst Kaminski ihn gedrängt hatte, in das Blatt zu investieren und sich auch als Herausgeber zu betätigen. Dieses eine Mal war sie dem Fürsten dankbar. Es war höchste Zeit gewesen, dass Kostja eine Aufgabe bekam, die ihn von den ewigen, fruchtlosen Grübeleien über das eigene Schicksal abhielt. Natascha musste oft daran denken, dass ihre Befürchtungen während jener denkwürdigen Zugfahrt durch Russland sich bewahrheitet hatten: Konstantin hatte sich tatsächlich als unfähig erwiesen, sich in dem neuen Land, in dem neuen Leben zurechtzufinden. Er war viel älter gewesen als sie, als sie die Heimat verlassen hatten, er hatte seinen Platz im Leben bereits gefunden, während sie den ihren noch gesucht hatte. Im Gegensatz zu ihr weigerte sich Konstantin nach wie vor, die Möglichkeit des Bleibens auch nur in Betracht zu ziehen, und aus diesem Grund hielt er an allem fest, was russisch war, und war geradezu ängstlich darum bemüht, allem Französischen aus dem Weg zu gehen. Diese Geisteshaltung machte ihn zu einem Fremden. Richtig wohl fühlte er sich nur in Gesellschaft anderer Russen, doch er musste zugeben, dass es mit der Zeit immer weniger wurden, die sich ebenso unnachgiebig sträubten, Frankreich als Heimat anzusehen.

Über den während der Exiljahre immer aufs Neue zerstobenen Hoffnungen auf Rückkehr war er älter geworden – und von einer naiven Hilflosigkeit, die manchmal in blinde Wut auf das Schicksal umschlug und Natascha mit Angst und Mitleid erfüllte. Die Gedanken und Diskussionen der Exilrussen drehten sich schon seit Jahren im Kreise, und Konstantins Selbstverständnis hatte an den immer wieder enttäuschten Hoffnungen schweren Schaden genommen, der in die gefährliche Nähe einer Depression rückte. In den elf Jahren, die sein Exil mittlerweile dauerte, war er melancholisch und mutlos geworden. Seit er jedoch die Zeitung leitete, hatte er eine neue Aufgabe gefunden, und seine Stimmung hob sich.

»Würdest du mir zuhören, bitte? Ich habe nämlich eine Unterhaltung mit dir zu führen«, sagte er gerade und riss sie aus ihren Gedanken.

»So? Worüber denn?«, fragte sie leichthin.

»Darüber, in welcher Gesellschaft du dich sehen lässt. Gestern Abend erhielt ich einen Anruf von Fürst Kaminski. Er hat dich an einem höchst zweifelhaften Ort gesehen, in Begleitung einer Frau, die einen ebenso zweifelhaften Eindruck auf ihn gemacht hat. Er sagt, ihr hättet getrunken und diese modernen Tänze getanzt. Außerdem missbillige ich generell deine neue Neigung zum Rauchen. Und noch ein Letztes: Fürstin Mirowa hat dich auf ihrem Empfang gestern schmerzlich vermisst – wie so oft«, fügte er mit eisiger Miene hinzu.

Natascha fühlte sich ertappt. Sie hatte gehofft, ihr Leben an Konstantins Seite und das andere, das sie nachts führte, voneinander trennen zu können, dabei aber immer gewusst, dass es irgendwann zu Komplikationen kommen musste.

»Wie hat er mich denn sehen können? Dann muss er ja selber dort gewesen sein?«, gab sie etwas hilflos zur Antwort. »Und ich nehme natürlich an, dass er mich nicht verpetzen wollte, sondern es nur gut gemeint hat.« Gleich darauf ärgerte sie sich über sich selbst. Sie hatte mit Trotz reagiert wie ein kleines Kind. Kein Wunder, dass Konstantin sie genau dafür hielt.

»Du wagst es …! Würdest du vielleicht die Güte haben und einen Moment an meine gesellschaftliche Stellung denken? Ich tue mein Mögliches, um für uns Zutritt zu den richtigen Kreisen zu bekommen, und du zerstörst das alles mit deiner grenzenlosen Vergnügungssucht!«

»Aber du sagst mir doch immer, ich solle mich amüsieren. Eine andere Beschäftigung billigst du mir doch nicht zu. Wenn ich mich in eure Politik mische, ist dir das nicht recht, und wenn ich nur den Gedanken an eine berufliche Tätigkeit äußere, regst du dich auf.«

Er hob abwehrend die Hände: »Bitte, Natascha, fang nicht wieder davon an. Du weißt, ich halte nichts von diesen modernen Dingen. In unserer Ehe wollen wir es doch wie bisher so halten, dass ich als dein Mann dafür sorge, dass Geld ins Haus kommt. Sei doch froh, dass du es nicht nötig hast zu arbeiten. Und selbstverständlich sollst du dich amüsieren, aber nicht mit dieser Person. Halte dich doch an unsere Leute.«

»Genau das tue ich. Olga ist Russin, genau wie wir.«

»Sie ist kein Umgang für dich, liederlich und zügellos. Und sie ist Jüdin«, entgegnete er knapp. Damit war für ihn alles gesagt. Ohne ein weiteres Wort schob er seine Zeitungen zusammen und ging in sein Arbeitszimmer.

Natascha blieb die Antwort im Halse stecken.

Als Konstantin gegangen war, rührte sie in ihrem Tee und grübelte. Hatte er vielleicht recht? Schadete sie ihm mit ihrem Verhalten? Aber was tat sie denn schon? Sie ging tanzen, na und? Sie hatte weder Liebhaber noch benahm sie sich ungehörig in der Öffentlichkeit. Sie versuchte doch nur, ein wenig Spaß zu haben, so wie alle anderen. Konstantin war wirklich zu konservativ! Wenn er sich etwas mehr mit der französischen Gesellschaft beschäftigen und seine Zeit nicht nur mit seinen Russen verbringen würde, dann hätte er längst merken müssen, dass eine neue Zeit angebrochen war, in der viele seiner althergebrachten Traditionen nicht mehr galten. Allein schon die gestelzte Art und Weise, in der er mit ihr redete. Schon wieder ärgerte sie sich über seine väterliche Überheblichkeit.

Aber er hatte noch etwas gesagt. Sie zog den dünnen Morgenmantel enger um die Schultern, weil ihr plötzlich kalt war. Die Bemerkung, dass Olga Jüdin sei, erschreckte sie zutiefst. Was hatte das zu bedeuten? Sie war in letzter Zeit immer mal wieder auf einen widerlichen oder verdächtigen Artikel gestoßen. Seitdem der Antisemitismus in Deutschland eine Renaissance erlebte, mehrten sich judenfeindliche Stimmen auch in der französischen Presse. In ganz Europa fanden sich Politiker und »Wissenschaftler«, die auf dieser Welle schwammen. Auch in Konstantins Zeitung waren Artikel erschienen, die sich mit der »Judenfrage« beschäftigten. Sie hatte mit Olga darüber sprechen wollen, aber die hatte nur gelacht und gesagt, solche Dummheiten müsse man für das hohe Gut der Pressefreiheit hinnehmen, und so war auch Natascha nicht weiter beunruhigt gewesen. Aber hörte man nicht von der Sorbonne, dass rechtsgerichtete Studenten die Vorlesungen jüdischer Professoren störten? Natascha machte sich Sorgen um ihre Freundin, und sie nahm sich vor, etwas vorsichtiger zu sein. Aber unter gar keinen Umständen würde sie sich den Umgang mit Olga verbieten lassen.

Kapitel 16

Am Tag nach dieser hässlichen Auseinandersetzung fuhren Olga und Henri für drei Wochen in die Ferien. In dieser Zeit blieb Natascha zu Hause und spielte die brave Ehefrau. Zwischen ihr und ihrem Mann herrschte eine Art Waffenstillstand. Sie erwähnten die Themen nicht, über die sie regelmäßig in Streit gerieten, also sprachen sie weder über eine Rückkehr nach Russland noch über Olga, weder über Fürst Kaminski und seine Pläne noch über Nataschas Wunsch, einen Beruf zu ergreifen. Und so blieb ihnen außer Belanglosigkeiten und dem neuesten Klatsch nicht viel, über das sich zu reden lohnte. Einige Male gingen sie aus. Sie verbrachten einen Abend im Restaurant und einen anderen im Theater. Ihr zuliebe begleitete er sie sogar ins Kino, doch er fand kein Vergnügen daran, das sah sie ihm an.

Um die Gemüter zu beschwichtigen, ließ sie sich auch wieder bei Fürstin Mirowa blicken. Die üblichen Damen waren anwesend, und als Natascha den Raum betrat, drehten sich alle neugierig nach ihr um. Die Plaudereien über das Wetter, die Unzuverlässigkeit der Dienstboten oder die letzte Soiree verstummten, als die Gastgeberin sich besonders ausführlich dafür bedankte, dass Natascha wieder einmal die Zeit gefunden habe, sie mit ihrer Anwesenheit zu beehren.

Unter den abschätzenden Blicken der Damen nahm Natascha Platz und stellte mit einer leisen Befriedigung fest, dass sie sich insgeheim über die Farbe ihres Kostüms aufregten.

Natascha machte höflich Konversation, obwohl sie sich über die spitzen Bemerkungen der anderen ärgerte, die sie mehr als einmal fragten, warum sie sich so lange nicht habe sehen lassen, ob sie vielleicht leidend gewesen sei? Natascha erklärte gerade der tugendseligen Jerofina Tuschkina, dass sie sich in der Tat in den letzten Wochen gesundheitlich etwas angeschlagen gefühlt hätte und zudem mit anderen, unaufschiebbaren Dingen beschäftigt gewesen sei.

»So, womit denn?«, fragte die Tuschkina lauernd.

Natascha suchte noch nach einer halbwegs glaubwürdigen Antwort, als die beiden Mikulinas wild gestikulierend in den Salon platzten. Sie hätte nicht für möglich gehalten, dass sie den beiden Schwestern einmal dankbar sein würde, weil sie sie aus einer heiklen Situation retteten.

»Stellen Sie sich vor, schon wieder hat es eine aus unseren Reihen dahingerafft!« Über ihrem Triumph, als Erste die Neuigkeit verkünden zu können, vergaßen die Schwestern sogar, die Anwesenden zu begrüßen.

Sofort verstummten die Gespräche, und alle sahen die Schwestern erwartungsvoll an, die nun eine bedeutungsvolle Pause machten, um die Spannung zu heben.

»Nun sagen Sie schon, wer gestorben ist«, forderte Fürstin Mirowa sie mit ihrer ganzen Autorität auf.

Iwana Mikulina holte tief Luft und sagte: »Anna Nikolajewna, stellen Sie sich vor! Man hatte mehrfach bei ihr geklingelt und schließlich den Concierge gerufen, der die Tür aufgebrochen hat. Jeder wusste doch, dass sie nie ausging, weil sie Angst vor einem Attentat hatte, die Ärmste.«

Als alle schwiegen, fügte sie hastig hinzu: »Niemand weiß genau, wann sie gestorben ist, aber es muss schon einige Tage her sein, dem Geruch nach zu urteilen.«

»Anna Nikolajewna?«, fragte Natascha lahm. Sie hatte die alte Dame aus dem Hochparterre für ihren Geltungsdrang immer ein wenig belächelt, aber die Gräfin hatte ihr nie etwas

Böses getan. Sie versuchte, sich den einsamen Tod der Gräfin vorzustellen, und bei dem Gedanken wurde ihr kalt.

»Ja, meine Liebe, die gute Anna. Wieder eine weniger, die noch die Ideale des alten Russland hochgehalten hat.« Dies sagte die kuhäugige Mikulina, wobei sie Natascha einen bedeutungsvollen Blick zuwarf.

»Wie darf ich das verstehen?«, fragte sie scharf.

»Oh, ich habe gar nicht Sie gemeint, oder haben Sie einen Grund, meine Bemerkung auf sich zu beziehen?«, fragte sie mit einem beifallheischenden Blick in die Runde zurück.

»Schluss damit!« Das war die ungeduldige Stimme der Fürstin. »Jetzt ist nicht die Zeit, um zu streiten. Die Gräfin hatte keine Familie, also werden wir uns um die Beerdigung kümmern. Das sind wir einer der Unseren schuldig.«

Die Trauerfeierlichkeiten fanden eine Woche später statt. Auf dem Friedhof Père Lachaise hatten sich trotz des peitschenden Regens einige Dutzend Trauergäste eingefunden, die dem großen, mit weißen und roten Nelken geschmückten Sarg folgten, während sie versuchten, sich gleichzeitig möglichst tief in ihre Mäntel zu verkriechen und ihre Regenschirme festzuhalten, unter die der Wind fuhr. Natascha und Konstantin gingen dicht hinter dem Katafalk. Weil es keine Angehörigen gab, hatte man ihnen wie selbstverständlich die Rolle der besonders Nahestehenden zugewiesen. Nachdem der Sarg in die Erde gelassen war, blieben sie am offenen Grab stehen und ließen die anderen kondolieren.

Mit einem leichten Kopfnicken grüßte Natascha die Fürstin Mirowa und die Schwestern Mikulina, denen die übrigen Damen der Teegesellschaft mit ihren Ehegatten, soweit sie welche hatten, folgten. Die Trauergäste blieben kurz vor dem Grab stehen, um Abschied zu nehmen.

Natascha hätte zu gern gewusst, was ihnen in diesem Moment der Besinnung durch den Kopf ging. War nicht eine Beerdigung, die Anteilnahme am Tod eines Menschen, immer auch der Moment, wo man sich unwillkürlich oder gewollt Gedanken über das eigene Leben machte? Darüber, ob man im Frieden mit sich selbst scheiden würde, wenn es zu Ende ginge? Musste man sich nicht vor einem offenen Grab befragen, ob die Ziele, die man sich für das eigene Erdendasein vorgenommen hatte, auch erreicht waren? Ob man glücklich geworden war?

Die Trauergemeinde bestand bis auf die Concierge-Familie aus Russen. Fast alle hatten den Zenit ihres Lebens überschritten, ganz junge Leute suchte man vergebens. Viele waren teuer und elegant gekleidet, aber – und diese Beobachtung hatte Natascha in den letzten Jahren immer wieder bei Gelegenheiten wie einer Beerdigung gemacht – es gab immer mehr von jenen, an deren abgetragener Garderobe und fehlendem Schmuck man diejenigen erkennen konnte, deren Reichtum nur noch Vergangenheit war. Viele Emigranten hatten in Paris einen extravaganten Lebensstil aufrechterhalten, ohne zu bedenken, dass der größte Teil ihres Vermögens in Russland geblieben war. Unfähig, anderswo als in der engen Symbiose zum Zarenhof Geschäfte zu machen, und in der trügerischen Hoffnung, bald wieder die alten Titel in Besitz nehmen zu können, hatten sie nicht bemerkt, wie ihnen das Geld durch die Finger rann. Nun gehörten sie zu den Deklassierten und bemühten sich ängstlich, blank gescheuerte Ellenbogen und ausgetretene Schuhe zu verbergen, während die anderen so taten, als bemerkten sie es nicht.

Die Gräfin hatte bis zuletzt sorgenfrei gelebt und viele andere finanziell unterstützt, die jetzt in tiefer Verzweiflung von ihr Abschied nahmen. Zu diesen gehörte sicherlich auch der Mann um die vierzig, der gerade ans Grab trat. Er war dünn und in einem zu kurzen Mantel, und Natascha hörte, wie er leise flüsterte: »Sie waren meine ganze Hoffnung, Anna Nikolajewna. Möge Gott Sie gnädig aufnehmen, und möge er mir zur Seite stehen bei dem, was ich jetzt tun muss.«

Natascha fragte sich, was er damit meinen könnte. Sie befürchtete, dass er zu den Fanatikern gehörte, die im Auftrag der Gräfin in die alte Heimat fuhren, um dort als Kundschafter oder Provokateure zu fungieren. Viele von ihnen kehrten nie zurück.

»Guten Tag, Natascha Maximilianowna. Was für ein trauriger Anlass für ein Wiedersehen«, hörte Natascha neben sich sagen. Als sie sich umdrehte, hatte sie Viktoria Tscherbaliefa vor sich.

Sie freute sich aufrichtig über die Begegnung, denn seit die Tscherbaliefs vor mehr als zwei Jahren aus dem Haus in der Rue des Acacias ausgezogen war, hatten sie sich nicht mehr gesehen. Sie hätte gern erfahren, wie es ihnen ging, aber da kamen schon die nächsten Trauergäste nach.

»Wenn Sie noch etwas Zeit haben, dann warten Sie doch bitte auf mich, am Hauptausgang«, sagte sie rasch, bevor sie dem früheren stellvertretenden Direktor der Kiewer Handelsbank die Hand reichte, der in einer angestaubten Pelzschapka vor ihr stand und eine steife Verbeugung machte.

Nach einer weiteren Viertelstunde war das Defilee der Trauernden vorüber. Natascha wollte Konstantin am Arm nehmen und mit ihm hinter den anderen her zum Ausgang gehen, doch er machte sich los.

»Ich habe noch etwas zu bereden. Mit Fürst Kaminski. Es geht um einen Artikel für die Zeitung. Geh du doch schon voraus. Wir sehen uns dann zu Hause.«

Mit diesen Worten drehte er sich um und folgte eilig dem Fürsten und dem dünnen Mann, die heftig gestikulierend eine breite Allee in die entgegengesetzte Richtung hinuntergingen. Natascha hatte ein ungutes Gefühl, als sie die drei beisammen sah.

Die Trauergäste waren in verschiedene Richtungen auseinandergegangen, je nachdem, welchen Ausgang sie nehmen wollten, und Natascha wandte sich in Richtung des Haupttores. Als sie durch das Tor auf den Boulevard de Ménilmontant hinaustrat, schlug ihr der Lärm des Verkehrs entgegen, der ihr nach der Stille des Friedhofs noch lauter vorkam. Der Wind pfiff hier, jenseits der schützenden Mauern, noch durchdringender als drinnen. Die Cafés auf der gegenüberliegenden Seite des Boulevards hatten Stühle und Tische schon vor Wochen hereingeholt, stattdessen wehte der Wind den Duft von heißen Maronen über die Trottoirs.

Natascha sah sich suchend um, dann entdeckte sie Viktoria Tscherbaliefa, die frierend vor einem Café stand. Sie winkte ihr zu und überquerte die Straße.

»Kommen Sie, wir wärmen uns drinnen auf.«

»Das hätte ich schon längst getan, aber ich hatte gefürchtet, dass wir uns dann verpassen würden«, sagte Viktoria. »Außerdem sind wir schließlich Russen, uns kann doch so eine kleine Kälte nichts anhaben.«

Zehn Minuten später saßen sie sich bei einem Tee gegenüber, ihre Glieder erwärmten sich in dem überheizten Saal, und sie beobachteten die Menschen, die draußen gegen den unbarmherzigen Wind kämpften.

»Puh, was für ein ungemütliches Wetter. Warum finden Beerdigungen eigentlich nie bei Sonnenschein statt? Als wenn der Himmel mit den Trauernden weinen würde. Aber erzählen Sie mir von sich. Wie geht es Ihnen?« Natascha sah Viktoria erwartungsvoll an. »Ich habe Sie und Ihre Schwester vermisst, seitdem Sie nicht mehr in der Rue des Acacias wohnen. Was ist in der Zwischenzeit aus Ihnen geworden? Warum haben Sie nie ein Lebenszeichen von sich gegeben?« Ein leiser Vorwurf schwang in ihrer Stimme mit.

»Wissen Sie denn nicht, was damals passiert ist?«, fragte Viktoria leise.

»Doch, natürlich erinnere ich mich«, sagte Natascha. Vor zwei Jahren, es musste auch im November gewesen sein, hatte sie die Nachricht vom Selbstmord des alten Tscherbalief erreicht. Es war natürlich nicht der erste Freitod unter den Russen. Mehr als einer hatte seinem Leben in der Fremde voller Verzweiflung ein Ende gesetzt.

»Sein Selbstmord war schon schlimm genug. Er hat unserem Ruf jedoch nicht so sehr geschadet wie die Tatsache, dass wir uns das Geld für die Bestattung leihen mussten. Das konnten uns diese vornehmen Leute nicht verzeihen. Wissen Sie, sich umzubringen gilt in diesen Kreisen als vornehm und aristokratisch. Dass man damit eine Familie zurücklässt, in unserem Fall eine mittellose, das wird gern übersehen.« Viktorias Stimme klang bitter. »Auf jeden Fall kam aus der russischen Gemeinde keinerlei Hilfe. Im Gegenteil.«

»Oh«, sagte Natascha leise. »Dieser Vorwurf trifft auch mich. Es tut mir leid.«

»Ich bin Ihnen nicht böse«, sagte Viktoria. Mit einem Ruck setzte sie sich aufrecht hin. »Als mein Vater tot war, erfuhren wir, dass er hier und dort Schulden gemacht hatte, die man nun von uns zurückforderte. Es war unmöglich, die große Wohnung zu halten, also sind wir ausgezogen. Wir wohnen jetzt auf der anderen Seite des Boulevards, wesentlich bescheidener.«

»Sie meinen sich, Ihre Schwester und Ihre Mutter?«

»Nein, Elena hat letztes Jahr geheiratet. Einen Schuhmacher. Sie sind sehr verliebt. Er hat seinen Laden gar nicht weit von hier, in der Nähe der Bastille, und dort wohnen sie auch. In zwei Monaten kommt ihr Kind auf die Welt.«

»Und Sie? Ich meine, sind Sie verheiratet?«

Viktoria verneinte wieder. »Ich lebe mit Mutter zusammen. Sie war nie die Kräftigste, und seit dem Tod von Papa geht es ihr nicht besonders gut. Ihr Herz will nicht mehr recht, und sie kann kaum noch sehen. Der soziale Abstieg macht ihr mehr zu schaffen, als sie zugeben würde. Es war nicht ganz einfach für sie, aus einem Fünfzimmer-Appartement mit Dienstboten in eine kleine, dunkle Wohnung zu ziehen, aber sie hat sich ganz gut arrangiert.«

Viktoria lachte kurz auf. »Sie ist sogar eine ganz passable Köchin geworden, was niemand für möglich gehalten hätte. Aber es hat sie sehr getroffen, dass fast alle früheren Bekannten sich von uns abgewendet haben. Und sie hätte es wohl zu gern gesehen, wenn wir beide eine gute Partie machen. In diesen Dingen ist sie sehr altmodisch.«

»Wie kommen Sie mit Ihrer neuen Situation zurecht?«, wollte Natascha wissen.

Viktoria sah ihr offen ins Gesicht. »Sie werden es nicht glauben, und vor zwei Jahren hätte ich das selber nicht für möglich gehalten, aber ich bin froh, dass alles so gekommen ist. Ich meine natürlich nicht Papas Tod, aber alles, was danach kam. Für mich war es ein Glück. Sehen Sie, heute arbeite ich, verdiene mein eigenes Geld und kann sogar noch für meine Mutter sorgen. Na ja, ein bisschen mehr könnte es schon sein«, fügte sie mit einem Lachen hinzu.

»Was arbeiten Sie?«, fragte Natascha, die plötzlich sehr neugierig geworden war.

»Ich bin Verkäuferin in einem kleinen Laden in Passy. Dorthin kommen viele Russen, und die *Patronne* meinte, eine russisch sprechende Verkäuferin könnte den Umsatz heben.«

»Und was wird dort verkauft?«

»Oh, alles, was die Damen so benötigen. Dessous und Blusen, aber auch Stickereien und Schnittmuster. Und manchmal arbeite ich abends als Zigarettengirl im *Pelican*. Ich habe Sie übrigens dort einmal gesehen.« Sie machte eine kleine Pause, aber Natascha sagte nichts dazu. »Aber nun erzählen Sie von sich. Ihr Mann hat eine Zeitung gegründet, wie ich erfahren habe. Dort habe ich auch vom Tod Anna Nikolajewnas gelesen. Mutter kauft das Blatt, weil es Familiennachrichten aus der russischen Gemeinde bringt. Besonders die Todesanzeigen interessieren sie.«

»Es ist nicht seine Zeitung. Er ist einer der Teilhaber. Ich bin heilfroh, dass er dort eine Aufgabe hat. Stellen Sie sich vor, er kann sich immer noch nicht damit abfinden, nicht mehr in Russland zu sein, und träumt jeden Tag von einer Rückkehr.«

Viktoria rührte in ihrem Tee. »Ja, die Männer tun sich da entschieden schwerer als wir. Ist Ihnen schon aufgefallen, dass es immer die Männer sind, die sich umbringen? Weil sie mit dem Leben in der Emigration nicht zurechtkommen, weil sie ihren sozialen Status verloren haben, ihren Reichtum, weil sie ihrem angestammten Beruf nicht mehr nachgehen können ...«

»Da haben Sie recht«, antwortete Natascha. »Konstantin hat es in all den Jahren nicht gelernt, die Sprache zu sprechen. Sein Französisch ist mehr schlecht als recht. Und die ersten Jahre hier in Paris hat er praktisch nichts getan, außer mit den anderen Russen endlos über Politik zu reden. Wenn er nicht sein Vermögen aus Russland transferiert hätte, wären wir auch schon längst bankrott.«

»Das kommt mir bekannt vor. Meinem Vater wäre es fast gelungen, uns mit in seinen Abgrund zu ziehen. Er hat die letzten Monate vor seinem Tod fast täglich davon gesprochen, wie hoffnungslos unser Dasein sei. Er hätte es beinahe geschafft, auch uns die Freude am Leben zu nehmen. Ich hatte manchmal geradezu ein schlechtes Gewissen, wenn ich mich über irgendetwas freute, einen sonnigen Tag oder ein Lächeln von einem Unbekannten. Eigentlich war ich nämlich von Anfang an sehr neugierig auf diese Stadt.« Sie machte eine kleine Pause. »Und jetzt freue ich mich, dass ich in Paris lebe, und ich genieße es. Ich habe einfach gelernt, der Situation das Beste abzugewinnen. Und es bereitet mir eine echte Genugtuung, mein eigener Herr zu sein und sogar noch meine Mutter durchzubringen.«

An Viktorias zufriedenem Lächeln sah Natascha, dass sie die Wahrheit sagte.

Dann fragte Viktoria: »Und was treiben Sie so?«

Die Frage hatte Natascha fast befürchtet. Sie wusste nicht recht, was sie antworten sollte. Die Frage, was sie eigentlich so trieb, beschäftigte sie ja selber häufiger, als ihr lieb war. Und die Beerdigung der Gräfin war wieder so eine Gelegenheit gewesen. Plötzlich erschien ihr die Art, in der Viktoria ihr Leben anpackte, beneidenswert, weil sie Mut und Selbständigkeit bewies, und das sagte sie auch.

»Oh, es ist nicht immer ganz so leicht und schön, wie es aussieht«, sagte sie ruhig. »Manchmal wünsche ich mir nichts mehr als einen Mann, der für mich sorgt.«

»Warum wollen wir nur immer genau das besitzen, was wir gerade nicht haben?«, fragte Natascha.

Sie war an diesem Tag sehr nachdenklich nach Hause gekommen. Sie und Viktoria hatten noch einige Zeit beisammengesessen und einander in einer plötzlichen Vertrautheit ihr Herz ausgeschüttet. Natascha fühlte sich nach dem Gespräch seltsamerweise gestärkt, obwohl es ihr noch einmal deutlich gemacht hatte, was sie schon seit längerer Zeit selber immer deutlicher spürte. Ihr Leben bestand im Grunde aus durchtanzten Nächten mit Olga und aus Langeweile und Damenkränzchen, wenn ihre Freundin nicht in Paris war. Alle diejenigen Frauen, die sie bewunderte und die ihre Freundinnen waren, führten ein berufliches Leben und standen auf eigenen Füßen. Etwas musste sich ändern.

Kapitel 17

Natascha und Nina saßen sich immer noch in Nataschas Wohnzimmer gegenüber, und mittlerweile war es früher Abend geworden.

»Weißt du«, sagte die alte Dame gerade, »Paris war damals wirklich so etwas wie die Hauptstadt der Welt, was die Künste und die Avantgarde betraf. Wenn man in den richtigen Vierteln spazieren ging, etwa am Montmartre oder, mehr noch, am Montparnasse auf dem linken Seineufer, und an den berühmten Künstlercafés am Boulevard Saint-Germain vorbeiflanierte, dann begegnete man mit etwas Glück den berühmten Dichtern und Malern, die hier ihre angestammten Plätze hatten. Einmal, als ich in der *Closerie des Lilas* einen Kaffee getrunken habe, hörte ich aus einer Ecke des Lokals russische Stimmen und sah dort Modigliani, Max Jacob und Ilja Ehrenburg sitzen. Und dass ich Proust manchmal im Park in der Nähe unseres Hauses gesehen habe, habe ich dir schon erzählt.

Aber natürlich kamen auch ganz normale Menschen aus aller Herren Länder – solche wie wir oder weniger betuchte –, die von dieser großzügigen Stadt bereitwillig aufgenommen wurden und durch ihre Arbeit wiederum dazu beitrugen, dass sie so berühmt wurde und wie ein Magnet weitere Menschen anzog. Und es kamen viele Juden, die in ihren Heimatländern verfolgt und diskriminiert wurden. In Vierteln wie Belleville oder dem Marais, das gegenüber von Notre-Dame liegt und damals noch ärmlich und schmutzig war, konnte man den Orthodoxen begegnen, die meisten von ihnen arme Schlucker. Die Freizügigkeit den Juden gegenüber stammte schon aus den Zeiten der Französischen Revolution. Schließlich war Frankreich das erste Land, das 1791 den Juden gleiche Rechte verschaffte. Dafür liebten sie dieses Land, und sein Ruhm sprach sich bis ins letzte Schtetl herum.

Für mich war damals aber eine andere Gruppe von Emigranten wichtig. Ich meine die Frauen, die Schriftstellerinnen und Journalistinnen, Buchhändlerinnen und Malerinnen, die aus Amerika, England und auch aus Russland nach Paris kamen, um hier zu leben, wie es ihnen gefiel – das schloss in vielen Fällen auch die Liebe zu anderen Frauen ein –, und vor allen Dingen, um hier ungestört ihren Beruf auszuüben und mit etwas Glück berühmt zu werden. Ich bin oft um die Buchhandlung von Adrienne Monnier am Odéon herumgeschlichen, und einmal habe ich dort Gisèle Freund gesehen, die mit ihren Fotoapparaten hineinging.«

»Du meinst die Fotografin, die all die berühmten Schriftsteller abgelichtet hat? Hast du mit ihr gesprochen?«

»Nein, dazu fehlte mir der Mut. Ich hätte nicht gewusst, was ich sagen sollte. Nur zu einigen von ihnen, die Modedesignerinnen waren, hatte ich über Olga Kontakt. Alle diese Künstlerinnen waren ein leuchtendes Vorbild für mich, und ich verfolgte genau, was sie taten. Man las häufig über sie, meistens Klatsch und Tratsch, denn dafür gab ihr unkonventioneller Lebenswandel natürlich viel her. Konstantin wäre zutiefst entsetzt gewesen, hätte er geahnt, wie groß meine Bewunderung für sie war. Manchmal machte ich mir vor, sozusagen auf ihren Spuren zu wandeln, wenn ich mit Olga die Nächte durchfeierte. Aber diese Frauen haben tagsüber hart gearbeitet, und viele haben ein wichtiges Lebenswerk hinterlassen. Davon war ich damals Lichtjahre entfernt.«

»Ich glaube, ich hätte gern zu dieser Zeit gelebt«, sagte Nina. »Sagt man nicht genau dieselbe Weltoffenheit auch dem Berlin der Zwanzigerjahre nach?«

»Mag sein, dass Berlin für eine kurze Zeit eine ebensolche Blüte erlebte. Aber ich glaube, dass die Deutschen immer ein wenig zu preußisch waren und dass Berlin diese nonchalante Großzügigkeit fehlte, die Toleranz und der Charme, die für Paris geradezu sprichwörtlich waren. Und als der Aufstieg der Hitlerpartei begann, wurde die Luft in Deutschland schnell dünner. Die Menschen kamen ja bereits lange vor 1933 von Berlin nach Paris. Ich kannte viele Russen, die aufs Neue emigrierten. Von Moskau oder Petersburg nach Berlin, und von dort einige Jahre später nach Paris.«

Natascha lehnte sich in ihrem Sessel zurück und schwieg. Nina sah ihr an, dass sie in Gedanken irgendwo im Paris der Dreißigerjahre war. Sie hätte ihr noch stundenlang zuhören können, aber sie war müde, und sie wollte auch Natascha Ruhe gönnen. Sie begann, rasch das Durcheinander an Zeitungen und Fotos zu beseitigen, dann richtete sie ein kleines Abendbrot für ihre Großmutter, die bereits den Fernseher angeschaltet hatte und auf die Tagesschau wartete, ein tägliches Ritual, das Nina schon aus Kindertagen kannte. Dabei durfte man sie nicht stören. Nina wünschte ihr einen schönen Abend und machte sich auf den Heimweg.

Zu Hause angekommen, wanderte sie durch die Räume. Eine seltsame Unruhe hatte sie ergriffen, die ihr sonst fremd war. Sie fragte sich, wo Ben jetzt sein mochte. Ob er bereits bei seiner Frau daheim war? Ob er an sie dachte? Wie gern hätte sie auch diesen Abend mit ihm verbracht, so voller Lachen und interessanter Gespräche wie der gestrige. Oder sie wäre gern in einen Club oder ins Theater gegangen, um sich ein wenig wie Natascha in ihrer wilden Zeit zu fühlen. Aber was tat sie stattdessen? Hockte am Samstagabend allein zu Hause, es war einfach zu blöd!

Sie entschloss sich, Malou anzurufen und sie zu fragen, ob sie etwas mit ihr unternehmen wollte. Während sie die Nummer wählte, trat sie ans Fenster und sah hinaus.

Langsam ließ sie den Hörer sinken. Das war doch nicht möglich! Er müsste doch längst in Amerika sein? Aber es gab keinen Zweifel, der Mann, der von der anderen Straßenseite auf das Haus zukam, war Benjamin. Sie hätte seine Haltung, seinen Gang in dem langen Mantel aus allen anderen herausgekannt.

Ein wunderbares Glücksgefühl durchströmte sie. Sie legte auf und rannte zur Tür. Er klingelte, und während sie ihn im Treppenhaus näher kommen hörte, warf sie einen schnellen Blick in den Spiegel und fuhr sich mit der Hand durchs Haar. Ihr Herz klopfte und ihre Wangen waren leicht gerötet, als sie die Tür aufriss.

»Ich habe dich schon unten auf der Straße kommen sehen. Aber ... Wie kommst du hierher? Dein Flugzeug ging doch heute Morgen? Hast du es verpasst?«

»Nein.« Seine Stimme klang beinahe zornig. »Ich konnte einfach noch nicht weg von hier – von dir. Als ich heute Morgen in mein Hotelzimmer gekommen bin, habe ich begonnen zu packen, aber ich habe schnell gemerkt, dass es keinen Sinn hatte.« Er nahm sie beim Arm, fast ein wenig hart, und zwang sie, ihm ins Gesicht zu sehen: »Nina, dies ist sehr wichtig für mich, und du kannst mir glauben, dass ich das zum ersten Mal in meinem Leben tue. Ich verstehe mich selbst nicht, aber ich muss mir über etwas klar werden. Ich muss wissen, ob es hier in Berlin etwas gibt, das mich festhält und mich zwingt zurückzukommen.«

Nina spürte, wie ernst es ihm war, und sie wollte Zeit gewinnen. »Komm, wir gehen in die Küche. Ich mache uns etwas zu essen, dabei können wir reden.«

Wenige Augenblicke später standen sie sich gegenüber, jeder ein Glas Wein in der Hand.

»Magst du schon wieder italienische Küche?«, fragte sie Benjamin. »Ich könnte Spaghetti mit Champignons in Trüffelsahne und frischen Parmesan anbieten.« Als er kurz nickte, fuhr sie fort: »Wie hast du mich überhaupt gefunden?«

Er lachte, während er die Schubladen auf der Suche nach einem Küchenmesser aufzog. »Weißt du, dass es fünf Nina Kolzins in und um Berlin gibt? Ich habe bei jeder einzelnen vor der Tür gestanden oder angerufen. Auch hier war ich heute Nachmittag schon einmal, aber es war niemand zu Hause. Ich bin beinahe verrückt geworden. Und jetzt bist du da«, fügte er mit einer Stimme hinzu, die samtweich war. Er kam auf sie zu, und Nina fühlte eine unbekannte Schwäche in der Kniegegend. Er nahm eine Strähne ihres Haars und legte sie zärtlich hinter ihr Ohr, dann hob er ihr Gesicht an und wollte sie küssen. Abrupt wandte Nina sich ab.

»Du hättest im Laden vorbeikommen können«, sagte sie. »Ich war den ganzen Vormittag dort.«

»Heute Morgen habe ich noch mit mir gerungen, ob ich wirklich nach dir suchen und dich wiedersehen soll. Ich mache so etwas nämlich wirklich nicht jeden Tag. Ich musste erst darüber nachdenken, auf was für eine Geschichte ich mich einlasse.«

»Und was habe ich damit zu tun, ob du noch mal nach Berlin kommst oder nicht?«, fragte sie ungeduldig weiter. Es sollte leichthin klingen. Sie sah ihn bei der Frage auch nicht an, sondern tat, als würden die Champignons ihre ganze Aufmerksamkeit beanspruchen.

»Stell dich nicht dumm. Wenn mich etwas nach Berlin ruft, dann bist du das.«

Nina bekam es mit der Angst. Sie hatte ihn schließlich nur einen Abend gesehen. Sicher, es war schön gewesen, sehr schön sogar, aber im Grunde kannte sie ihn doch gar nicht.

Bisher war alles nur ein Spiel gewesen, ohne Konsequenzen für sie, denn sie hatte gewusst, dass ihnen nur der eine Abend bleiben würde.

Das hatte sich ja nun grundlegend verändert. Sie hatte das Gefühl, als würde sich eine Schlinge um ihren Hals immer enger zusammenziehen und ihr die Luft nehmen. Sie ergriff die

Flucht nach vorn. »Und was ist mit deiner Frau? Du bist doch verheiratet, oder was hat der Ring an deinem Finger sonst zu bedeuten?«, fragte sie aggressiv.

Er überhörte den scharfen Unterton und reagierte völlig gelassen. »Ich bin verheiratet, seit zehn Jahren. Ich kann nicht einmal behaupten, dass meine Ehe unglücklich ist. Und genau deshalb bin ich ja in einer solchen Zwickmühle.«

»Habt ihr Kinder?«, fragte sie schnell dazwischen.

»Nein, leider nicht. Es hat nicht geklappt, was ich in den ersten Jahren sehr bedauert habe. Jetzt frage ich mich manchmal, ob es nicht besser so ist.«

»Warum?« Sie ahnte, was er sagen würde.

»Weil ich immer häufiger an Trennung denke.«

»Aha, das dachte ich mir«, sagte sie spitz.

Nun wurde er doch böse. Er legte das Messer und die Zwiebel zur Seite und sah ihr ins Gesicht, und sie traute sich nicht, die Augen abzuwenden. »Jetzt benimm dich doch nicht wie ein kleines Mädchen. Das bist du nicht, so gut kenne ich dich nämlich schon. Findest du nicht, dass wir beide alt genug sind, um wie erwachsene Menschen miteinander zu reden?« Er kam ganz dicht auf sie zu, und sie konnte die Zärtlichkeit in seinen Augen lesen. »Jetzt hör mir doch mal zu! Ja, ich habe mich in dich verliebt, bin aber jenseits des Atlantiks mit einer anderen Frau verheiratet. Keine ganz einfache Situation, findest du nicht? Ich habe mein Flugzeug verpasst, weil ich mir darüber klar werden will, was für Konsequenzen ich aus der Situation ziehen muss. Und du hast nur spitze Bemerkungen übrig.«

Nina wusste, dass das, was sie nun sagte, sie ins Unglück stürzen würde. Trotzdem sprach sie es aus.

»So, du glaubst also, dich verliebt zu haben, und natürlich erwartest du, dass es bei mir genauso ist. Was ist, wenn meine Gefühle für dich höchstens lauwarm sind? Vielleicht bin ich heute Abend mit einem anderen verabredet? Auch in meinem

Leben gibt es nämlich jemanden. Der gestrige Abend war ja ganz lustig, aber ich habe nicht auf dich gewartet!«

Sie biss sich auf die Lippen, als sie sah, wie er blass wurde. Ohne ein Wort nahm er seinen Mantel, der über der Stuhllehne hing, und ging zur Tür. Dort drehte er sich noch einmal um. »Entschuldige, dass ich dich belästigt habe. Es wird nicht wieder vorkommen.« Damit ging er.

Nina ließ sich auf einen Stuhl fallen und starrte fassungslos auf die Tür. Mit dem Handrücken wischte sie eine Träne von der Wange. Verdammte Zwiebel, dachte sie.

»Ich bin eine komplette Idiotin. Warum habe ich mich nur so unglaublich dumm benommen? Sag du es mir.«

Nina saß in ihrem roten Sessel und fischte ein neues Taschentuch aus der Packung. Ihre Nase war verquollen vom Weinen, und die Tränen hörten immer noch nicht auf zu laufen. Malou saß auf der Lehne und hatte ihr den Arm um die Schultern gelegt. Nachdem Nina sie angerufen hatte, war sie sofort gekommen. Vor lauter Schluchzen hatte sie zwar nicht verstanden, was eigentlich los war, aber dass ihre Freundin Hilfe brauchte, das war eindeutig. Mit Mühe hatte sie aus Nina herausgebracht, was geschehen war.

»Ach, Nina, du wirst es nie lernen. Warum kannst du nicht einfach ein bisschen Vertrauen in die Menschen haben und dich fallen lassen. Er wollte dich doch nicht gleich heiraten. Er wollte dich einfach nur besser kennenlernen und noch einige Stunden mit dir verbringen. Was ist so schlimm daran?«

Nina schniefte. »Ich habe geglaubt, er sieht in mir ein immer verfügbares Mädchen, wenn er ab und zu mal nach Berlin kommt. Und irgendwie hat mich meine scharfe Zunge geritten. Ich wollte ihn einfach provozieren, und wie du siehst, ist mir das vollkommen gelungen.«

»Gib's doch zu: Du wolltest sehen, wie weit du bei ihm gehen kannst. Wie weit du ihn brüskieren und beleidigen kannst, was er bereit ist, für dich zu tun, bevor er klein beigibt und sich verzieht.« Malou durfte das sagen, denn sie wusste, dass es die Wahrheit war. Sie hatte schon des Öfteren erlebt, wie Nina neue Bekanntschaften auf diese Weise in die Flucht geschlagen hatte. »Findest du nicht, dass du ihm Unrecht tust? Er hat schließlich einiges für dich gegeben, den Flug sausen lassen, dir seine Gefühle gebeichtet, er hat sich ziemlich ausgezogen vor dir. Und was ist von dir gekommen?«

»Nichts«, antwortete Nina kleinlaut. »Was soll ich denn jetzt nur machen?«

»Vielleicht gibst du für den Anfang mal zu, dass du eine panische Angst davor hast, dich zu binden.«

»Wieso? Stimmt doch gar nicht. Du vergisst, dass ich seit sieben Jahren mit Martin zusammen bin.«

Malou zuckte nur mit den Schultern. »Deine Beziehung zu Martin ist der beste Beweis für das, was ich sage. Du bist doch nur mit ihm zusammen, weil er dir im Grunde nicht viel bedeutet. Eigentlich hättest du ihn schon längst heiraten können.«

»Du meinst, weil er mir nicht mein Herz brechen kann, wenn er mich verlässt?«, fragte Nina.

»Jetzt hast du es erfasst.« Malou strich ihr über das Haar und berührte dabei leicht die Beule. Nina zuckte zusammen.

»Jetzt hast du mich schon wieder an Benjamin erinnert«, sagte sie, und ein neuer Schluchzer schüttelte sie.

Kapitel 18

Drei Wochen später war Olga zurück in Paris. Natascha hatte sich mit ihr auf der Terrasse der *Rotonde* am Montparnasse verabredet und beobachtete neidlos die bewundernden Blicke, die der Freundin folgten, als sie sich in ihrem katzenhaften Gang, den der dunkelblaue Hosenanzug mit den weiten Beinen noch betonte, ihren Weg zwischen den Tischen hindurchbahnte. Sie erschien Natascha vollkommen verändert, viel kräftiger als vorher, und ihre porzellanhafte Blässe war einer gesunden Bräune gewichen.

Olga beugte sich zu ihr hinunter, nahm sie bei den Schultern und küsste sie kraftvoll auf beide Wangen. »Ah, endlich einmal wieder ein echter russischer Bruderkuss, nicht diese hingehauchten Berührungen, als hätte man Angst vor einer ansteckenden Krankheit.«

Der Mann am Nebentisch, der Olga mit offenem Mund angestarrt hatte und dafür von seiner weiblichen Begleitung mit einem entrüsteten Puff in die Seite gestraft wurde, wandte sich abrupt ab.

Natascha kicherte. »Hör auf! Du hast schon genug Aufsehen erregt, und jetzt halten uns die Leute auch noch für ein Liebespaar.«

»Na und?«, fragte Olga mit einem provozierenden Blick in die Runde. »Was wäre denn dabei, wenn wir ein Liebespaar wären? Es geht doch schließlich nichts über die seelischen Stürme, die für uns Russen so selbstverständlich sind.«

Mit diesen Worten ließ sie sich neben Natascha auf einen Stuhl fallen und war plötzlich wieder ganz die Dame. »Ich muss dir leider mitteilen, dass es mit uns aus ist. Ich habe mich nämlich unsterblich verliebt«, sagte sie und tat dabei so, als würde sie imaginäre Handschuhe von den Fingern streifen.

»Du?«, fragte Natascha verblüfft. »Sollte es dich tatsächlich doch noch erwischt haben? Du spielst doch nur mit den Menschen, die dich lieben. Ich habe schon geglaubt, du seist zur Liebe gar nicht fähig. Aber ich freue mich natürlich für dich«, fügte sie rasch hinzu.

»Oh, sicher bin ich fähig zur Liebe, wie jeder Mensch. Es musste nur der Richtige kommen.«

Der »Richtige« hieß Antoine und war Marineoffizier. Und außerdem schon ziemlich lange liiert mit einer reichen Frau, die ihn aushielt. Olga hatte ihn während der Ferien im Haus eines Weinbauern kennengelernt und gleich gewusst, dass er der Mann ihres Lebens sein würde. In den nächsten zwei Stunden erfuhr Natascha alles über ihn. Was seine Vorlieben waren und was er hasste, bei wem er sich einkleidete, welche Art von Musik und Literatur er bevorzugte, wie er küsste und liebte … Olga erzählte so bildreich und eifrig, dass Natascha glaubte, sie würde Antoine sofort unter allen Gästen erkennen, würde er hier im Café sitzen.

»Hast du nicht gesagt, er sei fest liiert?«, fragte Natascha vorsichtig.

»Pah, ich bin doch auch verheiratet. Wenn man richtig liebt, ist das kein Hinderungsgrund.«

»Du wirst doch nicht Henri verlassen wollen?«, fragte Natascha entgeistert.

»Wenn es sein muss, ja«, kam es zurück.

»Und wann siehst du ihn wieder, ich meine … Antoine?«

Auf die Frage antwortete Olga ausweichend. »Das wissen wir noch nicht. Er kann nicht voraussagen, wann sein nächster Landgang sein wird. Und dann hat er noch andere Verpflichtungen.«

»Was für andere Verpflichtungen?«

Olga wurde unruhig: »Das weiß ich nicht so genau. Aber es

hat etwas mit seiner Verlobten zu tun, soweit ich weiß. Bitte frag nicht weiter«, sagte sie noch.

Irgendetwas an diesem Antoine sowie Olgas völlig unkritische Schwärmerei ließen bei Natascha die Alarmglocken schrillen. Aber sie sagte nichts.

Bevor sie das Café verließen, legte Olga ein Buch auf den kleinen Tisch.

»Da, lies das mal, dann weißt du, wovon ich spreche.« Natascha nahm das Buch und schlug die erste Seite auf. Es war *Lady Chatterley* von einem gewissen D. H. Lawrence. Sie hatte noch nie von ihm gehört.

Zu Hause machte sie es sich mit dem Buch und einem Brieföffner auf dem ledernen Sofa in ihrem Schlafzimmer bequem. Es gehörte zu ihren Lieblingsbeschäftigungen, bei einem neuen Buch zuerst fein säuberlich sämtliche Seiten aufzuschneiden und beim Blättern hier und da einige Zeilen zu überfliegen, um sich einzustimmen und ihre Neugier auf den Inhalt zu wecken. Hier jedoch war es anders. Als ihr Blick auf die ersten Seiten fiel, konnte sie nicht aufhören zu lesen. Sie wurde so in den Roman hineingezogen, dass sie vor lauter Ungeduld Fransen und Eselsohren in die Seiten machte, weil sie sie nicht rasch genug aufschneiden konnte.

Mit klopfendem Herzen versenkte sie sich in die Geschichte der jungen, schönen Connie, die mit einem impotenten Mann verheiratet ist und eine Affäre mit dem Waldhüter Oliver beginnt, in dessen Armen sie zum ersten Mal sexuelle Erfüllung findet. Die Freizügigkeit, mit der die sexuellen Begegnungen zwischen Connie und Oliver beschrieben wurden, ließen ihr seltsam warm werden und trieben ihr die Schamesröte ins Gesicht. Am späteren Abend kam Konstantin aus der Redaktion zurück und klopfte an ihre Tür, um ihr eine gute Nacht zu wünschen. Schnell klappte Natascha das Buch zu und versteckte es unter einem Kissen. Ihr Mann hätte ernsthaft an ihrer Anständigkeit gezweifelt, hätte er gewusst, was sie da las. Schließlich war dieser Roman eine Verherrlichung des Ehebruchs. Woher wusste Olga nur all diese Dinge? Und wie kam sie an solche Romane?

Am nächsten Morgen rief sie Olga an.

»Kann es zwischen zwei Menschen wirklich Gefühle von solcher Intensität geben?«, fragte sie, atemlos und unausgeschlafen, weil sie die ganze Nacht gelesen hatte. »Ich meine, eine Liebe, die alles andere vergessen macht? Eine Umarmung, die so … so …«

In dem goldgerahmten Spiegel, der über dem kleinen Telefontisch hing, konnte sie sehen, wie sie schon wieder rot wurde. Sie musste an ihre Hochzeitsnacht denken, als Kostja sich ihr mit einer gewissen Erfahrung, für die sie ihm dankbar war, genähert hatte. Sie hatte sich in diesen Teil der Eheschließung ebenso widerstandslos gefügt wie in alles andere. Konstantin hatte kurz ihre Brust berührt und sie auf den Mund geküsst. Dann hatte er sich auf sie gelegt, ohne dass sie genau gewusst hatte, wie ihr geschah. Am Ende hatte sie ein leichter Schauer überfallen. Sie hielt die Umarmungen, zu denen es zwischen ihrem Mann und ihr von Zeit zu Zeit kam und die immer etwas Verlegenes an sich hatten, für normal, etwas, was alle Ehepaare so empfanden, kein unangenehmes Opfer, aber auch keine Himmelsstürmerei.

»… die so himmelsstürmend ist und alles andere nebensächlich macht?«, kam die Stimme von Olga aus dem Telefonhörer.

»Ja. Woher weißt du, was ich sagen wollte? Ist es so zwischen dir und Antoine? Ach, ich beneide dich darum«, sagte sie aus tiefstem Herzen. »Ich habe ja immer geahnt, dass die Liebe zwischen Kostja und mir, unsere Umarmungen, dass das nicht alles sein kann, dass Liebe und Leidenschaft etwas anderes,

Höheres bedeuten, aber dies …? Wie dem auch sei: Auch wenn ich Konstantin nicht auf die Art liebe, wie sie in diesem Roman beschrieben ist, so schätze ich ihn doch sehr und werde ihm nie wehtun. Du dagegen brichst den Männern reihenweise das Herz – und womöglich auch noch den Frauen! Du lässt sie glauben, du liebst sie, lässt dich von ihnen bewundern und nimmst ihr Geld, und wenn du ihrer überdrüssig bist, jagst du sie davon. Findest du das etwa moralisch?«

»Nein«, entgegnete Olga lachend, »aber es macht entschieden mehr Spaß! Und in einem Punkt tust du mir unrecht: Ich habe nie jemandem vorgespielt, ich würde ihn lieben. Aber damit ist jetzt sowieso Schluss. Jetzt habe ich ja Antoine.« Und sie las am Telefon den Liebesbrief vor, den sie gerade von ihm erhalten hatte und der, das musste Natascha zugeben, von außerordentlicher Romantik und Leidenschaft war.

Als Olga zu Ende gelesen hatte, machte sie eine lange Pause und sagte dann: »Ach, Natascha, wahre Liebe ist das Schönste und Wichtigste auf der Welt, auch wenn sie eine Macht ist, die dir das Herz aus dem Leibe reißen kann. Ich wünsche dir aufrichtig, dass du ihr eines Tages begegnen wirst.«

Natascha und Konstantin waren an die See gefahren, und sie sollte Olga erst einige Wochen später wiedersehen. Sie hatten sich telefonisch für den Abend verabredet, um gemeinsam auf ein Atelierfest am Montparnasse zu gehen.

Olga hatte schon lange ein Zimmer in einem kleinen Hotel in der Nähe der Seine gemietet. Hier empfing sie ihre Liebhaber, und auch Henri besuchte sie dort manchmal. Anfangs, bis Olga selbst genügend Geld verdiente, hatte er das Refugium sogar bezahlt. Das Hotel lag zwar nicht ganz auf dem Weg Richtung Montparnasse, aber Natascha hatte vorgeschlagen, Olga dort abzuholen.

Erst nach dreimaligem energischen Klopfen wurde die Tür geöffnet. Natascha war zutiefst erschrocken über Olgas Aussehen. Sie hatte dunkle Ringe unter den Augen, aus denen jeder Glanz verschwunden war. Ihre Haut war fahl, das Haar strähnig und ungekämmt.

Ohne ein Wort zur Begrüßung schlurfte Olga zurück zu ihrer Chaiselongue, wo sie sich schwerfällig niederließ.

»Na, schönen Urlaub gehabt mit deinem Konstantin?« Es klang zynisch, wie sie das sagte, und sie wartete Nataschas Antwort auch nicht ab. »Ich habe keine Lust auszugehen. Lass uns lieber hierbleiben. Ich habe auch etwas Gutes für uns zwei.« Sie kicherte und kramte ein kleines Papierbriefchen zwischen den Kissen des Sofas hervor. Das Papier war sorgfältig gefaltet, und Olga behandelte es mit großer Vorsicht, neben der ihr rotweinbefleckter Kimono seltsam unpassend wirkte.

Natascha reagierte wütend: »Du weißt, dass ich es ablehne, dieses Zeug zu nehmen. Und – entschuldige, dass ich dir das so unverblümt sage –, aber so, wie du heute aussiehst, scheint es dir nicht besonders gut zu bekommen.«

Sie hatte längst bemerkt, dass ihre beste Freundin Kokain konsumierte. Im Nachhinein hatte sie auch verstanden, dass sie damals im *Pelican* zum ersten Mal Zeugin ihrer Sucht geworden war, als Olga der Garderobenfrau den großen Schein gegeben hatte und so merkwürdig exaltiert wieder aus dem Nebenraum aufgetaucht war. Manchmal hatte sie irritiert den leichten Äthergeruch bemerkt, der von ihrer Kleidung ausging – jetzt wusste sie, dass das immer dann der Fall war, wenn das Geld für Kokain nicht reichte und Olga zu dieser Ersatzdroge greifen musste. Mit der Zeit hatte sie mitbekommen, dass Olga und die meisten anderen Besucher der Bars und Clubs, in denen sie verkehrten, Drogen nahmen, denn sie gaben sich keine besondere Mühe, das zu verbergen.

Bisher hatte der Rausch Olga immer übermütig und schlagfertig gemacht. Aber Natascha hatte sie noch nie derart fahrig und aggressiv, so gleichgültig gegenüber allem erlebt wie heute.

»Ach, stimmt, du bist dir ja zu fein für dieses Zeug. Na, dann lässt du es eben. Genehmigen wir uns wenigstens ein Glas Rotwein«, sagte Olga mit schwerer Zunge. Sie erhob sich ein wenig, um an die Flasche zu gelangen, die vor ihr auf dem kleinen Tisch stand. Sie hatte nicht nur Kokain geschnupft, sondern auch getrunken, und zwar so viel, dass sie sich nicht mehr gerade halten konnte. Sie schwankte gefährlich und fand erst im allerletzten Moment ihr Gleichgewicht wieder. Mit einem Stöhnen ließ sie sich, die Flasche in der Hand, zurück auf das Sofa fallen.

»Mein Gott, was ist bloß los mit dir?«, fragte Natascha. »Ich habe dich noch nie in einem solchen Zustand gesehen. Du siehst absolut grässlich aus. Warum lässt du dich so gehen? Du wirst dich noch zugrunde richten mit diesem verdammten Gift.«

Sie wollte ihr die Flasche aus der Hand nehmen und musste entsetzt zusehen, wie Olga einen wahren Tobsuchtsanfall bekam.

»Lass mich! Ich kann immer noch selbst entscheiden, wie ich leben will! Ist doch sowieso alles egal«, schrie sie. Sie riss die Flasche an sich und wollte sich einschenken. Dabei stieß sie das Glas vom Tisch, das über den Fußboden rollte. Sie beachtete Natascha nicht länger, sondern konzentrierte ihre ganze Energie darauf, das Glas aufzuheben. Doch jedes Mal, wenn sie versuchte, es zu greifen, stieß sie es mit den Fingern weiter von sich. Der Anblick war für Natascha schlimmer zu ertragen als der Wutausbruch. Hilflos musste sie zusehen, wie Olga ihre Versuche aufgab und schließlich die Flasche ansetzte, um in gierigen Zügen zu trinken. Dann sank der Arm kraftlos herunter, und sie war in einen tiefen Schlaf gefallen.

Natascha sah bestürzt auf ihre beste Freundin. Sollte dieses elende Geschöpf ihre wunderschöne Olga sein? Das sonst so seidige Haar hing in Strähnen herab, der Kimono hatte sich geöffnet und gab den Blick auf verrutschte Strumpfbänder frei. Aus dem Gesicht war jede Farbe gewichen.

Was war nur in den letzten Wochen geschehen, seitdem sie sie derart glückstrahlend in der *Rotonde* getroffen hatte?

Behutsam nahm sie die Beine der Schlafenden und legte sie auf die Chaiselongue. Dann suchte sie nach einer Decke und breitete sie über sie. Sie bemerkte das Durcheinander in der Wohnung und begann mechanisch, ein wenig Ordnung zu machen, während sie hin und wieder einen Blick auf Olga warf und sich fragte, was um Himmels willen geschehen sein mochte.

Natürlich war ihr nicht entgangen, dass ihre Freundin eine dunkle Seite hatte, die ab und zu hervorbrach. Eben noch fröhlich und ausgelassen, zog sie sich im nächsten Augenblick grüblerisch und schweigsam in sich zurück. Am Anfang hatten diese jähen Stimmungsumschwünge Natascha verunsichert. Sie hatte sich gefragt, ob es ihre Schuld sei, wenn die Freundin plötzlich so abweisend war. Aber mit der Zeit hatte sie gelernt, es hinzunehmen. Es war schlicht Heimweh, das die dunkle Schönheit quälte. Wenn es ihr gut ging, hätte sie nie zugegeben, Russland zu vermissen, aber in den tiefsten Tiefen ihrer Seele hatte sie sich nie verziehen, Heimat und Familie verlassen zu haben. Sie konnte dann mit Tränen in den Augen ihre »russische Seele« beschwören und in Erinnerungen schwelgen: das Knirschen des Schnees, das ewig wechselnde Licht im Winter, das Knacken der nassen Zweige im Ofen, das Krachen des schmelzenden Eises auf den großen Flüssen, die warme Herzlichkeit der Menschen. Damit verglichen, erschien ihr das ausschweifende Leben, das sie nach den ersten, schweren Anfangsjahren in Paris führte, äußerst hohl und oberflächlich. Auf der Suche nach einem echten Gefühl hatte sie sich ihren zahllosen Liebschaften hingegeben, die sie in ihrer Schalheit aber immer wieder enttäuschten. Schließlich hatte sie Trost im

Kokain gesucht, und jetzt konnte sie ohne das weiße Pulver nicht mehr leben.

Auch wenn Natascha die Anfälle von Heimweh und Selbstzweifeln ihrer Freundin kannte, so wie eben hatte sie sie noch nie erlebt. Normalerweise dauerten diese Anwandlungen nie sehr lange, dazu war Olga ein viel zu lebenslustiger Mensch. Eine tröstende Umarmung unter Tränen oder eine witzige Bemerkung rissen sie schnell aus ihrer Traurigkeit. Aber heute Abend hatte sie etwas zutiefst Selbstzerstörerisches an sich.

Auf der niedrigen Kommode, die Olgas Lieblingsmöbel war und auf der sie die Fotos ihrer Familie und andere Erinnerungsstücke aufgestellt hatte, stand eine Flasche. Natascha wollte sie zu den anderen leeren Wein- und Wodkaflaschen stellen, als ihr Blick auf ein zerrissenes Foto fiel. Langsam stellte sie die Flasche zurück und nahm die Fetzen der Fotografie an sich, um sie wie ein Puzzle zusammenzulegen. Vor ihren Augen entstand das Bild eines Mannes in Offiziersuniform, der an der Reling eines Schiffes lehnte. Das Foto war von schräg unten aufgenommen, was seinem Blick etwas Hochmütiges gab. Er sieht mehr aus wie ein Gigolo, und ich mag ihn nicht, dachte Natascha spontan.

Sie ließ das Foto liegen und ging zum Telefon, um Henri anzurufen.

Kapitel 19

Die folgenden Monate brachten einschneidende Veränderungen in Nataschas Leben.

Die bedeutendste war, dass Konstantins Zeitung in Zahlungsschwierigkeiten geriet und ihr Erscheinen einstellen musste. In den Anfangsjahren der Emigration hatte es mehrere russische Zeitungen in Paris gegeben, die – egal, welcher politischen Couleur, ob eher literarisch oder tagespolitisch, ob wöchentlich oder täglich erscheinend – gierig gelesen wurden, bildeten sie doch ein wichtiges Verbindungsglied zur verlorenen Heimat und innerhalb der Emigration. Die französischen Zeitungen standen dagegen allesamt im Verdacht, sozialistisch zu sein und insgeheim Sympathien für die neue russische Regierung zu hegen. Weil aber im Laufe der Jahre immer mehr russische Emigranten auf die Idee kamen, mit einer Zeitung ihr Geld zu verdienen, die Zahl der Leser jedoch schwand, fanden die meisten von ihnen nicht genügend Käufer. Fürst Kaminski und Konstantin waren mit ihrem Blatt einfach zu spät gekommen. Zu Beginn des Jahres 1932 tätigten sie noch einmal erhebliche Investitionen, um die Zeitung nicht mehr nur einmal, sondern zweimal wöchentlich erscheinen zu lassen und sie zum zentralen Organ für Kleinanzeigen, Familiennachrichten, Stellengesuche und Ähnliches auszubauen. Doch es gab scheinbar zu wenige Russen, die sich jetzt noch, fünfzehn Jahre nach ihrer Vertreibung, ausschließlich in einem russischen Milieu bewegen wollten. Die Umstrukturierung erwies sich als nutzlos, das Geld war weg, und Konstantins Vermögen war beträchtlich geschrumpft.

Die neue finanzielle Situation der Kolzins bewirkte zweierlei: Konstantin gab sich zwar alle Mühe, das Ausmaß seines

Misserfolgs herunterzuspielen, doch Natascha blieb natürlich nicht verborgen, dass das Geld im Hause knapper wurde. Glücklicherweise hatte ihr Mann bereits Anfang der Zwanzigerjahre einen Teil seines Geldes in ein großes Weingut im Rhonedelta investiert, und zumindest dieser Teil seiner Geschäfte lief gut. Dennoch mussten sie sich einschränken. In diesem Jahr fuhren sie nur für zwei Wochen nach Nizza, und im Laufe eines langen abendlichen Gesprächs bat Konstantin seine Frau, doch in dieser Saison auf einen Besuch bei Madame Vionnet zu verzichten.

Obwohl der Inhalt des Gesprächs nicht gerade erfreulich war, hatte Natascha es in guter Erinnerung, denn es war das erste Mal seit langer Zeit, dass sie wieder wie Eheleute miteinander über ihr gemeinsames Leben sprachen. Es fiel ihnen beiden schwer, es zuzugeben, aber sie hatten sich nicht sehr viel zu sagen, dafür gingen sie zu unterschiedliche Wege im Leben. Konstantin hatte in den letzten Monaten den größten Teil seiner Zeit in der Redaktion verbracht. Er arbeitete bis an den Rand der Erschöpfung, um die *Russischen Nachrichten* zu retten, für ihn hing zu viel davon ab, nicht nur finanziell. In seinem Leben waren bereits so viele Träume wie Seifenblasen zerplatzt, dass er sich einen weiteren Misserfolg partout nicht eingestehen wollte. Natascha hatte versucht, ihm zu helfen, hatte angeboten, sich als Sekretärin oder sonst wie in der Redaktion nützlich zu machen, aber er hatte brüsk abgelehnt.

»So weit ist es noch nicht mit mir gekommen, dass meine Frau arbeiten gehen muss. Außerdem ist die Situation durchaus nicht aussichtslos.«

Diesmal war seine Ablehnung sogar noch entschiedener als früher, denn ein Entgegenkommen wäre einem Eingeständnis seiner Schwäche gleichgekommen. Natascha musste tatenlos und resigniert zusehen, wie er täglich grauer und gereizter wurde. Er ging morgens sehr früh aus dem Haus, kehrte kurz zum Mittagessen zurück, das sie meistens schweigend einnahmen, während er sich hinter seinen Zeitungen vergrub, um dann wieder in die Redaktion zu eilen. Die Abende verbrachte er in seinem Arbeitszimmer über Zahlenkolonnen und Konzepten.

Also ging Natascha ihren eigenen Interessen nach. Sie hatte nämlich begonnen, für Madame Jolie, die ein kleines Modegeschäft in der Nähe der Place de la Nation besaß, zu arbeiten. Das Geschäft hieß *Au Bonheur des Jolies* und war weit davon entfernt, zu den großen Couturiers zu gehören, doch hier wurden gediegene Stücke in bester Qualität für die elegante Dame gefertigt. Olga kaufte ab und zu bei Madame Jolie, und als Natascha sie eines Tages begleitet hatte, waren sie ins Gespräch gekommen, und Madame Jolie hatte gesagt, dass sie dringend eine gescheite Frau als rechte Hand brauchte. Natascha hatte spontan bekannt, sie würde es gern versuchen, und Madame Jolie war einverstanden gewesen.

Es war schnell offensichtlich, dass sie Lust und Talent sowie handwerkliches Geschick besaß. Sie hatte ein untrügliches Gespür dafür, wie die Nähmaschine zu treten war, ohne dass der Faden riss, und sie besaß ein geübtes Auge für Schnitte und Stoffe und konnte auch aus Resten zaubern, aus denen sie aufgesetzte Taschen, Gürtel oder Tücher zu den Kleidern fertigte. Bald übernahm sie neben der Organisation der Näharbeiten auch Entwürfe und begann, ihre eigenen Modelle zu präsentieren, weil sie selbst am besten wusste, wie sie fallen und wirken sollten. Sie trug jetzt häufiger eigene Kreationen, und einige von ihnen hatte sie mit großem Erfolg an Madame Jolie verkauft.

Selbstverständlich sagte sie Konstantin nichts davon, obwohl sie ihn im Verdacht hatte, insgeheim Bescheid zu wissen und sie gewähren zu lassen.

Im Mai 1932 ermordete der russische Emigrant Gorgulow den französischen Präsidenten Paul Doumer, und dies brachte eine weitere Veränderung in Nataschas Leben.

Als sie später an dieses Jahr zurückdachte, stellte sie fest, dass spätestens seit diesem Attentat ein Wechsel in der öffentlichen Meinung in Frankreich gegenüber den Russen eingetreten war. Sie bemerkte misstrauische, manchmal geradezu feindselige Blicke, wenn sie in der Öffentlichkeit russisch sprach. In den Tagen nach dem Anschlag erhielt die Redaktion der *Russischen Nachrichten* anonyme Briefe, in denen alle Russen als Mörder und Brandstifter verunglimpft wurden. Besonders die Angehörigen des französischen Bürgertums, die bis dahin eine Art Verehrung für die Revolutionsgegner hegten, da sie sich mit ihnen in dem gemeinsamen Schicksal verbunden fühlten, ihr Geld in Russland verloren zu haben, besannen sich eines anderen. Das Misstrauen richtete sich nicht nur gegen die Russen, sondern überhaupt gegen alle »Fremden«. Als im Jahr darauf Hitler Reichskanzler in Deutschland wurde und einen Monat später, nachdem der Reichstag in Berlin gebrannt hatte, die ersten Flüchtlingsströme aus Deutschland nach Frankreich kamen, fühlten sich viele Franzosen in ihren Ängsten bestätigt.

Weil man gerade dabei war, sich auf die eigene Nation zu besinnen, hatten die nationalen Kräfte in Frankreich leichtes Spiel, auch den Antisemitismus wieder populär zu machen. Die Affäre um den ukrainischstämmigen Juden Stawisky, dessen Betrügereien wegen seiner engen Beziehungen zu parlamentarischen Kreisen nicht verfolgt wurden und der Anfang 1934, nach einem weiteren riesigen Bankbetrug, ermordet wurde, bestätigte all diejenigen, die in den Juden kriminelle Raffkes sehen wollten. Im Februar 1934 eroberte die extreme Rechte die Straßen von Paris, die Ligen marschierten auf die Regierungsgebäude zu und trieben Präsident Daladier mit rüden Presseattacken zum Rücktritt.

Für die vielen Emigranten und Ausländer, die zum Teil seit Jahrzehnten in Paris lebten, wurde es ungemütlich.

Aber es gab auch Erfreuliches zu berichten. Neben dem ungekannten Selbstbewusstsein und der finanziellen Freiheit, die ihr die Berufstätigkeit einbrachte, empfand Natascha unendliche Erleichterung, weil es Olga mittlerweile wieder besser ging. Sie und Henri hatten die Süchtige überreden können, für zwei Monate in ein Sanatorium zu gehen, um dort zu entgiften.

Der Zusammenbruch, dessen Zeugin Natascha geworden war, war nicht der einzige geblieben. Und Natascha hatte bereits an jenem ersten Abend gewusst, dass Olgas trauriger Zustand mit dem Mann zusammenhing, dessen Foto sie aus den Fetzen zusammengesetzt hatte.

Als Henri damals eilig eingetroffen war, schlief Olga immer noch ihren Rausch aus. Während sie darauf warteten, dass sie aufwachte, hatte er erzählt, was geschehen war. Olga hatte sich wider alle Vernunft in ihre Liebe zu Antoine gestürzt. »Wie eine Ertrinkende, die sich an einen Strohhalm klammert«, hatte er es genannt. Obwohl sie von allen Seiten vor der Unzuverlässigkeit und Arroganz des Offiziers gewarnt worden war. Er hatte in seinem Leben bereits unzählige Frauen ins Unglück gestürzt, eine von ihnen, die nach einer Affäre mit ihm von ihrem Mann verstoßen worden war, kannte Olga sogar aus Paris; sie hatte sie damals zwar aufrichtig bedauert, aber sich auch gewundert, wie sie offenen Auges derart in ihr Unglück rennen konnte.

Henri machte sich bittere Vorwürfe, weil er die beiden miteinander bekannt gemacht hatte.

»Aber wer konnte denn damit rechnen, dass ausgerechnet Olga sich unsterblich verliebt, und dann in einen solchen Filou?«, hatte Natascha ausgerufen.

»Du kennst sie noch nicht lange genug, um zu wissen, dass genau das sie gereizt hat. Etwas zu bekommen, was viele andere auch haben wollen. Manchmal glaube ich, dass sie ihn verlassen hätte, wenn er ihr verfallen wäre wie alle anderen«, hatte er traurig entgegnet.

Wie dem auch sei, dieser Antoine hatte es fertiggebracht, Olga das Herz zu brechen. Bereits in den Pyrenäen war es zu lautstarken, hasserfüllten Streitereien und ebenso vielen tränenreichen Versöhnungen gekommen. Zurück in Paris, weit entfernt von Antoine, dessen Schiff sich auf See befand, litt Olga seelische Qualen, die zwischen rasender Eifersucht und Liebeskummer schwankten. Ihre Munterkeit und ihre Schönheit erloschen wie eine Kerze im Wind, sobald sie von ihm getrennt war. Sie verging vor Sehnsucht und betäubte ihren Schmerz mit immer größeren Dosen Kokain und Alkohol.

Die Sehnsucht nach Antoine war die eine Seite. Wenn Antoine jedoch auf Urlaub in Paris war, war es womöglich noch schlimmer. Nach dramatischen Wiedersehensszenen mit ewigen Liebesschwüren, die Olga in eine euphorische Tänzelei versetzten, kamen unweigerlich neue Eifersuchtsanfälle, wenn Antoine allein ausging. Olga war wie besessen von der Vorstellung, dass er sie betrog, und ging so weit, die Nächte vor seinem Fenster zu verbringen, um ihn zu kontrollieren. Wenn er sie dort fand, schimpfte er mit ihr wie mit einem kleinen Mädchen wegen ihrer grundlosen Eifersucht, und sie warf sich schluchzend in seine Arme. Diese verrückte, kräftezehrende Beziehung drohte beide zu zerstören. Es war ihnen einfach nicht möglich, wie richtige Liebende zusammen zu sein. Dazu war ihre alles verschlingende Leidenschaft zu groß, wie Olga immer behauptete. Natascha glaubte eher, dass Antoine der Liebe ihrer Freundin nicht würdig war.

Eines Abends, ungefähr drei Monate nachdem Olga ihren ersten Zusammenbruch hatte, waren sie und Natascha nichtsahnend in die *Coupole* gekommen, und da hatte Antoine mit einer anderen Frau gesessen, obwohl er sich am Nachmittag unter Tränen von Olga verabschiedet hatte, weil er angeblich zurück auf sein Schiff musste. Sie hatte ihn zum Zug begleiten wollen, doch er hatte abgelehnt. Und nun saß er hier und hatte den Arm um eine andere gelegt.

Olga stand für einen Augenblick da wie eine griechische Opferstatue, der Mund tonlos aufgerissen, in den Augen der ganze Schmerz der Welt. Dann bewegte sie sich langsam, wie in Trance, auf ihn zu. In diesem Moment hätte sie ihn umgebracht, wenn man sie gelassen hätte, dessen war Natascha sicher. Sie griff ein Messer von einem Tisch und ging, die Waffe in der hocherhobenen Hand, auf ihren Geliebten zu. Sie sagte kein Wort, und Antoine bemerkte sie erst, als sie dicht vor ihm stand. Sie stach zu und traf ihn einmal am Oberarm und dann an der Schulter, bevor Antoine ihr das Messer entwenden konnte. Er wollte etwas sagen, doch Olga schlug jetzt in blinder Wut auf ihn ein, sie biss und kratzte wie eine Furie, bis die verdutzten Kellner sie endlich von ihm losreißen konnten.

Antoine blieb ziemlich lädiert und niedergeschlagen auf seinem Stuhl zurück.

Natascha brauchte ihre ganze Kraft, um die tobende Olga nach Hause zu bringen, wo sie sofort nach Kokain und Wodka gesucht hatte. Die nächsten Tage hatte sie in einer Art Delirium verbracht, wüste Morddrohungen ausstoßend und dann wieder von wilden Weinkrämpfen geschüttelt. Henri und Natascha waren abwechselnd bei ihr, um sie vor sich selbst zu schützen. In einem Moment der Klarheit war es ihnen gelungen, Olgas Einwilligung für eine Entziehungskur zu bekommen.

Von dort war sie mit neuem Lebensmut zurückgekehrt. In den langen Stunden des Nachdenkens, in denen sie sich nicht mit Drogen betäubt hatte, hatte sie erkannt, dass es nicht nur Kummer über die aussichtslose Liebe zu Antoine war, die sie fast zerstört hatte. Als sie darüber sprechen konnte, berichtete sie, wie sehr sie die Erniedrigung und Entwürdigung der politisch Verfolgten, besonders der Juden getroffen hatte. Die politische Entwicklung der letzten Jahre hatte ihr ihr Jüdischsein wieder bewusst gemacht. Die Schicksale der aus Deutschland Vertriebenen, die berichteten, wie sie von der Polizei und häufig auch von Nachbarn und Kollegen bespuckt, geschlagen, eingesperrt, ausgeraubt, außer Landes gejagt wurden, wenn man sie nicht gleich umbrachte, ließen die alten Schrecken der Kindheit zu ihr zurückkehren. Die Wochen im Sanatorium halfen ihr, den unerschütterlichen Optimismus wiederzufinden, der sie ihre Kindheit hindurch gerettet hatte und der ihr auch jetzt half, wieder auf die Beine zu kommen.

Zurück in Paris, suchte sie die Gemeinschaft mit Gleichgesinnten und schöpfte Zuversicht aus der Gewissheit, dass die anderen im Unrecht waren. Ihre selbstzerstörerische Niedergeschlagenheit verwandelte sich in Wut und Zorn. Sie arbeitete unermüdlich, um anderen zu helfen. Mit Müßiggang und Amüsement war es vorbei, sie hatte nur noch selten Zeit für Natascha. Sie stürzte sich Hals über Kopf in ihre Arbeit, und abends besuchte sie politische Veranstaltungen und arbeitete in Flüchtlingshilfswerken. Natascha erkannte ihre lebenslustige Freundin kaum wieder. Ein wenig bedauerte sie, dass die verrückten, von jeglichen Sorgen unbeschwerten Nächte ein Ende gefunden hatten, aber die Zeiten waren einfach nicht danach, das musste sie zugeben.

An einem der ersten dieser wunderbaren, milden Pariser Frühlingsabende, an dem die wärmenden Strahlen der Sonne bereits einen Vorgeschmack auf den beginnenden Sommer brachten, ohne indessen schon die brütende Hitze mit ihrem Staub in sich zu tragen, der die Menschen der Stadt so reizbar machte, saßen Natascha und Olga auf dem Dach des Kaufhauses *Samaritaine* am Pont Neuf. Sie hatten ihre Jacken ausgezogen und genossen den Sonnenschein auf den nackten Armen, während sie das grandiose Panorama betrachteten, das dieser Ort bot. Die Aussicht war kostenlos, allerdings musste man die letzte Etage über eine schmale Wendeltreppe erklimmen, sich an den im Abstieg begriffenen Entgegenkommenden vorbeidrängeln und sehr auf seinen Kopf achtgeben, denn der Ausstieg, ähnlich dem einer Schiffsluke, war sehr niedrig.

Die beiden Frauen hatten sich, nachdem sie oben angekommen waren, über die Balustrade gebeugt und von hier oben auf die Baustelle hinuntergesehen, wo die letzten vier Hallen errichtet wurden, die den riesigen Komplex des »Bauches von Paris« bildeten, wie Zola diesen Ort genannt hatte. Hier tätigten die Pariser in einem unglaublichen Lärm und Gedränge, einem wilden Nebeneinander von Rufen in allen Sprachen, Gerüchen und Farben, ihre Einkäufe.

Jetzt saßen die Freundinnen auf der Café-Terrasse, die sich ein Stockwerk unterhalb der Aussichtsplattform befand, vor ihrem Wein und sahen auf die im letzten Abendlicht leuchtenden Dächer der Kirche Notre-Dame hinüber, die in der den Hallen entgegengesetzten Richtung, jenseits des Flusses, lag.

Sie waren in ihr Gespräch vertieft und sahen die Wahrsagerin erst, als sie an ihrem Tisch stand. Ehe Olga sich's versah, hatte sie ihre Hand ergriffen und begann zu murmeln.

»Sie werden der großen Liebe begegnen …«, setzte sie an, doch Olga wehrte mit einem bitteren Lachen ab.

»Danke, davon hatte ich gerade mehr als genug«, sagte sie. »Versuchen Sie es lieber bei meiner Freundin.«

Widerstrebend reichte Natascha der alten Frau ihre Rechte. Die Alte sah sie lange an, schüttelte den Kopf, kratzte sich am Kinn und sagte dann mit einer Stimme, in der sich Bedauern und Hoffnung die Waage hielten:

»Liebe Frau, auch zu Ihnen wird die Liebe kommen, groß und leidenschaftlich, aber sie wird nicht lange Bestand haben.«

Natascha kicherte. »Finden Sie nicht, dass ich dafür ein bisschen zu alt bin? Außerdem bin ich längst verheiratet.«

Die Wahrsagerin blieb ernst. »Kann denn die Liebe nicht mehrmals zu einem Menschen kommen, unabhängig von seinem Alter? Nehmen Sie meinen Rat, verschwenden Sie keine Zeit, wenn Sie ihr begegnen.« Mit einer raschen Bewegung griff sie nach dem Geldstück, das Natascha auf den Tisch gelegt hatte, um die Zeche zu bezahlen, und verschwand eilig zwischen den Tischen.

»He! Warten Sie, das waren zehn Francs!«, rief Olga empört, doch Natascha legte ihr die Hand auf den Arm.

»Lass sie doch.«

Olga sah ihr verblüfft ins Gesicht. »Du hast doch nicht etwa geglaubt, was sie gesagt hat? Sie verheißen einem immer Glück und ewige Liebe, damit die Bezahlung besser ist.«

»Von *ewiger* Liebe hat sie nicht gesprochen«, entgegnete Natascha verträumt.

Sie fischte ein neues Zehnfrancsstück aus der Tasche und legte es auf den Tisch.

»Komm, lass uns gehen«, sagte sie. »Es wird kühl.«

Kapitel 20

»Du hast der Wahrsagerin geglaubt«, stellte Nina triumphierend fest. Gespannt beugte sie sich vor, um die Antwort ihrer Großmutter zu hören. Sie saßen in einem Café auf dem Kurfürstendamm, dessen Interieur ein wenig an Vorkriegszeiten erinnerte. Nina hatte bereits von dem Fiasko mit Benjamin berichtet, dann hatte Natascha ihre Geschichte weitererzählt. Jetzt ließ die alte Dame sich Zeit, rührte länger als nötig den Zucker in ihren Tee und nahm vorsichtig einen kleinen Schluck.

»Ich weiß es nicht mehr genau, aber ich glaube, ja«, sagte sie dann. »Sie hat sich damals noch einmal umgedreht, als sie schon fast in dem Schacht verschwunden war, der auf die Wendeltreppe führte, und mich mit einem merkwürdigen, sehr intensiven Blick angesehen. Diesen Blick werde ich in meinem Leben nicht wieder vergessen. In dieser Sekunde kam mir der Gedanke, dass sie recht haben könnte.« Sie machte ein Gesicht, als würde sie den Blick der Alten gerade jetzt noch einmal spüren. Als Nina sich räusperte, fuhr sie fort zu reden.

»In den nächsten Wochen kam Olga immer wieder auf die Prophezeiung der Wahrsagerin zu sprechen. Irgendwie wurde das zu einem Spiel zwischen uns. Wenn wir doch einmal die Zeit fanden, gemeinsam auszugehen, und mich ein Mann zum Tanzen aufforderte – und das kam damals durchaus vor, glaube bloß nicht, dass ich uninteressant für die Männer war, beileibe nicht! –, flüsterte sie mir zu: ›Da kommt der Mann deines Lebens. Gib ihm eine Chance. Sei nicht so abweisend.‹«

»Was du immer abgelehnt hast.«

»Aber natürlich, was hast du denn gedacht? Ich war schließlich verheiratet, nicht gerade leidenschaftlich, aber auch nicht überaus unglücklich, und ich hatte meine Prinzipien. Obwohl ich zugeben muss, dass die ein wenig ins Wanken geraten waren durch das, was ich in den letzten Jahren erlebt hatte. Aber niemals, unter gar keinen Umständen, hätte ich mich einem anderen Mann hingegeben, nur weil eine Wahrsagerin eine Prophezeiung gemacht hatte oder weil Olga meinte, es wäre an der Zeit für mich.« Ihr Blick bekam etwas Verträumtes. »Nein, da musste schon ein Mann wie Mikhail kommen.«

»Willst du mir nicht endlich erzählen, wie du den Mann kennengelernt hast, der dir das Medaillon geschenkt hat? Du machst es jetzt schon die ganze Zeit so spannend, ich kann es kaum noch aushalten.«

»Weißt du, wie man das nennt? Ersatzbefriedigung«, sagte Natascha trocken.

»Danke, dass du mich darauf hinweist«, antwortete Nina schroff.

»Ich denke, ich darf das, als deine Großmutter«, sagte Natascha mit einem kleinen Lächeln. »Außerdem habe auch ich über Jahre an dem wilden Liebesleben von Olga teilgehabt, ohne selbst eines zu haben. Keine Angst, ich werde dir schon noch berichten, wie mich Mikhail erobert hat, aber bitte lass mich der Reihe nach vorgehen. Du sollst verstehen, was mich damals dazu gebracht hat, derart gegen meine Natur zu handeln und alles aufs Spiel zu setzen, was mein bisheriges Leben ausgemacht hat. Ich möchte nicht, dass du glaubst, ich hätte Konstantin leichtfertig, aus einer Laune heraus unglücklich gemacht.«

»Glaubst du, ich würde dir einen Vorwurf daraus machen?«, fragte Nina.

»Na ja, schließlich bleibst du auch bei Martin. Ich glaube, was das Gefühl der Verantwortung für eine Beziehung angeht, sind wir uns ziemlich ähnlich.«

»So habe ich das noch nie gesehen«, sagte Nina verblüfft. »Eigentlich haben sich doch die Zeiten geändert, seitdem du jung warst. Heute sind ›Lebensabschnittspartner‹ angesagt – wenn man nicht gleich wie Malou jede Beziehung ablehnt, die länger als eine Nacht dauert. Die Leute sind viel eher bereit, eine Partnerschaft zu beenden …«

»Vor allem für die Frauen ist das ja zum Glück auch viel unproblematischer geworden«, warf Natascha ein.

»Das finde ich auch begrüßenswert, aber trotzdem denke ich, dass ein bisschen Mühe, die Fähigkeit, einen Konflikt auszutragen, auch zu einer Partnerschaft gehören sollte.«

»Das hätte von mir stammen können«, sagte Natascha spöttisch. »Du klingst wie deine eigene Großmutter.«

»Aber ich habe doch recht«, verteidigte Nina sich.

»Natürlich, ich bin ganz deiner Meinung. Ich habe nur den Eindruck, als würden diese Dinge dich gerade jetzt sehr beschäftigen.«

»Du meinst Martin«, stöhnte Nina als Antwort. »Lass uns von etwas anderem reden, bitte.«

»Wie du willst. Wie ich dir schon gesagt habe, fing Olga an, sich für die vielen Flüchtlinge einzusetzen, die sich in Paris versammelten. Immer mehr von ihnen kamen aus Deutschland, den meisten war nur mit knapper Not die Flucht gelungen, sie hatten nur das retten können, was sie auf dem Leib trugen. Völlig mittellos waren sie auf Unterstützung angewiesen.«

»Hast du welche von ihnen getroffen?«

»Ja, das habe ich, als mein Onkel Rudolf nach Paris kam.«

»Der Bruder deines Vaters, der euch in Sankt Petersburg besucht hatte?«

»Genau der.«

»Wann war das?«

»Er musste gleich nach dem Reichstagsbrand fliehen, im Februar 1933. Er arbeitete damals für eine sozialdemokratische Zeitung, und die wurde sofort verboten, als die Nazis an die

Macht kamen. Spätestens nach dem Reichstagsbrand, der den Kommunisten angelastet wurde, waren Oppositionelle nicht mehr sicher, weil sie kurzerhand als mögliche Brandstifter verhaftet wurden. Onkel Rudolf hat damals, noch in der Nacht, als das Gebäude brannte, einfach einen Zug bestiegen und ist nach Paris gefahren. Es war die letzte Möglichkeit für ihn, aus Deutschland herauszukommen. Wer blieb, der wurde verhaftet und in ein Konzentrationslager gesteckt. Zwei Tage später klingelte Rudolf an unserer Tür in der Rue des Acacias. Ich war gerade ausgegangen, und so empfing Konstantin ihn. Als ich kurze Zeit später nach Hause kam, erzählte er mir kopfschüttelnd von dem ›befremdlichen‹ – so drückte er sich aus, weil er überhaupt kein Verständnis dafür aufbrachte – Verhalten meines Onkels, der inzwischen völlig erschöpft auf dem Sofa in seinem Arbeitszimmer schlief.«

»Wusste er denn nicht, was in Deutschland vorging?«

»Oh, sicher, wer wissen wollte, für den gab es genug bestürzende Nachrichten. Aber die meisten wollten sich in ihrer Ruhe nicht stören lassen. Das war damals nicht anders als heute. Und mein Mann hatte immer schon einen Unterschied gemacht zwischen seiner eigenen Emigration und der anderer Leute.«

Kapitel 21

Rudolf erwachte erst einige Stunden später.

Während er schlief, irrte Natascha ruhelos durch die Wohnung und wartete ungeduldig darauf, dass er endlich aufwachte. Jedes Mal wenn sie an der Tür zu Konstantins Arbeitszimmer vorbeikam, warf sie einen Blick auf den Schlafenden, der sich immer wieder wild herumwarf und gehetzte kleine Laute von sich gab. Natascha erinnerte sich, dass auch Konstantin in der ersten Zeit nach ihrer Flucht so unruhig geschlafen hatte, und sie hätte gern gewusst, ob auch ihre eigenen Nächte so angsterfüllt gewesen waren.

Wie sehr hatte sich ihr Onkel verändert, den alle wegen seines blendenden Aussehens, der gepflegten, manchmal sogar ein wenig dandyhaften Erscheinung und des sprühenden Charmes für jünger gehalten hatten, als es seinem tatsächlichen Alter entsprach. Er erschien ihr jetzt irgendwie kleiner und unscheinbarer, wie er so dalag und vor sich hin stöhnte. In sein Gesicht hatten sich Falten gegraben, die ihr vorher nicht aufgefallen waren. Sie fragte sich, was ihm widerfahren sein mochte, dass er derart abgerissen und am Ende seiner Kräfte in Paris auftauchte. Sie wusste, dass dieser Aufenthalt keine Vergnügungsreise war.

Das letzte Mal hatten sie sich 1930 gesehen. Damals hatten Konstantin und Natascha einige Tage in Berlin verbracht, weil Konstantin geschäftlich dort zu tun hatte. Es war zu dem Zeitpunkt, als es den *Russischen Nachrichten* bereits finanziell schlecht ging, es aber noch Hoffnungen auf eine Rettung gab. In Berlin, dem zweiten Zentrum der russischen Emigration neben Paris, wollte Konstantin Partner für eine Kooperation finden. Während er mit seinen Geschäftsfreunden verhandelte und die Redaktionen anderer Zeitungen besuchte, ließ sich Natascha von Rudolf die Stadt zeigen.

Niemand hätte das besser gekonnt als Maximilians Bruder, der damals immer noch der alte Lebemann und Nachtmensch war. Unbeschwert und vergnügt verbrachten sie einen Abend im Berliner Theater in der Lutherstraße, wo die Scala Girls tanzten. Natürlich gingen sie ins Kino und sahen unter anderem den *Blauen Engel* mit Marlene Dietrich, der gerade für eine Sensation sorgte. Als sie am Ende der Vorstellung unschlüssig auf der Straße standen, schlug Rudolf vor, in ein Nachtlokal zu gehen, und er erwartete selbstverständlich, dass dies für Natascha das erste Mal sei und sie vor Neugierde platzen würde. Er hob anerkennend die Augenbrauen, als sie ihm andeutungsweise von ihren Pariser Eskapaden berichtete. »Ich bin schon lange nicht mehr deine kleine Nichte«, sagte sie zu ihm. Also tranken sie Wodka und sahen den Eintänzern zu, zumeist ehemalige Offiziere, die den Damen für Geld Gesellschaft leisteten.

In den Nächten gab sich Berlin vergnügungssüchtig, mondän und verrucht. Bei Tage machte die deutsche Hauptstadt dagegen einen eher trostlosen Eindruck. Die Weltwirtschaftskrise hatte Deutschland besonders hart getroffen. Die Menschen waren gedrückt, sie sah Arbeitslose mit Schildern auf der Brust »Übernehme jede Arbeit« und viele verfrorene Kinder, denen man ansehen konnte, dass sie nicht satt waren. Sie kam an mehr als einer Suppenküche vorbei, wo die Armen mit blechernen Milchkannen und Kochtöpfen für eine Mahlzeit anstanden.

Vor einer Begegnung in Berlin fürchtete Natascha sich, nämlich vor der mit Katharina.

Als es ihr klar wurde, konnte sie es selbst gar nicht fassen: Bald zwanzig Jahre waren vergangen, seit sie sich in Sankt Petersburg Adieu gesagt hatten, und ihre Mutter war mittlerweile einundsiebzig Jahre alt. Damals waren sie beide davon ausgegangen, dass ihre Wege sich für immer trennen würden, dass sie sich nicht wiedersehen würden. Als Konstantin und Natascha in Paris eintrafen, war es ihnen wieder möglich gewesen, mit Katharina in Verbindung zu treten, doch bis auf einige Briefe, in denen es um Maximilian oder andere die Familie betreffende Dinge gegangen war, hatte es in den ganzen Jahren keinen Kontakt zwischen ihnen gegeben. Keine Seite hatte ein gesteigertes Bedürfnis nach der Nähe der anderen gehabt.

Als Natascha in Berlin war, hielt sie es jedoch für angebracht, ihre Mutter aufzusuchen.

In nervöser Spannung machte sie sich auf den Weg in die Fasanenstraße. In ihr tobte ein Kampf zwischen ängstlicher Erwartung und freudiger Erregung. Wie würde Katharina ihr nach all den Jahren begegnen? Wäre sie versöhnlich, würde sie immer noch bedauern, dass sie nie den Weg zum Herzen ihrer Tochter gefunden hatte? Die letzte Begegnung in Sankt Petersburg, als sie das Gefühl gehabt hatte, ihre Mutter würde doch etwas für sie empfinden, ließ sie darauf hoffen. Doch dann überfiel sie wieder eine beklemmende Angst. Was, wenn sie wie früher war: unnahbar, kühl, von oben herab?

Nataschas Hände waren feucht, als sie an der großen zweiflügeligen Tür im ersten Stock läutete, die von einem muffig dreinblickenden Dienstmädchen geöffnet wurde. In der Wohnung lag eine gespenstische Stille, die nur durch das Knarzen der Dielen unter ihren Schritten gestört wurde. Sie hatte das Gefühl, sich ungehörig zu benehmen, als sie das Geräusch machte. Das Dienstmädchen, das ihr voranging, hielt sich an der linken Wand, und wenn es die Füße aufsetzte, blieb es still.

Als Natascha das bemerkte, wusste sie, dass ihre Hoffnung vergebens war. In diesem Haus regierte wie früher die ewig missgelaunte, sich vom Schicksal grausam verraten fühlende Katharina, und alle hatten sich nach ihren Befindlichkeiten zu richten und sich ihrer Tyrannei zu beugen.

Das Mädchen öffnete die Tür zum Salon, und der Anblick ihrer Mutter, die hoheitsvoll auf der Chaiselongue lag und nicht die geringsten Anstalten machte, sich zu erheben, um ihre Tochter zu begrüßen, bestätigte ihre schlimmsten Befürchtungen. Natascha erstarrte, als sie die Chaiselongue erkannte – es war dieselbe, auf der Katharina sich auch in Petersburg für Stunden geradezu verschanzt hatte. Natascha hatte dieses Möbel schon als Kind gehasst, weil man ihre Mutter nicht ansprechen durfte, wenn sie darauf ruhte. Und jetzt verursachte ihr der Anblick Übelkeit.

Katharina war alt geworden, obwohl es immer noch Spuren von Schönheit in ihrem Gesicht gab: die feine Haut, die kaum Fältchen zeigte, die ausdrucksstarken Augen, der üppige Kranz dunkelblonder Haare. Doch der schmallippige Mund, besonders aber die übertrieben dunkel gefärbten und in die Höhe gezogenen Augenbrauen gaben ihrem Aussehen etwas Maskenhaftes, Gefährliches. Natascha hatte den Impuls gehabt, ihre Mutter zu küssen, doch Katharinas abweisende Haltung machte deutlich, dass sie keinerlei Zärtlichkeiten wünschte. Natascha hielt in ihrer Bewegung inne, die erhobenen Arme hilflos in der Luft. Dann ging sie ein paar Schritte auf das Canapé zu und reichte ihrer Mutter beklommen die Hand. Für einen Moment blieb alles still, und Natascha fühlte Katharinas Blick auf sich ruhen, nicht liebevoll oder stolz, sondern abschätzend, ihre Schönheit mit der eigenen vergleichend.

Sie setzte sich ihr gegenüber und glaubte sich in einem Albtraum, als ihre Mutter unvermittelt begann, über Belanglosigkeiten zu plaudern, und jedes Thema mied, das wirklich wichtig zwischen ihnen gewesen wäre. Ich bin doch keine lästige Bekannte, dachte sie zornig.

Bereits nach wenigen Minuten wussten sie sich nichts mehr zu sagen.

Natascha machte einen letzten Versuch, das Eis zu brechen.

»Mutter …« Sie stand auf und ging auf sie zu. Später erkannte sie, dass Katharina sich für diesen Moment gewappnet hatte.

»Manfred, da bist du ja! Komm doch bitte herein.«

Ein älterer Herr betrat den Raum, und Katharina stellte ihn als ihren guten Freund Manfred von Waren vor. Natascha bemerkte sofort zwei Dinge an ihm, die sie störten: die eng zusammenstehenden, stechenden Augen und das kleine Hakenkreuz an seinem Revers. Der Mann benahm sich ganz so, als sei er in der Wohnung zu Hause. Katharina hatte es immer verstanden, Männer zu finden, die ihr die Unannehmlichkeiten des Lebens möglichst vom Leibe hielten, und zurzeit schien dieser Herr von Waren diese Aufgabe zu übernehmen. Unter seinen Argusaugen redeten sie noch einige Sätze miteinander, dann, viel früher, als sie vorgesehen hatte, machte Natascha Anstalten zu gehen, und Katharina tat nichts, um sie zum Bleiben zu bewegen.

Unten auf der Straße brach sie in Tränen aus, und in den folgenden Nächten raubte der Gedanke an ihre Mutter ihr den Schlaf. Natascha hatte geglaubt, sich von Katharina befreit zu haben, und doch hatte ihre Distanziertheit sie bis ins Mark getroffen. Vergebens versuchte sie sich einzureden, dass Katharina so abweisend gewesen war, weil sie keine alten Wunden aufreißen wollte. Sie wusste, dass Konstantin recht hatte, als er sie darauf hinwies, dass sie ihrer Mutter immer gleichgültig gewesen sei. Und Rudolf sagte mit einem sarkastischen Grinsen, dass Katharina alle anderen Menschen gleichgültig waren außer ihr selbst.

Kostja hatte kein Glück mit seinen Geschäften gehabt, und so fuhren sie beide drei Tage später zutiefst niedergeschlagen zurück nach Paris.

Während sie an die Begegnung mit ihrer Mutter zurückdachte, war Natascha zu dem hohen Kaminsims im Salon getreten, um Katharinas Foto zu betrachten, das dort seit Jahren seinen Platz neben einer Aufnahme ihres Vaters hatte. Sie wischte mit dem Daumen ein Staubkörnchen von der Glasplatte und versuchte, die Gedanken ihrer Mutter aus ihren Augen zu lesen. Doch sie konnte nur Hochmut und Gefühlskälte erkennen. In einer plötzlichen Eingebung nahm sie das Bild und schleuderte es in den brennenden Kamin. Das Glas zerbrach, und die Flammen begannen an dem Papier zu lecken. Es tat ihr gut zu sehen, wie es kurz aufloderte und dann zerfiel.

Nebenan hörte sie Rudolf rumoren. Endlich! Sie nahm das Tablett, auf dem sie Tee und einen kleinen Imbiss vorbereitet hatte. Vor dem Arbeitszimmer traf sie auf Konstantin, der ebenfalls hören wollte, was Rudolf zu berichten hatte.

Während er aß, erzählte er, wie er in der Nacht, als der Reichstag brannte, aus der Redaktion nach Hause wollte und vor seiner Haustür die bereits sattsam bekannten Männer in den langen schwarzen Ledermänteln bemerkt hatte. Er hatte sofort kehrtgemacht und war zur Wohnung eines Kollegen gegangen, um ihn zu warnen. Doch der Freund hatte nicht so viel Glück gehabt. Seine Frau erzählte ihm unter Tränen, wie die Männer gekommen waren, alles zerschlagen und ihren Mann mitgenommen hatten. Da stand für Rudolf fest, dass er sofort verschwinden musste. Er hatte den ersten Zug genommen, der Berlin verließ, und war nach zwei Tagen in Paris eingetroffen, wo ihn sein erster Weg zu Natascha geführt hatte.

»Ich habe lange überlegt, zu wem ich in Berlin gehen könnte, um mir etwas Geld für die Flucht zu leihen. Ich hatte nur ein paar Münzen bei mir. Wer rechnet auch schon damit, dass er abends sein Land verlassen muss, wenn er morgens aus dem Haus geht?«, sagte er grimmig. »Es musste natürlich jemand sein, der bei den Nazis keinen Verdacht erregte. Bei meinen Kollegen waren sie ja offensichtlich schon gewesen. Na ja, da ist mir deine Mutter eingefallen.«

Natascha zuckte zusammen. »Und? Hast du sie gesehen?«

»Ja, und sie hat mir Geld gegeben und dazu noch einen Mantel. ›Man geht nicht ohne Überzieher‹, hat sie gesagt.«

Natascha sah den dunkelbraunen Herrenmantel, der über einer Sessellehne hing, und fragte sich, ob er wohl dem Freund ihrer Mutter mit den stechenden Augen gehört hatte.

»Das war nobel von ihr«, sagte Konstantin. »Es ist ein guter Mantel.«

Rudolf stieß ein Knurren aus. »Von wegen nobel. Ich glaube, sie wollte nur, dass ich möglichst rasch und möglichst weit verschwinde, damit ich ihr keine Unannehmlichkeiten mache. Schließlich tragen wir denselben Namen. Am Schluss meines kleinen Besuchs hat sie mich noch aufgefordert, bloß nie wiederzukommen. Beim nächsten Mal würde sie die Polizei rufen.«

»Das sieht ihr schon ähnlicher«, sagte Natascha. »Hast du ihr gesagt, wohin du willst?«

»Nein, Liebes. Es tut mir leid, sie hat mir keine Grüße für dich mit auf den Weg gegeben.«

»Ist schon gut«, sagte sie schnell. Und, nach einer Pause: »Was hast du denn jetzt vor?«

»Nun, als Erstes würde ich mich gern waschen, und vielleicht hat Konstantin einen alten Anzug für mich?«, fragte Rudolf mit einem Grinsen. »So wie ich jetzt aussehe, möchte ich nicht länger auf die Straße.« Mit seinem unrasierten Kinn und den zerknitterten Sachen erweckte er in der Tat nicht gerade Vertrauen.

»Und dann gehe ich zu den Genossen, die es ebenfalls hierher verschlagen hat. Gemeinsam werden wir diesen Hitler aus dem Land jagen. In spätestens drei Monaten hat der abgewirtschaftet, dann hat auch der letzte Deutsche erkannt, was für einen verbrecherischen Scharlatan er da an der Regierung hat.«

Natascha wurde hellhörig. Diese Töne kamen ihr bekannt vor. Genauso hatten sie selbst geredet, als sie aus Russland gekommen waren. Und jetzt dauerte ihr Exil bereits fünfzehn Jahre, und eine Rückkehr war mehr denn je in die Ferne gerückt. Aber sie sagte nichts, und auch Konstantin schwieg, so als wären sie beide übereingekommen, den kämpferischen Optimismus Rudolfs vorerst nicht zu dämpfen.

Rudolf blieb nur kurz in Paris. Einige Wochen später wurde er nach Saarbrücken geschickt, um dort für die Zeitung *Deutsche Freiheit* zu arbeiten, ein sozialdemokratisches Blatt, das gegen Hitler und später gegen die Angliederung des Saarlandes an das Deutsche Reich kämpfte und hauptsächlich für den Vertrieb im grenznahen Hitlerdeutschland bestimmt war. Die Abstimmung war am 13. Januar 1935, und mehr als neunzig Prozent der Saarländer stimmten für Hitler. Das politische Exil erlitt eine vernichtende Niederlage, und Rudolf musste erneut fliehen.

Als er im Frühjahr 1935 wieder vor der Tür in der Rue des Acacias stand, erkannte Natascha ihn erst beim zweiten Hinsehen.

Von seiner ehemaligen Stattlichkeit war nichts geblieben, vor Natascha stand ein älterer – sie rechnete kurz nach und kam zu dem Ergebnis, dass er um die fünfzig sein musste –, gebeugter Mann, dessen Gesichtsfarbe grau und dessen Haar spärlich und am Hinterkopf ganz gewichen war. Der frühere Dandy schien keinen Wert mehr auf seine Kleidung zu legen. Seine Hosen waren abgewetzt und zu kurz. »Das trägt man jetzt in Berlin, kurze Hosen, nur die Farbe ist nicht ganz korrekt, es hätte eigentlich ein helles Braun sein sollen«, sagte Rudolf bitter, als er Nataschas peinlich berührten Blick auffing. Anfänglich bemühte er sich, den alten Charmeur zu spielen. Er ließ es sein, nachdem es ihm einige Male passiert war, dass er die Pointe seines Bonmots vergaß. In solchen Momenten verharrte er für einige Sekunden kraftlos, um dann mit fahrigen Bewegungen an seinen Hosenbeinen entlangzufahren und sie nach imaginären Fusseln abzusuchen. Diese Bewegung war zu einem Tick bei ihm geworden, ständig zupfte er an sich herum. Natascha konnte es kaum ertragen.

»Mein Gott, Rudolf, was ist denn nur mit dir geschehen?«, fragte sie fassungslos.

»Ich glaube nicht, dass wir uns verstellen müssen«, hatte Rudolf endlich gesagt, nachdem er wieder einmal aus seiner Abwesenheit aufgetaucht war und Natascha so tat, als wäre nichts. »Ich bin um mindestens ein Jahrzehnt gealtert, seitdem wir uns gesehen haben, obwohl das noch keine zwei Jahre her ist.«

»Es ist, weil du keine Hoffnung mehr hast, nicht wahr?«, fragte sie ihn leise.

Seine Antwort sprach er mehr zu sich selbst. »Als du damals in Berlin warst, glaubten wir noch, wir könnten etwas gegen die Misere tun, gegen die schlechte Wirtschaftslage und die Arbeitslosigkeit – und vor allem gegen die Nazis. Aber wir erlebten eine Enttäuschung nach der anderen. Es war, als würden wir gegen eine Wand anrennen, die Leute wollten einfach nicht auf uns hören. Viele waren ja sogar sehr für Hitler. Wie deine Mutter. Ich bin an Deutschland zerbrochen. An diese Saarabstimmung hatte ich meine letzten Hoffnungen geknüpft, und ich habe für sie meine ganze Kraft gegeben.« Er raufte sich die Haare und begann zu schreien: »Nach zwei Jahren der Hitlerei hätte doch auch der Blindeste sehen müssen, welche Verbrechen im Auftrag dieser Regierung geschehen! Und im Saargebiet durften die Menschen wirklich frei und ohne Schikanen wählen. Ich kann es einfach nicht glauben, dass die Saarländer sich freiwillig in die Hände dieser Bande von Kriminellen begeben. Ich hätte es wissen müssen«, schloss er. Sein Zorn war verraucht, jetzt war wieder diese Resignation in seiner Stimme, die früher undenkbar für ihn gewesen wäre und die nun zu seiner Natur geworden war.

»Ach, Rudolf.« Sie bemühte sich, die Angst in ihrer Stimme zu verbergen. »Was hast du jetzt vor? Kannst du von hier aus für deine Zeitung schreiben?«

»Meine Zeitung gibt es nicht mehr. Sie ist verboten. Und wer wollte sie auch lesen? Du weißt doch selbst am besten, wie es Blättern geht, die in einem fremden Land erscheinen.« Er riss sich zusammen und versuchte ein zuversichtliches Lächeln, das misslang. »Jedenfalls habe ich schon mal eine Unterkunft, etwas Geld ist mir auch noch geblieben. Und außerdem: Unkraut vergeht nicht.«

Natascha glaubte ihm nicht.

In den folgenden Monaten lud sie Rudolf häufig zum Essen ein, weil sie wusste, dass er finanzielle Probleme hatte. Aber er war noch nicht so weit, dass er Geld von ihr angenommen hätte, und so unterstützte sie ihn, indem sie stillschweigend die Restaurantrechnungen beglich. Sie war glücklich darüber, wieder ein Familienleben, wenn auch in sehr bescheidenem Rahmen, zu führen. Sie hatte es immer bedauert, nicht im lärmenden Kreis von Geschwistern und Cousinen, Onkeln, Tanten und Großeltern aufgewachsen zu sein. Mindestens einmal in der Woche trafen sie sich zum Mittagessen, entweder in einem Café am Montparnasse, wohin er zu Fuß von seinem winzigen

Hotelzimmer am Jardin de Luxembourg kam, um Geld für die Metro zu sparen, oder in der Rue des Acacias, wo dann auch Konstantin dabei war. Bei solchen Gelegenheiten redeten sie manchmal von früher, von Sankt Petersburg und Wolodowskoje Polje, von Maximilian, von den rauschenden Festen, vom russischen Winter. Hin und wieder gelang es ihnen, in den schönen Erinnerungen zu schwelgen und unbeschwert zu lachen.

Aber jedes Mal wenn sie Rudolf sah, wurde Natascha bewusst, wie gefährdet diese Illusion war. Von einer Woche zur nächsten konnte sie beobachten, wie er verkam. Sie hatte in den letzten Jahren durch Olga erfahren, woran man einen Kokain- oder Alkoholsüchtigen erkannte, und sie sah die Symptome auch bei Rudolf: abrupte Schwankungen zwischen Euphorie und absoluter Niedergeschlagenheit, brillante Tiraden neben stumpfem Schweigen, Heißhunger neben totaler Appetitlosigkeit. Je nach Stimmungslage sprudelte er hoffnungsfroh von allen möglichen Projekten und Arbeitsmöglichkeiten, dann wieder hatte er sich offenkundig aufgegeben. Er fand tatsächlich nur sporadisch kleine Jobs, sein Erspartes war längst aufgebraucht, und die Nachrichten aus Deutschland deprimierten ihn. Noch einmal schöpfte er Hoffnung, als die verschiedenen politischen Kräfte innerhalb des deutschen Exils, Bürgerliche, Katholiken, besonders aber die heillos zerstrittenen Sozialdemokraten und Kommunisten und andere linke Gruppen ihre Absicht erklärten, politische Divergenzen vorerst ruhen zu lassen und gemeinsam für den Sturz Hitlers zu arbeiten.

Im September 1935 nahm Rudolf an der großen Volksfront-Konferenz teil, die im berühmten Pariser Hotel *Lutetia* am Boulevard Raspail tagte. Bereits Wochen vor dieser Konferenz leistete er unermüdlich Überzeugungsarbeit. Tage- und nächtelang, wo immer er auf Genossen traf, von denen er viele noch aus Berlin kannte, diskutierte er und bemühte sich, verhärtete Fronten aufzuweichen. Natascha beobachtete mit Sorge, wie er buchstäblich um sein Leben redete.

Die Konferenz schien ein großer Erfolg zu werden, ein Komitee unter dem Vorsitz des deutschen Schriftstellers Heinrich Mann wurde gebildet, um den gemeinsamen Kampf zu organisieren. Doch schon einen Monat später gaben sich Kommunisten und Sozialdemokraten gegenseitig die Schuld an ihrem Scheitern. Wo sie sich trafen, beschimpften und prügelten sich Anhänger der beiden Parteien, in der Presse wurde eine Schlammschlacht ausgetragen, und die bürgerlichen Parteien sahen hilflos zu. Eine Einigung war in weite Ferne gerückt.

Rudolf gab sich endgültig auf, er lebte nur noch für den Rausch, sein ganzes Streben ging dahin, genügend Geld dafür aufzutreiben. Meistens reichte sein Einkommen nur für billigen Rotwein, den er in großen Zweiliterflaschen in seinem Hotelzimmer hortete. Es kam vor, dass er unter einem Vorwand auf das Mittagessen verzichtete und Natascha bat, ihm doch den Betrag in Münzen zu geben, er würde dann später etwas zu sich nehmen. Natascha gab ihm das Geld.

Durch Rudolf lernte Natascha viele andere deutsche Flüchtlinge kennen, und sie hegte große Sympathien für die meisten von ihnen. Sie begegnete ihnen, wenn sie Rudolf in seinem schäbigen Hotel abholte, in den Cafés, wo sie ihre Treffpunkte hatten und wohin sie mit Rudolf oder mit Olga ging. Sie sah ihre Aufgabe darin, ihnen durch ein Lächeln, eine kleine Zuwendung zu zeigen, dass sie sie nicht ablehnte und auf ihrer Seite stand. Manchmal lud sie einige von Rudolfs Freunden zum Essen oder zum Trinken ein. Sie war auch für Olga da, tippte ein Flugblatt und gab einmal die Woche Französischunterricht für jüdische Flüchtlinge. Und sie ging oft zu Viktoria Tscherbaliefa und ihrer alten Mutter, die bettlägerig war und sich über eine kleine Plauderei unendlich freute.

Natascha war durch ihre persönliche Situation zu einer Art Grenzgängerin zwischen der russischen und der deutschen Emigration geworden. Normalerweise hatten beide Gruppen nichts miteinander gemein und belauerten einander mit größtem Misstrauen. Die Deutschen, zumeist politische Emigranten, die links von den Nazis standen, betrachteten die russischen Aristokraten und Intellektuellen als hoffnungslos reaktionär, während diese die Deutschen für Revolutionäre und Putschisten hielten. Und die vielen jüdischen Flüchtlinge aus Deutschland konnten die staatlich gelenkten Pogrome in Russland nicht vergessen. Dazu kam ein allgemeines Gefühl der Konkurrenz, denn jeder neue Flüchtling schmälerte die eigenen Chancen bei den französischen Behörden und in den Herzen der Franzosen.

Natascha nahm zwischen ihnen eine Sonderstellung ein. Sie war von Geburt Russin, aber ihre Eltern, ihre Erziehung, die Muttersprache, all das war deutsch. Und nun lebte sie seit fünfzehn Jahren in Frankreich und fühlte wie eine Französin. Sie ließ sich einfach für keine Nation vereinnahmen, wusste selbst nicht, welcher Nationalität sie sich eigentlich zugehörig fühlen sollte. Als Konstantin sie während eines Streits einmal als Kosmopolitin beschimpfte, konnte sie darin nichts Schlechtes sehen.

Eines Abends saßen sie in dem kleinen Café-Restaurant, das zu Rudolfs Hotel gehörte, was man aber von außen nicht bemerkte, denn es lag um die Ecke und war lediglich durch eine Treppe im Inneren mit dem Aufgang zu den Zimmern verbunden. Sie hatten dort das günstige Tagesgericht gegessen, ein Cassoulet, in dem fette Fleischstückchen schwammen, und Natascha hatte Wein bestellt, der ihnen bereits die Zungen gelöst hatte. Sie waren zu sechst. Rudolf hatte einen Artikel verkauft und gab sich deshalb beinahe so charmant wie in alten Tagen. Neben ihm saß Olga, reifer und schöner denn je. An einem Ende des Tisches, Natascha gegenüber, hockte ein kleiner schmächtiger Deutscher, den Natascha nicht besonders mochte. Er war in München ein bekannter Rechtsanwalt gewesen und bewohnte das Zimmer neben Rudolf. Links von ihm, mit dem Rücken zur Wand, thronte ein ziemlich berühmter Dichter mit seiner Frau. Wieder einmal kreiste das Gespräch um das Exil im Allgemeinen.

Am Nebentisch stand in diesem Moment ein alter Mann auf. Er hatte keinen Blick für die Anwesenden, obwohl er sie alle kannte. Er musste seine ganze Kraft zusammennehmen, um die wenigen Meter von seinem Tisch bis zur Treppe zurückzulegen, die hinauf in das kleine Zimmer führte, das er seit Jahren bewohnte und nur verließ, um zum Essen herunterzukommen. Jeder hier kannte den alten Grischenkow, aber niemand wusste etwas über ihn zu berichten, weder sein Alter noch was er in Russland gesehen hatte. Er lebte völlig zurückgezogen, aus seinem Zimmer hörten die Vorübergehenden abwechselnd das Rascheln wie von Zeitungen oder Buchseiten und Gebete.

»Der Alte ist über den Verlust seiner Heimat seltsam geworden. Tragischer Fall. Wissen Sie, was er in seinem Zimmer liest? Alte russische Zeitungen, noch aus dem Zarenreich. Er führt dann eingebildete Gespräche mit dem Kaiser und beschwört ihn, eine andere Politik einzuschlagen, um die Revolution zu verhindern. Es ist, als ob die letzten zwei Jahrzehnte für ihn gar nicht existiert hätten. Eigentlich ist er eine Figur für einen Roman.« Dies sagte der berühmte Dichter.

»Sind denn nicht alle Emigranten rückwärtsgewandt?«, fragte Natascha, während sie noch darüber nachdachte. »Wir alle haben doch unser Land verlassen, und wir tragen es so in unserem Herzen und vor unserem inneren Auge, wie wir es zum letzten Mal gesehen haben. Dabei vergessen wir aber, dass dieses Land sich weiterentwickelt, auch ohne uns und ob uns das gefällt oder nicht.« Sie bedachte die anderen mit einem provozierenden Blick. »Ist denn der Unterschied zwischen euch und uns wirklich so bedeutend?«

Der kleine Anwalt, der bisher sehr schweigsam gewesen war, ergriff das Wort: »Ihr würdet euer Russland sicher nicht wiedererkennen, es sind fünfzehn Jahre seit eurer Flucht vergangen, und Russland gibt es nicht mehr. Das Land hat eine neue Wirtschafts- und Gesellschaftsform, die alten Eliten sind komplett ausgewechselt.«

»Und ist es denn in Deutschland so viel anders? Haben Sie nicht geglaubt, es lohne gar nicht erst, die Koffer auszupacken, als Sie vor zwei Jahren hierherkamen? Haben Sie nicht, genauso wie wir, geglaubt, die neue Macht würde innerhalb kürzester Zeit abwirtschaften? Sie haben eben selbst festgestellt, wie lange unser Exil bereits dauert. Und wissen Sie, was für diejenigen daraus geworden ist, die immer noch an Rückkehr glauben? Ein ewiges Provisorium. Dort nicht mehr und hier immer noch nicht heimisch. Für einige ist das Heimweh so stark, dass sie zerbrochen sind. Ich kann die Beerdigungen der Selbstmörder kaum noch zählen, auf denen ich in den letzten Jahren gewesen bin. Und dann sind da noch die anderen, die von einem Tag auf den anderen verschwunden sind und von denen man irgendwann erfährt, dass sie trotz aller Gefahren zurückgegangen sind, weil sie lieber zu Hause sterben als in der Fremde leben wollen.« Natascha hatte schnell gesprochen, weil sie ahnte, dass die anderen nicht einverstanden waren und versuchen würden, sie zu unterbrechen. Jetzt bemerkte sie, wie Olga ihr einen raschen Blick zuwarf. Sie denkt an Konstantin und seine Freunde, dachte sie. Und ich tue es auch.

Rudolf ergriff als Erster das Wort. »Ich weiß nicht, ob du recht hast, was die Dauer unseres Exils angeht. Ich hoffe inständig, dass wir nicht fünfzehn Jahre warten müssen, ich bin nämlich überzeugt, nicht so lange aushalten zu können. Denn das Exil ist die Hölle«, sagte er. »Und ich glaube, besonders schlimm ist es für uns Dichter und Journalisten. Wir haben unsere Sprache, und nur in ihr können wir uns ausdrücken. Für viele von uns, die über Nacht geflohen sind, ist sie das Einzige, was sie mitnehmen konnten. Sie ist unser einziger Reichtum …«

»Das halte ich für einen fatalen Irrtum«, widersprach der Dichter, und sein gewaltiger Schnurrbart zitterte. »Meine Sprache ist mein Reichtum, aber gleichzeitig ein Gefängnis. Ich brauche sie, um die Welt um mich zu erkunden und sie in meinen Büchern zu erzählen. Meine Sprache ist mein Schlüssel zur Wirklichkeit, aber in der Fremde verstehe ich nicht, was um mich herum vorgeht, und so geht mir der Stoff aus. Und wenn ich etwas sage, dann werde ich nicht verstanden.« Er machte eine rasche Handbewegung, mit der er sein fast leeres Rotweinglas umstieß. Mit einem leisen Klirren zerbarst es auf dem Tisch und hinterließ einen sich langsam ausdehnenden Fleck. Trübsinnig starrte er darauf.

»Genau darauf wollte ich auch hinaus, bevor Sie mir die Worte aus dem Mund genommen haben«, sagte Rudolf.

Olga sprach genug Deutsch, um den Inhalt des Gesprächs zu verstehen, der ihr ohnehin aus vielen anderen bekannt war. Jetzt mischte sie sich ein. »Ich bin freiwillig gegangen, ich habe alles getan, um mich hier einzuleben, angefangen damit, dass ich Französisch gepaukt habe. Ich will nicht zurück, auf keinen Fall«, schloss sie trotzig, und Natascha musste an ihre Anfälle von »Heimweh nach der russischen Seele« denken.

»Bravo.« Die drahtige Frau des Dichters klatschte in die Hände. »Der Meinung bin ich auch. Warum müssen wir eigentlich alle zurück? Ich für meinen Teil kann mir sehr gut vorstellen, hierzubleiben. Wer könnte schon etwas dagegen haben, in Paris zu leben? Eine kleine Anstrengung ist dafür natürlich schon vonnöten. Und zu einem neuen Leben gehört vielleicht auch ein neuer Beruf. Warum müsst ihr denn alle Dichter bleiben, Ärzte, Rechtsanwälte? Seht doch uns Frauen an, in vielen Familien sind wir es, die für das tägliche Brot sorgen. Uns mutet ihr doch auch ohne Weiteres zu, vom Katheder herabzusteigen und als Verkäuferinnen oder Friseurinnen zu arbeiten. Und nicht nur das, nachts müssen wir euch auch noch trösten und euer zerkratztes Selbstbewusstsein wiederaufbauen. Ich habe jedenfalls große Achtung vor den Frauen, die mit einer unnachgiebigen Zähigkeit ganze Familien ernähren, während ihre Männer und Söhne untätig herumsitzen und darauf warten, dass man ihnen eine Beschäftigung in ihrem alten Beruf anbietet. Denkt an die Frau des Professors aus Zimmer 21. Sie verkauft Selbstgebackenes, während ihr Mann sich weigert, auch nur ein Wort Französisch zu sprechen, weil ihm ›das Deutsche die Heimat‹ ist.« Bei diesen Worten zuckte ihr Mann neben ihr zusammen, aber sie ließ sich nicht unterbrechen. »Ich kenne eine ehemalige Sekretärin, die Lederhandschuhe näht, und auf der anderen Seite des Luxembourg haben zwei frühere Lehrerinnen einen Frisiersalon in ihrer winzigen Wohnung eröffnet. Übrigens sehr zu empfehlen, gut und billig.«

Alle redeten jetzt erregt durcheinander, und der *Patron*, der hinter der Theke stand und Gläser wusch, kam an den Tisch und bat sie mit einer beschwichtigenden Handbewegung, doch leiser zu sein. Er wies auf ein französisches Ehepaar, das laut auf Hitler schimpfend das Lokal verließ. Es war nicht gut für das Geschäft, wenn in seinem Café deutsch gesprochen wurde.

»Jetzt hält man uns auch noch für Faschisten, es ist einfach zum Heulen«, stöhnte der kleine Rechtsanwalt, doch dabei zeigte er ein bitteres Lächeln.

Auf dem Nachhauseweg dachte Natascha an die Worte der Frau des Dichters. Sie hatte zweifellos recht, wenn sie sagte, dass die Frauen sich besser in der Fremde zurechtfanden. Viktoria Tscherbaliefa und natürlich Olga waren lebendige

Beispiele dafür, und wenn Natascha sich mit Konstantin verglich, dann galt das auch für ihre eigene Person.

Konstantin war nach dem Misserfolg mit den *Russischen Nachrichten* schwermütig wie nie zuvor, und er legte manchmal eine Boshaftigkeit an den Tag, die ihn schwer erträglich machte. Sie machte sich ernstliche Sorgen um ihn. Fast den ganzen Tag verbrachte er in seinem Arbeitszimmer, wo er so tat, als sei er beschäftigt, aber wenn Natascha den Raum betrat, schreckte er meistens aus einer tiefen Versunkenheit auf. Vor einigen Wochen war über verschlungene Wege aus Ponedjelnik die Nachricht von der Verhaftung seiner Eltern gekommen. Natascha bemühte sich vergeblich, ihn damit zu beruhigen, dass Jelisaweta die sowjetischen Kommissare mit ihrer Zungenfertigkeit schon kleinreden würde. Insgeheim fürchtete auch sie das Schlimmste für ihre Schwiegereltern, denn die Nachrichten über unzählige willkürliche Verhaftungen, Deportationen und Erschießungen, die immer öfter auch alte Kampfgefährten von Lenin trafen, wurden zunehmend beunruhigender. Kaum einer, der Stalins Häschern in die Hände geraten war, entkam ihnen wieder.

Mit jedem alten Bekannten, der im Land geblieben war und starb, verhaftet wurde oder dessen Spur sich in den Weiten Sibiriens verlor, schwand die alte Heimat ein weiteres Stück. Von ihrer Familie war niemand mehr dort, Maximilian und Viktor waren seit Jahren tot, die wenigen Freunde, die sie gehabt hatten, waren in alle Winde zerstreut, und jetzt war auch die Verbindung zu Jelisaweta und Iwan abgerissen. Russland verlor immer mehr an Kontur.

Noch etwas anderes quälte Konstantin, und dies führte zu erbitterten Streitigkeiten zwischen ihm und Natascha. Durch seine finanziellen Misserfolge war er vorsichtig und misstrauisch geworden. Einen weiteren Fehlschlag konnte er sich nicht leisten, und er entwickelte eine ungeheure Wut auf alle, die seiner Meinung nach schuld an seiner Misere waren. Die große

Angst seines Lebens bestand darin, so zu enden wie die Hitlerflüchtlinge. Mit diesen abgerissenen Gestalten, die nirgendwo willkommen waren und auch schon mal gewaltsam zurück nach Deutschland gebracht wurden, wollte er nichts zu schaffen haben.

Natascha kam er vor wie ein verwundetes Tier, das bösartig geworden war und um sich biss. Immer häufiger kam es zu hässlichen Auseinandersetzungen zwischen ihnen, die früher undenkbar gewesen wären.

An diesem Abend gegen Ende des Jahres, als Natascha beim gemeinsamen Abendessen beiläufig erwähnte, sie habe Rudolf in einem Café getroffen und er sehe schlecht aus, explodierte Konstantin förmlich.

»Ich frage mich, was du mit diesem Habenichts zu schaffen hast, er ist doch nur ein Vaterlandsverräter, der das Ansehen der gesamten Emigration beschmutzt, auch der unseren. Ich darf dich nämlich daran erinnern, dass auch du eine Emigrantin bist.«

Natascha verschlug es für einen Moment die Sprache. Dann wurde sie wütend. »Aber darum geht es doch gerade. Wir sind doch ebensolche Emigranten wie sie.«

Konstantin starrte sie hasserfüllt an und presste zwischen zusammengebissenen Zähnen hervor: »Wie kannst du etwas derart Ungeheuerliches behaupten?«

»Weil es stimmt. Glaubst du denn im Ernst, dass die Franzosen einen Unterschied zwischen ihnen und uns machen würden? Die deutschen Antifaschisten wollen doch auch nur ihre Haut retten und die Regierung ihres Landes stürzen, genau wie du!«

»Nein, mein Schatz. Genau da liegt der Unterschied. Sie wollen eine rechtmäßig gewählte Regierung stürzen, während wir die Macht des Landes waren, das wir verlassen haben. Wer waren die denn in Deutschland? Arme Schlucker, und auch hier haben sie nicht die Spur von Einfluss! Die sind doch nur damit beschäftigt, sich gegenseitig zu zerfleischen. Man muss sich bloß ansehen, wie sie ihren Lebensunterhalt verdienen. Als Botenjungen, Wäscherinnen, neulich stand ein leibhaftiger Professor vor unserer Tür und wollte mir ein Stück Seife verkaufen!«

Das war zu viel für Natascha. »Und die Russen?«, rief sie. »Wie viele von uns haben ihr Vermögen verloren und sind nur zu feige, dies auch zuzugeben! Denkst du, ich weiß nicht, warum einige deiner Freunde Selbstmord begangen haben? Du sprichst mit Hochachtung von ihrer letzten Entscheidung, aber ich finde sie feige, wenn du es genau wissen willst. Was passiert denn mit den Frauen und Kindern, nachdem das sogenannte Familienoberhaupt sich aus dem Staub gemacht hat? Hast du vergessen, wie es den Tscherbaliefs ergangen ist, nachdem der alte Tscherbalief sich vergiftet hatte? Hast du ihnen irgendeine Art von Hilfe angeboten? Weißt du, was aus ihnen geworden ist? Nein? Ich aber. Und ich finde die Art, wie sie sich durchs Leben schlagen, mutiger.« Sie hatte sich in Rage geredet. Mit einer energischen Bewegung stieß sie den Teller von sich und nahm einen großen Schluck Rotwein aus ihrem Glas. »Ich finde es äußerst ungerecht von dir, die armen Leute, die alles tun, um über die Runden zu kommen, so herabzusetzen. Was gibt dir denn die Sicherheit, dass du auch in Zukunft auf einem bequemen Geldpolster ruhen kannst?«

Diese letzte Bemerkung hätte sie nicht machen dürfen. An der Reaktion Konstantins, der aufsprang und dem sämtliche Farbe aus dem Gesicht gewichen war, merkte sie, dass das Gespräch eine gefährliche Wendung genommen hatte. Versöhnlich fuhr sie fort: »Glaube doch nicht, dass ich nicht weiß, wie es um unsere Finanzen steht, aber das macht mir nichts aus, ich muss nicht länger in Saus und Braus leben. Die Zeiten haben sich eben geändert.«

Doch Konstantin hatte bereits den Raum verlassen und die Tür krachend ins Schloss geworfen.

Natascha blieb allein zurück. Von wegen, Frauen kommen in der Fremde besser zurecht, dachte sie mit leichtem Hohn. Mein Leben ist jedenfalls völlig festgefahren. Und ein Ausweg ist nicht in Sicht.

Kapitel 22

Der Saal der *Mutualité* auf dem linken Seineufer war mittlerweile zum Bersten gefüllt. Sie waren rechtzeitig gekommen, weil sie einen Sitzplatz haben wollten, und nun saßen sie in der ersten Reihe.

Die Stimmung an diesem warmen Frühlingstag des Jahres 1936 war euphorisch, nicht nur hier im Saal, sondern im ganzen Land. Seit dem Putschversuch der rechtsextremistischen Ligen nach dem Stawisky-Skandal vor zwei Jahren war ein Ruck durch die Republik gegangen. Die französischen Linken hatten alles Trennende vergessen und waren aufeinander zugegangen. Sie hatten ein Bündnis geschlossen, um die Gefahr von rechts abzuwenden. Den Nationalfeiertag am 14. Juli 1935 hatten die Pariser mit einer überwältigenden Demonstration gefeiert, bei der eine halbe Million Menschen von der Bastille quer durch die Stadt defilierte. Die begeisterte Menge schwenkte rote Fahnen und Spruchbänder. Im Februar 1936 dann hatten im Nachbarland Spanien die Parteien der Volksfront die Parlamentswahlen gewonnen. Die Franzosen waren voller Zuversicht, dass auch ihre vereinigte Linke bei den im Mai stattfindenden französischen Wahlen die Macht erringen würde. Die Aussicht auf die Regierungsmacht verlieh den Menschen auf der Straße Flügel. Ihre Siegeszuversicht steckte auch die deutschen Emigranten an. Wenn in Spanien und Frankreich die antifaschistische Linke sich gegen die Rechten durchsetzen konnten, warum sollte das nicht auch in Deutschland möglich sein? Überall schöpfte man neue Hoffnung.

Das galt allerdings nicht für Rudolf, der meistens so betrunken war, dass er gar nicht mehr mitbekam, was um ihn herum geschah. Natascha hatte es aufgegeben, ihn aus seiner Lethargie, seinen durchzechten Nächten und in komatösem Schlaf versunkenen Tagen herausholen zu wollen. Rudolf wollte keine Hilfe. Er lebte von einer Flasche zur nächsten, nichts anderes interessierte ihn mehr. Um ihn aus seinem grenzenlosen Zynismus zu reißen, hatte Natascha ihn eines Tages angeschrien und ihn gefragt, warum er nicht den Mut habe, sich eine Kugel in den Kopf zu jagen, damit würde er wenigstens eine gute Tat tun und seine Umgebung davon befreien, sich ständig um ihn sorgen zu müssen. Er hatte sie bloß mit glasigen Augen verständnislos angestiert. »Warum sollte ich irgendeine Entscheidung treffen?«, hatte er mit schwerer Zunge gesagt und einen tiefen Schluck aus der Flasche genommen.

Während Rudolf sich langsam zu Tode trank, erwachte in Natascha der Zorn auf die Verhältnisse, die dafür verantwortlich waren. Sie entwickelte einen tiefen Hass auf die Nazis mit ihrer abstoßenden Deutschtümelei, der Unterdrückung der Frau und ihrer verbrecherischen Tyrannei gegenüber Juden und allen, die anders dachten. Ihr Ekel richtete sich auch gegen die Kräfte in Frankreich, die Sympathien für die Nationalsozialisten hegten. Ein Wahlplakat, das eine verzerrte Hitlervisage mit einem Messer zwischen den Zähnen zeigte, auf dessen Klinge die Embleme der französischen Ligen zu sehen waren, sprach ihr aus der Seele, auch wenn es ein Plakat der Kommunisten war.

Sie wurde hellhörig für die Situation der kleinen Leute. Im Wahlkampf war immer wieder die Rede davon, dass auch die französischen Arbeiter ein Recht auf soziale Absicherung bekommen sollten und die Unternehmer ihre Gewinne nicht nur auf Kosten ihrer Angestellten machen durften. »Bezahlte Ferien!« lautete die Losung. Der gemeinsame Gegner schuf ein Gefühl der Zusammengehörigkeit, das Natascha bisher nicht gekannt hatte, das sie aber mit Genugtuung erfüllte. Ihr war bewusst, dass sie eigentlich gegen die Interessen ihrer Klasse handelte, doch ein natürliches Gerechtigkeitsempfinden sagte ihr, dass es so sein musste. Und die Zeiten waren so, dass jeder politisch Partei ergreifen musste.

Nur wenn es um Russland ging, blieb sie zurückhaltend. Während Olga ihre Sympathien für die Revolution nicht verheimlichte, hatte Natascha immer das unangenehme Gefühl, am falschen Ort zu sein, wenn die anderen lautstark auf die Konservativen schimpften.

»Ich stamme nicht aus kleinen Verhältnissen, im Gegenteil, meine Familie hat durch die Revolution sehr viel Geld verloren, und wir wurden aus dem Land gejagt. Meinen Vater hat sie wahrscheinlich das Leben gekostet, und meine Schwiegereltern sind kürzlich verschleppt worden. Ich kann das alles doch nicht einfach vergessen.« Mit diesen Worten versuchte sie, ihr Unbehagen zu erklären, wenn es darum ging, eine Resolution zu unterschreiben oder dezidiert Position zu beziehen. »Außerdem wäre es Verrat an Konstantin«, murmelte sie noch. »Er ist nun mal der einzige Mann, den ich habe.«

Aber an diesem Tag fand eine große politische Versammlung gegen die Faschisten statt, und sie ging mit Olga in den mit Lärm erfüllten, verrauchten Saal der *Mutualité*.

Meine Güte, was hatte sie für einen Weg seit den Petersburger Zeiten zurückgelegt! Natascha fühlte Stolz, als sie mit Olga neben vielen anderen den rasch sich füllenden Saal betrat. Eine fieberhafte Erregung schwappte wie in Wellen durch den Raum und schlug ihr entgegen. Die anwesenden Männer und Frauen einte ein starkes Gefühl der Zusammengehörigkeit und der Richtigkeit ihres Tuns. In lauten Rufen machten sie ihrer Wut auf die Verhältnisse Luft. Durch die Rauchschwaden von vielen hastig gerauchten Zigaretten vernahmen sie Wortfetzen und Sätze. Rote Fahnen und Transparente wurden geschwungen. Natascha wollte sich in eine hintere Bank drücken, doch Olga hatte gesehen, dass ganz vorn vor der Tribüne zwei Plätze frei waren und zog sie unerbittlich dorthin.

»Hoffentlich treffe ich hier niemanden von Konstantins Freunden«, flehte sie. »Er würde mir das niemals verzeihen.«

»Da wirst du hier wohl kaum Gefahr laufen«, kicherte Olga.

Der erste Redner war ein Franzose, der eine Wahlkampfrede hielt und alle Anwesenden zur tatkräftigen Unterstützung für die Volksfront von Sozialisten und Kommunisten aufrief. Nach ihm trat ein vierschrötiger Mann mit einem wirren blauschwarzen Haarschopf auf, der sich merkwürdig krumm hielt und dessen Arme irgendwie zu lang schienen. Er war ehemaliger Reichstagsabgeordneter und stammte aus Berlin, wo er einige kommunistische Zeitungen herausgegeben hatte. Natascha fragte sich, ob Rudolf ihn wohl kannte. Die etwas verwachsene Statur des Deutschen war vergessen, als er in flammenden Worten Hitler verdammte und das Elend der deutschen Flüchtlinge beschrieb. In bewegenden Worten berichtete er von der Hinrichtung Oppositioneller in Deutschland und rief zu einer Schweigeminute für die Ermordeten auf. Alle erhoben sich von ihren Stühlen, einige reckten wortlos die Faust. Dann ergriff der Redner wieder das Wort und beschwor die internationale Solidarität und die spanische und französische Volksfront als Vorbilder auch für Deutschland. Seine Worte und Gesten waren derart mitreißend, dass für die Deutschen im Saal kein Zweifel mehr am baldigen Sieg der Antifaschisten und der bevorstehenden Rückkehr nach Deutschland bestehen konnte.

»Jetzt kommt ein Russe!«, stieß Olga sie an, während der wirre Haarschopf unter donnerndem Applaus das Podium verließ.

Der Mann, der jetzt vor die Zuhörer trat, ließ seinen Blick ruhig über die Menge schweifen. Er schwieg so lange, bis die Menschen aufmerksam wurden und den Mund hielten. Als seine Augen denen Nataschas begegneten und sie lange festhielten, fühlte sie ein Ziehen im Bauch. Wie Schmetterlinge, dachte sie. Der Mann betrachtete sie immer noch mit einer eindringlichen Aufmerksamkeit, die sie unruhig und ein wenig ärgerlich machte. Was erlaubte er sich?

Er sah aus, als wäre er Erfolg bei Frauen gewöhnt. Der leidenschaftliche Mund mit den vollen Lippen hatte sicherlich schon viele geküsst – und ihnen auch Versprechungen gemacht, die er nicht gehalten hatte? Dagegen sprach die Ernsthaftigkeit in seinem Blick. Auch sein Kinn war zu energisch, um einem Gigolo zu gehören.

Im Saal erhob sich ein unterdrücktes Murmeln. Warum begann er nicht zu reden, fragten sie sich ungeduldig.

»Kennst du ihn etwa?« Olga hatte sie in die Rippen gestoßen, und Natascha bemerkte die Blicke der Umsitzenden, die verwundert in ihre Richtung und dann wieder auf das Podium sahen.

»Nein, ich kenne ihn nicht«, antwortete sie.

»Warum starrt er dich dann so an?«, fragte Olga weiter.

»Ich weiß es nicht, aber ich wünschte, er würde damit aufhören!« Aber sie spürte doch ein leises Bedauern, als der Mann endlich seinen Blick von ihr nahm, sich kurz auf seine Notizen konzentrierte, die vor ihm auf einem Pult lagen, und zu reden begann.

Seine Stimme war wohlklingend und dunkel. Er sprach französisch, ein wenig stockend, lange nicht so gut wie Natascha, deren Akzent nur noch für geübte Ohren wahrnehmbar war. Aber trotz einer gewissen Langsamkeit und des rollenden Rs bewegte er sich sicher in der Sprache. Nur an einigen Stellen verwechselte er wie alle Russen das H mit dem G. Seine Rede war überlegt und ruhig, er spielte nicht mit den Emotionen der Zuhörer, putschte sie nicht mit wilden Kampfparolen auf wie seine Vorgänger, sondern brachte mit großer Überzeugungskraft seine Argumente vor. Wie in seinem Blick spürte Natascha auch in seiner Art zu sprechen die Ernsthaftigkeit, die Gelassenheit und die innere Kraft. Dieser Mann wusste ganz genau, was er sagte und tat. Und er war es gewohnt, das zu bekommen, was er wollte. Er ruhte in sich selbst, und jeder, der sich ihm anvertraute, konnte sich so sicher wie in Abrahams Schoß fühlen.

Natascha registrierte bis in die Einzelheiten seine Art zu reden, doch sie hätte nicht sagen können, worüber er sprach. Sie stand noch ganz unter dem Eindruck seines Blicks, der auf ihren Wangen glühte, als hätte er ihr sein Brandzeichen aufgedrückt. Sie verstand nicht, was er sagte, sie hörte lediglich Wörter wie Arbeiterklasse, Revolution, Solidarität und Gerechtigkeit, aber sie konnte sie nicht in Zusammenhang bringen. Sie verfolgte stattdessen die entschiedenen, aber nicht überbordenden Gesten, mit denen er seine Rede begleitete. Er schien nicht recht zu wissen, wohin mit seinen Händen, und so strich er sich abwechselnd das dunkelblonde, leicht gewellte Haar aus der Stirn und steckte die Rechte in die Tasche seines Anzugs. Er hätte auch über Mozart oder Kartoffelanbau reden können, sie hätte es nicht sagen können, aber seine Bewegungen waren ihr vom ersten Augenblick an so vertraut, als hätte sie sie schon hundertmal an ihm gesehen.

Nachdem er geendet hatte, sprang er von der Bühne und kam, ohne auf das Ende des Applauses zu warten, auf sie zu.

Natascha glaubte anfangs, er gehe zu jemandem, der in der Nähe ihres Platzes saß, obwohl der Blick, der sich auf sie richtete, das Gegenteil bewies. Nein, er wollte zu ihr, das wusste sie jetzt. Olga sah ungläubig zu ihm auf, als er vor Natascha stehen blieb und sagte: »Mein Name ist Mikhail Antonowitsch Ledwedew. Ich habe das große Bedürfnis, Sie kennenzulernen. Bitte gehen Sie nicht weg. Ich muss nur noch rasch einem Genossen eine Nachricht zukommen lassen.« Jetzt lag doch ein leichtes Beben in seiner Stimme.

Sie hörte sich ruhig und ohne Zögern antworten. »Gut. Ich warte auf Sie.«

Olga fielen fast die Augen aus dem Kopf. Kaum war Mikhail gegangen, fasste sie Natascha ziemlich grob am Arm und zischte: »Ich kann es kaum fassen. Was ist los mit dir? Bist du von allen guten Geistern verlassen?«

Natascha wandte sich zu ihr und sagte mit der größten Selbstverständlichkeit: »Ich kann es dir nicht erklären. Aber ich weiß, dass dieser Mann derjenige ist, auf den ich mein ganzes Leben gewartet habe. Der Mann, den die Wahrsagerin mir prophezeit hat.«

Die folgenden Stunden veränderten ihr Leben. Immer wieder durchlebte sie sie in Gedanken. Sie hätte nie für möglich gehalten, dass alles, was vorher und nachher war, ausgelöscht werden könnte durch eine einzige Begegnung. Sie, die anderen so oft ihren Idealismus, ihre Träumerei und ihre Sentimentalität vorgehalten hatte, gab sich einem Gefühl hin, ohne zu überlegen, ohne einen einzigen Gedanken an die Folgen ihres Tuns zu verschwenden.

An diesem ersten Abend wechselten sie kaum mehr als einige Worte miteinander. Sie verließen die *Mutualité* durch den engen Gang zwischen den Reihen, wobei die Zuhörer Mikhail auf die Schulter klopften oder ihm ein »Bravo, Genosse, du hast uns aus der Seele gesprochen« zuriefen. Als sie endlich hinaus auf die Straße gelangt waren, holten sie tief Luft, und Natascha sah zu Mikhail empor. Seine Hand streifte zufällig die ihre, und diese erste Berührung traf sie wie ein Schlag. Mikhail ließ ihre Hand einfach nicht wieder los. Stattdessen sagte er mit vor Erregung rauer Stimme: »Mein Hotel ist hier ganz in der Nähe. Lass uns dorthin gehen.« Natascha wusste immer noch nicht, woher sie die Gewissheit nahm, dass es richtig war, ihm zu folgen. Aber sie spürte ein Gefühl des absoluten Vertrauens zu diesem Fremden, der ihr schon gar nicht mehr wie ein Fremder vorkam, eher wie ein alter Freund, den sie nach langen Jahren der Trennung wiedersah. Obwohl er eigentlich nichts an sich hatte, was ihr vertraut gewesen wäre. Alles an diesem Mann, sein selbstbewusstes Auftreten, seine Zielstrebigkeit, die einen Hang zur Rücksichtslosigkeit hatte, die Gefühle, die er in ihr auslöste, waren völlig neu für sie. Ihr war, als schwebe sie auf den Schmetterlingsflügeln des Schicksals.

Hand in Hand, schweigend gingen sie die Straße hinunter.

Das kleine Hotel sah von außen ganz passabel aus, der Eingang war kürzlich renoviert worden. Eine verglaste Tür mit blitzendem Messinggriff führte auf einen mit mannshohen Spiegeln an beiden Wänden verkleideten Korridor. Die Spiegel ließen den langen, schmalen Gang bis zum Empfang größer wirken, und die vergoldeten Rahmen sowie ein dunkelroter, ziemlich dicker Teppich gaben ihm etwas Barockes. Ein Passant auf der Suche nach einer Herberge konnte in diesem Hotel auf eine gepflegte Gastlichkeit hoffen. War er jedoch bis hierher angelockt, ließ ihn der verstaubte Tresen, der schon bessere Tage gesehen hatte, spätestens aber die schlampige Wirtin, die dahinter thronte, erkennen, dass er in eine Falle gegangen war. Das Etablissement beschränkte seine Bemühungen um das Wohlergehen des Gastes auf den stets geputzten Messinggriff und die blanken Spiegel.

Die Wirtin sah kaum von ihrer Zeitung hoch und begrüßte Mikhail mit einem nachlässigen »Bonsoir, Monsieur«. Erst jetzt sah sie Natascha hinter ihm stehen und taxierte sie frech von oben bis unten. Natascha hielt ihrem anzüglichen Grinsen stand und nickte, ohne mit der Wimper zu zucken, als Mikhail sie als seine Schwester ausgab.

Das Zimmer, in das er sie über eine ausgetretene, gewundene Treppe führte, war klein und breiter als tief. In ihm stand rechter Hand ein großes Bett mit einer nachlässig übergeworfenen Decke, die früher einmal so rot gewesen sein mochte wie der Teppich aus dem Foyer. Vor dem Fenster befand sich ein mit Papieren und Büchern übersäter Tisch mit zwei Stühlen, von denen einer ebenfalls mit Büchern belegt war. Hinter einem Paravent in der linken Ecke befand sich der Waschtisch. Als Natascha den Raum betrat und ungefähr in der Mitte des Zimmers stand, entdeckte sie rechts hinter sich, am Kopfende des Bettes, einen Schrank, dessen eine Tür aus einem Spiegel bestand.

Natascha war nur ein einziges Mal in diesem Hotel, doch nie würde sie den leicht muffigen Geruch auf der Treppe und die Einrichtung dieses Zimmers vergessen, die sich für alle Zeiten in ihre Erinnerung eingruben.

Mikhail hatte kaum die Tür hinter sich geschlossen, als er sie an sich riss. Sie hätte gern die Arme um ihn gelegt, aber er hielt sie so fest, dass sie sich nicht rühren konnte. Er hob sie halb hoch, als er sie in einer wilden Gier und mit einem erlösenden Stöhnen an sich zog und küsste. Sie spürte das erregende Nebeneinander seiner harten Bartstoppeln auf ihren Wangen und seiner weichen Lippen auf ihren. Seine Zunge fuhr fordernd über ihre Lippen, sie spürte sie auf ihrem Hals, am Ohrläppchen und – soweit der Ausschnitt ihrer Bluse das zuließ – am Ansatz ihrer Brüste. Sein forderndes Verlangen gab ihr das Gefühl, einem Verdurstenden zu trinken zu geben, ein berauschendes Gefühl der Allmacht über ihn ergriff sie. Sie spürte, dass er zerbrechen würde, ließe sie ihn nicht gewähren. Als seine Hände ihren langen, geraden Rücken hinabglitten und den Reißverschluss ihres Rockes aufmachten, konnte auch sie ein Stöhnen nicht unterdrücken.

Der Rock fiel auf den Boden, ein leises Knistern war zu hören, als er über das seidene Unterkleid glitt. Natascha hatte bis zu diesem Tag warten müssen, damit ihr auffiel, wie erotisch dieses Geräusch war. Weil er sie immer noch fest in seinen Armen hatte, konnte sie sich nur winden wie eine Schlange, um den Rock ganz abzustreifen, und dabei berührte sie mit ihrer Hüfte sein Geschlecht, das sich groß und hart anfühlte. Es war, als hätte er auf diese zufällige Berührung gewartet. Als sie vor ihm in ihrem seidenen Unterkleid stand, öffnete er mit einer raschen Bewegung seine Hosen, legte einen Arm unter ihren Po, um sie zu sich emporzuheben, und mit der anderen schob er ihr Unterkleid hoch. Dann liebte er sie so, im Stehen. Natascha bäumte sich ihm entgegen, obwohl ihre Füße nicht länger den Boden berührten, sie wusste, er würde sie halten, und in dieser wilden Umarmung empfand sie eine Lust, die in ihrer Gier etwas vollkommen Unverschämtes hatte.

Ihre Erregung war so groß, dass sie schon nach wenigen Bewegungen gemeinsam ihren Höhepunkt erreichten. Sie verharrten noch einige Sekunden ineinander verschlungen, dann löste sich Mikhail so weit von ihr, dass er ihr in die Augen sehen konnte, und sie entdeckte unendliche Zärtlichkeit in seinem Blick. Sanft ließ er von ihr ab und stellte sie auf den Boden zurück.

Erst danach nahmen sie sich Zeit, ihre Körper zu erkunden. Mikhail zog sie langsam aus. Er wollte ihre Bewegungen sehen, wie sie ging, wie sie sich bewegte, wie sie die Knöpfe ihrer Bluse einen nach dem anderen langsam öffnete und ihn dabei herausfordernd ansah. Als sie das Unterkleid und die Strumpfbänder ablegte und darunter ihre Nacktheit sichtbar wurde, wandte sie sich verlegen ab, nur um Mikhails liebenden, bewundernden Blick im Spiegel wiederzufinden. Vor ihm hatte sie Hemmungen, von denen sie geglaubt hatte, sie während ihrer Arbeit im Modesalon verloren zu haben. Was, wenn sie nicht schön genug für ihn war? Als sie sich wieder zu ihm umdrehte, betrachtete er sie erneut mit dieser Intensität, die ihren Körper erglühen ließ, und sie wusste, dass sie für ihn die schönste aller Frauen war. Er zog sie an sich, und mit Gesten, die nun zärtlich, nicht länger unbeherrscht waren, fuhr Mikhail über jede Linie von Nataschas Körper. Als seine Lippen ihre Brust umschlossen, seine Zunge langsam, Zentimeter für Zentimeter, die sanften Wölbungen von Bauch und Po liebkosten, stöhnte sie wieder leise auf. Ihr war, als würde sie ihren Körper zum ersten Mal spüren, sie hatte keine Ahnung gehabt, zu welchen Empfindungen er fähig war. Und auch sie erforschte neugierig seinen Leib, der sich so ganz anders anfühlte. Fest und dort, wo die Behaarung stärker war, ein wenig rau, dann wieder von einer kaum glaublichen Zartheit. Natascha erfühlte eine Narbe an seiner Seite. »Eine Blinddarmoperation?«, murmelte sie. »Nein, ein weißrussisches Bajonett«, entgegnete er knapp. Aber beide vergaßen diesen Zwischenfall sofort. Für Politik war jetzt keine Zeit, diese Nacht gehörte der Liebe. Sie schwelgten in Düften und Gefühlen, ihre Leidenschaft loderte immer wieder aufs Neue hoch, bis sie endlich erschöpft nebeneinanderlagen, ihr Kopf in seiner Armbeuge.

Sie mussten kurz eingeschlafen sein. Als Natascha erwachte und sich nach der Uhr auf dem Nachtschrank reckte, wurde auch Mikhail wach und wollte sie an sich ziehen. Doch sie sah, dass es bereits spät in der Nacht war, höchste Zeit für sie, nach Hause zu kommen.

Mikhail begleitete sie zum Taxistand und küsste sie noch einmal mit seiner ganzen Leidenschaft. Als der Wagen hielt, machte sie sich von ihm los und stieg ein, bevor sie es sich anders überlegen konnte.

Aus Konstantins Arbeitszimmer kam noch Licht, und sie öffnete die Tür, um ihn zu begrüßen. Er sah von seiner Zeitung auf.

»Ich hoffe, du hast dich amüsiert?«, fragte er müde.

Sie war froh, dass er nicht wissen wollte, wo sie gewesen war. Ihr Kopf war so angefüllt mit Erinnerungen an das eben Erlebte, dass ihr so schnell keine Lüge eingefallen wäre. Sie blieb in der Tür stehen, denn sie befürchtete, Konstantin könnte den Geruch der Liebe an ihr wahrnehmen. Rasch wünschte sie ihm eine gute Nacht und ging in ihr Schlafzimmer hinüber.

Als sie in ihrem Bett lag, konnte sie lange nicht einschlafen. Ihr Schoß brannte, und sie meinte, Mikhail noch immer in sich zu spüren. An diesem ersten Abend dachte sie nur an ihr Glück, nicht an die Probleme und Verwicklungen, die ihre Liebe zweifellos auch mit sich bringen würde.

Kapitel 23

Ninas Tage glitten an ihr vorüber, als befände sie sich in einer Art Schwebezustand. Wenn sie darüber nachdachte, wie sie sich fühlte, dann kam ihr das Bild einer Marionette in den Sinn, die, von einem ungeübten Puppenspieler gelenkt, schwankend und unsicher in ihren Fäden hängt und immer wieder dieselben Dinge tut, ohne die Möglichkeit, dies zu ändern.

Sie stand morgens zerschlagen auf, nach Nächten, in denen sie aus wilden, bedrohlichen Träumen hochschreckte, die lange in ihr nachklangen, ohne dass sie ihren genauen Inhalt fassen konnte, und die sie lange keinen Schlaf finden ließen. Müde machte sie sich einen starken Kaffee, das Essen verschob sie regelmäßig auf später, um ihr Gewissen zu beruhigen, obwohl sie wusste, dass sie auf dem Weg von der U-Bahn zum Laden doch nicht beim Bäcker vorbeigehen würde. »Das Frühstück ist die wichtigste Mahlzeit«, hörte sie ihre Großmutter sagen. Als Kind hatte sie das Haus nicht eher verlassen dürfen, bevor sie nicht mindestens ein paar Bissen Brot gegessen und ein halbes Glas Milch getrunken hatte. Trotz ihrer gedrückten Stimmung musste sie lächeln, als ihr diese Erinnerung an unbeschwertere Zeiten in den Sinn kam.

Die Fahrt mit der U-Bahn war nicht dazu angetan, ihre Melancholie zu vertreiben. Das warme Sommerwetter war endgültig vorüber, es hatte zu regnen begonnen, man sah die ersten Jacken und festen Schuhe. Die Berliner waren schlecht gelaunt, weil die Zeit der milden Nächte und Wochenenden im Freien bis zum nächsten Jahr vorüber war. Um Nina herum saßen missmutige Menschen, die verbittert die Tropfen aus ihren Regenschirmen schüttelten. Hier in den Schächten und

Waggons hielt sich noch die sommerliche Hitze, die Feuchtigkeit schlug sich an den Fenstern nieder und machte das Atmen schwer. Die Zeitungen, über die die Reisenden ihre Köpfe beugten, brachten dieselben schlechten Nachrichten wie immer, aber jetzt schienen sie schwerer ins Gewicht zu fallen. Für die Musikanten, die mit ihren Gitarren oder Mundharmonikas durch die Waggons zogen und um milde Gaben baten, lohnte sich das Geschäft nicht mehr. Schlecht gelaunte Fahrgäste zahlen eben nicht so gut. Als einer dieser fahrenden Sänger sich direkt vor Nina aufbaute und ihr provozierend seine Mütze hinhielt, die ihm als Kasse diente, warf sie ihm widerwillig ein Zweimarkstück hinein. Aber dann dachte sie: Meine Güte, er hat ja recht. Was kann er dafür, dass es regnet und ich Liebeskummer habe?

Und es war Liebeskummer, der sie quälte, keine Frage. Immer wieder kehrten ihre Gedanken zu Benjamin zurück. Sie erinnerte sich an seine Blicke, die ihr bis ins Herz gegangen waren, und versuchte sie zu deuten. Mal meinte sie aufrichtige Zuneigung in ihnen zu erkennen, dann wischte sie dieses Gefühl wieder beiseite und sagte sich, das bilde sie sich nur ein. Wenn sie an den Kuss dachte, den einzigen, den er ihr gegeben hatte, dann spürte sie, wie sich in ihrem Bauch eine Kugel bildete, die sanft umherzurollen schien. Am meisten berührte sie jedoch seine Gestalt, wie er etwas verloren, mit hängenden Schultern vor dem Hotel gestanden hatte, während sie mit dem Taxi viel zu schnell davongefahren war.

Sie hätte ihn gern so in Erinnerung behalten, aber da war leider noch die kurze Episode in ihrer Küche. Sie musste wahrhaftig der Teufel geritten haben, dass sie ihn derart vor den Kopf stieß. Wahrscheinlich hatte Malou sogar recht, wenn sie behauptete, Nina habe Angst sich zu binden, weil ihr Vater sie im Stich gelassen hatte. Aber sie wusste, dass das nur ein Teil der Wahrheit war. Sie spürte, dass ihre Gefühle für Benjamin von einer ungeahnten Intensität waren, die wie eine Flutwelle über sie hereinbrechen würden, wenn sie sich nur gestattete, sie an sich heranzulassen. Wenn sie erlaubte, dass Ben einen Platz in ihrem Herzen bekam, dann würde er es ganz ausfüllen, und wenn er sie verließe, dann bliebe ihr Herz ganz leer. »Genau das nennt man Beziehungsangst, Süße«, hatte Malou gesagt.

Wenn sie ehrlich war, dann fühlte sie sich bereits jetzt so, als hätte er ihr das Herz herausgerissen. Konnte sie denn an irgendetwas anderes außer an Ben denken? War sie nicht todunglücklich? »Aber er *hat* dich doch gar nicht verlassen! Du bist ihm zuvorgekommen«, sagte Malou mit leiser Verzweiflung in der Stimme.

Sie drehte und wendete diese Gedanken in ihrem Kopf, wieder und wieder, von morgens bis abends und durch die schlaflosen Nächte hindurch. Ihr wurde schon ganz schwindlig davon. Sie hatte mit Malou ausführlich darüber gesprochen.

»Du bist vollkommen verrückt. Wenn Benjamin wirklich der Mann ist, als den du ihn mir beschrieben hast, dann war es bescheuert von dir, ihn gehen zu lassen und ihm zu allem Überfluss auch noch einen Tritt zu versetzen. Dir ist einfach nicht zu helfen.« So ungefähr hatte ihr Fazit geklungen.

Und Natascha meinte: »Kind, ich kann gar nicht mit ansehen, wie du dich quälst. Es wird immer behauptet, Männer seien unser Glück, und doch bringen sie viel öfter Unglück über uns.«

So vieles erinnerte sie an ihn. Wenn sie sich in ihrer kleinen Küche etwas zum Essen machte, sah sie ihn vor sich, wie er ihr zuprostete, kam sie morgens in den Laden, sog sie gierig die Luft ein, weil sie meinte, seinen Duft noch zu spüren. Sie ging fast jeden Tag zu Paolo, um an dem Tisch zu sitzen, wo sie den wunderschönen Abend mit Ben verbracht hatte. Sie war sogar an seinem Hotel vorbeigegangen, in der Hoffnung, sich ihm dort irgendwie nahe zu fühlen. Als sie Malou davon erzählte, wurde ihr bewusst, dass sie sich wie ein schwärmerischer Teenie benahm.

Sie verbrachte die Tage in ihrem Laden zum größten Teil allein, weil das Ende des Sommers auch die Kauflust der Berliner dämpfte und die Touristen nach Hause gefahren waren. Sie kannte die Ruhe zu dieser Zeit des Jahres, die erst mit dem beginnenden Weihnachtsgeschäft ihr Ende fand, und nutzte sie üblicherweise, um ungestört an neuen Entwürfen zu arbeiten. In diesem Jahr kreisten die wenigen Ideen, die sie für wert befand, nicht gleich in den Papierkorb zu wandern, um die Farbe Blau. Als sie die Skizzen der vergangenen Tage durchsah und ihr das bewusst wurde, entfuhr ihr ein zorniger Schrei, und sie zerriss sie.

An diesem Nachmittag braute sich ein Gewitter zusammen, das letzte dieses Sommers, das auch seine kläglichen Überreste mit sich reißen würde. Seit einer Stunde fegten Sturmböen über den menschenleeren Hof. Nina hatte den Aufsteller, der vor ihrem Laden stand, bereits hereingeholt, nachdem er mehrfach vom Wind umgerissen worden war. Sie hatte ihre ganze Kraft gebraucht, um den großflächigen Ständer gegen den Sturm bis zur Ladentür zu schleppen. Keuchend hatte sie die Tür wieder geschlossen, um dann die hereingewehten Blätter zusammenzukehren. Jetzt saß sie vor ihrem Tresen und reparierte eine Uhr. Sie hatte sich entschlossen in diese Arbeit gestürzt, um endlich auf andere Gedanken zu kommen.

Mein Gefühlsleben darf nicht auch noch mein Geschäft ruinieren, hatte sie sich gesagt. Die Arbeit der letzten Woche habe ich komplett weggeworfen, und so kann es nicht weitergehen.

Draußen zuckten die ersten Blitze, dumpfes Donnergrollen rollte über die Stadt. Das Gewitter war nur kurz und ging dann in einen rauschenden Regen über, der alle Geräusche verschluckte bis auf das gelegentliche Zwitschern eines Vogels.

Das gleichmäßige Rauschen ließ Nina zur Ruhe kommen. Sie öffnete die Ladentür, um den würzigen Geruch nach feuchter Erde hereinzulassen und den dampfenden Duft, der sich bildete, wenn der Regen nach langer Trockenheit auf das Pflaster prasselte. Sie fühlte sich in dieses immer gleiche Geräusch eingehüllt, geborgen wie in einem Nest, in das störende Gedanken nicht hereindrangen. Sie kochte sich einen Tee und setzte sich wieder an die Uhr. Die Arbeit, die viel Geschick und Konzentration erforderte, beruhigte und befriedigte sie. War nicht ihre berufliche Existenz, die sie sich mit viel Ehrgeiz und Mühe aufgebaut hatte und die sie so ausfüllte, viel wichtiger als ein Mann, auf dessen schwankende Gefühle sie keinen Einfluss hatte? Fast hätte sie dem zugestimmt. In ihr keimte die Hoffnung auf, sie hätte ihren Seelenfrieden wiedergefunden. Doch da meldete sich eine kleine freche Stimme in ihrem Kopf, die ihr einflüsterte, warum sie denn nicht beides wollte, den Beruf und den Mann?

Während sie das Uhrwerk reparierte, entstand vor ihrem inneren Auge ein Ring mit modernen, geraden Formen, dessen Einzigartigkeit in der Farbe des Steins liegen sollte, einem satten, funkelnden Blau. Entschlossen holte sie ihr Skizzenbuch hervor und hielt den Entwurf fest, den sie diesmal sorgfältig aufhob.

Am Abend rief sie Martin an. Er war zwar etwas überrascht, doch nach einem Zögern willigte er ein, sich mit ihr zu treffen.

Es war, als sei an diesem Nachmittag inmitten des Rauschens und Glucksens und Plätscherns ein Knoten in ihrem Kopf geplatzt. Sie hatte einen Ring entworfen, der auch ihrer kritischen Überprüfung standgehalten hatte, und sie hatte einen Entschluss gefasst.

Eine knappe Stunde später saßen sie und Martin sich in einem kleinen Restaurant gegenüber. Es war einer von Martins Lieblingsorten, ein Treffpunkt für Anwälte. Er ließ sich gern hier sehen und liebte es, von den Anwesenden, von denen er natürlich viele kannte, begrüßt zu werden. Während des Essens konnte man immer wieder nützlichen Tratsch erfahren und sich in Erinnerung bringen. Nina wollte in ein anderes Lokal, weil das, was sie Martin zu sagen hatte, ihn vielleicht treffen und ihm sein Lächeln der Siegesgewissheit rauben würde. Aber er hatte darauf bestanden, hierher zu gehen.

Als sie das Lokal betrat, saß er bereits am Tisch, eine Flasche Wein und ein Glas vor sich. Obwohl sie nicht zu spät war, wie sie mit einem nervösen Blick auf die Uhr feststellte. Sein selbstgefälliger Blick und die Tatsache, dass er nicht wie gewöhnlich aufstand, um ihr den Stuhl zurechtzurücken – eine Angewohnheit, die sie nicht mochte –, zeigten ihr, dass irgendetwas im Gange war. Sie nahm an, dass er bereits wusste, was sie ihm zu sagen hatte. Doch mit dem, was er ihr dann eröffnete, hätte sie nicht gerechnet. Sie hatte sich kaum gesetzt und das Glas Wein genommen, das der Kellner auf einen Wink von Martin eingeschenkt hatte, als Martin die Ellenbogen auf den Tisch legte, das Kinn in beide Hände stützte und sich mit ernster Miene vorbeugte.

»Hör zu«, begann er. »Es trifft sich gut, dass du mich sehen wolltest. Ich habe dir nämlich etwas mitzuteilen.« Er sah sie bedeutungsvoll an, aber als sie nicht reagierte, sprach er hastig weiter: »Ich glaube, ich muss nicht lange um den heißen Brei herumreden. Unsere Beziehung hat sich in der letzten Zeit ziemlich abgekühlt, und unser letzter Abend war nicht gerade von Harmonie geprägt. Ich glaube zudem, dass unsere Auffassungen vom Leben einfach zu weit auseinandergehen, als dass wir richtig glücklich miteinander werden könnten. Und du scheinst ja auch kein gesteigertes Bedürfnis danach zu haben, wenn ich an deine wiederholten Ablehnungen denke, auch nur mit mir zusammenzuwohnen.« An diesem Punkt hatte er sich nicht ganz im Griff. Seine ansonsten bühnenreife Gelassenheit geriet für einige Sekunden ins Wanken. Mein Gott, er hat das auswendig gelernt! dachte Nina. Aber Martin sprach schon weiter. »Unter diesen Umständen halte ich es für das Beste, wenn wir auf das übliche Geplänkel von der vorübergehenden Trennung verzichten und lieber gleich einen Schlussstrich ziehen. Ich möchte dir nicht wehtun, aber ich sehe keine andere Möglichkeit.«

Er wischte sich einige kleine Schweißtropfen von der Stirn. Nina sah ihm an, wie erleichtert er war, es hinter sich zu haben. Jetzt schien er ergeben auf ihren Tränenausbruch oder was immer kommen sollte zu warten. Zu seiner großen Überraschung fing sie an zu lachen, nicht laut, denn es war ihr peinlich und sie versuchte es zu unterdrücken, aber sie konnte nicht anders.

»Entschuldige«, sagte sie schließlich, als sie sein Gesicht sah, in dem sich Missbilligung, Kränkung und Fassungslosigkeit die Waage hielten. »Ich muss einfach lachen, weil ich so erleichtert bin. Ich wollte dir nämlich genau dasselbe sagen.«

»Was? Du meinst, du willst auch Schluss machen? Aber … Gibt es etwa jemand anderen?« Er dachte kurz nach und sagte dann: »Aber das ist ja wunderbar! Also, ich meine … natürlich ist das nicht wunderbar … ich meine … dass wir uns trennen, aber dass wir beide gleichzeitig …« Jetzt stieß auch er ein abgehacktes Lachen aus. »Und ich dachte schon, du hättest einen hysterischen Anfall.«

»Du weißt doch, dass ich nicht zu Überreaktionen neige.«

»Nur wenn es um meine Berufsehre geht.« Ein kleines Grinsen begleitete diese Bemerkung.

Er hat sich schon so weit von mir entfernt, dass es ihm gleichgültig ist, wie ich über ihn denke, dachte Nina, und sie war froh darüber, aber auch ein wenig traurig. Natürlich wollte sie die Trennung von Martin, aber sie deprimierte sie auch. Immerhin waren sie sieben Jahre zusammen gewesen. Waren diese Jahre nun vertane Jahre? Hätte sie früher erkennen müssen, dass sie doch nicht zueinanderpassten? Ein heißer Schreck durchfuhr sie: Und wenn Martin doch der Richtige war? Wenn sie einfach zu viel von ihm erwartet und ihn damit vertrieben hatte? War sie vielleicht in dieser Minute dabei, sich ins Unglück zu stürzen? Nein, beruhigte sie sich. Lieber allein als eine laue Zweisamkeit. Es war wohl eher so, dass sie zu viele Kompromisse gemacht hatte, vor lauter Angst, sonst allein dazustehen. Hatte sie darüber vielleicht den Richtigen verpasst? Wäre sie Benjamin gegenüber offener gewesen, wenn sie sich schon früher von Martin getrennt hätte?

Martin hing ebenfalls seinen Gedanken nach, und sie wollte aufstehen und sich verabschieden, doch er hielt sie zurück.

»Warum bleibst du nicht zum Essen?«, fragte er. »Lass uns doch diesen letzten Abend gemeinsam verbringen.«

»Warum eigentlich nicht?«, antwortete sie in einem plötzlichen Entschluss. »Schließlich haben wir uns in aller Freundschaft getrennt. Wir sollten froh sein, dass wir keine gemeinsame Wohnung haben. Das hätte uns jetzt vor einige Probleme gestellt.«

Sie unterhielten sich so angeregt und freundschaftlich wie schon lange nicht mehr, sah man von dem Abend in ihrer Küche ab, der im Bett geendet hatte. Nina hatte anfangs nur einen Salat bestellt, rein gewohnheitsmäßig, weil sie wie immer in der letzten Zeit keinen Hunger hatte, doch dann merkte sie, wie ihr Appetit zurückkam, und sie ließ sich ein großes Thunfischsteak mit Beilagen kommen. Sie leerten eine Flasche Wein, und Martin bestellte eine zweite. Während des Essens redeten sie von früher, von ihrer gemeinsamen Zeit. Als der Kellner das Tiramisu als Dessert brachte, hatten sie schon zigmal Sätze mit »Weißt du noch …« angefangen und waren beinahe ein bisschen wehmütig geworden.

»Wir haben auch schöne Zeiten gehabt, an die ich mich immer gern erinnern werde und die ich nicht missen möchte«, sagte Martin zu ihr, und Nina antwortete verwundert und dankbar: »Das hört sich ja fast an wie eine späte Liebeserklärung.«

Es war nach Mitternacht, als sie sich mit einem herzlichen, aber harmlosen Kuss auf die Wange verabschiedeten. Sie fuhren in getrennten Taxis nach Hause, weil sie in entgegengesetzten Richtungen wohnten. Nina ging sofort ins Bett. Sie war satt und ein bisschen betrunken und müde. Am deutlichsten fühlte sie jedoch grenzenlose Erleichterung. Es war, als habe man ein großes Gewicht von ihren Schultern genommen. Nein, dachte sie, kurz bevor sie in den Schlaf sank, es ist, als hätte ich einen großen Felsblock weggerollt, der auf meinem Weg lag.

Am nächsten Morgen sah sie beim Aufwachen auf den Wecker, und ihr Blick streifte das Medaillon mit dem blauen Stein. Vor vier Wochen war sie durch Benjamin daran erinnert worden, dass es ihn gab, und seitdem hatte der Stein einiges ins Rollen gebracht. Sie hatte einen neuen Großvater und mit ihm eine neue Vergangenheit bekommen, sie hatte die Liebe gefunden und gleich wieder verloren, eine langjährige Beziehung beendet …

Seit sie das Medaillon wiederentdeckt hatte, lag es auf dem kleinen Tisch neben ihrem Bett. Dort hatte es seinen Platz gefunden, weil sie es nicht wieder in die hinterste Ecke ihres Schreibtisches verbannen wollte. Sie hatte Natascha gefragt, ob sie es nicht zurückhaben wollte, denn schließlich hatte es ihr gehört, aber Natascha hatte abgelehnt.

»Nein, mein Gefühl sagt mir, dass das Unrecht wäre. Konstantin hat dafür gesorgt, dass der Schmuck in der Familie bleibt, auch wenn ich ihn nicht mehr haben durfte, und so soll es auch bleiben.«

»Wahrscheinlich konnte er es nicht ertragen, dass du ein Bild deines Geliebten mit dir herumträgst, der zudem der Vater der Tochter war, die er nie haben konnte. Ich glaube, ich kann ihn verstehen.«

Nina und Natascha hatten sich an einem der vorangegangenen Abende lange den Kopf zerbrochen, wie der Stein in Ninas Besitz gekommen war. Die einzige Möglichkeit war, dass Konstantin ihn in den Sachen seiner Frau gefunden hatte. Er musste ihn an sich genommen und ihn ohne ein Wort zu den Sachen seiner Tochter Nadia gelegt haben, die damals noch ein kleines Kind war.

»Er hat die ganze Zeit von mir und Mikhail gewusst, und er hat nie ein Sterbenswörtchen darüber verloren.« Die späte Einsicht darin, wie alles gewesen war, trieb Natascha noch ein halbes Jahrhundert später eine flüchtige Röte ins Gesicht. Einzelne Szenen tauchten aus den Tiefen ihres Gedächtnisses empor, von dort, wo sie sie für immer verborgen hoffte – seine besorgte Frage, wo sie gewesen war, wenn sie mitten in der Nacht nach Hause kam, und ihre Erleichterung darüber, dass in seinem Gesicht Kummer stand, kein Zorn. Eine anzügliche Bemerkung von Bekannten über Nataschas blühendes Aussehen – »Als hätte Amors Pfeil Sie getroffen« – verbunden mit einem mitleidigen Seitenblick auf Konstantin. Besonders schmerzlich war die Erinnerung an eine andere Episode: Sie und Konstantin waren abends zu einem Diner eingeladen, als Mikhail überraschend nach Paris kam und sie treffen wollte. Natascha hatte Kopfschmerzen vorgetäuscht und gesagt, sie ginge zu Bett. Sobald Konstantin das Haus verlassen hatte, war sie in fieberhafter Eile aufgesprungen und hatte sich angekleidet, um ihren Geliebten zu treffen. Konstantin war zurückgekommen, weil er etwas vergessen hatte, und hatte sie überrascht, wie sie in bester Stimmung das Haus verlassen wollte.

Er hatte nur leise gefragt, ob es ihr besser gehe. Dann war er wieder gegangen, allein.

»Mein Gott«, stöhnte sie. »Ich muss damals vor Liebe blind gewesen sein. Ich habe nur mich und mein Glück gesehen und hatte keinen Blick dafür, wie es Konstantin ging. Wie muss er gelitten haben.«

»Aber warum hat er den Stein meiner Mutter gegeben, warum hat er ihn nicht weggeworfen oder verkauft oder was weiß ich?«, fragte Nina.

»Er muss geahnt haben, dass Nadia nicht seine Tochter war und dass der Mann auf dem Porträt ihr richtiger Vater war …«

»Wie kommst du darauf?«, fragte Nina rasch dazwischen, denn die Frage, ob Konstantin über seine »Tochter« Bescheid wusste oder nicht, hatte sie schon die ganze Zeit bewegt, seitdem sie erfahren hatte, dass sie nicht seine Enkelin war.

»Nun, wir waren ja schon zwei Jahrzehnte verheiratet und immer noch kinderlos. Auch wenn wir nie einen Arzt konsultiert hatten, so war doch offensichtlich, dass einer von uns unfruchtbar war. Und als ich dann Mikhail kennenlernte, dessen Existenz er wohl spürte, und kurze Zeit danach schwanger wurde, musste er nicht einmal groß nachdenken, um zu erkennen, wie die Dinge zusammenpassten … Wie dem auch sei: Wahrscheinlich hielt er es für richtig, dass Nadia ein Bild ihres Vaters besaß, auch wenn sie nicht wusste, wer er war.«

»Er muss dich sehr geliebt haben, wenn er das alles hingenommen hat«, sagte Nina. »Im Grunde passt das überhaupt nicht zu seinem Charakter, so wie du ihn mir beschrieben hast. Er hätte dich auch als Ehebrecherin aus dem Haus jagen können.«

»Ja, das ist mir in den letzten Tagen und Wochen, in denen ich dir alles erzählt habe, auch klar geworden. Kostja war fünfzehn Jahre älter als ich – eigentlich stammten wir aus unterschiedlichen Epochen oder Jahrhunderten –, und weil er sehr traditionell war, hat er oft nicht verstanden, was in mir vorging. Wir haben oft darüber gestritten, was sich für eine Frau schickt und was nicht, und manchmal war ich verzweifelt über seine Engstirnigkeit. Aber am Ende hat er mir dann doch meine Freiheiten gelassen. Worüber wir uns allerdings nie einigen konnten, das war die Politik. Auf diesem Gebiet war er ein unverbesserlicher Reaktionär, und als ich anfing, mich dafür zu interessieren, sind wir unversöhnlich aneinandergeraten. Aber so verbohrt er im Großen war, im Privaten war er ein Menschenfreund. Schließlich hat er das Kind eines anderen wie sein eigenes geliebt. Er war wirklich ein Mann mit einem außergewöhnlichen Charakter. Ich habe große Achtung vor ihm, und ich hoffe inständig, dass ich ihn nicht unglücklich gemacht habe.«

Nina lag immer noch im Bett. Sie nahm das Medaillon zärtlich in die Hand und gestattete sich, noch ein paar Minuten zu dösen, bevor sie aufstand. Sie streckte sich wohlig, und wieder fühlte sie Erleichterung, weil sie endlich die Beziehung zu Martin gelöst hatte. Auch wenn diese Trennung ein Scheitern beinhaltete, so war sie doch richtig, davon war sie jetzt überzeugt. Bei dem Gedanken an Martin fiel ihr zwangsläufig auch Benjamin wieder ein. Wieder spürte sie diese kleine Kugel, die in ihrem Bauch rollte. Meine Güte, soll das denn immer so bleiben, seufzte sie. Will dieser Mann denn nie aus meinem Kopf verschwinden? Was soll ich nur tun? Der letzte Gedanke des vorigen Abends fiel ihr wieder ein. Und wenn es ein Stein auf dem Weg zu ihm war, den sie zur Seite geräumt hatte? Was für eine verlockende Vorstellung …

Schließlich stand sie auf. So konnte es nicht weitergehen. Sie musste die Angelegenheit mit Benjamin klären, wie auch immer. Weil Samstag war, beschloss sie, Malou anzurufen und sich mit ihr für den Nachmittag zu verabreden. Sie wollte ihr

ihr Herz ausschütten, weil es ihr schon oft geholfen hatte, eine Entscheidung zu treffen, wenn sie mit Malou darüber redete.

Kurz entschlossen griff sie zum Telefon. Ihre Freundin meldete sich nach dem ersten Klingeln, etwas atemlos, wie Nina fand.

»Hallo, ich bin's«, sagte sie. »Ich hab' dir so viel zu erzählen. Wie wäre es, wenn wir uns heute Nachmittag am Wannsee treffen und spazieren gehen?«

»Sehr gut. Ich wollte dich nämlich auch anrufen. Um drei an der U-Bahn?« Malou klang etwas lahm.

»Gern. Also bis nachher.«

Sie hatten sich für ihre Verhältnisse ungewöhnlich lange nicht gesehen, schon über eine Woche nicht. Nina hatte ein ganz kleines schlechtes Gewissen, weil sie sich so lange nicht gemeldet hatte, aber sie hatte schließlich ihre guten Gründe dafür. Sie hatte einen früheren Zug genommen und wartete bereits auf dem Bahnsteig, als Malou ausstieg und sich suchend umsah. Nina ging auf sie zu, umarmte sie, und bereits auf dem Bahnsteig fing sie an zu erzählen. In einem wahren Sturzbach redete sie auf Malou ein. Sie erzählte die ganze Geschichte von Natascha und Mikhail, soweit sie Bescheid wusste, von Benjamin, der Trennung von Martin, wie schlecht sie sich gefühlt hatte, dass sie weder essen noch arbeiten konnte …

»Du glaubst gar nicht, was für eine schlimme Zeit ich hinter mir habe. Ich glaube, ich habe sogar abgenommen. Ich bin so froh, dass die Sache mit Martin zu Ende ist, obwohl …«

In diesem Moment wurde ihr bewusst, was sie die ganze Zeit über schon gespürt hatte. Malou war, während sie sich die Seele aus dem Leib geredet hatte, ungewöhnlich schweigsam geblieben. Außer einem »Hm!« hier und da hatte sie nichts gesagt. Als Nina ihr jetzt in die Augen sah, bemerkte sie Tränen darin.

»Malou, meine Güte, was ist los?«, fragte sie entgeistert.

Malou sah sie an, und halb wütend, halb traurig sagte sie: »Ich habe schon gedacht, du würdest nie was merken. Seit fast einer Stunde redest du ohne Punkt und Komma von deinem Elend. Hast du mal daran gedacht, dass ich auch mein Päcklein zu tragen habe? Wenn du dir die Mühe gemacht hättest, mich anzusehen oder gar zu fragen, wie es mir geht, dann wäre dir aufgefallen, dass ich beschissen drauf bin. Ich habe keine Lust und keine Kraft, ständig dein seelischer Mülleimer zu sein!« Jetzt fing sie richtig an zu weinen und ging einige Schritte weg.

Nina wusste sofort, dass sie recht hatte. »Aber warum hast du denn nichts gesagt?«

»Wann denn?«, schluchzte Malou. »Erst höre ich nichts von dir, und wenn wir uns dann sehen, lässt du mich nicht zu Wort kommen. Wie immer geht es nur um dich.«

»Aber du hättest doch auch anrufen können! Erzähl mir doch endlich, was passiert ist! Warum sagst du denn nichts?«

»Als wenn du den Kummer anderer Leute gelten lassen würdest. Du bist es gewöhnt, dass dir alles in den Schoß gelegt wird, und wenn mal was nicht sofort klappt, bricht für dich eine Welt zusammen. Aber andere Leute haben auch Probleme – und fallen nicht immer so weich wie du.«

Nina verstand überhaupt nichts mehr. »Müssen wir jetzt eine Meisterschaft ausfechten, wem von uns es schlechter geht?«

Malou schniefte und sagte dann entschlossen: »Oh, nein, müssen wir nicht! Da gewinnst du sowieso. Hast immer gewonnen. Das ging wahrscheinlich schon als Kind bei dir los, von wegen keine Eltern und so. Da konnte keiner mit. Wenn ich nur an das monatelange Drama denke, ob du einen eigenen Laden eröffnen sollst und wo. Ich hatte schon das Gefühl, es wäre meiner. Verdammt, kannst du nicht zur Abwechslung mal zuhören?«

Jetzt hatte sie sich richtig in Rage geredet, ihre Stimme wurde laut und drohte zu versagen, weil sie immer noch mit den Tränen kämpfte. In ihrer Empörung sagte sie Dinge, die ihr sonst nie über die Lippen gekommen wären.

In Nina regte sich Widerspruch. Das musste sie sich nicht gefallen lassen. »Du glaubst also, ich würde die Tatsache, dass meine Mutter gestorben ist, als ich klein war, und dass mein Vater es nicht für nötig hielt, sich um mich zu kümmern, ausnutzen, um Mitleid zu erregen? Und was tust du? Du hast mich bestimmt schon hundertmal dezent darauf hingewiesen, wie sehr du dich abstrampeln musstest, um dein Studium zu finanzieren, während ich mir um Geld nie Sorgen machen musste. Und deine Hündchenblicke, wenn ich in Urlaub fuhr und du zu Hause bleiben musstest, um Geld für das nächste Semester zu verdienen! Das hat mir regelmäßig die Ferien verdorben.«

Ein eisiges Schweigen setzte ein, während beide nebeneinanderher liefen, bemüht, sich nicht zufällig zu berühren.

In Ninas Kopf jagten sich die Gedanken. Mein Gott, wie hat es so weit kommen können? Was haben wir uns da eben gegenseitig an den Kopf geworfen. Sie ist meine allerbeste und älteste Freundin. Ich muss etwas tun. Und sie hat ja recht. Sie sieht schlecht aus, und ich habe es nicht mal bemerkt.

Entschlossen sagte sie zu Malou, die verbissen neben ihr herstapfte: »Komm. Lass uns reden. Es tut mir leid. Ich habe einen Fehler gemacht. Du bist aber nun mal meine liebste Freundin, und ich will dich auf keinen Fall verlieren. Da vorn ist ein Lokal, wir wischen uns jetzt die Tränen ab und gehen da rein, und dann erzählst du mir, was los ist, und ich werde dich nicht ein einziges Mal unterbrechen, das schwöre ich.«

Malou zog ein Taschentuch hervor und reichte es mit einem schiefen Lächeln weiter an Nina.

»Deine Wimperntusche ist verschmiert. Du siehst aus wie Alice Cooper«, sagte sie.

»Du auch«, antwortete Nina.

Nach dem dritten Champagner wusste sie, warum Malou litt.

Entgegen ihren festen Vorsätzen hatte sie sich verliebt, und zwar in Tobias. Als Nina sie vor einigen Wochen am Telefon geweckt hatte, blieb keine Zeit mehr für ein Frühstück, und Tobias hatte vorgeschlagen, das doch am nächsten Morgen nachzuholen. Malou hatte zugesagt, und während dieses Frühstücks in seiner Wohnung hatte sie sich in ihn verliebt.

»Es war seine Wohnung und die Art, wie er das Frühstück vorbereitet und mich umsorgt hat. Es hat mir so unglaublich gutgetan. Er hat alles mit einer solchen Selbstverständlichkeit erledigt, und die Wohnung war keine schmuddelige Bude wie so viele Junggesellenwohnungen, wo du das Klo nicht benutzen magst, und erst recht nicht peinlich aufgeräumt, das finde ich noch schlimmer. Aber man hat ihr angemerkt, dass der Bewohner in sich selbst ruhte und das Leben von der schönen Seite nahm. Und dass es ihm Spaß machte, sich liebevoll um jemanden zu kümmern. Ich kann es nicht besser erklären, aber das war mein Eindruck. Wir haben dann den ganzen Tag zusammen verbracht, und er hat mir seine Lieblingsplätze in Berlin gezeigt. Na ja, und wenn ich nach dem Frühstück in ihn verknallt war, dann war er abends die Liebe meines Lebens. Es stimmte einfach alles. Die nächsten Tage waren himmlisch.«

»Heute Morgen warst du so schnell am Telefon, weil du dachtest, er wäre dran, stimmt's?«

Malou nickte. »Ich verbringe meine Tage im Moment damit, wie ein hypnotisiertes Kaninchen auf den Hörer zu starren.«

»Aber warum ruft er denn nicht an? Warum tut er dir das an?« Sie überlegte kurz. »Er ist verheiratet. Oder hat plötzlich entdeckt, dass er schwul ist. Oder die Polizei ist hinter ihm her.«

»Ach, weißt du, ich würde ihn sogar nehmen, wenn er ab und zu eine Bank überfallen würde. Aber er hat leider eine langjährige Freundin, die nur zufällig gerade in Italien war, als er mich getroffen hat. Nun ist sie aber wieder da, und er hat mir wortreich versichert, wie sehr er seinen Seitensprung bereut und dass es der einzige war, den er sich je geleistet hat und so weiter. Am Schluss habe *ich ihn* getröstet und die Schuld für seine Untreue auf mich genommen, nur damit er sich nicht mehr so schlecht fühlt.«

»Männer sind Charakterschweine.«

»Das kannst du laut sagen. Aber ich habe ja auch selber schuld. Warum bin ich von meinen Prinzipien abgewichen und habe denselben Mann zweimal getroffen? Hat doch alles keinen Sinn. Ober, bitte noch zwei Champagner.«

Als die Gläser vor ihnen standen, erhob Malou das ihre, legte eine Hand aufs Herz und sagte feierlich, wenn auch mit schwerer Stimme: »Wir legen jetzt ein Gelöbnis ab. Wir werden es den Männern nie wieder gestatten, einen Keil in unsere Freundschaft zu treiben. Prost.«

Sie verbrachten den Rest des Nachmittags damit, Beispiele für große Liebespaare aus der Literatur und dem Kino zu analysieren.

»Schiwago und Lara, das ist doch wie bei deiner Großmutter und ihrem Revolutionär«, rief Malou.

»Stimmt. Oder Scarlett O'Hara und Rhett Buttler.«

»Rick und Elsa.«

»Wer?«

»Bogart und die Bergman in *Casablanca*.«

»Genau. Oder *Love Story*. Zum Schluss ist sie leider tot.«

»Wie in *Out of Africa*, da stürzt Robert Redford ab. Und bei *Anna Karenina* schmeißt sie sich vor den Zug.«

»Ja, die einzige, wahre, bedingungslose Liebe gibt's nur im Kino. Im richtigen Leben gehen die Männer einfach weg, weil sie feststellen, dass sie einen kleinen Fehler gemacht haben.«

»Oder weil ihnen einfällt, dass sie ja schon eine Frau zu Hause haben.«

»Aber von den Kinopaaren, die wir gerade aufgezählt haben, ist auch keines glücklich geworden«, bemerkte Nina, deren

Zunge schon ganz schön schwer war. »Entweder sie scheitern an den Umständen oder passen nicht zusammen, oder sie verlieren sich aus den Augen, oder einer der beiden stirbt.«

»Auf jeden Fall gibt es immer einen Grund, warum sie sich nicht kriegen.«

»Hihi, genau wie bei uns.«

»Nur dass wir nicht ins Kino kommen.«

»Und wie ist es mit Frauenfreundschaften?«

»Im Film? Pah, genau dasselbe Trauerspiel. Denk nur an Aimée und Jaguar. Oder Thelma und Louise. Oder an Simone de Beauvoir und Zaza.«

»Es ist deprimierend. Lass uns von etwas anderem reden.«

»Genau. Lass uns was essen. Viel und fettig, das brauche ich jetzt, mir ist schon ganz übel von dem Alkohol.«

»Und dann gehen wir ins Kino und sehen uns eine amerikanische Liebeskomödie an.«

»Aber nur eine, wo sie sich am Ende kriegen.«

Kapitel 24

Den Sonntag verbrachte Nina mit Büchern abwechselnd in der Badewanne, auf der Couch und im Bett. Sie tauchte nur zweimal aus ihrer selbst gewählten Einsamkeit auf.

Einmal telefonierte sie lange mit Malou, und sie redeten noch einmal über den Streit vom Vortag und gelobten sich Besserung. Und beide versprachen, es der anderen sofort zu erzählen, wenn es etwas Neues in Herzensdingen geben sollte.

Am Nachmittag rief Martin an.

»Ich muss dir etwas beichten«, sagte er zögernd. »Auch wenn wir nicht mehr zusammen sind. Ich wollte es schon vorgestern Abend beim Essen tun, aber mir fehlte der Mut …«

»Ich glaube, ich weiß, was es ist. Du hast eine andere Frau kennengelernt.«

Sie hörte, wie er am anderen Ende der Leitung nach Luft schnappte.

»Hätte ich mir denken können, dass du Bescheid weißt …«, brachte er dann schließlich hervor. »Sie ist Anwältin wie ich, sie war kürzlich meine Prozessgegnerin, und irgendwie hat es gefunkt. Wir sind in so ziemlich allen Dingen einer Meinung, wir passen sehr gut zusammen. Ich glaube, ich liebe sie.«

»Ich wünsche euch beiden von Herzen alles Glück.«

Sie hatte das ziemlich gepresst herausgebracht, aber er schien auf diese Reaktion nur gewartet zu haben und überhörte den Unterton. Erleichtert sagte er: »Ich wusste, dass du es verstehen würdest.«

Ein bisschen tat es schon weh, als sie sagte: »Aber natürlich verstehe ich das.«

Als sie aufgelegt hatte, dachte sie daran, welche Skrupel sie gehabt hatte, mit Ben auszugehen, solange sie mit Martin zusammen war. Und was tat er? Sie fragte sich, seit wann er sich für die Neue interessierte. Wahrscheinlich schon länger, und er war nur so lange bei ihr geblieben, bis er die andere sicher hatte. Und am Schluss ließ er sich dann noch von ihr die Absolution erteilen. So ein Schuft, dachte sie. Und dann: Was bin ich nur für eine dumme Gans!

Die neue Woche begann mit einem leichten Nieselregen, aber der Himmel war hell und ließ auf einige Sonnenstrahlen später am Tag hoffen. Nina war gut gelaunt und freute sich auf ihre Arbeit. Das Wochenende hatte sie gestärkt, die Aussprache mit Malou und die Möglichkeit, ganz in Ruhe nachzudenken, hatten ihr gutgetan.

Als sie an diesem Morgen wie immer in ihren Briefkasten sah, bevor sie das Haus verließ, war es mit ihrer inneren Ruhe jedoch wieder vorbei. Im Kasten lag ein Brief aus Amerika. Hastig drehte sie ihn um und sah auf den Absender: »Benjamin Turner«. Eine heiße Freude durchfuhr sie, sie spürte das vertraute Kribbeln im Nacken und den Hinterkopf hinauf, das sich immer bei Aufregung einstellte. Was konnte er von ihr wollen? War nicht alles zwischen ihnen gesagt? Er hatte wütend ihre Wohnung verlassen und gesagt, er würde sie nie wieder belästigen.

Und jetzt hatte er ihr geschrieben. Sie befühlte den Brief, ein fester, gefütterter Umschlag in einem Format, das länger war als in Deutschland üblich, mit einer bunten Marke in der rechten Ecke, ihr Name und ihre Adresse in einer geschwungenen, charaktervollen Schrift in Tinte. Er knisterte verheißungsvoll. Draußen begann es stärker zu regnen, und sie wollte den Brief nicht nass werden lassen, also öffnete sie ihn gleich im

Hausflur. Sie hätte es auch nicht ausgehalten, ihn ungeöffnet mit sich herumzutragen.

Vorsichtig, weil sie den Umschlag nicht beschädigen wollte, benutzte sie ihren Zeigefinger als Öffner. Heraus fielen das Foto ihrer Großmutter aus dem blauen Medaillon und eine Karte.

Ich finde, dies gehört Dir. Obwohl es mir fast das Herz bricht, dieses Andenken an Dich aus der Hand zu geben. Du siehst ihr so ähnlich! Ben

Sie drehte die Karte herum und entdeckte einige weitere Zeilen, geschrieben in seiner schönen, steilen Handschrift:

Ich wusste vom ersten Augenblick an, dass ich durch Dich leiden würde, aber sogar das nehme ich mit Freuden hin, denn es kommt von Dir.

Nina las den Satz noch einmal, laut jetzt. Klingt gut, dachte sie. Wie eine Liebeserklärung. Er ist wirklich ein vollendeter Romantiker. Und dann dachte sie: Ach, was! Überkandidelt ist er. Wer spricht denn heute noch so? Leiden mit Freuden hinnehmen, so ein Quatsch! Doch im Grunde ärgerte sie sich gar nicht über Ben, sondern über sich selbst, weil es nach diesen wenigen Zeilen von ihm mit ihrem gerade zurückgewonnenen Gleichgewicht schon wieder vorbei war.

In einem plötzlichen Entschluss wollte sie in ihre Wohnung hinaufgehen und ihn anrufen, doch auf dem ersten Treppenabsatz machte sie kehrt, weil ihr einfiel, dass jenseits des Ozeans noch Nacht war. Sie würde bis zum Nachmittag warten müssen.

Stattdessen erzählte sie Malou von dem Brief, kaum dass sie im Laden angekommen war.

»Wie schön. Solche Zeilen würde ich auch gern bekommen!«, entfuhr es Malou.

»Findest du sie nicht kitschig?«

»Nein, überhaupt nicht. Ich finde es mutig, dass er sich traut, solche Worte zu wählen.«

»Ist auch egal, darum geht es mir jetzt erst mal gar nicht. Ich komme nicht damit zurecht, dass ich das ganze Wochenende mit Reden und Nachdenken verbringe und deshalb sogar einen Riesenkrach mit dir bekomme. Ich fasse den Entschluss, dass ich weder mit Martin noch mit Ben etwas zu tun haben will, und kaum schickt er ein paar Zeilen, bin ich wieder völlig aus dem Häuschen.«

»Es sind wunderschöne Zeilen. Freu dich doch«, riet Malou ihr.

»Tu ich ja«, antwortete Nina.

»Sag mir Bescheid, wenn du ihn erreicht hast.«

»Mach ich ebenfalls. Hast du was Neues von Tobias?«

»Nein«, klang es traurig aus dem Hörer.

Sie war den ganzen Nachmittag im Laden beschäftigt, denn ein Vertreter hatte sich angesagt und stellte ihr seine neue Kollektion vor. Und dann kamen zwei aufgeregte Schülerinnen herein, die auf der Suche nach einem Freundschaftsring waren und sich ewig lange nicht entscheiden konnten. Nina war gerührt von dem Ernst, mit dem die Mädchen zu Werke gingen.

Gerade wollte sie den Telefonhörer abnehmen, als die Ladenglocke erneut ging. Es war die Frau, für die sie den Rubinring gefertigt hatte. Nina hatte sich schon Sorgen gemacht, dass sie gar nicht mehr kommen würde, der Ring lag schon eine ganze Zeit fertig in ihrem Tresor. Doch jetzt stand die Kundin vor ihr, und Nina zeigte ihr den Schmuck. Die Frau hatte ungewöhnlich lange und schöne Finger, die für den großen Stein, der durch die schlichte Fassung noch wuchtiger wirkte, wie geschaffen waren.

»Er ist wie für mich gemacht«, sagte sie glücklich und betrachtete ihre Rechte.

»Er *ist* für Sie gemacht«, antwortete Nina. »Aber Sie haben recht, er braucht lange, schmale Hände, um zur Geltung zu kommen. Und wenn ich dann noch Ihre Haarfarbe dazunehme … einfach perfekt. Soll ich den Ring einpacken?«

»Auf keinen Fall. Ich glaube, ich werde ihn nie wieder absetzen. Ich werde Sie weiterempfehlen«, sagte die rothaarige Frau, nachdem sie bezahlt hatte. Dann verließ sie den Laden.

Mittlerweile war es halb sieben geworden. Nina verschob den Anruf in Amerika auf den Abend und ging ebenfalls.

Als sie nach Hause kam, machte sie sich erst etwas zu essen, denn sie hatte Hunger, und trank ein Glas Wein. Dann fühlte sie doch ihren Mut sinken. Was wollte sie Ben eigentlich sagen? Sie schenkte sich ein zweites Glas ein, stellte es auf den Wannenrand und ließ Wasser und einige Tropfen ihres besten Badeöls in die Wanne laufen. Vorsichtig glitt sie in das heiße Wasser und griff nach dem Telefon und Bens Brief, die sie neben der Wanne zurechtgelegt hatte. Nach einem tiefen Schluck wählte sie seine Nummer.

Er ging nach dem ersten Klingeln an den Apparat, so schnell, dass ihr die Worte fehlten.

»Hier ist Nina«, brachte sie schließlich heraus.

»Nina, mein Gott.« Es entstand eine kleine Pause, in der sie eine Tür leise ins Schloss fallen hörte.

Seine Frau ist in der Nähe, er muss das Zimmer verlassen, damit sie nicht mithört, dachte sie.

Leise sprach er weiter: »Ich habe so gehofft, dass du anrufen würdest. Du hast also meinen Brief bekommen. Er war sozusagen mein letzter Versuch.« Wieder machte er eine kleine Pause. »Wie geht es dir?«

»Wie geht es deiner Frau?« Verdammt! Was redete sie denn jetzt schon wieder?

Aber er ließ sich nicht aus der Ruhe bringen. »Jetzt fang nicht schon wieder damit an, dafür ist jetzt keine Zeit. Hör mir lieber zu, denn es ist wichtig. Ich muss dich sehen. Ich komme morgen nach Berlin. Es gibt einen Flug, der um 21 Uhr in Tempelhof ankommt. Hol mich am Flughafen ab, wenn du kannst.«

Sie hörte die Eindringlichkeit in seiner Stimme.

»Ich werde da sein«, sagte sie matt.

Ihre Antwort hatte er wahrscheinlich schon gar nicht mehr gehört. Mit einem leisen Klicken war die Verbindung unterbrochen.

Nina ließ den Hörer auf die Badematte vor der Wanne fallen und lehnte sich wohlig zurück.

Morgen! Er kommt morgen! Ich sehe ihn wieder. Sie war ihm unendlich dankbar und bewunderte ihn für die Gelassenheit, mit der er ihre unpassende Bemerkung über seine Frau überhört hatte. Woher nahm er diese Sicherheit? Sie kam zu dem Schluss, dass sie nur aus dem Gefühl echter Liebe rühren konnte.

Nach dem Bad kuschelte sie sich in ihr Bett und schlief sofort ein.

Am nächsten Morgen wachte sie früh auf. Gut so, dachte sie, kann ich noch ein kleines Schönheitsprogramm für heute Abend einschieben und die Wohnung aufräumen. Sie zog wieder den neuen kamelhaarfarbenen Pullover an, der mittlerweile seine Berechtigung hatte, denn draußen war es kühl geworden.

Im Laden sah sie zwar ständig auf die Uhr, aber es war eine fröhliche, kribbelige, angenehme Spannung, unter der sie stand. Sie hatte einen Entschluss gefasst. Immerhin nahm Ben einiges auf sich, wenn er extra nach Berlin geflogen kam, und sie hatte sich selbst – und Malou, der sie natürlich Bescheid gesagt hatte – das Versprechen gegeben, freundlich zu ihm zu sein und ihn nicht wieder zu brüskieren. Sie war fest entschlossen, dieses Wiedersehen zu nutzen, um sich und ihre Gefühle zu prüfen. Sie wollte Ben genauer kennenlernen, ihn reden lassen, etwas von ihm erfahren. Und sie wollte ihn Malou und Natascha vorstellen.

Als ob sie ihren Eltern den zukünftigen Bräutigam präsentieren würde.

»Ich glaube, ich bin dabei, auf deinen Pfaden zu wandeln«, sagte Nina zu Natascha. Sie war rasch bei ihrer Großmutter vorbeigefahren, weil ihr noch eine gute Stunde Zeit blieb, bis sie zum Flughafen musste. Und sie wollte jetzt nicht allein in ihrer Wohnung sitzen und warten. Als sie den Laden abgeschlossen hatte, machte sie vor Glück eine Reihe von Luftsprüngen, bei denen sie der Herrenfriseur kopfschüttelnd beobachtete. Kurz entschlossen hatte sie in einer neu eröffneten Boutique in einem benachbarten Hof eine Handtasche gekauft, die sie schon vor einigen Tagen entdeckt hatte und die ihr seitdem nicht aus dem Kopf gegangen war. Sündhaft teuer, aber unglaublich weich und edel und genau in der Farbe ihres Pullovers.

Jetzt saß sie in Nataschas Sessel und kramte in ihrem verbeulten Rucksack, um ihre persönlichen Dinge in der neuen Tasche zu verstauen.

»Wie darf ich das verstehen, ›auf meinen Pfaden wandeln‹?«, fragte Natascha, obwohl sie ahnte, worauf ihre Enkelin hinauswollte.

»Na ja, ich bin dabei, Hals über Kopf eine eher aussichtslose Beziehung mit einem Mann zu beginnen, den ich kaum kenne, der mich aber in seinen Bann gezogen hat wie kein anderer jemals vor ihm.«

»Aha.«

»Nur diesmal ist *er* verheiratet«, fuhr sie fort. »Aber sonst ist doch vieles ähnlich. Ben lebt in einem anderen Land, und wir können uns nur sporadisch sehen, genau wie du und dein Mikhail.«

»Du tust gerade so, als wärst du schon über Jahre mit ihm zusammen. Dabei weißt du doch gar nicht, was bei eurem Treffen herauskommt. Und jetzt sag nicht immer ›dein Mikhail‹. Schließlich ist das Ganze fünfzig Jahre her.«

»Ist dir die Erinnerung unangenehm?«, fragte Nina.

»Nein, überhaupt nicht. Mischa ist und bleibt die Liebe meines Lebens. Aber ich bin einfach zu alt für Schwärmereien. Das überlasse ich gern dir.«

»Trotzdem will ich wissen, wie ihr das damals gemacht habt. Wie und wo habt ihr euch gesehen? Hat der Zwang zur Heimlichkeit euch nicht belastet? Hattet ihr auch mal Streit? Hast du nicht darunter gelitten, dass ihr nicht wie ein Paar zusammenleben konntet?«

»Oh, wir haben für eine kurze Zeit wie ein ganz normales Ehepaar zusammengewohnt. Nach dem Krieg, und zwar hier in Berlin.«

Nina, die gerade kopfschüttelnd einen Haufen kleiner Zettelchen sortierte, die sie ganz unten in ihrem Rucksack gefunden hatte – was sich da so alles angesammelt hatte, Notizen, Kassenzettel, der lange vermisste Abholschein für die Reinigung –, verharrte in ihrer Bewegung und sah zu Natascha auf.

»Wie bitte?«

»Ja, nach 45. In dieser Wohnung.« Ihr Blick ging für einen Moment in die Ferne.

»Wie bitte?«, fragte Nina noch einmal. »Davon hatte ich ja keine Ahnung. Sitze ich vielleicht gerade in seinem Sessel?

Nach dem Krieg, sagst du? Dann muss Mama ihn ja noch gekannt haben, sie war doch damals schon sieben oder acht!« Sie überlegte kurz und hob dann resigniert die Schultern. »Ich bin wirklich gespannt, was du mir noch so alles beichten wirst. Ich komme mir neben dir bald vor wie eine langweilige alte Jungfer. Was du alles erlebt hast!«

»Nun übertreib mal nicht. Sei heute Abend nicht so kratzbürstig, vielleicht erlebst du dann auch mal was«, antwortete Natascha trocken.

»Manchmal habe ich den Eindruck, die beiden Menschen, die mir am wichtigsten sind, nämlich Malou und du, ihr wollt mich beide unbedingt unter die Haube bringen, egal, ob der Mann nun zu mir passt oder nicht. Bei dir werde ich das Gefühl nicht los, du bist der Meinung, ich solle mich völlig zurücknehmen und Ben absolut unkritisch akzeptieren, wie er ist ...«

»Was nicht stimmt, wie du genau weißt«, gab Natascha zu bedenken.

»... und Malou hat mir gerade heute Morgen am Telefon wieder einen ihrer esoterischen Vorträge gehalten.«

»Wieso? Was hat sie gesagt?«

»Ach, sie meint, das mit Ben und mir sei eine Fügung des Schicksals. Anders kann sie sich nicht erklären, warum er in meinen Laden kommt, um ein Medaillon überholen zu lassen, dessen genaues Gegenstück ich besitze. Dass er ausgerechnet zu mir kommt, obwohl wir uns noch nie vorher begegnet sind und zudem auf zwei verschiedenen Kontinenten leben, ist für sie Magie. Und dann hat dieses Schmuckstück schon einmal als Pfand für die eine große Liebe im Leben gegolten, zwischen einem Mann und einer Frau, die – ein weiterer unglaublicher Zufall – meine Großmutter ist. Und als wenn das nicht genügte, hat sie sich noch bei einer ihrer Freundinnen nach der Bedeutung des Saphirs in der Esoterik erkundigt. Und rate, was dabei herausgekommen ist?« Sie wartete Nataschas Antwort nicht ab, sondern gab sie gleich selbst: »Der Saphir bringt

Klarheit und Hellsichtigkeit demjenigen, der ihn trägt, wenn er eine Entscheidung zu treffen hat.«

»Na ja, dieses Zusammentreffen ist doch wirklich höchst außergewöhnlich. Was hast du denn für eine Erklärung dafür? Und das mit der Bedeutung des Saphirs scheint doch auch zu stimmen. Immerhin hast du bereits eine Entscheidung getroffen, indem du dich von Martin getrennt hast.«

»Er sich von mir, wolltest du sagen.«

»Wer es zuerst gesagt hat, ist doch nebensächlich«, entgegnete Natascha leicht ungeduldig. »Du wolltest dich aber nach sieben langen Jahren ausgerechnet jetzt von ihm trennen, wo du den Stein wiederentdeckt hast. Ich muss schon sagen, diese Zufälle geben mir zu denken. Warum weigerst du dich, sie Schicksal zu nennen? Warum nimmst du diesen blauen Stein, der doch angeblich Entscheidungen befördern soll, nicht als Ansporn, dich und Ben zu prüfen und ihm nachher ohne Hintergedanken gegenüberzutreten? Vielleicht ist dieser Mann tatsächlich dein Schicksal, wer weiß?«

»Ich werde mir alle Mühe geben und nett zu ihm sein. Schon allein deswegen, weil ihr zwei mir sonst die Augen auskratzt.« Nach einem Blick auf die Uhr stand sie auf, beugte sich zu Natascha herunter, um ihr einen Kuss auf die Wange zu geben, und sagte: »Es ist so weit, ich muss los.«

An der Tür drehte sie sich noch einmal um. »Ich weiß nicht einmal, wie lange er bleibt, aber ich würde ihn dir gern vorstellen, wenn es dir recht ist.«

»Ist gut«, antwortete Natascha von ihrem Sessel aus. »Ich würde ihn auch gern ein paar Dinge fragen. Viel Glück, mein Kind.«

»Ich glaube, das kann ich brauchen«, murmelte Nina, aber da war sie schon zur Tür hinaus.

Kapitel 25

Am Flughafen herrschte trotz der späten Stunde das übliche Gedränge. Nina bahnte sich ihren Weg durch die Charterhalle, wo lange Schlangen von gepäckbeladenen Menschen, die meisten von ihnen Familien, vor den Schaltern auf ihre Abfertigung warteten. Erst als sie in die Ankunftshalle der Linienflüge kam, wurde es ruhiger. Hier begegnete sie hauptsächlich Männern, die außer den obligatorischen Aktenkoffern kein Gepäck bei sich trugen. Sie war zu früh, wie immer, wenn sie nicht gerade mit Martin verabredet war, deshalb setzte sie sich an einen der Tresen und bestellte einen Orangensaft. Sie hätte eigentlich lieber einen Sekt getrunken, um ihre Nervosität zu zügeln, aber sie wollte nicht nach Alkohol riechen. Hoffentlich hat die Maschine keine Verspätung, dachte sie, lange halte ich diese Warterei nicht aus.

Das Flugzeug war zum Glück pünktlich, und als sie zu der Absperrung ging, die die Wartenden von den Ankommenden trennte, erkannte sie Ben sofort, als er die Zollabfertigung verließ. Er war größer als die meisten anderen, und sein leicht schlaksiger, wiegender Gang machte ihn gut erkennbar. Er sah sich suchend um, dann hatte er sie entdeckt. Ein strahlendes Lächeln voller Zuneigung erschien in seinem Gesicht, und er kam eilig auf sie zu, während sie einfach stehen blieb.

Dann stand er ganz dicht vor ihr.

»Nina. Endlich.« Er legte kurz den Arm um ihre Schulter, um sie auf die Wange zu küssen, wobei sie wieder seinen betörenden, jetzt schon wunderbar vertrauten Duft wahrnahm. Dann schob er sie auf Armeslänge von sich weg und sah sie an. »Du bist genauso wunderschön, wie ich dich in Erinnerung hatte. Was macht die Beule?«

»Oh, die ist schon lange vergessen«, wehrte sie ab. »Wie geht es dir? Bist du müde? Willst du dich gleich hinlegen?«

Meine Güte, wenn sie mit diesem Mann zusammen war, redete sie wirklich nur den größten Blödsinn. Das hörte sich ja an, als wollte sie ihn gleich ins Bett zerren! Sie wusste nicht, was sie sagen sollte, aber er war kein bisschen verlegen, und so überließ sie es ihm, einen Vorschlag zu machen.

Er reagierte ohne jeden Hintergedanken. »Müde? Nein. Dazu freue ich mich viel zu sehr, dich zu sehen. Außerdem habe ich im Flugzeug geschlafen. Aber hungrig bin ich. Das Essen im Flieger war nämlich ungenießbar. Lass uns doch wieder zu dem Italiener gehen. Wie hieß er noch, Paolo?«

»Gern«, antwortete sie dankbar.

Es war wie an ihrem ersten Abend. Sie aßen und redeten und gestikulierten, fielen sich gegenseitig ins Wort, weil sie sich so viel zu erzählen hatten. Sie sprachen über ihre Kindheit, wo sie aufgewachsen waren, in welche Schule sie gegangen waren, was sie im Leben liebten und was nicht, von ihren Berufen, ihren Reisen. Dabei stellten sie fest, dass sie ein diffuses Gefühl der Fremdheit gemeinsam hatten. Nina, weil ihr Vater sie und ihre Mutter verlassen hatte und weil ihre Mutter nur kurze Zeit später gestorben war. Und Ben, weil seine Eltern ihn immer spüren ließen, dass Amerika nicht ihr Zuhause war.

Nina erzählte nichts von Martin, und sie fragte Ben auch nicht nach seiner Frau.

Als Paolo sie endlich darauf aufmerksam machte, dass sie die letzten Gäste waren und er schließen wollte, sahen sie sich überrascht um. Sie waren so mit sich beschäftigt gewesen, dass sie gar nicht bemerkt hatten, wie sich um sie herum das Lokal geleert hatte.

Nina zahlte, und Hand in Hand wanderten sie durch das

nächtliche Berlin, ganz selbstverständlich gingen sie in Ninas Wohnung und schliefen im selben Bett.

Ihre Liebe war verspielt, sie lachten und redeten, während sie sich küssten und auszogen und berührten. Sie wussten, dass ihnen alle Zeit der Welt bleiben würde, um ihre Körper zu spüren, jetzt ging es ihnen beiden darum, sich mit Worten kennenzulernen. Erst als der Morgen kam und sie zu müde waren, um noch länger zu reden, vereinigten sie sich langsam und zärtlich, um dann selig, eng umschlungen einzuschlafen.

Am nächsten Morgen erwachte Nina zur gewohnten Zeit, und als sie das Gewicht von Bens Arm auf ihrem Bauch spürte, durchströmte ein Glücksgefühl sie. Zärtlich hob sie seinen Arm hoch und stand leise auf. Sie stellte die Kaffeemaschine an und ging ins Bad, um zu duschen. Die ganze Zeit über summte sie leise vor sich hin. Ein Blick in den Spiegel sagte ihr, dass die Liebe sie schön gemacht hatte. Sie föhnte ihr Haar und band es im Nacken zusammen. Dann ging sie leise zurück ins Schlafzimmer, um sich etwas zum Anziehen aus dem Schrank zu nehmen. Es gab Tage, da stand sie stundenlang davor, voller Zweifel, was sie anziehen sollte, aber heute nahm sie einfach einen schlicht gestrickten roten Pullover und eine helle Jeans aus dem Regal. Ben würde sie schön finden, auch wenn sie in Sack und Asche vor ihm stünde, das wusste sie. Und außerdem gefiel sie sich selbst, und dann würde sie auch allen anderen gefallen.

In der Küche trank sie einen Kaffee und aß eine große Portion Müsli mit frischem Obst. Sie legte einen Zettel für Ben auf den Tisch. *Bin im Laden. Ruf mich an.* Dann griff sie nach ihrer neuen Tasche und verließ die Wohnung.

Sie hatte kaum die Ladentür aufgeschlossen, da klingelte das Telefon.

»Wie konntest du einfach so gehen. Ich hatte mir geschworen, nie wieder ohne dein liebes Gesicht vor mir aufzuwachen«, beschwerte er sich mit einer Stimme, die ihr die Knie weich werden ließ.

»Guten Morgen. Tut mir leid, ich wollte dich nicht stören. Ich kann den Laden nicht einfach geschlossen lassen. Ich bin nämlich in der letzten Zeit nicht besonders geschäftstüchtig gewesen, weil ich Liebeskummer hatte. Wenn ich nicht pleitegehen will, dann muss ich mich jetzt zusammenreißen.«

»Das verstehe ich natürlich. Aber du hättest mich doch wecken können. Ich bin ein wahnsinnig guter Frühstückmacher.«

»Also gut. Morgen früh.« Sie stockte. »Bist du dann noch da?« Darüber hatten sie noch gar nicht gesprochen.

»Ja. Ich habe die ganze Woche Urlaub genommen.«

»Wunderbar«, rief sie aus. »Holst du mich zum Mittagessen ab? Zwischen eins und drei schließe ich den Laden zu.«

Um halb eins stand er vor ihr, mit einem riesigen Strauß Blumen und einem Korb, über den ein Tuch gebunden war.

»Für Schmuck kennen wir uns noch nicht gut genug«, sagte er mit einem frechen Grinsen. »Deshalb habe ich uns ein kleines Picknick mitgebracht. Was hältst du von einem Lunch auf der Museumsinsel? Wir könnten zu Fuß hingehen.«

Nina war entzückt von der Idee. Zu einem Picknick im Grünen mitten in Berlin hatte sie noch niemand eingeladen, und an einem trüben Tag wie diesem schon gar nicht. Dass auch andere Leute nicht unbedingt auf den Gedanken kamen, sahen sie an den amüsierten und verwunderten Blicken der Passanten, die an ihrer Wolldecke vorüberkamen, auf der kaltes Fleisch und Salate, Brot und Obst und als Nachtisch eine kleine Erdbeertorte ausgebreitet waren. Auch an einen Piccolo-Sekt hatte Ben gedacht. Nina aß mit gutem Appetit, denn fehlender Schlaf hatte sie schon immer hungrig gemacht. Dann kuschelte sie sich in Bens Arm, den Kopf an seiner Schulter. Es war kühl, und Ben hatte vorsorglich eine zweite Decke mitgebracht und sie über sie gebreitet. Sie sagten ausnahmsweise einmal nichts, und Nina genoss schläfrig, wie Ben ihr unter dem Schutz der Decke sanft über den Po strich. Sie hätte den Rest des Tages so verbringen können, seine Hände auf ihrem Körper und den Blick in den vorbeiziehenden Wolken verloren, aber leider waren die zwei Stunden Mittagspause bald vorüber, und sie musste zurück in den Laden.

»Wie wirst du den Nachmittag verbringen?«, fragte sie Ben.

»Ich mache vielleicht einen kleinen Spaziergang durch die Stadt, und dann werde ich mich auf heute Abend freuen«, sagte er mit einem anzüglichen Grinsen.

Zum Abschied küsste er sie lange und leidenschaftlich, und sie ahnte, was sie am Abend erwartete. Die kleine Kugel in ihrem Bauch begann zu wachsen und hin und her zu rollen.

Die folgenden Tage kamen ihr vor wie ein Traum. Benjamin umsorgte und verwöhnte sie. Er weckte sie morgens, brachte ihr mittags etwas zum Essen oder lud sie in ein Restaurant ein. Und abends hatte er für sie gekocht, fragte sie, wie sie ihren Tag verbracht hatte, und erzählte von seinem. Er hatte mit einigen Architekturbüros Kontakt aufgenommen und durchstreifte Berlin, besonders die Viertel, in denen früher die Mauer gestanden hatte, weil ihn die vielen leeren Grundstücke reizten, die alle bebaut werden sollten. Er zeichnete und machte Skizzen, einfach so, ohne konkreten Auftrag, weil auch ihn die Liebe beflügelte und kreativ machte.

Ihre Nächte waren ein einziger Rausch. Bereits während sie sich beim Essen in Ninas kleiner Küche gegenübersaßen, knisterte die Luft vor erotischer Spannung. Er fütterte sie mit besonderen Häppchen, machte ihr Komplimente, sie berührten sich unter dem Tisch und warfen sich bedeutsame Blicke zu. Oft gelang es ihnen nicht, bis zum Ende des Essens zu warten, bevor sie sich heftig-leidenschaftlich oder langsam-zärtlich liebten. Sex in allen seinen Variationen wurde in diesen Tagen zu einem selbstverständlichen Bestandteil des Tagesablaufs, wie Essen oder Zähneputzen. Sie liebten sich an allen möglichen Orten, einmal sogar mittags in Ninas kleiner unaufgeräumter Werkstatt, und auf verschiedene Weisen, und alles Neue, was sie ausprobierten, machte ihnen nur wieder Lust auf noch anderes. Sie waren neugierig aufeinander und dabei doch ohne jede falsche Scheu, so als würden sie sich schon seit Jahren kennen. Sie konnten es kaum erwarten, sich nach den Stunden der Trennung, wenn Nina arbeitete, wieder in den Armen zu liegen, und sie waren sich selbst so genug, dass sie abends nicht ausgingen. Sie wussten, dass sich das ändern würde, aber diese ersten Tage ihrer Liebe wollten sie mit niemandem teilen.

Am Freitagabend klingelte das Telefon. Sie saßen in der Küche, Benjamin hatte Nina auf seinen Schoß gezogen, und er hatte die Hände unter ihrem Pullover. Er wollte sie nicht gehen lassen und versuchte sie mit einem leidenschaftlichen Kuss zu halten, doch sie machte sich los.

»Das ist Malou«, sagte sie. »Sie hat heute Nachmittag schon im Laden angerufen, weil wir uns am Wochenende sehen möchten. Ich wollte dich nur vorher fragen, ob es dir recht ist. Sie will dich nämlich kennenlernen.«

»Ist sie so verführerisch wie du? Dann herzlich gern.«

Aber es war Natascha.

»Wie darf ich dein Schweigen deuten?«, fragte sie. »Ich hoffe, du bläst nicht Trübsal, sondern hast einfach keine Zeit für deine alte Großmutter.«

»Genauso ist es«, entgegnete Nina glücklich. »Sei mir nicht böse, aber ich habe nicht einmal bemerkt, wie die Woche rumgegangen ist. Aber jetzt übers Wochenende hätte ich mich bestimmt bei dir gemeldet.«

»Ist er noch in Berlin?«

»Ja, er steht hinter mir.« Ben war tatsächlich hinter sie getreten, legte die Arme um sie und fing an, an ihrem Ohrläppchen zu knabbern.

»Wie wäre es, wenn ihr morgen Abend zum Essen zu mir kommt?«

»Gern. Darf ich Malou mitbringen? Ich möchte, dass auch sie Ben kennenlernt.«

»Natürlich. Dann sehen wir uns morgen um acht?«

»Ja, bis dann.«

Sie legte auf, und Ben drehte sie zu sich herum und küsste sie fordernd auf die Lippen. Sie wollte sich ihm entwinden, aber er hielt sie fest.

»Wem wirfst du mich morgen zum Fraß vor?«, fragte er halb drohend.

»Meiner Großmutter und meiner besten Freundin.«

»Die Großmutter von dem Foto?«

»Ja.«

»Das heißt ja, dass ich mich morgen benehmen muss und keine unanständigen Dinge mit dir tun darf.«

»Aber wir bleiben doch nicht die ganze Nacht.«

»Ist mir egal. Dann muss ich meinen Gelüsten eben hier und jetzt frönen.« Mit diesen Worten schubste er sie ins Schlafzimmer und ließ sie aufs Bett fallen.

»Und was ist mit dem Soufflé, das auf dem Tisch steht?«, fragte sie.

»Essen wir später«, murmelte er, während er die Knöpfe ihrer Bluse einen nach dem anderen genießerisch öffnete.

»Da soll noch mal jemand sagen, ihr Amerikaner wärt prüde und puritanisch.« Sie überließ sich seinen Zärtlichkeiten.

Den Samstag verbrachten sie bis Mittag im Bett, dann beschlossen sie, das gute Wetter zu nutzen und über die Berliner Flohmärkte zu streifen.

Als sie abends in der Fasanenstraße eintrafen, saß Malou schon mit Natascha im Wohnzimmer, und die beiden tranken einen Aperitif. Nina bemerkte mit Erleichterung, dass Malou guter Dinge war und sich angeregt mit Natascha unterhielt.

Sie zog Ben hinter sich her, auf die beiden Frauen zu. Er begrüßte zuerst Natascha mit einem kleinen Handkuss, und während er sich herunterbeugte, tauschte Malou mit Nina einen anerkennenden Blick.

Sie setzten sich gleich an den ganz in Weiß gedeckten Tisch. Natascha hatte ihre alten Tafeltücher und das böhmische Kristall aus dem Schrank geholt, dazu die alten silbernen Leuchter, in die sie weiße Kerzen gesteckt hatte. Nina sah mit Rührung, wie wichtig ihre Großmutter diesen Abend nahm.

Es gab Roastbeef mit Bratkartoffeln und eingelegtem Gemüse in einer Vinaigrette, die irgendetwas Russisches an sich hatte und deren Rezept Natascha nicht herausrückte.

»So«, sagte sie, »ich habe extra nichts Kompliziertes gekocht, erstens weil ich in meinem Alter keine Menüs mehr zustande bringe, zweitens weil ich nicht ständig in die Küche laufen, sondern mich mit euch unterhalten will. Bitte greift zu. Lasst es euch schmecken.«

Sie saßen sich an den vier Seiten des Tisches gegenüber, alle aßen mit gutem Appetit und tranken von dem schweren roten Wein. Die Unterhaltung war angeregt und fröhlich.

Als alles aufgegessen war, wollte Natascha abräumen, doch Nina hielt sie zurück.

»Das machen wir schon«, sagte sie. »Malou hilft mir, nicht wahr?« Dabei gab sie ihrer Freundin ein Zeichen, mit ihr zu kommen.

»Der Nachtisch steht im Kühlschrank«, rief Natascha ihnen nach.

In der Küche umarmte Malou sie und sagte: »Glückwunsch. Du hast den Hauptgewinn gezogen. Ben sieht umwerfend aus, ist sehr gut angezogen – was für einen Mann und dazu noch Amerikaner nicht selbstverständlich ist –, er ist nett und zuvorkommend und kann interessant erzählen. Und er himmelt dich an, das sieht jeder. Er kann ja kaum die Finger von dir lassen.«

»Merkt man das etwa?«

»O ja, meine Liebe, zwischen euch knistert es so laut, ich wette, dass sogar Natascha es mitkriegt ...«

»... nichts gegen Natascha! Die ist in solchen Dingen beileibe kein unbeschriebenes Blatt.«

»Egal. Ich freue mich für dich.«

»Danke«, erwiderte Nina mit einem glückstrahlenden Blick auf die Freundin. »Wenn ich doch dasselbe von dir sagen könnte! Wie kommst du zurecht?«

»Danke, es geht. Ich komm drüber hinweg, da kannst du Gift drauf nehmen.« Das klang schon wieder ganz nach der alten Malou, die sich durch nichts unterkriegen ließ.

Vom Wohnzimmer kam die Stimme Nataschas. »Na, was ist? Findet ihr den Kühlschrank nicht?«

»Doch, doch, wie kommen ja schon.«

Die Crème brulée war köstlich, mit einer zarten karamellisierten Schicht obendrauf, nicht zu süß, und der Sauternes, den es dazu gab, versetzte alle in fröhliche Ausgelassenheit. Wieder räumten Nina und Malou ab und servierten zum Abschluss einen starken Kaffee.

Als Nina mit dem Tablett zurück ins Wohnzimmer kam, waren Natascha und Ben mitten in einem Gespräch über ihr Emigrantenleben. Ben erzählte von seinen Eltern, die Ende der Dreißigerjahre Berlin verlassen hatten und nach Amerika gegangen waren, und wie schwer sie es gehabt hatten. »Eigentlich ist es ihnen bis zu ihrem Tod nicht gelungen, sich dort heimisch zu fühlen.«

»Warum sind sie emigriert?«, fragte Malou, während sie sich setzte. »Waren sie Juden?«

»Ja, mein Vater. Er hatte von seinem Vater einen kleinen Gemischtwarenladen übernommen, im ehemaligen Ostteil der Stadt, aber es wurde immer schwieriger für ihn, die Familie damit zu ernähren. Es kamen ja kaum noch Kunden zu ihm. Aber ich glaube, er wäre trotz allem geblieben. Die treibende Kraft für die Emigration war meine Mutter. Sosehr mein Vater Deutschland liebte, sosehr hasste sie es, weil es von Hitler und den Nazis regiert wurde. Täglich stand sie hinter dem Ladentisch und verfluchte die Passanten, die früher bei ihr gekauft hatten und nun die Straßenseite wechselten, nur um nicht am Laden vorbeizumüssen. Sie hatte einen Bruder in Boston, der sie zur Flucht drängte und ihnen bei der Ausreise behilflich war. Ich bin zwar erst viele Jahre nach ihrer Ankunft in den Staaten geboren, aber ich erinnere mich an kleine Dinge aus meiner Kindheit, die mir zeigten, dass Amerika zwar mein Land war, aber nicht ihres. Wir sprachen zu Hause deutsch und feierten die deutschen Feste, und meine Eltern hatten keine Ahnung, was sie tun sollten, als ich mein erstes Halloweenkostüm verlangte.«

»Haben Ihre Eltern nie daran gedacht, zurückzukommen, als der Krieg vorüber war?«

»Oh, doch, diese Möglichkeit war ihnen immer gegenwärtig, besonders meinem Vater. Ich erinnere mich an viele Abende, an denen wir am Küchentisch saßen, unter der niedrig hängenden Lampe, die als einzige im Haus brannte. Meine Eltern redeten von Berlin, von ihrer Straße, wie das Haus und der Laden wohl aussehen würden, was die Nachbarn sagen würden, wenn sie plötzlich wieder da wären. Ständig planten sie ihre Rückkehr, aber im Grunde wussten sie, dass sie nie die Kraft finden würden, in das Land der Mörder zurückzukehren. Meine Mutter hat nie wieder einen Fuß nach Deutschland gesetzt, und nachdem mein Vater dann Anfang der Sechzigerjahre starb – ich war damals acht –, wurde bei uns auch nicht mehr über diese Möglichkeit gesprochen.«

»Und wie stehst du zu diesem Land?«, fragte Nina ihn.

»Schwer zu sagen. Ich bin Amerikaner vom Scheitel bis zur Sohle, und doch war in mir immer eine unbestimmte Sehnsucht nach Deutschland, eine Sehnsucht nach der heilen Welt meiner Eltern vor der Katastrophe. Und zugleich ein eingefleischtes Misstrauen gegenüber allem, was deutsch war. Meine Eltern haben mir beide Gefühle vermittelt: Heimweh und Angst. Als meine Firma vor einigen Monaten jemanden suchte, der ihre Interessen in Berlin vertreten sollte, habe ich das als einen Wink des Schicksals empfunden und mich sofort gemeldet.«

»Siehst du, was habe ich dir gesagt«, platzte Malou heraus und legte sich gleich darauf die Hand auf den Mund.

»Wieso, was haben Sie denn gesagt?«, fragte Ben sie neugierig.

»Ach, Malou hat einen Hang zur Schicksalsergebenheit, der so gar nicht zu ihrer sonst so zupackenden Art passt und über den wir uns schon des Öfteren in die Haare gekriegt haben«, warf Nina ein.

»Falsch«, antwortete Malou. »Nina weigert sich standhaft und gegen jede Vernunft, an so etwas wie Schicksal zu glauben, und das ist auch der Grund dafür, weshalb sie in ihrem Leben so manche Chance verpasst hat.«

»Pah, wie kann man denn mit Vernunft an das Schicksal glauben, das ist doch wohl ein Widerspruch in sich«, entgegnete Nina gut gelaunt, die, wie man an dem Glitzern in ihren zweifarbigen Augen sah, Gefallen an diesem Wortgefecht fand. »Und außerdem erinnere ich mich ziemlich gut an eine junge Studentin, die sich geweigert hat, ihre Abschlussarbeit einzureichen, weil an dem Tag die Sterne ungünstig standen, und die deshalb beinahe die Frist versäumt hätte.«

»Das sind doch Jugendsünden …«

»Meine Güte, jetzt hört doch auf«, sagte Natascha lachend. »Sagen Sie mir lieber, Benjamin, ob Sie an die Sterne glauben.«

Ben sah Nina lange an. Dann nahm er ihre linke Hand, die neben ihrem Teller lag, und drückte sie fest. »Ich kann nur feststellen, dass ich in diese Stadt gekommen bin, weil irgendetwas mich dazu getrieben hat. Allerdings hätte ich nie zu hoffen gewagt, hier eine Frau wie Nina zu treffen.«

Nina freute sich über das, was er gesagt hatte, aber es war ihr auch ein wenig peinlich, dass er es so selbstverständlich vor den anderen erwähnte. So redeten verheiratete Paare, die ihren Enkeln voller Rührung erzählten, wie sie sich anno dazumal kennengelernt hatten.

»Wie dem auch sei«, sagte sie darum mit einer Spur Schroffheit, »ich denke, wir haben das Schicksal jetzt genug bemüht.«

Natascha hörte nicht auf ihre Enkelin. »Tja, das Leben geht manchmal seltsame Wege«, sagte sie. »Ich kannte so viele Menschen, die es vor sich hergetrieben hat, von einem Land ins nächste, ob sie wollten oder nicht. Einer von ihnen, der mir sehr lieb war … Ach was«, sie machte eine energische Bewegung mit ihrer schmalen, faltigen Hand und sah die anderen drei der Reihe nach an, »was soll ich in meinem Alter verschämt um den heißen Brei herumreden, ihr wisst es ja ohnehin: Er war der Mann, den ich geliebt habe, derjenige, der meinem Leben einen neuen Sinn gegeben hat … Nun, dieser Mann hat mir zur Erinnerung ein blaues Medaillon geschenkt, und ein zweites Exemplar mit einem Foto von mir hat er selbst behalten, als wir uns 1936 trennen mussten. Und ausgerechnet dieses Erinnerungsstück ist in Ihre Hände gelangt, Benjamin. Seit meine Enkelin mir davon erzählt hat, suche ich nach einer Erklärung, wie das möglich gewesen ist. Bitte sagen Sie mir alles, was Sie darüber wissen.« Mit einem flehenden Blick sah sie Benjamin an.

Der räusperte sich. »Sie können sich denken, dass auch mir dieser Gedanke keine Ruhe gelassen hat, als ich wieder zurück in Boston war. Die Geschichte ist einfach zu verrückt. In was für einer Verbindung könnte dieser Mann mit meiner Familie gestanden haben? Kannte mein Vater ihn vielleicht? Aber ich frage mich, wo sie sich getroffen haben könnten. Denn Ihr Mikhail – entschuldigen Sie, wenn ich ihn der Einfachheit halber so nenne – lebte in Europa, meine ganze Familie hingegen in Amerika. Oder war Mikhail einmal in Übersee?«

»Nicht dass ich wüsste. Er ist zwar viel herumgekommen, aber wenn er länger in den Staaten gewesen wäre, hätte er es mir gesagt. Vielleicht nach seinem Verschwinden …« Natascha verstummte und schien intensiv nachzudenken.

»Ich habe schließlich begonnen, noch lebende Freunde meiner verstorbenen Eltern zu besuchen und mich zu erkundigen, aber niemand scheint etwas zu wissen. Keiner von ihnen hat das Medaillon je gesehen. Aber ich habe etwas anderes herausgebracht, was uns vielleicht weiterhelfen könnte.«

»Was Sie nicht sagen!« Natascha legte die Hand vor den Mund und atmete scharf ein. Sie beugte sich ein wenig vor, um kein Wort zu verpassen.

»Ich sage ›vielleicht‹, ich muss dazu den Bruder meiner Mutter befragen, der aber zurzeit im Urlaub irgendwo in Florida ist. Er kommt erst in der nächsten Woche zurück.«

»Zu was willst du ihn befragen?«, meldete sich Nina zu Wort.

»Es ist wirklich nur eine vage Möglichkeit, aber ein alter Freund meines Vaters hat mir berichtet, dass mein Vater nach dem Zweiten Weltkrieg, 1947 oder 1948, in Europa war, genauer: in Moskau.«

»Zu der Zeit ist auch Mikhail dorthin gefahren!«, rief Natascha aus.

»Es erscheint mir wirklich äußerst unwahrscheinlich, aber ich denke, dass dies die einzige Möglichkeit für die beiden gewesen ist, um sich zu begegnen.«

»Aber was wollte dein Vater ausgerechnet zu dieser Zeit in Moskau?«, fragte Malou. »Ich will ja nicht wieder die Ketzerin spielen, und ich will Sie auch keineswegs verletzen«, mit diesen Worten wandte sie sich an Natascha, »aber ist es nicht ebenso vorstellbar, dass er mehrere Frauen hatte und ihnen einen solchen Stein schenkte, also vielleicht auch Bens Mutter? Aber dann ...« Sie sprach nicht weiter.

Alle schwiegen und dachten zu Ende, was Malou sagen wollte, nur Natascha sprach es aus: »Auch ich habe natürlich die Möglichkeit in Betracht gezogen, dass Sie, Ben, ein Nachkomme von Mikhail sind, genauso wie meine Enkelin. Wissen Sie, ich bin diesem Mann von dem Moment an, wo ich ihn kennengelernt hatte, in Gedanken immer sehr nahe gewesen, aber ich habe nur wenig Zeit mit ihm verbringen dürfen. Woher soll ich wissen, was er tat, wenn er nicht mit mir zusammen war? Und trotzdem glaube ich es nicht«, fuhr sie mehr zu sich selbst fort. »Nicht, dass er keine anderen Frauen gehabt hätte, aber er hätte ihnen niemals das Medaillon gegeben. Außerdem besaß er es noch, als wir uns nach dem Krieg hier in Berlin trennten ... Nein«, sagte sie mit voller Überzeugung, »das ist unmöglich. Und jetzt berichten Sie bitte von der Reise Ihres Vaters.«

»Um das zu erklären, muss ich ein wenig ausholen«, sagte Ben.

»Warum hast du mir nicht früher etwas davon gesagt?«, fragte Nina dazwischen.

»Weil ich noch nicht dazu gekommen bin«, erwiderte er. »Und irgendwie hat mir mein Gefühl gesagt, dass deine Großmutter es zuerst erfahren sollte.«

»Schmeichler«, neckte sie ihn.

»Dafür kannst du sonst alles andere von mir haben.«

Natascha wurde ungeduldig: »Bitte! Kinder! Spannt mich nicht so auf die Folter.«

»Natürlich. Entschuldigen Sie. Also, ich habe ja schon gesagt, dass mein Vater Deutschland mit ganzem Herzen liebte.

Als meine Eltern das Land verlassen mussten, suchte er einen Ersatz für seine enttäuschte Liebe. Und fand den Sozialismus. Ihm imponierte die große Solidarität der Kommunisten weltweit und dass sie keine Antisemiten waren. Als Stalin dann gegen Hitler kämpfte, stiegen seine Bewunderung und Dankbarkeit ins Unermessliche. Und nach dem Krieg sonnte er sich, wie ich glaube, insgeheim in dem Gefühl, wieder einmal zu den Ausgestoßenen und Parias einer Gesellschaft zu gehören.«

»Du meinst wegen der Kommunistenangst in Amerika?«

»Ja. Er war richtig stolz, als eines Tages die McCarthy-Leute vor der Tür standen.«

»Aber Stalin selbst war doch der größte Antisemit. Es hat doch unter seiner Regie immer wieder Prozesse gegen angebliche jüdische Verschwörer, gegen Kosmopoliten und Zionisten gegeben, wenn ich mich recht erinnere«, warf Natascha ein.

»Das muss mein Vater natürlich auch gewusst haben. Meine Mutter hat mir später erzählt, dass er sich lange Zeit geweigert hat, diese Tatsachen zu sehen. Er übernahm die Argumente seiner Partei, das alles seien Gräuelmeldungen der imperialistischen Presse. Er glaubte sogar, dass diese angeblichen jüdischen Verschwörer getan hatten, was man ihnen vorwarf.«

»Genau wie in den Dreißigern, als in Moskau die großen Schauprozesse gegen die Bolschewiken der ersten Stunde inszeniert wurden.« Natascha sagte dies mehr zu sich selber. »Sie haben vielen Kommunisten ihren Glauben an den Sozialismus ausgetrieben, aber ebenso viele glaubten mit einer Verbohrtheit den haarsträubenden Vorwürfen, als hinge ihr Leben davon ab.«

»Wobei sich mein Vater noch ein Stück weiter verleugnen musste«, fuhr Benjamin fort, »denn er war ja selber Jude. Meine Mutter hat mir erzählt, dass es ihn fast zerrissen hätte, diese Widersprüche auszuhalten. Wie dem auch sei, kurz nach dem Krieg machte er tatsächlich eine Reise in die Sowjetunion.

Ich glaube, er hat damals ernsthaft mit dem Gedanken gespielt, dorthin zu übersiedeln, und diese Reise sollte eine Art Probelauf sein.«

»Ist das möglich? Damals herrschte doch schon der kalte Krieg. Wer sollte freiwillig hinter den Eisernen Vorhang gehen?« Malou konnte es nicht verstehen.

»Oh, er war nicht der Einzige. Stalin bemühte sich damals, gleich nach dem Krieg, die Emigranten zurück in die Sowjetunion zu locken, um mit diesen Vorzeigerussen der Welt zu beweisen, dass sein Land demokratisch war.«

»Daran erinnere ich mich noch sehr gut. Damals gab es auch in Berlin ein Anwerbungsbüro, aber ich wollte nicht zurück«, warf Natascha ein.

»Mein Vater war ja noch nicht einmal Russe, aber offensichtlich war er derart desorientiert und heimatlos, dass er diese Möglichkeit für sich ins Auge fasste. Er wollte zumindest einmal ins Land, um sich umzusehen. Er kam mit dem Schiff nach Bremerhaven, fuhr dann mit dem Zug so schnell wie möglich durch Deutschland und dann weiter durch Polen nach Leningrad und Moskau.«

Ben machte eine Pause und trank einen kleinen Schluck Wein.

»Und? Was hat er auf dieser Reise erlebt?« Die drei Frauen stellten die Frage beinahe gleichzeitig.

»Ich weiß es nicht«, antwortete Ben. »Ich selber wusste bis vor ein paar Tagen nicht einmal, dass er diese Reise überhaupt unternommen hatte. Darüber herrschte in der Familie Stillschweigen. Wie Malou schon gesagt hat, damals begann der Kalte Krieg, und es hatte keinen guten Klang in Amerika, wenn man sagte, man führe freiwillig in die Sowjetunion. Der Freund meines Vaters hat mir lediglich berichten können, dass mein Vater gefahren war und einige Wochen später zurückkehrte. Aber er soll eine Art Reisebericht verfasst haben, den er an seinen Schwager schickte – der Bruder meiner Mutter, der zurzeit im Urlaub ist. Ich hoffe, er hat ihn all die Jahre aufgehoben. Ich werde ihn gleich fragen, wenn er zurück ist.«

»Und warum ist denn Mikhail nach Moskau gefahren? Und warum haben Sie ihn danach nicht wiedergesehen?«, fragte Malou, an Natascha gewandt.

»Es war 1948«, antwortete diese. »In jenem Jahr habe ich Mischa zum letzten Mal gesehen. An einem Dienstagnachmittag im August kam das Telegramm. Uns blieben zwei Tage, um uns zu verabschieden. Es kommt mir vor, als wäre es gestern gewesen, so genau steht dieser Tag vor meinem inneren Auge. Er las das Telegramm und erstarrte. Dann hob er ohne ein Wort Nadia hoch und drückte sie so fest an sich, dass sie Angst bekam. Ich merkte sofort, dass etwas Schlimmes passiert war, ich sah es ihm an. Er wusste, was ihn in Moskau erwartete. Man würde auch ihm den Prozess machen. Warum sollte es ihm anders ergehen als all den anderen?«

»Aber wenn er wusste, was ihn erwartete, warum ist er dann gefahren? Wenn er dich so geliebt hat, warum ist er nicht einfach bei dir und Nadia geblieben?« Nina versuchte vergeblich, es zu begreifen.

»Die Zeiten waren damals einfach anders. Ich glaube, die Menschen haben festere Überzeugungen gehabt als heute. Mischa hat sein Leben lang für die Revolution gekämpft und dort seine Pflicht getan, wo diese verfluchte Partei ihn hingestellt hat. Er hat große Opfer für die Idee gebracht. Sie war sein Leben. Das konnte man nicht einfach aufgeben, denn es hätte bedeutet, dass man sein Leben falsch gelebt hätte. Er kannte viele, die sich trotzdem losgesagt hatten, Renegaten nannte er sie. Sie wurden behandelt wie Aussätzige. Sie hatten keine Freunde mehr, meistens keine Arbeit, waren allein mit ihren Zweifeln. Und einige von ihnen wurden bissige Antikommunisten mit einem messianischen Anspruch.«

»Und manchmal wurden sie sogar umgebracht. Denk nur an Trotzki.«

Es wurde still um den Tisch, bis Natascha sich etwas schwerfällig erhob. »Kinder, seid mir nicht böse, aber ich möchte jetzt allein sein.«

»Geht es dir gut?«, fragte Nina besorgt.

Natascha gelang ein Lächeln. »Ja, mach dir keine Sorgen. Werde ich Sie wiedersehen?«, fragte sie, zu Benjamin gewandt.

»Eher, als Ihnen lieb ist«, antwortete er.

Kapitel 26

Ihnen blieben noch zwei Tage, bevor Ben zurückmusste.

Den Sonntag verbrachten sie zu Hause, denn das Wetter lud nicht zum Ausgehen ein.

Benjamin konnte nicht nur gut kochen, er entpuppte sich auch als kreativer Bäcker. Nach dem Frühstück verschwand er in der Küche und fabrizierte einen original amerikanischen Cream Cheese Cake, dessen Duft Nina das Wasser im Mund zusammenlaufen ließ.

»Bist du etwa Superman?«, fragte Nina erstaunt. »Gibt es etwas, das du nicht kannst?«

»Fast alles«, erwiderte er. »Aber kochen war schon immer meine Leidenschaft. Ich habe sie von meinem Vater geerbt. Bereits als kleiner Junge habe ich neben ihm am Herd gestanden. Meine Mutter hatte überhaupt kein Talent dafür. Stört es dich etwa?«

»Nein, kein bisschen. Ich finde es nur ungewöhnlich.«

Sie überlegte kurz, dann rief sie Malou an.

Es ging ihr nicht gut, das hörte sie gleich am Telefon. Irgendetwas musste zwischen dem gestrigen Abend, wo sie ziemlich ausgeglichen gewesen war, und heute passiert sein. Aber sie wollte nicht am Telefon darüber sprechen.

»Du weißt doch, dass ich einsame Sonntage nicht ausstehen kann. Und dann auch noch verregnete.«

»Komm doch rüber zu uns«, schlug Nina vor. »Ben hat einen echten amerikanischen Kuchen gebacken.«

»Würde ich euch nicht stören?«, fragte Malou. »Wollt ihr nicht lieber allein sein?«

»Dann hätte ich nicht angerufen.«

»Okay, dann komme ich gern.« Ihre Stimme klang schon ein bisschen fröhlicher.

Eine halbe Stunde später war sie da, und wer sie nicht kannte, dem wäre sie quirlig und schön vorgekommen, wie sie lachte und dabei ihre üppigen Locken schüttelte. Während sie den Kuchen aßen, erzählte Ben von Amerika und berichtete über Pannen, die es bei verschiedenen Bauvorhaben seiner Firma gegeben hatte, und Malou steuerte witzige Episoden aus dem Reisebüro bei, von der Familie, die am Urlaubsort feststellen musste, dass ihr gebuchtes Hotel erst in der nächsten Saison gebaut würde und so weiter.

Aber Nina kannte sie besser und wusste, dass Malou längst nicht so heiter war wie sonst.

Irgendwann zog Ben sich zurück. Er sagte, er wolle die Skizzen, die er in Berlin angefertigt hatte, noch einmal durchgehen, aber eigentlich wollte er die beiden Frauen wohl allein lassen.

Nina sah ihm dankbar nach und verließ ihren knallroten Sessel, um sich zu Malou auf das Sofa zu setzen. Sie wusste nicht recht, wie sie beginnen sollte, schließlich fragte sie:

»Wie geht's dir? Du kommst mir so verändert vor, viel trauriger als gestern Abend.«

Malou sah sie an, und dann standen auch schon die Tränen in ihren großen braunen Augen.

»Ach, es ist zum Verrücktwerden. Ich war schon ziemlich über ihn hinweg, zumindest habe ich mir alle Mühe gegeben. Und weißt du, wen ich gestern Abend gesehen habe?«

»Wann gestern Abend? Du warst doch mit uns bei Natascha«, fragte Nina verblüfft.

»Das stimmt. Aber als ihr mich vor der Haustür abgesetzt hattet, fehlte mir plötzlich der Mut, allein in meine Wohnung hinaufzugehen. Also bin ich noch auf ein Bier bei mir um die Ecke. Auf dem Weg habe ich sein Auto entdeckt, das an der Straßenecke parkte. Ich wollte es nicht glauben, aber als ich dann die Tür zur Kneipe aufgemacht habe, saß er da am Tresen und starrte vor sich hin.«

»Wer? Etwa Tobias?«

»Ja, Tobias.«

»Und was hast du gemacht?«

»Ich habe mich auf dem Absatz umgedreht und bin nach Hause gegangen. Vielmehr bin ich gerannt, als wäre der Leibhaftige hinter mir her.«

»Hat er dich gesehen?«

»Wer? Der Leibhaftige?« Trotz ihrer Traurigkeit lag plötzlich ein Leuchten in ihren Augen. Sie beide liebten diese Wortspiele.

»Tobias. Was ja wohl auf dasselbe herauskommt.«

»Ja, ich glaube schon.«

»Und war er allein?«

»Soweit ich sehen konnte, ja. Ich frage mich, was er dort wollte.«

Nina schlug sich mit der Hand auf den Schenkel. »Na, ist doch völlig klar. Der Mann hat Sehnsucht nach dir. Er bereut, dass er dich hat gehen lassen.«

In Malous Augen glomm ein Funken Hoffnung auf, und sie straffte sich. »Meinst du das auch? Ich bin, ehrlich gesagt, zu demselben Schluss gekommen. Was sollte er sonst ausgerechnet in meiner Stammkneipe wollen? Er weiß, dass ich oft dorthin gehe, wir waren sogar schon zusammen da.« Dann sackte sie wieder in sich zusammen. »Ach, Nina. Jetzt geht das ganze Theater wieder von vorne los. Das Warten am Telefon, die Hoffnung, dass er mir irgendwo über den Weg läuft. Manchmal bin ich so traurig und verzweifelt, dass ich nur noch heulen will. Ich bin richtig froh, dass bald Weihnachten ist und alle verreisen wollen. So habe ich im Büro so viel zu tun, dass ich kaum zum Nachdenken komme. Aber an so einem Sonntag bricht das ganze Elend über mich herein … Vielen Dank, dass ich vorbeikommen durfte. Ich wollte dich schon anrufen, aber ich habe gedacht, weil Ben doch bald wieder fährt ...«

Nina ging etwas ganz anderes durch den Kopf: »Warum rufst du ihn nicht an und fragst, was er von dir wollte?«

Malou wehrte entschieden ab. »Damit ich seine Tussi am Hörer habe? Nein danke.«

»Ich würd's auch nicht tun«, gab Nina zu. »Wenn du es aushalten kannst, dann lass ihn zappeln, bis er schwarz wird. Hoffentlich hat er dich gestern Abend gesehen und gemerkt, dass du nicht mit ihm reden willst.«

»Ich hatte wohl so eine Art Schock. Es war die reine Panik, die mich aus dem Laden getrieben hat ...«

»Das weiß Tobias ja nicht. Stell den Anrufbeantworter an und lass ihn auflaufen, wenn er anruft. Ich finde, er muss sich ganz schön anstrengen, nach dem, was er dir angetan hat. Soll er doch auch mal zur Abwechslung leiden. Und merken, dass du nicht auf ihn wartest.«

»Ehrlich?«, fragte Malou schüchtern.

»Ja«, antwortete Nina im Brustton der Überzeugung, und sie hoffte, dass sie recht hatte.

Abends, als Malou gegangen war, saßen Ben und Nina auf dem Sofa. Sie hatte die Füße hochgelegt, und er streichelte gedankenverloren ihre Beine. Im Fernsehen lief ein Krimi, aber keiner von ihnen sah richtig hin.

»Malou war heute so anders, so bedrückt. Sie hat Liebeskummer, stimmt's?«, fragte Ben. »Ich habe da vorhin so etwas mitbekommen.«

»Ja, und sie tut mir unglaublich leid. Sie hatte noch nie Glück mit Männern, immer gerät sie an die Falschen.«

»Da hast du es ja besser«, sagte er mit einem unverschämten Grinsen und beugte sich zu ihr herüber.

»Ich fürchte nur, dass Malou und ich ab übermorgen im Duett heulen«, sagte Nina und wandte den Kopf ab.

Ben legte die Hand unter ihr Kinn und drehte ihr Gesicht sanft zu seinem. Er sah die Traurigkeit in ihren Augen und erklärte: »Ich verspreche dir, dass das nicht der Fall sein wird. Ich werde alles tun, was in meiner Macht steht, um dich nicht zu enttäuschen.« In seinen grauen Augen las sie aufrichtige Liebe.

Bens Flug sollte am Dienstagmittag gehen. Sie wollten beide keine verlegenen Abschiedsszenen am Flughafen, also hatten sie vereinbart, dass Nina wie gewohnt zur Arbeit und er allein nach Tempelhof fahren sollte. »An solche Abschiede werden wir uns vorerst gewöhnen müssen. Wir sollten von Anfang an versuchen, kein Drama draus zu machen«, sagte Ben.

Aber am Montagnachmittag konnte Nina es einfach nicht mehr aushalten: Sie hier in ihrem Laden, in den sich heute ohnehin kein Kunde mehr zu verirren schien, und Ben allein bei ihr zu Hause. Kurz entschlossen hängte sie ein Schild an die Ladentür *Wegen dringender Familienangelegenheit heute Nachmittag geschlossen.* Sie hatte Ben unter einem Vorwand angerufen und wusste, dass er zu Hause war. Sie wollte ihn überraschen. Als sie die Wohnungstür leise hinter sich schloss, hörte sie, wie er telefonierte. »Gut, dann sehen wir uns also morgen früh.« Mit diesen Worten legte er auf. Mit wem will er sich treffen? fragte sie sich flüchtig. Er kennt doch niemanden in Berlin. Es muss mit seinem Beruf zu tun haben, dachte sie dann.

Sie schlüpfte aus ihrem Mantel und ging ins Wohnzimmer, um sich in seine Arme zu werfen. Die aufrichtige Freude, die sie in seinem Gesicht las, und der leidenschaftliche Kuss, mit dem er sie begrüßte, ließen sie alle Fragen vergessen.

An ihrem letzten Abend kamen sie wieder darauf zu sprechen, wie es mit ihnen weitergehen sollte. Sie hatten dieses Thema in der letzten Woche immer wieder angeschnitten, ohne zu einem Ergebnis zu kommen. Sie hatten die Möglichkeiten ausgelotet, die ihnen blieben, und waren übereingekommen, dass sie einfach Zeit brauchten, um eine Entscheidung zu treffen. Fürs Erste hatten sie vereinbart, dass Nina in vier Wochen nach Amerika kommen würde.

»Warum kannst du nicht einfach sofort mit mir kommen, nach Boston?«, fragte Benjamin, aber Nina lehnte ab.

»Ich muss mich um meinen Laden kümmern, ich habe ihn doch gerade erst aufgemacht. Und Natascha kann ich auch nicht allein lassen. Sie ist über neunzig, und ich bin ihre einzige Verwandte. Außerdem kenne ich Amerika überhaupt nicht. Ich war nur einmal im Urlaub drüben, und in Boston war ich noch nie. Ich weiß doch gar nicht, ob ich dort leben könnte.«

»Das verstehe ich alles sehr gut«, sagte Ben. »Aber ich wünsche es mir so sehr, dich immer bei mir zu haben.«

»Warum kommst du dann nicht nach Berlin?«, fragte Nina ihn, und sie erwartete, dass er entrüstet ablehnen würde.

»Das liegt durchaus im Bereich des Möglichen«, entgegnete er stattdessen in aller Seelenruhe. »Ich habe diese Woche genutzt, um mich umzusehen und verschiedene Kontakte zu knüpfen. Für dich würde ich Amerika verlassen und hier neu anfangen. Aber so schnell geht das natürlich nicht.«

Nina war überrascht von dem, was er da sagte. Es passte nicht zu dem Bild, das sie sich von Männern machte. Sie wusste zwar, dass Ben anders war als andere Männer, aber sie konnte sich schwer vorstellen, dass er ihretwegen nach Berlin umziehen würde. Sie sah Malous tränenverschmiertes Gesicht vor sich und sagte spitz: »Du vergisst deine Frau. Wie passt sie in deine tollen Zukunftspläne?«

Benjamin hatte den Zwischenton nicht überhört. Er stand auf und begann, im Raum hin und her zu gehen, während er antwortete. Er nahm die wohlige Wärme mit, die sein Körper erzeugt hatte. Nina schlug die Arme um den Leib, weil sie plötzlich fröstelte.

»Du tust immer so, als hätte dir einmal ein Mann so richtig wehgetan. Ich glaube, du findest das ganz angenehm, weil du damit alle über einen Kamm scheren kannst. Und deine Giftpfeile abschießen kannst. Aber selbst wenn es so wäre: Kannst du mir mal sagen, was ich dafür kann? Ständig reizt du mich mit deinen Verdächtigungen. Warum gibst du mir nicht eine faire Chance, dir zu beweisen, dass ich es ernst meine?« Nina wollte schon antworten, doch er schnitt ihr mit einer ungeduldigen Handbewegung das Wort ab. »Soll ich dir noch etwas sagen? Ich glaube, das ist nur ein Teil der Wahrheit. In Wirklichkeit bist du so schroff, weil du immer alles allein entscheiden willst. Du willst alle Fäden in der Hand behalten, niemand soll dir in dein Leben, so wie du es dir gedacht hast, hineinreden, damit du auf niemanden Rücksicht nehmen musst. Deshalb hast du wohl auch allein deinen Laden, da musst du dich mit niemandem auseinandersetzen.«

Sie fühlte sich ertappt. Er hatte recht: Als sie die Existenzgründung plante, hatte es ein sehr attraktives Angebot gegeben, in eine gut gehende Werkstattgemeinschaft einzusteigen. Sie hatte beinahe panikartig Nein gesagt. Woher wusste er das?

»Woher willst du so genau Bescheid wissen, wie es in mir aussieht?«, frage sie. Es war ihr unangenehm, dass er sie derart durchschaut hatte.

Er unterbrach seine Wanderung und sah ihr aufmerksam ins Gesicht. »Weil ich dich liebe, Nina. Und dich in der letzten Woche ziemlich genau beobachtet habe. Und dann hat Natascha mir gestern Abend ein paar Dinge aus deinem Leben erzählt, die du vergessen hattest zu erwähnen.« Er grinste sie wieder mit seinem frechen Lachen an, aber als er sah, wie sie zu einer wütenden Entgegnung Luft holte, machte er eine beschwichtigende Geste. »Ich bemühe mich doch nur, unsere

Zukunft so zu planen, dass wir möglichst viel zusammen sein können, weil das im Moment für mich das Wichtigste im Leben ist. Ich bitte dich, mir zu vertrauen und nicht so verhärtet zu sein. Wir haben uns gefunden, und wir gehören zusammen, da müssen wir die Hindernisse, die sich uns nun mal leider in den Weg stellen, gemeinsam aus dem Weg räumen. Hast du übrigens mal darüber nachgedacht, dass auch du verheiratet sein könntest, nur theoretisch?«

Nina sagte nichts darauf. In ihr keimte die leise Ahnung, dass Ben die festen Regeln, die sie ihrem Leben gegeben hatte und die es ihr oft verboten hatten, einfach unbeschwert zu genießen, ins Wanken brachte. Sie fühlte eine Art kribbeliger Erwartung, als sie das erkannte, aber in ihrem Hinterkopf waren doch immer noch einige Alarmleuchten eingeschaltet.

In dieser letzten Nacht hatte ihre Liebe etwas Kämpferisches, fast Brutales, so als wollten sie einander und sich selbst beweisen, dass sie ohne den anderen nicht leben könnten. In ihren Gedanken hatte sich die bevorstehende Trennung bereits festgesetzt, bevor es so weit war.

Am Dienstag erwachte Nina, bevor der Wecker klingelte. Von dem Unbehagen, den am Vortag der Gedanke gehabt hatte, ihr zukünftiges Leben an einen anderen Menschen zu binden, war jetzt nichts mehr zu spüren. An diesem grauen Morgen fühlte sie nur den Verlust, die nächsten vier Wochen ohne Ben auszukommen, ohne seine Zärtlichkeiten, ohne die spontanen Überraschungen, die er fast täglich für sie gehabt hatte, wie jenes Picknick am ersten Tag. Wenn sie abends nach Hause käme, wäre da nicht mehr sein strahlendes Lächeln.

Sie sah ihn an, wie er neben ihr lag und ruhig atmete. Vorsichtig, um ihn nicht zu wecken, streichelte sie seine glatte Brust. Sie betrachtete sein ebenmäßiges Gesicht und wickelte sich eine seiner Haarsträhnen um den Finger. Sie vermisste ihn jetzt schon.

Als sie aus dem Bad kam, hatte er Frühstück gemacht. Schweigend tranken sie ihren Kaffee.

»Komm, lass uns den Abschied nicht so schwer machen. Vier Wochen gehen schnell vorüber. Wichtig ist doch, dass wir wissen, dass wir zusammengehören. Wir werden eine Lösung finden.«

Er umarmte sie ein letztes Mal und küsste sie mit einer verzweifelten Leidenschaft. Dann sah er sie noch einmal lange an und schob sie durch die Tür nach draußen.

»Geh jetzt, Liebes. Ich rufe dich morgen aus Boston an.«

Nina ging langsam die Treppen hinunter, nahm mechanisch, ohne einen Blick darauf zu werfen, die Post aus dem Briefkasten und machte sich auf den Weg zur U-Bahn.

Wenn ich heute Abend nach Hause komme, ist er weg. Vier lange Wochen werde ich ohne ihn sein. Mein Gott, wie soll ich das aushalten? Habe ich ihm eigentlich jemals gesagt, dass ich ihn liebe? Nein, hab ich nicht. Ich habe mich bisher immer gescheut, dieses große Wort über die Lippen zu bringen. Und das war richtig so, denn Ben ist der einzige Mann, bei dem es seine Berechtigung hat. Aber ich habe es ihm noch nicht *gesagt*. Wie soll er wissen, dass ich ihn liebe? Was, wenn er es sich anders überlegt? Wie heißt es doch so schön? Aus den Augen, aus dem Sinn. Hat er es nicht verdient, dass ich ihm wenigstens einmal sage, dass er der Mann meines Lebens ist? Und muss ich mich nicht dafür bedanken, dass er gekommen ist, ohne zu wissen, wie ich ihn aufnehmen würde? Mich dafür entschuldigen, dass ich gestern Abend wieder einmal so misstrauisch war?

Sie drehte sich so abrupt um, dass sie die Frau, die hinter ihr die Treppe zum Bahnsteig hinunterging, mit dem Ellenbogen in den Magen boxte. Sie murmelte eine Entschuldigung, dann hastete sie die Treppe wieder hinauf und lief, ihre Tasche an sich gepresst, die Straße entlang in Richtung ihrer Wohnung. Sie rannte und rannte, und bei jedem Schritt hämmerte ihr Herz: Ben, Ben. Ben, Ben. Sie rempelte Passanten an, die sich kopfschüttelnd oder empört nach ihr umsahen, doch sie nahm sie kaum wahr. Das Einzige, was in diesem Moment zählte, war, dass sie Benjamin sagte, was sie für ihn fühlte.

Als sie völlig außer Atem um die Ecke bog, von der sie noch hundert Meter bis zur Haustür trennten, blieb sie keuchend stehen, um zu Atem zu kommen.

Vor ihrem Haus hielt in diesem Moment ein Taxi, und eine blonde Frau stieg aus. Sie war jung und hatte sich sehr sorgfältig zurechtgemacht. Und dann sah sie Benjamin, der liebevoll den Arm um ihre Schulter legte und sie ins Haus führte.

Kapitel 27

Sie schüttelten sich das Wasser aus dem Haar und halfen sich gegenseitig beim Ausziehen der Gummistiefel und der völlig durchnässten Jacken.

»Mit meiner Jeans kann ich nicht ins Haus, die ist komplett durchgeweicht.«

»Bei mir ist das Wasser bis in die Stiefel gelaufen, sieh mal.« Mit diesen Worten drehte Malou ihren Stiefel um und beförderte einen ganzen Schwall Wasser mit Schwung in die Buchenhecke neben der Haustür. Es endete damit, dass sie sich fast zur Gänze vor der Tür auszogen und dann, nur noch in Unterwäsche und T-Shirt, in das kleine Friesenhaus einfielen, das sie für die Woche gemietet hatten.

Natascha saß gemütlich vor dem Kamin und las einen dicken Roman, aber als sie Nina und Malou so tropfnass und frierend hereinkommen sah, stand sie kopfschüttelnd auf, um einen Glühwein zu machen.

»Ich habe euch gesagt, es würde Regen geben«, rief sie ihnen nach, während die beiden in ihren Zimmern verschwanden.

»Der Regen allein hätte uns nichts ausgemacht, dagegen waren wir angezogen. Es war der Sturm, der ihn fast waagerecht über den Strand gefegt hat. Deshalb sind wir so nass geworden«, rief Nina aus dem rechten Zimmer zurück.

»Mir hat das Wetter gutgetan«, sagte Malou, die sich bereits trockene Sachen angezogen hatte und jetzt auf dem kleinen Flur stand, der linker Hand vom Wohnzimmer abging. Sie rubbelte mit einem Handtuch energisch ihre Locken. »Als ob der Wind das Hirn leer gepustet hätte. Keine Spur mehr von Männern.«

Nina zerrte einen dicken Pullover über den Kopf, während sie aus ihrem Zimmer trat, und sah sie zweifelnd an. »Wenn es doch nur so wäre«, sagte sie leise.

Sie setzten sich vor den Kamin, tranken Glühwein und aßen Gewürzbrot dazu. Die kleine Szene hatte schon etwas Vorweihnachtliches mit ihren Kerzen und dem Duft nach Zimt und Mandeln.

Die drei Frauen hatten ein Abkommen geschlossen: Während der Woche, die sie hier in St. Peter-Ording verbringen wollten, würden sie weder über Tobias noch über Benjamin reden. Sie wollten die Weite des kilometerlangen Strands, der um diese Jahreszeit beinahe menschenleer war, nutzen, um einen klaren Kopf zu bekommen, sich auf sich selbst zu konzentrieren und Kraft zu schöpfen. Jede hatte einen Arm voller Bücher dabei, ungelesene und Lieblingsbücher, die sie auf ein Regal im Kaminzimmer gestellt hatten und von dem sich jede nahm, was ihr interessant erschien. Nur Natascha war es erlaubt, über die Liebe zu reden, denn die beiden anderen hatten sie verpflichtet, ihnen den Rest ihrer Lebensgeschichte zu erzählen.

Die alte Dame hatte den Ort vorgeschlagen. Ihre Mutter Katharina war hier während des Krieges für einige Wochen evakuiert gewesen, und sie hatte schon immer vorgehabt, ihn zu besuchen. »Außerdem erinnert der Name so an Sankt Petersburg.«

»Und nach Sylt kann schließlich jeder fahren«, rief Malou dazwischen. »Ich werde mich um ein passendes Häuschen kümmern. Um diese Jahreszeit wird es nicht schwer sein, etwas Ausgefallenes zu einem angemessenen Preis zu finden.«

»Mit Kamin, wenn ich bitten darf. Und direkt am Meer«, bat Nina.

Damit war die Entscheidung für St. Peter-Ording gefallen. Von Natascha hatte auch der Vorschlag gestammt, überhaupt eine Woche aus Berlin rauszukommen. Sie hatte in den Tagen nach Bens Abreise miterlebt, wie ihre Enkelin sich in ihrem Liebeskummer vergrub, und begann, sich Sorgen um sie zu machen. Eine Luftveränderung sollte sie auf andere Gedanken bringen, hatte sie beschlossen.

Seit Ben weg war, hatte Nina keinen Versuch gemacht, ihre Tränen zu verbergen. Sie konnte nur noch an ihre betrogene Liebe denken und war für nichts anderes empfänglich. Alle Bemühungen von Malou und Natascha, sie aufzuheitern oder auch nur für kurze Zeit von ihrem Unglück abzulenken, waren vergeblich. An jenem Tag, als sie Ben mit der anderen Frau überrascht hatte, war eine Welt für sie zusammengebrochen. Wie versteinert war sie den Weg zur U-Bahn zurückgegangen und war in den Laden gefahren, hatte gearbeitet, als wäre nichts geschehen. Erst abends hatte sie den Schmerz an sich herangelassen, und er hatte sie mit voller Wucht getroffen. Ben hatte sie verraten, sie hatte ihn verloren. Wie waren noch seine Worte gewesen? »Ich werde unsere Liebe niemals enttäuschen.« Und kaum hatte sie ihm den Rücken gekehrt, da holte er eine andere Frau ins Haus. In ihr Haus! Er hatte ihr vorgeworfen, ihm nicht zu vertrauen, und dann hatte er sie so schamlos betrogen.

Abends, allein in ihrer Wohnung, meinte sie, den Schmerz nicht aushalten zu können. Sie ertrug den Anblick ihres Bettes nicht, in dem er mit ihr geschlafen hatte, und als sie ins Bad ging und dort sein Rasierwasser entdeckte, das er vergessen hatte, wurde sie vom Weinen geradezu geschüttelt. Sie meinte, in ihrem Elend zu versinken, und ging in die Küche, wo sie in hastigen Zügen die Flasche Wein leerte, die sie und Ben am

Vorabend zum Abschied geöffnet hatten. Dann holte sie eine Flasche Whiskey, den sie normalerweise nicht hinunterbekam, aber diesmal musste es sein. Sie starrte auf die Flasche, dann schenkte sie sich ein, trank, schüttelte sich und goss noch einmal nach. Eine plötzliche Wut überkam sie, und sie hob den Arm, um die Flasche an die Wand zu werfen, ließ es dann aber doch. Stattdessen suchte und fand sie ihr Notpaket Zigaretten und rauchte eine nach der anderen, bis ihr vom Alkohol und dem Nikotin übel war.

Das ist nur die gerechte Strafe für meinen Leichtsinn, murmelte sie mit schwerer Zunge vor sich hin. Ich habe es nicht anders verdient.

Es hatte mindestens schon dreimal geklingelt, bis das Geräusch endlich in ihr benebeltes Gehirn drang. Sie ging öffnen, wobei sie in ihrem Rausch den Garderobenständer umwarf. Fluchend und halb begraben unter Jacken, Schirmen und Schals machte sie die Tür auf und stand Malou gegenüber.

»Hallo, ich bin rübergekommen, um dir an deinem ersten Abend ohne Ben Gesellschaft zu leisten ... Aber, um Gottes willen, Nina, was ist denn hier passiert? Du bist ja völlig blau.« Sie wusste nicht, ob sie lachen oder schimpfen sollte.

Sie stellte als Erstes den Garderobenständer wieder auf und hängte die Sachen darüber, dann öffnete sie die Fenster, um frische Luft hereinzulassen. »Meine Güte, ist hier eine Luft drinnen«, sagte sie. Schließlich ging sie in die Küche und kochte einen starken Kaffee.

Nina wankte hinter ihr her und berichtete in unzusammenhängenden Sätzen, was passiert war. Malou hörte heraus, dass Ben eine andere Frau habe und dass Nina ihn nie wiedersehen wolle.

Nachdem der Kaffee durchgelaufen war, drängte sie Nina, sich mit ihr in die Küche zu setzen und alles in Ruhe zu berichten. Als sie Bescheid wusste, versuchte sie, vernünftig an die

Sache heranzugehen. Doch all ihr Zureden war vergeblich, sie hätte genauso gut auf einen Stein einreden können. Nina wollte nicht an eine harmlose Erklärung glauben, sie weigerte sich kategorisch, Ben auch nur zu fragen, wer die Frau war.

Irgendwann im Laufe des Abends, nach seiner Landung in Boston, rief er vom Flughafen aus an, und sie hörten seine Stimme auf dem Anrufbeantworter. Nina nahm nicht ab. Mit glasigen Augen hörte sie, wie er in den Hörer sprach: »Nina? Bitte geh ran, wenn du da bist. Ich vermisse dich so sehr. Ich weiß nicht, wie ich die vier Wochen überstehen soll. Nina …? Na gut, ich wünsche dir einen schönen Abend.« Als er aufgelegt hatte, löschte sie das Band und legte dann den Hörer neben die Gabel.

Es ging ihr mittlerweile besser, in ihrem Kopf dröhnte es nicht mehr ganz so schlimm. Malou überredete sie, ein Schlafmittel zu nehmen, aber Nina weigerte sich, in ihrem Bett zu schlafen, und blieb auf der Couch im Wohnzimmer. Dort saß Malou bei ihr, den Arm um sie gelegt, und wartete, bis sie eingeschlafen war.

Dann rief sie Natascha an, um sie zu informieren. Die alte Dame war entsetzt und traurig.

»Ich kann das von Ben nicht glauben«, sagte sie immer wieder.

»Ich auch nicht«, antwortete Malou, »aber solange Nina nicht mit ihm spricht, wird sie auch nicht erfahren, was wirklich passiert ist.«

Und plötzlich, sie wusste auch nicht, wieso, war sie mittendrin, Natascha von ihrer eigenen unglücklichen Liebe zu erzählen.

»Na, da geben wir ja ein tolles Trio ab«, war Nataschas trockene Reaktion, und Malou musste gegen ihren Willen lachen.

Natascha dachte kurz nach und schlug dann vor, gemeinsam für einige Tage wegzufahren, um auf andere Gedanken zu kommen.

»Ich rufe Nina gleich morgen früh an und frage sie, ob sie mitkommt. Ich werde sie hoffentlich überzeugen können, dass sie Abstand braucht. Vielen Dank, dass du mir alles gesagt hast, Malou.«

»Gern geschehen. Nina schläft jetzt tief und fest, und ich gehe nach Hause. Gute Nacht.«

»Gute Nacht.«

St. Peter-Ording war für jede der drei Frauen eine wohltuende Erholung. Nina und Malou liefen stundenlang über den mehrere hundert Meter breiten Strand, der durch den Regen hart wie Asphalt geworden war, in den sich feine Rillen gegraben hatten. Sie kämpften sich durch Regen und Wind, ohne viel zu reden, verausgabten sich körperlich, weil sie hofften, dadurch auch die Gedanken zu betäuben. Unterdessen las Natascha viel, dachte nach und bekochte die beiden jüngeren.

Wenn Nina und Malou erschöpft zurückkamen, holten sie Natascha ab, die für solche Gewaltmärsche zu alt war. Sie gingen in ein nahe gelegenes Restaurant und aßen die deftigen Speisen der Küste: Fisch in allen Variationen oder Lamm, und hinterher tranken sie hochprozentigen Schnaps.

Am vierten Tag kam die Sonne heraus. Natascha begleitete sie an diesem Tag auf einem der langen Holzstege bis ans Wasser. Sie drehten einen Strandkorb in den Windschatten und genossen die wärmenden Strahlen der Sonne auf ihren Gesichtern.

»Ich gehe jetzt schwimmen!«, verkündete Nina plötzlich übermütig. Sie zog sich aus und rannte kreischend die letzten Meter bis zum Meer und weiter ins flache Wasser, das unter ihr aufspritzte. Dann ließ sie sich fallen und spürte das Kribbeln der Kälte, als würden sie tausend winzige Nadeln stechen.

»Komm rein, es ist herrlich«, schrie sie. Malou war ihr bereits gefolgt und ließ sich neben ihr in die kleinen eiskalten Wellen fallen.

»Nicht spritzen, das Wasser ist viel zu salzig«, prustete Nina und spuckte aus.

»Ich muss mich aber bewegen, sonst erfriere ich«, rief Malou zurück, während sie fortfuhr, wie wild hin und her zu zappeln, wobei Nina die Spritzer abbekam.

Sie hielten es noch ein paar Minuten aus, dann wurde es zu kalt.

Juchzend rannten sie zurück zu Natascha, die sie lachend erwartete. »Ihr wisst, dass wir keine Handtücher dabeihaben. Nun seht mal zu, wie ihr trocken werdet.«

»Kein Problem, wir stellen uns einfach in den Wind.«

»Da kommen Leute.«

»Mir doch egal«, entgegnete Nina fröhlich. Sie breitete die Arme aus und hüpfte auf der Stelle, um sich zu wärmen.

Etwas später machten sie sich auf den Heimweg, und auf der Hälfte des Weges schickte Natascha die beiden voraus, damit sie schon mal heiß duschen konnten. Sie würde langsam nachkommen.

Eine Stunde später saßen sie wieder vor dem Kamin, in dem ein Feuer lichterloh brannte.

»Bitte erzähl doch, wie es mit dir und Mikhail weitergegangen ist«, bat Nina ihre Großmutter. »Natürlich nur, wenn es dir recht ist, Malou.«

»Oh, gern, ich habe nichts dagegen«, antwortete diese.

In den vergangenen Tagen hatten sie dieses Thema nicht berührt. Als wären sie übereingekommen, das Wort »Liebe« nicht in den Mund zu nehmen, aus Vorsicht, weil sie nicht wissen konnten, wie sie selbst und die anderen darauf reagieren würden. Aber jetzt schien die Zeit gekommen. Die Wunden begannen zu heilen.

»Ich möchte mal von einer Liebesgeschichte hören, die gut ausgeht«, sagte Malou zur Bekräftigung.

»Ihr wisst ja, dass sie kein Happy End gefunden hat«, entgegnete Natascha. »Dennoch war die Zeit unserer Liebe die schönste in meinem ganzen Leben. Obwohl eigentlich alles dagegen sprach. Schließlich waren die Zeiten nicht besonders rosig, der Krieg rückte immer näher. Und für Mischa und mich wurde es immer komplizierter, uns zu sehen. Er war oft außerhalb von Paris, weil die internationalen Verwicklungen es erforderten, manchmal wochenlang. Und ich konnte ihn nicht erreichen, ich wusste häufig nicht einmal, wo er sich befand. Er konnte nur dreißig Kilometer entfernt sein, in einem Vorort von Paris, oder im Ausland, in der Sowjetunion oder in England, ich hatte keine Ahnung.

Und doch habe ich eigentlich nur schöne Erinnerungen an diese Zeit mit ihm. Ich frage mich, wo all das andere geblieben ist: die Sehnsucht und die Einsamkeit; die Zweifel an der Stärke meiner eigenen Gefühle und an Mikhails; das Warten. Ich erinnere mich, dass ich damals oft zu Olga gesagt habe, ich hätte das Gefühl, als bestehe mein Leben nur noch aus Warten auf ihn. Aber all das habe ich mit den Jahren vergessen. Jetzt seht mich nicht so ungläubig an. Im Augenblick des Kummers erscheint das unwahrscheinlich, aber es ist so. Es wird euch auch so ergehen, kommt nur erst in mein Alter.«

Kapitel 28

»Weißt du noch, wie schockiert du am Anfang über viele Dinge warst, die du in meiner Gegenwart erlebt oder gesehen hast?«, rief Olga, als sie sich am nächsten Tag, am Tag nachdem Natascha Mikhail lieben gelernt hatte, im *Café de la Paix* an der Oper gegenübersaßen. »Gestern war es an mir zu denken, ich muss vor Überraschung in Ohnmacht fallen! Meine spröde Natascha geht mir nichts, dir nichts mit einem Mann mit, den sie gerade mal dem Namen nach kennt! Du musst mir alles in allen Einzelheiten erzählen. Sofort!«

Sie sah ihre Freundin an, die selig lächelnd in ihrem Kaffee rührte und in Gedanken meilenweit entfernt war, und sie wusste Bescheid. »Lieber Himmel. Es hat dich also voll erwischt. Du bist über beide Ohren verliebt. Anders hätte ich mir dein Verhalten auch nicht erklären können.«

»›Über beide Ohren verliebt‹, der Ausdruck trifft es nicht, Olga. Ich liebe ganz einfach. Es ist wie in den Romanen, und ich hätte es nie für möglich gehalten. Meine Gefühle für Mikhail überwältigen mich. Es ist, als würde ich auf einer riesigen, warmen Welle getragen. Und ich wusste vom ersten Augenblick an, dass es so sein würde, von da ab, als er gestern vor mir stand.

Ach, Olga, ich habe mich ihm ohne das geringste Zögern, ohne die Spur von Reue hingegeben, weil ich instinktiv gespürt habe, dass er der Richtige ist. Wir sind aufeinander zugetrieben, ohne etwas dagegen tun zu können oder zu wollen. Und ich habe die wahre körperliche Liebe erlebt, so wie in dem Buch von diesem D. H. Lawrence. Ich darf gar nicht daran denken, was gestern zwischen uns passiert ist, sonst bekomme ich sofort wieder eine Gänsehaut.« Sie sah sich rasch um, ob jemand am Nebentisch gehört hatte, was sie da gerade gesagt hatte, dann lächelte sie Olga verschwörerisch an.

Als sie Natascha so reden hörte und ihre Entrücktheit sah, die sie verletzlich machte wie ein Kind, fühlte Olga plötzlich mit aller Macht, wie sehr sie Natascha liebte. Als wäre sie die Schwester, die sie nie gehabt hatte. Sie betete darum, dass dieser Mann sie nicht unglücklich machen würde.

Um sich zu fangen, fragte sie, was Natascha in den bunten Kartons und Schachteln hatte, die sie bei sich trug.

»Ich habe gerade ein kleines Vermögen für Dessous ausgegeben«, sagte Natascha.

Olga brach in schallendes Gelächter aus, in das Natascha unbeschwert einfiel.

Die Liebe zu Mikhail machte Nataschas Leben reicher, aber auch komplizierter.

In ihren Augen lag nun ein ungekannter Glanz, und die Liebe ließ sie von innen heraus strahlen. Sie wurde sich ihres Körpers bewusst, sie konnte es nicht ändern, aber sie tauchte nicht länger in einer größeren Menge unter, jetzt bewegte sie sich in einer Art, die sie unübersehbar machte, sie bekam etwas Geschmeidiges, Katzenhaftes, beinahe so wie Olga. Sie begann auf Menschen zu wirken, nie bekam sie mehr Komplimente als zu dieser Zeit. Die meisten waren aufrichtig und bewundernd, lediglich bei einigen älteren Damen der russischen Gesellschaft stieß ihre Ausstrahlung auf tiefes Misstrauen und Neid.

Nach ihrer ersten Nacht wussten Mikhail und Natascha, dass sie sich wiedersehen würden, auch wenn alles sie zu Feinden machte: Mikhail kämpfte mit ganzer Seele für das System, das Natascha zur Todfeindin erklärt hatte. Alle ihre Freunde, Mikhails Genossen und die gesamte russische Exilgemeinde in Paris erwarteten von ihnen, dass sie sich hassten, nie durften sie erfahren, dass sie sich kannten, geschweige denn, dass sie sich liebten. Die Einzige, die Bescheid wusste, war Olga.

Sie sahen sich so oft wie möglich. Manchmal waren sie jedoch tage- oder wochenlang getrennt, weil Mikhail sich auf Instruktionsreisen irgendwo in Frankreich oder im Ausland befand. Natascha verstand zwar nicht, warum, aber er bekam seine Befehle häufig über Nacht und musste dann sofort aufbrechen.

Einmal, sie kannten sich erst einige Wochen, hatte er nicht mehr die Möglichkeit, Natascha zu benachrichtigen. Sie erschien zu einem Rendezvous und wartete vergeblich auf ihn. Sie hatte so unbegrenztes Vertrauen zu seinen Gefühlen, dass sie nie auf den Gedanken gekommen wäre, er hätte sie aus Nachlässigkeit versetzt, aber sie wusste, dass seine Arbeit manchmal gefährlich war, und befürchtete, er sei verhaftet worden. Erst am Abend, nach bangen Stunden, rief Olga an, um eine Nachricht von Mikhail weiterzugeben, der überraschend in die Schweiz hatte reisen müssen. Zu dem Zeitpunkt hatte Natascha sich bereits solche Sorgen gemacht, dass sie vor Erleichterung in Schluchzen ausbrach. Sie musste erst allmählich lernen, ihn sein Leben leben zu lassen und keine Angst um ihn zu haben, wenn er nicht bei ihr war. Es gab keine andere Möglichkeit für sie, wenn sie nicht vor Sorge verrückt werden wollte.

In der ersten Zeit wussten sie nicht, wohin sie gehen sollten. Mikhail wohnte inzwischen bei einem Genossen, und dorthin konnte er sie nicht mitnehmen. Sie waren gezwungen, stundenlang in Cafés herumzusitzen oder durch die Straßen zu wandern, während sie mühsam die körperliche Anziehungskraft zu überwinden suchten. Um sich wenigstens küssen und verstohlen berühren zu können, gingen sie ins Kino. Das pompöse, mit riesigen Balkonen in Rot und Gold unter nachtblauem Himmel ausgestattete *Grand Rex* wurde zu ihrem Lieblingssaal. Dort sahen sie fast jeden Film. Dunkle Kinosäle mit ihrem Plüsch hatten schon früher eine romantische Wirkung auf Natascha gehabt. Sie hatte es geliebt, die Paare um sie herum verstohlen zu beobachten und sich auszumalen, welche Liebesworte sie sich ins Ohr flüsterten. Aus dem unterdrückten Getuschel und den ab und zu ertönenden leisen Seufzern meinte sie Geschichten von grenzenloser Liebe und tiefer Sehnsucht herauszuhören. Und manchmal klangen die Seufzer derart leidenschaftlich, dass sie sich verlegen abwendete. Die Vorstellung, mit Konstantin hier zu sitzen und Liebesworte zu flüstern, war ihr immer als Gipfel der Absurdität erschienen. Nie hätte sie sich träumen lassen, dass sie selbst sich einmal – nach Beginn der Vorstellung, wenn der Saal bereits im Dunkel lag – in die tiefen Fauteuils sinken lassen würde, um zitternd Zärtlichkeiten zu tauschen.

Manchmal mieteten sie ein Hotelzimmer für eine Stunde oder gingen in das von Olga, wenn sie nicht da war, aber beide spürten, dass diese verstohlenen, hastigen Begegnungen nicht ihren Vorstellungen von Liebe und Erotik entsprachen. Ihre Körper wurden befriedigt, nicht jedoch ihre Herzen.

Wenn sie zusammen waren, dann redeten sie über Literatur oder durchwanderten die entlegeneren Ecken von Paris, immer auf der Hut davor, gesehen zu werden.

Sie hatten zwar Glück, dass sich der Sommer näherte und sie sich nicht bei Regen und Kälte draußen aufhalten mussten, trotzdem war der Zustand unhaltbar.

Eines Tages trafen sie sich vor dem Kuppelbau de Panthéon, ihrem üblichen Treffpunkt inmitten des Studentenviertels rund um die Sorbonne. Natascha tat geheimnisvoll.

»Ich habe eine Überraschung für uns«, sagte sie. »Komm mit.«

Gegen alle Vorsicht nahm sie ihn bei der Hand, und gemeinsam gingen sie die Rue Saint-Jacques hinunter in Richtung des Flusses.

»Was willst du bei den Bouquinisten am Quai?«, fragte Mikhail neugierig. Aber sie bog kurz vorher nach links ab, und nach einigen hundert Metern standen sie vor dem kleinen, etwas schmuddeligen, aber sympathischen Hotel, in dem Olga wohnte, wenn sie nicht bei Henri war. Mikhail war der Meinung, sie würden in Olgas kleines Appartement gehen, aber Natascha ging an ihrer Tür vorbei und stieg die Treppe höher, bis sie ganz oben waren. Sie holte einen Schlüssel aus der Tasche und sperrte auf. Der Raum war mittelgroß, darin standen ein Bett und ein Schrank, in einer Ecke eine Waschgelegenheit und ein Gaskocher mit zwei Flammen. In einem Regal darüber sah er einige Flaschen Rotwein, Brot und Käse. Vor dem Fenster, das auf die belebte kleine Straße Saint-Séverin hinausging, und auf dem Tisch waren Gardinen und eine Decke in demselben geometrischen Muster. Auf dem Boden lag ein Teppich in ähnlichen Farben.

»Die Stoffe sind von mir«, sagte sie und drehte sich stolz zu ihm um. »Gefallen sie dir?«

»Ich verstehe nicht«, entgegnete er verwirrt.

Natascha ließ sich auf das Bett fallen und zog ihn mit sich.

»Stell dir vor, es gehört uns«, rief sie. »Ich habe das Zimmer gemietet.« Dann küsste sie ihn.

Sie hatte ihren ganzen Mut zu diesem, wie ihr schien, kühnen Schritt zusammennehmen müssen, aber als der Gedanke sich einmal in ihrem Kopf festgesetzt hatte, hatte sie zielstrebig alles darangesetzt, ihn in die Tat umzusetzen. Sie hatte in den vergangenen Wochen viel gearbeitet und jeden Sou auf die

Seite gelegt. Und sie hatte sich von einem Chanel-Kostüm mit passendem Hut der letzten Saison getrennt, für das ihr Madame Jolie eine ansehnliche Summe gezahlt hatte. Damit war es ihr gelungen, die Miete für die nächsten drei Monate zu hinterlegen. Sie fühlte sich unglaublich selbständig, fast ein wenig verrucht, wie die Künstlerinnen aus aller Herren Länder, von denen einige im selben Hotel lebten, als sie mit der *Patronne*, die ihr so sympathisch war, weil sie ihre Liebesnöte kannte und verstand, über die Höhe der Miete verhandelte. Als sie endlich den Schlüssel in der Tasche gehabt hatte, war sie auf die Straße hinausgetreten und hatte sich unverwundbar gefühlt.

In dem kleinen Zimmer fanden sie ein Stück Zuhause in der Welt, die auf dem Weg war, aus den Angeln zu fliegen. Manchmal kam Natascha allein hierher, wenn die Sehnsucht nach Mikhail ihr zu schaffen machte, meistens aber, um an Entwürfen zu arbeiten. Die Schlichtheit des Raumes und die Nachbarschaft der anderen Frauen inspirierten sie. Auch Mikhail arbeitete hier an seinen Reden und Artikeln.

Aber eigentlich war es das Zimmer ihrer Liebe. Hier liebte Mischa sie mit einer jugendlichen Ernsthaftigkeit, die sie immer aufs Neue überraschte. Seine Küsse waren vorsichtig, forschend, dann wieder ungestüm, so als wisse er, dass es die letzten waren, die er ihr geben würde. Wenn ihn die Leidenschaft übermannte und er rücksichtsloser wurde, dann war er hinterher schuldbewusst und versuchte seinen Fehler, der in den Augen Nataschas gar keiner war, in einer erneuten, langsameren Umarmung wiedergutzumachen. Manchmal war Natascha von ihren Gefühlen so überwältigt, dass sie weinte, wenn er in sie eindrang. Es brauchte lange, bis er ihr glaubte, dass es Tränen des Glücks waren.

Darüber, wo sie herkamen, sprachen sie nur ein einziges Mal und nicht sehr ausführlich. Das war ganz am Anfang ihrer Liebe. Sie wollten wissen, wen sie vor sich hatten, was der andere für eine Vergangenheit hatte, obwohl für sie nur die Gegenwart wirklich zählte.

Sie hatten sich geliebt, in einer billigen Absteige, und lagen ineinander verschlungen da und hatten die Laken über sich gezogen. Mikhail wusste bereits, wer Nataschas Mann war. Kostja spielte immer noch eine wichtige Rolle in der russischen Exilgemeinde.

»Er arbeitet für die Konterrevolution«, entfuhr es ihm, und Verachtung und Hass schwangen in seiner Stimme mit. Dann lachte er. »Dass ich mich ausgerechnet in seine Frau verlieben muss. Schade, dass ich ihm nicht ins Gesicht sagen darf, dass du ihn mit mir betrügst.«

»Er würde dich zum Duell fordern«, antwortete Natascha. »Und ich würde einen von euch beiden verlieren. Das könnte ich nicht ertragen.«

»Lass uns nicht mehr über ihn reden. Es war dumm von mir, das zu sagen.« Er strich ihr über das Haar, so, wie er es oft bei sich selber tat. Sie liebte diese Geste.

»Nicht alle in meiner Familie sind Konterrevolutionäre. Mein Vater ist 1917 zu den Roten gegangen. Er war Ingenieur, Brückenbauer. Er hatte einigen Einfluss. 1924 ist er umgekommen. Ich hatte ihn seit der Revolution nicht mehr gesehen.«

»Was heißt umgekommen?«

»Ich weiß es nicht genau. Eines Tages kam ein Brief von einem seiner Kollegen, in dem stand, dass er krank geworden und gestorben sei. Ich bin mir nicht sicher, ob das die Wahrheit ist.«

Mikhail wurde ernst. »Das tut mir leid«, sagte er dann gepresst. »Und deine Mutter?«

»Sie lebt in Berlin. Wir haben keinen Kontakt. Wir haben es versäumt, eine Beziehung aufzubauen, als wir noch gemeinsam unter einem Dach gelebt haben, und nun ist es zu spät. Ich glaube, sie ist bei den Nazis.«

Mikhail stammte ebenfalls aus der Nähe von Sankt Petersburg, aus Leningrad, wie er betonte, aber seine Eltern waren keine Bauern oder Industriearbeiter, sondern Gutsbesitzer gewesen. Sie waren nicht übermäßig reich gewesen, aber es hatte genügt, um Mischa den krassen Unterschied zwischen seinem Leben und dem der Bauern zu zeigen. Er spielte mit ihren Kindern, und als zwei seiner Freunde an unbehandeltem Typhus starben, erwachte der Zorn auf die Verhältnisse in ihm, und er schloss sich den Bolschewiki an.

»Wo warst du am 25. Oktober, in der Nacht der Revolution?«, fragte Natascha.

»Auf der Straße, wo sonst? Ich war beim Sturm auf den Winterpalast dabei.« Er sagte es mit unverhohlenem Stolz in der Stimme.

»Dann waren wir nur einige Straßenzüge voneinander getrennt. Stell dir vor, was hätte passieren können, wären wir uns damals schon begegnet.«

»Das ist müßig. Ich bin froh, dass ich dich jetzt habe.«

Seit 1917 arbeitete er für die Revolution. Er hatte die Parteihochschule besucht, und Mitte der Zwanzigerjahre kamen die ersten Auslandseinsätze. Weil er schon als Kind Französisch gelernt hatte, war er jetzt im Auftrag der bolschewistischen Partei in Frankreich, um die französische Bruderpartei zu instruieren.

»Was ist aus deinen Eltern geworden? Aus eurem Gut?«, wollte Natascha wissen.

»Sie sind gemeinsam in den Tod gegangen, als sie den Befehl zur Umsiedelung bekamen.«

Natascha öffnete den Mund, um ihn zu fragen, wie er das ausgehalten habe, wie er für eine Regierung arbeiten könne, die seine Eltern auf dem Gewissen habe. Doch als sie den Schmerz in seinem Gesicht las, nahm sie ihn stattdessen behutsam in ihre Arme.

Sie hatten nie eine Abmachung darüber getroffen, nicht einmal darüber gesprochen, aber was auch immer sie dachten oder sie bewegte, wenn sie nicht zusammen waren: Wenn sie sich in den Armen lagen, wurde es bedeutungslos.

In den vergangenen Wochen hatten sie viel Zeit gemeinsam verbracht, weil Mischa die ganze Zeit in Paris zu tun hatte. Wieder einmal ging es um die Zusammenarbeit der französischen Kommunisten mit der Sozialistischen Partei. Natascha hatte begonnen, sich an diesen paradiesischen Zustand zu gewöhnen, und doch wusste sie, dass es nicht so bleiben würde.

Der Tag im August war drückend heiß. Sie lagen nach der Liebe auf dem Bett in ihrem Zimmer in der Rue Saint-Séverin, die Fensterflügel weit geöffnet, und warteten darauf, dass der leichte Wind ihre Körper kühlen würde. Von der Straße drangen die gewohnten Geräusche herauf. Natascha ahnte, dass Mischa ihr etwas zu sagen hatte, schon an der Dringlichkeit und der besitzergreifenden Art seiner Umarmung hatte sie es gespürt. Sie stand auf, um zwei Gläser und die Flasche Rotwein von dem kleinen Tisch zu holen.

»In Spanien wird es Bürgerkrieg geben«, begann er, während sie einschenkte. »Die Generäle haben gegen die Volksfrontregierung geputscht. Da werden wir uns nicht heraushalten können. Ich spreche Spanisch, ich bin überzeugt, dass ich demnächst dorthin abberufen werde.«

»Wieso? Wer kann sich da nicht heraushalten?« Sie drehte sich nicht zu ihm um, als sie das fragte, und ihre Schultern sanken unmerklich nach vorn.

»Die Sowjetunion. Versteh doch, da hat ein Volk nach Jahrzehnten eine korrupte, klerikale, feudale Regierung abgewählt, und einige Monate später putschen sich die alten Kräfte wieder an die Macht. Das wird das spanische Volk niemals dulden.

Und meine Regierung wird es in seinem heldenhaften Kampf unterstützen.«

»Wie anders du bist, wenn es um deine Politik geht«, sagte sie etwas verwundert. Und dann, in einer traurigen Erkenntnis: »Sie ist dir wichtiger als ich. Ich habe es immer gewusst.«

Er stand ebenfalls auf und trat hinter sie, drehte sie zu sich herum, um in ihr schönes Gesicht zu blicken, in dem er jetzt große Traurigkeit las.

»Ich liebe dich, Njakuschka. Ich liebe dich so sehr, dass es mich zornig macht, wenn ich daran denke, wie sehr du von mir Besitz ergriffen hast. Versteh doch: Wenn ich diesem Gefühl nachgeben, meine Aufgaben vernachlässigen würde, ich könnte mich nicht mehr im Spiegel ansehen, und ich würde dir die Schuld dafür geben. Ich würde beginnen, dich zu hassen, so wenig ich mir das in diesem Moment auch vorstellen kann.«

Sie wendete den Kopf zur Seite.

»Ich weiß«, sagte sie. »Und deshalb, für dieses Pflichtgefühl und deine Aufrichtigkeit liebe ich dich so.«

Kapitel 29

Der Befehl kam bereits am übernächsten Tag. Zwei Wochen später sollte Mikhail bereits in Perpignan sein, wo sich die ersten Internationalen Brigaden sammelten, bevor sie nach Barcelona weiterfuhren.

Natascha war verzweifelt. Sie musste fast vierzig Jahre alt werden, um endlich zu erfahren, was die Liebe war, und kaum hatte sie sie entdeckt, war, nach nur wenigen Monaten, die von vielen Trennungen unterbrochen waren, alles schon wieder vorüber. Denn Mikhails Einsatz in Spanien würde länger dauern als einige Wochen, und er war gefährlich, das wusste sie.

Als er ihr vorschlug, zum Abschied gemeinsam für eine Woche an die Atlantikküste zu fahren, sagte sie sofort zu. Sie würde eine Möglichkeit finden, Kostja die Zustimmung abzuringen. Sonst würde sie ohne seine Erlaubnis fahren.

Als sie ihm wortreich berichtete, Olga sei plötzlich krank geworden, »eine Lungengeschichte«, und hätte sie gebeten, sie ans Meer zu begleiten, weil der Arzt ihr eine Luftveränderung verordnet habe, sagte Konstantin nur: »Tu, was du für richtig hältst.« Er sah zu, wie sie ihre Reisevorbereitungen traf und schenkte ihr sogar einen seidenen Schal, der sie vor dem Wind schützen sollte.

Schließlich stand sie reisefertig vor seinem Schreibtisch, um sich zu verabschieden. Das Taxi wartete bereits unten auf der Straße.

»Du wirst doch zurückkommen?«, fragte er, hob dabei den Kopf und sah ihr ins Gesicht.

Natascha fühlte, wie ihr das Blut in ihre Wangen stieg. Mein

Gott, er weiß alles, dachte sie in diesem Moment, aber dann schob sie die Erkenntnis wieder von sich. Nein, er hat keine Ahnung, sonst würde er mich nicht gehen lassen. Sie bemühte sich, das Zittern in ihrer Stimme zu verbergen, und sagte leichthin: »Aber natürlich komme ich zurück, was für eine dumme Frage. Ich bin doch nur eine kurze Woche fort. Wahrscheinlich wirst du mich nicht einmal vermissen.«

»Ich fürchte, das werde ich«, sagte er.

Sie schloss die Tür hinter sich und rief den Fahrstuhl.

Sie nahmen den Nachtzug und kamen im Laufe des Vormittags in Saint-Jean-de-Luz an.

Mikhail war schon früher einmal dienstlich in diesem Fischerdorf gewesen, das in der Nachbarschaft zu Biarritz lag, aber lange nicht so mondän war. Allerdings hatten hier vor ungefähr dreihundert Jahren Ludwig XIV. und Maria Theresia geheiratet.

Sie gingen zu Fuß vom Bahnhof zu der kleinen Pension, in der Mikhail ein Zimmer reserviert hatte. Die Wirtin sah mit einer Mischung von Misstrauen und lächelndem Verständnis auf die Namen in ihren Pässen. Seit diesem Sommer, seitdem die Parteien der Volksfront an der Regierung waren und den Franzosen ihren ersten bezahlten Urlaub beschert hatten, gab es immer mehr Gäste, die nicht zu den sonst üblichen betuchten Ehepaaren mit Kindern gehörten. Die Wirtin wies ihnen den Weg die kleine Treppe hinauf, wo rechter Hand das Zimmer lag, dessen Fenster auf einen Pinienwald hinausging.

Hinter dem Wäldchen erahnten sie das Rauschen des Meeres.

»Ich habe Ihnen ein Zimmer mit einem großen Bett gegeben. Oder ziehen Sie Einzelbetten vor?«

Natascha wusste vor Verlegenheit nicht, was sie antworten sollte. Schließlich sagte Mischa:

»Nein, nein, machen Sie sich nur keine Umstände.«

Als die Wirtin sich zurückzog, brachen sie in übermütiges Gelächter aus.

»Warum wolltest du denn keine Einzelbetten?«

»Wäre mir auch egal gewesen, aber so ist es bequemer.« Rasch stellten sie ihr Gepäck ab und machten sich dann, noch in Reisekleidung, auf den Weg zum Meer. Sie durchwanderten den kleinen Pinienhain vor ihrem Fenster, erklommen dann die Dünen und sahen vor sich, jenseits eines breiten, flachen Strands, das Meer, welches in wilden Wellen auf sie zukam. Sie zogen ihre Schuhe aus und liefen ans Wasser. Es war kalt, und Natascha wagte sich ein wenig zu weit hinaus, sodass die nächste Welle den Saum ihres Kleides bis zu den Knien durchnässte. Als Mikhail sie auslachte, holte sie mit dem Fuß aus und spritzte ihn nass. Sie benahmen sich wie ausgelassene Kinder, rannten einander nach und versuchten sich gegenseitig in den weichen Sand weiter oberhalb zu werfen.

Nataschas Frisur war in Unordnung, ihre Wangen vom Laufen und der Wärme des Tages gerötet, ihre Kleidung nass gespritzt, aber an Mischas bewunderndem Blick erkannte sie, dass sie schön und jugendlich wie nie war.

Irgendwann ließ sie sich schwer atmend in eine kleine Mulde unterhalb der ansteigenden Dünen fallen, die von einzelnen Grasbüscheln umsäumt war. Niemand war zu sehen, und so zog sie ihr Kleid aus, um es zum Trocknen über einen großen Ast zu hängen, den eine der stärkeren Fluten bis hierher getrieben haben mochte. Dann legte sie sich auf den Rücken, die Hände unter dem Kopf, und betrachtete die Wolkenformationen, die träge über ihr dahinzogen. Aus den Augenwinkeln bemerkte sie Mischa, der in einiger Entfernung am Strand auf und ab wanderte und nach Muscheln und Treibgut suchte. Sie fühlte sich so wohl wie selten in ihrem Leben, umgeben von dem Geräusch der Wellen, dem würzigen Geruch von Meer und Sommer, die warme Sonne auf ihrem Körper. Schläfrig schloss sie die Augen, um dies alles noch intensiver zu genießen.

Wie in einem Traum spürte sie, wie Mischas kühle Lippen die ihren berührten. Er kniete neben ihr, küsste sie ganz leicht und zärtlich auf den Mund und die Augen. Und doch spürte sie, wie die Welle des Begehrens ihren gesamten Körper durchfloss. Sie war sich nicht sicher, ob sie schlief oder wachte, ob er wirklich da war, neben ihr, oder ob er immer noch über den Strand wanderte. Seine Hände begannen ihren Leib zu streicheln, und sie dehnte sich unter seinen Zärtlichkeiten und zog ihn zu sich herab, weil sie ihn ganz haben wollte, in sich. Sie liebten sich mit aller Innigkeit, derer sie fähig waren. In diesem Augenblick, vor sich eine ganze Woche, die sie gemeinsam verbringen durften, fühlten sie sich wie Mann und Frau, unzertrennlich, und diese Gewissheit gab ihrer Vereinigung eine besondere Intensität, eine Lust, die sie nie wieder in diesem Maße empfinden sollten. Am Ende vermengten sich ihre Schreie mit denen der Möwen.

»Bleib so«, sagte Mikhail später. Sie hatten sich wieder angezogen und waren im Begriff, zurück in die Pension zu gehen. Doch nun holte er einen Fotoapparat hervor und machte ein Bild von ihr.

»Ich wusste nicht, dass du eine Kamera besitzt. Schickt sich das für einen Sozialisten?«, neckte sie ihn.

»Auch Sozialisten machen Fotos. Und der Apparat gehört Xavier, einem Genossen. Er hat ihn mir für die Reise geliehen.«

»Geht er auch nach Spanien?«

»Ja, er auch. Wir treffen uns in Perpignan.«

Mikhail knipste immer weiter, bis sie sagte: »Lass mich auch mal. Dann kann ich ein Foto von dir haben.«

Er stand auf und sah auf das Meer hinaus, voller Ernst, die Augen zusammengekniffen, um sie vor der Helligkeit zu schützen. Sie fotografierte ihn in dieser Position, dann ging sie um ihn herum und machte eine weitere Aufnahme mit dem Meer in seinem Rücken.

»So, für heute hatte ich genug Wasser. Jetzt würde ich gern etwas essen, was normalerweise darin schwimmt. Hast du schon einmal Meeresfrüchte gegessen?«, fragte sie ihn.

»Auch Sozialisten essen Meeresfrüchte«, antwortete er. »Aber ich habe noch nie Muscheln aus der Hand meiner Geliebten genossen«, fügte er mit einem zärtlichen Blick hinzu.

Sie verlebten herrliche Tage. Jede Minute war voller Glück, denn zum ersten Mal durften sie unbeschwert von der Angst vor Entdeckung leben und morgens gemeinsam aufwachen wie ein ganz normales Paar. Sie frühstückten im Garten der Pension, dann brachen sie auf ans Meer. Mittags nahmen sie einen kleinen Imbiss zu sich und stahlen sich dann hinauf in ihr Zimmer, um sich zu lieben. Nachdem sie geruht hatten, unternahmen sie erneut weite Wanderungen, die meistens in einem kleinen Lokal am Hafen endeten, wo sie zu Abend aßen. Manchmal ertappten sie sich dabei, wie sie in düstere Gedanken versunken waren, dann erinnerten sie sich an ihr Versprechen, diese Tage zu leben, als würde es keine Zukunft, keine Trennung geben.

Am dritten Tag nahm Natascha sich ein Herz und stürzte sich mit Mikhail, der jeden Tag ein Bad nahm, in die hohen Wellen des Atlantiks. Mischa half ihr, die großen Brecher direkt am Strand zu überwinden, die ihr die Füße unter dem Körper wegzureißen drohten. Dann kamen sie in ruhigeres Wasser, das gar nicht so kalt war, wie sie befürchtet hatte. Sie schwammen weit hinaus. Danach lagen sie im heißen Sand der Dünen, die sie vor dem Wind schützten. Nataschas Haut fühlte sich kühl und glatt an, und sie genoss Mikhails warme Hand auf ihrem Rücken. Er küsste sie in den Nacken, dort, wo sie, wie er wusste, besonders empfindlich war, und sie drehte sich zu ihm herum, um die Arme um ihn zu legen. Sie presste sich an ihn und fuhr mit den Händen seinen kräftigen Rücken hinab, um die Revolutionsnarbe zu suchen. Ihre Küsse wurden leidenschaftlicher, und sie spürte seine Erregung. Doch plötzlich machte sie sich von ihm los. »Bitte, nicht hier. Ich kann das nicht«, bat sie. »Ich hätte Angst, uns geht es so wie den Leuten gestern.« Am Tag zuvor hatten sie nämlich ein Paar überrascht, das in wilder Umarmung im Sand lag. Sie waren bemerkt worden, und die Situation war für alle ziemlich peinlich gewesen.

»Dann gehen wir auf der Stelle zurück in die Pension«, sagte er heiser.

Natürlich ging die Woche viel zu schnell vorüber. Sie hatten gerade begonnen, sich an diesen paradiesischen Zustand zu gewöhnen. Sie hatten ganz neue Seiten an dem anderen kennengelernt, die zu seinem Alltag gehörten, die sie jedoch noch nicht entdeckt hatten, weil sie nie den Alltag zusammen verbracht hatten. So weigerte sich Natascha beharrlich, auch das Weiße vom Ei zu essen, weil es für sie keinen Geschmack hatte, und Mikhail war ein bisschen böse darüber. Dafür hatte Natascha keine Ahnung gehabt, wie viel Wert er auf geputzte Schuhe legte. Sie lachte über ihn, wenn sie ihn erwischte, wie er sie wienerte, bis sie glänzten.

»Dafür hast du einen Hang zur Schlampigkeit, von dem ich keine Ahnung hatte. Passt nicht sehr gut zu einer Aristokratin«, sagte er.

»Genauso wenig wie blank gewichste Schuhe zu einem Berufsrevolutionär.«

»Wir müssen doch auf uns achten, um die Frauen des politischen Gegners rumzukriegen.«

»Aha, das versteht ihr also unter Weltrevolution. Arglose Frauen verführen.«

»Es gibt welche unter uns, die können das besser als alles andere«, sagte er und kam mit gespielter Drohung, die Schuhbürste noch in der Hand, auf sie zu.

»Stimmt«, sagte sie und ließ sich von ihm küssen.

Mehr als einmal war Natascha während dieser gemeinsamen Tage versucht, mit ihm über die Zukunft zu reden. Wenn sie nachts aufwachte, stand ihr unweigerlich immer dieselbe Frage vor Augen: Mikhail arbeitete freiwillig für die Partei, niemand zwang ihn dazu. Er hatte viele Talente, war handwerklich geschickt, er würde ohne Mühe irgendeine Anstellung finden, und sie würde Geld mit ihren Entwürfen und Schneiderarbeiten verdienen. Warum verließ er die Partei nicht? Warum widersetzte er sich nicht der Aufforderung, in Spanien zu kämpfen, und blieb einfach in Frankreich und lebte mit ihr? Sie hatte sich oft genug ausgemalt, was das für sie selber für Konsequenzen hätte. Mit ihren russischen Bekannten, den Damen der Teegesellschaft, den Wohltätigkeitsveranstaltungen wäre es ein für alle Mal vorbei. Sie würde weniger Geld haben und nicht mehr so komfortabel wohnen. Aber über all das würde sie leicht hinwegkommen. Gewiss, sie würde Konstantin sehr treffen, und das wog schon schwerer. Seine gesellschaftliche Stellung würde Schaden nehmen, und er würde auch als Mann leiden, denn er hing an ihr. Aber sie glaubte, einen Anspruch auf Glück zu haben, und sie fühlte sich jung und egoistisch genug, dieses Unrecht auf sich zu nehmen.

Jedes Mal, wenn sie mit ihren Überlegungen bis hierher gekommen war, wälzte sie sich schlaflos von einer Seite auf die andere. Sie mochte bereit sein, für ihn alles hinter sich zu lassen, Mikhail war es nicht. Und, es klang seltsam, aber genau aus diesem Grund, weil er so fest von der Richtigkeit seiner Idee und seines Handelns überzeugt war und dieser Vision auch sein persönliches Glück opferte, aus diesem Grund liebte sie ihn so sehr. Würde er den einfachsten Weg gehen, sie würde früher oder später die Achtung vor ihm verlieren.

An ihrem letzten Tag kam Sturm auf. Als sie den Kamm der Dünen erreicht hatten, empfing der Wind, der vom Meer blies, sie mit aller Macht. Sie kämpften sich vor bis an die Wasserlinie, wo die Wellen sich meterhoch auftürmten und dann unter Getose brachen. Die Gischt wehte ihnen ins Gesicht, und das salzige Wasser kam ihnen ungewöhnlich warm vor. Zum Baden war es viel zu gefährlich, und so wanderten sie am Strand entlang. Gegen Abend kamen sie völlig durchnässt zurück in die Pension, wo sie schweigend ihre Koffer packten. Ihr Zug ging früh am nächsten Morgen.

In der Nacht wurden sie durch ein heftiges Gewitter geweckt. Natascha war, als hätte sich die Natur gegen sie verschworen, als würden das Tosen des Windes und das Krachen nach den Blitzen eine Ahnung der Zukunft bringen, die Einsamkeit und Sehnsucht für sie bereithielt.

»Nein«, sagte Mikhail, »es ist so, dass die Natur mit uns leidet und heult und klagt.« Er nahm sie in den Arm, und sie liebten sich ein letztes Mal. Es war etwas Verzweifeltes in dieser Umarmung. Sie umklammerten einander wie zwei verängstigte Kinder, hielten sich und wiegten sich, versuchten sich Trost zu spenden, bis der Morgen kam.

Am nächsten Morgen war von dem Sturm nichts mehr zu spüren. Die Sonne schien von einem blauen Himmel.

Auf dem Bahnhof von Saint-Jean-de-Luz ging es eher beschaulich zu. Nur wenige Reisende warteten mit ihnen auf dem Bahnsteig. Erst am Nachmittag würde der Zug aus dem Norden eintreffen, der neue Badegäste brachte. Natascha hasste sie, weil sie ihr Ferienglück noch vor sich hatten.

Ihr Zug nach Paris ging früher als der andere, der Mischa an die spanische Grenze bringen sollte. Schon war sein Fauchen in der Ferne zu hören, gleich würde er in den kleinen Bahnhof einfahren. Natascha hatte sich den Abschied bereits so oft vorgestellt, dass ihr die jetzige Szene unwirklich vorkam.

»Njakuschka …« Sie drehte sich zu Mikhail um, der etwas in der Hand hielt.

»Ich möchte dir etwas geben.«

Er reichte ihr ein kleines Holzkästchen, auf dessen Deckel eine Intarsienarbeit eine russische Datscha zeigte.

»Mach es auf.«

Natascha hob den Deckel an und sah ein Saphirmedaillon an einer langen Kette.

»Was für ein wunderschöner Stein! Woher hast du ihn?«, fragte sie überrascht. Es passte überhaupt nicht zu Mikhail, Schmuck zu besitzen.

Anstelle einer Antwort nahm er ihr die Kette aus der Hand und stellte sich dicht vor sie. Seine Augen versanken in ihren, als er sanft ihr schweres blondes Haar im Nacken anhob und ihr den Schmuck umlegte. Die Kette war lang genug, damit sie auch so sehen konnte, wie er das Medaillon umdrehte und die Rückseite öffnete. Zum Vorschein kam ein Foto von ihm.

»Oh, aber das ist ja die Aufnahme, die ich am ersten Tag am Strand gemacht habe! Wie …?«

Er reagierte nicht auf das, was sie sagte. »Der Schmuck gehörte meinen Eltern …«

»Er ist wunderschön«, wiederholte sie atemlos und sah ihn an.

»Ich habe nie wieder zwei Menschen gesehen, die sich so zärtlich, so bedingungslos und ausschließlich geliebt haben wie meine Eltern. Als Kind habe ich mich sogar oft ausgeschlossen gefühlt, weil sie sich so nahe waren. Sogar bis in den Tod … Und ich habe den Schwur getan, nur eine solche Ehe zu führen wie sie, ansonsten wollte ich lieber allein bleiben. Ich hatte die Hoffnung aufgegeben, jemals eine Frau zu finden, die so frei im Geiste und so schön war wie meine Mutter, so sicher und unbestechlich in ihren Gefühlen. Bis ich dich getroffen habe.« Er küsste sie mit unendlicher Zärtlichkeit auf die Stirn.

»Ich möchte dir das Medaillon schenken. Als Beweis meiner Liebe zu dir. Und als Versprechen dafür, dass wir uns wiedersehen werden. Wenn du mir nahe sein willst, dann schau es dir an und berühre es. Ich werde dasselbe tun.«

Mit diesen Worten knöpfte er sein Hemd auf, und dort, über seinem Herzen, hing ein zweites Schmuckstück, das dem ersten verblüffend ähnlich sah. Nur befand sich in diesem Exemplar ihr Porträt.

»Du hast das geplant. Deshalb hast du den Fotoapparat mitgenommen«, murmelte sie.

»Ich wusste vom ersten Augenblick an, dass du die Frau sein würdest, der ich diesen Stein schenke. Vom ersten Augenblick …«

Der Zug fuhr ein, unerbittlich, und die Reisenden begannen einzusteigen. Mikhail sprach weiter, als hätten sie noch alle Zeit der Welt.

»Auf diese Weise kann ich mir einbilden, dich immer bei mir zu haben, dicht an meinem Herzen«, sagte er. »Sollte dich dieser Anhänger irgendwann einmal erreichen, dann musst du wissen, dass ich bei dir bin, zumindest in meinen Gedanken.«

Sie standen noch einen Augenblick ganz dicht beieinander, dann löste er sich vorsichtig aus ihrer Umarmung und ging mit ihr die wenigen Schritte bis zur Tür ihres Abteils.

Er drückte sie noch einmal sanft an sich, ehe sie einstieg. Dann pfiff der Schaffner, und der Zug ruckte an. Natascha stellte sich ans Fenster und sah, wie der Mann ihres Lebens immer kleiner wurde. Schließlich nahm der Zug eine Biegung, und er verschwand aus ihrem Blickfeld.

Während der ganzen Fahrt nach Paris brannten ihr die Tränen im Gesicht, und auf ihrem Herzen fühlte sie den Druck des blauen Steins.

Kapitel 30

Die folgenden Wochen gehörten zu den trostlosesten in ihrem bisherigen Leben. Natascha hatte bereits viele düstere Momente erlebt: die Angst und Unsicherheit in den Tagen der Revolution, die Langeweile der Monate in Ponedjelnik, die Unbequemlichkeiten und Gefahren während der Zugreise durch Russland … War das alles wirklich ihr passiert? Es kam ihr so unendlich lange her vor. Lag es daran, dass sie damals noch jung war, oder hatte die Erinnerung die Schrecken jener Tage gemildert? Seit sie aus Saint-Jean-de-Luz zurück war, hatte sie das Gefühl, die schlimmste Zeit ihres Lebens zu durchwandern.

Der Herbst war gekommen. Paris verlor alle Farben, das Grün der Bäume in den Parks, die bunten Sommerkleider der Frauen, alles wich einem diffusen Grau. Seit Tagen schon fiel ein schwerer Regen, der ihr selbst Spaziergänge oder Einkaufsbummel verleidete.

Natascha ging jeden Tag in die Rue Saint-Séverin, um nachzusehen, ob Mikhail geschrieben hätte. Sie musste zwei Wochen warten, die ihr wie eine Ewigkeit vorkamen, bis schließlich eine Postkarte von ihm eintraf. Er hatte eine Grundausbildung in der Festung von Figueras, gleich hinter der spanischen Grenze, gemacht und war jetzt auf dem Weg in Richtung Süden, nach Albacete, wo sich die Internationalen Brigaden sammelten. Sie wusste, was das bedeutete. Bisher war er in Sicherheit gewesen, jetzt musste er an die Front und würde dem Feind Auge in Auge gegenüberstehen.

In jenen Tagen gewöhnten sich die Pariser bei der Zeitungslektüre an die Namen vieler bisher nicht geläufiger spanischer Städte. Murcia. Málaga, wo eine neue italienische Offensive begann. Guadalajara. Teruel. An diesen und vielen anderen Orten kämpften »rote« Republikaner, unterstützt von antifaschistischen Freiwilligen aus Frankreich, Holland, Belgien, Polen, Ungarn, Deutschland, sogar aus Amerika und vielen anderen Ländern, gegen die alten Eliten, die Großgrundbesitzer, den Klerus und die Militärs, die sich hinter General Franco geschart hatten.

Natascha besorgte sich eine Karte von Spanien, die sie in der Rue Saint-Séverin an die Wand hängte. Vor dieser Landkarte verbrachte sie viele lange Momente, das Medaillon in der Hand, das sie gedankenverloren drehte und wendete. Manchmal konnte sie für kurze Zeit die Illusion aufrechterhalten, dadurch Mikhail näher zu sein. Doch dann riss sie die Erkenntnis, dass sie allein und der Geliebte Tausende von Kilometern entfernt in höchster Gefahr war, wieder aus solchen Träumereien.

Wenn eine Nachricht von ihm eintraf, dann las sie darin kein Wort von dem Schrecklichen, das sich in den Schützengräben abspielte, von den Verstümmelungen, Erschießungen, systematischen Vergewaltigungen durch die maurischen Söldner, die Franco in Marokko angeheuert hatte und die für ihre unglaubliche Bestialität berüchtigt waren. Sie wusste, dass diese Dinge geschahen, denn die Zeitungen waren voll davon, doch Mikhail sprach in seinen Briefen stattdessen von seinen Beförderungen – er hatte es rasch zum Hauptmann und dann zum Major gebracht.

»Warum schreibt er nicht die Wahrheit?«, fragte sie Olga.

»Weil er es nicht darf. Schließlich gibt es eine Zensur. In diesem Fall wohl auch die Zensur der Liebe. Er will dich nicht beunruhigen.«

»Aber wenn er befördert wird, dann heißt das doch, dass er Tapferkeit vor dem Feind bewiesen hat oder wie sie das nennen. Also kämpft er ganz vorne.«

»Ihm ist bisher nichts geschehen, da wird es auch weiterhin gut gehen. Er kommt zu dir zurück, glaub mir.«

Olga legte ihr tröstend den Arm um die Schulter, und unvermittelt brach Natascha in Tränen aus, die sich in wildes Schluchzen steigerten. Ebenso plötzlich, wie er eingesetzt hatte, brach der Gefühlsausbruch ab. Stattdessen stürzte sie zu dem kleinen Waschtisch und übergab sich würgend.

»Was ist denn mit dir?«, fragte Olga sie, während sie ihr das tränenüberströmte Gesicht abwusch.

»Ich weiß es nicht«, keuchte sie. »Das passiert mir in den letzten Wochen häufiger. Ich kenne mich selber gar nicht. Diese Gefühlsaufwallungen und dann die Attacken von Übelkeit.«

Olga starrte sie einen Augenblick lang an, dann rief sie aus: »Mein Gott, bist du naiv! Denk doch mal nach! Du bist schwanger.«

»Mein Gott«, entfuhr es auch Natascha. Fassungslos ließ sie sich auf das Bett fallen.

Zwei Tage später, nach einem Besuch bei einem Arzt, hatte sie Gewissheit. Sie erwartete tatsächlich ein Kind. Jetzt, nachträglich, konnte sie selbst nicht mehr verstehen, wieso sie nicht selbst darauf gekommen war. Die morgendliche Übelkeit, die abrupten Stimmungsschwankungen und vor allem das Ausbleiben ihrer Periode schon zum zweiten Mal. Wie hatte sie diese eindeutigen Anzeichen nur übersehen können?

Als sie die Praxis verließ und wieder auf die Straße trat, zitterten ihr die Knie. Sie setzte sich auf die erste Bank, an der sie vorüberkam, und versuchte ihre Gedanken zu ordnen. In ihr waren ein wildes Glücksgefühl und die Vorfreude darauf, doch noch Mutter zu werden. Sie sah sich bereits mit einem kleinen Baby auf dem Arm, sah sich mit ihm spielen, ihm vorlesen. Und dann dachte sie daran, dass jedes Kind einen Vater hatte, aber dass der Vater ihres Kindes nicht ihr Ehemann war. Denn dieses Kind stammte von Mischa, nicht von Kostja. Es musste an ihrem ersten Tag in Saint-Jean-de-Luz geschehen sein, als sie sich am Strand geliebt hatten. In ihrer Erinnerung durchlebte Natascha noch einmal das seltsame Gefühl, welches sie an jenem Tag empfunden hatte und welches sich noch in ihrem Gesichtsausdruck widerspiegelte, den Mischa auf dem Foto eingefangen hatte, das er kurz darauf gemacht hatte. Damals hatte sie das Kind empfangen, daran bestand kein Zweifel.

Aber wie sollte sie Kostja in die Augen sehen und ihm sagen, dass sie schwanger war? Würde er nicht sofort annehmen, dass dieses Kind nicht seines war, wo er doch auch alles andere zu wissen schien? Ausgeschlossen, sie durfte das Kind nicht bekommen. Olga würde wissen, an wen man sich in einer solchen Situation zu wenden hatte. Natascha würde sofort mit ihr sprechen, und in einigen Tagen würde sie die angegebene Adresse aufsuchen, wo das Problem diskret aus der Welt geschafft würde.

Erschrocken und beschämt verwarf sie diesen Gedanken wieder. Sie würde es nie über sich bringen, dieses Kind abtreiben zu lassen. Eher würde sie sich in Schimpf und Schande aus dem Haus jagen lassen und es notfalls allein aufziehen. Damit war sie wieder am Anfang ihrer Überlegungen. Was sollte sie Konstantin sagen? Durfte sie ihn in einem derart wichtigen Punkt täuschen? Ihm das Kind eines anderen als seines unterschieben? Würde er ihr überhaupt glauben? Und hatte nicht auch Mikhail ein Recht darauf zu erfahren, dass sie sein Kind unter dem Herzen trug? Wie würde er die Nachricht aufnehmen? Würde die Verantwortung für ein Kind ihn belasten? Würde er sich von seiner Arbeit abgelenkt fühlen? Ihr sogar Vorwürfe machen? Für einen Moment stellte sie sich vor, wie es wäre, wenn er für dieses Kind seine Parteikarriere aufgäbe, aber sie wusste, dass das nie geschehen würde. Sie hatten beide immer gewusst, dass sie nur eine Liebe auf Zeit leben konnten, von einer gemeinsamen Zukunft war nie die Rede gewesen. Und jetzt bürdete sie ihm die Verantwortung für ein Kind auf. Mein Gott, was sollte sie nur tun? Sie spürte, wie ein heftiger Schwindel sie überfiel.

»Madame? Ist Ihnen nicht gut? Dort drüben ist eine Pharmazie. Ich besorge Ihnen ein Glas Wasser. Sie sind ja bleich wie ein Laken.«

Eine ältere Frau hatte sich neben sie gesetzt und sah ihr besorgt ins Gesicht.

»Nein, lassen Sie nur, es geht schon wieder«, antwortete sie rasch. »Ich war nur so in Gedanken.«

»Ja, ein Kind wirbelt das Leben ganz schön durcheinander, lange bevor es auf die Welt kommt. Und das ändert sich nicht, wenn es dann einmal da ist. Geht es Ihnen wirklich besser?«

»Woher wissen Sie …?«

»Ich habe in solchen Dingen Erfahrung. Und dort drüben ist die Praxis des Arztes. Sie sind nicht die Erste, die hier ratlos herumsitzt. Ich sage Ihnen etwas: Wenn Sie sich einmal dafür entscheiden, dann wird es auch seinen Platz in Ihrem Leben finden, glauben Sie mir.«

»Und wenn der Vater … es nicht will?«, fragte Natascha schüchtern.

»Woher wollen Sie wissen, dass er es nicht will? Haben Sie es ihm schon gesagt? Warum lassen Sie ihm nicht die Zeit, sich an den Gedanken zu gewöhnen?«

Natascha wusste selbst nicht, woher sie das Vertrauen nahm, dieser völlig unbekannten Frau ihre geheimsten Gedanken mitzuteilen. Ein Instinkt sagte ihr, dass sie bei ihr richtig aufgehoben war.

»Und wenn der Ehemann nicht der Vater ist?«

»Dann müssen Sie sich fragen, ob es wirklich notwendig ist, ihn mit dieser Wahrheit zu behelligen. Ist nicht derjenige der

Vater des Kindes, der es aufzieht und ihm seine väterliche Liebe schenkt?« Mit diesen Worten stand die Frau auf und nahm zum Abschied wie selbstverständlich Nataschas Hand. »Sie werden das Richtige tun. Und wenn Sie sich einmal entschieden haben, dann stehen Sie dazu, ohne Wenn und Aber. Lassen Sie sich in Ihrem Entschluss nicht beirren.«

Ohne ein weiteres Wort ging sie langsam davon.

Natascha fühlte sich seltsam getröstet, dabei hatte die Unbekannte ihr noch nicht einmal einen Rat gegeben, wie sie sich entscheiden sollte. Aber die wenigen Worte, die sie gesprochen hatte, waren mit einer solchen Überzeugung hervorgebracht, dass Natascha ein wenig zur Ruhe kam.

Sie würde dieses Kind bekommen, und sie würde Konstantin an diesem Abend von ihm erzählen.

Aber vorher redete sie noch mit Olga. Sie trafen sich in dem Zimmer in der Rue Saint-Séverin.

»Hättest du das für möglich gehalten? Dass ich in meinem Alter noch mal schwanger werde, nach all den Jahren? Ich kann es nicht fassen.« Ein neuerlicher Anfall von Übelkeit überkam sie, und sie übergab sich an dem kleinen Waschtisch. Aber dann drehte sie sich um und schenkte Olga ein triumphierendes Lachen.

Die wusste nicht, wie sie reagieren sollte. »Natascha, wie stellst du dir das vor? Du willst dieses Kind doch nicht etwa behalten? Hast du dabei auch an Konstantin gedacht?«

Doch Natascha blieb ruhig. »Ich werde dieses Kind bekommen. Es ist von Mikhail, daran gibt es keinen Zweifel, aber es könnte theoretisch auch von Kostja sein.«

»Du meinst, du schläfst nach wie vor mit ihm?«

»Warum nicht? Er ist schließlich mein Mann. Das wirst du nie verstehen«, fügte sie hinzu, als sie Olgas fragendes Gesicht sah.

»Und du hast auch … also, ich meine, nachdem du aus Saint-Jean zurück bist …?«

»Ja, wir haben auch danach miteinander geschlafen.« Sie wurde rot und redete rasch weiter: »Ich hatte solche Sehnsucht danach, berührt zu werden. Ich habe jede Nacht wach in meinem Bett gelegen, und mein ganzer Körper hat gebrannt. Einmal, kurz nach meiner Rückkehr, habe ich wirklich gedacht, diese Sehnsucht nicht länger ertragen zu können, und habe mich neben Kostja gelegt. Es ist zu einer Umarmung gekommen … Was schaust du mich so an? Lachst du mich etwa aus?«

Olga lachte tatsächlich laut auf und sagte dann: »Entschuldige, aber ich mag deine ausweichende Art zu reden. ›Es ist zu einer Umarmung gekommen‹, köstlich.«

Auch Natascha lachte. »Ich kann nun mal nicht so direkt über diese Dinge reden wie du. Soll ich weitererzählen oder nicht?«

»Ja.«

»Also, diese ›Umarmung‹ hatte in ihrer Vertrautheit sogar etwas Tröstendes. Aber es war natürlich nicht so wie mit Mischa. Später, als ich wieder in meinem Bett lag, habe ich nur noch eine Art Schalheit gespürt.«

Olga lachte zum zweiten Mal laut auf. »Du bist trotz deiner Sprache ein durchtriebenes Luder, weißt du das eigentlich?« Dann wurde sie wieder ernst.

»Wirst du es Mikhail sagen?«

»Nein, wie sollte ich es ihm auch mitteilen? Ich kann ihn nicht erreichen. Und wenn er es wüsste, würde es auch nichts ändern.«

»Und wann willst du Konstantin informieren?«

»Heute Abend«, antwortete Natascha, und in ihren Augen flackerte für eine Sekunde Angst auf.

»Und wenn er sich weigert zu glauben, der Vater zu sein?«

»Bekomme ich das Kind trotzdem. Auch wenn ich ihn verlassen muss.« In ihren Worten lag jetzt wieder eine Bestimmtheit, die auch Olga überzeugte.

Konstantin reagierte wie die meisten Männer, die nach langen Jahren des Wartens erfahren, dass sie doch noch unverhofft Vater werden. Anfangs wollte er nicht glauben, was Natascha ihm da erzählte. Nach so langer Zeit sollte es doch noch gelungen sein, dass sie schwanger war? Doch als er begriffen hatte, was Natascha ihm da sagte, erfüllte ihn unendliche Dankbarkeit für dieses späte Glück und zugleich unbändiger Stolz. Er erhob sich und ging auf seine Frau zu, die ihm gegenüber am Tisch saß, küsste ihr die Hand und dann die Wange.

»Das ist die beste Nachricht, die ich in den letzten Jahren bekommen habe. Du hättest mir kein größeres Geschenk machen können. Ich danke dir von ganzem Herzen.«

Die späte Vaterschaft war tatsächlich ein ungeahntes Glück für Kostja. Die Aussicht, Vater zu werden, erfüllte ihn nicht nur mit Stolz, sie gab seinem Leben auch wieder eine Aufgabe. Er saß nicht länger betrübt und untätig vor seinem Schreibtisch, sondern ging aus, um seinen Freunden die Nachricht zu verkünden. Sein neuer Elan führte dazu, dass auch seine Geschäfte besser liefen, weil er plötzlich eine Verantwortung »für die kommende Generation« fühlte, wie er sein Kind vollmundig nannte.

Er kümmerte sich um alles, was mit der Vorbereitung der Geburt zusammenhing. Er richtete ein Kinderzimmer ein, wobei er sich Rat bei den Ehefrauen seiner Geschäftspartner holte, die deswegen überaus geschmeichelt waren, führte Gespräche mit künftigen Kindermädchen, die ihm aber alle nicht gut genug waren, informierte sich über die besten Ärzte. Er verbrachte ganze Tage in Geschäften für Spielwaren und Kinderbekleidung, blätterte in Katalogen und kaufte Stoffe, aus denen Natascha Matrosenanzüge und Kissen, Vorhänge für die Krippe und Mützchen nähte.

»Du weißt doch nicht einmal, ob es ein Junge oder ein Mädchen wird«, rief sie lachend aus, als er wieder einmal mit bunten Stoffen nach Hause kam.

»Deshalb habe ich ja auch roten und blauen mitgebracht«, entgegnete er. »Und außerdem, vielleicht bekommen wir Zwillinge, wer weiß?«

Sie fiel in sein ausgelassenes Gelächter ein.

Auch Natascha war stolz auf ihren schwellenden Körper. Bereits jetzt empfand sie eine überströmende Zärtlichkeit für das Wesen in ihrem Leib, dessen erste zarte Bewegungen sie zu spüren begann. Hatte die Liebe zu Mikhail sie schön gemacht, so wurde sie durch diese Schwangerschaft geradezu engelsgleich. Die gewisse Härte, die sich über die Jahre in ihr Gesicht geschlichen hatte, verschwand unter sanften Rundungen, ihre Haut bekam etwas Milchfarbenes, zu dem die großen, grauen Augen und das blonde Haar einen Kontrast bildeten, den einige irritierend, die meisten jedoch absolut faszinierend fanden. Ihre Bewegungen wurden geschmeidig, fast lässig, und sie strahlte eine derartige Ruhe und Gelassenheit aus, dass sie ganz selbstverständlich der Mittelpunkt in einer Gruppe von Menschen wurde. In diesem Winter lag ihr Paris zu Füßen, aber es interessierte sie nicht einmal. Die Damen registrierten mit einiger Entrüstung, dass Natascha sich »in ihrem Zustand« keineswegs versteckte, sondern im Gegenteil voller Stolz ihre Schwangerschaft zeigte, sie in modernen, manchmal kühnen selbst geschneiderten Kleidern sogar noch betonte.

Die Freude auf das Kind verdrängte sogar die Sehnsucht nach Mikhail. Sie sagte sich, dass sein Kind ein Anrecht auf Glück und auf eine Zukunft in Sicherheit und Geborgenheit hatte und dass eine melancholische Mutter dabei nur im Wege wäre.

Ende April 1937, als die deutsche Legion Condor die kleine nordspanische Stadt Guernica bombardierte, spürte Natascha die ersten Wehen. Aber bis zur Geburt vergingen noch zwanzig Tage, die sie hin- und hergerissen zwischen der Angst um Mischa, von dem sie keine Nachricht hatte, und der Erwartung der Geburt verbrachte.

Sie war selig, als man ihr in einer sternenklaren Nacht, in der die Stadt zu leuchten schien, schließlich das kleine Wesen, das bereits einen ersten blonden Flaum auf dem Kopf hatte, in die Arme legte. Endlich konnte sie es im Arm halten, es wiegen, ihm zärtliche Worte ins Ohr flüstern. Sie liebte das kleine Mädchen vom ersten Augenblick an.

Konstantin war vor Stolz aus dem Häuschen.

»Hättest du lieber einen Sohn gehabt?«, fragte Natascha ihn, während sie beide über die Wiege gebeugt standen.

»Nein«, sagte er. »Ich werde nach so vielen kinderlosen Jahren nicht auch noch Ansprüche stellen.« Er machte eine Pause, und sie spürte, dass er darauf wartete, dass sie ihn ansah. Als sie es tat, sagte er sehr ernsthaft: »Hauptsache, dieses Kind lebt in meinem Haus. Alles andere ist mir egal.«

Natascha war viel zu glücklich, um ihn zu fragen, wie er diese seltsame Bemerkung meinte.

Das kleine blonde Mädchen wurde auf den Namen Nadia getauft, und Konstantin gab ein Fest, das von vielen Russen als ein wenig zu üppig beschrieben wurde. Schließlich war es doch kein Weltwunder, wenn ein Kind geboren wurde. Einige von ihnen zerrissen sich das Maul. Wie Natascha in ihrem Alter noch ein Kind bekommen konnte, war sie denn nicht schon vierzig Jahre alt? Und ihr Mann benehme sich wie ein jugendlicher Liebhaber, so aufgeräumt und fröhlich hätte man ihn schon seit Petersburg nicht mehr gesehen. Es gab böswillige Zungen, die Vergleiche im Aussehen zwischen Vater und Tochter anstellten und hämisch bemerkten, keine, aber auch nicht die geringste Ähnlichkeit entdecken zu können.

Kostja und Natascha überhörten diese Tuscheleien. Aber die bösen Zungen hatten recht. Nadia hatte zwar die Farben ihrer Mutter, ihre elfenbeinfarbene Haut und das blonde kräftige Haar. Den genießerischen Mund mit dem kräftigen Kinn, den das Kind von seinem Vater hatte, suchte man jedoch auf den alten Familienfotos vergeblich.

Die Tochter brachte die Eltern einander wieder näher. Die Liebe zwischen Natascha und Konstantin war zwar längst ohne Feuer, doch sie entwickelten ein tiefes freundschaftliches Gefühl füreinander. Natascha war Kostja unendlich dankbar für die Hingabe, mit der er Nadia umsorgte, mit ihr spielte und sie ausfuhr. Über das Kind fanden sie wieder einen Weg, miteinander zu reden. In der liebevollen häuslichen Atmosphäre wuchs Nadia zu einem fröhlichen, ausgelassenen Mädchen heran, das das Haus mit Leben und Lachen erfüllte. Immer hatte einer von ihnen Zeit für sie. Natascha wäre es nicht im Traum eingefallen, ihre Tochter als Last oder als störend zu empfinden, weil sie sich gerade ankleiden oder ausgehen oder Gäste empfangen wollte, so wie Katharina es getan hatte.

Auf ihren Spaziergängen nahm sie die Kleine oft mit in die Rue Saint-Séverin. Dort erzählte sie ihr von Mikhail und zeigte ihr den blauen Stein mit seinem Foto, obwohl Nadia natürlich noch viel zu klein war, um es zu verstehen.

Mikhails Briefe kamen immer unregelmäßiger, viele gingen unterwegs verloren, wie sie aus den folgenden, die sie erreichten, schließen konnte.

Anfang 1938, als Nadia ein gutes halbes Jahr alt war, wurde offensichtlich, dass die spanische Republik verloren war, wenn keine Hilfe von außen kam. Als der Sozialist Léon Blum im April des Jahres zum zweiten Mal Ministerpräsident wurde, erwog er eine französische Intervention im Nachbarland, entschied sich dann aber doch dagegen. Im Juli kam es zur Schlacht am Ebro, in der die Republikaner noch einmal den Sieg davontragen konnten, aber von da ab erlebten sie Niederlage um Niederlage. Im November kam der Völkerbundentscheid, alle ausländischen Kräfte aus Spanien abzuziehen. Natascha hatte kurzzeitig die Hoffnung, dass auch Mikhail nach Paris zurückkehren würde, doch er wurde wie alle anderen beim Überschreiten der französischen Grenze in eines der berüchtigten Internierungslager gebracht. Von dort aus schrieb er Natascha einen längeren Brief, aus dem sie vor allem Enttäuschung und Desillusionierung herauslas.

Sie tat alles, um ihm zu helfen. Sie schickte Pakete, von denen die meisten nicht in seine Hände gelangten, sie schrieb Briefe an alle möglichen Stellen, um seine Freilassung zu erwirken. Sie erwog sogar, persönlich nach Le Vernet zu fahren, um ihn im dortigen Lager zu besuchen, aber Henri und Olga rieten ihr dringend ab. Es würde ihm nicht helfen und sie unnötig kompromittieren.

Während Nadia heranwuchs, ging die Welt um Natascha herum in Stücke. Es gab die persönlichen Katastrophen, zu denen gehörte, dass Madame Jolie ihren Laden schließen und sie entlassen musste, weil ihre Kundinnen es sich nicht länger leisten konnten, maßgeschneiderte Kostüme zu tragen. Daneben traten immer kompliziertere internationale Verwicklungen. Im Frühjahr 1939 ging die spanische Republik unter, immer neue Flüchtlinge kamen über die Pyrenäen nach Frankreich, während das hungernde Madrid der Gnade der Falange ausgeliefert war. Hitlerdeutschland überfiel die Tschechoslowakei, und Italien überfiel Albanien. Überall pochten die faschistischen Staaten lautstark auf ihre angeblichen Rechte. Mehrfach in diesem Jahr hatte es so ausgesehen, als würde es Krieg geben, jedes Mal hatte Europa Deutschland Zugeständnisse gemacht und sich für einige weitere Monate eine trügerische Sicherheit erkauft. Bis Hitler die nächste Forderung stellte. Schließlich begannen Frankreich und Großbritannien für eine Annäherung an die Sowjetunion zu werben, um in einem Dreierbund Hitler in Schach zu halten. Natascha verfolgte die diplomatischen Bemühungen zwischen Paris und Moskau mit gespannter Aufmerksamkeit. Seit ihrer Vertreibung hatte sie eine unüberwindliche Angst und tiefen Hass für die Machthaber in Moskau gespürt. Jetzt war sie bereit, dies alles zu vergessen, wenn Hitler, den sie mehr verabscheute als alles andere, mit Stalins Hilfe ein Ende gemacht wurde.

Dann, im August 1939, erreichte die Welt die niederschmetternde Nachricht vom russisch-deutschen Nichtangriffspakt. Die beiden Todfeinde hatten sich verbündet. Hitler konnte seinen Angriff auf Polen planen, ohne einen Zweifrontenkrieg zu befürchten.

Natascha fragte sich deprimiert, wie Mikhail die Nachricht aufgenommen haben mochte. Ob er mehr wusste als andere? Hatte er den diplomatischen Coup vielleicht sogar mit vorbereitet? Einige Tage später kam ein Brief von ihm aus dem Lager, in dem er die wilden Diskussionen unter den Kommunisten schilderte, von denen viele aus der Partei austraten. Sie wollten nicht eine Politik mittragen, die ihren größten Feind stützte, den Mann, der so viele von ihnen gefoltert und ermordet hatte. Natascha wartete vergeblich darauf, dass auch Mischa diesen Schritt tun würde.

Hätte sie Nadia nicht gehabt, Natascha wäre in diesen Monaten in Panik geraten. Aber das Kind brauchte einen geregelten

Tagesablauf, es brauchte Mahlzeiten und Beschäftigung, und so legte sie einen gesunden Pragmatismus an den Tag, der in ihrer Familie für Sicherheit sorgte.

Sie begann, nachdem *Au Bonheur des Jolies* nicht mehr existierte, für verschiedene Couturiers und Modehäuser zu arbeiten. Sie nähte, entwarf, stand Modell. Aber sie verdiente weniger Geld. Schweren Herzens gab sie das Zimmer in der Rue Saint-Séverin auf, an das sie so viele Erinnerungen knüpfte. Stattdessen stellte sie einen großen Zuschneidetisch in ihrem Schlafzimmer in der Rue des Acacias auf. Dort arbeitete sie, wenn Nadia schlief oder wenn Konstantin sich um sie kümmerte. Oft spielte die Kleine zu ihren Füßen, wenn sie ihre Entwürfe zeichnete, und sie hatte das Gefühl, dass die glucksenden Laute, die das Kind von sich gab, sie beruhigten und inspirierten.

Kapitel 31

Natascha saß mit Konstantin und Nadja auf der Terrasse des *Flore*, als die Zeitungsverkäufer mit sich überschlagender Stimme die Nachricht ausriefen: England und Frankreich hatten Deutschland den Krieg erklärt. Als Hitler in Polen einmarschierte, hatte er den Bogen endgültig überspannt. Jeder wusste, dass Frankreich und Großbritannien jetzt zu ihren Sicherheitsgarantien für Polen stehen mussten und den Diktator nicht länger gewähren lassen durften.

»Es musste ja so kommen«, sagte Natascha nur leise, nachdem sie die Sondermeldung überflogen hatte. »Lass uns nach Hause gehen.« Bereits auf dem Weg zur Metro sahen sie die ersten Schilder in den Schaufenstern: »Geschlossen wegen Mobilisierung«.

In den ersten Tagen des September war Natascha wie gelähmt von einem würgenden Gefühl der Angst. Jene Nacht in Petersburg kam ihr in den Sinn, als sie beim Brotkauf beinahe von der Menge niedergetrampelt worden wäre. Und immer und immer wieder sah sie das Bild des kleinen Mädchens vor sich, dessen Mutter getötet worden war und das inmitten des Kugelhagels und der in Panik geratenen Pferde auf der Straße saß. Sie malte sich aus, dass sie bald wieder hier an ihrem Fenster stehen würde, während unter ihr Menschen erschossen wurden. Sie sah Nadia an, die zu ihren Füßen spielte, und die Angst schnürte ihr die Kehle zu. Sie würde ihr Leben geben, um sie zu schützen, aber würden die Deutschen sie lassen?

In den folgenden Tagen beruhigte sie sich ein wenig und gewöhnte sich an das, was die französischen Zeitungen die *drôle de guerre* nannten, den »merkwürdigen Krieg«, in dem sich deutsche und französische Soldaten in den Schützengräben gegenüberlagen, ohne aufeinander zu schießen. Der Krieg ließ sich noch etwas Zeit, gönnte ihr eine Verschnaufpause. Und doch war er gegenwärtig, denn alle Pariser mussten sich in ihren Luftschutzkellern einfinden und Übungen mit Gasmasken über sich ergehen lassen.

Für Rudolf dagegen begannen die schlimmen Zeiten gleich mit der Kriegserklärung. Obwohl er und die meisten anderen Deutschen in Frankreich vor Hitler geflohen waren und viele von ihnen aktiv gegen ihn gekämpft hatten, wurden sie wie feindliche Ausländer behandelt. Bereits zwei Tage nach der Kriegserklärung mussten sich alle Männer zwischen siebzehn und fünfzig Jahren in Internierungslager begeben. Mit kleinen Koffern oder Pappschachteln als Gepäck hatten sie sich in Sportarenen einzufinden, wo sie zu Hunderten und manchmal Tausenden unter unsäglichen hygienischen Bedingungen ausharren mussten, bis sie in verschiedene Lager nach Südfrankreich transportiert wurden. Alle anderen Flüchtlinge hatten sich auf den Polizeipräfekturen zu melden.

Genau eine Woche lang durfte Rudolf sich in Sicherheit fühlen, weil er älter als fünfzig war. Dann erging der Befehl, auch die älteren Männer zu internieren. Natascha saß bei ihrem Onkel in dessen schäbigem Hotelzimmer, als sein Zimmernachbar, der kleine Münchner Rechtsanwalt, ohne zu klopfen, hereinplatzte.

»Sie haben es gerade im Radio gebracht. Diesmal trifft es alle Männer zwischen siebzehn und fünfundsechzig Jahren!«

Die Nachricht verbreitete sich in Windeseile unter den verbliebenen Hotelbewohnern, die sich bald in dem kleinen Zimmer einfanden und wild gestikulierend durcheinanderredeten. Rudolf beteiligte sich nicht an dem allgemeinen Aufruhr. Seltsam still begann er, dabei über die Füße der Anwesenden steigend, einige Dinge in eine kleine fleckige Aktentasche zu legen. Natascha kannte die Tasche. Sie hatte ihn bereits bei seiner Flucht aus Deutschland begleitet.

Rudolf wurde als »unerwünschtes Element« im Pariser Stadion Roland Garros untergebracht.

Das kleine Hotel am Jardin du Luxembourg leerte sich zusehends, bis nur noch die Frauen und einige Kinder zurückblieben. Die Frauen schlugen sich mit den französischen Behörden herum, um zu erfahren, wo ihre Männer waren. Wer das Glück hatte, den Aufenthaltsort seines Ehemannes zu kennen, schickte aufmunternde Briefe und Lebensmittelpakete. Alle bemühten sich um Einreisevisa für Drittländer.

Mitte Oktober war Rudolf zurück. Er hatte sich als sogenannter Prestataire gemeldet, für eine Armee-Einheit, in der Zivilpersonen paramilitärische Hilfsdienste zu leisten hatten. Er wurde zwar als zu alt abgelehnt, dennoch als »unverdächtig« aus dem Lager entlassen. Aber er wusste, dass dieser Zustand nicht von Dauer sein konnte. Hilflos sah er zu, wie der kleine Rechtsanwalt in einem Eisenbahnwaggon quer durch das Land nach Südfrankreich transportiert wurde. Auf den Waggons stand geschrieben: »Fünfte Kolonne. Gefährliche Feinde«. Obwohl er Jude war und viele Hitlergegner verteidigt hatte. Rudolf fühlte sich durch diese Episode so gedemütigt, als säße er selbst in dem Zug. Er verbrachte diesen ersten Kriegswinter, der außergewöhnlich kalt und ungemütlich war, in seinem Hotelzimmer. Sein einziges Streben bestand darin, die nächste Flasche Rotwein aufzutreiben, alles andere ließ ihn gleichgültig.

Der Krieg rückte unaufhaltsam näher. Im April 1940 überfielen die Deutschen Dänemark und Norwegen, im Mai bombardierte die deutsche Luftwaffe Flugplätze in Nordfrankreich.

Die Wehrmacht stieß auf keine nennenswerte Gegenwehr der französischen Armee und bewegte sich rasch auf die Hauptstadt zu. Die für unbezwingbar gehaltene Maginotlinie wurde überrannt. Die Pariser verließen kaum ihren Platz am Radio, um den Vormarsch zu verfolgen.

In den letzten Monaten hatte Natascha Zeit gehabt, sich an den Krieg zu gewöhnen. Sie verlor jetzt nicht den Kopf, sondern bemühte sich, das zu erledigen, was zu tun war. Die Weichheit, die die Liebe und die Mutterschaft ihr gegeben hatten, verschwand allmählich wieder aus ihrem Gesicht. Die Notwendigkeit, sich um alles zu kümmern, machte sie hart gegen sich und andere. Natürlich war Kostja behilflich, aber er hatte einfach kein Gespür dafür, wann man wo zu sein hatte, um etwas zu organisieren. Wenn Natascha ihn für eine Besorgung schickte, passierte es, dass er ohne die Lebensmittel wiederkam, weil er es einfach nicht über sich brachte, seinen Platz in einer Schlange zu behaupten, geschweige denn sich vorzudrängeln. Wenn er dann mit leeren Händen zurückkam, war er jedes Mal aufrichtig zerknirscht, und Natascha konnte ihm nicht richtig böse sein, aber es zeigte sich wieder einmal, dass er einfach kein Mensch war, der sich durchzusetzen verstand.

Getreu dem Ratschlag der berühmten Schriftstellerin Colette, die den Pariserinnen empfahl, sie sollten sich mit Kartoffeln und Kohlen eindecken und Wollpullover stricken für die Bombennächte im Keller, hatte sie im vergangenen Herbst mehr Kohlen eingelagert, als sie in normalen Wintern brauchte. Und sie hatte Lebensmittelvorräte angelegt. Wer nicht so vorausschauend gewesen war, der musste in diesem ersten, bitterkalten Kriegswinter frieren, denn Brennmaterial gab es jetzt nirgendwo mehr zu kaufen. Es war, als wollte die Natur die Menschen für ihren Wahnsinn strafen.

Zu der täglichen Mühsal der Nahrungsbeschaffung kam die Sorge um Rudolf, in die sich zunehmend Wut über seine Lethargie mischte. Natascha setzte Himmel und Hölle in Bewegung, um für ihren Onkel ein Visum zu bekommen. Das mögliche Gastland war dabei völlig nebensächlich geworden – für Rudolf, den das alles nichts anzugehen schien, sowieso. Sie wäre mit Shanghai genauso zufrieden gewesen wie mit Montevideo. Aber die französischen Behörden stellten sich quer bei Ausreisestempeln, und es gab kaum noch Länder, die bereit waren, Flüchtlinge aufzunehmen.

»Warum reibst du dich so dafür auf, dass er das Land verlassen kann, wenn es ihm selber doch so offensichtlich egal ist?«, fragte Konstantin sie, wenn sie völlig erschöpft vom Warten auf irgendeinem Amt nach Hause kam.

»Was bleibt mir denn übrig«, entgegnete sie müde. »Er ist der einzige Verwandte, den ich habe. Ich würde es mir nie verzeihen, wenn ich mich nicht um ihn kümmern würde und ihm etwas passierte.«

»Um dich sorgt sich doch auch niemand. Denk nur an deine Mutter. Sie hat in all den Jahren nichts von sich hören lassen.«

»Eben deshalb. Ich will auf keinen Fall so sein wie sie.«

In den Maitagen, in denen die Deutschen in rasender Geschwindigkeit auf Paris zumarschierten, glich die Stadt einem Hexenkessel. Am 3. Juni fielen die ersten Bomben auf die Vorstädte der Hauptstadt. Ein chaotischer Exodus setzte ein, jeder wollte jetzt noch die Stadt verlassen. Die Ausfallstraßen waren mit Fliehenden verstopft, die in übervollen, bis aufs Dach beladenen Autos, manchmal auch auf dem Fahrrad unterwegs waren. Familien wurden auseinandergerissen. Die Zeitungen waren in den nächsten Wochen voll von Kleinanzeigen, über die Männer ihre Frauen, Eltern ihre Kinder suchten. Die Pariser tätigten Hamsterkäufe, andere nähten eilig Hakenkreuzfahnen. Die amerikanischen Künstlerinnen waren bereits vor Wochen in ihre Heimatländer zurückgekehrt.

In wenigen Wochen war Frankreich besiegt, und am 14. Juni 1940 fiel Paris kampflos an die Deutschen. Die Stadt der Heimatlosen verdiente diesen Namen nicht länger.

Das Waffenstillstandsabkommen, das Hitler und der greise Marschall Pétain schlossen, sah vor, dass alle in Frankreich befindlichen Deutschen auf Verlangen an das Reich auszuliefern seien. Rudolf würde ohne Zweifel ganz oben auf dieser Liste stehen. Jetzt war keine Zeit mehr, um für irgendwelche Stempel oder Visa anzustehen. Natascha musste sofort zu ihm und ihn irgendwie aus Paris herausschaffen. Für die nächsten Tage sollte er sich bei ihnen in der Rue des Acacias verstecken.

Sie nahm sich nicht einmal die Zeit, sich umzuziehen, obwohl sie gerade den Küchenboden geschrubbt hatte, als das Radio die Nachricht brachte. Irgendetwas sagte ihr, dass sie keine Minute verlieren durfte. Mit einem der Fahrrad-Taxis, die sich während der Besatzungszeit als zuverlässigstes Transportmittel erweisen sollten, fuhr sie in das kleine Hotel am Jardin du Luxembourg, das für so viele Emigranten die Heimat gewesen war und nun nur noch von ein paar Übriggebliebenen bewohnt wurde.

Außer Atem eilte sie die ausgetretenen Stufen zu Rudolfs Zimmer im ersten Stock empor und fand die Tür verschlossen. Auf ihr Klopfen meldete sich niemand, und für einen kurzen Moment durchzuckte sie die Hoffnung, er habe seine Sachen gepackt und sei irgendwohin aufs Land geflüchtet. Doch in ihrem Herzen wusste sie es besser.

Als der *Patron* mit dem Schlüssel kam, fanden sie Rudolf am Fensterkreuz hängend, ein letztes sardonisches Lächeln auf den Lippen.

Natascha blieb einige Minuten allein mit ihrem toten Onkel. Sie ließ sich auf einen Stuhl fallen und betrachtete sein zur

Fratze entstelltes Gesicht. Für einen kurzen Moment empfand sie Mitleid für ihn, doch dann erhob sie sich, und ihr Gesicht bekam einen entschlossenen Ausdruck. Sie würde sich nicht unterkriegen lassen so wie er. Sie nicht! Ihr wurde bewusst, dass sie keine richtige Trauer spürte, eher Wut über den sinnlosen Tod ihres Onkels. Aber dann musste sie daran denken, dass Rudolf wenigstens dieses eine Mal die Kraft gefunden hatte, eine Entscheidung zu treffen, und diese Erkenntnis tröstete sie etwas.

Wieder kümmerte sie sich um eine Beerdigung, diese allerdings war in ihrer Trostlosigkeit schlimmer als alle anderen, auf denen sie in den letzten Jahren gewesen war. Olga und Henri, Kostja, Nadia und sie gingen als Einzige hinter dem Sarg her. Alle anderen Freunde Rudolfs waren interniert oder lebten als Illegale. Die Anwesenheit eines kleinen, grimmig dreinblickenden Mannes, der trotz der Wärme einen Mantel trug und völlig unverfroren Fotos von der kleinen Trauergemeinde schoss, zeigte, dass Rudolf tatsächlich im Fadenkreuz der deutschen Polizei gestanden hatte. Kurz vor dem Grab schloss sich ihnen noch der alte Russe an, der im selben Hotel wie Rudolf wohnte, der, der immer seine Zeitungen las. Natascha warf ihm einen dankbaren Blick zu, den er mit einem müden Lächeln erwiderte.

Um Rudolf musste sie sich nicht länger sorgen, aber dafür geriet Olga immer mehr in Bedrängnis. Es war nur eine Frage der Zeit, bis auch in Frankreich eine Judengesetzgebung eingeführt würde. Was sollte dann aus ihrer Freundin werden? Wenn sie Olga gegenüber dieses Thema anschnitt, wehrte die jedes Mal ab. »So schlimm kann es nicht werden, hier ist schließlich Frankreich. Außerdem kann ich meine Leute nicht im Stich lassen«, lautete ihre Standardantwort.

Nur vier Wochen nachdem die Deutschen in Frankreich das Sagen hatten, begannen die Maßnahmen, mit denen die Juden aus dem öffentlichen Leben verdrängt werden sollten. Als wäre dies ihr dringlichstes Anliegen. Juden wurden aus allen Verwaltungen entlassen, einige Monate später auch aus allen Verlagen, Theatern und dem Rundfunk. Eines Tages entdeckte Natascha das erste Schild mit der Aufschrift »Für Juden verboten« in einem Schaufenster. Im Oktober 1940 mussten Juden sich registrieren lassen und bekamen einen Stempel in ihren Pass.

Konstantin war entsetzt, als sich plötzlich auch einige seiner russischen Bekannten als Juden zu erkennen gaben.

»Wieso tun sie das?«, fragte er. »Und wieso habe ich nie etwas bemerkt?«

»Sie tun es, weil sie an das Recht glauben«, versetzte Natascha. »Und du hast es nicht gewusst, weil sie nicht anders sind als wir.«

Dann wurden ausländische Juden in die Lager gesperrt, in denen schon die vielen Antifaschisten saßen. Ein besonders diensteifriger französischer Beamter wollte auch Olga zu ihnen zählen, aber Henri kämpfte für seine Frau wie ein Löwe, schließlich war sie durch die Heirat mit ihm Französin. Diesmal wurde sie verschont, doch das Netz zog sich immer enger um sie. Es wurde schwierig, sich mit ihr zu verabreden wie früher, denn Kinos und Theater, Parks und Museen waren ihr verboten, in der Metro durfte sie nur noch den letzten Wagen benutzen. Olga, die modebewusste Olga, die nichts mehr liebte, als über die großen Boulevards zu flanieren und Kleider anzuprobieren, durfte nur noch zu bestimmten Zeiten in für sie reservierten Läden einkaufen. Als Natascha und sie einmal in besonders übermütiger Stimmung waren, hatten sie sich über dieses Verbot hinweggesetzt und einen Salon auf den Champs-Élysées betreten. Sie entdeckten die Bekannte, die dort als Verkäuferin arbeitete und die Olga nicht mochte, weil sie ihr früher oft die Show gestohlen hatte, zu spät. Schon kam sie auf sie zu, baute sich vor ihnen auf, und in ihren Augen blitzte boshafte Genugtuung, als sie laut und deutlich, für alle Anwesenden vernehmbar, sagte: »Sie wissen doch, dass Sie hier nichts mehr zu suchen haben. Die Zeiten sind vorbei, in denen Sie unsere Kundschaft behelligen durften. Verlassen Sie augenblicklich den Laden, sonst rufe ich die Gestapo.«

Zu Beginn des Jahres 1942 wurden Gerüchte laut, die von der gewaltsamen Verschleppung der französischen Juden aus dem Lager Drancy, nördlich von Paris, sprachen. Niemand wusste, wohin diese Transporte gingen, aber Augenzeugen hatten gesehen, dass die Menschen wie Vieh in Güterwaggons gepfercht wurden.

Anfang Juni des Jahres saßen sie zu dritt in einem von Korsen betriebenen Schwarzmarktrestaurant in der Rue de Babylone. Man servierte ihnen Bayonner Schinken, Tomatensalat und sogar ein garniertes Rumpsteak. Die Rechnung würde horrend teuer sein, aber Henri hatte befunden, dass sie ab und zu mal wieder anständig essen müssten, und darauf bestanden, hierherzukommen.

Seit einigen Tagen war das Tragen des Judensterns Pflicht, eine Verordnung, die Olga starrköpfig ignorierte.

»Dann hätte ich doch hier nicht hineingedurft, und mir wäre dieses köstliche Essen entgangen«, sagte sie unbekümmert.

Natascha und Henri beschworen sie entsetzt, doch leiser zu sprechen. In dem kleinen, düsteren Raum, der durch einige künstliche Blumenarrangements nur notdürftig verschönert war, denn auf die Gemütlichkeit kam es hier schließlich am allerwenigsten an, begann man sich bereits nach ihnen umzudrehen, weil die Musikkapelle, die schnulzige Schlager spielte, gerade eine Pause machte. Natascha beugte sich zu Olga, die ihr gegenübersaß, und sagte leise, aber umso eindringlicher:

»Du musst weg aus Paris. Hier kennen dich zu viele. Du hast dich zu sehr für die jüdische Hilfe exponiert. Wenn du weiterhin ohne den Stern das Haus verlässt, wird man dich früher oder später denunzieren.«

»Wenn ich den Stern tragen sollte, dann höchstens als Auszeichnung«, brauste Olga unter den entsetzten Blicken der anderen auf. »Und wo sollte ich denn auch hin?«, fragte sie dann. »Und was ist mit all den anderen, die nicht wegkönnen?«

Natascha hatte endgültig genug von dem bodenlosen Leichtsinn, den Olga an den Tag legte. Sie wurde grob, um sie endlich aufzurütteln. »Meinst du denn, du könntest ihnen helfen, wenn du im Gefängnis sitzt?«, zischte sie. »Du bist nicht unverwundbar, und so wichtig bist du nun auch nicht. Immerhin habt ihr ein Haus in den Pyrenäen, in der unbesetzten Zone. Kann schließlich nicht jeder deiner Glaubensgenossen vorweisen. Von dort aus könntest du versuchen, über Spanien nach Portugal und dann auf ein Schiff zu kommen. Oder du nimmst ein Schiff in Marseille, ist doch ganz egal, Hauptsache, du kommst erst mal raus aus Paris und dann aus Frankreich. Jetzt stell dich doch nicht länger blind! Es ist nicht mehr die Zeit für falsches Heldentum. Du bist doch nicht aus Russland weggegangen, um dich hier von den Deutschen umbringen zu lassen.« Als Olga nicht reagierte, fuhr Natascha ihr schwerstes Argument auf: »Tut mir leid, dich daran erinnern zu müssen, aber ich glaube nicht, dass deine Eltern all die Entbehrungen auf sich genommen haben, um dich nach Paris zu schicken, nur damit du dich hier absichtlich in Gefahr bringst. Meinst du nicht, dass du ihnen etwas schuldig bist?«

Der Hieb hatte gesessen. Olga sah sie überrascht und zornig an. In ihren Augen flackerte es, und sie sank in sich zusammen. Ihre Stimme hatte jeden Trotz und jede Sicherheit verloren, als sie sagte: »Ich weiß ja, dass du recht hast. Diese Deutschen und ihr Judenhass bringen mich fast um den Verstand, und ich habe geglaubt, wenn ich es ignoriere, dann ist es auch nicht wahr.«

Natascha bereute keine Sekunde, so laut gewesen zu sein. Sie konnte einfach kein Verständnis mehr für Menschen aufbringen, die die Augen vor den Tatsachen verschlossen. Rudolf hatte diese Blindheit schließlich mit dem Leben bezahlen müssen. Auch in ihrer Grobheit Olga gegenüber drückte sich die Härte aus, die sie in den letzten Jahren angenommen hatte. Sie glaubte, ohne sie den Widrigkeiten des Alltags nicht gewachsen zu sein. Fast brutal fuhr sie fort: »Hast du etwas von ihnen gehört?«

»Nein. Seit über einem Jahr nicht mehr.«

Bevor Natascha etwas entgegnen konnte, meldete sich Henri zu Wort.

»Du glaubst gar nicht, wie dankbar ich bin, dass du Olga endlich deutlich gemacht hast, in welcher Gefahr sie sich befindet. Aber eine Flucht, falsche Papiere, all das kostet Geld, und ich habe leider keines mehr. Ich bin ein verdammter Idiot gewesen, mein Geld mit beiden Händen zum Fenster hinauszuwerfen, ohne an die Zukunft zu denken. Mir bleibt fast nichts mehr, auf jeden Fall zu wenig, um eine völlig überteuerte Schiffspassage zu bezahlen.«

Natascha dachte kurz nach. »Macht euch um Geld keine Sorgen«, sagte sie dann. »Und jetzt lasst uns dieses Essen genießen. Wer weiß, wann wir wieder so etwas Gutes vorgesetzt bekommen.«

Am folgenden Tag betrat sie mit Nadia an der Hand ein Juweliergeschäft auf dem Boulevard Haussmann. In ihrer Handtasche, in ein weißes Spitzentaschentuch gewickelt, trug sie den Ring, den Katharina ihr damals, vor einem Vierteljahrhundert, in Sankt Petersburg zum Abschied gegeben hatte. Der Ring, der Katharinas Vater gehört hatte. Natascha hatte ihn nie getragen. Sie versetzte ihn ohne einen Funken des Bedauerns.

»Ja, die Zeiten sind schlecht, nicht wahr?«, fragte der Besitzer des Geschäfts, ein schmächtiger Mann, der sie lange nachdenklich angesehen hatte, als er den Wert des Rings erkannt hatte. »Ich will ehrlich zu Ihnen sein. Der Ring ist viel mehr wert, als ich Ihnen zahlen kann. Aber Sie müssen verstehen, in diesen Tagen sind sehr viele Menschen in der traurigen Verlegenheit, sich überstürzt von ihren Besitztümern trennen zu müssen. Und leider gibt es nur sehr wenige andere, die bereit sind zu kaufen. Bis auf ein paar Offiziere der Wehrmacht«, fügte er bitter hinzu. »Wenn Sie nicht sofort auf das Kapital angewiesen sind, würde ich Ihnen empfehlen, den Verkauf noch etwas hinauszuschieben.«

Natascha antwortete, dass sie das Geld jetzt gleich benötigte.

»Das dachte ich mir«, antwortete der kleine Juwelier traurig. Dann gab er ihr aber doch eine ansehnliche Summe, die sie am selben Abend stolz an Olga weiterreichte.

»Willst du das Geld nicht für Nadia aufbewahren? Wer weiß, wozu du es brauchen wirst?«

»Jetzt fängst du schon wieder damit an!« Natascha schrie es fast. »Ich will, dass du dieses Geld nimmst und dich endlich in Sicherheit bringst. Kannst du nicht begreifen, dass mir das im Moment am allerwichtigsten ist und dass mich deine Ausflüchte an den Rand der Verzweiflung bringen? Jetzt sei doch nicht so verdammt entsagungsvoll.« Sie nahm Olgas Hand in ihre und sah sie eindringlich an: »Versteh doch, du hast mir vor einigen Jahren sozusagen das Leben gerettet. Wer weiß, wo ich heute wäre, wenn ich dich nicht getroffen hätte? Ich bin so froh, dass jetzt ich dir helfen kann. Mach dir nur keine Sorgen um uns, wir kommen schon zurecht. Konstantin ist noch nicht ganz pleite, und verhungern werden wir nicht. Aber du bist in Lebensgefahr.«

Schon wieder ein Abschied … Vor Nataschas innerem Auge zogen all die anderen Momente vorüber, in denen sie geliebte Menschen zurückgelassen hatte: Viktor, Maximilian und Katharina, Jelisaweta, Mischa, Rudolf … Als sie daran dachte, dass viele von ihnen mittlerweile tot waren, dass sie sie nie wiedersehen würde, fühlte sie Panik in sich aufsteigen. Sie musste sich zusammennehmen, um nicht zu weinen. Sie saßen in dem Salon der de Migauds, der schon merkwürdig unbewohnt wirkte, obwohl die Möbel noch da waren. Aber die persönlichen Dinge fehlten, einige kleine Figuren aus Porzellan, Fotografien … Dinge, die klein genug waren, um sie ohne Aufsehen mit sich zu tragen – Möbel durften jüdische Haushalte nicht mehr verlassen –, und die dennoch einem Raum erst Leben verliehen.

Olga und Natascha sagten sich in diesem Salon Adieu, sie wollten keine Aufmerksamkeit auf der Straße erregen. Natascha gab sich alle Mühe, zuversichtlich zu wirken, aber sie wusste, dass Olga große Gefahren auf sich nahm, wenn sie auf diese Reise ging.

»Wir werden uns wiedersehen«, sagte Olga mit fester Stimme. »Ich habe die russischen Pogrome überlebt, und ich bin zäh. Mir passiert nichts. Außerdem habe ich Henri an meiner Seite. Wir sehen uns wieder, wenn dieser verdammte Krieg vorüber ist.«

Die Freundinnen umarmten sich ein letztes Mal. Unter Tränen machte Olga sich los und folgte Henri, der bereits am Fahrstuhl wartete. Natascha beobachtete vom Fenster aus, wie sie unten vor dem Haus in ein Auto stiegen, das sie in südlicher Richtung an die Demarkationslinie bringen sollte. Dort würde ein zuverlässiger Führer sie ins unbesetzte Frankreich schmuggeln. Sie hatten entschieden, sich bis Marseille durchzuschlagen und dann ein Schiff zu nehmen, egal, welcher Destination. Wenn das Geld für zwei Passagen reichte, würde Henri mitkommen. Auf jeden Fall wollte er so lange wie möglich bei ihr bleiben, um sie mit seinem Adelstitel zu tarnen.

Nur wenige Wochen nach Olgas und Henris Flucht setzten die großen Razzien ein, bei denen die Pariser Juden festgenommen und in die Stadien und Lager gesperrt wurden, von wo aus man sie in die Vernichtungslager deportierte.

In der Stadt der Lichter waren die Lichter ausgegangen. Die Tage waren damit ausgefüllt, die Dinge des täglichen Lebens zu organisieren und einigermaßen über die Runden zu kommen. Abends blieb Natascha zu Hause, denn in den Cafés und Nachtclubs saßen die Deutschen in ihren grauen Uniformen herum, und denen wollte sie nicht begegnen.

Kapitel 32

Natascha atmete einmal tief durch und räusperte sich. Das leise Geräusch ließ Nina und Malou, die ihr gegenübersaßen, aus ihrer Erzählung auftauchen wie aus einem alten Film. Das Feuer im Kamin war mittlerweile fast niedergebrannt, und Nina stand auf, um Holz nachzulegen.

»Ich habe schon oft versucht mir vorzustellen, wie es war, damals zu leben«, unterbrach Malou die Stille. Als die anderen sie fragend ansahen, fuhr sie erklärend fort: »Diese alltägliche Gewalt, der man begegnet ist, wenn jemand auf offener Straße verhaftet oder geschlagen wurde. Ich frage mich, wie ich mich in einer solchen Situation verhalten hätte, ob ich gleichgültig gegenüber dem Schicksal meiner Nachbarn geworden wäre. Ob ich irgendwann beschlossen hätte, mich und meine Familie durchzubringen und ansonsten die Augen zu verschließen …«

»Es war oft nicht einfach, ein Mensch zu bleiben«, antwortete Natascha leise. »Ich habe hoffentlich nie jemandem etwas Böses getan, und ich habe versucht, Olga und einigen anderen, die in Not waren, zu helfen, aber sehr oft konnte ich auch gar nichts tun. Obwohl ich wusste, dass in Paris, in unserer Straße, Menschen verhaftet wurden. Häufig kannte ich sie sogar. Es traf russische Freunde von Olga, Juden wie sie, und deutsche Flüchtlinge, die sich bisher vor den Nazis verstecken konnten. Ich habe mich tatsächlich auf Kostja und Nadia, auf die Menschen in meiner unmittelbaren Umgebung konzentriert. Und es war damals oft nicht leicht, eine dreiköpfige Familie zu ernähren. Wann immer ich von einer Quelle für irgendein Lebensmittel erfuhr, sei es nun Reis oder Kartoffeln, ein Stück

Fleisch oder sonst irgendetwas, machte ich mich auf den Weg, um es zu besorgen. Über dem Schlangestehen und dem Organisieren verging der Tag wie im Flug. Aber in manchen Stunden haben mich Wut und Verzweiflung halb verrückt gemacht. Zum Beispiel wenn ich gesehen habe, wie einige den Hausrat der Emigranten und Verhafteten auf den Flohmärkten zusammenkauften und sich über die Schnäppchen freuten.«

»Was ist eigentlich in der ganzen Zeit aus Mischa geworden? Du hast ihn gar nicht erwähnt«, sagte Nina nach einer Pause. »Hast du ihn denn überhaupt noch geliebt? Ihr hattet euch schließlich über Jahre nicht gesehen.«

»Ob ich ihn noch geliebt habe, fragst du? Meine Liebe zu ihm ist nie erloschen, selbst heute noch nicht. Manchmal überkam mich natürlich blanke Verzweiflung, das Gefühl, als würde ich mein Leben damit vergeuden, auf ihn zu warten. Aber heute weiß ich, dass für manche Menschen einige Augenblicke des Glücks für ein ganzes Leben reichen müssen.« Für einen Moment verlor sich ihr Blick in den zuckenden Flammen. »Wie dem auch sei: Ich hatte damals keine Ahnung, wo er war. Ende 1939 bekam ich seinen letzten Brief. Ich ging davon aus, dass er in den ersten Kriegsjahren, als es in Frankreich noch die unbesetzte Zone gab, nach wie vor in den Lagern im Süden interniert war, wohin man die Freiwilligen aus Spanien gebracht hatte. Als dann auch die unbesetzte Zone Frankreichs von den Deutschen besetzt wurde, im November 1942, machte ich mir wieder große Sorgen um ihn. Erst nach dem Krieg habe ich dann erfahren, dass er schon Anfang 1940 in die Sowjetunion zurückgegangen war …«

»Hat er Ihnen denn in den ganzen Jahren nie geschrieben? Wie konnte er Sie so lange im Ungewissen lassen?« Malou wollte es nicht fassen.

»Er hat mir geschrieben, wann immer es ging. Das habe ich aber auch erst nach dem Krieg erfahren. Er hatte einen Brief aus dem Lager geschmuggelt, kurz bevor er nach Moskau ging, und kurz bevor er illegal die Grenze in die Schweiz übertrat, schrieb er ein weiteres Mal. Aber keine seiner Nachrichten hat mich erreicht. Ich habe nie herausfinden können, wieso. Ob sie auf dem Weg verlorengingen, ob die Zensur sie abgefangen hat. Ob Kostja vielleicht …« Eine Bewegung durchlief sie. »Es war wie verhext. Als hätte Mischa nie existiert. Ich hörte nichts mehr von ihm, und dann verschwand zu allem Unglück auch noch das Medaillon, mein einziges Andenken an ihn – natürlich abgesehen von Nadia, die ich jeden Tag hundertmal ansah, um nach Ähnlichkeiten mit ihm zu forschen.«

»Wann hast du bemerkt, dass das Medaillon verschwunden war?«, fragte Nina.

»Nun, ich konnte den Stein nicht tragen, wenn Kostja in der Nähe war. Er war so groß, dass er nicht unbemerkt bleiben konnte. Kurz bevor der Zug aus Saint-Jean-de-Luz in Paris einlief, legte ich die Kette ab. Ich erinnerte mich nämlich an eine Geschichte aus Petersburger Tagen. Damals war eine untreue Ehefrau so unvorsichtig gewesen, ein Korallenarmband, das Geschenk ihres Geliebten, vor den Augen ihres Mannes zu tragen. Es kam zu einem Duell, bei dem der Ehemann sein Leben verlor.

Manchmal, wenn ich zum Beispiel in die Rue Saint-Séverin ging, trug ich das Medaillon unter einer Bluse oder einer Jacke. Bevor ich nach Hause ging, nahm ich es jedoch jedes Mal ab. Ich versteckte den Schmuck in einer unscheinbaren blechernen Keksdose, in der ich Knöpfe aufbewahrte und die immer auf meinem Zuschneidetisch stand. Ich war sicher, dass er dort unentdeckt bleiben würde, aber ich hatte ihn während der Arbeit in meiner Nähe und konnte ihn in die Hand nehmen, wenn mir danach war. Eines Tages, während ich über einem schwierigen Zuschnitt saß, griff ich wie so oft ohne hinzusehen in die Dose, um nach dem Stein zu suchen – so wie man heute beim Lesen in eine Tüte Lakritz greift. Ich konnte mich besser konzentrieren, wenn ich den kühlen Stein in der Hand spürte. Meine Finger tasteten über die Knöpfe, wühlten in ihnen, ohne ihn zu finden. Als ich nachsah und schließlich den gesamten Inhalt der Dose auf den Tisch leerte, bemerkte ich, dass er verschwunden war. Ich geriet in Panik. Wieder und wieder habe ich in den Knöpfen herumgesucht und buchstäblich jeden einzelnen umgedreht. Mir wurde abwechselnd heiß und kalt, ich spürte, wie sich Schweiß auf meiner Stirn bildete. In den nächsten Tagen habe ich das ganze Haus auf den Kopf gestellt. Ich habe Nadia verdächtigt und sie wieder und wieder ausgefragt, auch danach, ob ihr Vater vielleicht an der Dose gewesen wäre. Nadia wusste von nichts, und das Medaillon war und blieb verschwunden. Schließlich musste ich mich damit abfinden.«

»Und jetzt ist es zu Ihnen zurückgekehrt, wenn auch die Kette fehlt. Das ist wirklich ein kleines Wunder.«

Malou hielt das Medaillon in der Hand, das Nina während des Gesprächs aus ihrem Zimmer geholt und auf den kleinen Tisch zwischen ihnen gelegt hatte.

»Eigentlich war es ja nie weg, es war immer in meiner Nähe, nur wusste ich es nicht«, sagte Natascha mit einem amüsierten Seitenblick auf Nina.

»Wäre meine Familiengeschichte anders verlaufen, hätte ich den Stein vielleicht mehr würdigen können. Aber mit diesem Vater … Ich legte einfach keinen Wert auf Dinge, die von ihm kamen. Woher sollte ich wissen, dass der Schmuck einmal dir gehört hat?«, verteidigte Nina sich.

»Immerhin hatte Jonas dir gesagt, dass er ihn in den Sachen deiner Mutter gefunden hatte.«

»Ja«, gab Nina zerknirscht zu. »Aber ich habe geglaubt, es sei irgendein Tand, den sie von einer ihrer Reisen mitgebracht hatte. Davon hat sie mir nämlich auch eine ganze Menge hinterlassen. Ich konnte doch nicht ahnen, dass dieser Stein etwas Besonderes war und was er dir bedeutete.«

Alle drei schwiegen einen Moment. Es war erneut Malou, die die Stille unterbrach.

»Was ist denn nun eigentlich passiert, bis Sie nach Berlin gekommen sind? Und warum haben Sie Paris verlassen? Und wenn ich mich recht erinnere, haben Sie doch Mikhail noch einmal wiedergesehen. Wie ist es dazu gekommen? Oder bin ich zu neugierig?«, fragte sie mit einem erschrockenen Seitenblick.

»Nein, nein, ist schon in Ordnung«, antwortete Natascha beschwichtigend. Sie rutschte ein wenig in ihrem Sessel hin und her, um sich eine bequeme Position zu suchen.

»Die Kriegsjahre sind mir als dunkle, freudlose Jahre in Erinnerung geblieben, eine Aneinanderreihung von immer gleichen Tagen und Wochen, aus denen nur selten einmal besondere Ereignisse hervorragten. Während ich mit den Lebensmittelkarten in der Hand vor den Geschäften stand und das Haus in Ordnung hielt, war ich in Gedanken oft bei Olga und Mischa. Von beiden war ich ohne Nachricht. Olga hatte einige Tage nach ihrer Flucht aus Paris einen kurzen Gruß aus der unbesetzten Zone geschickt, aber sie erwähnte natürlich nicht, was sie und Henri vorhatten, weil sie das verraten hätte.

Meine tägliche Sorge galt Nadia. Ich gab mir alle Mühe, ihr eine unbeschwerte Kindheit zu ermöglichen, doch ich musste einsehen, dass ich ihr keinen Zufluchtsort für glückliche Stunden bieten konnte, wie Wolodowskoje Polje es für mich gewesen war. In jenen Tagen schickten diejenigen, die über die nötigen Beziehungen verfügten, ihre Kinder aufs Land, wo sie den Krieg mit seinem Terror und den Entbehrungen nicht so unmittelbar spürten, aber ich hatte niemanden, dem ich meine Tochter anvertrauen konnte. Stattdessen musste ich froh sein, wenn ich für die Kleine etwas Richtiges zum Essen auftreiben konnte. Besonders Gemüse, Obst und Milch waren immer schwerer zu bekommen. Mir und Kostja – der sich übrigens die ganze Zeit rührend um uns beide gekümmert hat und mich unterstützte, wo er nur konnte –, uns blieb nur, diesen Mangel durch Liebe auszugleichen. Beide beschäftigten wir uns mit

Hingabe mit der Kleinen und spielten stundenlang Verstecken oder Fangen in der Wohnung.

Meine Tage brachten wenig Zerstreuung. Die meisten Russen zogen sich aus dem gesellschaftlichen Leben zurück, sie wollten als Angehörige einer Nation, mit der die Besatzungsmacht im Krieg lag, nicht unvorsichtig sein. Natürlich gab es auch unter den Russen welche, die mit Hitler sympathisierten, weil er Krieg gegen die Sowjetunion führte, aber ich empfand nur wütende Verachtung für sie. Anfangs befürchtete ich, dass sich Kostja auf ihre Seite ziehen lassen würde, aber mit der Zeit erkannte ich, dass auch ihn die Verbrechen und die dumme Arroganz der Nazis anwiderten.

Mein geliebtes Paris hatte durch die deutschen Besatzer jeden Charme verloren. Ich verzichtete auf die üblichen langen Spaziergänge und die Besuche im Louvre. Zum einen ließen mir Haushaltsführung und Näharbeiten kaum Zeit auszugehen. Zum anderen wurden sie mir dadurch verleidet, dass ich auf Schritt und Tritt deutschen Soldaten begegnete, die taten, als gehöre die Stadt ihnen. Die Panzer der Wehrmacht, die Kübelwagen, die Hakenkreuze und die deutschen Schilder, die jetzt das Pariser Straßenbild prägten, nahmen mir jegliches Vergnügen.

Wenn ich meine Tochter nicht gehabt hätte, die in ihrer kindlichen Fröhlichkeit und Quirligkeit Leben ins Haus brachte und uns mit Beschlag belegte, das Leben wäre ohne jede Freude gewesen.

Ich habe schon erwähnt, dass im November 1942 auch der bisher unbesetzte Süden Frankreichs von den Deutschen überrollt wurde. Es kam zu einzelnen Gefechten, und das Weingut an der Rhone, in das Konstantin sein Geld investiert hatte, wurde von einer Bombe getroffen. Die Rebstöcke gingen in Flammen auf, man würde erst im nächsten Frühjahr sehen können, ob die Pflanzen den Brand überlebt hatten. Den ganzen Winter über machte Kostja sich Vorwürfe, sein Geld falsch angelegt und die Familie in den Ruin getrieben zu haben. Er verfiel wieder in seine Schwermütigkeit, wurde antriebslos und zog sich in sein Zimmer zurück. Nur Nadia gelang es, ihn manchmal für einige Stunden aus seiner Lethargie herauszuholen, und ich wurde in diesem Winter oft ungeduldig mit ihm. Im Frühling kam dann die erlösende Nachricht, es sei doch nicht alles verloren. Konstantin machte sich sofort auf den Weg nach Orange, um selbst nach dem Rechten zu sehen.

Nadia und ich blieben in Paris. Ich hatte meiner Tochter schon seit geraumer Zeit einen Besuch im Zoo von Vincennes versprochen, und an diesem Samstagnachmittag wollten wir unser Vorhaben endlich in die Tat umsetzen. Wir verließen die Wohnung und warteten auf den Fahrstuhl. Als die Kabinentür sich öffnete, stand plötzlich Viktoria Tscherbaliefa vor uns. Sie sah blass und verstört aus. Es war offensichtlich, dass sie Hilfe brauchte.

Ich bat sie in die Wohnung und schickte Nadia zum Spielen in ihr Zimmer. Den Zoobesuch mussten wir für diesmal verschieben.

Viktoria saß mir im Salon gegenüber, ein Häufchen Elend. Ich hatte sie während der letzten Jahre nicht gesehen, weil sie wie so viele andere vor den Deutschen geflüchtet war und jetzt in Lyon lebte. Ihre Mutter war 1938 gestorben.

›Was treibt Sie nach Paris?‹, fragte ich sie. ›Sie sehen nicht gut aus.‹

Viktoria suchte nach Worten, und schließlich brach es aus ihr heraus: Sie war schwanger, und sie wollte das Kind nicht. In Lyon hatte sie niemanden, dem sie sich anvertrauen konnte. Also war sie nach Paris gekommen, um bei ihrer Schwester Elena Hilfe zu suchen, doch die hatte rundheraus abgelehnt. Sie hatte moralische Bedenken, in erster Linie jedoch Angst, denn Abtreibungen waren unter der Vichy-Regierung genauso verboten wie bei den Deutschen und standen unter strenger Strafe. Viktoria hatte sich nicht mehr zu helfen gewusst und war schließlich zu mir gekommen.

›Wissen Sie Rat?‹, fragte sie flehend.

›Es geht mich nichts an, aber warum wollen Sie das Kind nicht?‹, fragte ich statt einer Antwort zurück.

›Ich will in diesen Zeiten kein Kind. Ich wüsste nicht, wie ich es durchbringen sollte ... Es hätte keinen Vater, jedenfalls keinen, der für es sorgen würde, und allein schaffe ich es nicht.‹

Ich musste daran denken, dass ich selbst einmal, vor fünf Jahren, vor dieser Frage gestanden hatte. Damals herrschte kein Krieg, es wäre um vieles leichter gewesen, allein ein Kind großzuziehen, aber es wäre immer noch eine Aufgabe gewesen, die den ganzen Mut erfordert hätte. Jetzt war alles noch viel schwieriger. Wer wusste denn, was die Zukunft bringen würde? Wie der Krieg ausgehen würde?

›Ich weiß, an wen wir uns wenden können‹, sagte ich zu Viktoria, die mich dankbar anlächelte.

Wir sind dann zu dem Arzt gegangen, der damals meine Schwangerschaft festgestellt hatte. Olga hatte ihn mir empfohlen. Sie hatte mir geraten, der Diskretion wegen nicht zu meinem üblichen Frauenarzt zu gehen, den ich schon seit Jahren kannte und der zu den Russen gehörte. Falls ich mich gegen das Kind entschieden hätte, wäre ich bei Dr. Benoit gleich in den richtigen Händen gewesen.

Dr. Benoit untersuchte Viktoria, und sie vereinbarten einen Termin zwei Tage später. Er würde den Eingriff nicht in der Praxis vornehmen, sondern gab uns eine Adresse in Belleville.

Am übernächsten Abend gegen acht Uhr fanden wir uns an der angegebenen Adresse ein. Wir suchten noch nach der richtigen Hausnummer, als eine Frau, die am Ende eines dunklen Hofes stand, uns ungeduldig heranwinkte. ›Nun kommen Sie schon, es muss uns ja nicht jeder sehen.‹ Wir folgten ihr in eine kleine Wohnung, eigentlich war es nur ein Raum, der durch dicke Vorhänge verdunkelt war. Ich erschrak, als ich mich umsah. In dem Zimmer stand ein großer Tisch mit einer Art Aufsatz, der an einen gynäkologischen Stuhl erinnerte. Er wurde von einer darüber hängenden Lampe grell beleuchtet. Daneben gab es einen zweiten Tisch, auf dem medizinische Instrumente ausgebreitet waren, und ein zerschlissenes Sofa, auf dem sich die Frauen nach dem Eingriff etwas erholen durften, bevor sie wieder auf die Straße hinausmussten. In der Ecke befand sich ein kleines Waschbecken. ›Sie werden verstehen‹, sagte Dr. Benoit, als er meinen erschrockenen Blick sah, ›dass ich hier keine moderne Praxis einrichten kann, es ist so schon gefährlich genug. Seien Sie unbesorgt‹, fuhr er dann, zu Viktoria gewandt, fort, ›ich habe Erfahrung. Lassen Sie sich durch die Umgebung nicht täuschen. In einer halben Stunde ist alles vorüber.‹

Er legte ihr eine Äthermaske über das Gesicht, und der schwache Geruch, den sie verströmte, erinnerte mich schmerzlich an Olga.

Ich konnte nichts tun, als beruhigend auf Viktoria einzureden und ihre Hand zu halten. Trotz der Betäubung hatte sie starke Schmerzen. Sie durfte keinen Laut von sich geben, und einmal, als sie es nicht mehr auszuhalten schien, musste ich ihr auf Dr. Benoits harschen Befehl – ›Sorgen Sie gefälligst dafür, dass sie ruhig ist‹ – die Hand auf den Mund pressen, um ihre Schreie zu ersticken.

Nach einer Zeit, die mir wie eine Ewigkeit in der Hölle vorkam, war es endlich vorüber. ›Sie hätten nicht länger warten dürfen‹, sagte Dr. Benoit, ›noch ein, zwei Wochen, und es wäre zu spät gewesen. Sie bleiben noch einige Minuten hier, ich gehe dann schon mal vor.‹ Während er sprach, räumte er seine Instrumente in eine Tasche. Ich gab ihm das Geld. ›Danke‹, flüsterte Viktoria ihm zu. ›Alles Gute‹, war seine Antwort. Dann verschwand er in dem dunklen Hof.

Viktoria ging es schlecht, sie hatte sehr starke Schmerzen, aber sie musste sich jetzt zusammenreißen, bis wir wieder in der Rue des Acacias waren. Wir durften auf keinen Fall einer deutschen Patrouille auffallen. Glücklicherweise erwischte ich ein Taxi, und kurze Zeit später waren wir wieder zu Hause. Viktoria erholte sich schnell, und drei Tage später fuhr sie zurück nach Lyon.

Dass die Sache schlimm hätte ausgehen können, wurde mir einige Monate später, im Juli, klar, als Marie-Louise Giraud guillotiniert wurde. Sie hatte Frauen geholfen, die in einer ähnlichen Situation wie Viktoria waren, und wurde als ›Mörderin des Vaterlands‹ hingerichtet. Ich und viele andere Frauen waren damals schockiert und entsetzt. Wir fühlten uns wie Freiwild, als würden unsere Körper den Männern gehören. Denn nach den Vätern dieser ungewollten Kinder, nach ihrer Verantwortung wurde selbstverständlich nicht gefragt.

Etwa um diese Zeit begann sich der Krieg endlich gegen die Deutschen zu wenden. Die Wehrmacht musste sich an einigen Frontabschnitten zurückziehen, die Alliierten flogen Bombenangriffe auf deutsche Städte. Die Besatzer in Paris verloren ein wenig von ihrer allmächtigen Unangreifbarkeit, sie stolzierten nicht mehr ganz so hoch erhobenen Hauptes über die Boulevards. Aber in ihrer beschädigten Herrlichkeit wurden sie nur noch gefährlicher und boshafter. Wie wilde Tiere, dachte ich, wenn ich von neuen Gräueltaten in der Zeitung las. Sabotageakte der Résistance, Hilfe für die Verfolgten, Juden oder andere, Schwarzmarktgeschäfte und sonstige Unbotmäßigkeiten wurden mit allergrößter Härte bestraft. Kam ein Deutscher zu Tode, wurden französische Geiseln erschossen, die man willkürlich zusammentrieb.

Wir wussten, dass die Tage der Unterdrücker gezählt waren, aber wir wussten auch, dass sie bis zu ihrer endgültigen Vertreibung noch viel Leid über uns bringen würden.«

Kapitel 33

In der folgenden Nacht hatte Nina wieder einen besonders intensiven Traum. Sie schwamm in einem kühlen Gewässer, das so klar war, dass sie bis auf den Grund hätte sehen können, wenn nicht die Dämmerung bereits eingesetzt hätte. Das Wasser fühlte sich weich an, und sie tauchte einige kräftige Stöße und kam wieder an die im leichten Wind sich kräuselnde Oberfläche, um sich auf das Wasser zu legen und sich treiben zu lassen. Über ihr sah sie die ersten Sterne, vom Ufer war das Geraschel und Gezirpe der Nachttiere zu hören. Die aufgehenden Sterne setzten kleine Feuerpunkte auf das Wasser, und als sie eine Berührung spürte, erst an den Füßen und den Beinen, dann sich an ihrem Körper entlangtastend, malte sie sich aus, dieses Licht würde sie berühren. Sie wusste, dass es weder ein Fisch war noch ein Ungeheuer, vor dem sie sich fürchten müsste. Sie ließ sich die sachten Berührungen gefallen, genoss, wie Hände, die wärmer waren als ihre kalte Haut, sie streichelten, sie umfingen, sie umkreisten und einhüllten wie ein Schal, wie ein Schwarm aus vielen kleinen Fischen, die in ihrer Gesamtheit wie ein Schleier wirkten. Sie drehte und wendete sich um ihre eigene Achse, ließ die Beine nach unten ins Wasser hängen, nahm die Arme über den Kopf, um dieser Berührung entgegenzugehen, ihr andere Bereiche ihres Körpers anzubieten. Der Druck der Hände, denn es waren Hände, die sie berührten, das wusste sie jetzt, wurde nur eine Spur fester, ohne jedoch den leichten, schwebenden Charakter zu verlieren. Nun wurde ihr bewusst, dass ein Mund begonnen hatte, sie ebenfalls zu liebkosen, aber auch er war nicht fordernd, sondern unendlich zärtlich, wie ein Hauch. Die feinen Härchen auf ihren

Schenkeln stellten sich auf, so als wollten auch sie diesem magischen Körper entgegenkommen.

Als sie erwachte, schmiegte sie sich in der ganzen Länge ihres Körpers in die warmen Laken. Ein wohliger Seufzer entfuhr ihr, und sie stellte mit Bedauern fest, dass sie nur geträumt hatte. Sie blieb einige Sekunden unbewegt liegen, um den letzten Empfindungen aus ihrem Traum nachzuspüren. Sie wusste, an wen diese Berührungen voller Leichtigkeit und Zärtlichkeit sie erinnerten …

Für einen Augenblick gestattete sie sich die Erinnerung an Ben, an die Liebesnächte mit ihm, die so betörend gewesen waren wie in ihrem Traum. Aber dann traf sie die Wucht seines Verrats aufs Neue. Nein, sie wollte sich diesen letzten Tag in St. Peter-Ording nicht mit traurigen Gedanken verderben. Dafür war sie nicht hergekommen. Entschlossen sprang sie aus dem Bett und trat ans Fenster.

Das Wetter war wieder schlechter geworden, es hatte sogar zu regnen begonnen. Nina fröstelte in ihrem kurzen Pyjama, und sie ging ins Wohnzimmer, um nachzusehen, ob Malou oder Natascha schon auf waren.

Beide schliefen noch. Ein Blick auf die Uhr zeigte ihr, dass es noch sehr früh war, vor sieben Uhr. Der Traum hatte sie vor der Zeit aus dem Schlaf geholt. Für ein morgendliches Jogging regnete es zu stark, also entschloss sie sich, Feuer im Kamin zu machen und das Frühstück vorzubereiten. Vor einer Woche hat Ben für mich das Frühstück gemacht, dachte sie. Sie spürte wieder den Kloß im Hals, und diesmal ließ sie ihren Tränen freien Lauf. Sie weinte leise vor sich hin, während sie sich in der kleinen Küche zu schaffen machte. Es tat ihr gut, die Trauer herauszulassen, und sie hatte sich beinahe wieder gefangen, als sie schwungvoll gegen einen Auszug knallte, den sie hatte offen stehen lassen. Sie rieb sich das schmerzende Schienbein und hielt inne, um zu hören, ob sie die anderen mit ihrem Krach geweckt hatte, aber alles blieb still. Fluchend untersuchte sie ihr

Bein und wünschte dabei Ben zum Teufel. Als wenn er schuld wäre an ihrer Ungeschicklichkeit. Nachdem das Feuer brannte und der Tisch gedeckt war, verließ sie das Haus, um in der Bäckerei um die Ecke Brötchen zu holen.

Als sie zurückkam, saßen Malou und Natascha am Tisch und sahen sie erwartungsvoll an. Malou war noch zerzaust und im Schlafanzug, Natascha hingegen in einem ihrer schönen Kostüme, das Haar zum Knoten gelegt.

»Und wo ist mein Frühstücksei?«, fragte Malou.

Nina warf ihr statt einer Antwort die Brötchentüte auf den Schoß. Das Papier riss, und die Brötchen rollten auf den Fußboden. Lachend bückten sie sich, um sie einzusammeln.

»Na, wenigstens verdirbt euch der Regen nicht die gute Laune«, sagte Natascha, während sie sich etwas schwerfällig nach einem Mohnhörnchen bückte, das neben ihren Stuhl gefallen war.

»Also, mir nicht. Ich hätte nur gern noch ein bisschen länger geschlafen. Aber leider hatten wir heute Morgen ja bereits Besuch von einem Trampeltier …«

»Tut mir leid«, warf Nina dazwischen. »Ich hatte mir extra Mühe gegeben, keinen Lärm zu machen.«

»Gerade dann bist du am geräuschvollsten«, gab Malou zurück. »Aber wenigstens hast du den Kamin eingeheizt. Es ist kuschlig warm hier drin, und wir können es uns schön gemütlich machen.«

Drei Stunden später saßen sie immer noch um den Tisch. Nina hatte in der Zwischenzeit noch zweimal Tee gekocht, und Malou war immer noch nicht dazu gekommen, sich anzuziehen.

Natascha hatte erzählt, wie sie Olga wiedergetroffen hatte.

Im ersten Nachkriegssommer, an einem sonnigen Tag Ende Juni 1945 klingelte es in der Rue des Acacias. Natascha war dabei, ein Brot zu backen, eine Tätigkeit, in der sie in den letzten Jahren beachtliche Fähigkeiten erworben hatte. Während sie sich die Hände an der Schürze abwischte und zur Tür ging, fragte sie sich, wer draußen sein könnte. Sie bekam nicht sehr viel Besuch in dieser Zeit, und auch der Postbote verirrte sich nur selten bis zu ihr nach oben. Sie öffnete, und vor ihr standen Olga und Henri. Natascha vergaß, dass ihre Hände mehlbestäubt waren, sie stieß einen erstickten Schrei aus, und Olga und sie lagen sich in den Armen.

Wenig später saßen sie sich im Salon gegenüber. Olga war schön wie immer, dem taten auch die leicht abgewetzten Kleider keinen Abbruch. Sie trug ein Kostüm, das Natascha noch aus der Zeit vor ihrer Emigration kannte, einen klassischen Zweiteiler in Grau. Henri dagegen hatte seine gemütliche Behäbigkeit verloren, er war fast schlank geworden. Es war offensichtlich, dass es den beiden nicht nur gut gegangen war.

Natascha sah Olga erwartungsvoll an, und Olga blickte fragend auf das schwarze Kleid ihrer Freundin. Sie wollten beide gleichzeitig so viel fragen und zur selben Zeit berichten, wie es ihnen ergangen war. Schließlich antwortete Natascha auf die unausgesprochene Frage Olgas.

»Kostja ist tot. Letztes Jahr, noch im Juli, nach der Landung der Alliierten und wenige Wochen bevor Paris befreit wurde, haben ihn die Deutschen erschossen. Wir waren damals alle schon in Siegerlaune. Wir verfolgten genau den Vormarsch der Amerikaner, und all die Rationierungen und die Bomben und die Angst waren leichter zu ertragen, weil wir sie schon überwunden glaubten … Er war unterwegs, um Milch für Nadia zu besorgen. In den Tuilerien-Gärten wurde er von einem Fliegerangriff überrascht. Er hat in einem Luftschutzkeller auf Entwarnung gewartet und wollte nach Hause kommen. Direkt vor dem Keller war eine deutsche Kontrolle, und sie haben ihn mitgenommen. Sie hatten nicht einmal einen Verdacht gegen ihn, sie haben nur gerade zufällige Geiseln verhaftet, wohl als Rache wegen des Luftangriffs. Jeder zweite Mann, der den Keller verließ, war dran. Ein Offizier gab den Befehl, die Männer ins deutsche Hauptquartier am Boulevard Raspail zu bringen. Ich weiß das alles von einem Bekannten von Kostja, der an dem Tag mit ihm zusammen war. Hätte Kostja ihm nicht den Vortritt gelassen, es hätte ihn getroffen … Seine Höflichkeit und seine untadeligen Manieren haben ihn das Leben gekostet. Ich habe natürlich alles getan, um ihn aus dem Gefängnis zu holen, aber es war zwecklos. Drei Tage vor der Befreiung haben sie ihn erschossen. Wir durften ihn nicht einmal wiedersehen, um uns zu verabschieden.« Bei diesen Worten nahm sie Nadia in den Arm, die die ganze Zeit schweigend neben ihr gesessen hatte. »Ja, es ist eine Ironie des Schicksals«, fuhr sie fort. »Wir sind durch zwei Kriege gegangen und haben einen Bürgerkrieg überlebt, sind quer durch die Welt geflohen, haben unzählige Bombennächte überstanden, und kurz bevor alles vorüber ist … Während Kostja starb, hörten wir Schüsse vom Hotel Baltimore an der Avenue Kléber. Dort hat die Résistance Kollaborateure erschossen. Muss ich nun froh sein, dass er wenigstens so lange bei uns sein konnte?« Sie sah hilflos von einem zum anderen.

Ihre Worte waren abgehackt gekommen, so als hätte sie sie auswendig gelernt. Olga spürte, dass Natascha nicht viele nahestehende Menschen gehabt hatte, mit denen sie über den Verlust sprechen konnte. Sie empfand tiefe Traurigkeit für ihre Freundin. »Mein Gott, das tut mir leid«, sagte Olga. »Kostik war ein guter Mensch …«

Als Natascha diesen ungewohnten Kosenamen für Konstantin hörte, den nur zwei Menschen benutzt hatten, nämlich seine Mutter Jelisaweta und eben Olga, brach sie in Tränen aus. Sie weinte und weinte, und es dauerte lange, bis sie alle Tränen vergossen hatte, die sie sich in den letzten Jahren versagt hatte.

Olga ging zu ihr hinüber und nahm sie in den Arm. »Du hast noch nicht um ihn weinen können«, stellte sie fest.

Langsam beruhigte sich Natascha. Sie wischte sich die letzten Tränen aus dem Gesicht und merkte erstaunt, dass sie sich besser fühlte. »Er war in den letzten Jahren vor seinem Tod ein äußerst liebevoller Familienvater. In diesen Jahren waren wir uns so nahe wie vielleicht nie zuvor in unserer Ehe. Wir haben versucht, gemeinsam die schweren Zeiten zu überstehen – auch wenn er manchmal keine besonders große Hilfe war.«

»Wie kommst du ohne ihn zurecht?«

»Oh, ganz gut. Du weißt ja selbst, dass er sich in Alltagsdingen immer schwertat. Ich verdiene genug für Nadia und mich, ein bisschen Geld kommt noch aus Kostjas Geschäften hinzu. Nur die Wohnung werde ich aufgeben müssen. Sie ist zu groß geworden. Von einigen Möbeln habe ich mich bereits getrennt, wie du siehst. Diesen Verlust werde ich aber verschmerzen. Was mir wirklich gefehlt hat in den ganzen Jahren, das war eine Freundin, jemand, dem ich mein Herz ausschütten konnte. Du warst weg, und Viktoria Tscherbaliefa war den Krieg über in Lyon. Ich habe sie in den ganzen Jahren nur einmal gesehen. Sie ist verheiratet und erst seit wenigen Tagen wieder in Paris. Stell dir vor, sie hat den Laden in Passy geerbt, in dem sie vor dem Krieg gearbeitet hat.«

Olga sah sich um und bemerkte, dass die große Vitrine mit dem Kristall und einige Bilder fehlten.

Natascha folgte ihrem Blick und sprach leise weiter: »Ich wollte keine Hilfe von den Russen. Es gibt noch welche, die auch aus diesem Krieg unbeschadet hervorgegangen sind. Fürst Kaminski war einige Male hier, und auch Fürstin Mirowa …«

Auch Olga wusste, dass Oleg Kaminski eine zweifelhafte Rolle während der deutschen Besatzung gespielt hatte. Sie mochte ihn genauso wenig wie Natascha, wegen seiner Geltungssucht und seiner Rücksichtslosigkeit. »Ich verstehe, dass du mit ihnen nichts zu tun haben willst.«

Natascha legte Olga die Hand auf den Unterarm und sah ihr liebevoll ins Gesicht.

»Jetzt erzähl du, wie es euch ergangen ist. Mein Gott, ich bin so froh, dich wiederzusehen. So viele Menschen sind in den letzten Jahren verschwunden …«

Sie schwiegen für einen Moment, und jeder dachte an die, die er verloren hatte. Dann sagte Olga: »Wir haben einfach großes Glück gehabt. In die unbesetzte Zone sind wir relativ problemlos gekommen, aber dann saßen wir in Narbonne fest. Nach Spanien konnten wir nicht, und in unserem Haus in den Pyrenäen war die französische Polizei gewesen und hatte nach mir gefragt. Nach drei Monaten des Wartens kam dann die Nachricht, dass die Deutschen auch in die unbesetzte Zone einmarschieren würden. Wir haben das allgemeine Chaos genutzt, um eine Schiffspassage nach Südamerika zu ergattern …«

»Eine jüdische Flüchtlingsorganisation war uns dabei behilflich …«, warf Henri ein.

»Das stimmt, aber ohne dein Geld wäre es uns nie gelungen. Wir wussten nicht einmal, wohin genau die Reise gehen sollte, uns war alles egal, wir wollten nur raus aus Frankreich, bevor die Deutschen kamen.«

»Wir haben uns nach Marseille durchgeschlagen und dort das Schiff genommen.«

»Und auf dem Weg haben wir einen dieser Züge gesehen, in denen sie die Juden nach Polen transportiert haben. Ich hätte eigentlich bei ihnen sein müssen … Aber wie du siehst: Unkraut vergeht nicht.« Den letzten Satz sprach sie leise, mehr zu sich.

»Wohin hat es euch denn nun verschlagen?«, fragte Natascha.

Weil Olga noch immer in düstere Gedanken versunken dasaß, antwortete Henri: »Nach Mexiko. Wir haben uns ganz gut gehalten. Ich habe eine Anstellung in einer Bibliothek bekommen, und Olga hat brav zu Hause gesessen, gekocht und den Haushalt geführt.«

Olga als Hausmütterchen? Als Natascha fragend zu ihr hinübersah, zuckte sie mit einem Lächeln die Schultern. »Ob du es glaubst oder nicht, er sagt die Wahrheit. Ich habe sogar Marmelade eingekocht.«

»Du? Du wusstest doch nicht einmal, wie man das Wort Kochen schreibt«, rief Natascha.

»Nein, aber ich habe es gelernt. Etwas anderes gab es für mich dort nicht zu tun. Ich bin vor Langeweile beinahe verrückt geworden.«

In den nächsten Wochen wollten sie ihr früheres Leben, das der durchtanzten Nächte, der schönen Kleider und männlichen Bewunderer wieder aufnehmen.

Der Versuch entsprang dem verzweifelten Wunsch, all das Schreckliche, das inzwischen geschehen war, zu vergessen, und er war vergeblich, das wussten sie beide. Die Vorkriegszeiten waren unwiderruflich vorüber, begraben auf den zahllosen Friedhöfen und unter den Trümmern der Städte. Die Lokale und Varietés waren geschlossen, die Menschen, mit denen sie dort gelacht hatten, tot oder in aller Herren Länder verstreut.

Auf der Place des Ternes hoben Überlebende der Lager wortlos, mit leerem Blick die Röcke und zeigten ihre Beine, die bis hinauf zu den Oberschenkeln von den Hunden zerfleischt waren.

Eine der wenigen Vergnügungen, die Natascha und Olga sich gestatteten, bestand darin, ganze Nachmittage in dem Kaufhaus *Bon Marché* am Boulevard Raspail zu verbringen, das es sich zur Aufgabe gemacht hatte, die ausgezehrten, modehungrigen Pariserinnen zu erschwinglichen Preisen einzukleiden und das Straßenbild nach den endlosen, eintönigen Uniformen wieder farbig zu machen. Wieder einmal war die

Mode ein Spiegel der Zeit, in ihr zeigte sich der Wille der Pariser Frauen, sich nicht unterkriegen zu lassen und auch aus wenig viel zu machen. Olga probierte ein Kleid nach dem anderen an, und wenn es ihnen gefiel, begutachtete Natascha Stoff und Schnitt, um es nachzunähen.

Das Weihnachtsfest feierten sie gemeinsam. Natascha hatte einen kleinen Baum organisiert, der eigentlich nur ein größerer Ast war und den Olga und Nadia mit viel Liebe und Sorgfalt und unter großem Gelächter schmückten. Henri hatte seine alten Kontakte gepflegt und irgendwie eine wenn auch schmächtige Gans aufgetrieben, die Natascha gefüllt und in den Ofen geschoben hatte. Olga war froh, dass sie nicht in der Küche helfen musste. Ihre Abneigung gegen jegliche Form der Hausarbeit war wieder hervorgetreten, seitdem sie in Paris war. Wenn sie konnte, drückte sie sich.

Später saßen sie um den Tisch, vier Übriggebliebene, Gestrandete.

So viele Menschen, alte Bekannte fehlten. Von manchen wussten sie immer noch nicht, wohin das Schicksal sie verweht hatte oder ob sie überhaupt noch am Leben waren.

Während sie in das Licht der Kerzen sah, kam Natascha ihr letzter Geburtstag vor der Katastrophe in den Sinn. Olga hatte für sie eine Überraschungsparty in der Rue Saint-Séverin veranstaltet. Ein Geburtstagskuchen stand auf dem Tisch, geschmückt mit zweiundvierzig Kerzen, nach russischer Sitte mit einer Kerze mehr, als sie alt war. Das sollte Glück bringen und sicherstellen, dass das Geburtstagskind im nächsten Jahr noch lebte. Ihre Freunde standen um den Tisch herum und brachten ihr ein Ständchen: Madame Jolie mit Nadia auf dem Arm, Viktoria Tscherbaliefa und ihre Mutter, Olga und Henri, zwei Amerikanerinnen, die im Hotel wohnten und mit denen sie sich angefreundet hatte. Wie ausgelassen sie an jenem Tag gefeiert hatten, sie hatten gelacht und getrunken und getanzt.

Als der letzte Ton verklungen war und die Gäste sich zum Gehen anschickten, war es mit der Fröhlichkeit jedoch abrupt vorbei. Was alle für einige Stunden verdrängt hatten, war wieder ins Bewusstsein gerückt: die Angst vor der Zukunft. Die Amerikanerinnen verabschiedeten sich als Erste. Sie sollten am nächsten Tag ein Schiff nach New York nehmen. Und die anderen lagen sich ein wenig länger in den Armen als nötig, so als wüssten sie nicht, ob sie noch einmal die Gelegenheit dazu bekommen sollten. Madame Jolie gab sich betont lustig und unbesorgt und kicherte die ganze Zeit hysterisch.

Natascha betrachtete ihre Tochter, Olga und Henri. Was war aus den anderen geworden, die damals mit ihr gefeiert hatten? Madame Jolie war tot. Sie war während des Krieges gestorben, friedlich, nachts in ihrem eigenen Bett, was in jenen Zeiten ein besonderes Glück war.

Olga schienen ähnliche Gedanken durch den Kopf zu gehen, denn sie sagte: »Ja, wir sind schon ein jämmerlich geschrumpfter Haufen. Und von Mikhail gibt es immer noch keine Nachricht?«

Beim Klang dieses Namens warf Natascha den Kopf herum.

»Nein, kein Wort«, sagte sie dann leise.

»Wer ist Michael?«, fragte Nadia neugierig dazwischen.

»Mikhail«, verbesserte sie Natascha. »Ein guter Freund, den ich vor dem Krieg kannte, vor deiner Geburt«, beeilte sie sich zu sagen.

Dann sprachen sie von etwas anderem.

Kapitel 34

Katharina war siebenundachtzigjährig in Berlin gestorben. Als Natascha die Nachricht erhielt, horchte sie vergeblich in sich hinein. Sie verspürte keine echte Trauer um ihre Mutter. Sie war ihr in den Jahren so fremd geworden, dass sie beinahe nur Gleichgültigkeit aufbringen konnte.

Der Brief mit der Todesnachricht kam von Manfred von Waren, dem unsympathischen Mann, den sie 1930 als Freund ihrer Mutter kennengelernt hatte. Er schrieb, dass Katharinas Wohnung in der Fasanenstraße unversehrt sei und dass sie sie Natascha hinterlassen habe. Natascha war vollkommen überrascht über dieses unverhoffte Erbe. Warum hatte Katharina das getan? Natascha hatte mit ihrer Mutter abgeschlossen, seit jenem Berlin-Besuch. Das war jetzt sechzehn Jahre her! Seitdem hatte sie nicht von ihr gehört, und auch sie selber hatte nicht geschrieben. Nicht, als Rudolf gestorben war, und nicht einmal, als sie sie zur Großmutter gemacht hatte. Aber darüber wäre sie ohnehin nicht erfreut gewesen. Wenn die Alliierten Bomben auf Berlin warfen, hatte sie manchmal daran denken müssen, wie es ihr gehen mochte, aber im Grunde ihres Herzens benahm sie sich, als sei ihre Mutter tot.

Und jetzt hinterließ Katharina ihr die Wohnung. Warum hatte sie nicht diesen Herrn von Waren als Erben eingesetzt? Wenn sie im Augenblick ihres Todes an ihre Tochter gedacht hatte, warum hatte sie dann früher nie Gefühle gezeigt? Natascha gab es auf. Sie würde Katharina nie verstehen.

Es blieb die Frage, was mit der Wohnung geschehen sollte. Ganz abgesehen davon, dass sie sich über den finanziellen Vorteil freute, spürte sie plötzlich, nach all den Jahren, das

Bedürfnis, die alten Dinge wiederzusehen, die sie aus ihrer Kindheit kannte. Möbel, Geschirr, Bilder, die Katharina aus dem Petersburger Haus mitgenommen hatte. Sie hoffte, alte Fotografien zu finden, Briefe, irgendwelche Erinnerungsstücke. Sie redete sich ein, dass sie dies Nadia schuldig sei, die ein Recht darauf habe, diesen Teil ihrer Familiengeschichte kennenzulernen. Aber im Grunde wollte sie selber eine Reise in die Vergangenheit unternehmen.

Ich glaube, ich werde alt, dachte sie, als sie sich bei diesen Gedanken ertappte.

Zwei Wochen später fuhren Natascha und Nadia nach Berlin. Manfred von Waren empfing sie am Bahnhof. Natascha begrüßte ihn kühl, obwohl sie ihm dankbar sein musste, denn schließlich hatte er sie benachrichtigt und bot sich nun sogar an, sie in die Fasanenstraße zu fahren. Während er vor ihnen her zu seinem ziemlich großen Auto ging, beobachtete Natascha ihn. Er war alt geworden, er musste mindestens fünfundachtzig sein. Doch er hielt sich sehr gerade und war immer noch eine respektgebietende Gestalt.

Natürlich hatten sie Bilder in den Wochenschauen gesehen, und doch waren sie entsetzt über das Ausmaß der Zerstörung, das Berlin bot. Das Auto kam kaum voran, weil ganze Straßenzüge immer noch unter Trümmern begraben lagen. Wo mit den Aufräumarbeiten begonnen worden war, türmten sich die Trümmer rechts und links der engen Fahrbahn meterhoch. Zwischen ihnen erhoben sich wie mahnende Zeigefinger die unzerstört gebliebenen Schornsteine. Hier und da ragte eine unversehrte Fassade empor, hinter deren Fenstern sich wie in einem Potemkinschen Dorf nur gähnende Leere auftat. Schutt quoll aus Türen und Fenstern, als habe ein Riese die Stadt gefressen und sie am Ende in ihren Einzelteilen wieder ausgespien. Der einzige tröstende Anblick unter all den abgekämpften, hageren Menschen waren einige Kinder, die unbekümmert auf dem Trottoir vor einem zerbombten Haus spielten.

Sie redeten kaum während der Fahrt. Von Waren teilte nur das Notwendigste mit: Katharina war an einer zu spät behandelten Lungenentzündung gestorben. »In diesem Land funktioniert ja nichts mehr«, stieß er böse hervor. Sie hatte nicht gelitten und war auf dem Friedhof an der Konstanzer Straße beerdigt. Natascha wollte fragen, wie ihre Mutter durch den Krieg gekommen sei, aber dann ließ sie es sein. Von Waren würde ihr ohnehin nicht die Wahrheit sagen.

Unten vor dem Haus überließ der alte Mann ihr den Wohnungsschlüssel und empfahl sich. Bevor er losfuhr, sagte er noch: »Sie werden alles unverändert finden. Falls Sie Fragen haben, rufen Sie mich morgen früh unter dieser Nummer an«, er gab ihr einen Zettel mit einer Telefonnummer. »Aber nur noch morgen, ich werde Berlin verlassen – und Deutschland.« Er sagte das im militärisch knappen Ton eines Mannes, der es gewohnt war, dass seine Anordnungen sofort und ohne Widerspruch ausgeführt wurden.

Natascha und Nadia sahen ihm erleichtert nach, als er davonfuhr. Sie würden ihn bestimmt nicht anrufen.

Sie gingen durch das gewundene, dunkle Treppenhaus, in dem ein leichter Geruch nach Bohnerwachs hing, hinauf in den ersten Stock, und wieder stand Natascha mit klammem Herzen vor der zweiflügeligen Tür. Dann gab sie sich einen Ruck. Sie ist tot, dachte sie, und drehte entschlossen den Schlüssel herum. Nadia ging neugierig als Erste in die Wohnung und rannte, als sie den langen Korridor entdeckte, entzückt bis zu der Tür an seinem Ende. Natascha lachte erleichtert auf, als sie bemerkte, wie unbekümmert ihre Tochter die Dielen zum Knarzen und Quietschen brachte. Als Nadia sie fragend ansah, sagte sie nur: »Es freut mich, dass du hier so viel Auslauf hast.«

Bei ihrem letzten Besuch hatte sie außer diesem Flur und dem Salon nichts von der Wohnung gesehen. Jetzt ging sie langsam von Zimmer zu Zimmer und nahm hier und da etwas in die Hand. Sie berührte einen Gegenstand, ein Bild, einen Kamm, ein Buch, das sie als Kind gelesen hatte. Sie setzte sich auf die Chaiselongue, die sie aus Petersburger Zeiten kannte und auf der ihre Mutter zu sticken pflegte, wobei man sie nicht stören durfte. Das Möbel hatte einen neuen Bezug erhalten, der aber eine ähnliche Farbe hatte wie der vorige. Ein wenig widerstrebend öffnete sie die Türen der Kleiderschränke und erkannte den leicht muffigen Geruch von Kleidern, die längere Zeit nicht gelüftet waren, gemischt mit dem Hauch eines feinen Parfums. Ordentlich aufgereiht hingen Roben und Tageskleider vor ihr. Sie trat einen Schritt zurück und stellte sich auf die Zehenspitzen, um den Schrank in seiner ganzen Größe zu überblicken. Auf einem oberen Regal entdeckte sie einen dunkelgrünen Hut mit Pelzbesatz und ausladender Krempe. Plötzlich stand eine Kindheitserinnerung vor ihrem inneren Auge, als wäre es gestern gewesen. Sie meinte förmlich, Maximilians Rasierwasser zu riechen. Die Eltern hatten ins Theater gehen wollen, Katharina kam, pompös gekleidet wie immer, die Treppe herunter, in einer lindgrünen Robe mit einem Umhang in einem dunkleren Grün, der in Pelz gefasst war, und dazu trug sie den dunkelgrünen, ebenfalls pelzbesetzten Chapeau. Maximilian hatte zu bedenken gegeben, dass der riesige Hut anderen die Sicht nehmen würde, doch Katharina hatte mit der größten Selbstverständlichkeit erwidert, dieser Hut sei der neueste Schrei aus Paris. Damit war für sie die Angelegenheit erledigt.

Warum hat Mutter ausgerechnet diesen Hut aufgehoben, der inzwischen längst aus der Mode ist? fragte sich Natascha. Wahrscheinlich hat sie einfach vergessen, dass er immer noch hier oben im Schrank lag. Sie legte den Hut zurück an seinen Platz und ließ ihre Hände über die kostbaren Stoffe der Kleider gleiten, streichelte die Pelze, nahm einzelne Stücke heraus, um eine Ärmellänge genauer zu betrachten oder besonders schöne Knöpfe zu zählen.

Sie selbst würde nie etwas davon tragen, aber sie beschloss, dass diese üppige Garderobe ihr künftig auf andere Art gute Dienste leisten würde.

Natascha schloss die Schranktüren und wanderte weiter durch die Wohnung. Sie suchte nach etwas, ohne recht zu wissen, was es war. Dann fiel es ihr ein: Es gab keine Erinnerung an ihren Vater. Sie fand kein Hochzeitsfoto auf dem Nachtschrank, keine Eheringe, keine Urkunde oder sonst etwas, das auf Katharinas Ehe mit Maximilian hingewiesen hätte. Erst Tage später, als sie schon dabei war, die Wohnung auszuräumen, stieß sie auf einen Karton, der eine seiner Pfeifen und Fotos von Brücken enthielt, die er gebaut hatte. Auf einem waren die beteiligten Arbeiter abgelichtet, und Maximilian war ganz vorn rechts zu erkennen. Voller Stolz hatte er die Rechte in die Hüfte gestemmt, mit der Linken schwenkte er seinen Hut wie ein Zauberkünstler nach dem geglückten Kunststück. Ganz unten in dem Karton fand sie ein Bild von Wolodowskoje Polje. Die kleine Kohlezeichnung zeigte das Haus vor seiner Zerstörung, im Frühsommer, denn die Lindenallee stand in voller Blüte. Sie nahm die Sachen wie einen Schatz an sich.

Während Natascha die Wohnung sichtete und überlegte, was sie mit all den Sachen tun sollte, hatte Nadia sich in einer Ecke des Salons ein kleines Prinzessinnenreich geschaffen. Sie hatte einige Sessel zusammengeschoben und sie mit Decken verhängt, hatte Kissen und Stolen für ein Lager herbeigeholt und spielte dort selbstvergessen mit silbernem Besteck und Nippesgegenständen.

Wenn die eine so selbstvergessen in ihrer Vergangenheit kramte und die andere in ihr Spiel versunken war, kamen sie sich vor wie auf einer einsamen Insel.

Am zweiten Tag in Berlin gingen sie an Katharinas Grab. Natascha war überrascht, statt der protzigen Grabstelle, die sie erwartet hatte, nur ein schlichtes Holzkreuz vorzufinden. Während sie einige Blätter zusammenklaubte, die sich bis zum Frühjahr auf den Ästen der umliegenden Bäumen gehalten hatten und nun herabgefallen waren, hielt sie stumme Zwiesprache mit ihrer Mutter. Wieder grübelte sie darüber nach, wie Katharina in ihrem Innersten wohl zu ihr gestanden hatte und warum sie ihr gegenüber von dieser verletzenden Kälte gewesen war.

»Wie war Großmutter eigentlich? Warum hat sie mich nie besucht?«, frage Nadia in diesem Augenblick.

Natascha fuhr aus ihren Gedanken auf, und plötzlich wurde ihr die Absurdität ihrer Grübeleien bewusst. Sie war schließlich beinahe fünfzig Jahre alt, hatte selber eine Tochter und haderte immer noch mit ihrer eigenen Kindheit. Mit plötzlicher Klarheit sagte sie: »Sie war eine sehr hochmütige Frau, die es nie verstanden hat, ihr Herz zu öffnen und ihre Gefühle herauszulassen. Ich glaube, dass sie sehr einsam gewesen ist. Wahrscheinlich gibt es außer uns niemanden, der sie hier besucht und ihr Grab pflegt.«

»Dann tut sie mir leid«, sagte Nadia.

»Mir auch«, antwortete ihre Mutter. Sie nahm Nadias Hand, und sie verließen den Friedhof.

Der April brachte mildes Frühlingswetter. Natascha hatte den ganzen Morgen in einer Abstellkammer zugebracht, die sich hinter dem Ankleidezimmer ihrer Mutter befand. In diesem Raum war seit Jahren niemand mehr gewesen, alles war verstaubt, und sie hatte kistenweise unnützen Krempel herausgeschafft. Jetzt musste sie unbedingt hinaus an die frische Luft. Sie und Nadia gingen hinunter auf die Straße, um einen

Spaziergang zu machen. Ohne ein bestimmtes Ziel schlenderten sie los. Auf ihrem Weg kamen sie durch trümmerübersäte Straßen, sahen eingestürzte Häuser, zwischen denen Wäsche auf der Leine hing, und abgerissene Oberleitungen. Ganz automatisch hielt Natascha die Augen offen. Schließlich konnte sich immer irgendwo eine Einkaufsquelle auftun. Sie hatte zwar genügend Vorräte aus Paris mitgebracht, und Olga schickte regelmäßig Lebensmittelpakete, doch in den letzten Jahren hatte Natascha gelernt, dass sie am ruhigsten schlief, wenn sie sich selber versorgen konnte. Sie gingen eine Straße entlang, die auf wundersame Weise nahezu unzerstört war, sie war sogar mit Bäumen gesäumt, die ihr erstes, zartgrünes Laub zeigten.

Während sie liefen, erzählte Natascha ihrer Tochter von ihrer Kindheit in Petersburg. Nadia wusste bisher wenig von diesem früheren Leben ihrer Eltern, aber seit sie in Berlin waren, hatte sie begonnen, Fragen zu stellen. Nach ihrer Großmutter, warum in ihrer Familie russisch gesprochen wurde, nach den Büchern, die in jener seltsamen Schrift geschrieben waren, nach den Personen auf den Fotos, die ihre Mutter so intensiv betrachtete. Sie hüpfte über die Pflastersteine, während sie im Rhythmus auf Russisch von eins bis zehn zählte.

Vor sich, am Ende der Straße, bemerkten sie einen Menschenauflauf und steuerten neugierig darauf zu. Als sie näher kamen, sahen sie, dass die Leute einer Gruppe von Männern zujubelten, die, feierlich in ihre besten Anzüge gekleidet, einem großen Gebäude zustrebten.

»Was geht hier vor?«, fragte Natascha einen älteren Mann, der neben ihr stand.

»Das wissen Sie nicht?«, fragte der erstaunt zurück. »Das da vorn ist der Admiralspalast, und dort treffen sich heute die Delegierten von SPD und KPD, um eine gemeinsame Partei zu gründen.«

»Bedeutet das etwas Gutes?«, fragte Natascha weiter. Sie

war noch nicht lange genug in Berlin, um sich in der deutschen Politik auszukennen.

»Das will ich wohl meinen«, antwortete der Mann heftig. »Wenn wir das schon vor 33 gemacht hätten, wären uns Hitler und der ganze Schlamassel erspart geblieben. Sehen Sie, da kommen die russischen Beobachter. Hauptsache, die machen uns keinen Strich durch die Rechnung.«

Natascha wandte den Blick in die Richtung, in die der Mann mit einer Kopfbewegung wies.

In drei großen Limousinen saßen die Russen, einige von ihnen mit Orden behängt, andere in Zivil, und sie winkten den Zuschauern am Straßenrand zu. Sie wollte den Mann neben ihr gerade noch fragen, wie denn die neue Partei heißen sollte, als sie sich plötzlich wie magisch zu dem letzten der drei Wagen hingezogen fühlte. Sie hatte das Gefühl zu schwanken. Mechanisch griff sie nach Nadias Hand und hielt sie fest umklammert, während sie mit zusammengekniffenen Augen der Limousine folgte, die langsam hinter den Delegierten herfuhr. Auf dem Sitz neben dem Fahrer, bei geöffnetem Fenster, saß ein großer Mann, größer als die anderen Insassen, die er fast um eine Haupteslänge überragte. Er trug einen hellgrauen Anzug und hatte dichtes, lockiges Haar, das er sich in diesem Augenblick aus der Stirn strich. An dieser Bewegung, die sie so oft an ihm gesehen hatte und nie vergessen würde, erkannte sie Mikhail.

Sie schlug die Hand vor den Mund und stieß einen kleinen Schrei aus. Dem Mann im Auto war ihre Reaktion nicht entgangen, und er blickte zu ihr herüber. Er hielt in seiner Bewegung inne, als er sie erkannte, die Hand vor dem Gesicht erhoben. Dann sah er ihr mit konzentrierter Aufmerksamkeit ins Gesicht. Für den Bruchteil einer Sekunde umspielte ein strahlendes Lächeln seine Lippen. Dann verschloss sich sein Gesicht, und er blickte ihr regungslos, fast hochmütig in die Augen. Als die Limousine an ihr vorüberglitt, wandte er leicht den Kopf, um sie weiterhin ansehen zu können, dann drehte er sich weg und sah wieder geradeaus. Das Ganze hatte nur wenige Sekunden gedauert, dann konnte sie das Auto nicht länger sehen, weil die Menschen, nachdem es vorübergefahren war, hinter ihm auf die Straßenmitte liefen und dem Zug der Delegierten folgten.

Nataschas Herz schlug so schnell und hart, dass sie es im Mund spürte. Sie atmete einige Male zischend ein. Sie wusste nicht, was sie jetzt tun sollte, und überlegte kurz. Die Menschen um sie herum brachen auf, um ebenfalls den Wagen und den Delegierten zu folgen. Nadia zog ihre Mutter an der Hand, weil sie meinte, auch sie würden mit den anderen mitgehen, doch Natascha hielt sie zurück. Wie ein Stein in der Brandung blieben sie auf ihrem Platz stehen, während die Umstehenden versuchten, an ihnen vorbeizukommen, und einige von ihnen sich fragend oder missbilligend nach ihnen umsahen.

Schließlich hatten sich alle anderen verlaufen, nur Natascha, mit Nadia an der Hand, stand noch verloren auf dem Bürgersteig. Die Türen des Admirals-Palastes hatten sich mittlerweile geschlossen, nur noch einzelne Nachzügler hasteten dem Eingang entgegen. Es gab nichts mehr zu sehen.

»Mama?« Nadia, die sich zu langweilen begann, sah fragend zu ihr hoch.

Natascha ließ die Tür des Gebäudes nicht aus den Augen. »Er wird gleich kommen. Wir warten hier.« Ihr Ton ließ keinen Widerspruch zu.

Nach einer halben Stunde öffnete sich die Tür, und ein Mann kam heraus. Er blickte in ihre Richtung und begann auf sie zuzugehen. Sein Schritt wurde schneller, die letzten Meter lief er. Natascha bewegte sich nicht. Sie beobachtete seine geschmeidigen Bewegungen, seinen kraftvollen Schritt, die Locke, die ihm bei jedem Schritt in die Stirn fiel.

Dicht vor ihr blieb er stehen, atemlos, aber nicht vom Laufen, sondern weil seine Gefühle ihn überwältigten. Er schob das Haar zurück und sah sie an.

»Njakuschka! Gut, dass du gewartet hast. Ich bin gekommen, so schnell ich konnte.«

Sie hörte seine wohlklingende Stimme, die ihren Namen mit einer solch unvergleichlichen Zärtlichkeit ausgesprochen hatte, und eine Woge der Wärme überflutete ihren Körper.

»Ich wusste, du würdest kommen«, sagte sie nur.

Er zögerte, hob in einer hilflosen Geste die Arme, um sie dann wieder fallenzulassen. Schließlich machte er den letzten Schritt auf sie zu, der sie noch voneinander trennte, riss sie an sich und drückte sie so fest, dass er ihr wehtat. Sie schmiegte sich an ihn, fühlte ihn und hörte ihn flüstern: »Mein Leben. Njakuschka, mein Gott.«

Ebenso plötzlich, wie er sie an sich gerissen hatte, ließ er sie los.

»Tut mir leid. Ich weiß gar nicht … Ich freue mich nur so. Entschuldige.«

»Mama?« Nadia sah fragend von ihrer Mutter zu Mikhail, der für sie ein Fremder war.

Natascha stellte sich hinter sie und legte ihr die Hände auf die Schultern. Ihre Stimme zitterte leicht, als sie sagte:

»Das ist Mikhail, ein Freund. Und das ist meine Tochter Nadia«, sagte sie dann zu Mischa.

Sie standen sich einen Moment lang unschlüssig gegenüber, die Gegenwart von Nadia machte sie befangen. Schließlich brachte die Kleine heraus: »Ach, ich weiß schon. Der Mikhail, von dem ihr in Paris immer gesprochen habt. Wir machen gerade einen Spaziergang. Vielleicht möchten Sie uns begleiten?«

Die beiden Erwachsenen lachten dankbar über die gewählte und altkluge Ausdrucksweise des Kindes. Sie gingen gemeinsam weiter, und nachdem die erste Befangenheit gewichen war, fingen sie an zu reden, bis sie sich vor dem Haus in der Fasanenstraße wiederfanden.

»Warum kommen Sie nicht auf einen Tee mit herauf?«, forderte Nadia ihn auf.

In Katharinas Salon saßen sie um den Tisch herum. Natascha erzählte, was sich in Paris zugetragen hatte, seitdem sie sich auf jenem Bahnhof in Saint-Jean getrennt hatten. Auch dass Kostja tot war. Als Nadia in die Küche ging, um frische Milch zu holen, sagte Mikhail: »Sie ist fröhlich und klug. Sie muss dir viel Freude machen.«

»Ja, das tut sie. Sie hat mir während dieser ganzen Jahre Kraft gegeben.«

Nadia kam wieder herein, und sie verstummten. Von den wirklich wichtigen Dingen konnten sie vor ihr nicht sprechen.

Mikhail blieb auch zum Abendessen, und als Nadia in ihrem Bett lag, waren sie endlich allein.

Mischa zog Natascha wortlos an sich. Minutenlang standen sie so da, erspürten sich und vergewisserten sich, dass sie einander wiederhatten.

Später erzählte Mikhail. Er war 1940 aus dem Internierungslager geflohen und hatte sich mithilfe französischer Genossen nach Moskau durchgeschlagen. Den Krieg über hatte er als Redakteur beim Rundfunk gearbeitet. Er hatte Natascha einige Male geschrieben, die Briefe aber nicht abgeschickt und es dann ganz sein lassen. Im April 1945 hatte man ihm angeboten, mit einer Gruppe Russen nach Berlin zu kommen, um die völlig am Boden liegende deutsche Zivilverwaltung aufzubauen. Er hatte zugesagt, ohne auch nur eine Sekunde lang an die Möglichkeit zu glauben, Natascha ausgerechnet hier wiederzusehen.

»Ich dachte, ich hätte kein Recht mehr auf dich. Schließlich hatte ich mich damals für meine Partei und gegen dich entschieden. Als ich aus dem Lager geflohen war, habe ich am ersten Tag ganz selbstverständlich den Weg nach Paris eingeschlagen, weil ich zu dir wollte. Aber dann sah ich ein, dass ich nicht einfach vor deiner Tür aufkreuzen konnte. Was hätten wir dann tun sollen? Ich hätte dich nur unnötig kompromittiert.«

Für einen Moment wollte Natascha ihm Glauben schenken. Aber dann fragte sie: »Und was war mit deiner Arbeit, deiner Revolution? Willst du damit sagen, du warst bereit, sie für mich aufzugeben?«

Er sah sie offen an. »Nein. Für ein paar Stunden dachte ich, ich hätte genug für die Idee getan, ich könnte mir jetzt eine Pause gönnen. Doch dann stellte ich mir die Frage, ob ich die große Idee meinem privaten Glück opfern könnte. Nein, das war unmöglich. Ich hätte niemals wieder Achtung vor mir haben können ... Die Genossen haben mich dann nach Moskau geschleust. Und als ich dort war, wusste ich nicht, ob ich jemals wieder aus der Sowjetunion herauskommen würde.« Dies Letzte sagte er mit einer unverkennbaren Bitterkeit in der Stimme. »Aber glaube mir, dass du während all der Jahre immer in meinem Herzen warst und dass ich mehr als einmal meine Entscheidung von damals verflucht habe.«

»Würdest du heute denn anders wählen?« Sie kannte die Antwort bereits.

»Nein. Verzeih mir, wenn ich es dir so offen sage, aber ich kann nicht anders. Ich kann verstehen, wenn du mich jetzt zum Teufel jagst. Wahrscheinlich habe ich es nicht besser verdient.«

Während er sprach, wendete Natascha nicht eine Sekunde die Augen von ihm. Sie sah ihn an, studierte jede Linie seines Gesichts, so als wollte sie ihn später aus dem Gedächtnis malen. Er war älter geworden. In sein Gesicht hatten sich Falten gegraben, die seinen sinnlichen Mund stärker hervortreten ließen. Um die Augen lag ein Schatten der Melancholie.

»An mir sind die Jahre auch nicht spurlos vorübergegangen«, sagte Natascha, als er geendet hatte und sie seinen Blick bemerkte, der auf ihr ruhte.

»Nein. Sie haben dich schöner gemacht. Irgendwie weicher. Und dein Haar ist länger.«

»Ich hatte keine Zeit, zum Friseur zu gehen.«

»Nadia wird einmal genauso schön werden wie du. Sie ist mir merkwürdig vertraut, so als würde ich sie schon lange kennen.«

»Weißt du denn nicht, dass sie deine Tochter ist?« Mehr sagte sie nicht.

Damit hatte er nicht gerechnet. Er brauchte einige Zeit, um zu verstehen, was sie ihm da mitgeteilt hatte. Er stand auf und ging rasch im Zimmer auf und ab. Schließlich drehte er sich zu ihr um. »Aber warum hast du nichts gesagt? Ich hätte mich natürlich um euch gekümmert. Mein Gott, wie hat dein Mann …?«

»Wie Konstantin damit zurechtgekommen ist, so spät noch Vater zu werden? Er war überglücklich und Nadia ein liebevoller, sehr geduldiger Vater. Er hatte keine Ahnung, dass sie nicht seine Tochter war.« Dass sie an dieser Version manchmal ihre leisen Zweifel hatte, erwähnte sie nicht. »Und warum hätte ich dir etwas sagen sollen? Welche Möglichkeiten wären mir dann geblieben? Du hättest die Vaterschaft leugnen können, aber das hätte nicht zu deinem Verantwortungsbewusstsein gepasst. Also wärst du zu uns gekommen und hättest deine Arbeit im Stich gelassen. Du wärest unglücklich gewesen und hättest womöglich uns die Schuld dafür gegeben.«

»Wie gut du mich kennst«, sagte er. »Wie gut wir beide uns kennen. Als wären wir ein altes Ehepaar.« In seinen Augen las sie Liebe und Bewunderung. Er wusste, auf was sie in den letzten Jahren um seinetwillen verzichtet hatte.

Und dann sah sie Begierde in ihnen aufglimmen.

»Darf ich dich küssen?«, flüsterte er und kam zu ihr.

Natascha fühlte sich emporgehoben, als sie sich seinen stürmischen Liebkosungen hingab. Ihr Körper schien sich zu öffnen wie eine Blüte in der Morgensonne. Sie wurde weich und biegsam, fühlte mit jeder Faser.

»Meine Güte«, murmelte sie, »schickt sich das überhaupt für Frauen in den Fünfzigern?«

Er hatte die Frage gehört und lachte sie halb zärtlich, halb übermütig an, bevor er sie erneut an sich zog.

Am nächsten Morgen warf er einen liebevollen Blick auf seine schlafende Tochter und verließ leise das Haus.

Er wohnte im Parteiwohnheim in der Prinzenallee in Berlin-Lichtenberg. Einige Tage nach ihrem Wiedersehen zog er bei Natascha ein, auch wenn seine Vorgesetzten diese Art der »Verbrüderung« nicht gern sahen. Aber er wollte endlich in der Nähe der Frau sein, die er liebte, und er wollte seine Tochter kennenlernen. Das Recht dazu hatte er sich in langen Jahren der Einsamkeit erworben.

Auch Natascha war unter keinen Umständen bereit, sich noch einmal von Mischa zu trennen. Sie entschloss sich, in Berlin zu bleiben. Die große Pariser Wohnung in der Rue des Acacias hätte sie ohnehin aufgeben und sich eine neue Bleibe suchen müssen. Da konnte sie auch ebenso gut in der Fasanenstraße wohnen bleiben. Die Etage war groß genug, sollte sie in finanzielle Nöte geraten, könnte sie immer noch einen Untermieter aufnehmen, von denen es im zerstörten Berlin mehr als genug gab.

Sie bat Olga, sich in Paris um die Auflösung der Wohnung zu kümmern. Die meisten Möbel und anderen Dinge ließ sie sich nach Berlin schicken. Was sie nicht mehr brauchte, sollte Olga verkaufen. Sie freute sich, als das Ledersofa aus ihrem Schlafzimmer und der große Zuschneidetisch, ihre Nähwerkzeuge und die grünen Ohrensessel aus dem Salon eintrafen. In Katharinas Ambiente hatten weder sie noch Nadia sich richtig wohl gefühlt. Sie waren froh, als sie sich wieder mit ihren eigenen Sachen umgeben konnten, und begannen, sich in der Fasanenstraße zu Hause zu fühlen.

In den nächsten Monaten lebte Natascha das Glück, endlich mit dem geliebten Mann zusammen zu sein, als seien sie ein ganz normales Ehepaar. Mischa ging morgens aus dem Haus, um in die verschiedenen Berliner Bezirksverwaltungen zu fahren. Nadia besuchte die Schule. Abends saßen sie um den großen Tisch und redeten, lasen Zeitung, spielten mit Nadia. Obwohl um sie herum Zerstörung und Not herrschten, lebten sie ein kleines privates Glück.

Und Natascha machte sich an die Verwirklichung ihrer Idee.

Im Berlin der Nachkriegsjahre hungerten die Menschen nach allem, was sie so lange hatten entbehren müssen, auch nach schönen Kleidern. Die waren aber nirgendwo zu bekommen, die Fabrikgebäude und Maschinen waren zerstört oder demontiert, es fehlte an Material und vor allem an Ideen, an Kreativität, die die Nazis den Deutschen gründlich ausgetrieben hatten.

Jetzt schlug Nataschas Stunde. Jetzt zeigte sich, wofür sie Katharinas Garderobe aufgehoben hatte. Ihr Sinn für Farben und Formen, der bereits in den Stunden in der Eremitage mit ihrem Vater geweckt worden war, ihr Gespür für die Vereinbarkeit von unterschiedlichen Stoffen, ihre Fantasie und kühne Vorstellungskraft, ihr handwerkliches Geschick, das sie in Paris erworben hatte, all dies war ihr jetzt von Nutzen.

Sie wühlte in den riesigen Kleiderschränken ihrer Mutter, suchte nach bestimmten Farben und Materialien, die sich kombinieren ließen. Die Pariser Mode vor Augen, begann sie, die Roben, Mäntel und Blusen zu zerschneiden und neu zusammenzusetzen. Glücklicherweise war ihre Mutter nie sehr schlank gewesen, sodass es ihr mit Geschick gelang, aus einem ihrer Kleidungsstücke ein anderes, neues in kleinerer Größe zu schneidern. Sie konnte es selbst nicht glauben, wie schnell sie sich eine Reputation als begabte, ideenreiche Schneiderin gemacht hatte. Unten vor dem Haus brachte sie ein Schild an, das auf Deutsch, Englisch, Russisch und Französisch auf das Modeatelier für die elegante Frau in der ersten Etage hinwies.

Es sprach sich schnell herum, dass man in Nataschas Salon Pariser Chic zu erschwinglichen Preisen erwerben konnte. Die Berliner Frauen, die in diesen freudlosen Nachkriegsjahren nach allem lechzten, was ein wenig Fröhlichkeit, ein Ausbrechen aus dem alltäglichen Grau oder sogar ein wenig Luxus versprach, rannten ihr die Tür ein: Berlinerinnen aller Altersstufen, jene, die es von vor dem Krieg gewohnt waren, sich elegant zu kleiden, und genug hatten von den Kittelschürzen und den umgearbeiteten Uniformen ihrer Männer; jüngere, die, um ihre ehrgeizigen Ziele zu erreichen, um jeden Preis auffallen und schön sein wollten; die Gattinnen der Besatzungsoffiziere, Russinnen wie Amerikanerinnen, die sich bei ihr freundlich die Hand reichten, auch wenn ihre Ehemänner sich bereits über die Politik in die Haare gerieten. Die Russinnen und Französinnen kamen schon aus dem Grund in die Fasanenstraße, weil sie von Natascha in ihrer Muttersprache begrüßt wurden. Schon damit gewann sie viele Herzen im Sturm.

Nadia machte sich häufig einen Spaß daraus, als eine Art Empfangsdame die Tür zu öffnen und den Damen beim Ankleiden zu helfen. Manchmal bekam sie dafür ein Geldstück. Sie sah Natascha oft bei der Arbeit zu, wobei sie sehr kritisch war. Sie sagte unverblümt, wenn ihr ein Modell nicht gefiel. Und sie hatte ein untrügliches Gespür dafür, wenn Natascha, weil der Stoff nicht reichte, versuchte, eine Falte wegzulassen oder den Saum einige Zentimeter zu kürzen.

»Mama, du versuchst zu schummeln. Mach den Rock lieber ganz kurz. Schneid gleich zehn Zentimeter oder besser fünfzehn ab.« Natascha folgte dem Rat ihrer Tochter, und die Kundschaft war entzückt von der neuen, durchaus gewagten Rocklänge.

Immer mal wieder versuchte eine Kundin Natascha zu entlocken, woher um alles in der Welt sie in diesen Zeiten nur die wunderbaren Stoffe nahm, aber Natascha antwortete stets mit einem geheimnisvollen Lächeln, und auch dieses kleine Geheimnis war Teil ihres Erfolges.

Aber die Neugierde der Kundinnen machte Natascha bewusst, dass Katharinas große Garderobe bald verarbeitet sein würde. Sie musste für Nachschub sorgen. Sie schrieb an Olga, die sich gern daranmachte, in Paris Stoffe aufzutreiben und nach Berlin zu liefern. Die Zusammenarbeit zwischen ihnen verlief für beide Seiten sehr zufriedenstellend. Auch Olga in Paris war froh, auf diese Weise ein Einkommen zu haben.

In diesem ersten Jahr in Berlin ging es Natascha so gut wie nie zuvor in ihrem Leben. Tagsüber hatte sie Erfolg in ihrem Atelier, sogar so großen Erfolg, dass sie nach und nach einige Näherinnen einstellen konnte. Und nachts lag sie in den Armen des Mannes, den sie ihr ganzes Leben lang geliebt hatte.

Früher, in Paris, hatten sie nie über Mischas Arbeit gesprochen. Sie hatten beide befürchtet, ihre Liebe könnte an dem unüberbrückbaren Gegensatz zwischen dem Revolutionär und der Bürgerlichen Schaden nehmen. Das hatte sich nun geändert. Jetzt erfuhr sie von seiner Tätigkeit für die Sowjetische Militäradministration. Seine Aufgabe war es, zivile deutsche Verwaltungen in den einzelnen Stadtbezirken aufzubauen.

Bei seinen Bemühungen, unbelastete Deutsche zu finden, die Aufgaben in der Verwaltung übernehmen sollten, lernte er viele Berliner kennen. Vor vielen hatte er Respekt, und seine Hochachtung galt denjenigen, die an einem Tag das Konzentrationslager verlassen hatten und sich am nächsten für den Wiederaufbau zur Verfügung stellten. Natürlich bekam er es auch mit den anderen zu tun, die ihr Mäntelchen in den Wind hängten, sich als Verfolgte der Nazis ausgaben und schon wieder oben schwammen. Als er das sagte, musste Natascha an Manfred von Waren denken.

Mikhail liebte seine Arbeit, weil sie sinnvoll war. Er ließ sich von dem Schwung anstecken, mit dem Komitees und Initiativen gegründet wurden. Er war begeistert über die großen Auswirkungen, die manchmal eine kleine Idee hatte. Ein Monteur, dem es gelang, mit provisorischen Ersatzteilen eine defekte Leitung zu reparieren, sodass eine ganze Straße wieder fließend Wasser hatte. Frauen, die die Maulbeerbäume abernteten, von denen es in Berlin damals noch ganze Alleen gab, bis sie der Verbreiterung der Straßen weichen mussten. Aus den Früchten erzeugten sie Konfitüre für den Verkauf, und von dem Erlös wurden Spielzeug und Schulbücher für ihre Kinder gekauft. Diese Zeit der Freiheit währte jedoch nicht lange. Die sowjetischen Offiziere begannen, derartige Initiativen von unten mit Misstrauen zu betrachten. Was sie nicht kontrollieren konnten, was nicht auf ihre Anordnung hin gegründet wurde, wurde verboten. Das verbitterte wiederum die Deutschen.

Eines Abends kam Mischa aufgebracht nach Hause und berichtete wütend, wie man einem ehemaligen Rechtsanwalt mitgespielt hatte, der sein Freund geworden war. Würdevoll, im schwarzen, zu groß gewordenen Anzug war der Anwalt einige Monate zuvor auf dem Bezirksamt erschienen, weil Mischa ihn für geeignet hielt, Bürgermeister zu werden. Der Mann ging mit äußerster Seriosität zu Werke, arbeitete von früh bis spät mit einer skrupulösen Gewissenhaftigkeit, die Mischa größten Respekt abverlangte. Die beiden berieten sich in vielen Dingen und vertrauten einander völlig. Dieser Mann war am Nachmittag abgelöst worden, weil er zu streng bei der Auswahl seiner Mitarbeiter war und sich weigerte, einen ehemaligen Nazi einzustellen, den die Russen vorgeschlagen hatten, weil sie sich über ihn Zugang zu ehemaligen Offizierskreisen versprachen. Solche Vorkommnisse häuften sich, und was das Schlimmste war, Mikhail musste selber zu den Leuten gehen, um ihnen die Beschlüsse mitzuteilen, von deren Falschheit er überzeugt war.

Wenn er abends nach Hause kam und erkennen musste, dass das, wofür er Tage oder Wochen gekämpft hatte, der politischen Linie oder einer neuen Taktik geopfert worden war, dann hörte Natascha ihm zu und fühlte seine Enttäuschung. Woran lag es, dass sie jetzt über Politik sprechen konnten? Weil sie reifer und damit gelassener geworden waren? Glaubte er nicht länger an den absoluten Wahrheitsanspruch der Idee? Waren seine Zweifel vielleicht schon älter, kannte er sie bereits aus Spanien, als er zugesehen hatte, wie seine Partei sich im Kampf gegen oppositionelle Kommunisten und Anarchisten aufgerieben hatte? Oder war es der Hitler-Stalin-Pakt gewesen, der ihm tagelang buchstäblich Bauchschmerzen bereitet hatte?

In solchen Nächten suchte er Trost in ihren Armen. Natascha erkannte das wilde Ungestüm wieder, das ihr in Paris Tränen der Liebe in die Augen getrieben hatte. Aber jetzt schien es aus Mischas verzweifelter Entschlossenheit zu rühren, sich zu vergewissern, dass er noch fühlen konnte. In diesen Momenten bekam sie Angst um ihn.

In anderen hatte sie die Gewissheit, dass er bei ihr auflebte, sich erholte, Ruhe fand. Und sie fühlte sich so schön und begehrenswert, so gebraucht wie nie in ihrem Leben.

Die Wochenenden verbrachten sie zu dritt. Sie verließen Berlin so oft wie möglich, um in das Umland zu fahren, an die Seen und in die Wälder. Besonders Mischa und Nadia liebten die Natur. Sie rannten um die Wette, stürzten sich ins Wasser, auch wenn es noch kalt war, kletterten auf Bäume, sammelten Blumen, Blätter, Zweige und Steine. Natascha war glücklich, wenn sie sah, wie gut sie sich verstanden. Sie hatte Nadia nicht erzählt, dass Mikhail ihr Vater war, aber manchmal hatte sie das

Gefühl, als würde sie es wissen. Sie hing an Mischa, und seitdem er da war, fragte sie nicht mehr so häufig nach Konstantin.

Einmal fuhren sie an die Ostsee. Mischa hatte einen russischen Dienstwagen organisiert, und sie machten sich auf den Weg.

Ein Auto zur Verfügung zu haben war in jenen Zeiten ein unglaublicher Luxus. Nadia saß begeistert im Fond, und als sie den Strand und das Meer erblickte, war sie vor Freude ganz außer sich. Sie rannte zum Wasser, und Mischa und Natascha lagen träge im warmen Sand und sahen ihr nach. Er fuhr mit den Fingern ihren Rücken hinunter und küsste sie in den Nacken. »Weißt du noch?«, fragte er. Sie dachten beide an Saint-Jean-de-Luz.

Abends, wenn Nadia schlief, spazierten sie Hand in Hand am Meer entlang. Es war Vollmond, nur wenige Wolken waren am Himmel, und das Meer glitzerte silbern zu ihrer Rechten.

»Weißt du eigentlich, wie sehr ich dich liebe?«, fragte Mikhail sie plötzlich.

»Ja«, antwortete sie nur.

»Wie kannst du dir nur so sicher sein? Ich habe dich verlassen, als du schwanger warst. Du hattest jahrelang keine Nachricht von mir.«

»Du wusstest nicht, dass ich ein Kind erwartete. Und du hast mir am Ende nicht mehr geschrieben, weil du glaubtest, kein Recht dazu zu haben.«

Mikhail wurde ungeduldig. »Ist das alles? Bist du denn nie wütend auf mich gewesen? Du musst mich doch verflucht haben.«

Sie blieb stehen und sah ihm ins Gesicht, das im Schatten des Mondlichts lag.

»Ja, ich war oft zornig auf dich. Ich habe mir mehr als einmal geschworen, dich abzuweisen, solltest du plötzlich wieder auftauchen. Ja, ich habe dich mehr als einmal verflucht, weil ich nichts von dir hörte. Ich sagte mir sogar, dass du mich vergessen hattest, weil du mich ohne Nachricht gelassen hast. Ich wünschte dir sogar eine Kugel in den Kopf, wenn du es genau wissen willst. Aber diese Gedanken durchzuckten mich immer nur für einen Moment. Dann widerrief ich und bat dich um Verzeihung, schacherte mit Gott und dem Schicksal, wenn sie dich nur gesund zu mir zurückbrächten. Wenn mein Zorn dich traf, dann traf er mich ebenso, denn im Grunde richtete er sich gegen die Macht der Gefühle, die ich die ganze Zeit für dich hegte und die ich nicht aus meinem Herzen vertreiben konnte.«

Sie hielt ihm ihr Gesicht entgegen, das die Erinnerung an die vielen Momente voller Zweifel und Sehnsucht aufgewühlt hatte. Eine Wolke schob sich vor den Mond, und ihre Augen wurden dunkel, fast schwarz. Sie sprach weiter: »Aber du hast mir all die Jahre auch Kraft gegeben. Ich hatte die Gewissheit, dass du mich einmal geliebt hast und mich wahrscheinlich immer noch liebtest, und wenn du nicht bei mir warst, dann nur, weil du nicht anders konntest. Ich hatte Nadia, und immer wenn ich sie ansah, sah ich dich, in ihren Augen, in ihrem Mund. Und ich konnte dich so sehen, wie ich dich sehen wollte. Versteh doch, ich hatte nur die guten Erinnerungen an dich. Wir waren nicht lange genug zusammen, um auch die unschönen Dinge an uns zu bemerken. In den langen Jahren habe ich begriffen, dass die physische Trennung der Liebe guttut. Es war die Sehnsucht, die unsere Liebe leben ließ. Wer weiß, was geschehen wäre, wenn das Schicksal uns nicht getrennt hätte? Ob die Liebe unserem Alltag standgehalten hätte? Den Schuldgefühlen, die wir beide mit uns herumgeschleppt hätten? Ich gegenüber meinem Mann und du vor deiner Partei? Und haben wir nicht nach unserem Wiedersehen da angefangen, wo wir in Saint-Jean aufgehört haben? Liebe kennt eben keine Zeit.«

Sie hörte, wie Mischa nach Luft schnappte. »So siehst du das also?«, fragte er unsicher.

»Ich habe mir angewöhnt, die Dinge so zu sehen. Es hat vieles leichter gemacht. Versteh mich recht: Es gab Momente, in denen ich mich vor Sehnsucht nach dir verzehrt habe. Aber ich habe gelernt, allein zurechtzukommen. Ich musste es lernen, denn von den beiden Männern in meinem Leben war der eine eher untauglich für die Widrigkeiten des Alltags, und der andere war irgendwo in der Weltgeschichte unterwegs.«

Sie spürte, dass er immer noch nicht recht wusste, was er von dem halten sollte, was sie da gesagt hatte. Sie nahm seine Hand, und schweigend gingen sie ein paar Schritte. Dann blieb er stehen und fragte: »Willst du meine Frau werden?«

Sie lehnte sich an ihn und antwortete mit einer Gegenfrage: »Bin ich das nicht schon längst?«

Seine Stimme wurde heiser, als er dicht an ihrem Ohr flüsterte: »Mein Gott, Natascha. Wie ich dich liebe. Du bist die stärkste Frau, die ich je getroffen habe.«

Er zog sie an sich, und sie ließen sich in den kühlen Sand gleiten. Zu dieser späten Stunde würde sie niemand stören.

Kapitel 35

»Den Rest der Geschichte kennt ihr.«

Als weder Nina noch Malou etwas erwiderten, redete Natascha weiter: »Ich glaube, ich habe euch jetzt alles erzählt. Nach diesem Sommertag an der See blieb uns noch ein Jahr. Dann kam jener Dienstag mit dem Telegramm. Als er damals fortmusste, wusste ich, dass ich ihn nicht wiedersehen würde. Ich habe ihn an den Zug begleitet, und während wir auf dem Bahnsteig standen, musste ich plötzlich daran denken, dass Züge mein Schicksal waren. Züge haben mein Leben immer wieder gekreuzt, in ihnen bin ich vor etwas davongelaufen – oder in ein neues Leben gefahren. Und jetzt fuhr der Mann, den ich mein ganzes Leben lang geliebt hatte, in einem Zug für immer von mir fort. Hätte es keine Züge gegeben, mein Vater hätte keine Brücken bauen können und wäre nicht nach Russland ausgewandert ... Ich weiß ja selber, dass es müßig ist, derartige Spekulationen anzustellen, aber manchmal amüsiert es mich, mir auszumalen, wie anders alles hätte kommen können.

Es war natürlich ein Aberwitz, dass mir diese Gedanken ausgerechnet auf diesem Bahnsteig, im Moment des Abschieds durch den Kopf gingen. Aber so ist es ja meistens bei Abschieden. Man denkt an alle möglichen, völlig nebensächlichen Dinge, und das Wichtigste bleibt in der Aufregung ungesagt.«

»Hättest du ihm denn etwas sagen wollen und hast es in jenem Augenblick, dort auf dem Bahnsteig, nicht getan?«, unterbrach Nina sie.

»Ich weiß es nicht«, antwortete Natascha nachdenklich. »Vielleicht hätte ich ihn auffordern sollen zu bleiben. Die Worte lagen mir auf den Lippen, und dann habe ich doch geschwiegen. Später habe ich oft gedacht, dass er in diesem Augenblick darauf gewartet hat, und dann war ich mir doch nicht mehr sicher. Wie dem auch sei, das alles hat jetzt keine Bedeutung mehr. Ich bin dankbar, dass ich noch einmal die Gelegenheit hatte, mein Leben Revue passieren zu lassen. Viel Zeit bleibt mir nämlich nicht mehr«, fügte sie hinzu und fing Ninas erschrockenen Blick auf.

»Und Sie haben nie wieder von ihm gehört?«, fragte Malou.

»Nein. Nie wieder. Ich habe einige Nachforschungen angestellt, bin zu seinen damaligen Vorgesetzten und Kollegen gegangen, niemand wusste etwas. Ich würde viel darum geben zu erfahren, was aus ihm geworden ist.«

Alle drei hatten das Gefühl, dass etwas abgeschlossen war, nachdem Natascha aufgehört hatte zu erzählen. Sie hatten Mühe, ein anderes Thema zu finden, über das sich zu reden lohnte. Sie waren in ihre eigenen Gedanken versunken und erleichtert, als sie am nächsten Tag zurück nach Berlin fuhren.

Nina saß am Steuer, und unter dem Vorwand, sich auf den Verkehr konzentrieren zu müssen, war sie schweigsam. Nach einigen vergeblichen Versuchen hatte Malou es aufgegeben, eine Unterhaltung in Gang zu bringen. Sie döste auf der Rückbank. Natascha saß vorn auf dem Beifahrersitz und betrachtete die vorüberziehende Landschaft.

Ninas Gedanken konzentrierten sich jedoch nur an der Oberfläche auf den Verkehr. Darunter war sie in ganz andere Überlegungen verstrickt. Immer wieder malte sie sich einzelne Szenen im Leben ihrer Großmutter aus, von denen sie in den letzten Wochen erfahren hatte. Sie bewunderte und beneidete Natascha für das wechselvolle Leben, das sie geführt hatte. Sicher, es hatte auch viel Schreckliches darin gegeben, Bürgerkrieg und Krieg, Abschied und Flucht, die Saat von abgrundtiefem Hass und Tod. Vor diese Gedanken schob sich aber immer wieder ein anderer, der sich nicht vertreiben ließ: Natascha hatte das Glück der einen, der großen Liebe ihres

Lebens gehabt. Sie war zwar die meiste Zeit von ihrem Geliebten getrennt gewesen, und am Ende waren sie gewaltsam auseinandergerissen worden, aber ihre Großmutter hatte dennoch den Rausch der Liebe erlebt. Dieses Gefühl, das ein ganzes, wohlgeordnetes Leben über den Haufen werfen konnte, das eingeschliffene Überzeugungen wertlos machte und stattdessen ein Gefühl der Allmacht und der Unverwundbarkeit schuf. Es kam Nina in diesem Moment so vor, als habe Natascha ihre ganze Lebenskraft, die Weisheit und heitere Gelassenheit ihres Alters aus ihrer Liebe zu Mikhail bezogen, als sei sie ein Elixier gewesen, das sie jung gehalten hatte. Vielleicht hatte sie recht in dem, was sie von der Sehnsucht gesagt hatte, von den Segnungen der Liebe auf Distanz, die nicht in die Gefahr der Alltäglichkeit geraten konnte. Doch um eine solche Liebe zu leben, musste man sich ihrer erst einmal ganz sicher sein, bedurfte es des unabdingbaren, festen Vertrauens in den anderen. Wer sich über Jahre nicht sehen, sich nicht einmal schreiben konnte, der musste den Gefühlen des anderen und den eigenen blind vertrauen, der durfte nicht eine Sekunde lang zweifeln.

Wäre eine solche Liebe auf Distanz heutzutage überhaupt noch möglich? Wie weit müsste einer der beiden Liebenden sich entfernen, damit er unerreichbar wurde? Heute gab es Satelliten, Handys, das Internet, Flugzeuge. Der Eiserne Vorhang, der früher die Menschen getrennt hatte, existierte nicht mehr. Wenn heute jemand nichts von sich hören ließ, dann konnte das doch nur bedeuten, dass er es nicht wollte, nicht wahr?

War es so, dass jede Epoche ihre spezifische Form der Liebe kannte? Waren die Gefühle früher stärker, einmaliger? Hatte Natascha nicht gesagt, dass die politischen Überzeugungen zu ihrer Zeit fester waren, dass man unbedingter zu seiner Meinung stand? Warum sollte das nicht auch für Gefühle gelten? Waren die modernen Menschen nicht mehr so leicht bereit, ihr

Herz zu verlieren? Waren sie alle zu rational, zu sehr auf Karriere und Konsum getrimmt?

Sie verglich ihr eigenes Leben mit dem Nataschas, und das Ergebnis deprimierte sie. Was hatte sie schon groß erlebt? Wenn sie wenigstens am Tag des Mauerfalls in Berlin gewesen wäre! Wieder ärgerte sie sich über die verpasste Gelegenheit. Gewiss, sie war noch jung, erst Anfang dreißig, ihr Leben konnte ihr noch eine Fülle ungeahnter Möglichkeiten bieten. Sie gab nichts auf diejenigen, die glaubten, mit dreißig gehöre man zu den Leuten, deren Leben vorüber sei. Natascha war schließlich schon vierzig gewesen, als sie Mischa kennengelernt hatte. Und mit fünfzig hatte sie sich in einem fremden Land eine neue Existenz aufgebaut. Dieser Gedanke tröstete sie ein wenig. Ein eigenes Unternehmen hatte sie schließlich schon erreicht. Vielleicht würde die Liebe auch noch kommen. Oder war Ben doch derjenige, der dieses Versprechen einlösen sollte? Hatte sie ihm unrecht getan?

Sie versuchte sich konkret vorzustellen, was sie sich von ihrem Leben wünschen würde, wenn sie das könnte. Welche Aussicht war verlockender: ein Leben des stillen Genusses, an dem sie sich lange wärmen könnte, oder ein kurzes Glück, das hoch auflodern, fast übermächtig werden würde, um dann rasch zu verlöschen und für den Rest ihres Daseins als schöne Erinnerung zu bestehen?

»Glaub bloß nicht, dass ich nur unglücklich gewesen bin, wenn Mischa nicht bei mir war.« Nina zuckte zusammen, als sie plötzlich Nataschas Stimme neben sich hörte. Sie bemerkte, dass sie viel zu langsam fuhr. Sie beschleunigte und wunderte sich, warum ihre Großmutter dies ausgerechnet jetzt sagte. Konnte sie Gedanken lesen, oder hatte sie, Nina, die ganze Zeit laut gesprochen? Sie wollte Natascha fragen, aber die fuhr fort zu reden: »Und reduziere mein Leben nicht auf die Zeit mit ihm, dagegen wehre ich mich mit aller Entschiedenheit. Mein Leben war voller Ereignisse, von denen einige sehr schmerzlich waren, aber es war immer meines, verstehst du? Das Einzige, was mir heute wichtig erscheint, ist, dass ich im Laufe der Jahre die Kraft gefunden habe, es zu ändern, wenn es mir nicht gefiel, dass ich es zumindest versucht habe.« Sie sprach leise weiter, weil sie Malou nicht wecken wollte, die auf dem Rücksitz eingeschlafen war. »Das wirkliche Unglück meines Lebens war, dass Nadia gestorben ist. Damals hätte ich beinahe aufgegeben. Ich war ja schon in dem Alter, in dem für viele das Leben vorüber ist. Die Verlockung war groß, und vielleicht hätte ich es getan, wenn du nicht gewesen wärst.« Ihre Stimme zitterte, als sie das sagte, und Nina bemerkte, wie aufgewühlt sie war.

»Erzähl mir von ihr«, bat Nina leise.

Natascha holte tief Luft. Sie sah geradeaus vor sich auf die Straße, während sie sprach. »Unser Verhältnis wurde schwierig, nachdem Mischa nicht mehr da war. Ich glaube, sie machte mir den Vorwurf, schuld daran zu sein, dass sie keinen Vater mehr hatte. Als ob ich erst Kostja und dann Mikhail vertrieben hätte. Sie kam damals in die Pubertät, und wir stritten sehr oft. Sie hatte sehr früh eine klare Vorstellung, was sie aus ihrem Leben machen wollte. Sie wollte Journalistin werden. Sie plante alles auf dieses Ziel hin und war ungeheuer ehrgeizig. Manchmal glaube ich, dass ihre Lebensfreude dabei auf der Strecke geblieben ist. Als ich ihr gegenüber diesen Verdacht einmal erwähnte, Jahre später, wurde sie wütend und warf mir voller Verachtung vor, ich hätte mein Leben vergeudet ...«

»Das war ihre Meinung von dir? Nach allem, was du erlebt hast?« Nina konnte es nicht fassen.

»In diesem Punkt war sie ganz Kind ihrer Zeit. Sie wollte sich etwas aufbauen, Einfluss auf die politische Entwicklung nehmen. Später, in den Sechzigerjahren, kam dann die Abrechnung mit der Elterngeneration dazu, die beginnende Auseinandersetzung mit den Naziverbrechen und das alles. Damals begann sie sich einen Namen zu machen, weil ihre Artikel so kompromisslos und selbstkritisch waren. Ich glaube, aus ihr wäre eine Journalistin geworden, auf die das Land gehört hätte.«

»Warum ist es ihr nicht geglückt? Habe ich ihr da einen Strich durch die Rechnung gemacht?«

»O nein, sie wollte unbedingt Kinder. Das gehörte auch zu ihrem Berufsverständnis. Sie hat oft ziemlich verächtlich zu mir gesagt, ich würde sowieso nicht verstehen wollen, worum es ihr in ihrer Arbeit ging, aber das sei ihr egal, denn sie würde schließlich für die Generation der Kinder schreiben.«

»Was hatte sie dir nur vorzuwerfen?«

»Es handelte sich wohl eher um ein tief sitzendes Misstrauen gegenüber den Deutschen und ihrer Vergangenheit. Nadia hielt sie alle für schuldig, zumindest verstrickt. Sie hat damals Monate in irgendwelchen Archiven verbracht, um herauszufinden, was meine Mutter in jener Zeit getrieben hat. Sie suchte so lange, bis sie etwas gefunden hatte. Es stellte sich heraus, dass Katharina gute Kontakte zur Berliner Naziprominenz hatte, was an sich schon schlimm genug war. Aber sie hat 1943 eine jüdische Frau denunziert, die sich bei einer Nachbarin versteckt hielt. Beide Frauen sind verhaftet worden und nicht wiedergekommen. Es stand alles in den Unterlagen, die Nadia ausgegraben hatte. Ich hatte ja immer so etwas geahnt, und es plötzlich schwarz auf weiß zu lesen, deprimierte mich sehr. Bei Nadia dagegen sah ich triumphierende Genugtuung. ›Siehst du, ich habe es ja immer gewusst!‹, schien ihr Blick zu sagen.«

»Aber du warst doch während des Dritten Reiches in Frankreich, mit ihr zusammen. Du hast einer Jüdin das Geld für die Flucht gegeben und deinem in Deutschland verfolgten Onkel geholfen.«

Auf Nataschas Gesicht fiel ein Schatten der Trauer. »Sie war so verbohrt in ihrer Ablehnung. Und ihre Intelligenz machte alles noch schlimmer. Sie war brillant genug, um sich alles so zurechtzulegen, wie es in ihr Weltbild passte. Die Nazis haben die Seelen der Menschen vergiftet, und in Nadias Herz hat ihre verfluchte Saat des Bösen einen besonders guten Nährboden gefunden. Nadia war von dem Thema wie besessen. Nur wenn sie mit dir zusammen war, verlor sie ihre Verkrampftheit, diese Bitterkeit, die ihr das Leben so schwer machte, und wurde locker, liebevoll. Sie brachte dich oft zu mir, wenn sie arbeiten musste und keine andere Möglichkeit der Unterbringung fand. Denn eigentlich lehnte sie das ab. Sie meinte, ich hätte einen schlechten Einfluss auf dich. Als dein Vater sie dann verließ, wurde alles noch schlimmer. Sie wurde noch verbitterter, verbohrter. Geradezu messianisch schrieb sie ihre Artikel, die Arbeit fraß sie auf, dazu kam das schlechte Gewissen dir gegenüber, das sie in wilden Wutattacken an mir ausließ.

Und dann kam der Auftrag, eine Reportage für ein wichtiges Magazin in Hamburg zu machen. Sie brachte dich abends zu mir, du solltest während der zwei Tage, die sie in Hamburg war, bei mir bleiben. Sie erzählte mir nicht, wovon der Artikel handeln sollte, aber sie war aufgeregt und euphorisch, endlich für dieses Blatt zu schreiben. In ihrer Freude vergaß sie sogar ihre übliche Boshaftigkeit mir gegenüber. Sie verabschiedete sich von uns beiden und setzte sich ins Auto. Ihre fröhliche Stimmung hatte sich auch auf uns übertragen, und wir spielten den ganzen Abend Memory. Als mitten in der Nacht das Telefon ging und die Polizei sich meldete, wusste ich gleich, dass etwas mit ihr geschehen war.«

Nina erinnerte sich, wie viel Mühe sie damals gehabt hatte, zu verstehen, was passiert war. Sie war gerade in die Schule gekommen und hatte sich ausgemalt, wie ihre Mutter zu schnell einen Bahnübergang gekreuzt hatte, vielleicht hatte sie sich auch gerade eine Zigarette angezündet und war unaufmerksam gewesen. Dann war ein Zug gekommen und hatte den Wagen erfasst. Sie sah ein Auto, das wie von Riesenhand in die Luft geschleudert wurde, sich einige Male überschlug und schließlich auf dem Dach liegen blieb. Die Räder drehten sich im gespenstisch flackernden Schein der Blaulichter immer weiter, und sie hörte das Kreischen von Sägen, die versuchten, ihre eingeklemmte Mutter zu befreien.

Auch bei der Beerdigung, als viele fremde Menschen ihr mitfühlend über das Haar strichen und einige verlegene Worte über ihrem Kopf murmelten, deren Sinn sie nicht erkennen konnte, glaubte sie immer noch, Nadia würde in einigen Tagen zurückkommen. Erst als ihre Großmutter sie fest bei der Hand nahm und sie vom Grab wegführte und dabei sagte: »Komm, wir zwei gehören jetzt zusammen«, begann sie zu ahnen, dass ihr Leben anders werden würde.

Nataschas Stimme drang wieder zu ihr: »Die Zeit nach ihrem Tod war die schlimmste in meinem Leben. Es war nicht in erster Linie die Tatsache, dass sie nicht mehr da war, sondern dass wir so unversöhnt auseinandergegangen waren. Wieder und wieder malte ich mir den letzten Abend aus, an dem sie etwas zugänglicher war, und versuchte Hoffnung daraus zu schöpfen. Ich konnte den Gedanken einfach nicht ertragen, dass sie in ihrem Leben unglücklich war.«

»Aber du hast doch gesagt, in Paris sei sie ein fröhliches Kind gewesen.«

»Das war sie auch. Fröhlich und unbeschwert. Aber dann kam der Tod ihres Vaters. Des Mannes, den sie für ihren Vater hielt«, korrigierte sie sich. »Später fasste sie Vertrauen zu Mikhail, ich glaube, ich sagte schon, dass sie ihn wohl als zweiten Vater annahm. Als auch er verschwand, zerbrach etwas in ihr, das war deutlich zu spüren. Und sie gab mir die Schuld. Sie weigerte sich, den Menschen weiterhin zu vertrauen, war misstrauisch gegen jeden. Auch deinem Vater gegenüber. Als er sie dann verließ – wohl auch, weil sie ihn immer auf Distanz hielt –, fühlte sie sich wieder einmal bestätigt. Es war ein Teufelskreis, in den sie sich immer tiefer verstrickte.«

»Mich hat er auch verlassen«, sagte Nina unvermittelt leise.

»Du meinst deinen Vater?« Natascha fragte eigentlich nicht,

sie wusste, wen Nina meinte. »Ja, dich hat er auch verlassen, und du fängst an, genauso eigenbrötlerisch und misstrauisch zu sein wie deine Mutter.« Nina hörte, wie Nataschas Stimme hart und eine Spur vorwurfsvoll wurde. »Das macht mir Sorgen. Ich habe mir immer Mühe gegeben, dir diese Angst zu nehmen, von der ich wusste, dass sie dich quälte. Aber offensichtlich ist mir das nicht gelungen. Pass auf, da vorn geht es nicht weiter.«

Nina trat auf die Bremse. Heftiger, als nötig gewesen wäre, aber sie war auch mehr über das erschrocken, was Natascha gesagt hatte, als über die rote Ampel vor ihnen. Nein, erschrocken war sie eigentlich nicht, sie ärgerte sich darüber, weil sie ahnte, dass sie recht hatte. Sie trat noch einmal hart auf die Bremse.

Durch den Ruck wachte Malou auf. »Ist etwas passiert?«, fragte sie gähnend.

»Nein, alles in bester Ordnung«, antwortete Nina rasch.

Sie waren schon in den Vororten Berlins und hatten nur noch eine knappe halbe Stunde zu fahren. Nina brachte erst Natascha nach Hause, dann Malou.

Sie freute sich, wieder zu Hause zu sein. Sie stellte ihren Koffer im Flur ab und ging in die Küche. Die Blumen brauchten Wasser, und als sie die Kühlschranktür öffnete, vernahm sie den muffigen Geruch eines vergessenen Käses. Sie hatte die Post mit hochgebracht und blätterte sie rasch durch. Nichts Wichtiges. Hatte sie wirklich auf einen Brief von Ben gehofft? Im Wohnzimmer sah sie das hektische Blinken des Anrufbeantworters. Der Apparat zeigte vierzehn Anrufe an, die in den fünf Tagen ihrer Abwesenheit gekommen waren. Elf davon waren von Ben. Sie ließ sich in ihren roten Sessel fallen und schaute blicklos, als sie seine Stimme hörte. Er hatte jeden Tag mehrfach angerufen.

»Nina, was ist denn los? Warum gehst du nicht ran?«
»Bist du krank?«
»Bitte, nimm doch ab. Ich mache mir Sorgen um dich.«
Solche Sätze wiederholten sich. Dazwischen Liebeserklärungen, zärtliche Anspielungen, Wiedersehensfreude. Der letzte Anruf stammte vom vorgestrigen Tag. Seine Stimme klang anders, sie hörte leichte Enttäuschung heraus, aber richtig wütend war er nicht.

»Nina, bitte erlöse mich. Ich nehme an, du bist nicht in Berlin und hast vergessen, mir Bescheid zu sagen. Ich vermisse dich so sehr, und ich habe gute Nachrichten. Meine Scheidung ...« Mit einem Klicken war das Band zu Ende, und sie hörte nur noch ein rhythmisches Rauschen.

Während der letzten Tage in St. Peter-Ording war ihre anfängliche Wut einer großen Traurigkeit gewichen, und jetzt wäre sie am liebsten in Selbstmitleid versunken. Sie hörte das Band noch einige Male ab, weil sie sich Bens Stimme hingeben wollte. Dann putzte sie sich die Nase. Wie kam er eigentlich darauf, dass sie nicht in Berlin war? Sie musste zugeben, dass sie ihn dafür bewunderte, jeden Tag aufs Neue anzurufen, obwohl er nie eine Antwort bekam. Ob er es auch gestern probiert hatte und auf das volle Band gestoßen war? Sicher. Hätte sie selbst sich so brüskieren lassen? Sie lachte bitter. Nein, sie hätte spätestens nach dem zweiten ergebnislosen Anruf aufgegeben und geschmollt. Sie hätte ihm alle nur erdenklichen Verfehlungen angedichtet und ihn bis in alle Ewigkeit verflucht. Und er? Versuchte es einfach wieder. Und am nächsten Tag noch einmal. Warum? Weil er sie liebte, weil er sie wirklich wollte und ihr einfach nichts Schlechtes zutraute, auch wenn er sich ihr Verhalten nicht erklären konnte, es vielleicht sogar missbilligte.

Dann fiel ihr wieder die andere Frau ein, die sie mit ihm zusammen gesehen hatte, und sie schlug vor Wut auf die Kissen ein.

Sie stellte den Fernseher an, um auf andere Gedanken zu kommen, ein Liebesfilm lief, eine der deutschen Komödien, in denen sich die beiden Hauptpersonen am Ende nach einigen Verwicklungen selig lächelnd in den Armen lagen.

Nina schaute nur ab und zu hin. Es gelang ihr einfach nicht, Ben aus ihrem Kopf zu vertreiben. Die ganze Zeit am Meer hatte sie an ihn gedacht und von ihm geträumt, auch wenn sie nicht über ihn geredet hatte. Sie hatte sich das Hirn zermartert und war zu keinem Ergebnis gekommen. Aber in den letzten Tagen war die Versuchung immer größer geworden, sich mit ihm auszusprechen. Was Natascha auf der Rückfahrt gesagt hatte, hatte ihr noch einmal deutlich gemacht, wie falsch sie manchmal auf andere zuging oder vielmehr: nicht auf sie zuging, sondern sich abwendete, sie nicht an sich heranließ. Sie wollte nicht so leben wie ihre Mutter, so zornig und menschenscheu. Sie war damals zwar noch klein gewesen, aber sie hatte einige Erinnerungen an ihre abweisende Art, mit der sie Nachbarn und Freunde vor den Kopf stieß. Jetzt erschien es Nina, als sei sie auf dem besten Wege zu werden wie sie.

Plötzlich hatte sie in ihrem Kopf ein ganz deutliches Bild davon, wie ihre Vorfahrinnen die bitteren Erfahrungen, die sie in ihrem Leben gemacht hatten, an sie weitergegeben hatten. Als hätten sich Nadias Ängste und die Bitterkeit ihrer Urgroßmutter Katharina auf irgendwelchen verschlungenen Pfaden einen Weg in ihr Herz gebahnt. Waren sie in ihren Genen eingeschrieben, oder hatten ihre Vorfahrinnen sie unbewusst, wortlos, durch Blicke und Gesten, durch ihr Beispiel an sie weitergegeben? Hatte sich das Unglück, das diese Frauen in ihrem Leben erfahren hatten, in ihrem Blut angereichert? Aber warum hatte sie nichts von Nataschas zupackender Art geerbt? Wieso nur die schlechten Eigenschaften, die, die das Leben so schwer machten? Oder war es vielmehr so, dass sie sich lediglich die falschen Vorbilder unter ihren Vorfahrinnen ausgesucht hatte? Sie musste an ihre eigenen Töchter denken, die sie eines Tages vielleicht haben würde. Welche Lebensauffassung wollte sie an sie weitergeben?

O Gott, dachte sie. Ich weiß ja nicht mal, ob meine verrückten Theorien stimmen. Aber egal, woher es kommt, dass ich mir immer wieder selbst Steine in den Weg lege, ich bin fest entschlossen, diesen Kreislauf zu durchbrechen.

Sie hatte das Gefühl, als sei ein Knoten in ihrem Kopf geplatzt und als habe sie die Kraft gefunden, einen Entschluss zu fassen. Sie wusste noch nicht genau, was sie tun wollte, aber sie würde handeln.

Müde, aber in dem guten Gefühl, etwas erreicht zu haben, packte sie ihren Koffer aus. Das Medaillon legte sie an seinen mittlerweile angestammten Platz neben ihrem Bett und ging schlafen.

Am nächsten Morgen stand sie gut gelaunt auf. Das Gefühl, ein Stück vorangekommen zu sein, war immer noch in ihr. Sie ging gleich aus dem Haus und fuhr in den Laden. Auf dem Weg von der U-Bahn zum Laden kaufte sie etwas zum Frühstück ein und freute sich an der leuchtenden Herbstfärbung der Blätter. Sie genoss den Weg durch den Hinterhof, grüßte den Friseur, der das Laub vor seinem Geschäft zusammenfegte, und erzählte ihm, wo sie die letzte Woche gewesen war.

Um die Tür ihres Ladens zu öffnen, musste sie über eine dicke Schicht Laub steigen, das unter ihren Schritten verheißungsvoll raschelte. Sie schloss auf, und der vertraute Geruch von Metall und Tee drang ihr in die Nase. Ich wusste gar nicht, dass ich den vermisst habe, dachte sie. Sie zog den Mantel aus, hängte ihn an den Haken und setzte Teewasser auf. Sie warf den beiden Froschkönigen auf dem Tresen ein fröhliches »Quak« zu, dann holte sie den Besen und kehrte die Blätter vor der Tür zu einem großen Haufen. Sie freute sich auf diesen

Tag und auf ihre Arbeit. Der erste Kunde des Tages ertappte sie dabei, wie sie aus vollem Halse sang.

Für den Abend war sie mit Malou verabredet. Sie trafen sich bei Paolo, wo sonst.

»Meine Güte, freue ich mich auf eine ordentliche Pizza nach dem vielen Fisch«, sagte sie zur Begrüßung. »Wie war dein erster Tag in Berlin?«, fragte sie dann, »du siehst so aufgedreht aus.«

Malou sah sie triumphierend an. »Ich habe auch allen Grund dazu.«

Nina setzte sich ihr gegenüber. »Erzähl.«

»Rate, wen ich getroffen habe.«

Nina musste nicht raten. »Wo?«

»Er stand gestern Abend vor meiner Tür.«

»Und?«

»Ich habe ihn mit raufgenommen, und er ist erst heute Morgen gegangen.« Malou grinste in der Erinnerung an die Nacht in sich hinein.

Nina wusste nicht, was sie sagen sollte. »Aber was heißt das denn jetzt? Was ist mit seiner Freundin?«

Malou grinste immer noch blöd und sagte nichts. Dann nahm sie einen Schluck Wein, prostete Nina nachträglich zu und erzählte endlich. »Er sagt, er hat sie verlassen. Aber er kann mir viel erzählen, ich glaube ihm nicht. Jedenfalls habe ich ihn heute Morgen rausgeworfen.« Sie kicherte. »Sein Gesicht hättest du sehen sollen. Er sah aus wie ein Hund, der gerade Herrchen dankbar die Hand geleckt hat und dafür geprügelt wird.«

Auch Nina musste laut auflachen. »Du hast was?«

»Ihn rausgeworfen. Obwohl die Nacht mit ihm wirklich nicht zu verachten war.«

Der Kellner brachte ihr Essen, und sie warteten, bis er wieder gegangen war. Dann sprach Malou weiter. »Ich habe in der letzten Woche nachgedacht …«

»Ich auch«, sagte Nina schnell dazwischen.

»… und ich habe mich zu etwas entschlossen, was ich schon lange hätte tun sollen.«

»Du gehst nach Italien«, rief Nina aus.

»Genau. Du weißt, wie lange ich mich schon mit diesem Traum trage, wie oft ich ihn verwirklichen wollte und es dann doch nicht getan habe.«

»Natürlich weiß ich das. Das erste Mal wolltest du gleich nach dem Studium gehen und hast es gelassen, weil …«

»Es kam immer irgendetwas dazwischen. Weil ich wollte, dass etwas dazwischenkommt. Aber in St. Peter habe ich mich entschieden. Mein Job im Reisebüro war noch nie das, was ich mir beruflich vom Leben erträumt hatte. Ich will in Italien noch mal neu anfangen. Ich habe übermorgen einen Termin bei Professor Schneider. Ich hätte nicht gedacht, dass er sich noch an mich erinnert, aber er wusste sofort Bescheid und ist bereit, mir zu helfen. Ich muss nur noch ein Thema finden.«

»Und Tobias?«

»Der wird mich nicht davon abbringen. Mein Entschluss steht diesmal fest. Ich habe es ihm heute Morgen gesagt.«

»Wie hat er reagiert?«

»Was meinst du wohl? Ich glaube, er war ganz froh. Denn so ganz hatte er wohl doch nicht mit seiner Ex abgeschlossen. Ist mir auch egal. Ich will mein Leben jetzt mal nach meinen Wünschen richten und mich nicht länger von anderen abhängig machen, vor allem nicht von Männern. Vielleicht bin ich reif für eine Beziehung, wenn ich alles andere in meinem Leben auf die Reihe gebracht habe. Das hätte ich schon viel früher tun sollen, vielleicht wäre ich dann heute weiter.«

Nina sah ihre beste Freundin an. Sie würde also aus Berlin verschwinden. Wie oft hatte sie ihr schon zugeredet, die ersehnte Promotion in Rom vorzubereiten. Malou war immer die Intellektuelle von ihnen gewesen. Als Nina damals ihr Studium abbrach, um ihr Handwerk zu erlernen, hatte Malou weitergemacht. Alle dachten, sie würde eine große wissenschaftliche Karriere hinlegen, nur sie selbst wollte ihren Fähigkeiten nicht trauen. Sie flippte auf Partys herum, verdrehte den Männern den Kopf und war in der Studentenselbstverwaltung organisiert. Professor Schneider hatte ihr damals dringend geraten, in Kunstgeschichte zu promovieren, und sie hatte bereits einen Forschungsantrag formuliert. Im letzten Augenblick hatte sie ihre Bewerbung jedoch zurückgezogen und stattdessen den Job im Reisebüro angenommen.

»Ich freue mich für dich«, sagte Nina jetzt aufrichtig. »Obwohl ich dich dann nicht mehr so oft sehen kann.«

»Wieso, du gehst doch sowieso nach Amerika.«

Nina schnappte nach Luft. Sie hatte das Gefühl, ertappt worden zu sein. »Wie kommst du darauf?«

»Weibliche Intuition. Und ich habe recht, nicht wahr? Jetzt komm, mach den Mund wieder zu und lass uns essen, bevor alles kalt ist.«

Doch Nina konnte jetzt nichts hinunterbringen. Durch das, was Malou gesagt hatte, hatte sich ihr plötzlich ein Ausweg gezeigt. »Ich wusste nur, dass irgendetwas geschehen müsste, aber ich wusste nicht, was. Vielleicht gehe ich wirklich nach Amerika. Was würdest du zu folgender Geschichte sagen: Du lernst deinen Traummann kennen und verbringst eine Woche mit ihm. Dann muss er zurück nach Amerika, aber zwischen euch ist alles geregelt, große Liebe, gemeinsame Zukunft und so weiter. Er ist weg, und du, voller Sehnsucht, rufst ihn eine Woche lang zu jeder möglichen und unmöglichen Tages- und Nachtzeit an. Aber er nimmt einfach nicht ab, ist nicht zu Hause, meldet sich nicht. Du wirst vor Sorge halb verrückt, fragst dich, was mit ihm passiert sein könnte, quasselst ihm das ganze Band voll, und später erfährst du, dass er einfach für eine Woche aufs Land gefahren ist. Wie würdest du so jemanden nennen?«

»Arschloch«, sagte Malou, mehr nicht, denn sie schob sich gerade eine großes Stück Pizza Tonno in den Mund.

»Aber wenn er dich nun, kurz bevor er weggefahren ist, mit einem anderen erwischt hat? Wenn er es in seiner Wohnung nicht aushält, weil ihn dort alles an dich erinnert? Wenn er glaubt, dass zwischen euch alles vorbei ist?«

»In dem Fall bist du das Arschloch«, sagte sie mit vollem Mund. Als Nina sie dankbar ansah, fuhr sie fort: »Aber nicht so schnell: War es denn so, wie du es schilderst? Was ist denn eigentlich groß passiert? Du hast Ben gesehen, wie er einer Frau den Arm um die Schulter legt. Sie trug weder ein Brautkleid noch hat er Zungenküsse mit ihr getauscht. Danach hat er dich jeden Tag angerufen. Doch du hast seitdem jede Aussprache mit ihm verweigert. Er hatte nicht die kleinste Chance, dir eine Erklärung für sein Verhalten zu geben. Vielleicht war diese Frau seine Vermieterin, seine Schwester, was weiß ich?«

Nina interessierte im Moment etwas ganz anderes. »Sei ehrlich«, begann sie. »Bin ich zu misstrauisch den Menschen gegenüber?«

Malou sah sie groß an. »Das fragst du ausgerechnet mich? Du weißt doch selber, wie oft wir uns darüber schon in die Haare bekommen haben. Ich habe dir schon x-mal gesagt, dass mich deine Haltung nervt, von allen nur das Schlechteste anzunehmen. Wie oft hast du uns mit deiner Schwarzseherei schon den Spaß verdorben.«

»Aber du bist doch gerade selbst erst von einem Mann so verarscht worden.«

»Ja, sicher. Tobias ist unentschlossen, feige und unreif – auch wenn er gut im Bett ist. Aber müssen deshalb alle anderen Männer auch feige und unreif sein?« Sie beugte sich vor. »Sieh mal, was wäre denn die Konsequenz, wenn alle so denken würden wie du? Niemand würde mehr dem anderen trauen, die Welt wäre unglaublich arm. Sind wir nicht ständig darauf angewiesen, uns in die Hände von anderen zu begeben? Auch der, dem du nicht traust, ist darauf angewiesen, anderen zu trauen. Und wieso misstraust du eigentlich nur den Männern? Ich kenne genug Frauen, die mich verraten und verkauft haben. Wenn du dein verdammtes Misstrauen einmal vergessen und Ben eine Chance gegeben hättest, vielleicht wäre dir die schlimmste Woche deines Lebens erspart geblieben. Ich habe es dir gleich an dem Abend gesagt, aber du wolltest nichts davon hören. Du wolltest dich lieber in deiner Trauer suhlen.« Malou konnte den Zorn in ihrer Stimme nicht verbergen. »Und wenn mal wieder eingetreten ist, was du sowieso schon die ganze Zeit über vorhergesehen hast, müssen alle anderen antreten zum Trösten.«

»So siehst du mich? Bin ich wirklich so eine menschenscheue, sich selbst beweihräuchernde Ziege?«

»Ich glaube schon«, sagte Malou und sah sie dabei grinsend an.

Ninas Mund verzog sich, und dann lachten sie beide aus vollem Hals, viel zu laut und übermütig.

»Komm, wir verschwinden hier. Die gucken schon alle.«

Sie landeten in einer Bar, tranken viel zu viel und ließen sich von Männern Komplimente machen.

Kapitel 36

Ninas Entschluss stand fest. Am Abend nach der Arbeit würde sie Ben anrufen. Malou hatte ja recht. Was war denn schon groß passiert? Sie hatte sich angestellt wie eine dumme Gans. Hatte sie nicht selbst am vergangenen Abend geflirtet wie verrückt, viel zu eng getanzt und sogar wild rumgeknutscht? Und hatte das irgendetwas an ihren Gefühlen für Ben geändert?

Sie konnte es kaum erwarten, nach Hause zu kommen. Dort angekommen, wusch sie sich nur schnell die Hände, wobei sie Bens vergessener Flasche Rasierwasser einen Luftkuss zuwarf, und zog sich etwas Bequemes an. Dann setzte sie sich in ihren roten Sessel. Seit sie vorgestern aus St. Peter zurückgekommen waren, war sie noch nicht dazu gekommen, das Band des Anrufbeantworters zu löschen. Bestimmt hatte Ben inzwischen schon wiederholt angerufen. Sie stellte alles auf null und wollte den Hörer abnehmen. In diesem Augenblick klingelte das Telefon, als habe auf der anderen Seite der Leitung jemand nur auf diesen Moment gewartet.

»Endlich erwische ich dich. Ich wollte es schon aufgeben.« Es war Bens unvergessliche Stimme mit dem leichten amerikanischen Akzent, die sie hörte. Ihr Herz schlug auf einmal ganz schnell, und sie schämte sich, denn sie wusste, dass sie in seinen Augen keine gute Figur gemacht hatte.

»Ich wollte dich gerade anrufen.«

»Wie nett, dass dir das einfällt. Ich bin hier vor Sorge schon halb verrückt. Hast du denn den Anrufbeantworter nicht abgehört? Ich habe so oft angerufen, dass das Band schließlich voll war.«

»Es tut mir leid.«

»Was ist denn um Himmels willen los? Was ist passiert? Warum hast du meine Anrufe nicht beantwortet.«

»Ich war einige Tage nicht in Berlin.«

»Aber da hättest du mir doch Bescheid sagen können. Wo warst du denn?« Er überlegte kurz. »Ist etwas mit deiner Großmutter passiert?«

Nina kam es immer mehr so vor, als sei sie diejenige, die sich hier zu rechtfertigen und zu entschuldigen habe. Von außen betrachtet hatte sie wirklich nicht den vorteilhaftesten Part zu spielen.

»Nein, nein, du musst dir keine Sorgen machen. Ich war an der Nordsee. Mit Natascha und Malou. Ich musste Abstand gewinnen und nachdenken.«

»Worüber?«

Nina schluckte. Dann sagte sie leise: »Ich bin an dem Tag, als dein Flugzeug ging, noch einmal zurückgekommen. Ich wollte dir sagen, wie sehr ich dich liebe.«

»Was …?« Er dachte nach, und dann fiel es ihm ein. »Jetzt verstehe ich. Du hast gesehen, wie …«

»Genau das habe ich gesehen. Dich und eine andere Frau, die du umarmt hast, als ich kaum den Rücken gedreht habe.«

Ben lachte, ein befreites, herzliches Lachen, das Nina verletzte.

»Ich finde das nicht zum Lachen«, stieß sie hervor.

»Oh, nein, natürlich nicht. Entschuldige. Ich bin nur so froh, dass sich alles aufklärt.«

»Für mich ist nichts klar«, sagte sie eine Spur zu eisig.

»Vorsicht, Liebes, du wirst schon wieder bissig«, kam es aus dem Hörer.

»Dann sag mir doch endlich, wer sie ist und was du mit ihr zu tun hast!« Sie schrie jetzt, wobei ihre Stimme sich überschlug. Sie merkte, wie ihr schon wieder die Tränen kamen.

Seine Stimme wurde sofort weich. »Nina. Alles ist gut. Bitte weine nicht. Ich konnte ja nicht ahnen, welche Schlüsse du ziehen würdest. Obwohl ich deinen Hang, von allen nur das

Schlechteste anzunehmen, natürlich schon bemerkt habe. Hör mir zu: Die Frau, mit der du mich gesehen hast, heißt Caroline Tischler. Sie ist meine künftige Chefin in Berlin.«

»Umarmst du deine Bosse immer so vertraulich?«

»Hörst du jetzt auf mit deinen Unterstellungen?«

Sie schniefte und suchte nach einem Taschentuch, während er weitersprach. »Ich wollte nämlich noch dazusagen, dass sie eine alte Freundin ist. Ihre Eltern und meine Eltern lebten im selben Haus, damals in Berlin. Sie haben uns nach dem Krieg oft in Boston besucht, ich kenne Caroline schon als Kind.«

»Sie ist sehr hübsch.« Etwas anderes fiel ihr nicht ein.

»Ja, ist sie. Und klug und liebenswert. So wie du, allerdings ist sie nicht so entsetzlich menschenfeindlich.«

»Ich habe mich total kindisch benommen«, gab Nina zu. »Was musst du jetzt von mir denken?«

»Dass ich dich liebe. Dass ich eine verdammt harte Woche hinter mir habe, weil ich mir keinen Reim darauf machen konnte, wieso du nicht erreichbar warst. Ich habe schon gedacht, du hättest mich als kleine Episode gesehen und würdest dich längst mit einem anderen amüsieren.«

»Falsch, das habe ich gedacht«, entgegnete Nina.

»Ob es uns gelingen wird, diese Art von Missverständnissen und grundlosen Verdächtigungen in Zukunft zu vermeiden? Ich würde es gern versuchen.«

»Ich auch.«

Sie schwiegen einen Moment, dann fragte Ben, wie es am Meer gewesen sei, und Nina erzählte von der vergangenen Woche. Auch dass sie ihn vermisst hatte und dass er ihr bis in ihre Träume gefolgt war und wie verzweifelt sie gewesen war.

»Und wie geht es Natascha?«

»Oh, der ging es in St. Peter am besten von uns dreien. Sie hat uns bekocht, und wir haben viel geredet. Sie hat sozusagen den Laden zusammengehalten, wenn Malou und ich in unserem Kummer zu versinken drohten.«

»Na, da wart ihr ja ein tolles Trio.«

»Woher weißt du das? Genau dasselbe hat sie auch gesagt.« Nina lachte.

»Es gibt noch etwas, was ich mit dir besprechen möchte, mit dir und Natascha.«

»Hast du etwas über das Medaillon herausgefunden?«, fragte Nina atemlos. Die Nachricht elektrisierte sie geradezu. Es erschien ihr für den Moment viel wichtiger, dieses Thema weiterzuverfolgen.

»Ja. Ich habe mit meinem Onkel gesprochen, nachdem er wieder in Boston war, und wir sind tatsächlich auf etwas gestoßen, was erklärt, wie mein Vater in den Besitz des Medaillons gekommen ist.« Nach einem Zögern sagte er: »Und es gibt Aufschluss über das Schicksal von diesem Mikhail.«

Nina war versucht, ihn zu fragen, was mit Mischa geschehen war, aber etwas hielt sie davon ab. Sie wollte nicht an das Geheimnis rühren, ohne dass Natascha dabei war. Es wäre ihr wie ein Verrat, wie ein Einbruch in ihre Privatsphäre erschienen, müsste sie ihr gegenübertreten und wüsste bereits alles.

»Hör zu«, sagte Ben gerade. »Ich muss dich sehen. Diese letzte Woche ohne Nachrichten von dir hat mich ein Jahr meines Lebens gekostet. Ich kann aber nicht schon wieder Urlaub nehmen. Und noch drei Wochen warten, bis du nach Boston kommst – wenn du es dir bis dahin nicht doch wieder anders überlegst –, kann ich auch nicht. Aber mir ist etwas anderes eingefallen. Es gibt einen Flug, der nachmittags in London ist. Ich müsste am selben Abend wieder zurück, aber wenn du mich dort treffen würdest, blieben uns zwei Stunden. Bitte sag ja. Ich kann diese Situation nicht länger ertragen.«

Nina stimmte zu, ohne lange zu überlegen.

Dann redeten sie von anderen Dingen, von sich, und es wurde das teuerste Telefongespräch ihres Lebens.

Der folgende Tag bescherte ihr zwei denkwürdige Besucher in ihrem Laden.

Gleich morgens, sie hatte gerade geöffnet und war noch dabei, die Tagesdekoration im Fenster zu ordnen, ging die Türglocke zum ersten Mal. Als Nina aufschaute, sah sie sich Caroline Tischler gegenüber. Sie trug ein knapp geschnittenes graues Kostüm und Schuhe mit Absätzen, in denen Nina sich unweigerlich den Knöchel gebrochen hätte.

»Sie?«, entfuhr es ihr. Sie fühlte, wie ihr die Röte in die Wangen stieg. Was für eine peinliche Situation. Die Frau ihr gegenüber wusste nun, dass Nina sie kannte, aber nicht, woher, denn sie hatte sie ja an jenem Morgen nicht gesehen. Ninas Ausruf hatte sie offensichtlich verdutzt, kein Wunder, sie hatte eher mit einer Begrüßung gerechnet. Beide standen sich für einen Moment unschlüssig gegenüber. Keine wusste, wie sie beginnen sollte. Schließlich beschloss Nina, reinen Tisch zu machen.

»Guten Tag. Mein Name ist Nina Kolzin. Ich kenne Sie, weil ich Sie vor einigen Tagen mit Benjamin zusammen gesehen habe, vor meiner Wohnung. Und ich habe gestern Abend mit ihm telefoniert.«

»Ach so«, sagte Caroline. »Und ich habe mich schon gefragt, woher Sie mich kennen mögen.« Sie dachte einen Augenblick nach. »Sie sagen, Sie haben Ben und mich gesehen? Vor Ihrem Haus? Just in dem Moment, als ich aus dem Taxi gestiegen bin? Na, dann kann ich mir vorstellen, was für einen Eindruck Sie bekommen haben und warum Sie sich die ganze Woche nicht bei ihm gemeldet haben.«

Sie bekam plötzlich einen unkontrollierten, prustenden Lachanfall, der sie regelrecht schüttelte, und Nina sah ihr dabei leicht befremdet zu. Sie wusste nicht, ob sie mitlachen oder böse sein sollte. Noch einige Lachkaskaden, und Caroline Tischler beruhigte sich mühsam. Immer noch um Fassung ringend, sagte sie: »Entschuldigen Sie. Ich weiß, was Sie von mir denken müssen. Ich habe mir schon viele Feinde damit gemacht, dass ich mich in den unmöglichsten Situationen einfach nicht beherrschen kann.« Jetzt war sie ganz ernst. »Ich möchte Sie aber nicht zur Feindin haben. Sie werden nach dem Gespräch mit Benjamin wissen, dass ich eine alte Jugendfreundin von ihm bin und keine Gefahr darstelle. An jenem Morgen haben wir uns lediglich getroffen, um noch einmal die Einzelheiten einer möglichen Zusammenarbeit zu besprechen. Und vorgestern hat er mich angerufen, weil Sie nicht ans Telefon gegangen sind. Er war in großer Sorge um Sie und hat mich gebeten, nach Ihnen zu sehen. Ich war schon bei Ihnen zu Hause, aber dort waren Sie nicht. Also habe ich mir gedacht, versuch es in ihrem Laden.«

»Na, nun haben Sie mich ja gefunden.«

»Ja, aber zu spät, wenn Sie bereits mit Benjamin telefoniert haben. Ich nehme an, Sie beide haben das Missverständnis aufgeklärt?«

»Trinken Sie einen Kaffee mit mir?«, fragte Nina anstelle einer Antwort.

»Gern«, antwortete Caroline Tischler. Sie sah sich die Schmuckstücke an, während Nina Kaffee kochte.

Die nächste Stunde verbrachten sie damit zu reden. Sie waren sich sympathisch, und Nina tat es gut zu hören, dass ihre Reaktion vor dem Haus doch nicht so überzogen war, wie alle anderen glaubten.

»Ich hätte bestimmt ähnlich reagiert«, gab Caroline zu. »Ich stelle mir Ihre Enttäuschung vor. Sie kehren zurück, um ihm zu sagen, dass Sie ihn lieben, und er umarmt eine andere. Gut möglich, dass ich im Affekt auf ihn losgegangen wäre, aber wahrscheinlicher ist, dass ich mich zurückgezogen und meine Wunden geleckt hätte.«

Sie redeten noch über dies und jenes, dann verabschiedete sich Caroline Tischler.

»Wir werden uns wiedersehen«, sagte sie, bevor sie ging.

»Sehr gern«, antwortete Nina.

Der zweite denkwürdige Besucher an diesem Tag war Martin. Es war schon später Nachmittag, als er plötzlich durch die Tür kam.

»Hallo, wie geht's?«, begrüßte er sie. Er wirkte etwas verlegen und sah sich so angelegentlich in dem Laden um, als wäre er noch nie dort gewesen.

»Danke, ich bin gerade sehr glücklich«, entgegnete sie.

»Ich auch.« Er räusperte sich umständlich. »Ich brauche Verlobungsringe, und da dachte ich, ich kaufe sie bei dir. Das bin ich dir schuldig.«

»Das ist nett von dir. Ich werde dir die teuersten Ringe andrehen, die ich je hergestellt habe.«

»Geht in Ordnung.«

Die nächsten beiden Tage waren voller Ereignisse. Nina buchte einen Flug für Donnerstagmittag. Sie würde um vierzehn Uhr in London Heathrow ankommen, Ben zehn Minuten früher. Ninas Rückflug war für siebzehn Uhr geplant, Bens für sechzehn Uhr dreißig.

Malou kündigte ihren Job im Reisebüro, ohne ein Stipendium oder ein konkretes Forschungsziel zu haben. Dennoch war ihre Entscheidung wohlüberlegt. Sie wollte sich einfach diesmal kein Hintertürchen offen halten, um im letzten Moment kneifen zu können. Sie hatte noch einige Wochen Urlaub zu bekommen, und so konnte sie ihren Schreibtisch von einem Tag auf den anderen räumen. Sie wollte die Zeit bis zu ihrer Abreise nutzen, um ihr Italienisch aufzufrischen und ihre Bücher und Notizen durchzusehen.

Als Nina sie fragte, ob sie an dem Donnerstag ihren Laden hüten würde, weil sie ihn nicht schon wieder geschlossen halten wollte, sagte sie gern zu, und Nina war erleichtert.

Sie überlegte, ob sie Natascha von ihrem Londontrip erzählen sollte, und schließlich tat sie es, worüber die alte Dame sich sehr freute. »Du bist auf dem richtigen Weg, Kind«, sagte sie am Telefon zu ihr. Nina erwähnte nicht, dass Ben ihr dort den Brief seines Vaters übergeben würde, in dem auch Auskünfte über Mikhail standen. Sie wusste ja selber nicht, welche Informationen der Brief enthielt, und sie wollte Natascha nicht unnötig auf die Folter spannen. Sie würde am Donnerstag direkt vom Flughafen zu ihr fahren, und sie würden den Brief gemeinsam lesen.

Am Donnerstagmorgen ging sie in den Laden, bis Malou sie dort ablöste. Dann fuhr sie zum Flughafen.

Während des kurzen Fluges dachte sie daran, dass auch Ben jetzt auf dem Weg zu ihr war. Sie fühlte sich jetzt ganz sicher: Es war richtig, was sie tat.

Diesmal wartete er auf sie, als sie in die Ankunftshalle kam. Er sah ein bisschen müde aus, aber das strahlende Lächeln, das auf seinem Gesicht erschien, als er sie entdeckte, zauberte die Erschöpfung fort.

Sie gingen aufeinander zu, langsam, während sie sich ansahen, dann nahmen sie sich in die Arme.

Er schob sie auf Armeslänge von sich weg, um sie anzusehen. »Meine Nina«, sagte er.

»Es tut mir alles so schrecklich leid. Ich habe mich ziemlich unmöglich benommen …« Sie wollte weiterreden, doch er wirbelte sie plötzlich herum und küsste sie.

»Das ist doch jetzt alles nebensächlich geworden. Komm her. Lass uns einfach nicht mehr davon sprechen. Lass uns die zwei Stunden, die wir haben, einfach nur genießen.«

Das stellte sich als gar nicht so einfach heraus. Nina musste an Natascha denken, die mit Mikhail nach einem Ort gesucht hatte, wo sie sich lieben konnten. Für einen Moment sahen sie beide in Richtung der Waschräume, dann gaben sie den Gedanken wieder auf.

»Warte auf mich«, sagte Ben und verschwand in einem der Läden in der Abflughalle. Kurze Zeit später kam er mit einer ziemlich großen Plastiktüte wieder.

»Komm.«

Sie verließen das Flughafengebäude und fanden ein kleines Stück Grün vor der Einfahrt zu einem Parkhaus. Ben holte eine große Wolldecke aus der Tüte und breitete sie aus. Sie war groß genug, dass sie sie auch noch halbwegs über sich legen konnten, wenn sie saßen. Aber gemütlich war es nicht, eher kühl.

Sie nahmen sich in den Arm und küssten sich. Wieder gingen Menschen kopfschüttelnd an ihnen vorbei, aber es war ihnen egal.

Irgendwann wurde es ihnen doch zu kalt, und sie setzten sich in ein Café.

»Auf die Dauer ist das wohl keine Lösung«, sagte Ben.

Die Zeit ging viel zu schnell herum, sie konnten gerade noch ihren Kaffee austrinken, da wurde Bens Flug schon aufgerufen.

»Vertraust du mir?«, fragte er sie auf dem Weg zu seinem Gate.

»Ja, ich vertraue dir. Nach allem, was du für mich getan hast.«

»Und wird das auch für die nächsten drei Wochen halten, bis wir uns in Boston wiedersehen?«

»Ja«, antwortete Nina.

Sie küssten sich lange und innig, und Nina spürte Tränen in sich aufsteigen. Aber diesmal waren es nicht Tränen der tiefen Verzweiflung.

Bevor er durch die Absperrung ging, gab Ben ihr den Brief.

»Hier, für Natascha. Dies ist der Brief, den mein Vater an seinen Schwager geschrieben hat, während er auf dem Rückweg von Moskau nach Boston war. Er brauchte offenbar jemanden, dem er seine Erlebnisse mitteilen konnte, weil er sich beim Schreiben Klarheit über seine Haltung zum Sozialismus verschaffen wollte. Die ersten beiden Seiten kannst du überschlagen, dort geht es um Familiendinge. Die Begegnung mit Mikhail hat er ab Seite drei aufgeschrieben. Bitte grüße Natascha von mir. Sie ist eine wunderbare Frau. Und du bist ihr eine würdige Enkelin. Ich liebe dich. Bis bald.«

»Bis bald. Ich liebe dich auch.« Sie sah ihm nach, wie er hinter der Absperrung verschwand.

Im Flugzeug nach Berlin dachte sie immer an diese Worte, die sie zum ersten Mal in ihrem Leben gesagt hatte. Es war ihr überhaupt kein bisschen schwergefallen.

In Tegel nahm Nina die U-Bahn bis an den Kurfürstendamm und ging von dort zu Fuß in die Fasanenstraße. Sie klingelte, aber Natascha öffnete nicht. Sie drückte ein zweites Mal auf den Knopf, und wieder hörte sie nichts. Nina wunderte sich, sie waren doch verabredet. Vielleicht hält sie ein Nickerchen, dachte sie. Ein wenig beunruhigt kramte sie ihren eigenen Schlüssel hervor und schloss auf.

»Natascha? Warum machst du denn nicht auf?«, rief sie von der Eingangstür aus. Sie ging den langen Korridor entlang und sah die alte Dame im Wohnzimmer sitzen, in einem der grünen Sessel, auf dem Schoß einen Stapel Zeitungen und Fotos, der zum Teil auf den Boden zu ihren Füßen gerutscht war. Sie ist eingeschlafen, dachte sie mit einem Lächeln. Wahrscheinlich hat sie wieder die halbe Nacht in ihren Erinnerungen gekramt und zu wenig Schlaf bekommen.

Sie trat näher, um sie behutsam zu wecken, und sah, dass Natascha nicht mehr lebte. Sie saß in ihrem Sessel, die Augen geschlossen, den Kopf leicht zur Seite geneigt, so als wäre sie tatsächlich nur eingenickt beim Betrachten des Fotos, das sie in der Hand hielt. Nina beugte sich über sie, um einen Blick auf das Bild zu werfen. Es war das Foto von Mikhail aus dem Saphir-Medaillon.

Nina wusste, was sie zu tun hatte.

Sie setzte sich in den Sessel gegenüber und holte mit zitternden Fingern den Briefumschlag aus ihrer Handtasche. Man sah ihm an, dass er bereits vor langer Zeit geschrieben worden war. Sie zog fünf engbeschriebene, leicht vergilbte Seiten hervor, bedeckt mit einer kleinen, sorgfältigen Schrift. Sie faltete die Bögen auseinander, die ein leises, trockenes Knistern von sich gaben.

»Ich werde ihn dir vorlesen«, sagte sie. »Es ist das Letzte, was ich für dich tun kann.«

Die Bögen raschelten leise, als sie sie glatt strich. Sie fand die dritte Seite, holte tief Luft und begann zu lesen.

Epilog

Auf der Zugfahrt durch Deutschland ereignete sich eine Begebenheit, die sich in mein Gedächtnis eingegraben hat, weil sie so bezeichnend für dieses Russland ist. Ich möchte sie Dir erzählen.

Ich hatte mich gerade in meinem Abteil niedergelassen und meinen Koffer im Gepäcknetz verstaut, als sich die Tür wieder öffnete und ein großer, gut aussehender Mann hereinkam. Er grüßte kurz und steuerte selbstbewusst auf den Platz am Fenster mir gegenüber zu. Er musste irgendein hohes Tier sein. Der Mann setzte sich, schlug ein Bein über das andere und starrte die ersten Stunden, die wir fuhren, unverwandt hinaus. Ich vermochte nicht zu sagen, ob er träumte oder ob er im Gegenteil alles, was er sah, mit gierigem Blick aufnahm, so als ob er wüsste, er würde es nie wiedersehen. Ich betrachtete ihn von Zeit zu Zeit verstohlen, und mir fiel sein eingefallenes Gesicht auf. Er machte einen unendlich müden Eindruck auf mich, lebensmüde, wie ich später wusste.

Wir fuhren lange an zerstörten Häusern und schuttbeladenen Straßen vorbei, bis wir Berlin endlich verlassen hatten. Auf dem Land sah es dagegen manchmal so aus, als hätte es keinen Krieg gegeben, auf den Feldern stand das Getreide, reif für die Ernte.

Der Zug leerte sich zusehends, je näher wir der polnischen Grenze kamen. Die übrigen Reisenden verließen unser Abteil. Der Mann und ich hatten die ganze Zeit noch kein Wort gewechselt, aber jetzt erhob sich mein Gegenüber, zog den Hut und stellte sich vor:

»Mein Name ist Mikhail Antonowitsch Ledwedew.«

Ich stellte mich ebenfalls vor, und er hörte meinen amerikanischen Akzent.

»Sie sind Amerikaner«, stellte er fest.

»Ja«, antwortete ich. »Auf der Fahrt nach Leningrad.«

»Und ich will nach Moskau«, sagte er düster.

So kamen wir ins Gespräch. Ich erfuhr, dass er den Krieg in Westeuropa, in Spanien und dann in französischen Internierungslagern verbracht hatte und nach 1945 für die Sowjetische Militäradministration in Berlin gearbeitet hatte. Jetzt hatte ihn seine Partei nach Moskau gerufen. Er fragte mich, was mich nach Leningrad führte, und ich erzählte ihm in begeisterten Worten von meiner Liebe zum Sozialismus und dass ich plante, dorthin überzusiedeln. Während ich redete, wurde er, anstatt in meine Begeisterung einzufallen, immer blasser und stiller. Und ich Narr merkte nichts, bis er mich schließlich anherrschte: »Jetzt hören Sie schon auf!«

Als ich erschrocken und auch ein bisschen empört schwieg, begann er zu reden. Dass er früher ebenso voller Ideale gewesen sei wie ich, dass er sein Leben dieser Idee geopfert hätte, wie seine Zweifel im Laufe der Jahre immer größer geworden seien, besonders in Spanien, als er mit ansehen musste, wie seine Partei mehr Sozialisten als Francosoldaten umbrachte. Und dann sei der Hitler-Stalin-Pakt gekommen, eine noch schwerere Prüfung für ihn.

Nach dem Krieg, in Berlin, hatte er mitgeholfen, die Voraussetzungen zu schaffen, um auch im Ostteil Deutschlands ein politisches System nach sowjetischem Muster zu etablieren, in dem Abweichler, mochten sie auch noch so große Verdienste im Kampf gegen Hitler erworben haben, keinen Platz hatten.

Er berichtete weiter, dass er schon lange darauf gewartet habe, nach Moskau – »nach Hause«, sagte er bitter –, gerufen zu werden, und er wisse, was ihn dort erwarte.

»Was erwartet Sie dort?«, fragte ich, und ich schäme mich heute noch der Naivität dieser Frage.

»Nun, man wird mich anklagen, irgendetwas wird ihnen schon einfallen. Revolutionäre Unachtsamkeit, parteischädigendes Verhalten, Umgang mit dem Klassenfeind, was weiß ich, und es ist auch einerlei. Und dann wird man mich verurteilen, und ich verschwinde für Jahre in einem sibirischen Lager, wenn man mich nicht gleich erschießt. Und in einigen Jahren wird man mich rehabilitieren und als Helden der Sowjetunion feiern«, schloss er mit einem sardonischen Lächeln.

Ich wollte ihm nicht glauben, dachte, er würde maßlos übertreiben.

»Aber wenn dem so wäre und Sie dies alles wüssten, dann würden Sie doch nicht freiwillig zurückkehren«, triumphierte ich.

»Ach nein? Und was würde ich stattdessen tun?«, fragte er müde.

»Nun, wenn Sie wirklich unschuldig sind, dann werden Sie das beweisen, und man wird Sie freisprechen.«

Mein Gegenüber zog nur höhnisch die Augenbrauen hoch. »Ach, so wie Sinowjew und Tuchatschewski, wie Radek und Bucharin? Wie Tausende andere?«

Ich unterbrach ihn: »Sie wissen ja noch nicht einmal, ob man Sie verhaften wird. Das ist doch reine Spekulation.«

Er wurde plötzlich still und nachdenklich. Er sah mir lange ins Gesicht, um dann sehr ernst zu sagen: »Sie glauben wirklich an das, was Sie sagen, nicht wahr?«

In diesem Moment kamen mir Zweifel, aber ich wollte ihn aufmuntern, und deshalb sagte ich so überzeugend wie möglich: »Ja, das tue ich, mit ganzem Herzen. Und Sie sollten sich wirklich keine Sorgen machen. Die Partei hat immer recht.«

Unter dem letzten Satz zuckte er zusammen wie unter einem Peitschenhieb, dann schwieg er. Wenig später fiel er in einen unruhigen Schlaf.

Am nächsten Morgen kam er mir ruhig und gefasst vor. Ich dachte schon, ich hätte ihn mit meinen Argumenten überzeugt.

Kurz bevor wir die russische Grenze erreichten, erhob er sich und wollte das Abteil verlassen. An der Tür zögerte er, drehte sich zu mir herum und suchte etwas in seiner Jackentasche. Er holte einen ledernen Beutel hervor und entnahm ihm ein Schmuckstück. Er klappte einen Deckel auf und betrachtete lange, was sich darunter befand. Später sah ich, dass es das Foto einer Frau war. Schließlich küsste er das Porträt und flüsterte einen Namen, den ich nicht verstehen konnte, ich glaube, er war russisch. Als er mir das Schmuckstück gab, sah ich, dass es sich um ein Medaillon handelte, ziemlich groß, beinahe wie ein Amulett, vorne mit einem auffälligen Stein von kräftiger blauer Farbe. Überrascht sah ich ihn an.

»Nehmen Sie es. Es sollte bei einem Menschen sein, der die Kraft hat, an etwas zu glauben. Ich kann es nicht mehr.«

Ich wollte ihn fragen, wie er das meinte, aber er hatte die Tür bereits hinter sich geschlossen und ging den Gang hinunter.

Er kam lange Zeit nicht wieder, und als ich einen dumpfen Knall und danach tumultartiges Geschrei hörte, wusste ich plötzlich, was sein Plan gewesen war.

Sein Leichnam wurde an der Grenze aus dem Zug getragen.

Die Begegnung mit Mikhail Antonowitsch hat mir, viel mehr noch als das, was ich dann in der Sowjetunion gesehen habe, die Augen über dieses Land geöffnet. Im Rückblick habe ich verstanden, dass sich in diesem Zugabteil zwei Antipoden gegenübergesessen haben und dass ich in meinem naiven Glauben an die Richtigkeit des sowjetischen Systems für ihn ein Spiegelbild seines früheren Selbst gewesen sein muss. Ich habe mich oft gefragt, ob meine Begeisterung für eine Idee, der auch er einmal anhing, wohl der Auslöser für seinen Selbstmord war.

Ich habe versucht, mir vorzustellen, was in den letzten Minuten in diesem Mann vorgegangen sein mag. Ob er in diesem veralteten, muffigen Zugabort über sein Leben nachgedacht hat? Hat er die Politik verflucht, den Sozialismus? Hatte er mit sich gehadert, sich vorgeworfen, sein Leben an eine falsche Idee vergeudet zu haben?

Oder hat sein Zorn sich gegen die Verbrecher im Kreml gerichtet, die diese Idee ihren perversen Machtgelüsten geopfert haben? War er verzweifelt, weil er diese Frau mit dem russischen Namen nicht wiedersehen würde? Hat er Angst gehabt vor dem Tod, hat sein Finger gezittert, musste er mehrere Anläufe nehmen? Hat er geweint, geschrien, gebetet? Ich habe die ganze Zeit in der Sowjetunion über ihn nachdenken müssen. Und schließlich habe ich mir gesagt, dass die letzten Augenblicke vor dem Tod eines Menschen nur ihm allein gehören sollten. Lassen wir diesem Mann seinen Frieden.

Informationen zu unserem Verlagsprogramm, Anmeldung zum Newsletter und vieles mehr finden Sie unter:

www.harpercollins.de

Tania Schlie
Der Duft von Rosmarin und Schokolade
€ 9,99, Taschenbuch
ISBN 978-3-95649-781-0

Belgische Schokolade, französischer Käse und frische Feigen. Gutes Essen ist ihr Leben. Täglich steht Maylis hinter der Theke des traditionsreichen Hamburger Feinkostladens Radke. Sie genießt es, ihre Kunden zu beraten, nicht nur in kulinarischen, sondern auch in romantischen Angelegenheiten. Doch wenn sie nach Hause kommt, fühlt sie sich so leer wie ihr Kühlschrank. Seit der Trennung von ihrem Mann fällt es Maylis schwer, ihr Herz zu öffnen. Bis eines Tages Paul in ihrem Laden steht und Maylis sich fragt, ob sie nicht doch noch einmal vom Leben kosten möchte.

Tania Schlie
Die Kirschen der Madame Richard
€ 9,99, Taschenbuch
ISBN 978-3-7457-0017-6

185 Einwohner zählt das Dorf Montbolo in den französischen Pyrenäen. Als die Hamburgerin Miriam auf der Durchreise ein verwunschenes altes Haus inmitten eines verwilderten Kirschhains entdeckt, steht der Entschluss für sie fest: Sie bricht alle Zelte ab und wird Montbolos Einwohnerin Nummer 186. Miriam nimmt sich vor, ihr Haus im Alleingang zu renovieren und von nun an von der Kirschernte zu leben. Doch sie hat nicht mit der skurrilen Dorfgemeinschaft und den Eigenarten uralter Kirschsorten gerechnet – und schon gar nicht mit dem unverschämt charmanten Nachbarn Philippe, der ihr Herz höherschlagen lässt.

Susan Mallery
Wer flüstert, der liebt
€ 10,99, Taschenbuch
ISBN 978-3-9596-7444-7

Drei Frauen, die nicht unterschiedlicher sein könnten. Aber sie sind die besten Freundinnen. Jede Woche sitzen sie nach der Pilates-Stunde zusammen, stützen und helfen einander: Nicole hat das Gefühl, dass ihr Mann sich für alles interessiert, nur nicht mehr für sie und den gemeinsamen kleinen Sohn. Shannon ist beruflich erfolgreich und will jetzt mit ihrem Traummann eine Familie gründen – er leider nicht. Und Pam fühlt sich alt, seit die Kinder aus dem Haus sind. Was das Leben auch bereithält: Wer echte Freundinnen hat, meistert jede Hürde.

Julie Larsen
Winterglück am Meer
€ 10,99, Taschenbuch
ISBN 978-3-7457-0065-7

Mit Leib und Seele kümmert sich Olivia Adamsen um das Familienunternehmen. Ob sie leckeren Cider aus der eigenen Kelterei ausschenkt oder die Gäste des kleinen Bed and Breakfast »Hotel Hygge« auf der dänischen Insel Mandø umsorgt, Olivia hat ihre Berufung gefunden. Darum trifft es sie völlig unvorbereitet, als sie erfährt, dass der Betrieb vor dem Aus steht. Doch der nächste Schock folgt sogleich, denn der attraktive Jesper, in dessen Nähe sie zum ersten Mal seit Langem wieder Schmetterlinge im Bauch hat, ist nach Dänemark gekommen, um den Kauf des Geschäfts voranzutreiben. Olivia ist bereit, für ihren Traum zu kämpfen. Doch bleibt die Liebe dabei auf der Strecke?